朝内166：
我亲历的当代文学

何启治 著

人民文学出版社

图书在版编目(CIP)数据

朝内166:我亲历的当代文学/何启治著.—北京:人民文学出版社,2016
ISBN 978-7-02-011393-4

Ⅰ.①朝… Ⅱ.①何… Ⅲ.①中国文学—文学史研究—当代 Ⅳ.①I209.7

中国版本图书馆CIP数据核字(2016)第022136号

责任编辑　杨新岚
装帧设计　柳　泉
责任校对　韩志慧
责任印制　苏文强

出版发行	人民文学出版社
社　　址	北京市朝内大街166号
邮政编码	100705
网　　址	http://www.rw-cn.com
印　　刷	三河市鑫金马印装有限公司
经　　销	全国新华书店等
字　　数	448千字
开　　本	710毫米×1000毫米　1/16
印　　张	29.25　插页2
印　　数	1—5000
版　　次	2016年9月北京第1版
印　　次	2016年9月第1次印刷
书　　号	978-7-02-011393-4
定　　价	49.00元

如有印装质量问题,请与本社图书销售中心调换。电话:010-65233595

目 录

美丽的选择(代自序) 1

第一辑 作家·评论家·编辑出版家

三访文坛"老祖母"冰心 3
永生的秦牧 11
圣者王火 25
范若丁:刚毅执著的作家和编辑出版家 67
俞天白:谱写大上海乐章的高手
　　——从俞天白著《大上海沉没》说起 89
熔金铸史写春秋
　　——苏叔阳的思考和追求 95
姚蜀平:"为人类写一部书" 106
冯立三素描 123
陈忠实与永远的《白鹿原》 150
　　附:忠实永生 184
竹林:从球友到文友 191
张炜与说不尽的《古船》 208
宋晓黎杨:黑土地的歌者,"荒原杜拉斯" 218
《突出重围》和柳建伟的文学梦 237
惠芬,你会成为新时代的萧红吧 247
赵凯:从阴霾满天到阳光灿烂 262

第二辑 领导·同事·同窗

严文井:教我们玩七巧板的智者 273
夕阳风采话君宜 280
可敬可爱的牛大哥 294

附:天堂已传来迎宾的歌声
　　——敬悼诗人牛汉 ………………………………………… 320
屠岸是"独一无二"的 …………………………………………… 326
苍茫冬日忆林辰 ………………………………………………… 330
思忆王仰 ………………………………………………………… 333
王笠在我心中 …………………………………………………… 338
孟伟哉印象 ……………………………………………………… 342
胸中海岳君心知
　　——为赵克勤学长祝寿记 ……………………………… 366
缪俊杰:老骥望八犹奋蹄 ……………………………………… 370
赤子丹心无冕王
　　——悼朝垠 ………………………………………………… 387
贤均,如果人真的还有来生 ……………………………………… 392

附录:

何谓益友 …………………………………………… 陈忠实 401
何谓良师 …………………………………………… 柳建伟 410
世纪书话
　　——我和当代优秀长篇小说的遇合机缘 ……………… 415
　一、《铜墙铁壁》:再版时,要查一查有没有为彭德怀"招魂"的问题… 416
　二、《古船》:第一部用新的历史观写土改和反思当代历史的长篇
　　　小说险些遭到禁止出版的厄运(存目) ………………… 422
　三、《大国之魂》:对文学新人不必求全责备,一个文学编辑,永远
　　　应该把发现、支持文学新人作为自己的基本职责之一… 422
　四、备受瞩目的《九月寓言》终于和《当代》失之交臂 ……… 428
　五、《白鹿原》:拔地而起的艺术高峰。它在1997年底终于荣获"茅盾
　　　文学奖",但同年5月,在"八五(1991—1995年)优秀长篇小说出
　　　版奖"评奖时,却连候选的资格都被粗暴地勾销了(存目)… 440
　六、《尘埃落定》《英雄时代》《狂欢的季节》:三部由人民文学出版
　　　社正式出书之前内部有不同看法的优秀长篇小说 …… 440

后记(一) …………………………………………………… 447
后记(二) …………………………………………………… 450

美丽的选择

——回眸文学编辑四十秋（代自序）

广受注目的"卖饭记"

从1992年到1995年，中国大陆的《深圳特区报》《新闻出版报》《光明日报》《大连日报》《中国青年报》等媒体，《漓江》《芳草》《芙蓉》《新华文摘》等杂志，以及海峡对岸台北的《中央日报》等近二十家新闻出版单位分别以《卖饭生涯——大陆教授在纽约》《唐人街的唐教授》《中国教授在纽约》等大同小异的题目，或选载或连载，或全文刊登一部讲述大陆教授在纽约唐人街华人餐馆打工故事的纪实文学作品，而深圳的海天出版社则主动向作者组稿，将它结集出版。

《中国教授闯纽约》，这部从大江南北到海峡对岸持续数年颇受关注的纪实文学作品，就是我1989年6月至1990年6月到美国探亲并一度到纽约唐人街华人餐馆打工的文字收获。作品中的"唐教授"就是我，故事中写到的一切，都是我的亲身经历，我的见闻和思考。

知道我要去美国探亲，作家柯云路对我说："老何，你去美国探亲，机会难得，我不想劝你写什么东西，倒是希望你留心观察那里的生活——任何新鲜的生活对作家来说，都应该是一笔财富。"而另一位在1989年6月14日亲自送我到首都机场的好朋友、颇具声望的中年评论家冯立三却对我说："启治，你自费去一趟美国不容易。我劝你不必急急忙忙地赶回来，而要利用这个机会好好地观察、了解美国，回来认真地写一本真正的书。"

一个劝我不一定写，一个劝我认真地写一本真正的书。但他们的意见有一点却是共同的：都让我借赴美探亲的机会，好好地观察、了解一下这个号称世界上最强大、最富有的超级大国。

这也符合我的心愿——有人说美国的月亮最亮最圆,当然也有人说我们自己的月亮才又亮又圆;那么我们何妨改变一下思考问题的角度:从彼此月亮的阴晴圆缺中,取长补短而不断地完善自己呢?我想,作为还有点文化知识的人,到一个全新的社会环境去观察体验生活,应该用自己的眼睛来看,用自己的头脑来想,从而获得属于自己的、决非人云亦云的印象。

也许,正是这些主客观原因,使得《中国教授闯纽约》不但具有题材的新鲜感,而且能够"真实地、丰富地(既有中心场景又有其辐射圈),有吸引力地展示了纽约华人社会经济与文化生活情景……"(冯立三)较之许多浮泛的写海外华人生活的作品,它也"更具有个性……纪实,达到了逼真的程度;叙述,达到了生动形象的文学层面"(李炳银)。

除了这部给作者带来相当可观的"双效益"的《中国教授闯纽约》,十多年前,我还曾以传记文学《少年鲁迅的故事》(新蕾出版社1981年版)获得全国优秀少儿读物一等奖;以报告文学《播鲁迅精神之火——记新版〈鲁迅全集〉的诞生》(合作,载《当代》1981年第5期)获得1981年—1982年中国作协全国优秀报告文学奖。

人到中年,又经历过十年浩劫,能有如此创作成果,似可聊以自慰了吧。但在我看来,在我回眸往昔的时候,我想说,就创作而论,我只是一个在碰到机会时不敢偷懒的业余作者罢了;如果要说自豪,那我只能因为我终身的职业编辑生涯感到自豪,它使我同一大批当代优秀作家和优秀作品不期而遇。

《古船》《大国之魂》《白鹿原》

我是广东龙川县人,1936年9月生于香港。关于我的文学编辑生涯,可以用一句话来概括:1959年毕业于武汉大学中文系,旋即分配到人民文学出版社,直到1999年退休,又同时返聘到2003年,才完全离开工作岗位。

择要而言,我在人民文学出版社当过校对、编辑及《当代》杂志编辑部副主任、副主编兼编辑部主任、常务副主编;1992年起为主管人文社当代文学编辑工作的副总编辑,其间,先后担任过《中华文学选刊》创刊主编、《当代》杂志主编、中国作协中直工作委员会委员。1982年参加中国作协,1989年被评为编审。退休后仍任《当代》杂志顾问、人文社专家委员会委员,系终身职业编辑。

四十多年来,我除了本职的编辑工作,还有一些比较重要,甚至有点奇特的经历可以一提:先后下放河北丰润县农村锻炼(1960年),参加中宣部组织的文化工作队到山西文水县刘胡兰的故乡搞文化调查(1964年),到上海原荣氏某申新纱厂粗纱车间当"临时工"(1964年),为中国作协赴大庆慰问团最年轻的团员(1965年),是王杰生前所在部队的"战士"(1966年);1974年至1976年,作为当时中央出版系统派出的唯一的援藏教师,我在青海格尔木和拉萨等地工作过,还曾不甘寂寞地筹办并主编过西藏格尔木中学的文学性校刊《红柳》;1976年10月至1980年底,参加新版《鲁迅全集》的注释、编辑工作,又一次接受鲁迅精神的熏陶,感受鲁迅的博大精深;1989年6月至1990年6月到美国探亲,在纽约的华人餐馆和华人衣厂有过一段意想不到的打工生涯,等等。然而,几十年来,我的青春和生命主要还是耗费在中国当代文学方面。我曾经和自己的同事们不止一次地说过,我们一般地说都是普普通通的人才,但由于人民文学出版社和《当代》杂志在当代文坛中举足轻重的地位,它们理所当然地被视为中国当代文学的"巨人"之一。伺候好这个"文学巨人"

1960年,河北丰润县的田野上。

在困难的日子里,我们和全国人民一道共度时艰。左起:何启治、徐恩颖、施咸荣、谢素台、马毅民、邵守严。扶犁者为大队长老李。

1966年初夏,何启治摄于英雄墓旁

就是我们光荣的责任。

我这么想,也是尽心尽力地这么做的。

1986年五六月间,年轻的张炜带着他的长篇小说处女作《古船》到北京来找《当代》。这时,我刚刚担任《当代》杂志的副主编,第一次受主编的委托负责终审长篇小说。

《古船》描述的故事是从改革开放的80年代回溯到40年代的胶东土改乃至后来的"大跃进"、大饥荒和"文革"年代。这深沉厚重悲壮动人的故事让人读来回肠荡气,感慨良多。其中关于土改,更不乏惊心动魄的场景。我读后认定这是一部真实感很强、塑造了一些内涵丰富、有典型意义的人物形象,具有开拓意义和史诗品格的大作品。当即决定在《当代》1986年第5期全文刊发经张炜略加修订的《古船》。

《古船》在当时还有二十多万发行量的《当代》发表后,果然引起强烈的反响。

然而不久,在1987年"清除资产阶级精神污染"的背景下,《古船》受到了严厉的、来自当时某些意识形态领导人的口头而未见诸文字的批评(连电话记录都没有),以致当时的社长、主编竟以行政命令的方式指示不要出版《古船》的单行本。而我也不得不据理力争,坚持自己对《古船》的基本评价,强调要维护党的文艺政策的严肃性和稳定性,并以个人名义向社长、主编写了书面保证,立下"军令状",愿意为《古船》单行本的出版承担责任。这样,才使《古船》得以在1987年8月由人文社正式出版。

在我看来,当对一部作品有不同的意见,特别是有来自领导的批评意见时,对自己经手的稿件能够排除私心杂念,采取实事求是、敢于负责的态度,

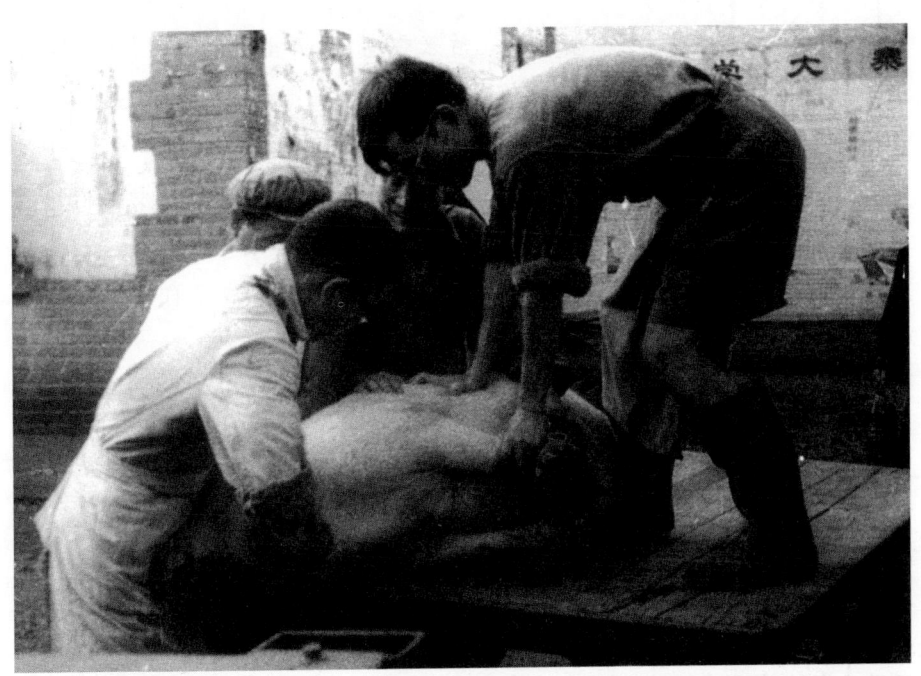

"走了张屠夫,不吃带毛猪。"我(右一)与罗君策(左一主刀者)等五七干校同学平生头一遭硬充"屠夫"。(1971年)

应该是一个编辑良好的职业道德最重要、最集中的表现。

《大国之魂》,是我1990年6月从美国探亲回来后面对的第一部比较复杂的书稿。

其时,我刚刚成为主持《当代》日常编务的常务副主编。经过调查研究,我首先排除了题材重复、美化美国等似是而非的问题。我强调要冷静地、不带偏见地看待四川青年作家邓贤辛苦经营数年、反复修改多次的这部《大国之魂》。我通过具体的分析后指出:在滇缅印战场与日寇周旋的确实是蒋介石、国民党及其军队,而作品着意通过二战中滇缅印战区的故事来透视中日英美等大国的民族之魂,无论对中国军队、中华民族的优劣,或西方盟友和日本侵略者的长短,都作了严肃冷峻的剖析和充满激情又真实准确的表现,角度独特,发人深省,无疑是同类题材中独树一帜、有分量有魅力的好作品。

针对作品的现状,我提出删去一些枝蔓,特别是全部删去作者家世(其父是当年中国远征军的运输兵,其母是蒋纬国的妻侄女)这些部分,但一定要保留第一次在我国战争历史文学中披露的日本军队组织随军慰安妇的内容(约两万字),从而可以在全稿31万字中选用最精彩也是相对完整的部分(约二十万字)刊发于《当代》1990年第6期。后来香港、台湾出版的《大国之魂》,所用的便是精粹凝练的"《当代》版"。31万字的全稿则于1990年10月由人文社出版。

《大国之魂》一鸣惊人,邓贤也一跃成为四川较有影响的、备受海内外瞩目的青年作家。

1992年早春,我收到了陈忠实的来信,说他已经完成了自己的心血之作——长篇小说《白鹿原》。

我和我的同事们在读完陈忠实这部长篇小说之后,虽然有一些具体的修改意见,但总体上一致肯定《白鹿原》是一部既有历史深度和新鲜感,又有可读性,既有突破旧观念的认识价值,又有雅俗共赏的审美价值的现实主义长篇巨著。

我先签署了分两期(1992年第6期和1993年第1期)在《当代》连载《白鹿原》的终审意见,又在1992年9月调任人文社主管当代文学的副总编后,签署了作为重点书出版这部长篇小说的终审意见:"这是一部显示作者走向成熟的现实主义巨著。作品恢弘的规模,严谨的结构,深邃的思想,真实的力量和精细的人物刻画(白嘉轩等可视为典型),使它在当代小说之林中成为大气(磅礴)的作品,有永久艺术魅力的作品,应作重点书处理。"这样,这部描写渭河平原50年变迁的雄奇史诗,一轴中国农村色彩斑斓、触目惊心的长幅画卷便展现在读者的面前。我就这样成了《白鹿原》的组稿人、终审人,也是它的责任编辑之一。

《白鹿原》一出世,评论界欢呼,新闻界惊叹,读者争相购阅,一时洛阳纸贵。《白鹿原》自1993年6月由人文社出版单行本以来,总印数早已超过百万册(含初版本、修订本、"茅盾文学奖"获奖书系、"百年百种优秀中国文学图书"书系和精装本等),而其盗印本不下十种,其印数与正版接近。如此看来,说《白鹿原》的总印数在两百万册以上,当不为过。

然而,如此为读者酷爱的《白鹿原》面世以后,在好评如潮之外,确实还有另一种声音。除了学术争鸣之类的意见尚属正常以外,《白鹿原》确实受到了很不公平的待遇:一方面是没有正式的批评意见,连电话通知我也没有接到,书照样印,可就是不让宣传,好像允许出书就是天大的恩赐似的。这就如同被晾在无物之阵里,让人深感压抑而又无奈;另一方面是,虽然《白鹿原》诞生以来,先后获得陕西省作协组织的第二届"双五"最佳文学奖和"炎黄杯"人民文学奖,但它在具有官方色彩的各类评奖(如"国家图书奖")活动中均告落选,而在新闻出版署组织的"八五"(1991—1995年)优秀长篇小说出版奖的评奖活动中,它连候选的资格都被主持会议的临时负责人粗暴地勾销了。

我对《白鹿原》所受的不公平对待深感不满。

1996年11月,我写了《从〈古船〉到〈白鹿原〉》(载《漓江》1997年第1期)一文,在《永远的〈白鹿原〉》这一专节中,我理直气壮地肯定:"《白鹿原》是堪与优秀的世界文学作品媲美的、厚重而有魅力的大书。"评论家蔡葵、何镇邦看到文章后主动打电话来表示赞赏。老蔡说,现在这样满怀激情、充满自信地为好作品呐喊的文章太少了。

后来,《白鹿原》几经周折终于在1997年底揭晓的第四届"茅盾文学奖"中榜上有名。我备受鼓舞,立即撰写《欣喜·理解·企盼》一文,表示由衷的祝贺,对《白鹿原》并非伤筋动骨的修订也表示了相当的理解。1998年7月,中央电视台"读书时间"节目组在无锡组织了一次活动,其中一个内容是请与会嘉宾举出20年来自己最看重的一部书并略述理由,作为对新时期以来优秀出版物的肯定与回顾。当主持人李潘把话筒交到我手里时,我很自信地说:"作为一个文学编辑,20年来我最看重的一部书就是陈忠实的长篇小说《白鹿原》,理由就在于它所具有的惊人的真实感,厚重的历史感,典型的人物塑造和雅俗共赏的艺术特色。"

除了《永远的〈白鹿原〉》,关于这部长篇小说和它的作者,我还写了《〈白鹿原〉档案》《陈忠实和他的〈白鹿原〉》等近十篇文章,累计有近10万字,都是毫不犹豫、理直气壮的肯定与赞美。这在我四十多年的编辑生涯中,可以说是绝无仅有的,也完全是自觉自愿去做的。

在《古船》《大国之魂》和《白鹿原》这三部重要作品的编辑经历之外,还有两件往事值得一提。

其一,是阿来荣获第五届茅盾文学奖的长篇小说《尘埃落定》,开头并没有被《当代》某些看过此作的编辑所看好。我后来意外看到这部小说之后,作为主编立即决定选载此作的一部分于《当代》1998年第2期,并为此撰写了对《尘埃落定》备加赞赏的"编者按"。

其二,是由于我的支持和推荐而在《当代》和人文社连续发表、出版作品的柳建伟，于1998年至2001年2月终于又完成了一部规模宏大、以西部某省会为中心舞台，在经济建设的矛盾纠葛中抒写人物命运的长篇小说《英雄时代》。这部长篇由于高唱主旋律又被某些同事所不认同。但我认为只要坚守文学的本分，唱响主旋律不一定就不好。何况此作歌颂了各种各样的时代英雄，包括来自底层的平民英雄，而且又是柳建伟心血之作《时代三部曲》的最后一部，(前两部是写当代农村生活的《北方城郭》和我军现代化建设的《突出重围》，都获得较高的评价)。我们应该将《三部曲》完整地推出。虽然当时我已退休，但我的意见还是说服了其他同仁。《英雄时代》于2001年3月出版后，我应约撰写了《谱写时代的英雄乐章》一文，发表在《人民日报》(海外版)上。而柳建伟则在送给我的样书上热情地题写了这样的话："恩师何启治先生存念　经您培育的《时代三部曲》出齐，愿与您共享这一阶段性成果……"下署："学生柳建伟敬呈2001年4月成都"。

  2005年4月11日，第六届茅盾文学奖终于评出，《英雄时代》榜上有名。这时候，一位同事回忆说，当年何老师就说过，《英雄时代》不但该出，说不定还会得个茅盾文学奖呢！可见，一个有眼光、有主见的编辑，该坚持时就得坚持，可不能人云亦云啊！

  此外，在新时期、在当代文学的编辑岗位上，我还为一些重要作品或文学新人有艺术个性作品的发表和出版发挥了重要的作用。它们是：《衰与荣》(柯云路)，《大上海沉没》(俞天白)，《女巫》(竹林)，《南京的陷落》(周而复)，《商界》(钱石昌、欧伟雄)，《秦牧全集》(秦牧)，《陈国凯选集》(陈国凯)，《赤彤丹朱》(张抗抗)，《文学评论家丛书》(陈荒煤、冯牧主编，共十六种)，《惑之年》(母碧芳)，《趟过男人河的女人》(张雅文)，《人间正道》《天下财富》(周梅森)，《缱绻与决绝》(赵德发)，《我是太阳》(邓一光)，《霹雳三年》(王火)，《牵手》(王海鸰)，《歇马山庄》(孙惠芬)，《狂欢的季节》(王蒙)，《似水流年》(姚蜀平)等等。当了几十年文学编辑，成果不过如此，但毕竟是尽心尽力地为作家服务过，还是可以聊以自慰吧。

美丽的人生缘于美丽的选择

  回顾几十年的文学编辑生涯，难忘在人生的长途中有过两次面临重要的

何启治编辑的部分作品书影

抉择。

头一次,是在"五七"干校的后期(1972年),广西一些大学到湖北咸宁去挑选老师。我可以选择去大学教书,却终于还是选择了人民文学出版社,在1973年夏天回到人文社的小说北组当编辑。这是从教还是从文的选择。

第二次,是如前所说的自费到美国去探亲。1990年在纽约,我可以留下来,肯定会衣食无忧,家人、子女将来跟着我移民也当不成问题。但这一来,我将面对终生的精神痛苦和灵魂的拷问。我最终还是在一年探亲假满之前选择了回国重操旧业——依然做我喜欢做的文学编辑工作。这样,我在物质上只能求个温饱,至今也不过住在一套不到70平方米的老式楼房里,但在精神上却一直感到相当愉快而富足。这可是去国还是回来继续报效祖国的选择。

柳青说过,人生的成败在于关键的两三步要走好。(大意)我庆幸自己在人生的关键时刻作了正确的选择。

美丽的人生缘于美丽的选择。考虑到这几十年来的政治、社会环境,如果我们对人对事都不苛求的话,我在即将进入古稀之年的时候,会从心底里

90年代一次笔会上与作家和同事们合影。左起:洪清波、刘醒龙、何启治、邓一光、朱盛昌、王干、汪兆骞、文乐然、胡德培、常振家、周昌义、周大新

感到快乐而欣慰。

无怨无悔,愧则有之

人活到五六十岁的时候,慢慢就会对自己的大半生作一些回顾。这时,我往往会问一些朋友和一些知名人士:迄今为止,你此生感到比较得意或比较满意的事情是什么?用同样的问题来问自己,我这个离开学校就到人民文学出版社工作的终身职业编辑会毫不犹豫地说,此生比较满意的就是做了自己比较有兴趣,又是比较有意义的文学编辑工作。

然而,哪里有十全十美的人生呢!

1949年10月14日广州解放的时候,我还只是一个刚上初中二年级的13岁的少年。和许多人一样,我也有迎接新生活的热情和狂喜。我很快就考入名校中山大学附中(当时的校址就在鲁迅生活过的大钟楼——如今的鲁迅博物馆),进入高中后又合并到华南师院(师大)附中。我先入团(新民主主义青年团),后入队(少先队),当团干部,当学生会主席。1954年考入武汉大学中文系以后，还是当校团委宣传部长之类的学生干部，并在1956年参加了中国共产党。我拥有崇高的共产主义理想，心里充满阳光，哪里会想到厄运会降临到自己的身上呢?!

首先遭遇的是1958年的所谓超英赶美的"大炼钢铁运动"。美丽的珞珈山立即成了烟熏火燎的炼铁厂，大操场上似乎在一夜之间冒出了一大片土高炉。学生宿舍的铁门都拆了化为铁渣，不管哪个专业的师生都轮班上第一线去炼铁，中文系有半年没上过一堂课……学生们发牢骚了，团干部们有意见了。这一切汇集到我这个中文系团总支书记这里，我便以团干部代言人的姿态向上反映。结果是被判定为走资本主义白专道路的"白旗"，平生头一遭招来了满墙大字报的批判。我的典型言论"难道大学生是廉价劳动力吗?"被画到一张漫画上，从一只线条轮廓相当柔媚的狐狸的口中吐出。我只好在批判大会上检讨自己的"个人主义"和"白专道路"思想。我是经历过1957年"反右"斗争的人，为什么不会吸取经验教训呢? 恐怕还是性格使然吧——我不是张牙舞爪、剑拔弩张的人，但总以为有话就要说出来。何况，又是那样自信呢!

第二回，是在"文革"之中，略经犹豫，便依然响应号召，起来"造反闹革命"。那结果可想而知，是在1970年寒冷的冬天，遭到了几个月的隔离审查，是有十几年党龄的青年编辑成了"'五一六'现行反革命分子"，又是平生头一遭迎来了"车轮战"式的反复批斗和"逼供信"的折磨。连续几天几夜除了吃饭排泄和"老实交代"的权利，竟不许有一分钟的睡眠! 满耳是"交代! 交代! 交代!"和"抵赖! 抵赖! 抵赖!"之类的连珠炮。到末了便出现了幻视和幻听——把一根小小的火柴棍看成面目狰狞的大棒，把围攻者的厉声质问听成了梦幻似的天方夜谭……于是，我又被迫在全连(社)大会上作了子虚乌有的"交代"。到第二年，在"九一三"林彪叛逃事件之后，在主持运动的军宣队不闻不问的情况下，我能做的就是自己贴大字报公开为自己平反。

今天回想起这些事情，作为终身为人民文学出版社服务的工作人员，我依然无怨无悔，虽然愧则有之。

所谓愧，一则指40年来的编辑工作本来可以少一些失误，还可以做得更好、更出色一些。马失前蹄的突出例子是，1991年六七月间，由于最终没能说服老主编，《当代》与张炜的长篇小说力作《九月寓言》失之交臂(详见我的《是

何启治已出版作品（部分）书影

是非非说"寓言"》（载《上海文学》2005年第7期）。二是想起自己在拔"白旗"、揪"五一六"和历次以"左"为特征的政治运动中，为自己的软弱而感到羞愧和汗颜。但我又想，情况这么复杂，谁又能面对人生的每一个关口都能作出美丽的选择呢？！

岁月无穷，人生有限。一个人一辈子能做成一两件有价值的事情就不错了。就此而论，我的确为自己终身职业编辑的选择而感到欣慰。

正是从这样的认识出发，2004年12月，我借给赵克勤学长祝贺70华诞为他写贺联的机会，也情不自禁地为自己写了一副回顾大半生编辑生涯的对联：

白旗红旗五一六覆雨翻云谁论定

长稿短稿三六九为人作嫁我甘心

落款处自书：六十八岁启治自嘲。多少年来，面对长长短短的各种稿件，把它们分成三六九等，分别作出留用、退改或不用处理这种几十年如一日的编辑生涯，我真是乐此不疲，甘之如饴呵！

在祝贺我70华诞的美好日子里，我的兄长似的好朋友、以长篇小说《战争和人》(三部曲)荣获茅盾文学奖的王火赠贺联一副:"南山峨峨生者百岁,天风浪浪饮之太和。"而另一位好朋友、著名评论家何西来则赠诗曰:"亦有文章传海内(指我有《文学编辑四十年》等九种著作面世),平生豪壮二编书(指推出长篇小说《古船》和《白鹿原》)。为人作嫁岂言苦,端的乾坤一腐儒。"王火和西来兄的真挚友情让我感动。

　　人生易老天难老。就算"人生百年",比起漫长的人类史来也实在是微乎其微。今天,我们并不是,而且以后也不可能生活在至善至美、完美无憾的社会中。下一个千年的人类在审视今天人类生活的时候,一定会发现我们还有太多的愚昧和落后。那么,我们又何必苛求自己短暂的一生完美无缺呢?本着这样的信念,在我已年过古稀的时候,虽然早已是白发稀疏,近视眼也已深达1450度,却依然快乐地读书、看稿、写作,每天还坚持到社区花园里漫步,每周坚持游泳锻炼……

　　正是:夕阳无限好,何须叹黄昏!

　　　　　　　　　　　　　　　　　　2006年2月20日草成
　　　　　　　　　　　　　　　　　　2009年11月30日补正

第 一 辑

作家·评论家·编辑出版家

三访文坛"老祖母"冰心

题 记

  冰心,原名谢冰莹(1900年—1999年),福建长乐人。1919年参加"五四运动",1921年参加文学研究会。1923年毕业于燕京大学中文系,旋即赴美留学,获威斯利女子大学硕士学位。1926年回国后,历任燕京大学、清华大学等校教师。1946年赴日本东方学会、东京大学文学部讲学。1951年由日本回国后历任中国作协第二、三届理事及书记处书记、顾问、名誉主席,中国民主促进会名誉主席。1919年开始发表作品,著有诗集《春水》《繁星》,小说集《去国》《往事》《晚晴集》等,散文《寄小读者》《再寄小读者》《三寄小读者》《樱花赞》《伏枥杂记》等,儿童文学集《小橘灯》。还有《冰心著译选集》(3卷)、《冰心文集》(6卷)问世。《空巢》获1980年全国优秀短篇小说奖。

  冰心,是二十世纪的同龄人,是我们曾经尊敬地称之为文坛"老祖母"的前辈作家。我仰慕已久却无缘谋面。直到上世纪的1986年以后,因受朋友所托,或编辑工作的需要,我才有了拜访她老人家的机会。每次晤面时的见闻感受,都历久难忘,且觉于为文做人,了悟人生都大有裨益。

  如今,冰心老人离开我们倏忽间已经有十几年了。但当年我所见文坛"老祖母"的音容笑貌、言谈举止仍然历历在目。谨对其中的三次访问作实录体的记述,以飨读者,兼以自勉,并以这些简朴浅陋的文字,表达我心中永久的敬仰和深深的怀念。

欢快的"愚人节"

1986年春暖的日子里,湖南文艺出版社的老编辑刘谈夫来京组稿,说该社准备出版现今健在的一批老作家的书信集,名单中有冰心。我便向老刘推荐我的同事、人民文学出版社的高级编辑周达宝来承担冰心书简的整理、编辑工作,因为她曾是冰心的《小橘灯》一书的责任编辑。我们几个当然必须先去拜访冰心。虽征得了她的同意,可行前又不禁犯起了嘀咕:冰心已经是86岁的老人,医生要她静养,好不好去打扰她呢?

还是达宝拿的主意。她说:"我这里有一盆君子兰,是李玲修让我捎给冰心的。我们就叫一辆出租车,带着君子兰去闯一闯吧!"于是,我们带上那盆珍贵的君子兰,便直奔西郊而去。

到了中央民族学院,才知道冰心已经迁入该校专为高级知识分子盖的新宿舍楼里。我们一行中,年近半百的我算是"年轻"的了,于是便自觉地捧起了那盆君子兰。上了二楼,一拐弯,只见米黄色的门面上赫然有黑墨涂写的"医嘱谢客"四个字,心里不禁有点犹豫。但既然大老远的来了,也管不得许多了,于是叩门。门开了一道缝,一位清瘦精干的保姆侧身挡着。达宝只好简单地说:"我给冰心捎花来了,让我见见她就明白了。"她边说边往里走,我们便也紧随着鱼贯而入。

冰心老人正安静地坐在卧室的办公桌旁边,那一动不动的样子,使人立刻想起她那"独坐沉思的脾气至今不改"的自述(见《寄小读者·通讯十》)。可是一见到周达宝,便高兴地拉她的手,温和地笑着说:"真没想到……请到客厅里去坐吧。"我们要搀扶她,她说不用,便缓缓地站起,双手抓着一个形状像车站检票口那样的金属架,不怎么费劲地便来到客厅。冰心一边走一边告诉我们,这轻便助行器是一位美国朋友的赠品。瞧她自信地移步的样子,这助行器确实轻便好用。

不到20平方米的客厅里,靠西有几张较高的软椅子,东边是一排沙发。我正想在高椅子上落座时,冰心说:"你们坐沙发吧,这椅子高一点,我坐着起来方便。"我这才明白其中的奥妙。

冰心,头上是灰黄斑白的头发,脸上当然已有些许老人斑了,但天庭饱满,皮肤白而微红,气色很好,那双眼睛还很有神采。她的穿着可就十分素雅了:藕荷色带浅黄方格的中式上衣,蓝黑色裤子,黑面布鞋,朴素中给人一种亲切感。达宝介绍老刘时,年近古稀的老刘恭敬地站起来,微弯着腰作自我补充:"1957年我被划成'右派',过去一向很拘谨……"冰心当即插嘴:"没什么,我一家都是'右派',文藻是'右派',儿子是'右派',我是'右倾',女儿是'中右'……"脸上却是坦然的笑容。达宝说:"1969年下干校,我们同坐一列火车。你戴一顶小草帽,挡着阳光遮着脸,我看出是你,却不好上去认。""那是什么时候呀,我正好拔了牙,还没安上,人家就把我称为'无耻(齿)之人'……"冰心这样说,接着竟开朗地笑出声来。我在跟着大笑的同时,不禁在心里想:冰心到底是博爱的讴歌者,她毕生用自己的作品赞美深沉博大的母爱,甜蜜珍贵的童年和美丽纯洁的大自然,要她总是记恨着什么,大概还真不容易呢!

　　后来,又一次谈到她的丈夫吴文藻先生时,她才严肃地说:"人家说他傲,其实文藻不傲;不,文藻是个挺谦虚的人。"这时,她的眼睛注视着她正面的东墙上的一副楹联。那是梁启超先生的一手工整有力的楷书,上联是"世事沧桑心事定",下联是"胸中海岳梦中飞",题款是"冰心女士集定庵句索书,乙丑闰浴佛日梁启超"。楹联中间是1982年吴作人为冰心画的一幅国画,上题"冰心先生正腕",画面上,可爱的熊猫正津津有味地吃着竹子。我不便打岔究问,按我国的干支纪年法,屈指算来,启超先生为冰心书写这副楹联的时候,应该是1925年(乙丑)农历闰四月八日(浴佛日),即冰心25岁还在美国留学的时候。题款中的(龚)定庵即清末著名爱国诗人龚自珍。

　　我们谈到《冰心书简》这个正题时,她逐一开出包括巴金、陈白尘、高士其、赵清阁、赵朴初、郭风、周扬、周明、茹志鹃、陈祖芬、李玲修、臧克家、张洁等人在内的名单,说这些人手里可能还保留着她的一些信件,但她又指出,这些信可能都比较简单,有的也许是事务性的纸条子。在北京的朋友们往往通一次电话就把要说的话说完了,熟悉的、常来往的朋友反而可能没有她的信。老刘表示要尽最大的努力去征集,并说湖南文艺出版社就请周达宝担任《冰心书简》的责任编辑,建议她给达宝写几句表示信任、委托的话。冰心欣然同意,也不用戴老花镜当即提笔在一张白纸上写道:"周达宝同志在收集我给朋友的信。你们那里如有,请给她。冰心,4.1.1986。"那签名竟还是那么潇洒流畅的两个字。

谈话中，我们都十分惊叹冰心极好的记忆力。她自己却不以为意地说："这并没有什么诀窍，把生活中该忘的忘掉，该记住的大概也就能记住了。比方说，前人给我的书信，我一般都是不保留在身边的，但我很重视小读者的来信，唯独这些小读者给我的信至今都还原封不动地保留着。"信件如此，其他人世沧桑大概也相仿吧。我从她的话语中，似乎体会到了她的童心和旷达。

果然，从李玲修送给她的君子兰谈到养花的时候，她就坦然地说："我不会养花，名贵的君子兰在我的手里死了好几棵了，至今一棵也没留住。"边说边轻轻地一挥那小巧的手。我随着她的手势看那朝阳的大玻璃窗台上，果然只有稀稀拉拉的几棵朱顶红在灿烂的阳光下展示着它们的几片绿叶，竟然没有一朵鲜花。大概见我们听说君子兰都养死了有点发愣，冰心接着又以调侃的语气说："我不忌讳说死。人都要死的。何况花呢！我已经跟（女儿）吴青他们说了，等我死了，我的图书资料就交给文学馆。"这么说着，那小巧的手又是轻轻地一抡，在客厅里划了一条弧线——客厅的书柜和书架上摆放的都是她的中文图书资料和一部分英文、日文等外文原装书。

毕竟因为怕坐的时间长了冰心老人太累，我们终于要告辞了。这时我注意到，在冰心身后一个黑色的木架子上，一边摆着一块白珊瑚，一束马蹄莲塑料花，另一边是一个银制的香炉，上刻"吾师哂纳，生维存敬赠，1938年"等字样。其上是一幅根据意大利摄影师拍的周总理照片画成的油画。周总理斜靠在沙发上，面容清癯，目光炯炯地注视着前方，仿佛仍在专注地思索着。在和冰心老人握手告别时，我忍不住俯身问她这花和香炉放在这里有什么特别的意思没有，她立即回答说："放在周总理的遗像前，这就是香花供奉的意思嘛！"呵，我突然想起她关于"把生活中该忘的忘掉，该记住的大概也就能记住"的那段话。周总理的音容笑貌和谆谆嘱咐，她一定都已牢牢地铭记在心里吧！

从她的住室出来，外面依然是一片温煦的阳光，一簇簇金灿灿的迎春花正报告着春天的信息。我不禁想起在客厅里刚坐下来，冰心就笑着提醒我们："你们怎么这样会找日子，今天可是西历的愚人节呀！"噢，我们毕竟是中国人，真没想到，在西历的"愚人节"里竟会有这么有意义、这么愉快的一次访问啊！

童心永不老

1991年春节期间,人民文学出版社已离休的老社长严文井得到冰心手书的《绝句三首》(集龚定庵句)。1991年2月23日,文井同志写信向冰心索要"所有的同类'少作'"。两天后,冰心即复信并寄去她"在贝满中学上学期间(1914年—1918年)的少作"——《绝句八首》。我当时正在《当代》杂志社工作,知道这信息后便希望冰心这些"少作"能和《当代》的读者见面,并很快得到她的应允。这就是后来发表于《当代》的《绝句八首》。(见1991年第3期《当代》)

对这些"绝句",文井虽有评论说,"谢(冰心)集实乃谢作,自珍原句变成了冰心风味","后学者势必要下一番功夫,才能真正领会其中味也。"

为了让《当代》的读者更好地理解冰心这些少作并探寻其深意,我们请人民文学出版社古典文学编辑室的林东海查找三十二句龚诗的出处并写了"编校者附记"。解释龚句的意思比较好办,解释谢诗可就难了。我们不好妄加揣度,只好和东海等结伴去向冰心求教。

访问于1991年3月16日上午在冰心住室进行,谈话历时约一小时。

我们的意外收获是在八首绝句和早已熟知的对联("世事沧桑心事定,胸中海岳梦中飞")之外,又多得了两副冰心集龚自珍诗句而成的对子:"别有狂言谢时望,更何方法遭今生"和"烈士暮年宜学道,才人老去倒逃禅。"

关于自己14岁至18岁在贝满中学少女时期集龚自珍句而成的这些诗和对联,冰心随意表白地说,那时我的小舅舅要把我培养成一个才女,教我琴棋书画,我一样也没学成,却从他买给我的诗集中迷上了龚定庵。由爱读而烂熟于心,而集成"新作",就像小孩子玩七巧板,拼接起来挺好玩的——但玩的结果,倒也觉得有的"新作"似乎比所出之原诗还精致而有意义一些;不过也说不上什么深意,只是玩七巧板罢了。

冰心边说边让阿姨拿来《龚定庵全集》查对。那上面夹了一些纸条,可见她至今仍爱龚诗且熟悉龚诗。

谈到藏书,冰心干脆让阿姨带我们去看卧室。这里除了书,办公桌,两张单人床,还有照片和字画。吴文藻先生的遗像上缀红花数朵。茶几上有他们夫妇和三个孩子的合家照。墙上挂的字画中,有陕西"月季王"罗国士画的月季,还有冰心的祖父以工整楷书自书的诗作。

由祖父自书的楷书诗作,冰心坦然谈到自己的家世和先辈的行状。她说,曾祖父是个不识字的裁缝,凭悟性"记账"。到了年关,他凭着记忆去收账,被赖账的人欺侮,只好空手而回。岂料曾祖母正在窘迫无告中悬梁自尽。曾祖父急忙解救,而后双双跪地,相拥而哭,并发誓如生子必供其读书,以免再受人欺侮。想不到此后却连生四女,至第五胎难产,却是男孩,就是祖父。祖父聪颖好学,其成就超过所望。从祖父这一代起,谢家便成为所谓"书香门第"。

谈到这里,冰心笑笑说,近来写家谱,有的亲戚远攀到东晋政治家谢安身上去,又劝我不要谈曾祖父是不识字的布衣,我都不赞成,觉得那样做实在毫无意思。

冰心由此又说到自己的故乡。她说,我是福建长乐县人,不是福州人。她爽朗地笑着说,是哪儿人就说哪儿人,小地方出来的人未必就不行,何必高攀什么大地方呢!

临告辞时,我们又一次请冰心参加人民文学出版社建社40周年的庆祝活动。冰心说,我祝贺你们建社40周年,祝愿你们多出好书,为繁荣创作多作贡献,但社庆活动就不参加了。她幽默地说,我年纪大了,行动不便,已经是北京医院吴蔚然院长的"监护对象"。没办法,我行动不自由呵!

啊,冰心,冰心,你真有一颗比金子还要清纯的童心呀!

"向武汉的小读者问好"

1994年3月9日下午,我陪《长江日报·周末版》的三位编辑,按事先的约定驱车来到冰心的住处,访问她老人家。

冰心的女婿陈恕教授在门前迎接我们一行。稍候,刚接受过医生治疗的冰心老人便在她简朴的卧室兼书房里会见了大家。

三位编辑首先代表《长江日报·周末版》向冰心老人致意问好,祝她健康长寿,同时向这位文坛前辈献上鲜花和果篮。冰心老人双眼炯炯有神,脸上绽开了慈祥的微笑,连声道谢,谢谢大家远道来看望她。

1994年3月9日,何启治陪同《长江日报》友人访问冰心时,与冰心老人的合影。

接着,陈恕展示了冰心老人事先为《长江日报·女性世界》写好的题词:"姐妹们:愿我们都做一个自爱、自尊、自立、自强不息的新时代女性。冰心,二,廿一,一九九四"。来访者都说这祝愿的话意思很好,冰心老人的字也写得苍劲有力,但我提醒说,还没有写明是为谁题的字呢,是否请冰心老补上一笔?

冰心马上点头首肯,一面戴上眼镜,一面说好,好的,我就在这边角上补一笔吧。当即提笔蘸墨,在竖写的题词的左上角添上"为长江日报女性世界题"这几个字。

这时,编辑部负责人在冰心老人面前展开了一份新近出版的《长江日报·周末版》,介绍说,"长江日报"这四个大字还是毛主席题写的呢。

"真的,真没想到呢,哈哈!"冰心老人朗声笑了起来。

接着,一位编辑趋前对冰心老人说:"我打小就从您的《小橘灯》等作品中吸取营养。现在我的孩子和他的小伙伴们也都爱看冰心老奶奶的《小橘灯》呢!"

"好,那就请你们代表我向武汉的小读者问好,替我谢谢武汉这些热情的小读者。"冰心老人一边微微地笑,一边说。

另一位编辑随即走到冰心老人跟前,紧握着她的手,祝愿这位世纪的同龄人康健快乐。

这时,编辑部负责人接着说:"今年是我们长江日报社庆45周年纪念,请冰心老人给题赠几个字吧。"

过了一会儿,陈恕拿出一张散发着翰墨芳香的题词,只见上面写着"不尽长江滚滚来。敬贺长江日报社庆四十五周年。冰心,三,九,一九九五。"

"好,这就太感谢了!"访问者齐声说。

"错了,错了,这'九五'写错了,该改成'九四'才对。"细心的陈恕突然发现了笔误。

"还真是呢。好办。"冰心老人一边说一边很圆熟潇洒地在"五"字上绕了个流线型的圆,"五"便自自然然改成了"四"。

"这下真是好了。"众人一迭声地叫好。

最后,在冰心老人手捧鲜花与访问者逐一合照留念后,大家便高高兴兴地告辞了。

3月9日的下午,北京的天气有点阴冷。但来访者的心却感到很温暖,大家都忘不了这个美好的日子。

草成于1994年春

永生的秦牧

　　没有伟大的人物出现的民族,是世界上最可怜的生物之群;有了伟大的人物,而不知拥护,爱戴,崇仰的国家,是没有希望的奴隶之邦。

　　　　　　　　　　　　　　　——郁达夫

一

　　时光荏苒,倏忽间秦牧同志永远离开我们已经快有二十年;而他的夫人、作家吴紫风同志也在去年春天病逝于广州。想起来,真是让人痛惜!

　　从当时广东省作协主席陈国凯的电话里知道秦牧猝然病逝的消息后,我怀着沉痛的心情做的第一件事是:分别以人民文学出版社、《当代》杂志全体同仁和我与妻子叶冰如的名义发出三封唁电。其中以《当代》名义给广东作协发出的唁电表达了我们大家共同的心情:

　　　　惊悉我们敬爱的秦牧同志不幸病逝,悲痛之情难以言表。中国当代文坛从此失去了一位蜚声海内外的重要作家和忠厚长者,我们失去了一位良师益友,但他从事文学活动五十多年来著作等身,他的佳作美文人品文品和崇高精神,将永远激励着我们前进。请向紫风同志和其他亲属转达我们诚挚的慰问并望节哀。

　　在万分沉痛中,记忆中出现的第一件事却是发生在人民文学出版社简陋的后楼三楼办公室,在林默涵同志召开的鲁迅著作编辑室的全体会议上。时在1978年初,冬日少见的灿烂阳光照得满室生辉。那时候,为了保证在1981年9月鲁迅诞辰百周年出齐新版16卷本《鲁迅全集》,从广东、上海和其他地方借调了一些学者、专家来参加"全集"的编辑、注释和终审定稿工作,其中就有秦牧、曾彦修这些同志。这天的全体会议就是我们平时戏称为"走廊会议"

的会,只有十几平方米的办公室里坐满了人,有的同志只好坐在走廊上。正式开会之前,曾彦修同志突然站起来很严肃地说,我想先说几句题外话:当年秦牧同志和我在广东省文教厅共事的时候,我们对他作过不公正的批评,真是对不起。我现在借这个机会向他道歉,请他原谅。……秦牧似乎事先也毫无思想准备,稍停才摆着手说事情都过去了,不必说了,不必说了。

我和大家一样感到很突然,也很难忘。我想,原来我们所敬重的秦牧同志不但1957年受过委屈,"文革"中受过折磨,早在1951年、1952年他在广东省文教厅任资料科科长主编《广东教育与文化》杂志时,就受过委屈刁难呵!而平时他却是那样豁达乐观,下笔如有神,哪里像个接二连三受过委屈的人呢!

二

初识秦牧,是在1977年底他奉调到北京来参加新版《鲁迅全集》的定稿工作之后。

作为我所敬仰的前辈作家,又是广东同乡,现在同在一个编辑室里为同一个目标工作,自然有了更多接触请教的机会。

那时候还有个方便的条件是:他和紫风同志住在出版社后楼的一间斗室里,而我作为拆迁户也有两三年就临时住在出版社大院的简易木板房里。双方住处相隔不过百米,来往自然方便。记得我关于青海、西藏等边疆少数民族的话题,就曾引起过他的兴趣。知道他那时还没有去过西北,而我是在西藏格尔木中学当过两年援藏教师,又两次到过拉萨的人。于是,关于青藏高原的苦寒、干旱、沙尘暴,关于边地人民的生活情状、民情风俗也就谈得比较多。特别是关于藏族的天葬,我既讲过一些天方夜谭式的传说,又介绍过我在拉萨天葬场的实地观察见闻,还送过他一套反映整个"天葬"过程的黑白照片。而不久就见到他借天葬这个材料写成的散文佳作《在秃鹫笼旁》,那情趣,那文采和深邃的哲理,都在显示着大散文家的手笔和神思。

我在鲁迅作品注释中遇到的难题,自然常常向被誉为"多识鸟兽草木之名"的"杂家"秦牧求教。我是鲁迅的《朝花夕拾》《野草》等散文集的责编,一次在为《朝花夕拾·小引》作注时,碰到"水横枝"这个词儿。1958年版没有注,

1977年征求意见本的注释又不准确,定稿小组大多同志都没有见过这种东西。秦牧便向大家介绍他知道的情况,提出修订意见。但还怕不准确,便又亲笔给友人——广东的一位园艺家写信请教。后来很快就收到回信,指出"水横枝"是一种供观赏用的盆景,订正了原注中"极香"之误说。这时,他才欣然命笔,撰写了一条简练而准确的注文:"'水横枝'——一种盆景。在广州等南方暖和地区,取栀子的一段浸植于水钵中,能长绿叶,可供观赏。"他治学行文的严谨,由此可见。

我个人在工作之余也偶尔写点散文。明知秦牧很忙,除工作外还有自己写作散文、杂文、童话故事乃至中短篇小说的计划。向他约稿的报刊编辑接踵而至,高峰期竟有九十多家,但我还是忍不住要以自己朴拙的散文稿向他请教。如散文诗《红柳》《枫》,散文《布达拉宫散记》《冰峰雪莲红》之类,都曾送请他过目。而他不但认真地看过,提了修改意见,认为较好的如《红柳》和《枫》还直接由他推荐给《羊城晚报·花地》副刊发表,成为我在新时期发表的第一篇散文诗。

让我感到意外的是,1979年一个天暖的日子,素不相识的天津新蕾出版社的诸有莹大姐突然到人民文学出版社后楼三楼的鲁编室来向我组稿,约我写鲁迅的故事。她跟我说,是秦牧同志推荐了我,说我可以胜任。我事先可是一无所知呀,上举几篇短文那时也还没有一篇化为铅字。就凭着他看过的几篇原稿吗?感动之余,我不禁诚惶诚恐地表示要努力一试。其结果便是1981年8月出版并获得全国优秀少儿读物一等奖的《少年鲁迅的故事》。没有秦牧的推荐和鼓励,就不会有这本传记文学作品的出现。

三

秦牧随和却不随便,治学为文严谨,待人处事幽默而又宽厚。

谁都知道,作为一个知名作家,他不但没什么架子、不摆谱,在生活上则是颇能凑合的。我那时的临时住所是简易的木板房。这种房子夏热冬冷不在话下,最要命的是简直无所谓隔音,静夜中打个哈欠,翻动书报都可能构成对邻居的干扰。地板铺的方砖,自然难免凹凸不平。而秦牧同志竟然不避简陋,有时到这样的房间来和我聊天,坐在摇摇晃晃的帆布躺椅上还风趣地说:

这样不是也蛮舒服吗!

　　他自己那时也住在狭窄的斗室里,苦夏经受着西晒的煎熬,寒冬忍受着严寒的折磨(那里的暖气只能保证摄氏十三四度的温度,从来达不到北京市规定的最低标准),我们却从未听他抱怨过什么。最难堪的是广东人习惯了经常洗澡,夏天更是最好一天冲洗上几回。但那时条件太差,夏夜里他也只能在夜色的掩护下,穿一条大裤头在住处楼下过道的一个废弃大浴缸或关在厕所里洗凉水澡。这可是一位年届花甲的大作家呀!今天的年轻人也许难以置信,但当年为了鲁老夫子秦牧确是作过这样的牺牲。

　　平时花钱,他认为该花的总是大大方方地先付款,如托人买书刊乃至付誊抄稿件的抄稿费(总要比当时的一般标准高);但用剩的也不含糊,或收回,或嘱留作以后用,使人觉得很实在。

　　1979年底,他已经"超期服役"一年之后终于调回广州继续担任《作品》主编。临行送别的火车上,他还嘱我替他做东宴请鲁编室的同事。1980年元旦来信时特别提及说:"已托赵琼(鲁编室秘书,替他管理一些稿费和收支事务)同志迟日交五十元给你,届时请代我做一次东,宴请鲁编室全体同志,包括林辰同志夫妇,你们夫妇和小魏,表达对大家关切和照料的谢忱。我在京最后几天太忙,没能办到,希望你务必代办。"1月23日信又说:"请你给我代做东一次的事,务请办理。……扣除宴会所需后,我还有稿费存余没有,便请告知。"当他知道此事已遵嘱照办后,2月8日的信里才说:"你代为邀请大家到国际俱乐部餐叙一事很好,这也表达了我对大家的感谢之意。"

　　秦牧自己还在鲁编室参加"全集"定稿工作时,见大家常常没日没夜地加班,晚上就时不时地给加班的人送上点心。如今回广州去工作了,还常常惦念着大家,留钱宴请了大家才觉得安心,真挚之情真是令人感动。

　　当我编写的《少年鲁迅的故事》即将完稿时,曾经写信商请他为这个小册子写篇序,因为我觉得没有他的鼓励和促成,就不会有这本小书。1980年5月23日,他复信很坦率地说:"知道你的《少年鲁迅的故事》即将完成,很好!但是给少年读者看的这类书,我以为不需写什么序,是创作性的,序才有它一定的需要。"

　　在处理这类事情上,他是坦诚而又实事求是的。

　　过了七八年,大约在1987年底,我在漓江出版社友人的支持下,开始着手编选自己在新时期的第一本散文报告文学集《梦·菩萨·十五的月亮》,自然又想到请我所敬仰的秦牧作序。这一回,他很痛快地答应了,而且要我寄几篇有代表性的作品的复印件给他作参考。不久,果然就收到了他写的序。除了一个睿智长者的热情鼓励,他在序文中又很准确地指出我的"稳重扎实的文字,有些像水少料多的实物,似嫌稠了一点,如有更多的抒情,更多的口语,更多的幽默风趣掺杂其间,我想,它的流畅生动的程度,还可以更提高一步。"这些意见,对我在写作上的进步确有很大的帮助和启发。我1992年完成的,写我在美国探亲时到华人餐馆打工生活感受的纪实文学《中国教授闯纽约》,之所以得到文艺界同行较多的肯定和读者的欢迎,除了题材本身的新鲜感之外,和秦牧的这些提醒也是不无关系的。

遗憾的是"梦"这本散文集刚刚排出清样,我就到美国去探亲。等我一年后回国,又经过一些曲折,在秦牧作序三年多之后的1991年10月,这本小书才得以出版。他为这本散文集写的序,也就没有机会另找地方发表。对这一切遗憾,秦牧都采取一种理解的态度。他在1991年6月5日的来信中说:"出书难,我深有体会,虽然我未受直接冲击(直到现在,我刊行任何书籍都不需补贴),但见到的也够多了。你的书延迟出版,我不会有意见。"这种理解和同情,使我在遗憾中稍感安心。

面对严肃的文学作品在出版发行上的困境,秦牧的大家风度给人一种镇定从容的力量。

四

秦牧是很看重真挚友情的人。

有的人,从一时的利害关系出发,也讲友谊,甚至讲哥们儿姐们儿义气,但这种关系未必长久。只有真诚无私的友谊,才经得起世事沧桑变幻的考验。就我所知,我的同事、同乡、俄苏文学翻译家(译著有《高尔基文论集》《巴黎的秘密》《记忆中的木偶戏》)伍孟昌(1911—2006),就是秦牧终其一生始终与之保持着深厚友情的一位。

孟昌,比秦牧年长八岁,广东台山人。日寇侵华,在中华民族危急的时刻,众多知识分子汇聚在号称战时"文化城"的桂林。1941年,秦牧辗转到达桂林,在立达中学教语文,并参加中华全国文艺界抗敌协会的活动。其时他的紧邻就是也在立达中学教英语的伍孟昌。孟昌已经结婚,且有儿有女,而秦牧却在教书、写作之外正和《广西日报》记者吴紫风谈恋爱。这一对抗战时期的恋人有时就双双结伴去造访孟昌那简朴而温馨的小家庭,在那里和孟昌一家共度难得的快乐时光。孟昌心仪秦牧的学问文章,秦牧欣赏孟昌的勤奋和传统美德——三十来岁的孟昌教英语之外还上夜校学俄文,并以他微薄的力量勉强支撑着一家人的艰难生活。后来,孟昌到国际医疗队担任英语翻译,离开了桂林。1944年,孟昌太太在辗转流徙中患肺结核病故。当时年仅三十二岁的孟昌拉扯着三个孩子从此终生未再娶。

真正的友谊可以超越漫长时空的局限。

人民共和国诞生后,秦牧一直在南国花城工作,而孟昌则从1953年起便到人民文学出版社外国文学编辑部当编辑。遥远的距离并没有隔断他们的友谊。当秦牧从1977年底至1979年底奉调到人民文学出版社参加新版《鲁迅全集》的编辑、注释的定稿工作之后,他们更有了朝夕往来的便利。

此后,秦牧在出席中国共产党代表大会或出席全国人民代表大会的间隙中,必抽空去看望孟昌全家,或请他们全家到饭店餐叙。

1991年3月31日,秦牧趁在北京参加人大会议之便,邀约孟昌全家和人民文学出版社原鲁迅著作编辑室的一些同事到东兴楼烤鸭店吃饭。席间,我特意为他和孟昌全家,以及他和孟昌、林辰、刘炜等拍了几张合照。6月5日,他在收到照片后给我的来信中说:"很高兴收到来信和相片。相片虽然不是拍得十分理想,但的确很有意义,看了很高兴,已予珍存。"

从秦牧给孟昌的几封信中,也不难看出他为人处世的态度和对真挚友谊的珍惜。

孟昌年轻时,是上海学运中很活跃的分子,某大学共产党的干部,"飞行集会"游行示威活动的组织者和参加者。他在抗日战争的颠沛流离中脱党,却始终不忘自己在本质上还是一个共产党员。1987年,在孟昌七十五岁时终于恢复了党籍。欣喜之余,他首先想到要告诉几十年的老朋友秦牧。秦牧完全理解孟昌兴奋难抑的心情,很快在9月11日复信说:"你恢复了党籍,听了真为你高兴!……以老兄的品质,完全可以做一个优秀的党员。"又安慰劝告他说:"(你)眼睛不好,希勿过度用神。年老了,日子应过得平静安详些。你在青壮年时代已经做了大量工作,现在是应该好好安度晚年了。"

秦牧说孟昌"完全可以做一个优秀党员",并不是朋友之间无原则的吹捧,而是根据孟昌的实际表现,也可以说是根据他几十年的观察和体会。早在孟昌恢复党籍之前好几年,即在1982年8月2日给孟昌的信中,秦牧就很动情地说:"我当选今年9月召开的全国党代会代表,届时会来北京。当然得找诸位老友聊聊。……和老兄认识四十多年,对于你的高尚品格有很深的了解。在滔滔人海中,你是完全可以当君子之称而无愧的。在我的一生中,像你这样品格的人我很少见到。作为朋友我深感荣幸。这些话,本来不说也可以。但我们都老了,说一说,似乎更好。看到你安度晚年,我很高兴。"在孟昌恢复党籍之前说他"当君子之称而无愧",我想这和五年后说"以老兄的品质,完全可以做一个优秀的党员",实质上是一个意思,就是以几十年的深交,确认孟昌是知识分子中很优秀的一员。而这,也体现了秦牧的世界观和友谊观——在他的心目中,像孟昌"这样品格"的人才是可以定终身之交的真朋友。而且,我们不难想象,这也是秦牧同志在见到许多庸俗、市侩、卑劣、邪恶、内讧、自戕之后的有感而发吧!物以类聚,人以群分。朋友在一定的意义上就是自己的镜子呀。

五

秦牧1979年底结束在北京的工作返回广州后,和在北京共事过的朋友一直保持着经常的交往。他几乎每年都有机会到北京开会,或者是中国共产党的代表大会,或者是全国作协、文联的有关会议。而我们,只要是到广东出差,几乎也总要抽空到华侨新村友爱路去看望他和紫风。

用现在比较时髦的话来说,似乎我们之间还有点缘分:我和他为编新版《鲁迅全集》共事过两年;我妻子叶冰如是他的儿童文学作品集《巨手》的责任编辑;我大哥何启光(广东人民出版社高级编辑)和他曾经是五七干校的同学,大哥、大嫂(陈婉雯,《南方日报》高级编辑、记者)和紫风同志也熟悉又很谈得来;1979年他到无锡等地访问、讲学,在无锡以主人的身份接待他的,竟是我的姐夫路明(时任无锡市文化局局长)。在这种情况下,我到了广州,通常总要和大哥大嫂约好时间去拜访秦牧夫妇,而他们也总要留我们一块儿吃饭,然后就无拘无束、漫无边际地神聊。

现在还记得比较清楚的是1982年10月15日晚上那一次。我大概是第一次到友爱路他们的住处,所以不仅注意到他们阳台上罗列的米兰、仙人掌等花卉,而且也留意到靠过道有大金鱼缸,养着紫、红色的金鱼,色彩斑斓、成群结队的热带鱼,鱼缸上还放置一个加工过的大夜光螺,和鱼群相映成趣。墙上显眼处是陈少山的书法:但愿人长久,千里共婵娟。引人注目的还有一尺多长、约五厘米直径的大龙虾标本,以及形象生动的一对潮州木雕人。

每次吃饭,都有一个秦牧亲手烹饪的菜,他说这是他在五七干校当炊事班长学来的手艺。这一回他上的菜是腐竹烧蚝豉、烧鹅、烧鲩鱼、菜远(心)等,自然还有正宗广味墨鱼莲藕汤。饮用的是港友所赠法国特级名酒。

席上盐焗鸡极好,大家交口称赞。大哥说超过了东江特色的名菜,不是说功夫超过,是材料太好了。紫风便接口说,这就像做文章,虽然不是大手笔,只因为材料太好,效果也就好。大家便都发笑。

饭后一面享用柠檬汁、特级熟香蕉,同时便漫无边际地高谈阔论。

大哥先说他撰写的对联获头奖的经过:先由《羊城晚报》发征联消息,十

20世纪80年代,何启治(左)与秦牧合摄于北京某宾馆

位知名人士为评委,多次宴饮、争论,在全国除新疆、西藏、台湾之外,包括海外、新加坡在内共九万以上的竞争者中取十名候选,最后由无记名投票定他的对联为头奖。这副对联为"鹤顶格"对,即由征联者翠园酒家请一位八十多岁老人出上联,而下联对子必须以"园"字打头。这样获头奖的对子便是:翠阁我迎宾数不尽甘脆肥浓色香清雅(上);园庭花胜锦祝一杯富强康乐山海腾欢(下)。后来这对联便雕刻在木板上,高挂在广州(河南—珠江之南)翠园酒家的正门两侧。翠园酒家奖给作者五席酒宴,但评委加上赴宴的亲友太多,大哥不得不自费另加了两席,以致连自己准备买洗衣机的钱都贴补上了。

在快乐的笑声中秦牧谈到迄今他本人获得最高稿酬的一个例子:日本编辑出版《中国名菜》全九册,每套售价五百美元。秦牧被邀为"广东美食"(包括点心)两册写千字文,奉邀两次赴宴(一席二百元),赠私宴一席(约值六十元),加上五十元稿费,实得一百多元。这在当时确确实实算是高稿酬了。

谈话涉及历史的回顾时,首先讲的就是在五七干校时知识分子不得不屈服于封建专制愚昧的淫威,心里未必情愿,却连吃顿饭也搞餐前那套封建仪式。紫风说,一吹鸡(哨子),就拿着饭碗搞餐敬仪式,喊"祝万寿无疆",祝林叔公身体健康。大哥就补充说,有个地方一村人都姓马,所以都挂马克思的像。说到这里,真是觉得又可怜又可笑。

大哥接着便介绍自己如何直到1959年才被划为第六类"右派"的事。秦牧便讲到有的地方曾用拈阄的办法确定谁当"右派",以便按"比例"完成任务。某部长手下人全都成了"右派",他引咎自责,说这样我当然也是"右派",想不到最后搞到家破人亡那样严重。讲到这里,秦牧就从理论上分析说,其实把"右派"当敌人在逻辑上就是讲不通的——既然敌方可分左分右,其左派也不是我方的人,那么我方的"右派"怎么就会成了敌人呢?他接着说,实际上全国到现在落实下来的也只有包括章伯钧、罗隆基、林希翎这五六个右派而已。

这时,秦牧自然就提到他当年写了《地下水喷出了地面》惹了大祸。他说,如果不是广东省委宣传部(部长杜埃)保了我,不但肯定会被划成"右派",恐怕还可称为"极右"呢!

这样谈话就从历史的回顾转到现实的话题。秦牧介绍了党的十二大如何破除迷信,不叫胡总书记,邓副主席,干部和工作人员对胡、邓还有直呼其名的。可惜到了地方上,有的省委副部长对部长还要叫某部长,有的公社书记之类人家不叫他的官衔就不高兴呢。

我们问秦牧比较赞赏十二大的是什么?他说他十分欣赏蔡畅等革命老人顾问委员都不当。他认为这是最明智之举,对事业有利。他说,一个人到老态龙钟时离职什么都不干最好。这时,秦牧又加重语气说,人最好八十岁以前就去见马克思,以免牵累别人又对事业不利。

联系到自己,他说他现在已经不管《作品》杂志的事务,只任作协、文联副主席,省人大常委,写作集中在上午,做到一年写二十来万字,出一本书。下午有时开开会。如果没有会,下午和晚上就是翻翻书报,会客,休息。——现在看来,这些想法,特别是到老态龙钟时最好离职什么都不干的想法,真是一个睿智长者十分明智、科学的态度呀!

我们又问他作为十二大的代表,提了什么比较尖锐的意见。他说最尖锐的意见就是几十万以上的贪污犯远远超过中小地主的剥削量,真应该多杀几个才好!

说到这里,他又介绍说,广东省委拨款五十万以关怀、支持文艺事业的发展,有关领导机构决定每年以两万多元利息作为鲁迅文艺奖的奖金,不料岂止各种形式的文学都来要,而且电影、戏剧乃至书法、杂技都来要,弄得啼笑皆非,不知如何是好。

近九时,来了一位当年东江游击纵队的老战士和一位王姓姑娘。他们向大哥要他编的《风采》杂志,又索要登载《再见吧,香港》那一期。大哥即赠以最新一期《风采》,并记下他们的姓名地址,答应另寄赠刊物。

这样就说到香港,谈到"大亨"是上海话,广州话应该叫"大老细"(大老板)。秦牧说,香港是个世界性的城市,和西方、东方、美、日、欧洲、台湾,更不要说和中国大陆都有广泛的联系,如有人好好了解、熟悉它,又是大手笔,又不愁衣食,才可能写出世界性的好小说来。秦牧遗憾地说,可惜香港作家都为衣食忙,恐怕未必有人做得到了。他同时谈到唐人的《香港大亨》主要靠30年代的旧材料,没有写好,只是以"香港"之名吸引读者,却也印了18万……

一次熟朋友之间的餐叙,引发了一场无拘无束的神侃,同时从一个侧面让我了解了丰富多彩的秦牧世界,更加增进了我对这位知名老作家的敬重和仰慕。

六

　　回忆秦牧关于香港作家衣食所累,恐怕难有"世界性的好小说"的谈话,使我联想到他还在文学出版社工作时,有一天我和郑文光、叶冰如去看望他,在后楼317号鲁编室里,也有过一次同样的话题。

　　秦牧对我们说,香港作家为衣食所苦,生活太紧张,写作品往往太匆忙,太急。他表示不明白在生活安定、无后顾之忧的前提下,有的科幻作家为什么还要写得那么急、那么多,以致太粗,有明显的差错而授人以柄。

　　郑文光笑笑说:因为这个作家也想学阿西莫夫写上两百多部科幻作品哪!

　　秦牧还是觉得这不是好办法。他和郑文光都说每年写二十万字左右就不错了。

　　郑文光,广东中山县人,比秦牧小十岁。他自小喜欢文学,少年时代在越南海防等地度过。1947年归国,在广州中山大学天文系学习,1951年调北京,任科普出版社编辑、编审,中国科学院北京天文台研究员,中国作家协会早期会员。其科幻小说的代表作为《飞向人马座》《太平洋人》《仙鹤和人》等。可能因为郑和秦牧有着从海外归国的类似经历,加上他的好学勤奋,当郑在广州中山大学读书时,即得到秦牧的关怀和鼓励,长幼之间一直有着深厚的友谊,特别在科幻创作上取得杰出成就后,更深受秦牧的器重。遗憾的是,郑文光在1984年"清除资产阶级精神污染"后不幸中风半瘫,真是令人痛惜。

　　我手头还珍藏着这样一帧黑白八寸合照:前排是紫风、秦牧、陈伯吹、葛翠林,后排是郑文光、我、叶冰如、郑河间(郑公子)。背景是北京和平里郑文光书房的大书架,时在1979年5月27日下午,正是北京初夏时光,摄影者就是郑夫人——摄影家协会的陈淑芬。

　　那天中午在郑家吃午饭。并没有什么珍馐名菜,却是由上海人陈淑芬亲自下厨掌勺。也不记得谈话的具体内容,但时值拨乱反正的好年头,祖国各业百废待兴,文坛久被压抑的作家们也正图大展身手,就连郑公子河间也因

1979年5月27日在郑文光寓所的合影。前排左起：吴紫风、秦牧、陈伯吹、葛翠林；后排左起：郑文光、何启治、叶冰如、郑河间

在北京市数学竞赛中荣登榜首而被保送上了北京大学物理系。大家的兴奋激昂情绪不难想见。

现在来回忆和秦牧交往中的收获，一时也未必理得很周全，但有些经验之谈，也许在不同场合多次说过，又觉得对自己很有启发，便自然留存在心里，历久难忘。

秦牧说过，写文章如讲话，没有不会讲话的，写文章并不难。写作初稿时不必过于精雕细刻，就像夏衍三十年前说过的，写文章如拉屎撒尿，先拉出来再说，你先把想说的写下来，形成文字，粗一点不要紧。有了初稿再下功夫修饰、补充就能成文。当编辑的就怕眼高手低总下不了笔，空有一番宏论而出不来作品。

他还表示，他写那么多东西，却不大记什么笔记。靠的是专心，留心有意义的事象，就像拿破仑，心里有许多房间，开一间，关一间，一心不二用。当然也要讲究方法，如用机械记忆法记电话——554321就是两个十；还有意义记忆法，如马克思生于1818年5月5日，可化为马克思一巴掌一巴掌打得帝国主义呜呜地叫唤,他诞生的年月日就一下子记住了。

又谦虚地说自己不算勤奋,从不捱夜,倒下就睡,起来就能干。方法上有点讲究,无非是精神好时做艰难的事,精神不济时做最轻松的事;还可相对集中做事,如集中半天写信,效率比较高。关键是坚持,先想好,打好腹稿,然后哪怕每天写五百字,或每个星期天坚持写也能写不少。坚持下去,必有收获。等等。

在静夜中,关于秦牧的回忆似乎还有许多话可说。但我的思绪已经渐渐集中到有人提出过的问题了:秦牧难道就是十全十美的完人吗?我想,用科学的态度来知人论世,自然不好说他已完美无缺。然而,我想强调的是,如果我们用历史的眼光来看一个人,那就可以毫无疑问地认定:秦牧在他那一代老作家中间,确实是很优秀的人,是很难得的好同志。我们不要忘记,从1938年十九岁时归国,到1992年10月14日逝世,秦牧经受过多少风风雨雨的洗礼。谁都不是神仙佛祖,我们不能在刚刚发现火的伟大功能时,就想一步登天实现电气化。

由此,我想到鲁迅先生逝世后,郁达夫先生在《怀鲁迅》一文(1936年10月24日)所写的十分沉痛的话:"没有伟大的人物出现的民族,是世界上最可怜的生物之群;有了伟大的人物,而不知拥护、爱戴、崇仰的国家,是没有希望的奴隶之邦。"我们当然不好简单地把秦牧和鲁迅相比,但就应该懂得拥护、爱戴、崇仰我们这个民族、国家出类拔萃的杰出、伟大的人物来说,其精神是完全一致的。好在我们已经跨过了那个不幸的时代,我们已经知道爱戴、崇仰我们的大散文家秦牧,知道要珍重、爱惜他的等身著作,并搜集、整理、出版了他的《全集》,作为我国乃至世界文学遗产的一部分了。

苏联作家奥斯特洛夫斯基曾经借他自传体小说的主人公保尔·柯察金之口说过,一个人可以感到自豪的是,当他告别人世的时候,还可以以他的作品继续为人类服务。秦牧正是这样的人。他的近六百万字的《全集》将在人间永放光芒。那么,秦牧是永生的。我们真挚的朋友、睿智的长者,我们所尊崇、爱戴的大散文家秦牧同志永远活在我们心里,永远活在千百万读者中间。

是的,我们一定会记住永生的秦牧。

附记：

　　紫风同志于2011年4月12日被送往医院，经73小时抢救无效后逝世。在她生前，只要我到广州，一定会给她电话，她便一定邀约我见一面，请我吃正宗的粤菜，无论她住在华侨新村寓所还是已经搬到了老年公寓。这些年她操心费力做的一件事是：于2007年7月编辑出版了新版十二卷本《秦牧全集》(广东教育出版社)。因为这是在人民文学出版社1994年版《秦牧全集》基础上编成的。所以我也协助她做了一些工作，如几乎是无偿地把初版"全集"的胶片转让给广东教育出版社(每张胶片象征性地收1元)。新版"全集"面世后，我又按紫风之请写了《聆听智者的吟唱——写在新版〈秦牧全集〉出版之际》一文，刊登在2008年1月27日的人民日报副刊上。(其后紫风又将此文转送澳门日报刊发于该报2008年3月2日文化版)另一件她念念不忘的事，是和我商量，想找到一位将来主持"秦牧创作研究会"比较合适的人。我劝她此事只能依靠广东省作家协会。为此，还先后和当时的省作协主席吕雷同志和他的继任人廖红球同志谈过。此外，她还不止一次地说过，趁她还不糊涂，要好好编几本书。为了出好书，哪怕把华侨新村的房子卖了也在所不惜！在图书市场萎缩，纯文学作品出书难的当下，我完全理解她心中的苦衷。在紫风同志病逝一年多之后来回忆这位老作家心心念念所想的这些事情，心里也不禁五味杂陈。啊，紫风同志，但愿你在环境清雅的天国和秦牧同志相聚后，不再有这些烦心的事来打扰你们了吧。

2012年8月12日于北京

圣者王火

一、啊，古人和外国人能做到的，我们革命青年为什么做不到？！为什么一说革命就要把真正的爱情抛弃呢？！"凌庶华"跳海"自杀"了！"凌起凤"却活着回来了！

1952年7月某日，炎热的夏天，香港某小旅馆的客房里。已是下半夜，却灯火通明。男女侍者从房间里仓皇进出。一个男侍扬扬手里的信笺和照片说："这房里的女客自杀了！"

房门外拥挤着许多小报记者和看热闹的人，还有巡捕。房里镁光灯闪个不停，记者正在拍照。

巡捕问男侍："人是什么时候不见的？"

男侍："大约是上半夜十点来钟。"

房里，女客人的行李箱、旅行袋、衣物、毛巾等原封不动地放着、挂着。一个记者："东西全留在这儿了，人却跳海了！"另一个记者扬着手里的照片叹息："还真漂亮。为什么年纪轻轻就要自杀呢？！"

桌上放着"绝命书"，一个记者在拍照，另一个记者急忙把"绝命书"的原文抄录在采访本上。

"绝命书"的原文就是简简单单的两句话：

　　我因身心交瘁，无限厌世，决定不再回台湾，就在此跳海自尽。我之死，纯属自愿，与任何人无关。

　　特此声明。

凌庶华绝笔

以上所说，并非虚构杜撰的故事，而是王火、凌庶华人生历程中实实在在发生过的一段刻骨铭心的历史。

凌庶华，出生在一个国民党元老的家庭里。父亲凌铁庵，是追随过孙中山参加反清反封建斗争的革命前辈，也是国民党另一位元老于右任的好朋友。大陆易帜，蒋介石败退台湾时，凌庶华随家人迁往台湾，在国民党监察院院长于右任老人手下工作。由于凌铁庵已经双目失明，凌庶华为照顾父亲而被特准可以不定时上班。

凌庶华，是个美丽大方、修养极好的人，也是个极富个性，很有主见的人。她小时候由父亲定名为"起凤"，长大了，嫌凌起凤这名字俗气，又极赞赏三国人物徐庶的高尚品德，便自作主张更名为凌庶。父亲凌铁庵认为单名庶不像个女孩子的名字。遂最终定名为凌庶华。因排行第七，家人、包括其父平时都以"七姐"相称。

王火的父亲王开疆(1890—1940)，字启黄，江苏如皋人。1920年自东京早稻田大学毕业后回国，开设律师事务所并担任《民国日报》律师，又在上海大学、复旦大学、南方大学、暨南大学等校开课讲授法律。南京国民政府成立后，任国民政府法官惩戒委员会秘书长、国民政府中央公务员惩戒委员会委员。1937年当选国民大会代表。全面抗战爆发后，1939年拒绝担任汪伪中央委员、伪司法部长等职务，同年底，即被伪特工总部(上海极士斐尔路76号)约谈，旋即于住处汉口路同安里21号遭到绑架并被囚禁在汪伪的魔窟里。

后来，王火(王洪溥，王火是上海解放后发表作品时的笔名，后一直沿用至今)与哥哥宏济也被作为人质同父亲一起被软禁在汪伪76号特工总部。1940年农历正月初一(2月8日)，在抗日力量的帮助下，他们逃离魔窟，在浦东蓝烟囱码头，登上荷兰邮船"芝沙连加"号驶往香港。不意，第二天清晨，父亲便失踪了。在他的铺上，留下一张潦草的字条，说是跳海了。自杀还是被杀，不得而知。其时，王火只是一个16岁(生于1924年)的中学生。

两年后，1942年18岁的王火在四川江津国立九中高二插班上学，凌起凤和他是同在国立九中上学的先后同学。

起凤的父亲名昭，字铁庵，安徽人。凌铁庵和王火的父亲王开疆是早有来往的旧交。凌宅在江津东门外，是一幢有深灰色围墙围住的西式平房，号称"鼎庐"。一个秋天的下午，王火第一次造访"鼎庐"，第一次在客厅里见到了凌起凤。也是18岁的起凤落落大方地站起来说了声"请坐"，就离开了。但王火自此记住了这个聪明、文静、漂亮的女孩。

王火在江津城隔江对面的德坝上学。离乡背井的游子渴望有家的温暖，每到周末，便摆渡过江造访"鼎庐"。

在"鼎庐"常有年轻人的聚会。大家有时一块儿唱抗战歌曲，有时开了留声机听广东音乐，有时一起回忆家乡，回忆南京和上海，心里常涌动着流亡青年的忧伤和抗日的激情。

那时，起凤的二姐主持家务。二姐风姿绰约，又漂亮又能干。有一次，王火陪二姐仲正上街，商店里的人都涌出来看她。王火说，二姐，你真漂亮！你看人家都出来看你了。二姐笑笑，用眼神示意说，你看，我们家七姐才漂亮呢！王火顺着她的眼光，果然看到了起凤从街对面走来。她穿一件普通的蓝布旗袍，手挽一件绿色塑料雨衣走过来，确实好看。但此时在王火眼里的起凤已经不仅仅是外貌漂亮，而是连同她的聪颖，美好的风度气质，一起得到王火的欣赏。所以，王火后来说："从这一天起，我注意到起凤确实十分美丽，是一个心地纯净得不羼杂质的姑娘。她从不着艳装，也不多打扮，却使我钟情倾心无可更改。"

如果说，以前王火和起凤的关系只是友谊或友情的话，那么，从现在开始他俩恋爱了。1944年冬，八年抗战惨胜前夕，正在北碚复旦大学新闻系读书的王火第一次用一种颇为奇特的方式向起凤表达了自己的爱意。那是把初恋时的甜情蜜意化为长短句抄写在宣纸上：一天香云绕碧山／心随鸟飞烟散／只因庭园残／爱上禅林凭栏杆／起家立业在江南／凤舞龙蟠钟山／而今栖霞岭／已经七度血斑斓。

这是初冬的夜晚，王火把这首抄写在宣纸上的词，在无人注意的时候悄悄地递给起凤。起凤是何等冰雪聪明呀，立即看出这词不但点明游子思乡，充满血泪牺牲的抗战已是"七度血斑斓"，更有可能让起凤激情难抑的是词的每一句的头一个字联起来就是"一心只爱起凤而已"。看出了机关的起凤当时只对王火微微一笑，一双如潮水一般的眼睛平静无波，没有立即表示什么，却也没有退回。

过了不久，日寇就被打败投降了。王火和凌庶华与全国人民一样欢庆胜利。他们又回到朝思暮想的美丽的江南，回到他们久久想念的上海、南京。热恋中的年轻人有时徜徉在灯火辉煌的霞飞路上，有时相约在轻音乐悠扬的咖啡馆里谈心。落雪的日子里，他们在法国公园里迎着飘飘的雪花散步。从公园出来,他俩便把手边的零钱一个个送给乞讨的老人。……这样的日子真是好浪漫,好难忘。在双方家长的同意下,他们终于正式订婚了。他们对未来的幸福生活充满了憧憬和期待。

然而,真是人算不如天算。凌庶华先是举家去了香港,稍后又举家随着败退台湾的国民党政权去了台湾!

让我们看看两个年轻人告别前的山盟海誓吧。

像是被晴天霹雳打蒙了的王火痴痴地问道:七姐,如果我们分别了,我哪天写信要你回来,你会立刻回到我的身边吗?

凌庶华双眼亮汪汪的,毫不犹豫地回答:我会回来的,六哥,我当然会回来的呀!

这一双热恋中的年轻人好幼稚啊,他们还以为不管什么时候,从香港回上海都只是买张机票(车票、船票)那么简单。王火仿佛已捕捉到她灵魂深处的状态,立即拉住庶华的手,紧叮了一句:记住,我写信你就回来,永不变心!

凌庶华一脸凄然地重复着,如同宣誓:是的,永不变心!

难道真是失去了就永不再有了吗?难道心爱的美丽的姑娘从此就一别再也见不到吗?王火怎么也想不通呀。

1949年5月,上海解放,王火已从复旦大学毕业,很快就到上海总工会筹委会去,以巨大的革命热情投入工作。王火先在文教部编了上海解放后的第一套工人课本,负责华东、上海人民广播电台的职工节目,为上总的领导人写讲话稿,审查电影和书稿……到1950年春天,上海总工会劳动出版社成立,他便到出版社编审部去,先后任副主任、主任、副总编辑。在火红的年代,王火不分昼夜地狂热投身到工作中去。

年轻单纯的王火哪里会料到解放后的社会形势变化这么快:1950年6月25日朝鲜战争爆发;6月27日美国总统杜鲁门发表声明,命令第七舰队进入台湾海峡巡弋,防止对台湾的任何攻击;10月,中国人民志愿军赴朝参战;1950年冬,农村开始土改运动;年底,镇压反革命运动在全国展开;1951年年底,"三反"运动在上海猛烈展开……只有20多岁的王火紧张、疲劳、震撼,眼花缭乱。

他没有对组织上有什么隐瞒,但因为未婚妻随家去了台湾,她父亲凌铁庵又是国民党元老辈的人物,他便在运动中一次次反反复复地写材料,交代她和她的家庭及社会关系,交代她和她家庭与自己的关系。为了表明自己心胸坦荡,王火把凌庶华给他的来信全部都交给组织上看过,他自己通过香港朋友转给她的信也在寄发前交给组织上看过。

然而,形势越来越严酷,大陆和台湾越来越成为水火不相容的两个地方。

在台湾,蒋政权以"通共罪"枪决了前副参谋总长吴石,又以"通共策反汤恩伯罪"枪决了国民党政府原浙江省主席陈仪等。不长时间,以"通共"、"匪谍"名义处决的人数达两万多人。白色恐怖一时笼罩着台湾。

在这样的政治背景下,王火的日子太难过了。

有人劝他悬崖勒马,拍着桌子,指着他的鼻子说:"看你这样子,哪像个革命干部,你是个大浪漫!""你是个在爱情上迷了路的人!革命是绝对不能要这种爱情的!要这种爱情就不能革命!二者只能选一!"

平和一点的领导,以《钢铁是怎样炼成的》书中保尔放弃和冬妮亚的爱情劝他:你就和凌庶华一刀两断了吧……

难道真是革命和爱情不能两全吗?为什么革命跟爱情不能兼得呢?

王火痛苦极了。他甚至想到了死。死就一了百了,死就什么都不知道了!如果还活着又不能跟她通信,那我就宁可终身不娶!

他最不能接受的,是有人在帮助他的会上曾指责他为了爱情而放弃革命。他怎么能接受这样的指责呢?他实在忍不住了,终于大声抗辩说:不对!如果我不要革命,那我为什么不去美国或者台湾?美国哥伦比亚大学新闻学院的全额奖学金都答应给我了,是我自己放弃了的!你怎么可以这么说我不要革命?!

上海工人喜欢越剧的特别多。王火编发过梁祝故事的剧本,也不止一次看过范瑞娟和傅全香主演的《梁山伯与祝英台》,那真是一出美丽到了极致的戏。从"十八相送"到"楼台会",再到"化蝶",无论故事情节,唱词唱腔,还是舞蹈,往往都能触动他的神经。还有他很熟悉的罗密欧与朱丽叶的故事。为了真正的爱情不惜破釜沉舟的情节让他震撼!

啊,古人和外国人能做到的,我们革命青年为什么做不到?!为什么一说革命就要把真正的爱情抛弃呢?!

王火饮食无味,失眠,痛苦极了。

一天,母亲李荪一边在灯下补袜子,一边和他聊天。母亲慈爱地叹了一口气说,我想得很多很多,你是我的儿子,七姐我也爱她。但你想过没有,现在的情势这么严峻,你们虽已订婚,但你们的事已经不好办了!你们怎么可能再结婚呢?这太难以想象了!李荪是个有文化、有知识的人,她对子女历来慈爱而有原则。日寇侵华,她仇恨侵略者;解放战争时期,她倾向进步。由于解放前替地下党保存文件有功,新中国诞生后国务院还给她颁发过奖状。

还没等母亲把话说完,王火就抢着说:妈!当我同七姐相爱后,互相都有了道义上的责任。这种真正的爱情,每个人心上都只会降临一次。我们互相信任。我了解她。她答应永不变心,我也不能违背心灵的真诚和人格的坚贞啊!我要在革命和爱情两方面都对得起。

母亲无言,但领导有话。到了1952年的2月底,领导上慎重研究后告诉王火:你的想法是好的,就怕实际上办不到。无限期地拖上一两年,三五年也不是办法。所以,你该有个承诺:要求她今年"五一"节前一定回来;如果不回来,那你就该一刀两断!这样,对你对她都可以说仁至义尽了。你说呢?

王火连夜给凌庶华写信,直到深夜。为了保险,都是一式两份,即请两家在香港的朋友同时代转。第二天,王火便亲自到北四川路邮政总局把航空信寄发。怕出意外,又写了同样内容的信,隔几天就通过邮局发香港转给在台湾于右任手下工作的凌庶华。……啊,真是十万火急:"五一"节前,"五一"节前,七姐,你一定要回来呀,六哥我等着你呀!

在等候的日子里,早就熟记在胸的宋词,如陆游的《沈园》二首和《钗头凤》等便在王火的心中反复地默诵:"伤心桥下春波绿,曾是惊鸿照影来。""春如旧,人空瘦,泪痕红浥鲛绡透。桃花落,闲池阁,山盟虽在,锦书难托。莫!莫!莫!"啊,真是"别时容易见时难"呀,王火不禁潸然……

球终于传到凌庶华那边去了。她的困惑和痛苦不难想见。她每时每刻都像驾着一只小船在惊涛骇浪中翻腾。她尝够了一个小人物在大动荡年代里既无法左右情势,却又想主宰自己命运的挣扎。但幸亏最重要的两个人都能理解她,给了她必要的支持。父亲凌铁庵爱女儿,也欣赏女婿,终于同意她回大陆完婚。4月11日监察院院长于右任,她的于老伯,在听完她的陈述和请求后沉默良久,才长叹了一口气说:"唉,多少人家都不团圆啊!"又突然说,"回去安全没问题吗?"在得到肯定的答复后,老院长便很疲劳似的闭上了眼睛。这就是默认了!凌庶华告辞时,她的于老伯却与往日有别地伸出手来。

啊,这温暖的手啊!……

凌庶华就这样办好了请假手续,如约在"五一"前夕来到了香港。王火先是因接到她从香港发来的电报和信而狂喜,可接着又收到她的信,上面说:她因心力交瘁,已经病倒了。所以"五一"之前无论如何回不来上海了……

组织上是通情达理的。领导对王火说,既然已回到香港,又病了,那就不着急了,等她回来吧!

可王火怎么办呢?作为国家干部,他已不可能到香港去接凌庶华。这时,年迈的母亲便挺身而出了。极有爱心又敢作敢为的李荪坚决要去,而且自己到派出所去申请办理了去香港的证件。于是母亲在6月上旬经广州到了香港。

然而,情势突然逆转。台湾实行了恐怖的"戒严令",特务可以"匪嫌"的名义随便抓人、杀人。台北植物园附近的马场町,有如抗战前的南京雨花台,还有青岛东路军人监狱,还有台东绿岛……凌庶华除了怕连累两家铺保,又怕连累家人尤其是双目失明的父亲。台湾来的家信也变了调,劝她还是回去。凌庶华善良、孝顺,她是一个忠诚、性子刚烈、富有自我牺牲精神的女子,更是一个绝不自私、不愿连累别人的好女子。她的思想便一时走进了死胡同,觉得既不能对不起家人和保人,也不能对不起王火,便只能到香港修道院去做修女,来摆脱这种矛盾,或者只有一死了之,用自杀来超越障碍,解决难题。

母亲李荪和凌庶华一起住在王火复旦同学的家里。她劝解凌庶华的话说了一遍又一遍。她说:"天下事,总该有一个最好的解决办法。一个两全之计,如果死能解决难题,我们就想办法去'死'!昨晚我一夜未睡着,终于想出了一个不是办法的办法,你马上独自搬到旅馆去住……"凌庶华突然睁大了被泪水浸泡得明显肿着的眼睛,轻轻地点了点头,嘴里喃喃自语:"是的,我独自搬到旅馆去住……"

后来,便发生了我们在本文开头看到的情景:凌庶华在王火母亲李荪的引导和陪伴下,把金银珠宝和首饰等物托人捎回台湾,把其他行李、衣物全部留在小旅馆,再留下一纸"绝命书",宣布"跳海自尽",制造了一个假自杀的现场,便在炎阳如火的7月中旬的一天出现在上海成都南路99弄5号楼下王火的家里。

从此,凌庶华改用小时候使用的名字——凌起凤。
"凌庶华"跳海"自杀"了!"凌起凤"却活着回来了!

二、你们的情,你们的爱/早就曾感天动地/既有诗情画意,更有山盟海誓/从此终生相守/就像琴瑟和鸣,山水相依//眼下有多少人把感情当作儿戏/怎能比你们精心呵护,珍惜,爱得一心一意/哪怕死亡都不能让你放弃/啊,当代"梁祝"何处寻/原来王火起凤便是。

1952年8月11日,由组织出具证明信,王火和凌起凤坐一辆三轮车到上海市人民法院公证结婚。除了姓名地址之类例行公事的问答,法官问了两个问题:是否结过婚?是自愿而非包办的吗?听到明确的回答,法官便起身与新郎新娘握手祝贺。他俩只是每人交了两张照片付了五角钱便领到了结婚证。啊,这一声祝贺,这一纸证书都是起凤与王火用生命和信念换来的。

革命年代一切从简。但原先家里的主厨金万春师傅说无论如何要热闹一下,便由他操办了一桌酒席让家里人和较近的亲朋聚在一起吃了一顿喜宴。

王火1953年3月从上海到北京,在全国总工会的机关刊物《中国工人》任主编助理、编委,实际主持刊物编辑工作。由于毛泽东1960年冬在《中国工人》的封面上批了"拆庙搬神"四个字,王火他们便在1961年6月底离开北京去了临沂。王火在临沂一中(省重点中学)一干就是22年,先当副校长后当校长,"文革"后到省新闻出版局,也在这里参加了中国共产党。1983年10月,王火应邀到四川成都,先任四川人民出版社副总编辑,后任四川文艺出版社总编辑,直到1999年离休。

凌起凤在临沂一中一度想安排当语文老师,王火按自己的经验认为还是不在教学第一线为好,便安排在学校图书馆工作。从上海到北京,从北京到山东临沂,再到四川成都。几十年一晃就过去了,王火与起凤始终有福同享,有难同当,没有红过脸,也没有吵过一次架。这几十年,中国社会的沧桑巨变尽人皆知,有多少夫妻能像王火起凤这样相敬如宾、相濡以沫到永远啊!

十年浩劫中，王火最感意外、屈辱和恐怖的，是在夜审、批斗之后，他竟然被"活埋"过。

1968年初秋，一个伸手不见五指的深夜，王火和起凤正和衣而卧。孩子已送去上海，房间里被查抄过的物件东倒西歪，大门早被踢掉了，他俩睡的是无门之屋。窗户都被批倒、批臭之类的标语和大字报密封着。忽然，几个红卫兵大声吆喝："快出来！"他们说是高一学生集体开批斗会，接着架起王火就往会场跑。王火心里明白了：高一学生是新入校的，全是在初中经历过冲冲杀杀的红卫兵。可为什么要在半夜来开批斗会呢？怕是有什么新花样吧？

终于，王火跟跟跄跄地被架到离住处约五百米的一片梨树林旁。但见人头攒动，如鬼影幢幢，红色横幅高挂，写着"牛鬼蛇神批斗大会"。接出来的电线上都是二百瓦的大灯泡，把会场内外照得雪亮。王火在晃眼的灯光下，看见几乎可以组成一个中学班子、被糟蹋得不像人样的一些人依次被迫在会场上跪了一长溜。他们是书记、校长、团委书记、各部门教师，甚至伙房工人、会计人员等等。

王火被狠狠地摔倒在批斗会场的中央。乱哄哄中，有人大声领着念语录："在拿枪的敌人被消灭以后，不拿枪的敌人依然存在……""一切反动派都是纸老虎……""革命不是请客吃饭……"口号声中，坐在一排审判桌中央的几个戴红袖章的红卫兵和造反派教师便吆喝王火交代"滔天罪行"。

王火没有什么"滔天罪行"，便只好从"执行教育黑线"交代到"执行文艺黑线"，一件件事，一篇篇文章地交代那些早已交代过好多遍的"罪行"。他们不耐烦了，大声呵斥："闭上你的狗嘴！"几个红卫兵便把王火拖到一边也揿着他跪下。

接下来，新来的高一红卫兵因为不认识人，搞了个张冠李戴，该斗张三却揪出李四来斗，然后又"哄"的一声哈哈大笑，接着还高声大叫："错了也是活该！"并将被斗者的脑袋摁在地上咚咚咚地猛磕。

有人被打断了手臂，有人被打肿了脸。有人在流鼻血。跪在地上的王火只觉得寒气从膝盖蹿上大腿，双腿不但疼痛酸麻而且冰凉。他冷眼观察眼前这闹腾了个把钟头的闹剧，正庆幸自己不再挨整，却不料审判席上的红卫兵吆喝着，竟把王火以外的"黑帮"、"反革命"、"阶级敌人"全部押回去，让他们"滚蛋"，却让王火留下来。王火立即察觉情况不妙了！

果然,审判席上突然有人高喊:"快坦白交代罪行!"

王火说:"刚才已经交代过了呀!"

"要交代爆炸性的罪行!""要交代你干特务、杀人的材料!"审判席上传来凶神恶煞的叫喊声。

哦,原来是要我来唱压台戏!王火心想:还会有什么新花样呢?便从容地说:"没有,我没有当特务,也没有杀人!"

"没有?还说没有,那就活埋了你!"紧接着,"他妈的"、"不老实"、"反动"、"混蛋"……骂声倾盆而来。

王火悲愤地想:你们才是混账王八蛋呢,任随你剜舌挖眼吧!没有的事你们无论怎么胡栽到我头上来,我死也不会承认的!

也闹不清什么时候了,王火突然发现天上有了月亮。望着暗淡冰冷的月光,他不想再说什么,便沉默地摇摇头。

又听到有人杀气腾腾地念语录了:"如果他们要打,就把他们彻底消灭!……"王火想:亏你们找了这样一条语录出来,真是幼稚可笑啊。

想不到语录刚念完,一个尖厉的声音竟真的下了命令:"活埋!""把他活埋!"……活埋?王火以作家的想象力也是一千个没想到,一万个没想到啊!

几个高一的红卫兵把王火猛拽起来。跪的时间长了,两腿已经麻木了。他们便架着王火往旁边的梨树林里去。临沂一中的梨园里到处是师生劳动时为给梨树施肥挖下的深沟。每个深沟都有棺材那么长那么宽。一不留神,王火竟被扔进了"棺材"。他本能地挣扎着往外爬,又被揿下去。接着真有人挥动铁锹往"棺材"里铲土了。"哗,哗——"土石像天女散花般地扔得王火头上、身上哪儿都是。王火不禁想起自己看到过的日寇南京大屠杀时活埋中国人的照片!受此凌辱,反正也不想活了,就被埋在这里朽化成泥土吧,便闭上了双眼。

有闪烁的鬼火在树丛中的衰草里荧荧浮动。王火太疲劳了,真是身心都疲累到了极点。他太想彻底地休息了。受到命运的播弄和伤害,王火心中仇恨的火花被引爆了,他打心眼里仇恨这些把中华大地破坏得无以复加的罪人们。

王火又一次闭上眼睛。岂料这又是红卫兵为了取乐开了一个残酷的玩笑。红卫兵突然又把王火从肥料坑里拽了出来,跟着踢了一脚,揶揄地高声吆喝:"王校长滚蛋！滚！"……(请参看王火著《在"忠字旗"下跳舞·夜审、活埋……凄凉岁月》,中国文联出版公司,1999年1月北京第1版)

啊,"文革""文革",多少人假汝之名以行凶作恶、丧尽天良！王火这样文质彬彬的知识分子居然在"文革"前期被中学生红卫兵"活埋"过！这种匪夷所思的恶行和罪行,此前为我见所未见,闻所未闻！当代中国知识分子所受的屈辱和迫害实在太多太多！写到这里,我不得不说:如果谁对"文革"还恨不起来,对"文革"和极左路线还心存宽容和谅解,那我只能问:你的良心底线在哪里?！我只能说:你真是不可救药了！

王火起凤在临沂和另外三家人住在一个美丽、宁静的小院子里。居室的左边是欣欣向荣的兰草,右边是长得小树似的正在盛开的月季,还有邻家的蜀葵、夜来香、茶花、蝴蝶兰……都在争芳斗艳,矮墙上攀缘着丝瓜藤,这和睦安静的小院年年从春夏直到金秋都是姹紫嫣红,繁花似锦,美不胜收。可是,在"文革"那疯狂、荒谬的年代里,王火成了"批斗对象"和"专政对象",抄家,批斗,囚禁,"活埋"无尽的折腾……宁静的小院闹翻了天。我曾经以为,王火没有历史问题,又不是"党内走资本主义道路的当权派",该不会有太惨的遭遇吧？却不料还是难逃一劫！什么罪名呢？"反动学术权威"呀,"邓拓、吴晗、廖沫沙,王火和他们是一家呀！"于是,房前屋后,甚至门、窗、床帐上便都贴满了"批斗""打倒"之类的标语和大字报;翻箱倒柜地抄家,120多万字的《一去不复返的时代》(即《战争和人》的初稿)等被抄走了;终于要把王火带走,把他关在"牛棚"里接受审查——还是小学生的女儿王凌不让红卫兵把爸爸带走,竟冲上前去和中学生红卫兵撕扯,当然也无济于事。王火起凤原来用着的保姆——原先答应为她养老送终的50岁的老妈妈当然也得立即卷铺盖回原籍。

王火被隔离审查后住的是单间,就在自己住宅的后面。这里日夜都有红卫兵守着,200瓦的电灯泡也日夜照着。晚上,家里开了灯便可以隔窗相望看得一清二楚。所以,老妈妈临走时,王火还能看见她招手告别。因为起凤平日工作出色,素质极好,善良,富有教养,讲信义,重感情,能和谐与人相处,所以两派红卫兵都没有为难她,谁也不会去欺侮她。他们曾经借送饭把字条塞在馒头里互相联络、通信息(王火借口吃不完馒头不好浪费又退还给家里)。起凤通过字条给王火打气鼓劲,让王火备感温馨。虽然后来为了安全起凤主动停止了这传字条的活动,但王火在被隔离之后和红色风暴肆虐的任何时候,都能感觉到他的后方是稳固的。"士可杀而不可辱",王火实在想不通:他费尽心力写成的小说怎么会成为"为国民党树碑立传的反党反社会主义反毛泽东思想的大毒草"?他也想不通:为什么要"斗倒、斗垮、斗臭",要抄家、关"牛棚",要殴打、游街、夜审、"活埋"……但起凤让他冷静面对,是起凤让他备感温暖,觉得十分安全因而在苦难中仍然是幸福的——这使我想起了文坛中有些大师级的人物最终走上自戕之路,就因为"群众专政"之外,还有"家庭专政"哪。哦,王火毕竟还是幸运的!

经历过"文革"暴风雨洗礼的爱情更纯净,更坚贞!

除了紧张的工作,王火最迷恋的就是写作。在北京时期,在可以坐下来写作的时候,他甚至把自己的腿和桌子腿绑在一起来伏案写作,就为了用这种极端的做法来兑制自己外出游玩的欲望。实在说,他也是把别人用在游玩、打牌、下棋、唱歌、跳舞等种种娱乐活动,甚至是休息的时间尽量节省下来,专心致志地用在写作上罢了。在这种情况下,可想而知,起凤无怨无悔地承担了多少家务活。王火曾经对我说过,就是起凤生孩子的时候,我也是把她送到医院安顿下来就算完事,以为把她交给医生护士就行了。至今想起来都后悔呀!语气既带自

1998年4月20日,第四届茅盾文学奖颁奖典礼后,何启治与获奖者王火(右2)以及朱寨(右3)、王火夫人凌起凤(右4)、胡殿红(右5)合影。

1999年冬何启治(中)与王火、凌起凤合摄于成都王宅

责也颇无奈。

通常的情况是：王火在书桌上伏案写作，起凤就坐在书桌对面那张靠背椅上，静静地陪着。有时看看书报，更多的时候是拿起王火写好的文稿，一页一页地看；有时给王火倒杯水，轻轻地放在书桌边。当王火停笔问她：怎么样？她总是微笑着说：行！也有坦陈作为第一位读者的印象，提出很好的意见让王火改。王火便会高高兴兴地照办。

直到起凤永远地告别了人间，王火便会想起这些温馨的情景，他就想哭。但已经是天上人间生死两茫茫了。

2001年冬天的晚上，成都的冬夜变冷。王火和起凤在灯下聊天，心里暖洋洋的。王火看着起凤已显苍老却依然美丽的脸，忽然说："七姐，假如有来生，你愿意我们再做夫妻吗？"

王火以为起凤肯定会痛痛快快点头的，却不料她却沉思着，眼帘耷拉下来，忽然摇头说："不！"

"为什么?!"王火出于本能地反问。

起凤叹口气说："六哥呀，不是你这个人不好，只是做人太难，太苦了，下辈子我不想做人了！"

王火愣在那里，脑海里闪过《浮士德与魔鬼》中的那句话（"我有人世的胆量，下界的苦难，我要一概承担。"）想劝劝起凤，但又觉得她说的是真话，一点也不过分的真话，当然也不是开玩笑的话。他忽然发现起凤很伤心。

王火自己心里也难过，他不禁后悔刚才说的与起凤来生再做夫妻的话了，便说："对不起，那，下辈子我们就不做夫妻吧！不，我们都不投胎算了！"王火想把起凤逗笑，却不料她忽然注视着王火说："不，来生我们还是一起过吧。"

王火想，她这是迁就我，使我不受伤害。但有过我们这种生死恋的人，有过几十年酸甜苦辣感受的人，什么话是真，什么话是假，不是一清二楚吗！王火一时语塞。

第二年，2002年的7月，是王火凌起凤的金婚（五十周年）纪念日。四川省委组织部老干部局为他俩办了一席金婚福寿宴。物质上说是比较朴素的，他们也没有刻意打扮自己，但还是郑重其事地披红戴花，在祝寿贺金婚的喜庆横幅前照了相；又用他俩年轻的照片合成，为他俩特制了结婚纪念照。

组织上的关心让王火起凤感动。当晚，王火一高兴便禁不住拉起起凤的手，半开玩笑地说：我生于1924年农历7月17日，你生于1924年农历8月13日，七姐你比我晚生了二十多天，有了我所以才有了你，上天是为我把你送来人间的，也就是说你是为我而生的……却不料，起凤很认真地回应说，六哥，就算我是为你而生的吧，可现在我们都快八十岁了，我们老了，我怕侍候不了你多少日子了，以后你要学会照顾自己呀！王火看她这么认真，急忙表白说，不不不，我们彼此会好好互相照顾的。来日方长，我们会生死相依……

却不料，后来起凤竟然真的渐渐病重了。

2008年5月12日，王火与起凤同在一张大床上午睡，忽然被地震震醒。王火反应较快，立即扶起凤起床。只见卧室中间的大吊灯像荡秋千似的来回晃动，人也站不稳。橱门有的已被震开，五斗橱上的照片框"啪啪"地摔倒。王火想，肯定是严重的地震，应该赶快下楼（他们住二楼）到室外去。但他俩已是84岁的老人，起凤平时就晕，现在站都站不好，还怎么跑？！王火只好扶住起凤，拉她到卧室门框下站住，心想"立柱顶千斤"，万一房子塌了，至少脑袋可以得到保护……原来这就是举世震惊的、离成都92公里的汶川8级大地震（死七万多人，失踪一万七千余人，伤三十七万多人）。当时，王火顾不了别的，只能牢牢地扶住起凤，紧靠着门框站着。起凤出于本能地说："六哥，你不要离开我，不要离开我呀！"王火安慰她说："房子坚固，不要紧的；你别慌，有我呢！……"

起凤的病从此加重。2008年10月30日王火给我来信说："近来起凤病重，我也心脏血压不好，住了半个多月院，刚出院返家。"又说："起凤的病仍需治疗，但恐怕无效。目前全赖我服侍，她已生活难以自理。人到老年，可怜之至，奈何！"字迹潦草，焦急惶惑之心情跃然纸上。所谓"全赖我服侍"是强调起凤对王火的依赖。其实是请了两个保姆日夜轮班照顾她。但起凤就是离不开王火，还是要求王火与她在一张大床上休息。

不料，一年多之后，一次意外事故便使起凤的病情急转直下。王火在2010年10月19日给我的信里说："5月31日起凤跌跤，重伤头部，急送医院救治，我陪同住院……起凤经此一跌，病情更重了，奈何！"通话中知道，原来，起凤患病以来，王火除了为她请了保姆，还一直按她的要求在一张大床上休息，照顾起凤可谓无微不至。5月31日早上9时半王火起床后照平时习惯在外面转转，10时进屋，即意外发现起凤摔倒在床下，头部撞在床角上，血流满地，即急送医院抢救。

起凤摔倒几个月后，2010年9月王火有一封排印好的署名致好友的信，略谓：

  两年多来，由于起凤患病，五次病危在医院抢救，我心力交瘁，既不参加活动和会议，也早封笔。由于她的病情怕传染感冒，遵医嘱闭门谢客，断了与亲友们的联系，深感歉疚和失落……这期间，承许多亲友用信及电话不断地进行安慰……深觉温暖，特在此衷心致谢致敬。

  起凤起初是夜间小脑中风，接着脑萎缩加剧，心脏、血压情况都不好，血压有时低至高压八十，低压三十左右，人近乎昏迷。中间又因并发肺炎造成危险。今年5月31日不幸跌了一跤，猛撞在锋利的床沿上，以致左额摔出一寸多长的创口，流血遍地，将她及时从血泊中抱起送医院急救，缝数针幸而挽回了生命。由于医院条件不如家里方便，目前已出院在家继续治疗。她体重不足七十八斤，但病情已较平稳。请了专人看护，全家悉心照顾她。她只能说极少极简单的话，但心里还明白。对她说话,她大致也能了解。我们全家继续做好长期救治她的准备。末了表示:"我和起凤都过了86岁了,所幸我身体还好,顺乎自然地生活还没有问题。"

王火在电话里还告诉我,起凤治病要用自费的进口药,打一针就好几千元。2011年2月26日,王火在给我的信里感伤却又平静地说:"我与老凌像两个司机各驾驶着一辆车在行驶,但她的车抛锚了,人也受伤了。我遂熄火去救她。她已无法复原。住院九次,抢救六次。我心力交瘁,但只要她保住生命,伴随着她,我就高兴,因此也无怨无悔。我们都87岁了,自然规律不可抗拒,对人生早已有所解悟。"他对永别已有心理上的准备。他已罄其所有,甚至准备卖房为起凤治病。果然,终于药石无灵。起凤于2011年7月2日晚11点47分停止了呼吸。

对痛彻心扉的最后的告别,王火有这样的记述:"七点多钟,医院开始抢救。她还是清醒的。九点钟,小女儿亮亮从英国打电话来大声叫:'妈妈——妈妈——',她接着电话还会慈祥地答应,但11点后,监测仪上病情严重了。她走前半小时,我站在她床前,用右手紧握住躺在病床上的她的右手。右手是温暖的。她也紧握住我的手,并且深情地看着我。但时间很短,她闭眼不看了,手也松了,监测仪上的变化使我心惊:氧饱和、心跳、血压、呼吸……都在下降,她的手也变凉变冷!我明白,那不可挽回的悲痛时刻到来了。我放开她冷了的手,看着监测仪上各项数字变成直线,忍不住在她额上深深吻了一下。眼泪流下来,我说:'七姐,一路走好,将来我会同你在一起的!'我默默看着孝顺而疲劳的大女儿王凌,她哭着正忍着悲痛同她的好友及护工替起凤换上入殓的新衣……起凤平静地躺着,像熟睡,一头黑发,身上干净,面容美丽,善良而平静,但这就是刻骨铭心的永别了!"(见《王火序跋集·心愿》,该文写于2011年12月冬至,在成都大石西路36号家中)

起凤,这位陪伴王火终生的爱神就这样殒灭了!

当月,王火和孩子们为起凤印了一本"哀册"。上面有几十帧体现甜蜜爱情、温馨亲情和真挚友情的照片,有国民党元老、大书法家于右任勉励凌起凤努力学习的题字,封面上是青年凌起凤的半身头像和王火的题字:永远的怀念。首页,是2011年7月5日《华西都市报》纪念版的剪报书影,大字标题是:当年制造自杀假象,只为与未婚夫团聚。标题下小字是:著名作家王火的妻子凌起凤7月2日去世。两人近70年爱情传奇画上句号。题头黑体字有记者刘春梅的话：逝者带走音容，留下感动。还有王火的话："她是我的'大后方'，我所有的著作，都应该写上她的名字"；又说："也许现在的年轻人已不相信有这样的爱情了，但我们的确是这样走过来的。"

怀念册的第一篇文章《深深的爱和永远的怀念》，是王凌以自己的名义，并代表妹妹王亮，妹夫卫平，儿子楠楠，侄儿安帝、安文和儿媳晶晶所致的悼词，其中历述父母的爱情传奇和母亲1952年从台湾返回大陆后的主要经历，并说母亲"是一个既平凡又极不平凡的女性，善良、富有教养、讲信义、重感情、能和谐与人相处。凡认识她与她相处相交的人，包括她的学生都喜欢她……"又说："爸爸因为过于悲痛，今天我们不让他来。他对我们说要我和妹妹对妈妈说，感谢过去半个多世纪给予他的幸福，他会在心里永远陪伴您的！将来，他要到您所在的另一个世界去寻找您！他一定能找到您的！"

怀念册中还有亲友们的唁电、悼诗、悼文和王火故乡江苏如东县的文艺单位的唁电。其中，大家十分敬重的老革命百岁老作家马识途在《平凡的伟大——为凌起凤送行》一文中说："我想写几句话为起凤送行，题目就是《平凡的伟大》。……起凤怎能当得起'伟大'这个崇高的称号呢？我说，当得起。起凤的伟大不是英雄的伟大。平凡人也是可以伟大的，甚至伟大往往出于平凡。……我和我老伴跟王火和凌起凤，相交……都有'一见如故'的亲切之感，能同声相应同气相求。每次王火来我家，起凤也同来，她总是那么仪态端庄，不苟言笑，说话得体，礼貌有加，是一个有很好文化教养的女子，很得我和老伴的敬重，真不愧是辛亥革命元老凌铁庵的爱女。"——毋宁说，马识途也是用平实的语言向我们演绎了凌起凤的伟大。

时光匆匆流逝，转眼两年多过去了。今年3月20日晚我和王火通话时，他主动说，今年1月2日，我为起凤写了一首诗，你想听听吗？我说，当然！他说，那我通过快递寄给你吧。我说，不用寄快递，你让王凌或者楠楠用手机发短信给我就行。哦，王火应承说。此诗全文如下：

启治兄：儿孙代我发《致起凤》，王火2014年1月2日

　　房里仍挂着您的彩相/但没有您的话声和脚步响/窗外，玉兰花已脱尽了枯叶/但却含着苞蕾春天就会开放/说不清想对您说些什么/我静默独坐在书房/每夜临睡时我总对您说："七姐，我睡了！"/早上起床时我总

告诉您:"我起来了,您睡得好吗?"/一天又一天,整整两年半了/重复这种无用的话/但这却是我对您的牵挂/是我看着身旁您的骨灰盒的悲伤/我明白不能有见到您的期望/除非有一天我寻找您去到天堂/天堂离得真遥远呀/但到那天我会长出翅膀,因为我本来是凤您本来是凰!

"很好,太感人啦,谢谢!"我立即回了短信。当晚,想着王火和起凤这感天动地的爱情,想着王火兄在电话里告诉我:起凤爱鲜花,她的骨灰盒和遗像如今还供在她平时爱闲坐的小房间里,两边总摆满了鲜花……想起这些,我当晚久久难以入眠,便起来在阳台上转悠,望着晴空上的明月和临春河上游弋的船上的彩灯,对岸高楼上的霓虹灯和连成一片的万家灯火,心里终于涌上了一些诗句,便草成《致王火兄》:

你们的情,你们的爱/早就曾感天动地/既有诗情画意,更有山盟海誓/从此终生相守不弃不离/就像琴瑟和鸣,山水相依//眼下有多少人把感情当作儿戏/怎能比你们精心呵护,珍惜,爱得一心一意/哪怕死亡都不能让你放弃/啊,当代"梁祝"何处寻/原来王火起凤便是

啊,你们用一生的付出,谱写了一曲美丽经典的爱之歌。

三、王火从1950年在上海写《战争和人》的前身《一去不复返的时代》,最后于1990年在成都终于完成《战争和人》三部曲的全稿。期间一波三折,而他奋不顾身,以拼命的精神和顽强的毅力坚持到底,历四十年之功终于完成了这部不朽的传世之作。这样的创作经历是多么令人感佩的传奇啊!

王火,原籍江苏南通如皋,原名王洪溥,笔名还有王公亮、虚舟、马力、田炎、山铸、江枫、艾凤等等。1924年生于上海,1948年毕业于复旦大学新闻系。

除了作为国家干部担任的正式工作,王火可以说是毕生以写作为主业的作家。抗日战争期间,曾发表《青山葬连理》《天下樱桃一样红》《老伦明的梦》《墓前》等小说。还在复旦读书期间,从1946年到1948年,他曾先后担任重庆《时事新报》上海、南京特派员,台湾《新生报》特派员和上海《现实》杂志记者,

采写过大量关于南京大屠杀,审判日军战犯和汉奸,以及反内战,关于时局、学运以及对胡适、于右任、吴国桢等人物的访问记。例如1946—1947年即以"本报上海(南京)特派员王公亮"之名,在《时事新报》上发表《南京大屠杀主犯谷寿夫受审详记》《泛滥京沪的学潮》《苦难中的江南造船厂》《上海在不景气中》《(高居伪职曾几何时)梅逆思平下场如此(十四日在京执行枪决)》《匮乏之城——上海近况巡礼》《上海滩的潮汐》《从水电事业上看上海》《金陵秋声赋》《气象万千的紫金山》《访新疆归来的于院长》等等;在台湾《新生报》发表《访问胡适博士》(1948年4月3日);还写了一篇《访江湾战俘营和虹口日侨》,因言语尖锐当时竟未被采用。

但是,1949年6月上海解放后,任上海总工会筹委会文教部干部的王洪溥,从这时候开始更名为王火。多水的"洪溥"这个名字变成了一团火的"火"字。而且从此以后,不管是出书或发表作品还是作为国家干部,"王火"都成了正式的名字,"王洪溥"只会在介绍他的简历时,或者在亲人、老朋友见面时才会偶尔出现了。我问王火为什么要用"王火"为笔名和正式的名字,他坦然地说,全身心地迎接解放呀!用革命之火焚毁旧世界,建设新中国呀!爱光明所以需要火呀,用革命的激情、火一样的热情去工作,去写作呀!……哦,怪不得王火拼了命去工作和写作呢。

王火1949年在上总任职时便编写了上海解放后的第一套工人课本,1950年参与筹建上海劳动出版社与《工人》半月刊,任副总编辑。1953年调北京中华全国总工会,筹办《中国工人》杂志,任主编助理兼编委。1961年调山东临沂地区(有"华东小延安"之称)任山东重点中学临沂一中副校长、校长和临沂出版方面的负责人。曾任山东省第四、五届政协委员和山东省作协常务理事。1983年任四川人民出版社副总编,后参与筹建四川文艺出版社,为第一任书记兼总编辑。曾任四川省第五、六届政协委员。于1987年离休。

王火现为中国作协名誉委员,四川省出版工作者协会名誉主席,四川省作协名誉副主席。1995年参加全国劳模会,国务院授予全国先进工作者称号。1995年9月,王火获中国作协颁发的"以笔为枪,投身抗战"纪念牌;2005年8月,又获中国作协颁发的"纪念抗日战争胜利60周年"纪念牌。

王火于1978年入党,1996年被四川省委授予优秀共产党员称号。1998年四川省新闻出版局及版协发出开展向王火同志学习的通知。

王火是中国作协的元老会员。我手头有一份《中华全国文学工作者协会上海分会会员名单》（1949年，复印件，原件为繁体字），其中巴金、夏衍、陈白尘、王若望、施蛰存、姚雪垠等名人均被打上"×"号，而王洪溥则被画上表示已去世的黑框。可见，这是一份经历过文化大革命洗礼的早期作家的名单。造反派以为王洪溥已经不在人世，而实际上他却以"王火"这个为迎接革命胜利而新起的笔名，从1949年开始写作并出版了一部又一部新的作品。早期的如上海劳动出版社出版的《工人广播剧选一、二》《炼钢英雄》《二七大罢工》《苏联专家在新中国》（报告文学集）《后方的战线》等等。

迄今，王火创作的文学作品共有七百多万字，已出书四十余种。反响较大的有长篇小说《外国八路》《东方阴影》《霹雳三年》和他的代表作《战争和人》三部曲，回忆录《长相依》《在"忠字旗"下跳舞》《过客蓦然回首》和《王火散文随笔》等等。早在五十年代，王火就创作出版了以抗日烈士节振国事迹为题材的中篇小说《赤胆忠心——游击队长节振国》，引起极大反响。由中央人民广播电台连播，被改编为话剧、评书、京剧，被改编拍成电影，并被译成外文在国外发行，书名即叫《游击队英雄节振国》，有论者誉之为"影响过整整一代人的优秀作品"。到七十年代，王火将此书重写为长篇小说，改名为《血染春秋——节振国传奇》。此书于1982年由花山文艺出版社出版后，1989年获长篇小说乌金奖，并被改编为电视连续剧。2009年，四川文艺出版社又以《英雄为国——节振国和工人特务大队》为书名出版了新的修订本。王火的代表作是167万字的长篇小说《战争和人》三部曲。这是一部反映八年抗日战争的雄伟史诗，它先后荣获四川郭沫若文学奖、第二届国家图书奖、炎黄杯人民文学奖、第四届茅盾文学奖和"八五"优秀长篇小说出版奖，被选入《世界反法西斯文学书系》和《中国新文学大系》。《战争和人》这部从1950年起笔到1990年收笔的长篇小说，不但从其规模、风格、成就、影响来说，堪称王火的代表作，而且从其历时四十年，一波三折，尝尽苦辣酸甜的创作经历来说，无疑也是当代文学史上一段罕见的、令人感佩的传奇。

独特的生活是作家创作的源泉。在1937—1945年的抗战八年中，正好是王火从一个初中生到上（复旦）大学的阶段。期间，他曾随着父亲辗转于香港和上海租界"孤岛"之间；为了到大后方继续学业，也曾跋涉于遍地哀鸿、赤地千里、饿殍遍野的黄泛区；历尽千难万险才到达重庆，在江津（国立九中）和北碚(复旦大学)上学。国难当头,家破人亡。王火决心要把刻骨铭心的经历和体验写出来,决心要"写一本中国味儿、中国生活、中国民族精神的长篇,希望能有思想的宏伟和情感的丰满"。

最早的设想是写一部百万字的长篇,来反映这一段可歌可泣的历史。长篇的名字叫《一去不复返的时代》。这就是《战争和人》的前身。最初想一气呵成,从西安事变写到南京解放。后来构思有了新的变化,想分成三部来写,用三句古诗作为书名,即《月落乌啼霜满天》《山在虚无飘渺间》和《枫叶荻花秋瑟瑟》,由西安事变写到抗日战争胜利、内战爆发。也曾考虑再写个第四部——《春风又绿江南岸》,写内战爆发到南京解放,蒋家王朝败亡。最终决定用《战争和人》作为总书名,集中精力写前三部。

怎么写呢?工作太忙,只能慢慢地写,但一定要坚持。

先是在上海写,从1950年写到1953年春天。带着一种悲壮的心情起笔,写得慢,但坚持不懈,不打牌不下棋,长期每天工作十几个小时。为了不受外界的诱惑,甚至把腿拴在桌旁爬格子。看着一页页稿纸越积越厚,心里可高兴了。

1953年至1961年,王火从上海调到了北京。工作之余,仍是笔耕不辍。

这期间,政治上有两件大事影响着王火的写作。

其一,是毛泽东在三批"胡风分子"的私人信件上写了按语,最终定性为"胡风反革命集团"。其时,王火的小说《后方的战线》正要被上海新文艺出版社出版,而这个出版社被视为"胡风集团的阵地",王火理所当然地成了怀疑对象。幸好此书的责编是受信任的中共党员,不是"胡风分子",他为王火写了证明。对王火的怀疑和审查结束了。他被吓得够呛,但毕竟长篇的写作得以继续了。

其二,毛泽东就小说《刘志丹》批示:"利用小说反党是一大发明"。到1961年初,毛泽东又在新出的一期《中国工人》的刊物上批了四个大字"拆庙搬神"。在那个年代,有了这样严厉的批示,对相关人员的处理可想而知。王火因为工作太忙,无暇参与和小说《刘志丹》有关的活动,得以幸免。但"拆庙搬神"的直接后果是《中国工人》杂志奉命停刊,王火作为该刊的主编助理和编委(实际主持编辑工作),在停刊后受命于1961年7月1日带队离京到山东沂蒙山区的临沂去支农,实际上是改行做教育工作。

他又逃过一劫。但经历过1957年的"反右派"运动之后,特别是文艺界批了秦兆阳的"现实主义广阔道路论",批了邵荃麟、赵树理的"中间人物论",批了电影《北国江南》,又批了电影《早春二月》,杜鹏程的《保卫延安》也被收缴销毁……这些批评真压得人喘不过气来。总之,1957年之后,王火总感到人的尊严、人的生命、人的安全、人的权利、人的一切都没有保障了。不是自己不要革命,而是革命要不要你的问题。如果不能平安地过一辈子,得个善终都没有把握,又遑论其他?!既然谁都无法主宰自己的命运,谁又敢真实地表达自己的想法,又怎么能自由地进行创作呢?!王火觉得有一把"改造"的利剑悬在头上。有时候,怎么写作品花的时间还没有琢磨怎么才能不犯"错误"花的时间多。他变得更加谨小慎微了,一度真的把长篇的写作停了下来。

然而,王火毕竟是酷爱写作的人,他视创作为自己生命的一部分。所以不出两年,他便又"故态复萌"了。加上"大跃进"变成了大饥荒,他的口粮已降到了每月22斤,全家大小整天都处在饥饿状态,他便忽然产生了一种悲壮的感情:我这部即将写满百万字的长篇无论如何艰难也要把它写完。我写的是苦难的旧中国过去了的一段长长的悲壮历史,是真实的生活和感受。小说寄托了我的希望、理想、信念和要表达的爱国主义思想和坚忍不拔、奋发图强的民族精神。即使这部长篇将来出版不了,哪怕我已不在人世,这部稿我也要留给孩子们阅读,让后代知道我们中华民族曾经有过这么一段抗日的历史。于是,王火又拿起了笔,顽强地利用零碎的业余时间和夜晚的时光伏案写作了。他特别难忘在北京寒冷的冬夜,他听着窗外北风的呼啸,腿上盖着毛毯,忍着饥饿,在北京东四猪市大街100号三楼自己的寝室里,一个字一个字奋笔疾书的情景。就这样,王火起早睡晚,常常是空着肚子,每天给自己规定死任务,不完成不离桌,总算在1961年6月底去山东临沂之前,突击完成了这部三部曲长篇小说120万字的初稿。

临去山东之前,王火亲自把沉甸甸的书稿送到了中国青年出版社。

几个月后便有了回音,中青社认为这部长篇小说"是百花园中一朵独特的鲜花",请王火到北京去谈修改意见。

王火参照中青社的意见,在临沂一中很快完成了长篇的修改,把稿子又寄往北京中青社。岂料,此时"利用小说反党是一大发明"的指示,已使有关出版社纷纷进入检查书稿的状态,长篇小说已停止出版。在一种黑云压城的气氛下,王火决定不再理会放在中青社的长篇小说修改稿。

待国家经济形势渐渐有所好转,中青社终于再次通知王火,请他再次按新的精神认真修改一度搁浅的长篇。此时,已是强调阶级斗争要天天讲月月讲年年讲的时候,阶级斗争成了全党的头等大事。文艺界在一片批判声中噤若寒蝉。少量的文学书籍也往往是按强调阶级斗争的精神炮制出来的。中青社根据新的精神提的意见,改起来难度太大了。唉,整天被一种惊悸的心情困扰的王火真难下笔,小说再也改不出来了。在"四清"运动(农村社会主义教育运动)的高潮中,他终于决定放弃。

1966年,红色风暴在神州大地肆虐。文化大革命中,王火经历了被抄家、关"牛棚"殴打、游街、夜审,甚至"活埋"……在无尽的折磨中,王火都不想再活下去了,还谈什么创作,还谈什么小说呢!幸亏还有起凤,在风雨飘摇中为他坚守着,替他营造了一个温馨的家园。

至于《战争和人》这部一百多万字的长篇小说未定稿被抄走后先是被作为"罪证"展览过。在批斗会上,这部为全民抗战、为那个艰难岁月中的中华优秀儿女、为中国共产党领导的中国抗日民族统一战线唱赞歌的小说,竟被联系上了最高指示"利用小说反党是一大发明",成了"文艺黑线的产物",成了"为国民党树碑立传的反党反社会主义反毛泽东思想的大毒草"。王火受尽磨难,险些"永世不得翻身"。

1972年,"支左"的六十军副政委刘相下令解放王火,恢复原职务。然而,那耗费王火多年心血的一百多万字的长篇小说稿,据说早已被付之一炬化为灰烬。啊,"文革"制造的文字狱令人发指,也使王火的心受伤滴血啊!

"文革"过去,万物复苏。

1978年底,党的十一届三中全会召开了。此时,王火已从临沂一中调离,到地区出版办公室担任领导工作。不久,他便收到中青社的一封挂号信,热情地向他索要当年他们看过两次、一再要他修改的长篇小说稿。中青社的王维玲、张玥、黄伊这些好编辑的身影又在他的脑海里浮现,遇到知音的感觉油然而生。可是,厚厚一沓书稿早已片纸无存,他除了长叹只能回信表示感谢和遗憾。

不久,王火又意外地收到人民文学出版社于砚章的来信,热情地鼓励他重写《战争和人》这部大书。他并不认识于砚章。怎么会收到这样的信呢?

原来,中青社的黄伊已调到人民文学出版社,再次向主管长篇小说的编辑部介绍了王火长篇小说三部曲的相关情况。

是不是要下决心重写?如何重写?这些问题又常常在他的脑海里打转。怎么办?写还是不写?王火心里好纠结哟。这时,他想起了明清之际著名史学家谈迁的故事了。谈迁用了二十多年的时间完成了卷帙浩繁的编年体明史《国榷》一书。大功告成了,却不料一天夜晚,《国榷》的全部手稿竟被入室的小偷窃去。这时,谈迁已经55岁。飞来横祸使他伤心却不灰心。他痛下决心,重整旗鼓,奋斗了近十年终于第二次完成了108卷的《国榷》。巧合的是人民文学出版社向王火提出重写长篇的要求时,他也正好是55岁!稍有不同的是:经过"文革"磨难的王火心理和生理上都饱受摧残,高血压一直苦苦地缠着他。无论心理还是生理上的健康状况,王火肯定都还不如谈迁。他必须准备在创作过程中吃更大的苦。有了这样的思想准备,他便答应了人民文学出版社:决心另起炉灶重写《战争和人》。

1980年,为重写长篇作准备,王火特地到南京、苏州等地作旧地重游。他到了苏州枫桥镇和寒山寺。面对古运河,听着悠扬的钟声,看着河水静静地流淌,想着张继的《枫桥夜泊》,想着历史的沧桑巨变,诗的意境,诗的情感盎然降临。过去、现在与未来都引发他无尽的遐想。心扉打开了!灵魂震颤了!王火情不自禁了!

写,回去就动笔写,再不能迟疑了!

这部小说,既应当写给经历过抗日战争的人看,也应当写给未曾经历过抗日战争的人看,尤其是年轻人!

如今,经历过和"极左"路线的斗争,王火的思想解放了。他认定:他重写的三部曲长篇应该和被毁的稿子有许多不同。以前的条条框框太多,现在思想解放,才敢把国民党官僚童霜威和他的下一代童家霆放在全书最重要的位置上。因为解放思想,才能按照生活本真的状况去写旧社会犬牙交错的、十分复杂的人际关系。如童霜威是国民党上层人士,他的第一个妻子却是共产党员;柳忠华是共产党员,在狱中坚贞不屈,出狱后却一直保持和童霜威的关系;冯村是共产党员,却会给童霜威当贴身秘书;欧阳筱月当了汉奸,特定情况下却接受了共产党的教育并为共产党做事;老同盟会员燕翘的大女儿是地下党员,小女儿却是天真的自由主义者;陈玛荔是三青团的处长,却也援救冯村,童家霆追求进步,却一直深爱深陷泥淖的欧阳素心……

同样,按照实事求是的精神,为了追求小说反映时代的真实,王火在重写《战争和人》的时候,也在写抗日的同时,注意不去简单、笼统地写"仇日"。他还在《山在虚无飘渺间》中安排了整整一卷("天灾人祸,故国三千里"),来写当年由于日寇侵华,河南在"水、旱、蝗、汤(恩伯)"为害下灾区那种"人间地狱"的惨景。他要通过这种真实而又准确的描写,让当年经历过这种生活的人认可,也能使今天的读者感同身受、惊心动魄。

按照这样的思路,王火又不畏艰辛地投入了《战争和人》第一部《月落乌啼霜满天》的写作。多少个细雨淅沥、落叶敲窗的夜晚,王火在山东沂河边上的小房间里默默地重写他的被毁于"文革"的长篇小说。数不清的日日夜夜,一个字又一个字地填满了十多斤重的稿纸,要摒弃多少生活乐趣,要损害多少健康,要增添多少白发啊,但他乐此不疲。因为他体会到,勤奋笔耕是使丢失的作品重获新生的最有效的方法。

生活没有亏待他。王火成功了,1985年春天,人文社的于砚章到成都抱走了厚重得像巨块水泥盖似的原稿;1986年早春二月,《月落乌啼霜满天》的终审人王笠耘又在细雨霏霏的夜晚踩着泥水到王火在成都的家里来谈修改意见——按照人文社的传统,编辑认真地看稿,提出的修改意见仅供作者参考,决不强求照改。对此,王火认为是对作者的尊重,也很满意。

早在1983年的秋天,王火在复旦大学新闻系的同班好友马骏(张希文),邀他到四川人民出版社担任负责文艺图书编辑工作的副总编辑。王火欣然应命。其中重要原因,是《战争和人》的第二部、第三部都要写到四川,王火亟盼能重归旧地深入生活。这样,在山东和四川组织部门的支持下,他便带着已完成初稿的《战争和人》三部曲的第一部《月落乌啼霜满天》的手稿到成都,并决心在成都把三部曲长篇小说全部写完。

然而真是天有不测之风云,人有旦夕之祸福。就在王火的写作渐入佳境的时候,他的左眼却意外受伤以致失明了。那是1985年5月的一天,他手拿一部书稿的清样去出版部门。当时,正在盖出版大厦,工地上沟渠纵横交错。忽然,一个小孩子的哭声吸引了他。原来是一个穿红色毛衣的小女孩掉进了一条约一米宽的深沟。沟边有一个青工看着小女孩哭却不去救她。王火岂能容忍如此恶劣的行径!他立即跳进深沟,把小孩托举出去。不懂事的孩子独自回家了,青工也不知去向,雨却下大了。无助的王火只好用皮鞋尖在沟内土壁上踢出一个可以踩脚尖的凹形,踩着这小小的支点,双手按着沟沿拼力往上一跃,却想不到脑袋正猛撞在一根钢管上。"砰"的一声,王火双手抱着头又掉进了沟里!他咬牙忍着剧痛,蹲在地上,半响才用老办法纵身出了深沟。但左半边脸全部淤血,当即就医。先是出现脑震荡症状,接着颅内发现了出血点。严重时,不认识人,说不出话。更大的灾难是左眼视网膜受伤,结成一个伤疤。经治疗休养,颅内出血与脑震荡总算治好了,但到了1987年9月,由于劳累,左眼伤疤破裂,视网膜脱落,手术失败,左眼终于失明。但王火在巨大的打击面前,却以更大的勇气毅力和坚忍不拔的精神全力以赴地完成了这部160多万字的长篇。他不愿为山九仞、功亏一篑。他一定要把这部反映八年抗战独特生活、有独特价值的作品奉献给时代和读者。

在人文社的关心和大力支持下,《战争和人》三部曲的第一部《月落乌啼霜满天》在1987年出版;第二部《山在虚无飘渺间》在1989年出版;第三部《枫叶荻花秋瑟瑟》在1992年出版。三部曲以《战争和人》为总书名于1993年7月结成一套出版。

王火从1950年在上海起笔写《战争和人》的前身《一去不复返的时代》,中经山东临沂,最后于1990年在成都终于完成《战争和人》三部曲的全稿。期间,一波三折,而他奋不顾身,以拼命的精神和顽强的毅力坚持到底,历40年之功,终于完成了这部不朽的传世之作《战争和人》三部曲。这样的创作经历本身就是多么令人感佩的传奇故事啊!

如果说,王火在创作《战争和人》40年的过程中,起先碰到的困难都是政治性的,即"极左"政治对文艺横加干预,使传奇佳作的制作难有成效,至"文革"更是付之一炬灰飞烟灭,那么,1985年5月的受伤以致左眼失明似乎就是一个意外事故——但我细想总觉得偶然中又带有某种必然。因为在雨中救小女孩和受伤都有某种偶然性,是意外,但遇到这种情况挺身而出,在王火看来则是必然。其时,王火已是61岁的一介书生,他见义勇为地做了,而深沟旁的青工却视若无睹!啊,王火呀王火,性格即命运啊,哪怕你已经71岁,只要你的双腿还能帮你跳下去,我相信你也绝不会有丝毫的迟疑!真的,这就是热情如火、真情如火的王火呀!

四、啊,《战争和人》三部曲已经以它独特的史诗品格和典型人物塑造而成为当代文学中的经典和传世之作,成为当代中国小说之林中葳蕤生辉的大树。其作者王火则无疑是别人无法替代的描摹八年抗战时代风云,谱写中华民族赞歌的圣手。

从1950年起笔,到1990年为重写的《战争和人》画上最后一个句号,王火从26岁写到66岁。期间,绝大部分时间,王火还有繁重的工作,他只是处于业余写作状态;当然,还有破坏文化的文化大革命,初稿在被上纲上线批判后又被付之一炬;然后,又是为救掉进深沟的小女孩而受伤以致左眼失明。总之,一波三折,险关重重,王火一度确曾担心过:我的生命能不能坚持到把这160多万字的长篇完成呢?他真是达到了"亦余心之所善兮,虽九死其犹未悔"的境界了。幸而,总算老天有眼,他坚持下来了,而且健康地活着。

如今,《战争和人》三部曲面世已有二十多年,我们可以冷静地回顾,看看王火以拼命的精神终于完成的长篇小说究竟是一部怎么样的作品了。

首先,我们可以说,这是一部视野开阔,题材独特的小说。用作者的话说,他要变着方向、变着视角和视野,变着形式、大小和高低打开时代生活的一扇扇窗户。而且在"三部曲"中,每一部开的窗户都要避免重复。

在《月落乌啼霜满天》里,我们可以看到南京的六朝烟水气,苏州的锦绣园林,吴江的浩渺太湖风光,安徽南陵的夜行船,香港的灯红酒绿……可以看到国民党官场上错综复杂的矛盾,童霜威家庭中的炎凉纠葛,江三立堂土财主的小天地,香港巨富奢侈的猴脑宴……可以看到西安事变的狂飙,抗日高潮时的武汉洪波曲,日寇攻占南京后令人发指的大屠杀,那一时期战与和的暗斗……

在《战争和人》第二部《山在虚无飘渺间》中,读者可以看到"孤岛"时(1941年12月7日日本制造珍珠港事件之前,即"太平洋战争"之前)的上海租界,沦陷了的苏州和南京,天灾人祸、赤地千里的中原,白雾茫茫的重庆……在"孤岛"上海汉奸、特务的血腥罪恶,童霜威被囚禁的悲凉岁月,童家霆与欧阳素心的忠贞爱情,杨秋水无畏的壮烈牺牲……还有在"大后方"庄严与无耻的对抗……

在《战争和人》第三部《枫叶荻花秋瑟瑟》中,作者向我们展示了四川江津小城抗战时期的众生相和学潮,雾都重庆的光明与黑暗的搏斗,北碚缙云山的翠岗禅悟,成都的名胜古迹,桂林的冲天大火,还有光复后的南京、苏州和上海。就小说情节来说,这一部写了共产党员冯村之死,童霜威父子走向进步与光明,卢婉秋的消沉出世,童家霆的成长与燕寅儿的爱情,欧阳素心的悲惨下场……作者还写了湘桂黔大溃败,重庆国共谈判和全面内战爆发前的态势。(以上参见王火《〈战争和人〉创作手记》)

由此可见,《战争和人》虽然没有着力写抗日的正面战场,却在更广阔的范围内描摹了时代风云的变幻,通过童霜威、童家霆父子和另外几个家庭的遭遇,多视角、多层面、多方位地反映了八年抗战时期的非常生活。

第二,《战争和人》三部曲以它所塑造的独特、丰富、典型的人物形象,成为当代小说之林中独树一帜、无可替代的优秀作品。

《战争和人》三部曲大约写了一百多个人物。除了童霜威父子这两个典型人物之外,其他次要人物如欧阳素心、谢元富、管仲辉、陈玛荔、燕寅儿、冯村、杨秋水、柳忠华、欧阳筱真等,以及笔墨不多的卢婉秋、燕翘、燕姗姗、褚之班、老钱等等,起码有二三十人是各具特色、栩栩如生的。作者在这方面特别用心,就因为他认识到,《战争和人》是以人物的经历和命运以显示其史诗性的。

《战争和人》是以国民党的高级官吏,法学权威童霜威和他的儿子童家霆为主线来展开情节的。他们是全书的主角,也是作者用心塑造的典型人物。

关于童霜威这个典型,评论家谢永旺在《别开生面——评〈战争和人〉》一文中说:"童霜威的性格描写,最为出色。作为国民党的高级官吏,著名的法学家,他既熟读儒家经典,受过中国历史文化的熏陶,又曾留学日本,接触了资本主义的思想和文明;既留恋仕途,又要保持廉洁的名声;既以无派无系自标清高,又因没有后台靠山、官场失意而牢骚满腹;既对贪赃枉法深恶痛绝,又收受了江怀南巧无痕迹的贿赂,时而心安理得,时而惶惶自责;既向往美好的爱情,又割断同爱妻柳苇的婚姻,忍耐着方丽清的庸俗。一个内心充满矛盾的复杂性格活生生地、具体可感地立在我们面前了。当战火迅速蔓延到长江沿岸,抗敌和投敌的严峻问题摆在面前时,他开始有点自省,然而他的社会地位和性格注定他难以断然做出人生的抉择。在香港依然一面拒绝诱降,一面委曲周旋,东躲西藏地保护自个儿的声誉和身家性命。但他毕竟是一个正直的、真诚的知识者,他的精神支柱是民族气节,他对柳苇的怀念则是在心灵的一角保持着他独有的动情的诗意。这一角在扩大,在弥漫,在充盈。这一部作品结束时,他躲在从香港驶向上海的船上,不禁想起柳苇喜爱的诗句'夜半钟声到客船'。当此浓夜迫人、前程未卜之际,他又是多么希望听到钟声敲响啊!那无疑是时代的钟声,美与爱的钟声,心之向往的钟声!精彩的笔墨,预示着人物的新的起步跋涉。……我以为,这是当代文学画廊中一个前所未见的、真实而丰满的人物典型,是作者的可贵的创造。"(载《当代》1993年第1期)

是的,童霜威作为国民党的上层人士,最终在中国共产党的影响下经过八年抗战的冶炼而向革命靠拢,走向进步,完成了关键性的演变。这样的人物在党的统一战线的范围内并不少见,但在虚构的小说中,无疑却只是独一无二的"这一个"。而其子童家霆,在特定的环境下投身抗日和反内战的革命实践,最终成为坚定的革命者,其心路历程和前进方向,也是大动荡、大变革时代的产物,是典型环境中极富启迪意义的典型性格。

第三,《战争和人》通过小说人物命运的演变,通过它着重讲述的蒋管区大后方和"孤岛"及沦陷区在抗战时期的人和事,谱写了一曲悲壮动人的中华民族英勇奋斗的英雄史诗。它不仅写了惨烈的抗日战争的胜利,而且写了国民党的腐败和即将走向崩溃,写了一个时代即将结束,新的时代即将来临。王火说:"我的亲身感受上所得到的立意是:与日寇同步失败的还有当时蒋介石领导的走向法西斯化的'国民政府'。"(《时代精神、典型人物、独特个性——〈战争和人〉三部曲创作杂谈》)——这样的题旨在写抗日战争的小说中也是独特的,而且体现了非常深刻的、难能可贵的思想。

第四,《战争和人》长而耐看、好看,是因为作者对小说的可读性有自己独特的认识和独特的艺术表现手法,是因为作品所具有的、浓郁动人的文化韵味。

王火在回顾自己的创作历程时说:"可读性,首先是写好人物。故事应是人物性格发展变化的过程,是主题的巧妙显现的过程。依靠什么取胜?取胜之处首先是人物、人情、氛围、细节,是情和史(即热烈的感情倾向与历史描写的动人事实),是史和诗,是时代风云的体会和涵盖,是文化品位,民俗习气,典雅悠长的韵味,是表现审美范畴中那些民族和文化中晶莹、可贵、五光十色的瑰宝,是众多人物间形成的错综复杂的关系,戏剧性很强的变化,是生离死别——偶然的相逢和永久的诀别,坎坷独特的遭际和惊险、出人不意的奇遇,朦胧的画意和艺术的魅力……"(《〈战争和人〉创作手记》)

这是作者的认识,他按照这样的认识努力去做了。效果怎么样呢?让我们看看一个专业读者的评论和读后感吧。

"《战争和人》对形象世界的感知出于一个功底深厚的文化人的视角,博观细察,心领神会,酣然铺写。在《战争和人》中融进了中国的诗学。……这里所写的主要人物童霜威,本身就是一个文化人,浸润着中国文、史、诗、书画的传统影响。在他身上,保留着中国源远流长的'士'的素质。他的民族气节,固然体现着现代社会的特征,具有时代性,同时又是从历史上的儒学之士那里汲取了精神养分的。在他身上分明可见'忧国忧民''学以致用'的特色,'洁身自好''临难守节'的特色,'天下有道则见,无道则隐'的特色和'达则兼济天下,穷则独善其身'的特色,以及某种依附性如'士为知己者用'的特色。这些特色无不散放着中国民族文化的情味。"(谢永旺:《别开生面——评〈战争和人〉》)

不仅如此,评论家谢永旺还特别指出《战争和人》中巧用、善用中国古典诗词而产生的艺术魅力:"童霜威还常用古典诗词表达他的情怀;当然是作者选给他的。难得的是用得贴切,成为人物气质和心态的组成部分。……何止童霜威,其他人物性格及其身世、境遇的描写,同样贯彻着一个作为文化人的作者所具有的、饱含着中国情味的人生关照和审美情趣。童家霆同欧阳素心的恋情,同燕寅儿的友爱,同陈玛荔的距离,其心态呈现出传统式的美德……《战争和人》精彩之处的笔墨情致,却是容涵着和体现着中国的民族文化特色的。这似乎正是作者所追求的'中国味儿、中国生活、中国民族精神'的重要方面。"(谢永旺:《别开生面——评〈战争和人〉》)

作品的语言雍容典雅舒展大方,蕴含和体现着中国民族文化的特色,各种人物的对话谈吐,自然也符合人物的身份和教养,虽富有书卷气,以普通话为主,却也准确、生动、好看、耐读。

《战争和人》以它的思想、艺术魅力征服了读者,也征服了多种评奖活动的评委们。160多万字的小说出齐后,四川人民广播电台决定连播,每次播放长达八个多月。结果播出后在听众中引起巨大反响,应听众的强烈要求,电台在两年多里竟连续播了三次。现在,《战争和人》三部曲除由人民文学出版社列入茅盾文学奖获奖书系之外,2012年又由作家出版社选入"共和国作家文库"出版,先后已有七种版本(人民文学出版社五种,作家出版社两种)。

评奖方面,《战争和人》先后荣获(四川)郭沫若文学奖、第二届国家图书奖、"炎黄杯"人民文学奖、第四届茅盾文学奖和稍后的"八·五"优秀长篇小说出版奖。王火自我调侃说,我都成了获奖专业户了。

此外,《战争和人》还被选入《世界反法西斯文学书系》和《中国新文学大系》。

据我所知,王火之所以最终完成《战争和人》这"为人类写一部书"(托尔斯泰语)的大制作,除了时代的赋予和个人的努力之外,还有三个特殊的、值得一提的条件。其一,是生活的赐予。除了他所搜集的与八年抗战有关的上千万字的历史资料外,《战争和人》写到的主要人物和地区都是他所熟悉的,如抗战时期的上海"孤岛"、南京、苏州、香港、重庆和黄泛区等,都是他生活过的地方,许多相关的人事都是他的亲历、亲见、亲闻,例如黄炎培访问延安和毛泽东谈执政党周期率引起警惕,他就是在餐桌上直接听黄炎培说起的。童霜威,童家霆父子这两个小说的主要人物也可以说是以他和他的父亲王开疆为生活的原型塑造出来的典型人物——虽然小说毕竟是虚构的艺术,我们不应、也不必对号入座。例如1937年底到1938年阴历新年,作者和父亲是在香港度过的。过年时受邀参加大亨李尚铭的猴脑宴。在《香港回忆录》(载《山花》2012年11期)只有几百字的记述,在小说中就化成了富商李尚铭宴请的猴脑宴,洋洋洒洒写了三万多字。由此小例子便可见一斑。

其二,是亲身经历过"文革"和"极左"路线迫害的王火终于觉悟了,思想解放了。如果没有这样的觉悟和思想解放,我怀疑童霜威、童家霆连作为小说的主人公都未必可能,更遑论塑造成为小说的艺术典型!所以,我认为王火在上个世纪五十年代初于上海完成的《一去不复返的时代》,根本就不能和《战争和人》相提并论,虽然它不应该在"文革"中被付之一炬。

其三,是文化学养之深厚。写小说的作家中,极少像王火这样学贯中西、博古通今的。尤其是古诗词的运用堪称一绝。

王火在《抓住独特——小谈我写〈战争和人〉》一文中说过:"有评论家说《战争和人》'既不会与过去的任何同类写抗战的作品重复,今后也不会有任何作品可能与它雷同或相仿。作品中塑造的主要人物是"这一个"!这部作品在同类写抗战的作品中也是这一个!这部作品也唯有"这一个"作家能写,别人是难以代替的。'(江林:《独特的〈战争和人〉三部曲》)倘若评论家和读者能有这样的认可,那我就欣慰地感到无负我创作的初衷了!"

《战争和人》肯定不是其他同类写抗战的作品所能替代的,就因为它是江林三次提到的"这一个"!王火兄当然可以感到欣慰了。

啊,《战争和人》三部曲已经以它独特的史诗品格和典型人物塑造而成为当代文学中的经典和传世之作,成为当代中国小说之林中葳蕤生辉的大树。其作者王火,则无疑是别人无法替代的描摹八年抗战时代风云、谱写中华民族赞歌的圣手。

王火在《战争和人》之后最重要的作品是1999年共和国诞生五十周年前完成的长篇小说《霹雳三年》。此作的初稿我于1997年夏天到成都看过。其后经过作者修订,在《当代》1999年第一期选发了二十万字,以庆祝共和国诞生五十周年。2000年由人民文学出版社正式出版单行本。

《战争和人》写的是八年抗战(1937—1945年),《霹雳三年》写的是1946年6月到1949年6月的解放战争时期,是惊天动地的三年,血火交织的三年,是国民党旧政权丧失人心分崩离析的三年,也是中国共产党领导的新政权获得人心,共和国即将诞生的三年。从时间上说,这两部小说有其延续性,但《霹雳三年》却不是《战争和人》的第四部,也不是它的续篇。一则主角已不是童霜威父子,而是一对年轻的男女记者,由这对恋人来讲述他们在十里洋场的上海和当时的心脏地带南京的生活,讲述他们的爱、恨和苍凉的青春,战争还是成了故事的背景。二则写法也变了。用记者笔法写记者的生活,节奏快些,纪实性强些,文字朴实,鸟瞰的意味浓些,同读者的距离也可能会近一些。总之,体现作者在创作上,不但不愿意重复别人,也不愿意重复自己吧。

王火说,"历史是一面明亮的镜子"。那风霜煎熬的三年,"有人或已遗忘,青年可能不知,我愿用浓墨重彩来如实描绘方生与未死,光明与黑暗的搏斗……那时我只有二十几岁,青春焕发,豪情满怀,悲天悯人,不怕冒险,却又机智敏捷。……但现在我早已白发衰老,当年的一些引路人、同行者和亲友,不少均已离开人间。写这部作品时,壮怀激烈之余,不胜伤逝与悼亡,常常悲喜交作,心灵震颤,有复杂疲惫的心情,有凝重的思考,也常似直面人生,在同生者和死者对话……"(《历史是一面明亮的镜子——〈霹雳三年〉序》)字里行间,充满了历史沧桑的感慨和沉思现实与未来的凝重情调。

此作除了由《当代》杂志选发,还由《黑龙江日报》连载,北京人民广播电台连播,《文摘》杂志刊登了故事梗概,《文学报》《文学故事报》等选发了一些章节。反响不错。

我知道,王火本来还有写一些长篇小说的计划,一本一本地写下去。但他毕竟年事渐高了,而长篇小说的创作却是一项相当艰辛耗时费力的大工程。我也注意到,从上个世纪九十年代开始,他陆续有一些说真话的回忆录问世,如《失去的黄金时代——金陵童话》《王火散文随笔》《在"忠字旗"下跳舞》《过客蓦然回首》《五味人生》《长相依》《风云花絮——红色记忆60年》《香港回忆录》等等。这些作品均以其真实生动的记述感动着读者并具有了不忘历史、感知现实和启迪未来的意义。我们期待着王火能有更多的佳作问世,同时又能善自珍摄。他毕竟已是90岁的老人了。

五、啊,王火,王火,圣者王火,你是我们学习的榜一样,你是中国文坛的光荣和骄傲!

王火出身于旧中国一个上层人士的家庭。父亲王开疆毕业于日本早稻田大学,担任过国民政府的高官。他从小受过良好的家庭教育和父亲言传身教的熏陶。如1938年阴历新年前后他随父亲在香港,那时王火十三四岁,刚上初中。他后来回忆说:"他(父亲)对礼貌和规矩是很注意的。彬彬有礼,规矩坐着,好好地听,不乱插嘴,不懂的事和话事后可以问。这就是他的'家庭教育'。所以,父亲不带我去的地方,我不会要去;他带我去的地方,我总是很愿意跟他同去。我觉得这样做确实可以开阔知识,增加见闻,学会应对。"又说:"他是个不沾烟酒、不赌钱、不跳舞的人,叮嘱我以后别跟这些人(按,指带他到交际花家里吸食鸦片的人)出去乱跑。他说,香港是英国统治下的金钱社会,有些事,看到了一定要知道好坏。他把'出淤泥而不染''君子和而不同'一类道理讲给我听。我后来成年至今,这方面也像父亲,可能是受父亲的教诲

和影响很深的缘故。"(见《香港回忆录》)

上引资料可视为父亲的言传身教。在这样的家庭影响下,王火渐渐成长为一个素质良好,乐善好施,热心助人的人。

后来,他又要随父亲乘坐英国的"亚洲皇后号"大油轮回上海"孤岛"去,父亲准备利用他的声望和社会关系在租界上秘密办"三吴大学"。油轮旁的海面上,有几条小舢板和大木盆船。邮轮上的有钱人把银毫币扔到水里去,小舢板上的"水鬼"便纷纷跃身下海去抢捞银毫币。捞到钱的"水鬼"举手向邮轮上的乘客致谢,大家便笑着叫好。小王火特别怜悯一个白发老婆婆划着木盆船上的小"水鬼",便掏出手帕,将袋里用剩的一些银角瞄准了那一老一小的木盆船扔去。可惜银角都落在离他们四五米远的海面上,反倒被一个强壮的"水鬼"一个猛子蹿到海里,水中捞月似的捞走了。小王火心里又窝火又失望,只可惜身上再没有银角了。

还是这次在香港过旧历年时,他跟父亲到香港大亨李尚铭家去吃猴脑宴。小王火"怀着好奇去看猴子,看到厨房旁的屋里有一只剃光了脑袋的猴子,用酒灌醉了站在一只木制囚笼里,猴头在囚笼上端卡着不动,猴脸因为醉酒显得通红,所以猴子闭眼站立像熟睡一样。后来,进餐了。餐厅里,用特制圆桌,桌上搁着特制的银光闪闪的大台面,台面中央有个空白碗口大的缺口,大小正好可以套住猴子的天灵盖。我们入席之前,猴子已被削去天灵盖用囚笼装着推入桌下(囚笼下有轮子可推行),故而只看到银台面上银制杯筷碟匙一应俱全。各种颜色的调料:红色、黄色、绿色……都有,每个人面前还有高脚瓷杯放着生鸡蛋。两只紫铜大火锅(中间烧着通红的大木炭)里鲜汤翻滚,沸喷香气。吃猴脑就是用银匙往桌中央的碗状猴脑壳里舀出一些带血水的猴脑来放在自己的碗里,碗里早按自己的需要舀集了黄酒、葱花、味精、酱油、醋、姜末、芥末、白糖等作料,然后舀入火锅里滚开的鲜汤烫熟,爱吃鸡蛋的还可以在火锅里打上一个生鸡蛋与猴脑一并吃。然后,又上其他菜肴和饭点。……"哎呀,这么残忍、这么恶心的一道"菜"怎么吃得下去!王火开了眼界,却和父亲一样没吃这猴脑。(见《香港回忆录》)

以后慢慢长大了。在四川江津读书时开始和凌起凤谈恋爱,还有在上海的时候,他俩在马路上"拍拖"浪漫的时刻,也没有忘记在路边乞讨的穷人,总是把手里的零钱散给他们。到山东临沂当校长的时候,起凤或者请穷学生到家里吃顿饭,给穷学生一点回家的路费的事也时或有之。到成都以后,王火的创作成果越来越丰硕,文学圈的朋友越来越多了。时不时就会有文友把自己的书几十本、百把本的请王火代为"寄卖"。王火哪里会卖书哟,无非是按十足的价钱一点不打折地付款,然后堆放在储藏室里。在凌起凤病重,王火准备卖房子给她治病的时候,还有外地一位久未联系的复旦老同学打电话来,说突然得了大病,要王火支援20万。王火哪里有那么多余钱哪。只好拼凑了5万元寄去。王火对我说,从此就没有了回音,显然是不高兴了。自己也显得很无奈。

但这就是王火。从小到老,依然是那么善良,那么乐善好施,热心助人。

我和王火的相识,在1987年《战争和人》的第一部《月落乌啼霜满天》出版后的作品研讨会上。其时我在编《当代》杂志。研讨会在一家酒店召开,也没有谁正式给我们作介绍。只是后来相熟了,王火兄才调侃我说,那时你老跟身边的人嘀嘀咕咕开小会,可不专心呢!但也就是从这以后,我们便慢慢成了无话不谈的好朋友了。

王火兄待人宽厚,一般情况下是不批评别人的。但到2002年11月,我却接到他的一封信,说在一个地方刊物上看到有一位编辑的文章,借回忆已故同事的话说,《战争和人》是卖不出去的赔钱的书,又说责编"到处说这部书一定能获得茅盾文学奖,听的人都说他是痴人说梦……"对此,王火的反批评只是说"这并不符合事实"。又反驳说,"此书连得四个大奖('炎黄杯'人民文学奖、第二届国家图书奖、第四届茅盾文学奖、'八五'优秀长篇小说出版奖)。这是四个不同的评委班子。似乎还未见到别的小说如此。"结论是:"我总觉得不看作品的人没有发言权。"而对此类不顾事实胡乱批评的做法,王火的态度是:"到我这把年纪,早已不是与人争长短的心态了,但同你这样的老朋友谈谈还是可以的。"他还自我调侃说:"我这些话告诉你,也算牢骚,也不算牢骚,主要是写信时顺便谈谈而已。"但我想,这就是以宽厚待人的王火。换了别的有一定名望的作家,自己已有定评的、获多项大奖的作品受到无端的责难,还不知会如何拍案而起,张口开骂呢!

对王火还有一种批评是出于不理解。还是在这封信里,他提到《当代》2002年第6期上有人对《长相依》的批评。他说:"他年轻,不了解我这件事写的是五十年代初。那时和1957年后不同。1957年后才'极左'盛行,这是一。

第二，我写此文，正如他所说，'自始至终，作品为情所困'。我就是要记录下这段情。故写完后(又写)打油一首在草稿上曰：'往事未必如烟云，心潮起伏意难平。年华远去记坎坷，平铺直叙也是情。'而不是为了'使该写的东西分量未能到位'，'对历史的记述似应考虑对读者是否构成了深入反思的意义'。"王火兄在结束处还特意加了一句："因为阁下知道，叫我来骂共产党使人过瘾的事，我是不干的！"啊，这就是修养极好的王火，也是被关过"牛棚"被"活埋"过的王火呀！真是君子坦荡荡啊！

王火兄多次和我说过，他还是幸运的人。为什么这样说呢？就因为他毕竟没有被错划为"右派"，也毕竟没有被卷入刘志丹事件——他说，如果卷入刘志丹事件，他起码得坐牢，能不能活到今天也成问题了。

关于运气，我也和王火兄说过自己的感受。我说，中央电视台做"艺术人生·陈忠实"专辑的时候，主持人朱军曾反复问我：你说，在你的编辑生涯中，遇到陈忠实和他的《白鹿原》是你的幸运，是吗？当然，我做了毫不含糊的肯定的答复。王火还听说，我还讲过在我的编辑生涯中遇到张炜和他的《古船》，也是我的幸运。王火便很直率也很肯定地说，这话也可以反过来说，陈忠实和他的《白鹿原》，张炜和他的《古船》，他们能遇到你这样的编辑，也是他们的幸运呵！这种话，后来在他收到我的《美丽的选择》(可视为我对50年编辑工作的回顾，首都师范学院出版社2010年北京第1版)和《在河之洲》(陈忠实散文选集，何启治点评，广东教育出版社2010年广州第1版)两本书后写于2011年2月26日的来信中，也有明白的表示。他说："看到了我们的合影的照片，也发现了您写到我提到拙著(按，指《霹雳三年》)的文字颇为感谢您的关照。《美丽的选择》书名起得好，书也出得漂亮。《在河之洲》也很好，只是似乎该放上点评者的照片。既是经典点评系列，封面上点评者的名字也应醒目些。"王火兄接着又说："真羡慕忠实同志能有您这样的编辑家从他写书出书及出书后一直关心并推荐。这使我深深感到：这就是编辑家和编辑匠之间的不同。编辑匠编了一本书，编完就完了，编辑家编了一本好书，还有许多工作要继续做。于是，在中国这样的大国中，在每年那么多出版物的书海中，编辑家可以使好的书不但不朽，还能不断光芒照耀。"王火兄的结论是："您的编辑人生不但自己可以自豪，作为好友，我也深深为阁下自豪。"

王火兄自己就既是个有成就的作家，也是多年在编辑岗位上做出优异成绩的编辑家。他对编辑家的见解可以说是经验之谈,他对我的鼓励也使我这个做了一辈子编辑工作的老编辑备受鼓舞,也感到很温暖。

俗话说,老婆是人家的好,文章是自己的好。王火可不是这么偏狭。他对自己认可的作品是真的欣赏,对其作者自然也是由衷地尊敬。对陈忠实和他的《白鹿原》就是这样。他看过我写的关于陈忠实和他的《白鹿原》的文章,知道《白鹿原》面世后受到压制的一些情况,也为此感到不平。2012年11月10日我们通电话时,王火兄说他的三妹和三妹夫都是北京大学西语系的教授,平时很少看中国当代小说,但最近都在看《白鹿原》,而且很欣赏。我一听颇感兴趣,便问能否把他们谈到《白鹿原》的信复印给我看看。王火兄便很认真地去找。当晚没找到,第二天找到了,便立即写信给我说:"我三妹夫罗经国和三妹李淑都是北大西语系的教授……他们这对夫妇都是北大的名教授,但从不张扬,十分清高。老罗是搞英美文学的,著作颇多,译著不少。什么《欧洲文学史》《狄更斯研究》之类的,也将《古文观止》译成了英文。三妹李淑是搞德国文学的,什么《德国文学史》之类,……将德国古典文学名著《痴儿西木传》(人民文学出版社出的)译成中文出版。这书是极难译的,故过去曾到德国讲学,罗则常去英美讲学……他俩太清高,不愿我介绍他们的。(他们谈到《白鹿原》的信)终于找到了,特寄上。一共两处,我都用红笔划出了。"(查复印的)罗经国在信上说:"最近看了一些评论,说中国解放后文学没有什么成就,因为作家不敢讲心里话。最近淑和我都看《白鹿原》,写得十分成功。"

此信首页还有李淑批语:写完此信,便接着7/1—4日美国庆,故未发。另还有"USA"字样。

据以上所引资料,我们不难判断:此信是罗经国、李淑从美国写信给王火的;所说"中国解放后文学没有什么成就"的评论,显然是他们在国外看到的评论;罗经国、李淑平时也很少看中国当代小说,现在却都在看《白鹿原》,结论是"写得十分成功",很显然这结论还是作为反驳"中国解放后文学没什么成就"的评语来说的。

这里还想强调的一点是:罗、李都是高级文学专业人士,但也都是翻译界人士,我比较了解的是中国当代文学专业人士(包括官方人士)对《白鹿原》的正反两方面的评论,所以罗、李的话我特别珍惜。王火兄找信的辛苦是值得的。

在王火兄寄来的同一批信件中,还有他三妹李淑附上的一纸短简,可以看出亲人对王火的欣赏和关切,故也不嫌啰嗦,略引如下:"亲爱的溥哥、七姐:溥哥上信收到。七月二号我启程去德,呆四个月,参加一个国际巴罗克文学大会,然后应邀到各处走走。几乎遍及德国。……这次从机票到生活全由德国两个机构支付。我还不曾这么舒服过。应该去潇洒潇洒了。"又说:"寄上几张溥哥与我们合影,难得难得,多么值得珍惜。溥哥风华依旧。但望不要太辛苦了。什么时候我来写一篇'我所认识的王火哥哥'那才有意思呢!人生多少该做点事。但溥哥也做得很多很多。非凡的记忆力,刻苦勤奋,值得大家学习。……"

也许是王火兄自己就很欣赏《白鹿原》,为此曾赋诗赠我:

人文情怀寓褒贬/审定佳著准无偏/心绪驰骋白鹿原/名扬京城四大编。

他曾说过,我所写陈忠实和他的《白鹿原》的文章都很有激情,也有文采,能感染人。去年,我便向他索字,并说,如没有更合适的,就把上引这首诗写给我就好。后来便收到他写在宣纸上的一幅字,却是:

人文情怀寓褒贬/审定名作准无偏/南粤才子燕京客/西陕挚友白鹿原/庖丁解牛属先贤/慧眼识珠赖名编/冰雪纷纭真心在/文坛活跃永当先 赠何启治兄 王火2013.2于成都。

我想,好朋友之间,表达欣赏之情,应是一种真挚的感情,当然也有鼓励和关于文坛的感慨。早在2000年10月1日给我的信中,王火兄在提到"信及照片三张,另征稿启事(按,指关于人民文学出版社社庆50周年的征稿)均收到。我们在咖啡馆拍的那张照片极好,看了高兴"之后,特别强调说,"您是个可做知心朋友的人。人生得一知己并不容易。想必阁下也有同感"。

我当然也有同感了。我们之间,不但可以说无话不谈,而且自己写了觉得可以让好朋友看看的好文章,也会告诉对方或直接寄给对方看。如王火在《当代》看到我悼念高贤均的《贤均,我有话对你说》和刊于今年《当代》第2期的回忆文章《春风秋雨五十年》都会买来或找来看。我的《美丽的选择》《何启治作品自选集》等著作,甚至是单篇散文《书生搬家记》都会寄给他看。他的著作《风云花絮——红色记忆60年》《王火序跋集》等也会及时寄给我看。去年初,他在《山花》第11、12期发表《香港回忆录》后,很快便给我寄来,并附信说:"寄奉《山花》两本,上有我的《香港回忆录》,请指正留念。香港是你的出生地。这稿头三章曾在香港《海岸线》上连载,封面上还标过'王火香港回忆录'。后因起凤重病我未续写。她西去后我写毕现在发表了……"(2013.2.1)

王火是极重感情的人。对爱情、亲情、友情都很珍惜。在上引的同一封信中,又说:"离得远,极想念。同您一起聊天是快乐的时光,可惜办不到。"同时,在信末还不忘加上一笔:祝贺阁下得了"延安文学奖"!——这是指我在《延安文学》2012年第5期上刊出四万字的随笔《道是无晴却有晴——从〈古船〉、〈九月寓言〉、〈白鹿原〉的命运看新时期文学破冰之旅的风雨历程》,此作获该刊"特别奖"。

亲人和挚友的逝世常使王火陷于难以解脱的悲痛中。王火2011年10月16日来信说:"我仍在悲痛阶段。起凤走了,我似少了魂魄。道理都懂,感情上扭不过来。每天看看书报,但没有动笔写东西的意图。如何从阴影中走出来?还找不到答案。可怜哉!"

马骏(张希文),是他复旦大学新闻系的同学,曾和国民党特务英勇斗争过,也被囚禁过,可到了1957年却被错划成"右派",整整"消失"了20年!1983年,便是这位在四川人民出版社任副书记和副总编的马骏邀他到成都任四川人民出版社管文艺的副总编。于是,王火便离开山东临沂,于1983年10月11日深夜抵达成都,工作至今。这位老同学、老战友曾说:"真不该让你坏了一只眼,你要写作品。与其你少一只眼,还不如让我少一只眼!"2004年10月8日马骏不幸病逝。王火在悲痛中撰《今宵别梦寒——哭忆马骏(张希文)》,回顾他们几十年的战友情谊。在悼文的末尾,王火说:"别了希文!我献在你灵前的挽联是我的心声:同窗共患难,慕君英才,学运中慷慨激昂是人杰,回首往事,泣下双行不成声;凄凉别旧雨,情同手足,出版界开拓创进有功绩,瞻望前路,悲痛满腔缺知音。"又说:"自从希文去世,我就抑郁、牙疼、发热、心脏不适,总是失眠。白昼常想着他,夜里常梦着他。往事冉冉,心潮澎湃。植物学家发现植物也是有感情的,何况是人?我不知何时才能摆脱对希文的伤逝……在他的墓志铭末,我写了这样几句:'其为人有云水襟怀,松柏气节——人虽西去,精魄永存'。"

啊，这是多么感人肺腑的、发自心底的文字，真是字字血泪啊！王火兄，谢谢你把这样的悼文特意打印寄我，并附言："一直沉浸在伤逝中。写了此文，才稍缓解……王火2004，12，3"。我理解，真的很理解。

此外，他在2006年11月31日来信中说："前几天获得鲁彦周兄噩耗，为之十分伤感。打电话给他夫人，又请人代办花圈送去。此次本想在京晤面（按，指一起开作代会），但他在合肥住院不能赴会，想不到竟就永诀了。人老之悲哀就在于此。"此前，他在2005年12月12日来信中又说："想到他（按，指高贤均，人文社副总编，我的同事）英年早逝，不禁恻然。"还说："黄伊兄（按，曾向人文社长篇小说编辑室推荐王火的《战争和人》，我的同事）去世事我早知道。他一直同我联系的。人到老了，说不定哪天会出事。我的好处是坦然和淡然。想活得长些，看看这世界……"

啊，这就是王火，对爱情、亲情和友情都极认真，极珍重、珍惜的王火。他能视我为"知心朋友"，是"人生"的"知己"，当然让我感到欣慰并值得我珍惜。

实际上，王火在待人处事上是很有包容精神的人。他对人并不会求全责备。例如1999年10月，王火到法国访问，特意在一个早上下过雨、天气阴沉的日子去巴黎远郊的"拉雪兹神父公墓"。他放弃了去迪士尼一游的机会，不去看位于市区波旁宫旁"荣军院"地下墓室中拿破仑皇帝的棺材，就因为想到占地近50公顷，拥有100万个以上坟墓的"拉雪兹"神父公墓来寻找巴尔扎克和王尔德这两位大师的坟墓。他以76岁的高龄，在女婿卫平的陪伴下寻找。最先看到的是《追忆似水年华》的作者普鲁斯特的墓，后来又依次找到了巴尔扎克和肖邦的墓。当然也找到了英国作家王尔德的墓。王火后来在回忆文章《神往"拉雪兹"》中说："王尔德因生活不检点，在英国服苦役两年，刑满后去巴黎。他1900年46岁就病故了，起初葬在别处，1909年才收葬'拉雪兹'。"为什么要特意去瞻仰王尔德？王火说："他作为唯美主义代表人物，在世界文学史上有特殊地位，是十九世纪八十年代美学运动的主力和九十年代颓废运动的先驱。……我却忘不了他的《快乐王子》和《道林·格雷的肖像》。"王火看到的"王尔德灰白色的墓茔竟出乎意料的高大……墓中端是一个双脚并拢在飞翔的巨人浮雕。墓正面镌着王尔德名字，墓后面的墓志铭介绍王尔德的业绩。最想不到的是，墓前有人献了一盆红色鲜花……墓后也有人献了三盆白色、黄色的鲜花。无数体面、精美的墓茔都没有鲜花，这里却有这么多红玫瑰、白玫瑰、黄玫瑰！……是非褒贬在人心上会有不同的秤，这些人并未因为他曾服刑而否定他在文学上对人类作出的贡献。"（引自《风云花絮》）

显然，王火兄也因为有这么多人认同他而感到高兴！

在同书的另一篇回忆文章《访萧伯纳故园》中，王火说："对萧伯纳的兴趣和感情，是由于他1933年曾到过中国的上海和北平。我无数次看到过那张在中国广为流传的照片——萧伯纳和鲁迅、宋庆龄、蔡元培等的合影。"王火还告诉我们：萧氏在1950年11月2日94岁时与世长辞，没有子女，房产捐给国家。然而，让王火困惑的是，他就萧氏在1933年访问中国为什么毫无反映这样的问题请教工作人员时，得到的答复是：只知道他到过苏联，不知道他到过中国。于是，热心而尽心尽力追求完美的王火兄便立下一个心愿"回国后，我要找到一帧萧氏与鲁迅、宋庆龄、蔡元培等人的合影寄给萧氏故园；如果可能的话，再找一本瞿秋白的《萧伯纳在上海》寄去当然更好。"让我们感动和感到高兴的是：2009年9月《风云花絮》出版时，王火兄已经可以在这篇文章的末尾加上一个"注"："这一心愿，在好友、作家唐宋元包办下已在2000年完成，照片等均已寄至英国萧氏故居。"

真的，这就是王火：律己甚严，却总是以包容之心宽待别人。对创作，他视同生命，为了完成足以传世的经典作品，他可以付出整整40年的努力。对爱情、亲情和友情，他总是极为珍重和珍惜。为了追求完美的人生，他全力以赴。那么，王火就没有缺点了吗？按理说，确实人类至今还没有创造出十全十美的社会，当然也不会有十全十美的人。

一定要问王火有什么缺点，我就会想起上个世纪九十年代亲历的一件小事。那时我到成都看望王火，他请我到饭馆吃饭，点的菜肴中有一份牛尾汤。可等牛尾汤端上饭桌，我们左挑右拣，除了一些西红柿和洋葱，就是一块牛尾也找不出来。我说，这不行，找经理来说说吧。王火却说，算了吧，毕竟还是牛尾做出来的汤，凑合吧。啊，真是应了"性格即命运"的话，两个书生就这样享用了没有一块牛尾的牛尾汤。

那么，从这小例子放大来说，是不是太善良、太宽容也可以说是个缺点呢？我想是可以这么说的。因为，现实生活中确实还有是与非，善与恶，美与丑的区别，从政治上，经济上，以至社会上各行各业可以说都是这样。所以，过于善良和宽容，对于改善人性和全面深化改革开放都是不利的。

话说回来,在我的文坛师友中,王火兄如果不是唯一,也确实是极少的、特别优秀的人。那么,如果要用最简单的字眼来形容他,该怎么说呢?

勇者——是的,他怀着拼命的精神,以40年的坚持不懈的奋斗,终于完成《战争和人》这部经典的传世之作,堪称勇者。

智者——他学贯中西,博古通今,当之无愧。

仁者——他的仁义之心和道德操守,可当仁者而不让。

但是,我还是想用圣者来称呼他。圣者,最尊崇之谓也;亦指学识、技能有极高成就的人。而王火不但是描摹时代风云,抒写中华民族赞歌的圣手,他的学识素养,品性风度,人格魅力和道德操守,都堪为我们学习的楷模。在感情层面,由于坚贞、善良、热情、真挚等素质使然,他是真正拥有甜蜜的爱情、温馨的亲情和真挚友情的我的兄长一样的好朋友。称王火兄为当代文学圣殿中的圣者,才足以表达我的崇仰敬慕之情。

啊,王火,王火,圣者王火,你是我们学习的榜样,你是中国文坛的光荣和骄傲!

2014年3月21日—4月26夜草成于三亚—琼海—三亚

4月30日改定于三亚

6月6日补正于北京

* 本文所引用资料除亲历、亲见、亲闻和已注明出处者外,均来自王火著《风云花絮——红色记忆60年》(成都时代出版社2009年9月第1版)。谨此说明并向王火兄致谢致敬。

范若丁：刚毅执著的作家和编辑出版家

一、范若丁略感意外地成为新中国第一位民主选举产生的文艺出版社社长。他是《花城》杂志创刊初期参与实际工作并促使该杂志腾飞而名列全国四大名刊之列的编辑之一。

广州市大沙头在孙中山治粤时期，曾辟为飞机场。广东省出版局在这里建办公楼时，周边还比较空旷，各出版单位在新建成的五层楼内办公还比较宽松。广东人民出版社从新基路搬到大沙头四马路办公之初，条件尚可。但到上个世纪八十年代初，由于陆续分出"花城"、"广东教育"、"岭南美术"等若干出版社，编辑队伍的壮大和出版系统职工的不断增加，也就日渐显得逼窄了。

1988年深秋的一天，花城出版社的一百多名职工齐聚在这座五层办公楼一楼的食堂开会。大家交头接耳，议论纷纷。原来是：得改革开放风气之先的广东出版系统出了个新鲜事——花城出版社要通过民主选举产生新社长。今天是海选，即完全在不设定候选人的情况下，一人一票先选出候选人，得票最多的两人即为候选人；在几天后正式投票选出新社长，部领导和局领导在场，当票数统计完毕，一经宣布结果就由省新闻出版局当场宣布任命。

民主选举新社长是由中共广东省委组织部和宣传部共同做出的决定。花城出版社、岭南美术出版社和广东科技出版社是由全社职工通过民主选举产生新社长的试点单位。

有意思的是，已借调出去暂离花城出版社的范若丁（范汉生的笔名）被正式通知回来参加新社长的民主选举活动。改革开放和创新不可能没有阻力，各种矛盾纠缠交错的结果是担任副总编辑、实际主持《花城》杂志工作数年的范若丁，1986年六七月间被调离《花城》编辑部，改任主管发行工作的副社长，后来干脆又被调去创办《沿海大文化报》。老范就想：只要真正民主选举，当然是好事；至于自己是否当选，倒也无可无不可，随民意而动吧。

多少感到有点意外的是：在海选中选出的两个候选人中，竟然有他。

看来有一定的群众基础，那就做点准备工作吧。于是他回顾了1980年调入《花城》杂志编辑部以来的种种情况，对花城出版社目前的存在问题进行一番梳理，做到心中有数。到正式选举前一天晚上，老范想，如果选上自己，就要当场向群众表个态，还是有点准备才好吧。于是找了张纸，对花城出版社目前急需努力解决的问题提出了几点想法，为发表所谓的"施政演说"写了个简要的提纲。

第二天，还是在出版局办公楼的一楼食堂，召开了花城出版社全社职工参加的选举大会。省委宣传部领导和省新闻出版局罗宗海局长及几位副局长坐镇，李荣琛副局长主持会议。

已经是54岁的饱经忧患、历经磨难的老范以平常之心面对全社职工的选票。结果可以说亦在意料之中——但也只是比另一位候选人稍多了几票而已。然而竞选就是这么残酷，多一票也就决定了胜负。主持人宣布范汉生当选有效，当即任命他为花城出版社社长兼总编辑并带头鼓掌表示祝贺。

这时，该是老范发表所谓"施政纲领"的时候了。许多人盯着他，要看看这位新社长对社情和未来的治社方略是否心中有数。只见他从口袋里摸索着掏出那张写着讲话提纲的纸，为他担心的人松了一口气。因为成竹在胸，所以平日说话有点口吃的老范竟然讲得相当流畅而令人信服。

这位身高一米八一、长着满头茂密黑发的河南汉子身板挺直，语速从容地说：

我作为新社长深感责任重大，我想追求的目标可以用"名利福和"四个字来概括。"名"就是社会效益，就是花城出版社的名气与声誉，多出好书名刊，创一流的出版社，出一流的书刊；"利"就是经济效益，抓社会效益的同时要把经济效益抓上去；"福"是指职工的福利，要提高大家的福利水平，首先争取建职工宿舍，较好地解决急需解决的职工住房问题，改善大家的居住条件；"和"就是团结和睦，要共同营造出版社内部的团结气氛与环境，和为贵嘛，特别是要正确理解民主选举，不能在选举之后形成新的鸿沟，我愿与大家共勉。做到以上几点，我们才可能把出版社推向一个新的台阶。……

会场上骤然响起的热烈掌声，表达了群众对新社长提出的四大目标的赞同和拥护。

谁当选谁组织社领导班子。这当然是新社长老范首先要面对的问题。这个问题也可能比当选更让领导挂心，局领导便找老范谈话，要他注意主动团结有不同意见的同志。

其实，领导是多虑了。老范是有民主意识的人，不用提醒也会主动考虑团结对方，也会对选自己和不选自己的人一视同仁。

按照上述精神，老范提出陈俊年任副社长，廖晓勉、袁宝泉、谢望新任副总编辑，经党员选举，陈俊年兼党委书记。这个班子与上届班子相比除了比较年轻之外，并无多大的变化。陈俊年、廖晓勉、袁宝泉、谢望新等其实都是上一届社委会的成员，选举中与老范一起竞选的廖晓勉，依然任社的副职；只有谢望新由上一届的社委变为副总编辑。但还是有人往上面告。老范心里明白，表面上是告谢望新，其实是告他。谢望新是位很有能力的年轻同志，也没有什么实质性的问题，老范提出让他进班子绝非出于什么"派性"，反之有人告状恰恰是"派性"作怪。出版局领导为了稳定局面，就让暂时先把谢望新放一放。这一来，社领导班子剩四个人不成单数，无奈便把袁宝泉也放一放。不久，谢望新调省委宣传部文艺处任职，袁宝泉便按原议进入社领导班子。

老范一视同仁的做法更可以《花城》编辑部为例。几年来，《花城》编辑部的人员曾有过几次大的调整，都以为新社长这时会对《花城》编辑部亦做大的调整，然而却不。《花城》杂志仍由李士非继续当主编，杜渐坤当副主编，陈文彬当编辑室主任（后经李士非推荐，老范同意她也担任副主编），编辑部人员基本上没动。老范做到了不以人划线，更不以这次选举的投票倾向划线。

几年后，老范和《随笔》编辑部主任黄伟经笑谈往昔岁月。讲到当年选举事时，黄伟经说："当时我让全编辑部的人都不选你，只有谢望新坦荡地说他想好了，他要选你。你知道吗？"老范笑道："你们编辑部当时不选我，我可以想象，但谢望新坚持选我，我一点不知道，这真的还是第一次听说呢。"黄又说后来《随笔》出了那么多事，你都给我们顶住，这一点我很佩服你。往事已矣，两人一笑了之。可以肯定的是：出版社绝大多数职工都认定，老范对人对事没有以"选我"或"不选我"划线。对此，老范心里坦然。

其实,民主选举社长的余波并不是什么大不了的事,如何办好《花城》杂志和花城出版社,兑现自己当选新社长时的公开承诺,才是老范要面对的关键问题。

《花城》迎着改革开放的春风绽放。最早它是以书代刊,以丛刊名义于1979年4月出版创刊号(总印数25万册,以后几期渐次增为75万册),七期之后,1981年1月花城出版社成立,才正式定名为《花城》文艺双月刊。

老范没有参与《花城》的创刊,但他和《花城》丛刊的参与者苏晨、李士非、易征、林振铭等原本相识,而且李士非与老范又是革命年代的老同学。1977年由易征任责任编辑出版了老范的散文集《并未逝去的岁月》。据说这是粉碎"四人帮"之后,广东出版的第一部文学书籍。这就使老范与出版社结了缘,在创办《花城》杂志缺人手时,他们想到老范。老范于1980年6月正式从广东省化工原料公司调入《花城》杂志后,即任《花城》杂志编辑、副主任、主任。他和《花城》杂志的密切关系,实际上从1979年3月已开始。李士非和林振铭一起到北京、天津组稿,老范正好在北京出差,曾一起商议组稿事。就《花城》杂志初创期而言,苏晨和李士非、易征、林振铭等功不可没,而老范由于机缘凑巧,也有所参与。后来,创刊时期的几位编辑因各种原因先后调任他职,老范便以《花城》编辑部主任和花城出版社副总编辑的身份,实际主持《花城》杂志数年。

在老范实际主持《花城》杂志期间,《花城》刊发了许多深受读者欢迎的优秀作品,如顾笑言的《你在想什么》和张洁的《祖母绿》,均获过全国中篇小说奖,周梅森的《沉沦的土地》等也曾获得其他重要奖项,均使《花城》的影响力得到进一步提高。同时,他又积极参与牵头组织全国性的文学期刊活动。如1984年《花城》与《当代》《十月》牵头组织全国45家文学期刊维护版权的活动,其中第一次会议就是由《花城》筹备在广州召开的。此项活动对提高期刊出版界的版权意识有启蒙和实际的意义。

《花城》1982年第一期刊发了遇罗锦五次修改后的《春天的童话》(原名《今天的童话》)。如今毋庸讳言的是,在1981年编辑部讨论《今天的童话》如何发表时,老范与他十分尊重的老同学李士非和几个编辑发生了一些争论。老范不赞成照原稿发表,理由有二:一、遇罗锦在文中说了很多激烈的话,在当时的政治气候下,一定会出大问题,甚至会影响刊物生存;二、内容有揭人隐私之嫌,而且所影射之人是对发表《时间是检验真理的唯一标准》做出贡献的一位老同志,如此攻击他对改革开放是不利的。再说,作为一个文学刊物也没有必要去判断两个人在情爱关系上的谁是谁非。老范知道在当时气氛下,自己会被人视为保守;保守也罢,开放也罢,把话说出来老范也就坦然了。后来老范被安排去与刚到编辑部的林贤治一起编《诗增刊》,不再插手正刊的事。次年正刊第一期发出易名为《春天的童话》后,果然引起了轩然大波。上面要求收回这一期《花城》,紧接着《中国青年报》《羊城晚报》《工人日报》《文汇报》等较集中地发表了对其全盘否定的文章,对《花城》杂志编辑部也提出了批评与质疑。当时老范虽因编辑《诗增刊》和筹办"花城诗歌朗诵演唱会"没有参与其事,但并未置身事外,袖手旁观,而是积极为维护刊物的生存而奔走。

经手的李士非和出版局局长黄文俞以编辑部的名义写了《我们的失误》发在刊物上,表示"我们认识到,它不仅仅宣扬了资产阶级个人主义,而且政治倾向上也是不健康的……至于主人公羽珊,我们认为她在恋爱、婚姻问题上所持的观点是利己主义的"等,以作检讨。所幸省委书记任仲夷和负责宣传口的常委杨应彬等领导同志坚持改革开放和实事求是的原则,有威信的老作家杨沫又再三为《花城》说话,事情才没有进一步扩大。在这个非常困难的时期,老范做了他应该做能够做的工作,为《花城》的正常运转尽了力。《花城》躲过此一劫后,有了种种误解与传言,有的甚至是针对他的,但他坦然,无愧于心。

虽然《花城》在反资产阶级自由化、批精神污染的背景下经受了挫折,但改革开放的大趋势不可逆转。《花城》仍然坚持文学的高标准——放眼全国的高标准。老范常和编辑部的同仁说,要争《花城》在全国文学期刊的领先地位,要争文学的"制高点"。他们坚持一贯的办刊方针:立足本省,放眼全国,兼顾海外,坚持改革开放,把《花城》推上一个新的台阶。"童话"风波过后,他们重整旗鼓,更广泛地联系作家,不断推出给刊物带来声誉的优秀作品。如张洁的《七巧板》,谌容的《彩色宽银幕故事片》,戴厚英的《高的是秋秋,矮的是芝麻》,乔雪竹的《北国红豆也相思》,王蒙的《黄杨树根之死》和《木箱深处的紫绸花服》,柯云路的《历史将证明》,贾平凹的《鬼域》,方方的《大限临头》,章以武、黄锦鸿的《"雅马哈"鱼档》,黄坚虹的《桔红色的校徽》等,以及以上所举的顾笑言、张洁、周梅森的获奖作品,使《花城》在全国文学期刊中依然站在前列的位置。

回顾这一时期的《花城》,老范自信地说:"从1981年到1986年间,外部环境是开放改革,冲破禁区与清除精神污染,反资产阶级自由化的激烈冲突;内部环境也不平静,争议不断,人事纠纷突出,矛盾尖锐,工作是很难做的。在《花城》最困难与最辉煌的这几年,我是《花城》杂志的实际主持者,我坚持文学的高标准——放眼全国的高标准,在全国文艺期刊中保持了领先的地位。面对复杂艰难的情势,维护了《花城》的特性,保持了《花城》在全国文学期刊中的前列位置,我尽力了。"(见2003年6月13日给笔者的信)

《花城》杂志只是花城出版社重要的对外窗口,经民主选举担任社长的范若丁知道自己重任在肩,还有许多事情要做。

作为社长,他不但主持制订全社的出版计划,还是不少优秀图书和重点选题的策划者和编者。在他担任责编的"花城丛书"中,便收辑有叶圣陶、巴金、老舍等人的代表作,他策划并组织出版的《港粤大百科丛书》和《世界书库》,均获中国图书奖,他与楼肇明主编的《20世纪外国文学精粹》,第一次向国内读者推介了巴别尔的《骑兵军》、博尔赫斯的《巴比伦的抽签游戏》、卡彭铁尔的《追击·时间之战》、帕斯的《太阳石》、奈保尔的《米格尔大街》、莫迪亚诺的《八月的周日·缓刑》、阿赫玛托娃的《安魂曲》、金斯堡的《我的黎明俪歌》等18种优秀外国文学名著。后来帕斯、奈保尔和莫迪亚诺先后获得诺贝尔文学奖。这套书在出版之后,有三位作者分获诺奖,可见当时策划者与编者的文学眼光。鉴于国内介绍外国文学重复翻译、书目陈旧的严重情况,老范与楼肇明策划这套书时确定的编辑方针就是:选题必须是世界一流、国内第一次翻译和第一次出版的作品。这套书推介的外国文学名著,滋润了许多文学爱好者饥渴的心田,也给一代又一代中国作家以有益的启迪和营养,可说是功德无量。从出版界来说,《20世纪外国文学精粹》这套书(其实只有半套),在出版后的二十年中竟先后出了三位诺奖得主,这是难得一见的。但令人十分遗憾的是,由于老范这位民选社长提前卸任等原因,这套书被腰斩了。原计划编辑出版4辑40种,最终只出了18种。对此,老范深感遗憾却无能为力。老范是个爱书知书的人,鉴于国内许许多多翻译作品严重重复,而许多经典则不是从原文翻译的,他要外文编辑室组织翻译家将荷马史诗以诗体的形式、从希腊原文翻译过来。于是,从原文翻译过来的诗体《伊利亚特》和《奥德赛》,才第一次同国人见面。他在社长任上还组织编成两套书稿:《海外华文文学大系》和《中华文艺理论大成》,亦因人事变动而终未能出版,这是他心中永远的痛。

作为新社长,老范具有开阔的胸怀。他认为,加强和兄弟出版社的横向联合,对于推动全国文学出版事业的发展,对于提高花城出版社的实际影响力都有重要的意义。除上举组织全国文学期刊的维权活动之外,还有两项文艺出版社的联合活动值得一提。

其一,是1989年3月,在武汉召开由花城出版社、长江文艺出版社和山东文艺出版社联合发起的文艺出版社发行工作座谈会。全国有二十多家文艺出版社派代表参加,"花城"由老范和发行部经理朱迅参会。中宣部由出版局负责人张小影参加。会上成立了文艺出版社发行联合理事会,即后来的"文艺发行集团"之前身。此举对文艺图书的发行工作产生了长远的影响,起到了积极的推动作用。

其二,由老范和北岳文艺出版社社长罗继长、黄河文艺出版社社长刘彦钊商定,由三社联合发起建立全国文艺出版社社长、总编辑年会制度。此议得到许多文艺出版社的支持。第一届年会由北岳文艺出版社主办,于1989年7月在太原召开。由于众所周知的政治原因,参会的只有10多家出版社的社长和总编辑。次年第二届年会由花城出版社主办,在广州召开,人民文学出版社等二十几家出版社参加,中宣部张小影,新闻出版总署寇晓伟、于青等与会。第三次年会于1991年由花山文艺出版社主办,在北戴河召开。后来年会改为全国文艺出版研究会,归属于全国出版工作者协会,一直是各文艺出版社负责人针对不同时期的问题进行交流研讨的平台。老范在担任花城出版社社长时,一直是此类活动的积极策划者和参与者,不仅提高了花城出版社的影响和声誉,也为发展全国的文艺出版事业做出了贡献。

以上,就是新中国第一位(迄今按我的见闻也许是唯一的一位)民主选举的文艺出版社社长范汉生(范若丁)的主要事迹和贡献。对于这次民主选举的试验,没有推广,也没有组织上出面作的定论,但不同的评价和分歧是明显的。有一天,省新闻出版局老局长黄文俞颇不客气地对老范说:"范若丁,你以为社长是可以选举的吗?"老范坦然答道:"可以不可以选举都不是我说了算的。"

其时,老范心里想,黄老局长的质疑也许包含着指责他的一些所谓"竞选活动"吧。酝酿选举期间,一向与老范比较默契的经理部经理黄金荣对老范说,他不想当经理部的经理了,老范就说,那你可以去当工会主席嘛!这事传到黄文俞老局长那里,他在不同场合说过好几次,意思是老范封官许愿,拉票,由此说明民主选举的弊端。可老范心里想,工会主席并不比经理部经理的职位高、实权大,而且黄金荣原本就兼管工会工作,无所谓升降。再说了,既然是竞选就应该允许有竞选活动呀,双方都可以有竞选活动呀,据他所知对方的竞选活动要活跃得多,所以对老领导的责难,他心里不服。

对于这次民主选举活动及其结果,老范在他最近给我的信里袒露心扉说:"至今我仍认为,(选社长)是我1948年参加革命以来的唯一一次真正的民主选举。选举时部、局领导都在场,当场开票,当场任命。我当选了,可以说这是民意,但也出乎了有些人的心愿。我任社长后实现了我当选时的诺言,提高了花城出版社的声誉,出了好书、得奖书;提高了经济效益,盖了职工宿舍,提高了职工的生活水平。我相信我得到了大多数职工的拥护,至今我仍不会为我这个社长是真正民选的而不安。有的老同志反对这次选举,鼓励与支持少数人兴风作浪,这也是无可奈何的事情。至今,我对我仅仅是个'民选的社长'无憾更无愧。"(见2013年6月13日范汉生致笔者的信)

啊,以我的经验,我相信老范还有些潜藏在信外的话没有完全说出来,但就是从上引的文字中,读者已不难看出,老范对于能成为新中国第一位(也许是迄今为止唯一的)民主选举产生的文艺出版社社长,深感光荣和自豪。而对于那几年的付出和取得的成果,他是"无憾更无愧"!这是在事后25年写的信,可见是深思熟虑的,也是经得起历史检验的。作为同行,作为老朋友,我对老范深感认同并肃然起敬!

二、"革命,革命",多少人假汝之名,以行凶作恶,"革命,革命",多少人假汝之名以陷害忠良!

范若丁原名范汉生,范若丁是范汉生发表文学作品时所用的笔名。

1934年1月,河南开封城西南城区小纸坊街的一座几进的四合院里,范龙章将军家的第三个儿子诞生了,取名范汉生。

1931年"九一八"事变后,范龙章将军率领他任旅长的国民革命军二十路军228旅通电全国要求北上抗日。1937年"七七"卢沟桥事变后,范龙章将军率部先后参加淞沪抗战,台儿庄会战和武汉会战。父亲无暇顾及家小,要求全家搬回老家乡下。伏牛山北麓有个百余户人家的郭村。村北有个中西合璧的所谓"北宫"的大宅院。村公所设有私塾,父亲又出资在"北宫"的北面修建了一大片房屋,开办了现代规范式的小学和中学。小范汉生便在"北宫"这个大宅院和旁边的私塾及学堂度过了他的童年。年幼的他难得与父母相聚,照料他生活的是乳母陈干娘——哺育和照管他到11岁,他一直管陈干娘叫妈。

1945年8月日寇投降,内战一触即发。范龙章将军所在的新八军于10月在邯郸附近举行了反内战起义,即"邯郸起义"。事后,范龙章任民主建国军第一军军长。一年后,他率民主建国军军官参观学习团赴延安,受到毛泽东、朱德等中央领导人的多次接见,并经党中央直接批准,刘少奇、朱德签字同意,加入中国共产党。

1947年3月胡宗南进攻延安。6月,发生了所谓的"民主建国军叛变事件"。8月,范龙章蒙冤被扣押,数月后被释放,但民主建国军已不复存在。1949年后,范龙章被安排在河南省政协工作。"文革"期间,"红卫兵"一冲,机关大乱,范龙章突发脑溢血,病逝于冷清孤凄的居室。范若丁在他的散文《找坟》中,是这样描述父亲病重时的情形的:"病来得恶。没有救护车,一个比他小几岁的同事向人家借了一部拉煤的板车,把他拉到医院。父亲这位同事是我称作刘老伯的刘希程将军。他黄埔一期毕业,曾给孙中山当过卫士,参加过'八一'起义,抗战时期任98军军长,解放后曾任河南省政协副主席,是父亲晚年的挚友。一个军长用板车拉着另一个军长,六神无主的母亲跟在后面。这是多么奇特的在战场上也难以看到的图景哦!"父亲去世时,他背负的冤案还在悬挂着,直到1980年,所谓的"民主建国军叛变案",才得到彻底平反。

1948年,开封经历了国共反复争夺的战火洗礼。少年范汉生在开封第一次解放后,以初中未毕业的学历,先考上开封高中,到同年冬,未满15岁的他又不顾母亲的再三阻拦,考入刚从宝丰大白庄迁到开封的革命大学——中原大学。以狂热的激情迎接解放的少年范汉生在大约半年内便完成了从初中到高中,再到大学的三级跳!

1949年初,父亲随华北军区司令部进入刚刚和平解放的北平。为了儿子更美好的前景,父亲力促儿子到北平去读书,接受正规的教育。但倔犟的少年范汉生幼稚地认为去北平上学就是脱离革命,执意要留在中原大学。

中原大学是培养革命干部的速成学校,几个月后,1949年5月,15岁的少年范汉生又被分配到中共中央中原局社会部干部训练班学习。不久,过长江之后随着机关名称不断的变化,他被安排到中南局社会部工作,成为正排级的干事,穿上了军装。

1951年秋,范汉生随中南局(百万雄师过大江后中原局进驻武汉,改为中南局)土改工作团到湖南郴州地区参加土改。半年后回来,正遇国家要从机关、部队抽调一批年轻人上大学,部里的推荐名单上有范汉生。他心里像大海涨潮一样充满了向往和期盼。然而,只有初中二年级学历的他终于没有过关,他的那个科学家之梦随之破灭。

范汉生本是个好学的少年,部办公室里寂寞地放着一套无人问津的刚出版的红布封面的《鲁迅全集》(是发给部长的),他几乎一本一本逐一读过。中南局图书馆购进许多新书,如新出版的车尔尼雪夫斯基的《怎么办》,果戈理的《巡按使》、肖洛霍夫的《静静的顿河》、高尔基的《母亲》等等,他都带着喜悦之情认真地细读。《普希金文集》更可以说成了他一生中的最爱,从少年读到老年,既是精神上的享受,也是面对人生困境时的支撑。此时,大学梦破碎,他只有恶补文学,自学文学。

不久,他离开中南局,被调往广东工作。广州有很多私人办的补习班,他就根据墙头上的小广告,去报名补习中学课程,甚至去学俄语和英语。只要有时间,他还常跑中山图书馆和新华书店。他带着狂喜去阅读世界文学的经典名著,徜徉在但丁、歌德、拜伦、托尔斯泰、陀思妥耶夫斯基、巴尔扎克、雨果、狄更斯、福楼拜、雪莱、赛万提斯等等文学大师构筑的文学圣殿里。

然而,就在他怀着收获的喜悦在人生的大道上疾走时,危险正一步步向他逼近。他担任广东省专卖事业管理局监察室主任监察员期间,工作上与领导的矛盾常使他苦恼。管理局局长是个老干部,特权思想严重,生活特殊化,严重违反财政纪律,侵占群众利益,大家意见很大。监察室几位同志多次向这位局长反映群众意见,无效之后决定联名写信向上级领导反映,由范汉生执笔。满怀正义感的范汉生当仁不让。于是便由他执笔向省纪委写了个报告。省纪委派检查组下来调查了近三个月,认定他们反映的情况百分之九十五属实,只是个别细节有些出入,遂给了老局长一个处分,并取消拟议中他当中共"八大"代表的资格。矛盾似乎暂时得到了解决,其实却给范汉生埋下了祸根,只等一定的时机,便将以更大的能量爆发出来。

果然,1957年的"反右派"斗争成了老局长实施报复的良机。无论已有心理准备的范汉生如何谨言慎行,强制自己不写一张大字报,在"引蛇出洞"的座谈会上也一言不发,却仍然是在劫难逃。那个被省纪委确认了的报告内容,全部被运动翻了过来。批评领导,就是反领导,反领导就是反党,真是黑白颠倒,欲加之罪何患无辞!给省纪委的报告成了他反党反社会主义的"罪证",他平时写的习作,也被强行拿出来供批判。断章取义,罗织罪名,上纲上线,岂容分辩!士可杀不可辱,范汉生于是沉默以对。专案人员拿他没有办法,最后强迫他在结论书上签字。范汉生坚决不签。专案组人员甚至拍着桌子威胁他说:"你态度如此恶劣!再给你一次机会,如还不认罪,只有死路一条!"范汉生也拍案而起,说我与不良现象作斗争,何罪之有?我就是不签字,不承认你们作的结论,你们现在就拉我出去枪毙好了!范汉生终究没有在莫须有的结论书上签字,却也终究难逃被严惩的厄运。

1958年7月,范汉生和一批广东省商业系统的"右派分子"被发配到海南岛,辗转在几个农场经受强制劳动的煎熬。在这里,他亲自见证了大炼钢铁如何毁林毁农,毁屋毁村——为了推行公共食堂,强行并村,将"空心村"中一些较好的房屋"改建"为所谓的土高炉;有农民出来制止,甚至跳进火堆以死相搏,反被诬为"疯子"。在那个时代,真不知谁是疯子!他还看到公社化一平二调是如何劳民伤财;大跃进是如何促成了大饥荒,他和周围其他身患浮肿病的人们,又是如何在一年三熟甚或四熟的海南岛,受着饥饿的折磨。在离开广州往海南的时候,他毅然切断了和亲人、友人的联系。他不想连累别人,对爱恋中的表姐也如此。平时表姐大约每周来一封信,运动中通信中断。他没有告诉表姐他在海南岛的通信地址,不意有一天他在强制劳动的现场,却收到这样一封由单位转来的装在淡蓝色信封中的信:

三弟弟:

我告诉你我的一个决定,我要结婚了。不想解释,似乎也没有必要解释。

　　我不知道你到底在哪里？你说你去得很远很远，你说地平线上再也看不到你,可那究竟是多远？难道说远得连灵魂也不能够接近吗？每逢我向远处看,看着地平线不觉就哭了。但我相信你一定就在地平线那边走着。

　　两年来,我按照过去的地址给你寄过几十封信,一封一封的都给退了回来。

　　我认了,这是时代,这是命。

　　不说了,说也无益。

　　　祝你：

　　平安！

　　　　　　　　　　　　　　　　　　　　　　姐
　　　　　　　　　　　　　　　　　　1960年1月1日于北京

马上就满26岁的范汉生真是欲哭无泪。

这就是时代,这是命。

　　但他不认！不,绝不认！可是谁又能不受这种命运的摆布呢？老范在心里对他的表姐说,我正在地平线那边走着！你知道我最喜欢普希金的诗,但我现在不读他的《假若生活欺骗了你》,而是常常默诵他的《纪念碑》：

　　我为自己建立了一座非人工的纪念碑,
　　　在人们走向那儿的路径上,青草不再生长,
　　　它抬起那颗不肯屈服的头颅,
　　　高耸在亚历山大的纪念石柱之上。

　　不,我不会完全死亡——我的灵魂在圣洁的诗歌中,
　　　将比我的灰烬活得更久长,和逃避了腐朽灭亡,
　　　我将永远光荣,即使还只有一个诗人,
　　　活在月光下的世界上。

　　老范用砍刀在地边挖了一个坑,把这封信埋了,也把他的初恋埋了。在暮云四合中,他又匆匆为这封信垒了个小墓冢,还从岭坡折了一把桃金娘献上。

随后，在大礼拜天，他将两年积攒的40元钱交给了一位一块受难的难友，请他以他的名义寄给表姐，附言说明他是受一个朋友的委托。

从此他不再与表姐联系，哪怕是间接的。在漫无边际的香茅田里，在蚊虫肆虐的橡胶林中，在炉火炙烤的土高炉旁，在冷雨砭骨的深翻田间，他依然孤独地忍受着饥饿、苦役和屈辱的折磨。回想自己不到15岁参加革命，15岁入团，21岁入党，23岁就被强加以莫须有的罪名，他心里充满了悲愤。他怎么就会成为反党反社会主义的"右派分子"呢？啊，"革命，革命"，多少人假汝之名，以行凶作恶！"革命，革命"，多少人假汝之名以陷害忠良！但他从不绝望，他常常默念着古巴革命领袖卡斯特罗当年在法庭上高声说出的一句话："历史终将宣判我无罪！"

在辗转了几个农场之后，范汉生终于在1960年回到了广州，又在1961年被分配在广东省化工原料公司做业务员。这一时期，他有幸考入了广州业余大学汉语言文学系，终于获得一次系统接受大学文科教育的机会。可惜，五年业余大学课程尚未完全结束，荒谬绝伦的"文革"开始了，红色风暴席卷全国，批判、牛栏、高帽、游街……他作为"死老虎"也不能幸免。接着就是四年的干校生活。1973年他回化工原料公司重操旧业，工作性质决定了他常年在外，订货、调货、催货，跑遍全国。虽然辛苦，却也饱览祖国的大好河山，体察社会民情，开阔了眼界，增长了见闻，业余写作有所进步。

终究是粉碎"四人帮"和随之而来的改革开放，给范汉生带来了真正的机遇。1980年6月，他调入《花城》杂志编辑部工作，由编辑到编辑部副主任、主任、花城出版社副总编，直到1988年10月，他终于通过群众民主选举而成为花城出版社社长兼总编辑，迎来了他人生中的第一次辉煌。

三、两次获得广东鲁迅文学奖和两次获得秦牧散文奖的广东作家确实不多，而范若丁却以他的创作实绩获得了这种荣耀，可谓是实至名归。

范若丁和文学，可以说是终生不离不弃。

1950年，16岁的他在《中南青年报》上发表了两篇短文。1952年，他竟要着手写部长篇小说，在练习本上写，在用油光纸自订的本子上写，在从文具店买回的稿纸上写。虽然只留下一堆乱稿,但这种最初的训练,对他以后步入的文学事业是大有益处的。

此后,无论在什么环境下,他再也没有中断过写作。在广州,在海南岛,繁忙的工作和艰辛的劳作都不能让他放下手中的笔。用稿纸怕被人发现,就写在笔记本上;出差在外,就带上一瓶墨水,几支蜡烛,白天跑业务,晚上就在小旅店里,在荧荧烛光下写作。那些年,他尝试着写各种体裁的文学作品,诗歌、散文、小说、话剧、电影文学剧本。明知发表无望,仍然坚持不辍。

这样直到1973年春天,在《南方日报》当编辑的中原大学老同学程度看到了他新写的散文《春来早》,很高兴,就推荐给另一位在出版界工作的老同学李士非。李士非也很欣赏,急于帮他找个地方发表。老范决定给自己取个笔名,当时,化工原料公司的经营目录中,有一种化工原料叫"若丁",是一种钢铁酸洗防腐剂。老范觉得"若丁"的音、义都挺好,即决定:就是它,从此无论发表什么作品都用笔名"范若丁"了。

《春来早》没有发表,接着写的《桑田深处》却被广东人民出版社出版的一部散文集《凤凰螺》收入。是为"范若丁"第一次在文学作品中和读者见面。

业余创作,几乎伴随着范若丁的一生。

1994年,老范从花城出版社总编辑的位置上离休,接着担任广东省出版工作者协会副主席兼秘书长。这显然并非闲职,直到2000年才完全退下来。从此,老范终于把时间完全掌握在自己手里,真正开始了专心致志的写作。如今,老范已是八十岁的老人了,让我们回顾一下他迄今为止的主要创作成果吧:

《并未逝去的岁月》,散文、小说合集,9万字,1977年广东人民出版社出版。这本小册子可以说是慧眼识珠的编辑家易征从废纸篓里发现的作品。由于它没有紧跟"四人帮"的帮风而被废,又因"四人帮"的垮台而起死回生。它是范若丁的第一本书,据说也是"文革"后广东出版的第一本文学书籍。

《相思红》,散文集,20万字,1987年花城出版社出版。

《暖雪》,散文、小说集,15万字,1988年上海文艺出版社出版。获第三届广东鲁迅文学奖。

《莫斯科郊外》,散文集,19万字,1998年广东旅游出版社出版。

《皂角树》,散文集,20万字,2004年广东人民出版社出版。获第一届秦牧散文奖。

《我和父亲》,散文。获第二届秦牧散文奖。

《旧京,旧京》,长篇小说,27万字,2005年人民文学出版社出版。获第八届广东鲁迅文学奖。

《在莫斯科》,长篇小说,25万字,2011年上海文艺出版社出版。

《记忆的尊严》,散文集,19万字,2014年花城出版社出版。

此外,他尚有数十万字已在报刊发表而未结集的作品和数十万字尚未发表的作品。已出版的作品数量不是很多,一百多万字,但质量是相当可观的,获得两届秦牧散文奖,两届鲁迅文学奖,在广东作家中并不多见。

这里,让我们以《旧京,旧京》为例,来感知范若丁小说创作的特点和成就。

"旧京"的故事发生在抗日战争胜利后到三年内战即将结束的旧京(开封)。解放军和国民党军队进进出出,反反复复地争夺这座中原古都,少年凡云生——爱国抗日将领凡翔阁家的"三少爷"和生活在旧京小油坊街上的人们也就反反复复地经受着战火的洗练。

全书涉笔的人物约有七八十人,分别出现在长短不一的二十章里。在这些章节中,特别光彩照人的有:《落考的大哥》、《甘裁缝和杂货老八》、《光复楼老板》、《明星姨》、《表姐》等。而依次出现在我们面前,生动传神、内涵比较丰富复杂的人物,则大致有:大哥、陈干娘、甘裁缝、卖烧饼的老嗓婆、"艺术家"杜衣、官太太宋曼曼、土匪将军黎焕如、秀表姐、凤表姐、满族演员白丽金……

这些在古都小油坊街的舞台上演出一幕幕人生话剧的众多人物,从政客、将军、贵妇人,到车夫、小贩等所谓"引车卖浆"者流的底层人物,大都鲜活生动,有血有肉。

"三少爷"凡云生,既是叙述者,又是小说最主要的人物。当旧京终于迎来了解放,被亲人称为"憨生",性格憨直、敏感,有时爱掉几滴眼泪的"三少爷"凡云生,也就出人意料,却也在情理之中地在半年时间内,"完成了从初中生到高中生再到大学生的三级跳"。更意想不到的是,这位从熟读《红楼梦》到沉醉于《钢铁是怎样炼成的》的憨子"三少爷",在一再执拗地拒绝了父亲带他到解放后的北平去上学的好意之后,坚定不移地投身到革命的洪流,从中原大学到革命队伍,却在不经意之间被迫在"思想检查"阶段经受了反复的批斗和逼供。一个十五六岁的少年,几乎被打成有组织、有政治目的的"反动集团"的头目。真是天上人间,瞬息万变啊!少年,少年,都说"少年不识愁滋味",我们的少年主人公此刻的心情,怕是很难用一个"愁"字来概括得了吧。五十多年后,当已进入老年的凡云生重返旧京相国寺,在一片梵乐声中,他仿佛听到凤表姐和秀表姐当年在千手千眼佛的旁边呼唤"三弟弟"……的声音。顿时,凡云生老人不禁老泪纵横。小说就这样收笔了。

这"三弟弟"……一声呼唤,唱出了几多沧桑,道出了几多亲情!我们从少年凡云生被革命熔炉锻炼的经历中,回望"文革"的浩劫,在深深的感动中,难道不是也会有所反思,有所感悟吗?

评论家炳焜说:概括来说,《旧京,旧京》这本书是斑斓的凝重的活化石。斑斓,是因为书里面的人物故事背景是一个动乱的年代,其间许多奇奇怪怪的,很特异的事情在一般常态社会是不会发生的。凝重,是小说基本上一章写一两个人物,这些人物很有个性,很丰满同时有很多性格的侧面和层次。"化石",即通过千姿百态的人物使人看到时代风云,社会百态。(引自《文体探索成为创作的趋势——范若丁〈旧京,旧京〉研讨会纪要》,载《羊城晚报》)。他又指出,小说"是在忠于历史的基础上,融入了(作者)大量的情感、思考和艺术创造。在那平和的字里行间背后,是对家乡父老乡亲的深深眷念,是忧国忧民的博大情怀,是张扬生命、人性、人情的人道主义精神,是呼唤和平、民主、正义的政治诉求,是饱经忧患的沧桑感,是庄严、温馨和悲凉交织的人生经验。特别是对内战双方,对战争与和平,对蒸蒸日上的革命队伍及其负面,对革命幻彩的层层剥落及其缘由,作者都有他人未有的新发现新见解和新的表现,是一部对历史重新审视并进行反思的力作。"(见《新世纪文坛报》)

总之,对《旧京,旧京》,除了在文体的探索上有些不尽相同的见解之外,均认为是一部难得的有鲜明艺术特色和文学价值的优秀作品。

按照我几十年来从事文学编辑工作的经验,窃以为一个作家要取得优异的创作成果,必须有丰富坚实的生活体验,有深刻的思想感悟,有有效的艺术手段(语言、构思、表达技巧等等),还要有激情和勤奋执著的创作热情。

应该说,范若丁在这几个方面都是强者。

论生活,开封小纸坊街和伏牛山区偏僻乡村的童年生活成为他源源不断的创作源泉。何况,还有被打成"右派"后的种种磨炼,在海南岛的强制劳改生活和特殊年代在莫斯科的亲身体验。

论思想,《旧京,旧京》等作品说明他对历史的反思和对现实问题的思考都已达到一般人难以企及的深度。

论艺术技巧,《旧京,旧京》已经引起了关于文体探索的热烈讨论,即关于"小说化的散文或散文化的小说"的讨论。

至于激情和勤奋执著的热情,则范若丁终生与文学不离不弃,视文学创作为生命的一部分,已是了解他的文友们公认的事实。诚如谢望新在《旧京,旧京》的研讨会上所说:"我觉得范若丁是一个很另类的人,在他钢铁般的意志的躯体里面,上帝很恩赐他,把柔情,把一种风情的种子播种在他的心灵里。正是这样一种水乳交融的性格,才会诞生这么一个特别的范若丁,还有这样一种味道或者基调的作品。他作品的基调,我认为是一种美丽的忧伤,或者是美丽的悲怆。"是的,没有钢铁般的意志就不可能有勤奋执著的创作热情,没有柔情和风情也不可能有独创的艺术。

四、范若丁在农场被迫劳改时,在心里说过好多次的是,"历史终将还我清白,历史终将宣布我无罪!"他等待着历史的最后审判。他是个坚定的人,他深信历史终究是公正的。

范若丁是我在海南一见遂定终身之交的朋友,而且是随着交往的深入越来越令我敬重的朋友。

那是1987年12月,我们趁海南岛刚刚建省,组织了部分作家去海南参观访问。现在还记得的访问团成员有:北京的王朔、王海鸰、张聂尔、柯云路和罗雪柯夫妇,上海的姜滇,河北的陈放,陕西的京夫,甘肃的邵振国,山西的焦祖尧,天津的张曼菱,四川的乔瑜,广东的范若丁等人;我们编辑部有朱盛昌、姚淑芝、汪兆骞和我,还有社长陈早春。老朱自然是团长。访问路线是从广州坐海轮到海口,然后是三亚、兴隆农场等地。社里批了两万元,我记得还是我和海南报社的李挺奋去银行(邮局?)领了这两万元用报纸包了坐三轮车回到住处的。两万元要管十几个人的吃、住、行,在那个时候也不宽裕,所以一路上只要可能就接受当地有关方面的宴请,我们戏称为"高级派饭"。

都说作家队伍不好带,其实压根儿他就不需要你带。不说别的,光吃就会派生出一些问题来。王海鸰、王朔和乔瑜一路上谈得特别投机,王朔和乔瑜都是有名的"侃爷",王海鸰完全被吸引了。后来有人对我说,你看到王海鸰一路上都用脉脉含情的眼睛盯着乔瑜看吗?(事后才知道,我们这次笔会无意中做了"红娘")他们不但白天侃,还要侃到深夜,这就要留酒,还要留些下酒菜,那就是要连吃带拿了。到了三亚,主人好客,竟然上了盘绕成圆圈的"金脚带"(金环蛇),还没吃就把两位女客吓得半晕过去,事后连哄带劝才能慢慢恢复正常的吃饭。某日受请到石山参观,石山羊肉有名。席间张曼菱突然宣布这天是她的生日,于是又有了胡闹的理由。大家除了祝福就起哄要她唱歌、跳舞,她便用刺耳的高音唱,用自鸣得意的舞姿跳。当然还有黄段子,荤笑话,带点桃色的恶作剧……

这一切把认真做事、老实巴交的老朱搞得很头痛。这个队伍里,我是唯一的广东人,但只会讲广州话,离开老家也有三十多年了。总之,很抱歉,除了不添乱,很难帮到老朱什么忙。这时候,在广东近四十年的河南汉子老范便出面来排忧解难了。焦祖尧和老范,尤其是老范,也不过五十来岁,不像客人,倒像半个主人似的,不但不给主人添乱,还可以出面在关键时刻替主人说话,要胡闹的人适可而止,或者出面和有关方面作一点交涉。别说老朱,连我都感谢老范和老焦呢!

后来接触多了,才知道老范在1957年被打成"右派"的事。我自己,在武汉大学中文系读书的时候,1956年被抽调参加肃反工作,才避免了卷入反右运动。但到了1958年大炼钢铁,半年没上一堂课,我这个系团总支书记出面讲了点老实话,诸如"难道大学生是廉价的劳动力吗"? 便被打成走资本主义白专道路的"白旗"。我大哥何启光,曾参加地下斗争的中山大学社会系毕业生,广州解放前去了东江纵队,在1957年也如老范似的,不写大字报,不在座谈会上发言,但作为《广州日报》的记者,他总要报道一些鸣放活动吧,于是,顺理成章就成了"放毒犯",照样被划成了"右派"。所以,我对老范这样的"右派",不但深表同情,而且也带着尊敬与他坦诚相交。记得谈起办刊物之难,他给我讲过在清除资产阶级精神污染的背景下,《花城》杂志碰到的一件事。

他说有一天他接到分管宣教战线工作的广东省委常委杨应彬的电话,要他到杨宅去一趟。见面后杨拿出一份高层发下的情况动态性质的材料给他看,内容是关于《花城》这几年来的种种"问题"和"错误",特别提到苏晨写的《不断自问》,李士非编发的《春天的童话》(作者遇罗锦),范汉生(注明笔名范若丁)编发的《历史将证明》(作者柯云路)这几篇文章,帽子很大。老范看着看着就想起当年要他在认罪书上签字,说不签字就是"死路一条"的事,心头的怒火不禁呼地冒起,按捺不住地说:"我已经当过右派,就再打我一次右派好了!"声音很大,惊动了杨应彬夫人郑大姐。她在里间说:"老杨,不要那么激动嘛!"杨应彬笑着答:"不是我激动,是老范激动了。"然后,他让老范抄了一份回去给某负责人传达,而对其他任何人都不要说起,也不要老范写什么说明或者检查。冷静下来的老范对省领导宽容大度和尽心保护的态度非常感激和敬佩,他知道,没有省委领导的关心和维护,许多关口《花城》是过不去的。

　　因为花城出版社那边有事要处理,老范没有等笔会结束就提前回了广州,行前我问他多年后重访海南的感觉。他说,海口市郊府城这个地方当年有个农场,就是我被划右派在海南劳动过的农场之一。我这个当年的囚徒面对海岛上发生的沧桑巨变,最直观的感觉可以说是恍若隔世。但历史不应忘记,我还在等候历史的最后判决。老范的刚毅和自信给我留下深刻的印象。海南一别已经有二十多年,这些年,我与老范可谓无话不谈,休戚与共。我们之间,如果有什么事要帮忙,直说就是,无需绕弯或找什么托辞。我到广州或他来北京,只要时间允许,必有餐叙。如果我在广州找不到省作协招待所这样的住处,那我(和老伴)就会住到番禺丽江花园老范家里去,而用不着去找亲戚或华师附中、武大中文系的同学。2008年秋,大哥何启光病逝。《南方都市报》时事新闻中心的记者许黎娜要组织版面报导介绍,电话打到老范家里,而我正好住那里,老范便立即把我介绍给许黎娜。我又介绍了大嫂陈婉雯(《南方日报》记者),很快便安排了采访,组织了大半版的新闻报道和悼念文章。

　　2005年夏天,老范和广东出版界人士到了北京,想拜望陈建功、李敬泽和李炳银等作家,均由我联系和陪同。

　　比较大的一件事,是帮助旅美华人女作家姚蜀平在国内出版她描述"文革"灾难的长篇小说《似水流年》。

　　花城出版社2009年3月出版的这部四十多万字的长篇小说的简要情节

2003年4月7日何启治与范若丁(左)摄于夜游珠江的游轮上

是：上个世纪中期的北京，美丽的女大夫尚安妍被高官牛侃荞骗奸，在被迫做人流的医院里结识了从美国辗转回到祖国的生物学家梅仲宇的妻子夏晶榕和她的一家。"文革"初期，她从劳改农场跑回北京时，发现梅家三口挨批斗后自杀，而唯一可能幸存的小男孩梅冬生却不知所终。尚安妍后来下放到南方的一个县城，在当地武斗的烽火中意外和冬生相遇，从此义无反顾地担当起抚养好友遗孤的全部责任。公社医院的杜医生和小学老师、"右派"温尔雅在尚安妍的推动下成了冬生的启蒙老师。期间，尚大夫还以德报怨救治牛主任于危难之中，又由于共患难而与温尔雅相恋。当温尔雅去香港接受遗产时，尚安妍因为冬生不能同行而痛别所爱。其后尚大夫回到了北京，先后为冬生的户口和上学问题而违心地求告已官复原职的牛侃荞主任，并为了冬生而与她不爱的工人武正兴成婚，而冬生则拜同院一位穷途潦倒，却拥有美国双博士学位的甘先生为师。甘先生鼓励他跳级考上北大物理系，又精心调教他作为插班生考入美国加州理工学院。为了解开父亲告别人世时的质疑，冬生舍理工而转入政治，他决心要探寻在中国发生"文化大革命"的来龙去脉。九年后,誓言永不回来的冬生踏上了归国的航班。他相信:他只能在自己的祖国,和挚爱的妈妈尚安妍,和许多"文革"的受害者,和批判、研究"文革"的先行者一起努力,才会寻找到正确的答案。

《似水流年》无疑是一部真实、形象的中国知识分子的苦难史,是关于人间大灾难和大悲剧的故事。显然,正面描述"文革"这一大灾难、大悲剧,涉及诸多敏感话题的长篇小说,是有相当出版难度的。我在北京碰到了一些钉子之后,决定请老范这花城出版社的老社长帮忙,看能否由花城出版社来公开出版。老范听了我的推介,毫不犹豫地表示支持,说我们的文学创作怎么能回避"文革"这么重要的题材呢? 于是,他陪我去找花城出版社的相关负责人钟洁玲,由我们向她力荐这部长篇。结果,花城出版社在2009年3月公开出版了这部讲述"文革"故事的长篇小说。据我所知,这是迄今在国内出版的"文革"题材长篇小说最优秀之一种。虽然在出版前不得不删去几万字,钟洁玲还商请我和老范做这部书的"特约编辑"——我知道,这是要我们承担政治责任的意思,在我,当然理解和乐于承担这种责任,难得的是老范,范若丁也愿意与我同进退。所以,我认为《似水流年》在中国大陆的公开出版,既体现了作者、出版者的勇气,也说明了时代的进步,彰显了我和范若丁(汉生)兄的兄弟友谊,真是弥足珍贵。

从我和若丁兄相熟以来,就知道他的个人生活不是很幸福的。他长期独居。幸亏生活的不幸把他磨炼成一个能忍受孤独的人,他的两部重要长篇小说——《旧京,旧京》和《在莫斯科》,都是在孤清的生活状态下完成的。多少个日日夜夜,青灯白卷,他默默地与作品中的人物对话,独自品咂着作品中的五味人生。

幸亏,他有两个美丽而孝顺的女儿,这是他生活中最大的亮色。

幸亏,缪斯一直在眷顾着他,文艺之神让他在创作和耕耘的丰收中,感受到精神上的满足和享受。

如今,他正在写他一生中最重要的一部以家族为题材的长篇小说《滔滔黄河》。但他已经是八十岁的耄耋老人,他在和上帝商量,他希望上帝能假他以时日,让他完成这桩最后的心愿。我一方面希望他悠着点写,从容的写,另一方面希望他不要把《滔滔黄河》写成《旧京,旧京》的延长和扩大,而是最好的运用小说的虚构艺术的手段,把这部收官之作写成堪与我们母亲河媲美的,厚重而又魅力四射的大作品——一部中国当代长篇小说之林中的大树,一部可以传世的大书,以迎接他人生中的第二次辉煌。

　　1907年,秋瑾作《临别寄尘小淑》,其中有"惺惺相惜二心知,得一知音死不辞"句,我知道,我和范若丁兄的真挚友谊如今还没达到这样的境界,但我将继续努力。

　　说明:本文参考《风雨十年花城事》(范若丁口述,申霞艳整理编写,原载《花城》2009年第1、2、3、4期)和《一个时常遥望龙门口的人——记作家、出版家范若丁》。(李倩倩写,原载河南人民出版社出版的《洛阳当代文艺家素描》一书。特此说明并致谢。)

2013年8月8日—18日
匆草于北京—哈尔滨—亚布力旅次

俞天白：谱写大上海乐章的高手
——从俞天白著《大上海沉没》说起

俞天白，是个有责任感和使命感的作家，也是个勤奋而多产的作家。除了《古宅》《活寡》等若干中短篇小说，他的主要精力还是放在长篇小说的创作上。他迄今公开发表、出版的长篇小说已有如下10种：

《吾也狂医生》，1981年，花山文艺出版社；

《氛围》，1983年，黑龙江人民出版社；

《愚人之门》，1985年，十月文艺出版社；

《X地带》，1986年，上海文艺出版社；

《大上海沉没》，1991年，人民文学出版社；

《大上海漂浮》，1994年，上海文艺出版社；

《金环套》，1996年，上海文艺出版社；

《大都会》，1997年，人民文学出版社；

《大赢家》，1999年，作家出版社；

《天地蛋》，2004年，上海人民出版社。

其中，《天地蛋》通过以医术糊口的知识分子楼独清一生的命运遭际，力图写出在变幻莫测的上一个世纪，中国人民的苦难与追求，迷惘和清醒，动摇和坚毅，失落与希望。为了完成这部以大上海及附近农村为舞台，时间跨度近一个世纪，最后删到七十来万字的长篇小说，作者从1999年2月起笔，中间反复修改，六易其稿，到2003年6月终于杀青改定，其中的艰辛可想而知。此书以其厚重的历史感，深刻的反思精神和人物、内容的丰富被评论界称为"挑战风花雪月"的力作。

俞天白在《天地蛋》的作者近照下面，写下了这样的自白："我是不幸的，也是幸运的。不幸，是出生在中国苦难最为深重的20世纪的上半叶，迎接我的竟是卢沟桥的炮火，而后社会的动荡，又剥夺了我受完整教育的权利；幸福,是因为抓住了20世纪的后半叶……自然是时代帮我点石成金,将这些不幸与幸运,点化成了一笔独特的财富。这财富,就是以《活寡》和《古宅》为代表的四部中篇小说、一部报告文学集和一部长篇报告文学以及两个长篇小说系列。这就是以《X地带》为代表的中国半个世纪以来知识分子命运系列,以《大上海沉没》为代表的都市命运系列……"

这里面所说的报告文学集即1992年出版的《变幻莫测的面纱》和《上海:性格即命运》。前者由中国金融出版社出版。后者由上海文艺出版社出版。

作者把《大上海沉没》定为他"都市命运系列"的"代表",我想绝不仅仅因为这是俞天白谱写大上海命运交响曲的第一乐章,而是因为《大上海沉没》确实是迄今为止他书写大上海起伏沉浮命运最具审美和认识价值,又是最重要、最成功的作品。

那么,《大上海沉没》究竟是一部什么样的作品呢?

首先值得肯定的,是《大上海沉没》的开拓性、警世作用和现实意义。它是新时期文学中第一部全景式的、多视角地展示当代上海众生相和上海命运趋势的首倡之作,也是时代感很强,既有深度也有广度地反映大动荡、大变革的优秀作品。

随着小说情节的展开,我们的视野里出现了一座二层楼的石库门房子,和在这里拥挤地住着的八户人家,以及由此延伸出去的另外两家人。于是改革年代的大上海,便成了这十户几十口人活动的人生大舞台。他们之中,有旧上海的工业巨子、商界小开、大学生、流氓、妓女、普通市民,也有新时期的各级干部、大厂长、青年银行家、乡镇企业头头、名牌服装店老裁缝、无耻港客、封建遗少、老劳模、个体户、售货员、留学生、工人、歌星、记者、作家乃至党政负责人,等等。这各色人物的交往活动,矛盾纠葛,爱和恨,欢乐和痛苦,追求和沉沦,崇高和卑鄙……色彩斑驳地展现在我们的眼前。小说通过一连串五彩斑斓的生活场景、鲜活丰满的人物群像和深邃新鲜的思想信息,形象地昭示我们:占全国财政收入六分之一的大上海,在改革深化的关键时刻,困难重重,形势严峻,其经济地位正在下沉,患了"衰弱巨人综合症"。小说颇具说服力地发出了振聋发聩的警告:大上海只有正视"衰弱巨人综合症",不失良机地参加世界经济大循环,才有改革成功,繁荣发展的希望;而某些上海人那种"愚蠢过头的聪明"和"聪明过头的愚蠢"的心态,也到了亟须改变的时候了。

改革,不但关系到国家民族的命运,而且也和我们每一个人的生活休戚相关。上海是全国人民的上海。上海这个东方第一大都会是走向沉没,还是走向繁荣发展的希望之路,绝不仅仅是与上海人有关的事情,而是应该引起我们每一个中国人关心的大事。何况,我们还要问,《大上海沉没》所反映的沉没感,难道仅仅是上海市存在的问题吗?上海,也是全国各大城市的影子。上海不改革就可能面临沉没的问题,这应该引起我们大家的觉醒和紧迫感。而俞天白能通过小说的形式提出这样的问题,无疑就体现了他作为一个有良知的、有使命感的作家所具有的胆识和勇气。

当然,一个小说家不能仅仅,甚至主要并不是从理论上来提出现实生活中的问题。一部优秀的艺术作品"较大的思想深度和意识到的历史内容",应该同"情节的生动性和丰富性"实现"完美的融合"。(恩格斯1859年5月18日致斐·拉萨尔的信,引自《马克思恩格斯选集》第四卷第343页)我们感到高兴的是,俞天白在这里已经取得了突破性的成绩。如上所述,小说为我们提供了各式各样有一定典型意义的人物群像。其中,如外号"真假天晓得"的何茂源,精明、专制,有副"'阿拉上海人'是不能让人欺侮的"自大魂灵,对家人如暴君,实则不过是上海小流氓,是在半封建半殖民地的都市中被扭曲了的小人物。又如"洋泾浜上海人"沙培民,则是在革命大潮中从农村来到上海的。好不容易当上了共产党的干部,一方面志得意满,以作为"上海人"而自豪,却又要维护"官"的尊严,不但不允许女儿当歌星卖唱,也看不起她的男友——普通工人简志君。此人可谓半是上海人半是乡下人;半是共产党员,半是市侩小人的混合体。再如他们的邻居,念念不忘顾正红的退休老工人孙师傅,从不屑于赚钱到眼红别人赚钱,退而复出,其心路历程在一代产业工人中颇具代表性。而他的儿子孙士诚,为了推销工厂的产品不得不以赌博输钱的方式行贿,他的痛苦和惶惑,对于走出传统轨道的工人干部来说,也有一定的普遍意义。裴记培罗蒙的老裁缝和他的儿子裴鸿祥,则代表了两种完全不同的思想境界。前者小心翼翼,只图保住牌子和饭碗,眼界狭小;后者虽亦含辛茹苦,却视野开阔,勤恳中见精明,谦逊中寓雄才大略,虽为银行普通职员,却具大银行家的见识。此外,如"四大公司"中因失恋而落寞寡欢的张家大小姐如玉,"五香别墅"中精神分裂而又性无能的宦家遗少王彦楷,当过妓女以致几十年来对丈夫忍气吞声的华宝卿和她的敢爱、敢抗争的女儿小纹,居家无所事事,成天猜疑丈夫的葆珏,本位观念浓重的银行干部葆春,为调回上海而四处奔走的葆真,以及他们的亲戚:专家型的改革派企业家符锡九,书生型的正直工程师权抱黎,等等,虽落笔轻重长短不一,其不同的性格内涵,却都给人留下难忘的印象。

我想,缺乏作为长篇支柱型的、内涵丰富意蕴深刻的典型人物,从而通过其命运遭际来引导读者思索大上海是否在沉没,何以会沉没和挽救之道,也许是《大上海沉没》的一个遗憾。然而,小说以宏大的气势直面大上海变革中的现实,以其独特而又严谨的结构,众多血肉丰满、性格鲜明的人物群像,精彩独到的细节描写,浓郁的时代生活气息,乃至它的思想力量,都将把读者引向一个极富情趣和瑰丽动人的艺术世界。这无疑也是非常难能可贵的。难怪前辈陈荒煤读后会赞赏地说:"就(小说)反映的内容与规模的宏观,生活的场景,形象的丰富,作品反映的气势来说,也的确可以说是一部新的《子夜》。而这个《子夜》是在改革开放的大转折、大动荡、大震撼中的《子夜》。"(《作家的眼光勇气和魄力》,载《当代》1989年第4期)

基于以上的认识,我在《大上海沉没》1991年8月由人民文学出版社正式出版单行本时,便写下了如下的《内容说明》:"这是继《子夜》(茅盾)、《上海的早晨》(周而复)之后,又一部以反映上海社会生活为题材,并具有强烈的史诗意识、清醒的历史意识和深刻的文化意识的长篇巨著,是俞天白长篇小说系列《大上海人》的首篇。小说在新时期改革的历史大背景下,以恢宏而又细腻的艺术笔触,向读者展示了我国最大都会这个'千面女郎'斑驳陆离、多姿多彩的社会风貌和众生相,并以一连串色彩斑斓的生活画面,鲜活丰满的人物群像和深邃新鲜的思想信息,向我们描绘了大上海所患的'衰弱巨人综合症',以及上海人复杂微妙的心态,让我们看到了在改革大潮冲击下情势严峻而尚有希望的大上海。

"这是表现当代都市风貌的'清明上河图',是改革关键时刻长鸣报警的钟声,是一曲爱的变奏,也是唤醒世人危机意识的杜鹃带血的啼叫!"

《大上海沉没》最早连载于《当代》1988年第5、6期。作品发表后立即在海内外引起巨大的反响,除分别于1989年1月21日在上海和3月29日在北京先后举行了作品讨论会之外,日本THK电台和《每日新闻》都派记者访问了俞天白,并作了专题报道,在美国的华文报纸《世界日报》1989年2月11日也及时作了报道,上海前市长汪道涵邀请俞天白面谈、交换意见(后由作者整理成文,作为《上海:性格即命运》一书的代序),上海、北京等地多家报刊发表相关文章,虽然也有某些不和谐的声音,但总体上评论界对《大上海沉没》是一致肯定的,其中一些批评建议也是善意的。1989年,上海作家协会委托《上海文学》主办"蜂花杯"上海四十年优秀小说奖评奖时,《大上海沉没》荣幸获奖,成为与《红日》等并列的最优秀的五部长篇小说之一;1994年10月,《大上海沉没》荣获炎黄杯"人民文学奖";1997年5月又获国家新闻出版总署主办的"八五"(1991—1995)优秀长篇小说出版奖等多种奖项。

这一切,对作者当然是极大的支持和鼓励。十年以后,在为祝贺《当代》创刊20周年而写的短文中,天白还动情地回忆说:

> 至今我没有忘记当我将《大上海沉没》送到杂志社,启治兄阅后的那种兴奋状态……启治兄迫不及待地送给兆阳先生,向兆阳先生作了详细汇报。兆阳先生也兴奋异常,勾起了二十多年前他撰写那篇著名的《现实主义:广阔的道路》时的种种思考,以及由此而来的使他遭受的种种磨难,甚至想趁机再写一篇与此关联的文章,进一步阐明他几十年来不懈的追求与思考,为此他请启治兄陪同我去作了一次长谈。这次长谈后,兆阳先生特地送了我一副大字书写的对联,浓墨重笔,完全是对我这种文学定位的充分而热情的概括和肯定。对联是这样的:
>
> 心存古往今来事
>
> 人在长河大海中
>
> 这里的"古往今来"与"长河大海"八个字,涵盖面、思想深度、情感的厚重与信息量,实在是太大太广太丰富太厚重了……这副对联对于我,没有比这更准确更有力的鼓励了。为此,从1988年到今天的十二年来,我始终将它悬挂在我书房的最显要的地方日夜相伴,与《当代》工作的各位朋友的帮助和友谊一样,它给我的关怀、鼓励将是永恒的。(载《当代》1999年第3期)

作家成熟的标志可以从他的主要作品中找到脉络。如鲁迅一辈子探究的是揭示中国的国民性;巴金一辈子主要写封建家庭的罪恶,反映封建对中国的严酷毒害;老舍一辈子写庸俗市侩对中国社会发展的桎梏和阻碍;巴尔

20世纪80年代一次笔会上的合影。前排右起：俞天白、陈冠卿、朱盛昌；后排左起：何启治、王晓黎、姚淑芝、聂震宁

扎克一辈子写法国贵族必然灭亡，等等。

　　天白是有使命感有追求的作家。如他在新出的长篇小说《天地蛋》的扉页上的自白所说，他迄今创作的小说"就是以《X地带》为代表的中国半个世纪以来知识分子命运系列，以《大上海沉没》为代表的都市命运系列"。有了《大上海沉没》和《大上海漂浮》《金环套》《大都会》这些长篇小说，我可以有把握地说，俞天白是谱写大上海乐章的好手。天白还在孜孜不倦地努力，但愿将来人们在回顾他总的创作成果时，可以高兴地说，俞天白是描绘当代中国都市命运的大家，是谱写都市命运交响乐的圣手。我们真诚地期待着。

2005年3月16日夜

熔金铸史写春秋

——苏叔阳的思考和追求

师承老舍,为现代北京人立传

苏叔阳是河北保定人,生于1938年,曾用名舒扬、余平夫。在以主要精力从事文学创作之前,曾经担任过十八年大学政治理论教师。但早在学生时期便喜欢写作,他的文学生涯是在中国人民大学党史系学习时开始的。

他开始写过一些诗、歌词、相声曲艺。1984年4月由重庆出版社出版的《关于爱》("银河诗丛"之一)中,就不乏一些把剧情和诗意融会在一起的真诚热烈、睿智隽永的诗章。

不过,真正给苏叔阳带来广泛影响和崇高声誉的,还是《丹心谱》《左邻右舍》《夕照街》等戏剧电影作品和《旅途》《故土》等中长篇小说。1978年早春,《丹心谱》一鸣惊人,苏叔阳作为剧作家进入剧坛;《夕照街》公映,苏叔阳作为电影文学作家出现在电影界;《故土》面世,他的小说家的地位就奠定了。

六七年间,苏叔阳的创作不管以什么形式出现,现代北京人的生活和首都的社会风貌却总是这些作品的主要内容和描写对象,而作品的风格尽管有着苏叔阳个人的特点,却越来越明显地表现出对老舍先生的师承关系。

为什么苏叔阳要以老舍先生为师,那么执着地为现代北京人立传呢?

苏叔阳认为这是十分自然、顺理成章的事情。他说:"我生活在北京,而北京可以说是中国政治、文化的中心,无论从历史还是从今天来看,北京人的生活,北京文化的发展,北京社会风气的转换,都似乎是我们时代的一个标志。我生活在这儿,熟悉它,为什么不好好写它呢!而要写他就得有老师了。以北京话为自己作品语言的人不少,其中公认最杰出的是老舍先生。我于是学习研究他的作品,并从中得到几点启示。

"第一,是幽默。鲁迅的幽默是冷峻的幽默。他痛恨'把屠夫的凶残化为灿然的一笑'。他对老舍的评价也不高,把他和林语堂列为一类。我是把鲁迅作为旗帜看待的,所以开头对老舍也不以为然。但后来认真读了他的作品,才感到自己原先实在没有理解了老舍。比如,就说他的《离婚》吧,是我高中时读过的作品,当时真是'化为灿然的一笑'。据我所知它在文学史上几乎是不怎么提的,认为不是老舍的好作品。我高中时读来也只觉得有些段落非常哏,非常逗。今天再看,觉得那时太不理解这作品了。老舍的挖苦、幽默,实际上有这么几种情况:一个,他的幽默是含着眼泪的笑。他实在太痛苦了,而又无处发泄这痛苦,又觉得前途还是有希望的,就把这种痛苦化为含泪的笑。另一种幽默,实在是辛辣的鞭打。他对社会上的庸俗现象的讽刺是很辛辣的。还有一种幽默是对他笔下的可爱的人物充满了同情。他对他们那一族的满族人简直爱到了极点,舍不得给他们一点儿不光明的东西。比如说常四爷,简直是他们满族的英雄呀。他对骆驼祥子的爱远不如对常四爷的爱。这或许是有点知识分子的清高感。他对笔下所爱的人,都有挖苦,有讽刺,有幽默。也就是说,作品中是非常看透了世故的,但他自己却并不世故,而是去鞭打这世故。在他所有小说中都透出一个好说笑话的正直的人,还使人觉得他对很多中国问题都认识得很深刻。我觉得这是难能可贵的。

"第二点,最难能可贵的是这个大学问家从来不摆架子。他学贯中西。一个吃惯了洋面包,可以用英文写小说的人,却天天挖苦洋派。他在很多杂文里挖苦假洋鬼子式的人。他始终以自己是个北京人而自豪,表现了强烈的民族意识。

"第三,是和读者平等。从来不说自己是作家,而说自己是写家,是一个还算尽职的小卒子。他从来不摆出导师的架子去教导新人。"

苏叔阳表示,这几点给了他很大的启示。他要学老舍,首先就要学这几点。但他也知道这几点并不是那么容易达到的,他自己学老舍就差点儿走了弯路。

他举例说:"邵燕祥是个很好的老大哥,他看过我的短篇小说《加利福尼亚的北京人》后不喜欢,说因为写的是爱北京到嗜痂成癖的北京人,这就令人不愉快了。他为此在1981年元旦给我写了封信。这是给我的很好的新年礼物。我在学老舍之初难免矫枉过正,连北京的土话、脏话、不文明的文化也一起爱起来。他及时的提醒使我避免了走弯路,功不可没。"

从《丹心谱》到《故土》

从1978年早春五幕话剧《丹心谱》在北京首都剧场公演,到长篇小说《故土》发表(载《当代》1985年第1期),苏叔阳作为剧作家和小说家的地位已经奠定。

这期间,关于他的作品的评论可以说是长盛不衰,卷帙浩繁。其中,虽然大多赞誉之声,但仁者见仁,智者见智,关于《丹心谱》和《故土》都不乏争论的意见。那么,让我们来看看作家本人的创作意图和自我评价,不是也很有意思么!

苏叔阳对自己的创作在思想、艺术上都有追求,却似乎不像有的文坛新星那么自信。对《丹心谱》的亮相,他就颇感忐忑。《丹心谱》上演的那天晚上,他就曾长久地在街头上徘徊,以不安的心情等待着观众的判决。如今,他在回顾时坦然地承认:"这算是我正式步入文坛,可当时思想上还没有系统地思考,还很缺乏自信。写《丹心谱》时,凭的是整个社会的激情。《丹心谱》如果成功,只不过是它比较恰当地反映了当时人们普遍的思想情绪。更自觉地写作,还是另外两个作品。"

"头一个是《故土》。这个作品写得比较仓促,但构思的时间较长。我在参加人民文学出版社的石骆驼笔会之前已经写了两万多字。然而毕竟是第一次写长篇,结构上,人物塑造上都还存在很多缺点。对《故土》的评论,有的对我很有帮助,如冯立三的文章。但这作品的确是我比较自觉地想通过三个中年知识分子不同的个性和命运,写我们这一代人在当今社会所有的不同遭遇,由此构成一个侧面,来看一看在改革中我们社会上所存在的问题。我相信,假如这作品能流传下去的话,隔几年人们会通过郑柏年、安适之、白天明三个人的遭遇看到我们二十世纪八十年代初(1982—1983年)的社会风貌。冯立三看出了我这个作品的本意。那几个女性人物实际上是这些男性知识分子的化身。而其中主要想反映的另一个人就是叶倩如。通过她,我想表现我眼中的八十年代的青年,表现他们同中年知识分子不同的地方,想作一种对比。我并不想把她作为英雄去描写。她是一位有缺点的然而又确实是很可爱的人。"

"通过这几个人物,我想写他们大都背着历史因袭的包袱。历史给予他们的,有好的也有不好的影响。例如白天明和袁静雅就很难超脱出这种历史的因袭,为自己的幸福去进行斗争。就因为封建思想已经挂上新的概念,深入骨髓,她就不能再往前走一步去寻找她的幸福。五十年代,我们谈恋爱,某人爱上一位女同志,如果突然发现她另有所爱,他就会主动地让出来。当我谈到这个命题的时候,有的女大学生就说,'苏老师您说错了。为什么你们让来让去呢?噢,我们就是让你们让来让去的呀?'我们以为是高风格的东西,实际上包含了对女性的不够尊重的地方。也许那里面包含着某种封建的东西,而我们自己不自觉还以为是好东西。袁静雅身上就有这东西,我就写了她这点。叶倩如就不是这样。她认为大家都是平等的个体,无所谓男与女,你追我,我追你,让来让去。而我就是想通过这些人物在改革与反改革胶着状态中的命运和追求,探讨我们的古老文化延续到今天,在人们身上成为一种什么状态。因此,我的意思不在于写改革本身,而在于表现改革之年所产生的这些人物、众生相的心态,他们心理变化的轨迹,从此我们可以探讨这种社会状况给人们内心的影响,并反馈过来看当时的社会是什么状况。我觉得这样写比起具体地去写一个改革,像我这样没水平去把握改革的,总体上可能要好一些。但有人批评我放弃了改革的进程而去写那些人物的悲欢离合的故事,我觉得恰好是没有理解我的创作意图。——当然,我想怎么写是一回事,是否做到则是另一回事。"

谈到这里,我们自然要深入地触及到如何正确理解《故土》中的爱情描写问题了。

苏叔阳说:"说我着意去描写四角恋爱实在是冤屈我了。一直到看见这样指责的文章我才想哎,还真是四角关系哪。但我写的时候,包括你们这些在身边的编辑都没有发现这问题,对不对?我在笔会上天天写,没有一个人发现四角恋爱呵。为什么产生这个问题呢?我想,在你们看小说的时候,谁也没有陷到纯粹的爱情故事中去呀!因此,我对现在改编的一些作品不满的就是,我着重写的是三个男人,特别是安适之,没有这个人《故土》就写不出来,可大家感兴趣的却是他们的爱情。这可能是我的作品给人的错觉,也是我伤心的地方。但这作品的确是我思想比较明确以后写成的。问题可能是由于技术、才能不高所造成的。"

关于作品的语言,苏叔阳承认自己最早写的作品是"充满学生腔的作品",而且是带欧化的。从欧化语言转向北京话,是非常困难的。苏叔阳说他自己大约花了六七年的功夫才完成这种转变。现在《故土》的语言还有欧化的痕迹,但基本语言还是北京话。如写到北京的小青年(医院护士之类),那语言就是北京味的,而叶倩如的语言就是知识化了的北京话。

苏叔阳还值得重视的一部作品是中篇小说《旅途》(载《当代》1983年第五期)。苏叔阳认为这是实现他的文学主张的试验。他说:"我不想写得直露粗。我过去有的小说的毛病就是想把话一下说尽,如《圆明园闲话》。比较好,没一下子把话说尽的,像《我是一个零》《泰山进香》等,朋友们就比较喜欢。

"在《旅途》里,我就想通过中年人和青年人不同的心境和表现来反映我们社会的变化。第二,我在生活中见到过这样的人,她丈夫死了,她很能干,养大几个儿子都上大学、工作了。过了二十多年,孩子们都出去后,她却突然结婚了,找了个老伴过得挺幸福的。为什么?我觉得,人的内心大概总得有个依靠的东西。当孩子小的时候,她觉得自己是保护人,是强者。等他们一走,她觉得自己再没有可保护的人了,反而自己需要别人的保护——自己心里少了个主心骨。我的立意就是在人生的旅途上始终要有一个坚定的信念。没有信念的人是很难活下去的。蓝胡子为什么始终钢枪不倒,始终坚强,多少坎坷也摔不倒,就因为他心里老有个坚强的信念。但这爱祖国、爱事业的意念我没有明说出来,故意把它淡化了,把政治背景也淡化了。而年轻人却不能理解精神支柱对物质生活和整个社会的重要性,所以过多的沉溺于物质的和表面欲望的满足。而这种满足得到后,反觉得空虚了。于是生活的支柱,结合的东西就破碎了。我全篇的主旨是:在人生的旅途上不管碰到什么坎坷都要有个信念,当你觉得这信念不对时就要赶快修正。这也包括那老头儿。他也从蓝胡子身上找到了力量,赶快修正了自己,才又得到了幸福。"

一位日本专家秋野脩二的评论也是很有意思的。他觉得苏叔阳小说有味道的地方是写了历经丑恶又有美好的愿望,写了恶与美之间的情趣,还用轻松的笔调写人的痛苦的挣扎。这使他这样的中年人读后留下了深长意味,总想琢磨琢磨。这就是他很欣赏的地方。他认为,文学中如果没有痛苦,没有挣扎,也没有对美好生活的向往,大概就不叫文学了。

《太平湖》——为什么倾心于老舍?

苏叔阳认为自己经过认真思考和准备而写的第二个重要作品,就是话剧《太平湖》。

1983年写完长篇小说《故土》后,苏叔阳两年来几乎都陷于沉寂。这期间,他当然也陆续有新作问世。其中,除发表在《花城》1985年第五期上的中篇小说《假面舞会》还比较满意之外,其余如他自己所说,就都像是硬挤出来的,写得并不从容。在他自己所承认的创作"低潮"中,他勉力开始了长篇小说《守岁》的写作。但写了不到五万字,终觉得不比自己写过的或者如刘心武的《钟鼓楼》这样的作品新鲜,便中途辍笔。

他颇为苦恼地期待着一种创作的契机。

1985年春节期间,这种契机终于在盼望中出现了。一天,妻子左元平向他推荐舒乙发表在《收获》上的一篇散文《我父亲生前的最后两天》。苏叔阳认真地看过,心头立刻有一股激情在涌动。他忽然产生一种直感,觉得这篇散文就是很好的话剧提纲,而把这话剧写好了,他在创作上可能又一次超越自己而蹦到一个新的高度,就能摆脱"低潮"而完成新的突破。

但一进入具体构思,他就深感到步子很难迈。第一,他并不认识老舍;第二,老舍投湖自杀前思想上究竟想些什么,他不知道,摸不准;第三,戏剧要建立在矛盾和动作上。老舍,有人说他的矛盾就是心里憋了一肚子话找不到人说。可总不能让他一句话不说独自在舞台上走来走去吧?就是变成独白,还能超过郭老名剧《屈原》中的《雷电颂》吗?写打砸抢,哭哭啼啼……又觉得不新鲜。

伴随着新的创作冲动而来的,是新的苦恼。剧本写了一稿,二稿,都放弃了。直到写三稿,才仿佛摸到了路子,却又仍觉得戏味不足。

于是,再研究老舍,再仔细推敲,再发挥想象,以至调动自己掌握的全部艺术手段,这才完成了第四稿,才得到老舍亲属和于是之等专家(也是老舍生前友好)的肯定。他这才信心十足地进行话剧公演前最后的修改定稿工作。

在艺术创造的艰难历程中,苏叔阳有些什么感受呢?他说:"经过反复考虑,我明确了《太平湖》的重点不在于写老舍的投湖自杀,而在于想分析一下,为什么像老舍这样一个人也逃不脱那场可怕的灾难。为此,我什么艺术手段都用上了:象征主义,超现实主义,荒诞派呀,浪漫主义呀,只要能反映它的内容和思想,我什么方便就用什么。总之,我用了一切超现实主义手段写了个很现实主义的作品,我有意设置了打鱼老头儿等好几个人物,通过这些人物和老舍笔下的人物、灵魂出来同他探讨这场灾难到底是怎么回事儿。这一切又是通过非常富有地方色彩的北京话来表现的。这也就把我这些年来的一些思考乃至我对老舍这个人的判断写了进去。"

他由此谈到了自己对老舍的认识:"老舍这人早期有很多宗教思想。他加入基督教,又受过佛教宗月大师的熏陶,所以他的舍身为人、宽厚待人这种思想作风多多少少具有宗教的色彩。他特别同情劳动人民,尤其是那些最下层的人民。他由此也就产生了某种所谓自傲感,即有人所谓的'狂'。当年他知道毛主席在《在延安文艺座谈会上的讲话》中批评那些写小布尔乔亚的左翼作家时,我想象他一定是满自得地微笑,并在心里说,'你们写那玩艺儿,我呢?写《骆驼祥子》,写《月牙儿》,写卖力的男人和卖肉的女人。我可没写那些小布尔乔亚'。因此,他对文艺界的'左'倾路线,连他这样的人都排挤出左翼作家联盟,是颇为不满的。他认为他天生就是革命的朋友,毛主席的话跟他的是一致的,他对革命阵营的'左'倾路线看得很清楚。

"解放后,他觉得他全对,他觉得他的才能可以充分发挥了,可又有人认为他写的尽管是劳动人民却还够不上工农兵。所以他越想越不通,就憋着火,从1962年开始就不干了。他要自己背着背包去乡下人家都不让去,他心里是很伤心的。他又非常重朋友,重情义。他一看阳翰笙、周扬全挨批评,而且批得十分不讲道理,一定会说,'怎么可以这样,怎么可以对人这样呢?!'他想,他们是我的领导人,都不行了,我还行吗?所以实际上他早就做好了以死抗争的思想准备。最后他想,到了我头上想这么整我呀,不干!我得拿出点骨气来。所以他这个献身多少有点宗教的味道,悲壮的味道,也有他的骨气。他的自杀,在某种意义上说,是一种文化要被摧残、要被毁灭的时候所发出来的最强烈的抗议。"

不难看出,苏叔阳之所以这样倾心于老舍,一则因为他觉得老舍的死应该在文学史上写上重重的一笔,他有责任把自己对老舍先生的理解和认识告诉读者;二则感到社会上对老舍有不少误解,文学史上对他的评价也不公平,没有看到这是中国近代作家中第一个下功夫写最穷苦的人,而且一辈子这样写下来,是十分难能可贵的。

自然,还有一个小小的契机是命运的巧合:1966年8月23日老舍挨批斗,24日投湖自杀;而苏叔阳23日也和老舍的女儿舒济(当时任河北北京师院的物理系党总支书记)一起在学校挨批斗。苏叔阳忘不了这个恐怖的星期一,舒济就站在他前头挨斗,整个北京好像都在这一天沉浸在血腥恐怖之中。一种新的认识牢牢地占据他的心头:老舍是"文革"中牺牲的第一个大作家(邓拓还死在他之后)。他的死包含着一个巨大的矛盾——他一辈子歌颂人民,歌颂革命,歌颂共产党,而"革命"却首先冲着他来。他的心情,他的悲愤是可以理解的,我有责任好好地写写他!

这样,苏叔阳写《太平湖》这个话剧的目的也就明确了:"文革"20年了,到底怎么回事,该总结总结了。因此,他不想让观众陷入悲伤,抬不起头来,也不想把戏写得轻飘飘的没有分量。所以,他想达到的艺术境界是"亦庄亦谐,亦笑亦哭,痛定思痛,思索回顾"。现在,苏叔阳认为这个作品可以说是比较能够体现他的文学观的:第一,这作品不一定切近现实,但却是为人生、为现实服务的。第二,一切可用的艺术手段都用上。在创作上不简单地排斥这个主义、那个主义,不拘泥于严格的现实主义。第三,不管用什么方法,写的都是人,以及融汇在有个性的人身上的思想。不宣讲什么概念,却力求在普普通通的北京话里包含着哲理。

据苏叔阳说,《太平湖》的北京话和《左邻右舍》的北京话差别很大。后者基本上是世俗的北京话,而《太平湖》写的是大作家老舍,所以苏叔阳就大量用了书本上的典故化为北京话,又把深刻的哲理化为日常用语。剧中打鱼老头儿说的是地地道道的北京话,于是他和老舍的对话就形成了较大的反差,而相映成趣,相得益彰。这样处理语言,是出于学老舍又得有个人和时代特点这样的考虑。他说:"就像门捷列夫的化学元素周期表那样,老舍也给以北京话为标准语的文学语言列了个大致的框框。你要写反映北京生活的京味小说而想脱离老舍划定的框框,结果就不会是京味的。既符合老舍的语言规范,又有个人特色是不容易的。在这方面山东人邓友梅是有贡献的。这也是我的追求。但我没有邓友梅那两下子,他对北京满族旗人和唱戏的都熟。我写现代北京人,我的追求是在语法上按老舍的规范,大致符合他的门捷列夫周期表,却有点儿我所体会的现代味。我希望读者觉得我既是老舍的正宗,又有我的特点,现代北京人的特点。"

苏叔阳的追求已经得到老舍家里人的认可,承认他是老舍的私塾弟子之一。我想,读者和观众看过《太平湖》之后,该也会首肯吧。

不做昙花一现的作家,要做成熟乃至伟大的作家

苏叔阳在和笔者谈话中表述了这样的看法:"我觉得一个伟大的作家或者一个成熟的文艺家,他一辈子所寻找的无非是两个距离、两个尺度。一个是他的主体、主观世界和客观世界的分寸感。有的人认为贴近一点现实好,有人认为距离现实远一点好。究竟多远才合适,这就是他一辈子所要寻找的。还有人说我是通过我内心的感受去表达,而不直接去描写客观世界,只表现主观情绪的波动。有人则有意把自己的主观隐藏起来,去描写那些客观物象,甚至是变了形的客观物象。这些东西实际上是作家、文艺家对客观事物的分寸感,主观感受和客观事物的分寸感。他如果找到最适合他的特点的、最适合表达他情绪的合适的尺度,那么这个作家就成熟了,他就达到了区别于他人的成熟。因为这意味着他已经能够对客观世界作出他的哲学的判断、哲学的提炼了。

"再一个尺度,是他和读者之间的分寸感。完全只顾自己随心所欲去写而不和一定的读者认同的作家实际上是不存在的。所以不管你是让多少读者满意,只要你寻找到了这样的合适的尺度并且为一定的读者所认同,那么你就算有了自己的风格,也就成熟了。"

苏叔阳认为,一个作家如果一辈子始终找不到这两个分寸感,老是今天这么着,明天那么着,总是找不到主流那是不成熟的表现,是没有主心骨的表现。相反,你尽管作了各种探索,但你作品中有一个主要的东西,有可以看得出来的主要倾向,那你就可以算是成熟了。

苏叔阳认为成熟作家的另一个标志也是从他的主要作品中可以找到脉络的:

其一,是作家对生活有自己独特的、深刻的见解。作品显示出他的思想

很深刻。比如鲁迅一辈子就探究和揭示中国的国民性；巴金一辈子主要写封建家庭的罪恶，反映封建社会对中国的严酷毒害；老舍一辈子写庸俗、市侩对中国社会发展的阻碍；巴尔扎克一辈子写法国贵族必然要灭亡，等等。

其二，是作家要有自己熟悉的、为别人所未曾描写或写得不够突出的系列人物群。如巴尔扎克一辈子写法国贵族，契诃夫一辈子写俄国的没落地主和他的知识分子，老舍主要写北京的贫苦市民；巴金是写封建家庭的年轻的叛逆者。别人也可能写一些类似的人物，但总能明显地区分出来。

其三，是成熟的作家要有自己独特的叙述方式，即独特的角度和语言，使读者一看就感到你的作品和别人的不一样。

不仅如此，苏叔阳还认为，对文学来说一时一事的评价是不足为千古之定论的。一部作品乃至一个作家之是否成熟需要有几个不同层次的审查和评判。一个是文学史的评价。现在轰轰烈烈一阵的作家，也许还落不到后人写的文学史上。另一个更严酷的评价是历史的评价。他举例说："我们写唐代诗歌史会写上一大串唐代诗人的名字。可要写唐代史的话，写到唐代文化，值得一提的也许就只剩五六个人——其中恐怕还并不是当时都很红的。"因此，他认为"既要严肃地看待今人的是非，又不能把它看成是惟一的。如果只是为了今人的是非而写作，有时候也不见得就是对历史很负责任的"。

按照自己对文学的认识，苏叔阳认为我们进入历史新时期的文学只有七八年，有的很有潜力，有的初露端倪，还是大有希望的。我们再不能像"四人帮"那样以政治衡文。在他看来，一个伟大的作家一定既是思想家、历史学家，又是诗人和学问家。他毫不犹豫地指出："他应该有诗人的素质和敏锐的艺术触角，历史学家的眼光和深度，哲学家的深邃的思维和广博的知识。只有这样，他才能很好地认识和反映社会。"

按照上述认识和标准，苏叔阳谦虚地说："我看我们很多人在创作中还没有进入自为阶段，包括我自己，还只是处于一种自在的状况，往往还只是凭着一时的创作冲动去写。"

但是，这并不意味着可以放松对自己的要求。他借用拿破仑说的不想做将军、元帅的士兵不是个好士兵这句话的语意表示，一个有志气、有出息的作家也决不应该甘心于做一个昙花一现的作家，而应该毕其一生努力争取做一个成熟的乃至伟大的作家。因此，他特别赞赏王蒙前几年提出的，当代中国作家要注意克服非学者化倾向这个问题。为此,他建议文艺界要学点哲学,(特别是中国文化发展史,五四新文化运动史,西方资产阶级文艺复兴到今天的历史,以及中西文化交流史),而他对自己提出的要求是:

"第一,我没有想通的东西,我不认识的东西不写。总要写我知道的认识清楚的东西。

"第二,我如果觉得这个东西缺乏历史深度,不能在今人今事身上反映到我们整个民族历史的变化和渊源,以及其未来走向,这样的东西我轻易不写。至少我的重点作品都是要求有很深历史感的东西,要求使我写的今人今事成为纵横五千年和今天八十年代交叉的坐标点。这样,你的人物的个性里就既有深厚的、深入骨髓的历史对他的影响,又有今天开放社会对他的影响,而你的作品也就有了历史感。

"第三,我假如找不到新的、好的叙述方式也不写。这当然是指我准备下功夫写的重点作品。我不想急功近利地就近去描写一次改革、一次生产或一次斗争的全过程,而主要是通过斗争中的人或者是生活在其中的那些人的命运、性格的变化发展,去作侧面的反映。我觉得这才是从事文艺创作的老老实实的态度。"

苏家小过厅的粉墙上,一幅楷书写的是"熔金铸史"四个大字。这是苏叔阳在北影的朋友祖绍先的题赠。我看着这幅字心里不禁一动:就以"熔金铸史写春秋"做这篇文章的题目吧。它是这样准确地表达了友人、读者对苏叔阳的殷切期待,也恰切地体现了苏叔阳自己的抱负和追求。

1986年春

姚蜀平:"为人类写一部书"

一、相识在通往海螺沟冰川的路上

海螺沟冰川,位于四川省泸定县西南磨西乡境内贡嘎山主峰区东坡的冰蚀河谷,长14.7公里,深入原始森林6公里。由于落差大,把亚热带、暖温带、寒温带、亚寒带乃至寒带的动植物资源集于一身,形成森林与冰川共存,动物与冰川相恋的奇特景观。景观面积200平方公里,是世上罕见、海拔最低(2850米)的现代冰川。

1988年6月18日至20日,成都《科幻世界》杂志负责人谭楷组织了"野生动物保护协会"考察团到海螺沟考察。受邀参加活动的,除我之外还有中国科学院的姚蜀平,上海写科幻小说的姜云生,诗人肖开愚,人民日报的朱碧森,四川省新华书店的王书琼等,由县旅游局邓明前领队。此时,尚未开发的海螺沟并没有路,我们的路可以说就是从形形色色的倒伏在地的树干上踩出来的。

原始森林中到处是前行者为开路而砍倒的树,同那些手臂一般粗的枯藤横七竖八地铺陈在地。大树、小树、枯树,脚下全都是树,躲不开,甩不掉。在一处陡峭的山谷旁我们看见两棵躺倒的大树严丝合缝地挤在一起,架在山谷的两端,成了名副其实的、"桥面"有一米宽的"大桥"。这对于在原始森林中跋涉得太苦的我们,无异于从热闹拥挤的北京王府井大街拐进了宽广平直的长安街,顿时感到轻松,舒坦,痛快!我们不约而同地扶杖伫立桥头,遥望前方。但见满山谷长满亭亭玉立的红杉、麦吊杉,数不尽的栎树、水冬瓜等杂树,而红白二色的杜鹃花和其他不知名的野花则杂错其间,在一片翠绿中点染出一个色彩绚丽的世界,只是在更远处,给湛蓝色的天空留下了小小的一角。山谷间,清流潺潺,凉风习习。

"我看,这里就应该是海螺沟的一个景观哪。"我不禁脱口而出。

"好,可以就叫作'仙人谷'吧。"从上海来的姜云生大声呼应我说。

"这桥,理所当然就该叫'鸳鸯桥'喽。"说话的,就是来自中国科学院的姚蜀平。她拄着一支细长的竹棍,上身穿一件天蓝色的羽绒衣——其实我们的穿着都相仿,因为冰川深入原始森林,怕万一走失时便于寻找,便要求大家穿着颜色鲜艳的衣服。

我们听姚蜀平这样说,便都来考察这"鸳鸯桥",看它是怎样形成的。原来,紧挨着长成的两棵大树由于自然的原因(雷击? 山洪冲刷或自然倒伏?)或先后或同时倒卧在山谷的两端,树梢那头正好卡在一个大树墩和山石之间,这巨树铺就的桥便牢牢地横跨在"仙人谷"上。树身上长满了苔藓,看来"桥"的诞生已经有相当年月。不管它们是不是同年同月同日生,反正它们要这样紧紧地拥抱着、爱恋着,直至永远,却是肯定的。而相识于通往海螺沟路上的姚蜀平,她给我的第一印象就是:颇具浪漫情怀,且有文学的想象力。

二、"我要好好写一本关于文化大革命的小说,等我把书写出来,你可一定要给我看,好吗?"

成都《科幻世界》杂志负责人谭楷他们以"野生动物保护协会考察团"的名义组织的四川海螺沟考察活动,邀请了一些文坛的朋友参加,如前所述有来自上海的姜云生,诗人肖开愚,还有人民日报年轻的记者小朱,四川省新华书店的小王以及中科院搞自然科学研究的姚蜀平等人。我参加了这次考察活动,有幸结识了这些来自不同单位却有共同爱好的朋友。20多年来,我们一直保持着联系,甚至成了莫逆之交。姚蜀平就是其中的一位。

海螺沟具有最低纬度的年轻冰川地貌,1988年初夏我们踏进这片土地的时候,它还是一片未开垦的处女地。行前听说,不久之前有个学生到此考察,不幸掉进随处可见的深深的冰沟里。人们无法救他出来,眼睁睁地看着他被冰川吞噬,唯有等待冰川缓慢地移动,也许二三百年后,他的冰冻的尸体会出现在山下的村落里。听后我们既觉得毛骨悚然,又有一种勇敢地迎接冒险挑战的自豪。不过,无论有怎么样的浪漫情怀,我们也只能小心翼翼地去面对途中的艰难险阻了。踩着树干上的苔藓慢慢地移步向前,好不容易从姚蜀平命名的"鸳鸯桥"走到对面,我们横向攀爬般地走在没有任何既成道路的斜坡上,靠着手上的竹杖支撑着,或者靠揪着山坡上的小树往前挪,终于到达了我们的宿营地。

经过千回百折,我们这疲惫的一群终于来到一个叫"小海子"的池水边。池水清浅,高而直的水杉呈环形整齐地耸立在水池边缘,像一群雍容华贵的美人,而葱郁的松树和秀丽的杜鹃,就像众多亲密无间的姊妹同她们簇拥在一起。远处蓝天下,贡嘎山的雪峰在阳光下闪烁着白亮的光芒。脚下,难得有近百米长,十多米宽的一块草地。前面不太远,就是神奇、壮美、充满魅力的海螺沟冰川和冰瀑布。而作为我们这十来个中青年男女集体住宿的小木屋,就搭盖在这片美丽的草地上。

小木屋是我平生见过的最原始的居室,却也别开生面:地面铺的是半米宽的木板,屋顶也用这样的宽木板按人字形搭盖而成。当然是通铺,然而男女交接处由谁来把关呢?经我们连哄带劝,力陈年轻人之老实可靠,终于在一片笑声中确定:由两位未婚的年轻人来把关。男的是人民日报的小朱,由他到屋门口是几位男性的通铺;女的是四川省新华书店的小王,由她到紧里面是几位女士挤着睡。我们晚上挤住在小木屋里,白天就外出活动,或者进入丛林,或者爬上冰川去观赏冰瀑布。我就曾经和姜云生把粮票压埋在泥石流冲刷出来的乱石坡里,想象着多少年后被后来人发现了,会说从前肯定有北京人和上海人到这里来过。我也曾和谭楷出去找到天然的温泉,穿着裤衩尽情地享受着从头顶上方像小瀑布似的永不停歇地往下流淌的温泉水。我们还曾和当地的少数民族联欢,参加以他们为主的歌舞活动。

晚上到小木屋外面"方便",可能会产生处处有妖魔鬼怪的幻觉而略感恐怖,但白天阳光灿烂,在小湖边,在小树林里漫步或驻足聊天却是很惬意的。有时,又一起到原始森林或冰川上攀爬,中间休息或吃着当地老乡做的农家饭菜,当然也会聊天交谈。

通过这些交流首先知道了姚蜀平的家世。她是安徽宿松人,1939年诞生于四川铜梁县。抗战和内战时期,童年和少年的她随父母辗转在西安和苏州、上海等地。高中毕业于北京人民大学附中。1958年考入中国科学技术大学原子能和原子能工程系,即后来的近代物理系。1963年她作为科大第一届毕业生毕业,先后在核工业部设计院和科学院高能物理所及科技政策和管理科学研究所工作。1982年至1984年,她在美国哈佛大学科学史系做过两年访问学者。

姚蜀平的母亲贺定华做过挡车工和小学教员,一身正气,儿女毕生牢记她的教诲:"出污泥而不染。"1966年8月,在北京的"红色风暴"中,惨死在中学红卫兵的屠刀(被割了喉管)和棍棒下。她的父亲姚剑鸣,为黄埔五期毕业生,国民党110师上校军需官,1948年12月追随地下共产党员师长廖运周起义,起义前便为地下党做了许多工作,是有贡献的起义军官。1968年在清理阶级队伍运动的高潮中,仍然难逃厄运,在恐惧与绝望中,他在安徽宿松的老家自缢身亡。姚蜀平自己和她的大哥姚监复都曾经在"文革"浩劫中被莫须有的理由打成"现行反革命"、"黑帮分子"和"'五一六'分子"。可以说,作为这个家庭最小的女儿,27岁的姚蜀平在"文革"的初期便经受了家破人亡的刻骨铭心的伤痛,而在20年后的1986年6月她才有机会写下她泣血的《儿女祭》。

从美国回来后,姚蜀平在1985年应母校中国科学技术大学的邀请,前往合肥作了两个演讲:《现代化与传统文化》和《中国百年留学史》。前者着重介绍了两位台湾学者柏杨和李敖。改革开放之初,她成了国内介绍柏、李的第一人,立即在高等院校引起强烈反响,以致北京大学、清华大学、中国人民大学等近十所大学都争相邀请她前去演讲。1986年10月8日北京大学的那次报告竟有三千师生踊跃前往。北京大学学生会在讲演结束后立即以"言为心声"的横幅相赠。中国科技大学和同济大学研究生会,都将她的演讲装订成册,广为散发。同济大学的小册子还在封面上印着"共和国需要这样的学者";在封底印着"翻印传播,功德无量"……

听姚蜀平这些娓娓道来的自我介绍,我已经不难做出初步的判断:在改革开放之初,她显然已经是一个有阅历、有思想的启蒙者。

那么,在一次主要是作家、诗人、记者参加的活动中,她作为一个科技研究者、学者,怎么会得到邀请呢?

原来,她早在改革开放之初,就已经是得到夏衍亲自关心(读剧本、改剧本、拍板由北影拍摄)的电影《李四光》的剧本主要撰稿人(凌子风导演,孙道临扮演李四光)。此片为"文革"后首次表现科学家正面形象的优秀人物故事片,1979年公映后反响强烈。也可以说是兑现了姚蜀平报考科技大学时对自己许下的诺言:"以后要当科学家,同时写科学家。"

这期间,她还写下了一些短篇小说、游记、散文,诸如《沉默的路》《父爱》《丝路访古》《居延海》等等。而《科幻世界》的谭楷约请她为该刊撰写的8篇关于美国游览印象的散文(以"华鸣子"的笔名刊发),自然就是她受邀参加这次"野生动物保护协会"海螺沟考察活动的直接缘由了。

然而,姚蜀平在交谈中,和我反复多次提及的话题却是:我要好好写一本关于文化大革命的小说,等我把书写出来,你可一定要给我看,好吗?

作为一个有点阅历的编辑,作为一个经受过"文革"十年浩劫全过程,也曾一度被打成"'五一六'现行反革命分子"的人,作为一个有良知的知识分子,我深知此事的价值、意义和艰难不易。望着姚蜀平那真诚、执着、殷切期待的眼神,我便也不止一次地表示:当然,我一定看,一定好好看,认真地看;但你先不要着急,一定要好好写,写出一部可以传世的、可以留给后人的作品来。

三、在美国邂逅姚蜀平,她真诚地帮助我看到并感受到了和唐人街并不一样的美国

1989年6月14日,我乘出版社派的小车到机场,登上中国民航的B-2442航班,经上海、旧金山到纽约我弟弟那里,开始为期一年的探亲之旅。

刚刚发生"六四"风波,那时北京之乱尽人皆知。汽车路过立交桥时,但见环立交桥大约有一个加强班的解放军在荷枪实弹地警卫。不知情者也许以为我是"仓惶逃窜",其实是大约三个月之前办好签证去买机票时,买到的碰巧就是这一天的机票。

行前到姚蜀平家看望过她,给她留了纽约弟弟家的电话,但并不敢指望真会在美国见到她。然而不然。8月14日一个阴雨天里,我从唐人街的华人小餐馆打工回到弟弟家里,刚洗过澡就接到蜀平的电话,说她受邀到美国斯密斯学院开一门"中国科学技术与文明"的课,也到美国来了。这天是星期一,我们相约在我工休的周五下午一晤。在已经对纽约唐人街有了不好印象的时候,在每天近11个小时到餐馆打工的疲累中接到这样的电话,真有一种

他乡遇故知的欣喜。

周五(8月18日)下午,蜀平果然如约到纽约皇后区我弟弟的家里来相见,并在这里吃了晚饭才回去。交谈中知道,原来是美国的斯密斯学院(Smith College)请她来讲课,为期一年(1989年9月至1990年9月)。我对唐人街及其附近的哥伦布公园的脏乱差相当反感。我告诉她,有一天起得早,离上班时间还有一个钟头,便到附近的哥伦布公园去转一转。果然,见年轻人有的在玩垒球,一些老人或情侣已在树荫下的椅子上聊天,稍远处更有一些孩子在巨大的木架子上攀爬玩耍。然而,在另一个角落却见三个白人流浪汉呈凹形躺在三张椅子上睡觉,都用毛毯或线毯裹了个严严实实,其中还有人毫不含糊地发出呼噜噜的鼾声。更远处,还有几个刚起来的流浪汉,他们身边的破被烂裳包袱卷还没有收拾好呢!再看脚下,到处都有纸烟头、破纸片儿和空饮料瓶罐之类的垃圾。当然,墙边旮旯里还有尿臊臭味儿。所以我对蜀平说,那卫生水平都不如广州,就更不能和北京比了。

蜀平听我有这样的"美国印象",明确表示不以为然。她说:"你看到的只是美国比较灰暗的一角——纽约唐人街。它根本不能代表美国。如果你以后带着这样的印象回国,就是带回去错误的信息。"可能是为了纠正我的偏见,她向我提出了几个具体的建议。

其一,是要我到纽约的百老汇去看根据雨果名著《悲惨世界》改编的音乐剧。她说这是1986年在伦敦首演的,现在已经在美国公演。你一定要去看,还不要吝啬5美元去买本说明书。你是文化人,要知道纽约不仅是美国的经济中心,金融中心,同时也是一个文化中心。曼哈顿的百老汇一带,有上百家剧场,终年上演不同的剧目。即使欧洲、伦敦的戏剧、芭蕾,上演后也要到纽约来演出。只有在纽约被认可,才算真正站住了脚。所以你既然来了,就一定要去看看这里最好的戏剧。而现在上演的这部现代音乐剧《悲惨世界》,正是改编于你所熟悉的雨果的同名小说,岂有只顾打工赚钱不欣赏高雅艺术之理!——我后来花40美元买了票去看歌剧《悲惨世界》,5美元一份的说明书买了两份,一份给了姚蜀平。我不但欣赏了由世界名著改编的高雅艺术,还第一次看到那样干净、没有一点异味的洗手间(厕所),而且旁边还有摆好沙发椅和小圆桌的休息室。(这些印象后来写进散文《公共厕所见闻录》。)

其二,是建议我参加当地华人旅游公司的旅游团,到华盛顿和美、加边境的尼加拉大瀑布等地一游。我后来果然都去了。到费城、华盛顿等地旅游是和弟弟启庆一道去的,到尼加拉大瀑布旅游,则是随华人旅游公司的旅游团去的。此行的最后一个节目是登船观瀑。满载二三百人的小轮船逆水而上,越来越艰难地接近马蹄形瀑布,飞溅而起的水雾像阵雨似的泼洒到游客的身上。仰望落差50多米飞流直泻的瀑布,但见瀑流由青绿到白色,最后成了一片飞溅的雨雾与河水交融在一起,层次感很强。我不禁油然而生人生四季的联想:上游积聚的丰厚水源就像一个人的春天,他在青少年时期积攒着为国家社会服务的知识和本领;到了开始飞流直下泛着青绿色的这一段就是人生之夏,他奔向社会开始闯荡天涯了;而最成熟的人生就像瀑布的主流,像洁白的流云和盛开的樱花那样灿烂;待瀑布化为一片雨雾与河水相交融时,自然就象征着人生的寒冬了,或者静悄悄地消失,或者发出轰隆隆的巨响,悲壮地化为一片雨雾。我在心里说,真是太美了,太棒了,太有意思了,真是不虚此行,不虚此行啊!又叮嘱自己:该怎样珍惜、珍重、珍爱这樱花一样的人生啊!此时,自然也是从心眼里感谢姚蜀平——是她的提醒和建议使我拥有如此美丽的享受和感悟。(这些经历和感受后来都在我的纪实文学作品《中国教授闯纽约》一书中有所记述。)

而特别难能可贵的是,姚蜀平在自己境况并不太好的情况下,却真心实意地邀请我到她教书讲学的那个小镇上去做客。

10月20日,一个秋高气爽的日子,我向成衣厂的华人老板请了假,凭着启庆弟手写的几句求人帮忙的英语和蜀平用英语写的地址,我乘坐地铁又转了两次公交巴士,终于抵达目的地。蜀平已是通电话后第三次到车站来接我了。

同时受邀来做客的还有蜀平在科学院的同事,也是到美国讲学的范先生和他的夫人陈女士。

到了现场才知道,原来蜀平教书的斯密斯学院(Smith College)位于麻省中部的诺桑布腾(Northampton)小镇。这是典型的新英格兰小镇(美国东北部六个州,是早年从英国首批移民到美国后的落脚地,故被称为"新英格兰")。而斯密斯学院是和宋氏三姐妹读书的威尔斯学院齐名的一所私立女子学院。里根夫人和老布什夫人都毕业于这所斯密斯学院。

诺桑布腾小镇美丽又安静,斯密斯学院就坐落在清浅的小湖旁边。置身在美丽的秋色和精致的校园中,真有如诗如画的感觉。

第二天,蜀平领着我和范、陈夫妇在校园中漫步。她说,秋天是新英格兰最美的季节。果然,所有的树木都变了颜色,不是单一的红色所能形容,不但有洋红、紫红、鲜红、粉红和数不清的漂亮颜色,还有高高矮矮的树上长的鹅黄、淡黄、深黄和褐色的树叶,还有我说不出名字的各色花卉。呵,哪里是赤橙黄绿青蓝紫这种惯用语所能概括的美丽景致呀!突然,我眼前一亮:在一排法国梧桐树下落满了厚厚的一层金黄色的枯叶。好,就让我躺在金色梧桐树叶上留个影吧。我也不跟他们商量就斜靠在一棵梧桐老树上请蜀平拍照。蜀平仿佛是心有灵犀地为我摁下了快门,也不说什么,只是给了我一个会心的微笑。陈女士却禁不住说:到底是搞文学的,好浪漫哦!我便在心里说:地上色彩斑斓,地面一片金黄,我真是三生有幸啊!——以后,这张放大了的照片曾经长久地挂在我客厅仅有的一块粉墙上,更是永久地留在了我的心里。

以后,蜀平又领我们去享受美式早餐,教我如何左手拿叉右手拿刀吃西餐……学院安排她住的是一座独立的坐落在树丛中的两层小洋房。楼上两室一厅,除了她自己,另一间自然是住的范、陈夫妇。楼下有厨房、饭厅和客厅,我就在长沙发上过夜。整座小楼都是纯白色的,掩映在树丛中煞是可爱。所以我在告别时和蜀平开玩笑说,你也是拥有一座白宫的"总统"呀!她也高兴地说,那就欢迎你再到我的"白宫"来做客。

可惜,我以后没有机会再访姚蜀平的"白宫"了,但我并不感到遗憾,因为姚蜀平已尽心尽力地创造条件让我看到和感受到了和唐人街并不一样的美国——一个美丽、富饶,尊重知识和知识分子的美国。

四、"那当然。我们一言为定"

转眼就到了1990年的6月,我为期一年的探亲假到期了。我面临按期回国还是滞留不归的抉择。

我有的亲戚毫不含糊地用广东话说:"你真是疵线(傻呀)啰。人家千方百计到美国来,哪里有来了还回去的道理!"我当然知道,在八九年北京风波的背景下,我要留在美国会比平时容易;留下来,肯定会衣食无忧,家人、子女将来跟着我移民也当不成问题。但这一来,我将面对终生的精神痛苦和对灵魂的拷问。我最终还是在一年探亲假满之前选择了回国重操旧业——依然做我喜欢做的文学编辑工作。这样,我在物质上只能求个温饱,至今也不过住在一套七十平方米的旧式楼房里,但在精神上却一直感到相当愉快而富足——已是七十望八的老人,依然愉快地阅读和写作,依然是对国家、社会有贡献的人。这就好。

面对去国还是回来继续报效祖国的选择,我毫不犹豫地作了正确的抉择,而挚友姚蜀平在这个问题上始终是我坚定的支持者。她说:"你是个资深的文学编辑,回国一定能够更好地发挥你的作用。"

我就这样不留任何遗憾地回到了北京,回到了人民文学出版社。

1995年,姚蜀平回来看望她在国内的哥哥姐姐们。她当然也抽时间到人民文学出版社来看望我。她告诉我,这些年独自带着两个到美国求学的儿子,在多所大学里教书谋生,实在也不容易。当她知道我此时已担任人文社的副总编辑、主管当代文学图书的出版工作时,眼里立即灼灼放光说:"那太好啦。我眼下虽然为稻粱谋无暇旁顾,但我心里始终放不下我想写的'文革'小说。将来我总有一天要把它写出来,到那时你一定要帮我好好地看……"

"那当然。我们一言为定。"我毫不含糊地说。

五、"人一生的幸福,是能为人类写一部书"

一晃十年过去。2005年,姚蜀平又回到北京。她兴奋地对我说,她梦寐以求的抨击"文革"浩劫的小说,已经开始动笔写了。第二年,在越洋电话中又告诉我,9月便会带着书稿回国,要我预留读稿的时间。

果然,2006年9月,蜀平如约交给我厚厚的一沓子打印稿——85万字的长篇小说《长夜漫漫》。随后,便和她的两个姐姐到美如仙境的九寨沟去玩了。而我,却在姚蜀平留下的文字中回忆,挣扎,震撼,共鸣……小说太有分量了,但公开出版的难度也很大。务实地说,85万字的篇幅太大了,必须下狠心删节,以减少公开出版的技术难度。艺术上,我觉得作者要按照虚构艺术的特点写好小说的人物,避免把有的人写成情节推演所需的道具式的人物。这些想法,我都在电话里告诉蜀平,既说了我的兴奋感——一个编辑终于看到期盼已久的书稿时的心情,也说到有的地方我感动到落泪的情景,同时建议她把小说压缩到60万字以内。

2007年,蜀平又带着几经压缩到60万字的小说回来。

我热情地写了6页纸的推荐信把小说稿给一个大出版社分工管海外来稿的编辑,一位刚从外地调到北京来的有高级职称的人。倒是过了不太久便有了回音。她在电话里说,这样的小说,出也可以,不出也可以;看用多少克的纸了,如果用铜版纸,那成本就高了……如此打官腔真是出乎我的意料之外,那冷冰冰的态度使我立即打消了和她进一步商讨的欲望。

不久正好有事要到广州去。我便请我的挚友、前花城出版社的社长老范(汉生)陪我带着书稿去找花城出版社小说编辑室的主任钟洁玲。他们表示支持,说政治上的分寸由他们再来把握,但篇幅还是大了一点,还要再压缩。这就好,起码有了可操作性。2008年5月,蜀平交出了进一步删减的书稿。钟洁玲又希望我和老范能担任此书的特约编辑。我当然知道这含有共同承担责任的意思,便也很痛快地答应了。

2009年3月,这部压缩到45万字、低调地定名为《似水流年》的长篇小说终于由花城出版社正式出版,印数3000册。到年底,一个咨询公司想买100本,结果是把花城出版社仅剩的48本库存书全部扫光。

现在,我们可以来看看这部正式出版的《似水流年》是一部什么样的小说了。

这是一部以20世纪五六十年代的中国为时代背景,以北京中心医院美丽的女大夫尚安妍的坎坷命运为主线,揭示了"文革"浩劫给中国人民、特别是知识分子带来深重灾难和心灵创伤的长篇小说。

尚安妍被高官牛侃荐骗奸受孕,在被迫做人工流产的医院里,结识了从美国回到中国的生物学家梅仲宇的妻子夏晶榕和她一家。"文革"初期,尚安妍从劳改农场跑回北京时,发现梅家三口在"红色风暴"席卷下自杀,梅家唯一可能幸存的小男孩梅冬生却不知所终。尚安妍后来下放到南方的一个小县城,在当地武斗的烽火中和冬生意外相遇,从此义无反顾地担当起抚养好友遗孤的全部责任。公社医院的杜医生和"右派"、乡村小学教师温尔雅在尚大夫的推动下,成了冬生的启蒙老师。期间,尚安妍还以德报怨救治牛侃荐于危难之中;后又与温尔雅在患难之中相恋——当温尔雅去香港接受遗产时,尚安妍却因为冬生不能同行而痛别所爱。

其后,尚安妍回到北京,先后为了冬生的户口和上学问题而违心地向当年骗奸她的牛侃荞求助,并为了冬生而与她不爱的工人武正兴结婚。而冬生则拜同院一位穷途潦倒、却拥有美国双博士学位的甘先生为师。甘先生鼓励他跳级考上北大物理系,又精心调教他作为插班生考入美国加州理工学院。

冬生在美国得到温尔雅的真诚帮助,又找到与生父梅仲宇相识相知的美国老教授和旧房东,还发现父母自杀后盗走名贵小提琴的女红卫兵冷冰的踪迹。为了解开父亲告别人世时的谜团,冬生舍理工而转学政治,决心要探寻文化大革命发生的来龙去脉。几年后,誓言永不回国的冬生终于踏上了归国之路。他相信:只能在自己的祖国,和挚爱的母亲尚安妍及许多"文革"受难者一起努力,才能找到真正的答案。

从姚蜀平精心书写的"文革"故事中,我们不难发现一些颇具深意的特点:

其一,从政治上看,《似水流年》是从知识分子的苦难和锥心之痛来反映"文革"悲剧的,可以说是中国知识分子的苦难历程。而关于悲剧,我们可以从古希腊哲学家和戏剧大师那里找到堪称经典的论述。历来知识分子和历史上的统治者都难免有一些基本的矛盾:政治上是专制与民主自由的矛盾;文化上是主流意识控制与人道主义和人性的矛盾;经济上是强调工具论与崇尚职业自由的矛盾,等等。统治者往往是强大而无情的,知识分子则是敏感而脆弱的。知识分子在无情的环境和强大的体制面前显得脆弱无力,反抗如同以卵击石。结果当然是悲剧,甚至是毁灭性的悲剧,虽然在精神上还可以自视清高。梅仲宇、尚安妍们所面对的就是这些无法回避的矛盾。结果只能是以自杀来抗争,或者像尚安妍那样以更大的勇气和坚忍不拔的精神去反抗!显然,尚安妍的悲剧人生,她经历的一切屈辱、苦难,都将引发读者对当代中国发生的一切作深刻的反思。

其二,从审美的角度看,《似水流年》塑造了一些引人注目、内涵丰富的艺术形象,其中有的可以说是相当罕见的。

小说的女主人公尚安妍并不是被"极左"路线制造出来的什么"分子",因而她的悲剧人生就具有更大的普遍性和代表性。她的悲剧命运既体现了善与恶,美与丑,人性与兽性的搏斗,也是对"极左"路线的有力批判。

牛侃荞作为高级干部,有好色、自私的弱点,也有人性未泯的一面。作者在她的笔下并没有把人物简单化。

小说中的杜医生和甘先生都是个性鲜明、内涵丰富的人物。前者涉及"托派"及其理论,在当代中国文学作品的人物画廊中是个独特而又新鲜的艺术形象;后者在早期归国的高级知识分子中有一定的代表性。

冷冰是值得我们注意的角色,她代表的是红卫兵造反派中永不忏悔的人物。作者有意写她外貌的美,和她内心的冷酷形成强烈的对照。

梅冬生是在磨难中成长的青年。他四次死里逃生,蕴含着"文革"浩劫中的四次重大事件(两次武斗、滥杀无辜的"民办枪毙"和天安门"四五"运动)。最后他赴美留学和终于回国来追寻历史的答案,故事铺陈合情合理。

遗憾的是,作为小说情节推进不可缺少的人物,温尔雅从艺术形象的塑造来说却比较弱。

其三,从文学的批判功能来看,《似水流年》对极左路线的批判是有力的,也是相当深刻的。

小说借冬生给妈妈写信,把中国的"文革"和二战中的法西斯暴行"并列为二十世纪两大悲剧",又把梅仲宇自杀前老在重复的话 Something is wrong(什么事情错了)延伸到冬生在《留美学生通讯》中看到留美学生在1950年3月4日提出的12个疑问:"新中国究竟走的哪一条路?有没有言论集会等自由?我们知识分子在中国的地位怎样?中国会不会歧视留美学生?是否我们一定要先受训后,才有资格做事?是否我们只能埋头做事而不能对新政权有任何批评和建议?我们在这里学习回国后还有用没有?是否新中国只要大家穷得公平,而不重视新技能、新知识?中共目前固然爱护人民,但在得势之后,会不会把人民一脚踢开?会不会像国民党一样渐渐腐败起来?它会不会出卖民族利益?会不会走上南斯拉夫的路?……"引人深思。

小说还借杜医生的口,以肯定的语气介绍南斯拉夫人吉拉斯.德热拉斯(Milovan Djilas)写的一本叫做《新阶级——对共产主义的分析》的书:"它的精髓就是讲革命后的政党,形成了一个新阶级,一个政治官僚阶级,官僚特权阶级,他们占有了国家资产,他们不仅统治,而且也剥削人民大众。"无疑,这会让人产生合理的联想和思考。

小说还借杜医生的口谈及"托派"问题,在研究和表现"托陈取消派"这一重要的政治历史问题上,提供了新的角度、新的视野,以及理性地认识新观点的可能性。

以上这些新的、比较尖锐也比较敏感的话题出现在小说中,既体现了作者的勇气,也说明了时代的进步。

其四,从认识价值来看,《似水流年》这部长篇小说的时代感很强,也为读者提供了很多重要的信息。在故事情节发展的过程中,诸如"四清"运动的背景,"文革"的内情,全国武斗,历年物价、工资的变动情况,国际共运和中共党内斗争史料,以至"文革"后恢复高考和1980年代留美学生的情况等等,都有真实的披露。

读完《似水流年》这部以抨击"文革"浩劫为中心内容的长篇小说,所有"文革"的亲历者、受难者都会激起强烈的共鸣和思考;所有不知"文革"为何事的后来人也会由此而关注国家民族的前途,从中吸取应有的教训;对历史的研究者来说,无疑也提供了许多生动、真实的研究资料。

一位"文革"的亲历者、看过《似水流年》的读者评论说:"这篇小说所描述的绝不是单一现象。想想那个时代,那种制度,个人都像待宰的羊。这是人生的大悲剧,也是时代的大悲剧。"

一位1994年出生的留美学生读完《似水流年》后给姚蜀平发了电子邮件说:"五姨外婆,我已读完整部小说。谢谢你写了这么好一部小说,让我真真切切地经历了一遍那荒唐岁月带给一个个人和千万家庭乃至一个国家的苦难。这不仅使我看清了高高在上当权者翻云覆雨的手段,也让我感受了无数小人物对于自身命运的无奈和挣扎。我震惊在我的故土上竟然发生过如此的浩劫,同时也在担忧与我一代的青年人对历史的无知和对当下生活的不加珍惜。"

姚蜀平在科研所的老同事武先生说:"这本书是对'文革'的血泪控诉,是对那个年代的用滴着血的心悲愤地倾诉,是对那个历史年代的中华民族、社会的人、制度、体制、政党、领袖、人性、道德、行为、感情、意识形态、心灵(作)深刻的审视,给人以心灵震撼和共鸣!"

美国芝加哥大学美籍华人教授王友琴评论说,"(《似水流年》)对'文革'历史的描述在真实和深刻方面超过以往任何一部"。"《流年》中的第一个'文

2009年12月15日，长篇小说《似水流年》作者姚蜀平（右）、出版者钟洁玲（左）、特约编辑和评论者何启治（中）合摄于广东省出版集团驻北京联络处

革'场景，是1966年红卫兵兴起时的'红八月'。小说以40页的篇幅，以高度写实的笔法描写了在北京发生的红卫兵暴力。……姚蜀平写了，这是因为她的文学才能，也因为她的勇敢和她的价值观念。"又说，"书中的主要人物尚安妍大夫，在书的结束处，也是在她的晚年，决定把历史写作当作自己的新的工作。作者和我谈到这样的结尾方式，她说她正是看到了只有很少的中国人在做这样严肃的研究，所以她才安排了这样的结尾，为了表达她的期望。这是做了这样乐观而有暖意的结尾的原因。"（见《描写红卫兵暴行的力作》，载《开放》2009年12月号）

《红太阳的陨落》的作者辛子陵在致作者大哥姚监复的信中说："祝贺令妹姚蜀平女士取得的成就。《似水流年》是不朽的传世之作。"（2009年12月13日）次年夏，辛子陵又有题姚蜀平著《似水流年》的诗句："春风大雅能容物，秋水文章不染尘。"赞美之词，溢于言表。

我是认同以上不同年龄、不同文化修养的读者，包括教授、学者对《似水流年》的高度评价的。我退休之前作为《当代》杂志主编终审的最后一部重要作品，是王蒙的"季节系列"的最后一部长篇小说《狂欢的季节》。这是一部纪

实色彩比较浓的长篇小说。它以"右派分子"钱文的生活轨迹为线索,对钱文夫妇离京到边疆锻炼,在边疆经历了整个"文革",直到"文革"结束返回北京的全过程都作了生动真实的描写,夹叙夹议,也多有王蒙式的调侃。就因为作品对"文革"的发动者、主持者毛泽东既有一定的理解、谅解,也多有讥讽、调侃、挖苦一类的语言,出版社和《当代》内部有的负责人就认为发表和出版前必须先予以删除或向上级送审。这样做其实是不可行的。这样,才由刚到任的新社长根据大多数人的意见做了决断:《狂欢的季节》最终只由作者作了小小的修订,便刊发于《当代》2000年第2期,并由人民文学出版社出版了单行本。(事后当然听到一些批评我们太大胆的声音。)

虽然王蒙以他的聪明机智来写"文革",增加了作品在政治上的安全系数,虽然由于《狂欢的季节》真实地表现了主人公钱文在"文革"中的狂喜、困惑、痛苦和觉醒过程,对有一定阅历的读者会引起强烈的共鸣,而对不知"文革"为何事的年轻读者,也会有一定的认识和启迪的意义。但我还是要坦诚地说,无论从人性揭示的深度,反映时代生活的概括力,艺术形象塑造的成功,还是艺术魅力的长久等方面来看,姚蜀平的《似水流年》显然都已超越了王蒙的《狂欢的季节》。我由此而对蜀平和花城出版社的钟洁玲等同仁充满了由衷的敬意。

姚蜀平当然不是不了解国情的人,她当然知道为了公开出版《似水流年》,钟洁玲和她的同事们需要有多大的勇气,所以,她真诚地感激花城出版社。然而,毕竟是作了太多的删节,又去掉了她写在扉页上的"献给'文革'中逝去的我的父亲母亲"这句话(姚蜀平在她的《儿女祭》中详述母亲被虐杀和父亲被迫自杀的细节,是网上的热门文章),因而,她渴望有机会出版这部长篇小说的相对比较完整的版本。于是,便有了在2010年4月由香港明镜出版社出版的繁体字本《悲情大地》。此书出版前,蜀平来征求我对小说书名的意见。我建议用"悲情大地"作书名。我说"悲"是定性的字眼,小说写的是大灾难,大悲剧;"情"是小说的基调,小说写了动人的爱情、亲情和友情,写了亿万人都不愿意看到再发生这种大悲剧的强烈的感情;"大地"当然是指中华大地,是曾经发生这种悲剧的地方,也是中国人民期盼战胜灾难,重新崛起的地方。

蜀平接受了我的意见。明镜出版社也遵照作者的意见在《悲情大地》的扉页上印上了这样的文字:"谨以此书献给我的父亲、母亲及千百万无辜亡灵——六十年来在文化大革命等历次运动中非正常死亡的中国人。"作者在"花城版"忍痛将第四部分的11章压缩到4章,"明镜版"也恢复到9章,使故事不但前后连贯,并且尽量保持原文。封底印的照片,正是作者站在家门前,背后是20年前北京大学在她演讲后送给她的横幅:"言为心声"。

从萌发写"文革"的1980年到比较完整的《悲情大地》的出版,历经整整30年。试想,一个人的一生,能有几个30年啊!

姚蜀平在多次演讲或座谈讲话中,都爱引用托尔斯泰的一句名言:"人一生的幸福,是能为人类写一部书。"她知道,书比人长寿,精神的影响远比物质的东西深远。如今,有了《悲情大地》,姚蜀平可以安心了,可以告慰自己痛苦的心灵,可以告慰她的父母和千百万在"文革"等政治运动中非正常死亡的中国人了。

当然,伟大的俄国作家托尔斯泰所谓"为人类写一部书"中的"一"只是泛指的数量词。他自己的传世之作就有《战争与和平》《安娜·卡列尼娜》和《复活》等。我们同样敬仰的伟大的法国作家雨果,也因为他的《巴黎圣母院》《悲惨世界》和《九三年》而彪炳史册。

我们当然不会简单地把姚蜀平和托尔斯泰、雨果等伟大的作家相类比,毕竟文学创作是一种十分复杂的创造性的劳动,毕竟姚蜀平已是七十多岁的老人。但是,我们有足够的理由常常感念她拥有一颗悲悯天下苍生的金子一般的心。

事实上,姚蜀平也没有满足于她已经完成的《悲情大地》的创作。她已经马不停蹄地投入了新的创造性的劳动中去。

也是在1980年,中国刚刚开启对外开放的大门,她在北京友谊宾馆遇到一位英籍华人,那位女士告诉她一件令人难忘的事。那位女士说,她曾于20世纪70年代末前往法国巴黎旅游。他们在巴黎附近一个小镇的偏僻小街上看见一个不起眼的中餐馆。今天法国有8000家中餐馆,但那个年代还很少见。他们到这个小餐馆每人吃了一碗老板做的地道的中国面条。老板已经垂垂老矣。他看着他们高高兴兴地吃面条,竟然问:"你们是从中国来的?中国现在是哪个皇帝呀?"大家奇怪地反问,你什么时候到这里来呀?老人回答:"一次大战,当华工来的,从此再也没有回过中国。"大家都吃不下那碗面条了,有的人禁不住悄悄地流泪了。

自此以后,姚蜀平开始关注这个鲜为人知的群体。她不断地收集相关的资料,甚至亲自采访。当在台湾的作家朋友告诉她"星云华文文学奖"包括历史小说,便决心把这个存在心底多年的故事用长篇小说的形式写出来。这便是她的长篇小说新作《他从东方来》①。小说描述第一次世界大战中,中国赴东、西战线70万华工的悲剧命运和不可磨灭的历史贡献,其中特别引人注目的是东线俄国华工鲜为人知的传奇故事。2011年3月,《他从东方来》获台湾星云大师设立的第一届"全球华文文学星云奖"的历史小说"佳作奖"。在获奖感言中,姚蜀平说:"许多人都知道横贯美国和加拿大的大铁路是华工修筑的,可是又有多少人知道,横贯西伯利亚的大铁路也是华工修筑的!"姚蜀平感慨历史怎么那么容易被遗忘,甚至被歪曲。想想这些年,多少人写留法勤工俭学,他们只有一千六七百人,可是又有几个人在写一战华工,他们可是多达70万人!姚蜀平认定,一个作家活着,就要去从事创造性的劳动,就要去写也许并不时髦,却肯定有流传价值的作品。她写《他从东方来》,就是要表达对70万华工的一种敬意和纪念——他们用自己的苦力、血肉和孤寂的灵魂,换来了祖国的一点点振兴和进步,而自己却久久地被人遗忘。

如今,姚蜀平已经认真修订、扩充,完成了更充实、丰富、感人的长篇小说《他从东方来》。我们期待着极富历史沧桑感的《他从东方来》能早日和中国大陆的读者见面。

是的,"人一生的幸福,是能为人类写一部书。"一个作家最大的幸福,就是能写出一些有益当今,又可以流传后世的有价值的好作品来。

姚蜀平正在继续不懈地作这样的努力。

我们衷心地祝福她。

2013年1月26日夜7时
匆草于北京东中街寓所

---

① 《他从东方来》已于2014年3月由北京金城出版社出版。

冯立三素描

一、"启治……是我当年在唐山(地震)废墟前一见而遂定终生之交者。""互相赏识,彼此敬重,志趣相投,惺惺相惜。"

1992年岁末,我讲述自己在纽约华人餐馆打工经历的体验及见闻感想的纪实文学作品《中国教授闯纽约》即将出版,请立三作序。他在写于1993年2月2日的序文《殊堪玩味的唐人街风情》中,开门见山就说:"启治是位重事业又重道义,既有文名又有人望的人,察世敏锐冷静,做事勤奋认真,内心炽烈如火,外表恂然蔼然,是我当年在唐山(地震)废墟前一见而遂定终生之交者。"

立三之序,对我多有策励,"而遂定终生之交者"之说,则让我永远感念于心。

为什么"在唐山废墟前一见而遂定终生之交"呢?

原来,这与我们在唐山大地震11年之后的一次唐山之游有直接的关系。

1987年9月26日,一个秋高气爽、阳光灿烂的日子,我和冯立三等人应友人之邀来到唐山。我们终于有机会来凭吊发生于1976年7月28日凌晨3时42分53.8秒的唐山7.8级大地震的遗址,面对着大地震的牺牲者和幸存者,肃立在特意保留下来的地震废墟上。

我们在游览中不但亲见了新唐山的建设成就,而且也从一些细微之处体察了新唐山人的文明礼貌和谦让友善。我不由得想起立三曾经不满于唐山抗震纪念碑四周的美术浮雕,批评说这些作品过于直白浅露,没有很好地表现出唐山抗震斗争过程中的大灾难、大痛苦、大建设和大振作。我想立三的批评不无道理。然而,这些宽阔的街道,这些风格多样的新建筑,这么美丽可爱的街头公园,这么友善、乐观、好客的唐山人,这像凤凰涅槃一样在地震大火中重生的一切,大概可以弥补那些抗震纪念碑四周美术浮雕作品的不足了吧。

当晚,在我们下榻的唐山饭店210号套房里,我和立三有过一次几乎是彻夜的长谈。

我们的话题自然从唐山大地震的牺牲者谈到了这些年来在极左路线肆虐中受到政治迫害的牺牲者……

原来,冯立三在北京男四中念书的时候,就是一个品学兼优,不带一点水分的三好学生。1958年,神州大地到处响遍了"大办钢铁"、"赶英(当时年产1070万吨钢)超美"的壮烈口号,城乡处处都冒着小土高炉的滚滚浓烟。此时,年仅17岁的热血少年冯立三也怀着一颗爱国爱党的纯真火热的心,活跃在北京男四中的"炼钢"工地上。一天,这个小班长领着四个同班同学拉着一辆破旧的架子车,竟然冒冒失失地直奔几十里地之外的石景山钢铁厂去讨要耐火砖。面对这一伙纯朴可爱的少年,工人师傅还真给了他们一车耐火砖。兴奋得意之余,他们竟不愿稍事休息,装好车就往回赶,硬是在星星眨眼的当天夜晚赶回了学校。流了一身汗,可半块砖也没丢。然而毕竟是路远无轻载,何况是满满登登的一车耐火砖,何况是漫长而坎坷的路,又何况是靠凉水冷馒头充饥,身子骨都还没长壮实的几个孩子,把一车砖拉到工地,他们就趴下起不来了。

就这样和着热血少年的汗水炼成了一块块铁疙瘩。然而这心血的结晶却没人收,没人要,终于又成了一堆锈迹斑斑的废物!

随后,冯立三这个被同学们亲切地称之为"老三"的班长便以超过北京大学录取分数线的优异成绩通过了高考。然而,因为"家庭成分不好"政审通不过,他竟被打入另册分到了师范学院。

考取中国人民大学的大安、治国跑来安慰他。大安像狮子一样咆哮说:"老三从上小学到现在考大学一直当干部,就当成这么一个结果!银质奖章白得了!'互爱杯'足球冠军管屁用!真的不带一点水分的'三好',这种学生全北京能有几个!他不能上北大,谁能上北大!"他大喊:"虚伪,什么玩意儿!"

立三静静地坐在地上听他喊,默默地垂泪——已经不是因为委屈而是因为深深的感动而泪流满面。呵,虽然不是"宴桃园兄弟三结义",却是"哭四中三人一条心"呀!

师院就师院吧,立三提醒自己决不能自暴自弃!他依然是勤奋好学,依然是品学兼优的好学生。然而,当他从一个单纯稚嫩的少年成长为有了专业知识的青年时,在面临大学毕业分配的日子里,想不到更可怕的迫害又降临到他的头上,他被认定为"思想反动"的学生而受到有组织的反复批斗。

究竟是些什么罪状呢?

一曰:恶毒攻击"三面红旗"。原来,是他在学习周恩来总理关于在困难时期要实行"调整、巩固、充实、提高"的经济新方针时,痛苦地回顾了"大办钢铁"炼出了一堆废物的事实,而表同情于彭德怀的"得不偿失"论;因热衷于钻研政治经济学,并认为生产关系应该适应生产力的水平,如不适应则将破坏生产力的立论是个真理,而在师范学院的学生讨论会上说过"人民公社是共产风的母亲"这么一句名言。

二曰:为"右派分子"王蒙鸣冤叫屈。事实是,冯立三在师院中文系读书时(1960—1964),适逢当时被错划为"右派"的王蒙由于当年师范学院院长的关照被安排任王景山教授的助教,曾在他所在的班级任课。立三有幸为王蒙所看重,请他到家里吃过一次饭,倾听了王蒙夫妇含泪所讲的经历。他很同情,也很不平。他实在看不出这位穿着破毛衣与学生一起打乒乓球、赤膊与学生一起劳动、说话和气幽默的青年教师有哪一点反党反社会主义的罪行。又听说伟大领袖都关心过他,说过中央有的部的官僚主义比北京市一个区委的官僚主义更严重一类的话,于是就为他,以及他的成名代表作《组织部来了个年轻人》公然作了一些辩解。

三曰:"修正主义的孝子贤孙"。这指的是他看了肖洛霍夫的《顿河故事集》《静静的顿河》《被开垦的处女地》《一个人的遭遇》等,认为都是好作品。还特别欣赏《静静的顿河》的史诗品格,欣赏它对哥萨克生活描写的无比生动,欣赏格里高利形象深刻的典型意义,竟不同意说它是"修正主义货色"。

四曰:"攻击党的阶级路线"。这指的是他曾经说过"60年高考录取新生有唯成分论的倾向"。这话其实没有说错,事实如此。批判唯成分论,并不是对党的阶级路线的攻击——难道党的阶级路线就是唯成分论吗?

……

在批判他的会上,他曾经勇敢地自我辩护。他原以为老师和同学听了他的辩护之后能理解他,实事求是地宣布他无罪。他太天真了。他怎么也想不到,领导因此反而被激怒了。原定一周的批判延长为两周,连家也不让回了。

一位党的负责人还警告他:老老实实接受批判,院党委还可考虑按正常情况分配工作,否则……

面对这些大得吓人的政治帽子和以党的化身自诩的负责人的警告,即将大学毕业的冯立三深知等待着他的将是多么严酷的抉择:满腔的热血和良知都告诉他决不能承认这些莫须有的"罪状",然而他也完全明白那个"否则"意味着什么,然而他又不难想象"反动学生"的帽子将压得他一辈子都翻不过身来!

呵,还能到哪里去申诉?还能跟谁去讲理?他真是百口莫辩,欲哭无泪了。对方有权有势,运动群众,封住了他能言善辩的嘴巴。口号声和申斥声震得他晕头转向,只觉得脚下冰冷的水泥地都在摇晃。

一个黄昏,他在万分痛苦中,急不择路地出了校门,又鬼使神差地奔向离学校最近的深水池——玉渊潭。夕阳如血,流水多情。也许,这里就是他年轻生命的归宿吧。有道是,一了百了,把青春和生命都托付给一池碧水,也就无所谓烦恼,无所谓痛苦,无所谓幸与不幸了。奇怪的是,当他正要纵身跳入深水潭时,微波荡漾的水面上却突然出现了一道人墙——由母亲和四个弟妹一道组成的一堵人墙横在了他的面前。是的,左看是这道人墙,右看也是这道人墙。慈爱的母亲的惊慌的面容和稚嫩年幼的弟弟妹妹们熟悉的身影都活生生地呈现在他的眼前。他们仿佛都在呼喊:孩子,莫轻生啊;哥哥,你死了谁管我们哪?……

他痛苦地蹲在草地上,双手拔扯着自己的头发,终于发出了一声备受戕害的男子汉的深深的叹息。

痛定思痛,他从死神的手里又回到了人间,忍痛在那张差点要了他命的"结论"上签了字。他倔强地紧闭着嘴,不再说话。

然而,可怕的是厄运果然从此伴随着他。他太执拗也太幼稚了。1965年他在劳动实习的时候,居然又声称"重压之下难有真情",便斗胆上书北京市教育局,洋洋数万言,据理力争,要求甄别。那结果可想而知。

立三说,到了那个疯狂的年代,他便顺理成章地被当作政治贱民而饱受折磨。"红卫兵团背后有人统计冯立三先后翻案达九次,属于死不改悔!红卫兵接受指导,对我'大开杀戒'。'一杖下,一道血,一层皮!'到了兑现自己决心的时候了! 我站直,说:'打吧! 但我告诉你们,中央有个16条,谁违背16条,弄出人命,将来也会吃不了兜着走!'他们冷笑一声,下手! 一次一次下手! 皮带、棍棒、铸铁椅子腿,我都品尝过。最后訇然一声,四五腰椎崩裂。试着爬起来,下肢已不听使唤!"

完了,冯立三从此致残!

立三说,我不怨北京市右安门一中。这是城乡交界,流氓无产者意识浓厚,容易接受忽悠——煽动。根子在于1964年那次伤天害理的政治虐杀。否则,何来翻案,又何来镇压翻案! ……

后来,主要根据立三受极左政治迫害致残的事实,加上我所知道的,在"文革"中老舍被迫自杀和我在武大中文系的老师刘绶松教授自杀的事例,写成《唐山地震废墟前的沉思》一文,刊发在1989年第1期的《当代》杂志上。

我在此文中,根据自己的思考得出结论说:"政治地震的震源比自然地震的震源更深更远,政治地震后的波及面比自然地震的破坏范围更宽更大,而平息医治政治地震的破坏后果,也显然远较治愈自然地震的创伤要更复杂、更艰难一些。……今后如何防止和根除新的政治灾难、政治地震的发生,实在有赖于我们大家的同心协力呵!"

关于立三,我写道:"他也在拨乱反正历史新时期曙光的照耀下才获得了真正的解放,而且凭着自己的正直果敢和学识才气,成了当今文坛上颇受人敬重的文艺评论家。"又说,"刚直而极富个性的冯君慨然陈辞,从自己的经历谈到了最痛苦时的种种感受。于是,一个坚强而又痛苦的政治迫害的幸存者的形象便清晰地出现在我的眼前。"

至于立三对我,除了备加赞赏、鼓励良多的话之外,关于拙著《中国教授闯纽约》,他在序中还不吝赞美之词说:"简洁而不简陋,轻柔而不轻浮,动人而不刺激,纯洁的感情与纯洁的文字交相辉映,十足的东方情调,确是好手笔。所谓朴素是艺术的高境界,大概指的就是这样的情况吧。"

人民文学出版社即将出版我和冯立三、岳建一、章德宁及已故杨志广等五位编辑朋友的散文合集。①立三在序言中,在谈到他和我的上述交谊之后,

---

① 《春风秋雨——中国当代文学五编辑散文选》已于2016年4月由人民文学出版社出版。

得出结论说:"互相赏识,彼此敬重,志趣相投,惺惺相惜。"

此话甚合我心。

二、"从1980年冯立三进入《光明日报》,到1989年他离开报社,这十年……他写了大量的文学评论,参加过许多文学作品、文学理论研讨活动,成为活跃的文学评论家。"

以上,主要讲述了冯立三人生成长历程中惊心动魄的一幕:被打致残和自杀未遂。资料来自拙文《唐山地震废墟前的沉思》和冯立三主编的《与子同袍——从北京四中"白屋"走出来的人们》(印刷工业出版社2010年9月北京第1版)中的《冯立三自述》。

下面,让我们再来简要地回顾一下冯立三的成长史,特别是改革开放新时期第一个十年的奋斗历程。

冯立三,1939年生,山东昌乐人。初中毕业于北京一中,高中毕业于北京四中,1964年毕业于北京师范学院。

"'文革'后,'白屋同窗'(按,即北京四中首届文科班同学)秦晋一力保举我进《光明日报》文艺部。我时来运转,瞬间天上地下,入党、提干、提职、提级、评奖、分房、入作协、进作协,最后官至正局,职当主编——这不是小人得志,穷显摆,是为了证明!证明自己不会比那些傲慢狂妄的革命派低能!极左政治代表的是愚昧、野蛮,他们才是小人得志!"(见《与子同袍·冯立三自述》)冯立三对极左政治可谓恨之入骨!

冯立三于1980年经秦晋力荐从北京市右安门一中调入《光明日报》文艺部之后,到1989年北京风波《小说选刊》被迫停刊前的10年间的状况,乃久在《莫道人生多变幻,粗缯大布裹生涯——记60届校友冯立三》一文(收入《与子同袍》一书)中,有简要的记述:

冯立三庆幸自己有了施展才干的舞台,他没有辜负他人的期望。到报社不久,冯立三便入党,一年以后转正同时当了党支部书记。他多年负责编辑很有影响的《文学与艺术专刊》,还曾主持"飞龙杯"报告文学有奖征文,一面组稿,一面弄钱。他曾数次为报社撰写"本报评论员"文章。为抢得新闻先机,他不怕有人说闲话,亲自为专刊撰稿,多头并进,统筹兼顾,干得有声有色。

冯立三自认为得意的,是在《光明日报》干了这么几件事:

其一,他把曾与"白屋同窗"秦晋合作散文看成是自己的光荣。他们合作写了不少有影响的评论文章。秦晋深沉稳健,视野开阔;冯立三则语言犀利,观点鲜明。两人合作的文章,逻辑严谨,思想深刻,讲求文采,颇有分量。

当时也在文艺部,后来升迁文联副主席的李准曾调侃为"秦冯联盟,无敌天下"。冯立三回敬:"丁(振海)李结党,威镇八方。"他和秦晋合写《热流在中国大地上流动》,曾直接影响了《热流》作者张锲的命运。

其二,他为祝贺老作家李准(非上面提到的评论家李准)的长篇小说《黄河东流去》荣获第二届茅盾文学奖写作的《黄河风情画卷的诞生》,被总编辑杜导正置于《光明日报》头版头条来发表。文学评论文章上中央大报头版头条,史无前例。这诚然是我们的老校友的光荣。

其三,1981年秋冬,他路过杭州,顺便探望盖叫天夫人。听说杭州、浙江两家文化局拒不发还文化大革命中所抄盖叫天家产,他愤而写作内参,揭露杭、浙文化局顽固坚持极左路线,拒不发还盖叫天家产的错误。胡乔木做出批示,责令杭、浙文化局立即发还盖叫天全部被抄家产。

其四,除了本职工作外,冯立三应聘担任报社所组织的年轻人学习古汉语主讲。对学生负责的冯立三要求报社领导年底算总账,把学习成绩好的人提拔到编辑部门工作,此举深得人心。报社领导杜导正、殷参,以及党委办公室都曾表扬过他。他曾几次荣获光明日报社先进工作者称号。

从1980年冯立三进入光明日报社,到1989年他离开报社,这十年,正是中国文坛从复苏走向繁荣的初级阶段。在这一时期,他写了大量的文学评论,参加过许多文学作品、文学理论研讨活动,成为活跃的文学评论家。

冯立三向有"拼命三郎"之称。他重理论,更重激情。文如怒涛,一泻千里。写起文章来,常常是通宵达旦。他论苏叔阳《故土》的长篇论文《当代知识分子的心灵造影》曾获《当代》文学奖。他写的一论、再论《古船》的文章产生了广泛的影响。

秦晋厚重雄强,视野开阔,冯立三则观点鲜明,文采飞扬。两人合作的文章,逻辑严谨,思想深刻,讲求文采,为文坛所看重。后报社有人飞短流长,秦晋大怒。"经我同意,文章不再合署。'秦冯联盟'不幸夭折。"冯立三说。

如果说,《光明日报》对那一时期中国文坛的发展,具有相当影响的话,"秦冯联盟"的作用不可低估。冯立三的评论集《从艺术到人生》,秦晋的评论集《演进与代价》,同时被收进由前辈大家陈荒煤、冯牧主编的《(当代)文学评论家丛书》(按,由人民文学出版社出版,其时我正担任主管人文社当代文学图书编辑工作的副总编辑),后秦晋有深沉婉丽的散文《被轰毁的笑靥》、冯立三有歌咏摩梭人的长诗《蓝色的泸沽湖》问世。

1989年初,《小说选刊》主编李国文动议调冯立三进作协协助他主编《小说选刊》,被《光明日报》总编辑杜导正断然拒绝。他对冯立三说:"立三,你还不了解我杜导正,我杜导正也是爱才如命的!不就是给个副局吗?我给正局!"立三说:"那不行。李国文给副局,我去;您给正局,我就不去了,那我成什么人了!"老杜说:"这可不能考虑。"后杜导正调任新闻出版署署长,姚锡华继其任,方才允其请。

然而,年年岁岁有四季循环之规,人生变幻却常常有出人意料之处。冯立三调入《小说选刊》任副主编不久,北京便发生了震惊世界的政治风波。后《小说选刊》被迫停刊。冯立三伤病缠身,抑郁怨愤,蹉跎数年,直到1995年,《小说选刊》复刊,冯立三被任命为主编,与社长柳萌一道负责《小说选刊》的复刊工作。

三、1986年,张炜的长篇小说处女作《古船》全文刊发于《当代》第5期,不仅引起轰动,而且引起争论,甚至引起来自主管领导的压制。我和评论家冯立三惺惺相惜的友谊在更高的层次上受到了考验。

我在前面说过,1987年9月26日晚上,我与立三在唐山饭店有过一次彻夜长谈。"刚直而极富个性的"立三慨然陈辞,"一个坚强而又痛苦的政治迫害的幸存者的形象便出现在我的眼前"。而通过这次深入的交谈,立三也把我视之为可以终生交往的朋友。然而,我们的相识和来往却是在同游唐山之前。

1982年,苏叔阳讲述以医务工作者的爱情纠葛为主线的人生故事的长篇小说《故土》在《当代》发表,立即以其直面人生的真实和思想解放引起轰动。据说当时许多医院的医生护士都不惜放弃午休来听中央人民广播电台的小说连播。我是小说《故土》的责编,立三是应邀参加作品研讨会的嘉宾。会上,立三激情澎湃,似滔滔黄河的发言引起大家的注意。我经《当代》负责人孟伟哉同意后,即诚邀立三撰写评论《故土》的文章。立三很痛快地答应了。这就是不久后刊发在《当代》上的长文《当代知识分子的心灵造影——论〈故土〉》。1985年人民文学出版社举办"《当代》文学奖"的评奖活动。立三的《论故土》荣获首届"《当代》文学奖·评论奖",列于长篇小说奖、中短篇小说奖、报告文学奖和散文奖之后,奖品是一把秦兆阳题赠的折扇,上面有秦兆阳题写的两句诗:"不登高山无以见云霞,不经沧海无以观波涛。"立三调侃说,叨陪末座,谢了! 我说,给评论评奖,是《当代》的独创,"末座"也不减它的光荣。立三立即说,当然,当然! 这奖品也是独创,很好!

1986年,张炜的长篇小说处女作《古船》全文刊发于《当代》第5期,不仅引起轰动,而且引起争论,甚至引起来自主管领导的压制。我和评论家冯立三惺惺相惜的友谊在更高的层次上受到了考验。

张炜用心地写了两年的《古船》,是从改革开放的(上世纪)八十年代回溯四十年代的胶东土改,乃至"大跃进"、"大饥荒"和文化大革命。它所描述的,果然是深沉厚重悲壮动人的故事。其中关于土改,既写了农民违反党的政策,乱打错杀,也写了还乡团的阶级报复,血雨腥风。它所具有的悲剧美,令人回肠荡气,感慨良多。我们有值得自豪、骄傲的光荣历史,也有悲惨心酸的民族苦难史,滴着血、流着泪的历史。小说以其强烈的现实感、深厚的历史感和未来意识给人以感染和启迪。它确实是一部真实感很强,塑造了一批内涵丰富,有典型意义的人物形象,具有开拓意义和史诗品格的大作品。按照这样的认识,我在刊发《古船》的这一期的"编者的话"中指出:"《古船》以胶东地区处于城乡交叉点的洼狸镇为中心展开故事,在近四十年的历史背景上,以浓重凝练的笔触对我国城乡社会面貌的变化和人民的生活情状作了全景式的描写。我们希望,作者在塑造典型和完成史诗式作品方面所作的可贵的努力,能够获得读者和文坛的欢迎和注意。"

当时《当代》杂志的发行量有20多万。《古船》在《当代》1986年第5期全文刊出后,当即引起读者和文坛的强烈反响。1986年11月17日至19日,中共山东省委宣传部联合中国作协山东省分会、山东省文学研究所、山东省文学创作室、《文学评论家》和《当代企业家》编辑部等五单位,在济南召开了《古船》

研讨会。外地到济南来参加讨论会的,除了代表人文社《当代》杂志的我和王建国之外,还有《文艺报》《上海文学》、中国作协上海分会的朋友周介人等人,加上山东省的作家、评论家和文学研究工作者共50余人。这种盛况在山东据说是空前的。12月17日,人文社《当代》编辑部又邀请在北京部分文学评论家、作家、编辑近40人在人文社的东中街宿舍会议室开了一整天的《古船》座谈会。这天大雪纷飞,交通阻塞,与会者的踊跃热情让我如沐春风十分感动。人文社社长兼《当代》主编孟伟哉也亲自到会向作者表示祝贺,向与会者表示欢迎和感谢。

两次讨论会规模之大,争论之激烈和深入的程度,均可谓盛况空前(在我的经历中只有陈忠实著《白鹿原》的西安和北京研讨会与之相仿),以致不久之后,在有人准备编"《古船》评论集"时,很快便从当时散布在全国各地的文艺报刊上收集到60多篇文章。

讨论中,绝大多数评论者对《古船》备加赞赏。有人认为《古船》是当代文学迄今最好的长篇小说之一,可视为新时期长篇小说的压卷之作。它给新时期文学十年带来了特殊的光彩,显示了长篇小说创作的重要实绩。

然而,对《古船》除了少量公开的批评文字,据说还有更严厉的、来自当时某些领导者的口头而未见诸文字的批评(连电话记录都没有),以致当时的社长、主编虽未看过作品,却对我指示不要公开报道《古船》讨论会。我认为这种违反惯例(一般都有几千字的、主要反映肯定作品意见的报道文字)的做法会有损于《当代》的声誉。争取的结果,是同意发表讨论会的意见,但必须突出批评性的意见,而且要把两地四天讨论会的意见压缩到一千多字的篇幅。这就是发表在《当代》1987年第2期上的报道文字和当时文坛舆论对《古船》的赞扬很不相称的原因。

不久,社长又以行政命令的方式指示不要出版《古船》的单行本了。对此,我不得不据理力争,强调要维护党的文艺政策的严肃性和稳定性。我坚持自己对《古船》的基本评价,认为就是消极地说,也应该承认《古船》是有缺点的优秀作品,又以个人的名义向社长、主编写了书面保证,愿意为《古船》单行本的出版承担责任。这样,才勉强获得同意,使《古船》得以在1987年8月正式由人民文学出版社出版,印行16500册。

但在1987年"清除资产阶级精神污染"的背景下,已于同年1月调离人民文学出版社社长岗位,改任中宣部文艺局局长的孟伟哉在当年的涿县(河北)

组稿会(由中宣部文艺局主持,参加者有北京和部分省市的文学编辑和文艺工作者,我和朱盛昌代表《当代》与会)的讲话中,在他列举的精神污染在文艺界的八大表现的第二项中,批评有的作品"以人道主义观照历史",还是不指名地批评了《古船》。

作为《古船》的赞赏者、终审人和责任编辑之一,虽然个人没有受到组织上的批评和处置,但显然感觉到有一种巨大压力的存在。历史上,极左政治对文艺横加干预的阴影笼罩着我。这种忧愤不平的感觉情绪,在我给孟伟哉的报告,尤其是给张炜的信中都有突出的表露。

孟伟哉同志:

你好!

考虑到自信《古船》从根本上说是一部优秀的长篇小说,考虑到各种批评意见说到底还是属于争鸣的性质,考虑到《当代》的总体形象是站得住,我认为在此微妙时期,还是以发表关于《古船》的最起码的文字为好。这样做无论对作者、还是对《当代》在读者中的印象来说都是好的,就是对文艺领导者来说,也是一种民主和开放精神的体现。

现遵嘱将我在两份"纪要"基础上整理的"综述"送上,请审阅,并盼尽快退还,以便及时发表于《当代》第2期(既然发关于《古船》的评论,则似可同时发关于《老师啊,老师》《孽障们的歌》和《桃源梦》的评论,请酌)。

同时,我主张明确回答作者,《古船》按原计划和正常程序出书,哪怕先印一万册也好。前些日子出版局的会议上,刘杲同志说迄今禁书只有一种:《查特莱夫人的情人》。《古船》不在查禁之列,就不必因拖延或别的原因而刺激作者或有负于读者,何况载有《古船》的《当代》已经印行了二十多万册呢!

附上有关《古船》的材料两份,供参阅。

如果有必要,我愿意对上述建议负责。

当否,请指示。

　　此致

敬礼!

何启治

1987年2月2日夜

我言辞恳切,而捍卫《古船》的态度却是坚定的。这是写给主编、社长的报告。下面,是我在此前写给张炜的信。

张炜同志:

你好!

早该给你写封信。只因为目前的环境使我们的工作增加了许多困难,眼下又正在忙于发第2期的稿子(我经手发邓刚的《白海参》,工作量比较大),就想过几天再从容地和你谈谈。但今天收到你16日的信,我便决定立即复信。实在有许多话要对你说。

首先,我想告诉你,虽然我没有看到任何文字的东西,但某人对《古船》不满大概是真的。说起来也不奇怪,特别是在眼前这样的政治背景下。

其影响如何,还要看一看。但直接的作用是:我们不得不把第2期准备上的关于《古船》的评论文字全部暂时停发。

我多次说过,在我们的工作范围内,文学想和政治抗衡是不可能的,文学的力量太小了。因此,我们这样做,可以说是讲策略,也可以说是没有办法的办法。

但这并不意味着我们对《古船》的评价有什么变化。起码可以郑重地表示,我的认识不变,而且我所熟悉的一些评论家的看法也不变。和冯立三联系后,我们决定也先把我的文章放一放(《光明日报》原来想在22日刊出),因为眼前在大报上发这种文章太招人注意了。但我在《文学自由谈》的文章不撤稿(他们已通知我发排),冯立三在《文学评论家》的文章也不撤。如果这样的文章要批,那批我们好了。如果允许辩论,那就辩一辩——除非以权力取代真理。

老孟确实已经就任中宣部文艺局局长。他的新职不允许他长久地管文学出版社和《当代》。社长大概再当个把月,《当代》第3期以后,主编就没有他的名字了。但我已当面力陈我捍卫《古船》的意见。我不信一代评论家的眼睛都瞎了。因此,我已告诉建国,要他摘要整理讨论会上知名评论家的意见,同时想请你把这一类同志给你的信也摘要寄来。必要时我要借重这些意见说话。

还有,请你就近找《文学评论家》负责人给我要一份冯立三的评论文章的清样寄来。他的文章题目是《历史与人的全面突现——论〈古船〉》。据他告诉我,他的许多话都是针对可能举起的棍子说的,所以我也很看重。

鲁迅早就说过,文艺是没有力量的(比起决定国家民族命运的事情,文艺也不重要)。可惜我们太爱它,总愿罄其所有去爱它。这是我们的悲剧,也是我们的骄傲。

关于《古船》,我还有一点自信。某种力量可能限制它的影响,但它最终会被这个世界承认。因为它太有分量了,不是一两脚就能踢倒的。我愿与它共荣辱。但在具体做法上,也请你理解和支持我们,而且也请你冷静些,好吗?

问小王好,并愿她给你更多的力量和爱。

启治
1987年1月19日9时

因为是私人通信,所以信中忧愤不平的情绪和慷慨激昂之气势表露无遗。但就内容而言,此信倒也不乏冷静。其中有两点是比较突出的:第一,知道要捍卫《古船》必须面对一场大辩论,对此要认真应对有所准备。第二,给张炜不长的信件中三次提到冯立三,可见我是把他当作在这场论战中真正可以倚重的战友的。

事实也确实如此。

《古船》引起的争议正热闹的时候,我到冯立三在新文化街的住处去看他,向他介绍中宣部在涿县(河北)召开组稿会以及把《古船》作为"资产阶级精神污染"的表现之一加以批判的情况,并向他组稿。立三很痛快地答应了。立三还说,你最好能把批《古船》比较有代表性的文章拿给我看看。这样我的文章会写得更有针对性一些。

不久,我便把陈涌评《古船》的文章《我所看到的〈古船〉》交给冯立三参考。我说,陈涌是来自延安的老评论家,他批评《古船》的意见比较有代表性,你好好看看吧。立三说,我们报社安排我9月到11月去小汤山温泉疗养院疗养,我正好可以一边疗养一边把心里早想完成的全面评价《古船》的文章写出来。

我又提醒说,陈涌认为《古船》的问题是用抽象人道主义观点描写土改,因此,对土改的描写是不正确的。而且,他不仅仅批评《古船》,他还批评支持《古船》的评论家。意思是说这是一种政治思潮即资产阶级自由化思潮。陈涌的批评意见传开之后,有的人感到紧张,亡羊补牢,赶紧修改自己的文章。不知你的观点有没有变化,还会不会像你刊发在《文学评论家》的文章那样赞赏《古船》呢?

立三说,我当然不会改变观点。不但不改,我还会进一步强化历来的观点。我11月一定交稿。

我想,见胜兆则趋附之,见败征则背弃之,是市侩作风,为君子所不齿。真正的评论家与自己赞赏的作家作品应该同进退,共荣辱。立三是重然诺之人。我有难处,他一定会来支援。他会说到做到,我可以放心了。

到10月间,为了确保按时拿到稿子,我在电话里问及文章的进度,立三自信地说,完成一多半,快有两万字了,你可抽空来一下,看看稿子再商量。

我便跑了一趟小汤山温泉疗养院,知道在这里疗养的立三邻居还有画家靳尚谊、语文出版社老总朱雨今等人。疗养院确实环境优美,空气清新,不但是休养生息的好地方,也是静思写作的好地方。当时,我还向立三提供了法国作家雨果的话,说他在小说《九三年》中,试图通过书中三个主要人物证明:"在王权之上,在革命之上,在人世一切问题之上,还有人心的无限仁慈……";在"绝对正确的革命"之上,还有一个"绝对正确的人道主义"。立三一听此言便拍案叫好。太好啦,两个都是"绝对正确"呀!怎么可以把革命和人道主义对立起来呢!

再看立三所写近两万字的初稿,因为有陈涌《我所看到的〈古船〉》一文的清样在手,完全是针对陈文的主要论点来说话的,我们对关于《古船》的论战都更自信了。

吃过晚饭,暮色苍茫中,立三送我出来,手里拿着一个近似大笔筒的粗陶澄浆罐。两个小学快毕业的女儿冯昕、冯艾紧跟在后面,高兴得又蹦又跳——她俩要跟爸爸到山坡上去逮蟋蟀啦。往外走的大道,一边是个小山包,一边是可以划船、游泳的湖。立三和冯昕、冯艾就在山坡上翻着石块找蟋蟀。立三蹲着,一见石砖下、草丛中蹦出一只蟋蟀就往前扑;他抓到一只蟋蟀,女儿就大声叫好。此情此景,让在一边散步的靳尚谊、朱雨今也禁不住慨叹:老冯也有点年纪了,还跟小女儿一块儿逮蟋蟀,真是童心不老呵!立三乐呵呵地笑着回应:可不,年近半百了,头发斑白也不能光顾着写文章呀;难得俩女儿来了,一块儿逮蟋蟀多好玩呵!

我知道,立三生于1939年(身份证错写为1940年,便沿用至今),已是四十八九岁的人了。他和俩女儿一块儿逮蟋蟀其乐融融的情景,让我突然想起鲁迅《答客诮》的诗句:"无情未必真豪杰/怜子如何不丈夫/知否兴风狂啸者/回眸时看小於菟"的诗句。一身傲骨常常是"横眉冷对千夫指"的鲁迅,却也是"俯首甘为孺子牛"的慈父,而且还以"兴风狂啸"却又时不时回过头来照看自己孩子的老虎自况(古代楚人称虎为"於菟"),平日慷慨激昂、雄辩滔滔的冯立三,此时却和小女儿一块儿逮蟋蟀,不是也生动地呈现了他作为慈父的,温暖柔软的一面吗!我真的很高兴能看到立三的这一面。

同年初冬,在虎坊路《光明日报》文艺部办公室,立三与我对这篇25000字的长文作最后的推敲,特别是结尾的总体评价部分,真是认真到逐字逐句地斟酌的程度。

四、在我看来,雨果命题对人类的伟大贡献就在于启示有
思考能力的思想家、革命家,在探索人类解放的道路
上,要勇敢地打破前人非此即彼的教条,而坚决地将
革命与人道主义结合起来,统一起来,以便人类以最
小的牺牲而获取历史最大的进步。

1988年第1期《当代》同时刊发了冯立三的《沉重的回顾与欣悦的展望——再论〈古船〉》和陈涌的《我所看到的〈古船〉》。按惯例,当然是陈文在前,冯文在后。

陈文对《古船》有所肯定,但批评也很尖锐。其要点如下:

几十年来,抱朴看到的,只是"血流成河",只是无穷无尽的苦难。但正是在这几十年里,中国处在历史的大变动、大转折时代。人民解放运动正是风起云涌的时代,也是我们民族的精神素质空前提高的时代。

我们当然不应该忘记,我们流过太多的血,有过太多的苦难。但如果说资产阶级即使缺少英雄气概,但"它的诞生却是需要英雄行为、自我牺牲、恐怖、内战和民族战斗"的。那么,对于这几十年来充满新的英雄

主义的我们民族的历史就更是这样。

雷达同志认为,"《古船》是民族心史的一块厚重的碑石"。那么对这部"民族心史"的碑石,如果读者要求至少也应该把"英雄气概"、"英雄主义"也包括在内,给它一个地位,这恐怕也不至认为是多余的吧。

这些年来,谈论民族的消极落后面,民族的保守的传统,民族的惰性力,民族的"积淀",是很不少了。这作为历史的反思,不能说是无谓的,不能说无助于人们更清楚地认识今天还存在的一些消极的现象,因为今天的一些消极现象,也是有它的渊源的。认清这点,在一定的意义上,有利于深化艺术的真实,深化现实主义。但对我们民族的另一面,而且应该说是更重要的一面,英雄主义的一面,却谈论得少。我们的民族并不是不需要英雄行为,自我牺牲、恐怖、内战和民族战斗,而且即使面对历史的反思,也应该不只是反思那消极、落后、保守、惰性力那一面的。

我说的我们面前这位作家的主观思想,主要是指他的带抽象性质的人道主义思想。这种思想明显的从根本上妨碍了他对土地改革的真实的反映。这是因为土地改革是如此激烈的革命阶级斗争,抽象的人道主义和它是不相容的,但对于性质不同的"大跃进"、"文化大革命"和人道主义的矛盾就不那么明显了。

问题提得严重,实际上已经提到马克思主义阶级斗争与资产阶级人道主义两种历史观的分歧与斗争的政治高度,也就是把《古船》放在了资产阶级自由化的被告席上了。

陈涌是我的广东老乡。我也曾在1981年版《鲁迅全集》的注释工作中和他共事过(他是终审小组成员)。他也是老延安,是人们敬重的马克思主义文艺理论家。他是一个正直的人,纯洁的人,不是那种假革命以营私的政客与市侩小人。他的问题可能在于把马克思主义的阶级斗争理论与人道主义学说统统简单化并且绝对地对立起来了。他把马克思主义的暴力革命思想,变成了暴力崇拜,把主要是成熟于资产阶级时代的人道主义,变成了资产阶级人道主义,把一种超时代、超阶级的普世价值,变成了只能为资产阶级的政治经济利益服务的狭隘阶级价值。

冯立三按此认识在小汤山疗养院疗养时完成了两万多字的《沉重的回顾与欣悦的展望——再论〈古船〉》。其要点如下:

《古船》不是一个孤立的文学现象,而是伤痕文学、反思文学、迄今为止的改革题材文学的一个合乎逻辑的发展,在一定程度上还是它们的集大成者。它所得出来的结论,从根本上说,是当代先进的中国人探索中国特色的社会主义的顽强的努力,包括对唯心论和形而上学及其在历史上和现实中的实践表现的越来越广泛、周密、深刻的批判——在文学创作上的一次强烈的感光。

直白地说,它描写的是极左政治与封建残余结盟对农民的残酷的剥夺以及农民对这种剥夺的麻木、隐忍、仇视和反抗。《古船》的政治倾向是明确的,它所揭露和攻击的矛头始终对准极左政治、封建残余。当它把农民的自身的弱点当做农民接受外界压迫的内应物来描写的时候,也不惮于痛下针砭。中国农民的古典命运以稍作变通的形式重演于解放后的中国,便是由上述因素的交互作用所决定的。必须彻底抛弃被形而上学所歪曲了的阶级论,必须彻底抛弃作为这种阶级论的文学理论反应的机械的典型论,必须彻底抛弃人道主义无论怎样都不能成为一种价值标准的历史偏见。唯有如此,才有可能正确理解《古船》以三个家庭的矛盾结构它的历史悲剧的合理性。

老庙遭雷击而焚于天火,象征着封建政权的崩溃。但与封建政权有着同构效应的家族权力——族权——却不可能随即而灭亡。只要小生产方式、宗法生活方式不发生根本性的改变,宗法势力也就必然要延续下来。原来与封建政权互相依存,现在则会响应极左政治以安身立命。赵姓、隋姓、李姓三个家庭的矛盾及其长期存在,盖出于此。变化了的仅是由隋姓的统治改换成赵姓的统治,改换成赵姓更为严酷的统治,原来依附于封建政权,现在依附于极左政治而已。这就要造成旧的悲剧结束,新的悲剧继起这样一种悲剧循环的可悲局面了。《古船》是在历史哲学而不是在政治学的意义上来描写苦难的,这是一个新的难度很大的角度,是前人未曾尝试的。

农民在春天的乱打乱杀与还乡团在夏天的疯狂报复,在小说中交替出现而在后人的回顾中相切,这固然是要与小说的整体叙述方式相协调,也是因为张炜不愿给人造成简单的因果报应的印象。二者有联系,毕竟性质不同,各有各的发展逻辑。张炜没有把农民阶级的错误与地主阶级的罪行混为一谈。张炜只是在证明人的愚昧、偏狭、兽性是造成人类自身的困境的因素的时候，才在超阶级的意义上把二者联系起来，作因果报应式的处理。这是张炜兼用阶级论与人性论对历史作双重描写的尝试，未为不可，看来也是有说服力的。若说这里表现了张炜的复杂的历史观，那是合乎实际的，若说是用人道主义否定阶级斗争，则恐难成立。张炜的人道主义不过是反对把兽性当作人性，把个人嫉恨、个人复仇的狭隘性和流氓无产者的破坏性当作农民的革命性，把滥惩无辜、罚不当罪、凌辱人格、只图一时痛快不思久远遗患当作革命的正常秩序而已。反对盲目性与反对用暴力推翻应该推翻的剥削阶级以推进历史进程并不是一回事。

王书记基于历史唯物主义的远见卓识和解放全人类的宽广胸怀，曾使忠勇、朴实、耿直、鲁莽的栾大胡子受到感动。倘若不是极左路线的再冲击，他的农民的狭隘性是有可能在土地复查的伟大斗争中逐步克服的，从而有可能为洼狸镇农民走上社会主义道路树立一个榜样。洼狸镇的土改复查没有为完成这个任务奠定基石，反而把"左"倾思想撒播于洼狸镇的土地。洼狸镇人千百年来呼吸着宗法文化的空气，现在又受到极左思潮的侵袭，他们在结束旧的苦难的同时走上新的苦难道路，就带有某种必然性了。当然，这是两种性质不同的苦难，前者是由阶级压迫所造成，非经革命暴力不能消除；后者是由革命进程中的错误所造成的，可以通过社会的自我调整而克服。

历史糟粕，现实弊端，大量积淀在四爷爷这个人物身上。过人的颖悟，国学的根基，最高的辈分，贵人的相貌，庄重的风度，审时度势的精明，应对事变的从容，收买人心的狡狯，逼人自戕的阴险，造孽而能自救的平静，和谐地集于一身，不怪洼狸镇人敬之如神。

小说描写的隋氏兄妹所经受的苦难，与其他农民的苦难是相同的，区别只是他们处在洼狸镇的最底层而已。作家同情他们，不限于他们自身，他们已经不是作为资本家的后代而存在，而是作为一个农民而存在；在他们身上寄托了作家对一代农民不期而遇的苦难和反抗的同情。不能把本是解放后农民同"左"倾政治、封建残余的矛盾的特殊显现和典型概括的隋赵两姓的矛盾，缩小为仅仅看成是宗法势力之间的矛盾……

已经发动的、日趋深化的、席卷了农村并逐渐形成农村包围城市的强大阵势的经济体制改革,敲响了四爷爷们的宗法统治的丧钟!铁色的城墙,生锈的砍刀,四爷爷的权威和赵多多的淫威,都无法阻挡中国农民在党的领导下重新迈出创造历史的步伐!洼狸镇人民真正可望彻底摆脱屈辱和苦难了!《古船》的作者在这里向给中国农民带来幸福的新时代,向勇敢地开辟了这个新时代的中国共产党表示他的崇高、热烈的敬意了!

但张炜描写经济体制改革阶段的中国农民生活的特点和他高于同辈作家的深刻之处,是指既能充分地展示一种合乎历史发展规律的经济运动的摧枯拉朽的伟力,又能充分表现历史的惰力——不甘于放弃由历史养成的优越地位的人们对于现实变化的顽强的、疯狂的、愚蠢的——有时也是十分机智的抵抗;早就不堪历史虐待的人们,适逢权力和机会的再分配,也爆发出一种夺取现实的优越地位的狂热和激情;虽未获益于但习惯于既成的生活秩序的人民对于历史变动的麻木、惶恐、袖手旁观和对于角逐于政治舞台上力量的权衡;由此而形成的翻江倒海、波谲云诡的历史新场面;被张炜用一种宏大的气魄和多彩的笔墨记录在他的《古船》中。

抱朴身上的人道主义色彩是浓重的。不过,当这种人道主义是用来抨击反革命暴力因素的时候(在这一点上抱朴与王书记是相通的),用来揭露其他的非人道的社会现象的时候,如抨击赵多多"发了财",而"镇上好多没有牙的老头子老太婆吃红薯和麸皮做成的团子"(抱朴未见赵多多脚踏捡拾掉在地上的碎粉丝头的孩子的一片小手的残酷镜头,若知,肝火更盛矣!)这种新的两极分化的时候,抨击那些自命"最公正、最廉洁"的人居然忍心"让一个快死的老婆子靠捡拾垃圾过生活"这种官僚主义的时候,抨击人们包括他自己袖手旁观一个瞎子在黄昏的墙角下独自一人"半尺半尺地往前移动"这种冷酷的风气的时候,在显示着人道主义的强大的道德批判力量,都深化着作品的思想深度,强化着作品的感染力量,都有助于历史经验的总结和世道人心的改良。对于这种描写如果要轻薄、鄙夷、否定,那不知我们的理论家究竟要把我们的作家引向何处?

冯立三的长文没有点陈涌的名,却显然是针对陈文批《古船》的主要论点

2012年夏天，何启治（左）与冯立三（右）到北京某宾馆看望陈忠实时的合影

来说话的。陈涌给张炜的《古船》戴了抽象人道主义观点的帽子，认为它对土地改革的反映是不真实的。立三则明确指出，必须彻底抛弃被形而上学歪曲了的阶级论，必须彻底抛弃机械的典型论，必须彻底抛弃人道主义无论怎样都不能成为一种价值标准的历史偏见，才能正确理解《古船》所描写的悲剧和合理性。他认为张炜兼用阶级论与人性论对历史作双重描写，是有说服力的。由此得出结论：指责张炜用人道主义否定阶级斗争，是不能成立的。

在我与立三交谈关于人道主义的话题时，他进一步发挥说，人道主义——无论是抽象的还是具体的——之"恶"，未必是人道主义与生俱来的、必有的本质属性，反倒有可能是我们的教条主义者、暴力崇拜者，为着利己的目的，所强制地涂抹于人道主义身上的一种虚伪的色彩。只看到阶级间利益的矛盾、区别和冲突，看不到阶级间利益的相关性和某种一致性；只看到阶级斗争观念与人道主义观念的矛盾性，看不到二者之间存在彼此妥协、彼此需要的可能性，这是我们一些马克思主义的教条主义获得极端化发展的极左思潮的根本特征。我们应该明白，人道主义与阶级斗争，都是具有某种真理性的认识，而只要是真理性的认识，在一定条件下，就一定是可以彼此相容，甚至是相得益彰的。形态温和的人道主义概念，有时竟能用以表现和平革命和武装革命。中国最早的马克思主义者李大钊写于1918年的《布尔什维主义的胜利》开篇即以压抑不住的兴奋心情欢呼:"人道的钟声响了,自由的曙光现了!试看将来的环球,必是赤旗的世界!"陈涌同志未必敢说,李大钊在这里犯了混淆了马克思主义与资产阶级的人道主义的错误吧!当然我们也不好说李大钊犯了以词害义、用词不当的语言忌讳吧!初生的马克思主义有何等的生命力,何等宽阔的包容力,何等丰富的想象力!因革命胜利而骄傲、狂妄、自负、个人崇拜,自我封闭日甚一日终至处于僵化状态的所谓马克思主义者,其理论的再生力、扩张力、涵盖力、想象力、提升力又是何等软弱、局促、执拗、狭隘、苍白无力呵!

我呼应说,只有伟大的法国作家雨果敢说,在"绝对正确的革命"之上,还有一个"绝对正确的人道主义"呢!

立三接着说,是呀,死后被供奉于先贤祠的法国伟大作家雨果在他的史诗《九三年》的结尾提出了一个重大的、历史性的意味深长的哲学、历史、政治的命题:在"绝对正确的革命"之上,还有一个"绝对正确的人道主义"。

立三进一步发挥说,人们为此争论了200年。在我看来雨果命题对人类的伟大贡献就在于启示有思考能力的思想家、革命家,在探索人类解放的道路上,要勇敢地打破前人非此即彼的教条,而坚决地将革命与人道主义结合起来,统一起来,以便人类能以最小的牺牲而获取历史最大的进步。既然都是"绝对正确",那就很难设想二者会存在"非此即彼",二者根本不能相容的问题。如果我们不是闭目塞听自以为是的话,我们应该已经看到了这种革命与人道同存共荣的可能性。李大钊正是基于他认为的苏联十月革命实现了革命与人道主义的双重胜利,从而开辟了人类——而非仅仅是无产阶级的新纪元,而纵情欢呼的。

显然,冯立三是认同革命与人道同存共荣的可能性的。

五、我们把为张炜的《古船》辩护、呐喊,愿与《古船》共荣辱,愿与其作者同进退的冯立三称为真正优秀的评论家,也就是理所当然的。他当之无愧。

江晓天,是冯立三十分尊敬的、像兄长似的好朋友。在江晓天逝世一周年时,立三写过一篇情深意切的长达数万言的纪念文章。

立三在这篇题为《我得兄事之,幸也》(收入《与子同袍》一书)的纪念文章的第五节一开头便说道:"作为编辑、出版家的江晓天的主要成就,是在他心血浇灌下,所谓'三红一创'及《李自成》的诞生。江晓天或作为责任编辑,或作为编辑部主任,或作为编审,倾注于这些'红色经典'的心血,是无法计量的;所表现的胆识,是过人的;事后毫不自我张扬是连作者都感佩的。我的也可以称作编辑家的朋友有时会滔滔不绝地称颂不同版本的'京城四大名编',或'八大名编',并问我的看法。我说:'你说的都可以称"名编",不过,我觉得应以晓天领衔才能显示公正。"名编"以能编出"名著"为标准。地处穷乡僻壤,根本没有机会,或者没有见识而交臂失之,或没有能力编出"名著"的人,我以为是不能称为"名编"的。不管是"四大"还是"八大","名编"还应该有为"名著"之诞生而甘冒风险,真的经历风雨,甚至大倒其霉,但无怨无悔的文化英雄品格。'没有晓天过人的眼力,开掘不止的精神,《红岩》是不会诞生的;《红日》的出版,至少要比现在经过更多磨难;《红旗谱》百分之百吻合那个时代的政治及审美标准,用不着晓天多费周折,算是'幸得一宝'。"

拨乱反正新时期文学已经取得辉煌的成就,这当然和整个时代的进步分不开。但立头功、创造前提的当然是那些优秀作品——构成文学史主体的作品,及其作者。然后,才是编辑、出版者、评论者,甚至制造舆论的新闻工作者和热爱、赞赏优秀作品的广大读者从不同角度发挥的作用。立三,在上引纪念文中提到的江晓天,利用他的编辑权、出版权,包括"茅奖"评委的评审权推动名著的诞生,甚至发挥他的智慧为作者出谋划策(如为《李自成》的作者姚雪垠出主意——给毛泽东主席直接写信)等等,当然很够资格成为名编。我尤其赞成立三所说:"'名编'还应该有为'名著'之诞生而甘冒风险,真的经历风雨,甚至大倒其霉,但无怨无悔的文化英雄品格。"

同此道理,则我们把为张炜的《古船》辩护、呐喊,愿与《古船》共荣辱,与其作者同进退的冯立三称为真正优秀的评论家,也就是理所当然的。他当之无愧。

六、立三呀立三,就备受极左路线的折磨而言,你真是苦大仇深!怪不得你对极左路线恨之入骨;也怪不得在五七年被错划为"右派"的著名诗人、杂文家邵燕祥会在给你的信里说,捧读悼文,泪流满面——他感同身受,强烈共鸣哪。

2010年底,我的回顾文学编辑工作50年经验教训的《美丽的选择》(首都师院出版社出版,"书林守望丛书"之一种)出版,其内容完全是与编辑工作有关的,其中当然有关于《古船》(张炜)、《白鹿原》(陈忠实)等名著的文章,真实地反映了我在特定历史年代,为使这些优秀作品获得应有的荣誉而作的评介和呼吁。立三收到赠书后非常欣赏;我请他写书评,他便欣然命笔写成《选择与坚守之美——何启治新著〈美丽的选择〉读后》一文,后刊于《人民日报》。在写书评的过程中,他激情难抑,竟写成不刻意讲究格律的自由体诗《启治之歌》,并以他遒劲潇洒的毛笔字在宣纸上挥毫写成条幅赠我:

曾在曾经悬挂制怒匾额的钦差府衙留连/胸中鼓荡着珞珈山的千尺风帆/巴尔扎克曾经为拉斯蒂涅立于城头向巴黎宣战而呐喊/你微笑着向北京进发/沉沉一线尚不知伟大两侧布满风险/你伸手采撷佛香阁前的白牡丹/你把锈迹斑斑的古船打造成无敌战舰/你侍弄黄土垒积的白鹿原鲜花一片。

末署:故人冯立三撰并书辛卯盛夏。也就是说,此诗是老朋友冯立三作于2011年的盛夏。拉斯蒂涅是巴尔扎克代表作《高老头》中的主人公。他来自农村,却为了实现自己的理想勇敢地向巴黎宣战。佛香阁是慈禧太后看戏的地方,喻文化的制高点。此诗首句说我在广州完成整个中学学业,在那里接受过林则徐爱国奋斗精神的熏陶。二句说我在武汉大学读了五年书,胸中鼓荡着美好的理想。三四五句有比兴的意味,说巴尔扎克曾经为敢向巴黎宣战的拉斯蒂涅鼓劲喝彩,而我也满怀着实现美好理想的憧憬向北京进发(指1959年大学毕业即分配到人民文学出版社工作),却不知伟大首都的文坛也是充满风险的。白牡丹句概指我支持帮助过许多文学的新人,关心扶植美丽如白牡丹的新人新作。最后两句当然是指我心甘情愿为张炜的《古船》和陈忠实的《白鹿原》呐喊呼吁,确实为它们冒过风险,承担过责任,确实为它们的面世和获得应有的荣誉作过切实的努力,可以说做到了与这两部当代文学史上的重要作品共荣辱，与其作者同进退吧。

不难看出，立三"撰并书"的《启治之歌》充满着战友的激情。诗的境界很高，意象奇特而鲜明。此诗固然是作为老朋友对我的鼓励和支持，但又何尝不是充满诗意地表达了立三自己对《白鹿原》和《古船》的赞叹呢。

1989年3月，我已办好赴纽约探亲的入境签证，但为了等待立三的母亲王文珍伯母一块儿去美国以便路上好有个照应而拖延了出发的时间。后来，我们购妥了于6月14日乘坐中国国际航空公司的同一个航班赴美国的机票。文珍伯母到明尼苏达看望在那儿留学的次子季良，我到纽约探望弟弟何启庆。当天上午，我的家人和立三都来送行。在和立三紧紧地握手时，我说，你放心，我一定会平平安安地把伯母交到你弟弟的手里。立三心照不宣地拍了拍我的肩膀。航班在上海、旧金山转机明尼苏达等地一路停靠，全程有十几个钟头。我看伯母有点晕机，后面又有空座位，便领她到后面找地方躺下来休息。直到飞机在明尼苏达机场停稳，我把文珍伯母连同她的行李交到季良的手里并与季良合影留念，然后才继续自己赴纽约的行程。

后来，"母亲享用不了密西西比河畔的清风明月，明尼阿波利斯的黄油烤鸡，于是回国，继续住她的山西街7号那两间仅有16平方米的小屋。……上公共厕所，找街坊聊天。"（见冯立三：《我的伟大的母亲》）

而到了2012年的春天，我正在海南三亚过冬的时候，竟传来王文珍伯母已于2012年3月7日"在家中平静辞世，享年92岁"的消息。（此处和下引文字均见冯立三：《我的伟大的母亲》）我在电话中，除劝立三要顺变节哀之外，也送去了自己发自心底的悼念和挽联："伟大母亲昭日月，优秀儿女范后人。"在我看来，"伟大"并不是某些领袖人物可以专享的，几十年来，"在钢铁学院做保姆，一仆二主，日出而作，日落而息"，"人格伟大，品质高尚，含辛茹苦，舍己为人，抚育了三代人，历经艰难困苦，万难不改初衷，劳苦功高，是人间之楷模，母亲之典范"的王文珍老人堪称"伟大"。而由她倾尽心血抚育成人的冯立三、冯立成、冯季良、冯金荣、冯金娥兄弟姊妹五人，或历尽艰辛学有所成，或备尝艰难被迫辍学，但都是品行优良，对国家有贡献的人，当然都是优秀的人，都是可供后人学习的楷模。立三后来说，"母亲一生忠厚仁义，艰苦卓绝，恩待别人，苛求自己。对于我们而言，确如启治所说，是一个光明温暖如日月般可以昭示别人真心向善,自强自立,重情重义,和衷共济,团结奋斗的'伟大的母亲'。"立三又谦虚地说,"(启治的)上联说得对,下联我们愧不敢当。要想达到启治的期望,我们需要怀着真诚向善的目的,兢兢业业地读书、思考、自省、自律。需要向母亲学习。"

关于冯立三所受极左路线的迫害和母亲的态度,立三在《我的伟大的母亲》中有这样的记述:

> 1964年,北京师范学院政治辅导员发动群众把我打成反动学生。我认为这是诬蔑,纯属颠倒是非,拒绝检查,拒不签字。最终,政治辅导员威胁我:"签字,可以当人民内部矛盾处理;不签就要当敌我矛盾处理,那样能不能正常毕业就很难说了。"我只好忍下冲天的怨气,低头签字,以便毕业、分配、挣钱、养家。我回到蒲黄榆的家就着半碗蚕豆喝了顺路买来的小瓶二锅头。醉梦中大喊冤屈,母亲摇醒我,几乎是命令的口气说:"不能冤了就冤了,去告状,现在就去!你别怕我们没人养活!金荣一个月有二三十块,我当保姆也有二三十块,够了!去,现在就去!该认的要认,不该认的打死也不认!……"
>
> 我去了,但院里系里根本就不理睬你。既不说你坚持错误,也不说你申辩有理。收下材料,摆摆手,请你走人。真是傲慢至极,草菅人命。……我明白跟"组织"打官司是打不赢的,因为那官司本身就是向握有权势的专制者的骄狂的权威挑战,而专制者可以回敬于不甘失败的挑战者的,当然只有变本加厉的逼迫、摧残、凌辱、镇压。但我不能因为注定要失败,人格更感屈辱,命运更觉不幸,先就自灭威风,失去斗志,将自己彻底阿Q化。这种以卵击石,自取其辱的结果,是母亲所始料未及的。母亲看多了为民昭雪的清官戏,她想不到现在已经少有包公,惟命是从的官吏比比皆是。她不懂,是非曲直无关紧要,捍卫所谓"组织"的利益、荣誉、尊严和威权不容丝毫亵渎,永远是属于"组织"并代表"组织"的人思考与实践的最高原则。她不懂,"政治辅导员"是学校中代表"组织"对学生实行思想教育和政治监管的一级干部,"组织"使一个渺小的人变得权势赫赫,强大无比,你没有能力使他平等待人、讲理并向真理屈服。她不懂,学校已经不是"传道、授业、解惑"之地,学校已经变成一个有行政级别的培养"无产阶级革命事业接班人"的国家机构和滥用"阶级

斗争理论"和开展"意识形态领域的阶级斗争"的一个战场。"组织"上认为你"离心离德",那你学习再好也不能用以自救,在劫难逃。一纸毕业鉴定就判定你一生的悲剧命运,岂能容你翻案!……在社会主义公有制度与就业权在国家的体制下,中国绝少对暴政以死抗争者,以此。

我因反对强加给我的"反动学生"这一结论,要求还我历史本来面目,"文化大革命"一起,便被打成"右倾翻案急先锋",被关、被打、挨批、挨斗,最后被打断腰椎才"恩准"回家治伤。一见母亲,大惊!母亲原本满头青丝,不到百天,两鬓已斑白。惊吓母亲了!急坏母亲了!愁坏母亲了!我痛叫一声"娘!"双膝下跪,泪流满面,声音凄怆。……

啊,立三呀立三,就备受极左路线的折磨而言,你真是苦大仇深!怪不得你对极左路线恨之入骨;也怪不得在1957年被错划为"右派"的著名诗人、杂文家邵燕祥会在给你的信里说,捧读悼文,泪流满面——他感同身受,强烈共鸣哪。

立三在《我的伟大的母亲》一文中还说:"(母亲)唯一惴惴于心的,是我近20年来始终孤身一人。每见必问,似成心病。幸而天无绝人之路,我终于在她临终前两个月把柳眉带到了她的病榻前。母亲目光柔和,眉宇舒展,面带微笑,用她枯瘦的手拉着她未来的儿媳说'好,好,不吵架。有活儿抢着做,好好过日子。'我们热泪盈眶,深深躹躬,记下母亲临终的最后的祝福。"

柳眉,原名刘景芝,是立三北京四中的小校友。她是由冯立三主编的《与子同袍——从北京四中"白屋"走出来的人们》一书,而与立三相识,由相识而同情,相敬以至相爱而结为伉俪的。

我与韩小蕙、岳建一、章德宁等都是立三的好朋友。大约在2012年夏天,闻此喜讯,自然都十分高兴。在祝贺立三与柳眉喜结连理的便宴上,我献上贺联并即席朗诵:"琴瑟和鸣实乃天地良缘,刚柔相济宛如山水相依。"又说,我的毛笔字很一般,如果立三、柳眉喜欢,就请立三自己去写下来吧。立三说,谢谢谢谢,当然当然,我立即去写。转身到他的小书房去,一会儿便拿来他亲笔挥毫写在宣纸上的贺联向大家展示,引来一片笑声和叫好声。

2010年初冬,欣逢立三有70华诞之庆。我知道有好几场为他庆生的喜宴。我参加了其中由贝奇和《小说选刊》主编杜卫东先后为他组织的庆生活动,献上我珍藏的五粮液和贺联:"激情澎湃宏论如滔滔江河,刚勇不屈坚贞似巍巍高山。"了解立三身世和为人性格的朋友都很理解此联的含义。但立三并非完人,他的性格中当然也有一些有待改进完善的地方。对此,他自己在《我得兄事之,幸也——晓天逝世周年祭》一文(见《与子同袍》)中有冷静的剖析:

"幸而我曾经以事兄之礼,侧身而坐,听他说古论今,诉说人生感慨,给我诸多教诲。他认为我性格中的两个侧面,刚与柔、进与退、屈与伸、自信与谦抑、勇于行动与留有余地、热情与冷静,等等矛盾统一关系,尚不能达到均衡和谐,应刻苦自励,深刻反思,力争和谐。他一字一顿地说:'你为人直率、热情、喜怒皆形于色,常有过人之处,但难免急躁、偏激,又不知约束,乃取祸之道。还是谦虚自抑、刚柔相济、留有余地为好。'我答道:'我记下了。'"

江晓天的话,说得何等恳切真诚呵!知立三者,晓天也!再说,在复杂多事的现实生活中,晓天的话其实也是值得我们大家警醒和注意的。

幸而,立三已经有言:"我记下了。"

那么,让我们衷心地祝福:在柳眉的陪伴下,愿立三拥有健康、快乐、幸福的晚年。

2014年1月24日至2月25日初稿于三亚,2月27日改定

陈忠实与永远的《白鹿原》

一、啊!《白鹿原》,永远的《白鹿原》,具有惊人魅力的
　《白鹿原》,你是中国当代文学不朽的诗篇,你是千
　万读者心中永恒的歌。

陈忠实著长篇小说《白鹿原》连载于《当代》1992年第6期和1993年第1期,1993年6月由人民文学出版社出版。

《白鹿原》第1版只印了14850册(征订数1500册),直至盗印版本蜂起,人民文学出版社才手忙脚乱地加印,到同年10月,已进入第7次印刷,共印56万多册。此后,作为雅俗共赏的常销书,《白鹿原》每年都要加印,迄今总印数已达200多万册(含修订本、茅盾文学奖获奖书系、"百年百种中国优秀文学图书"书系、1993年原版本和精装本、宣纸本、点评本等)。据陈忠实自己掌握的资料显示,《白鹿原》的盗印本已接近30种,其印数也与正版相近。可见,说《白鹿原》的实际总印数迄今已有400多万册,当不为过。

可以诠释"洛阳纸贵"的一个小例子是:人文社前总编辑屠岸曾应音乐家瞿希贤的要求为他寻找《白鹿原》的下半部。原来,瞿希贤的女儿在法国学美术,一批海外读者在《当代》1992年第6期看到《白鹿原》的上半部后,便迫不及待地寻找下半部,可见海内外读者反响之热烈。

《白鹿原》是一本什么样的小说,居然有这么大的魅力呢?

这是一部描写陕西渭河平原50年变迁的雄奇史诗,一轴中国农村斑斓多彩、触目惊心的长幅画卷。约50万字的长篇小说,从清末民初写到1949年中国大陆解放,跨越了旧民主主义革命到新民主主义革命这两个历史阶段。在这半个世纪中,国共两党从联手进行反封建斗争到兄弟阋墙,分裂斗争,再到联合抗日和抗日战争惨胜后长达三四年的人民解放战争……这中间的艰难

曲折、残酷惨烈，真有写不完的故事。而陈忠实就把这大动荡、大变革的时代生活浓缩为渭河平原上白鹿原这个村镇里一个家族、两代子孙的矛盾纠葛和恩恩怨怨：巧取风水地，恶施美人计，孝子为匪，亲翁杀媳，兄弟相煎，情人反目，血雨腥风，剑拔弩张，翻云覆雨，王旗变幻……家仇国恨交错缠结，古老的土地在新生的阵痛中颤栗。在作者精心结构的历史舞台上，演出了一幕幕惊心动魄、振聋发聩的人生活剧。

在这场历史性的大厮杀中，其主要人物的命运大多是悲剧性的，共产党的坚强战士白灵被自己人活埋，红三十六军被叛徒告密而全军覆没，本质上真心拥护共产党的黑娃在解放后被错杀，革命的领导人鹿兆鹏不知所终；为推翻满清封建王朝搞民主革命的国民党很快走向反面，在反共中自毁江山，结果田福贤解放后被镇压，鹿子霖被吓傻；以小说主人公白嘉轩为代表的封建村族派在解放后的新社会中已经无所作为——白嘉轩所代表的阶级早就该退出历史舞台，但他的许多道德观念、哲学理想却无疑还有某种价值。此外，白嘉轩视如家人的老长工鹿三疯疯癫癫，白嘉轩视为祸水烂货的田小娥则死于鹿三的梭镖下……

由此可见，《白鹿原》的整个艺术基调显然是凝重、悲壮的，读来让人深深慨叹人生的变幻莫测，历史的沧桑无情。因此，读者看这样的小说时，其审美感觉无疑是又感动又沉重的。但作为一个编辑，我曾经向我的同事说过，我读《白鹿原》时还有一种"兴奋感"和"幸福感"。这种兴奋感当然是指当时的专业评价和职业感觉，即一个文学编辑在阅读美文华章、在获得一部显然会在当代文学史上占据重要地位的鸿篇巨著时的心情。这种对一部大作品发自心底的赞赏（尽管难免会有具体的修改意见或批评），会使有胆识、有经验和责任感的编辑情不自禁地向自己的领导拍胸脯保证：如果对这样的书稿在基本评价和判断上有失误，那就真是昏了头，瞎了眼，因而敢于承担自己应负的责任——如果受到简单化的干预、责难和种种压力，也能坦然面对，不但敢为作品辩护，与这样的作品共荣辱，与其作者同进退，必要时也可以毫不犹豫地向领导立下"军令状"。正是基于这样的认识，我作为《白鹿原》书稿的终审人，在1993年1月18日签署了这样的审读意见："这是一部显示作者走向成熟的现实主义巨著。作品恢弘的规模，严谨的结构，深邃的思想，真实的力量和精细的人物刻画（白嘉轩等人可视为典型），使它在当代小说之林中成为大气

1998年4月20日第四届茅盾文学奖颁奖后，何启治和陈忠实（左）合影

（磅礴）的作品，有永久艺术魅力的作品。应作重点书处理。"我在人民文学出版社当了40多年的编辑，这样的职业状态确实少见。而且，面对《白鹿原》，《当代》杂志和人文社所有参与看稿的同仁们总体认识也都是一致的，一些具体的意见分歧也就在讨论、沟通中得到统一了。这样，从1992年4月到6月，《当代》杂志的洪清波、常振家和我，先后完成了对这部50万字的长篇小说的审稿，另一位副主编、主持《当代》工作的副总编朱盛昌也在8月上旬签署了同意在《当代》杂志刊载此稿的意见。同时，人文社当代文学编辑室也完成了对《白鹿原》的审读程序（责任编辑是：刘会军、高贤均、何启治），并于1992年底正式发稿，在1993年6月出版了《白鹿原》的单行本（1992年9月我已改任人民文学出版社主管当代文学一、二编辑室的副总编辑，出版《白鹿原》单行本是由我签署终审意见发稿的）。

可以毫不夸张地说，面对《白鹿原》这样一本厚重而有魅力的大书，我和我的同事们都感到十分惊喜。

《白鹿原》的魅力从何而来？我想，《白鹿原》的魅力首先在于它那扑面而来的真实感。

《白鹿原》所体现的、以比较实事求是的革命观和历史观来观照人生和历史,无疑是正确的。作者正是站在拥护党的十一届三中全会正确思想路线(实事求是)的立场上,才有那样的大智大勇,才能对小说所要反映的时代生活作深刻的反思。小说因而也才会有非常惊人的真实感,它所表现的推翻满清王朝的国民革命,它写国共两党既合作又争斗不休的历史,才能做到冷静、准确、可信。国共两党在民主革命的初期,都拥有众多的热血青年、民族精英,但国共两党在初期的造反革命活动中又都难免有幼稚、简单的一面,十分复杂的原因会造成双方都在革命过程中做了许多蠢事、错事。人为地为这灰暗的一面涂上亮色,终究难以面对时光的洗礼,而准确、形象地描绘出这一切,却无损于历史的辉煌。我在看到《白鹿原》第16章写白灵、鹿兆海以掷铜元的正反定各自的入党对象,其后又在实践中互变为对方所在党的党员时,实在不敢贸然取笑他们的幼稚,而只能深深地感慨人生的变幻莫测和历史的沧桑无情。同样,白灵之被活埋,黑娃之被错杀,三十六军之覆灭……在革命过程中的诸多悲惨事件面前,我们也不敢轻率地取笑革命党人的愚蠢和荒唐。毋宁说,这一切残酷的厮杀和催人泪下的牺牲,在根本上都是历史的必然,"都是我们这个民族从衰败走向复兴复壮过程的必然"。因此,当忠实坦然地告诉我,他在《白鹿原》中表现国共两党既联合又斗争的复杂历史时,虽不回避我党的种种失误,但"所选择的毕竟是共产党"时,当他说他只是提出忠告:"我们再不能容许把白灵这样的好同志活埋了"时,我是理解的,是由衷地认同的。

生活无比丰富,也十分复杂,任何伟大的作品都不可能穷尽生活的丰富性和复杂性。但《白鹿原》在揭示生活的丰富性和复杂性方面的贡献是突破性的,是成功的,它的艺术形象体现了最本质的生活真实,因而也就具有了生活本身的丰富和魅力。这是生活的力量,也是真正的现实主义巨著必然具有的力量。

回顾《古船》《白鹿原》等作品面世后争议不息的状况,其中除去人为的因素,我们不能不承认,这争论是和对现实主义真实性在认识上的歧义大有关系。坚持传统观念的人,难免会把只许写土改、革命斗争的正义性才能体现现实主义反映生活的本质真实,当作不可动摇的原则。与此不同的是,承认生活的丰富性和复杂性,从而主张现实主义的真实性应该体现在作品写出人物和生活的丰富性和多义性。有了这样的认识就会抛弃"一个阶级一个典型"的观念,就会接受《古船》和《白鹿原》。

其次,《白鹿原》的巨大魅力来源于它所塑造的许多丰满而鲜活的,乃至堪称为典型的艺术形象。在小说以时间为经,以事件为纬的结构框架中,它始终以人物为叙述的中心,通过人物命运的变迁来展示民族历史的演变。

白嘉轩,是作者着意刻画的艺术典型,是作者寄托着某种理想观念的农村族长形象。作为封建族长,他所代表的阶级注定要走向失败,但作为一个人格力量强大的人物,他在精神上又是卓然独立的。小说第十六章写他被黑娃指使的土匪同伙打断了腰,但仍不失威仪,一把夺过鹿三手里的牛鞭,在夕阳中扶犁耕地,活脱脱展示了一幅形象有力、充满悲壮意味的、别具人生苍凉之感的"夕照图"。作为代表传统仁义道德的、既讲原则又能身体力行的倔犟正直的族长形象,白嘉轩是典型的,也是成功的。但在白嘉轩人格精神的悲剧结局里,也表达了作者对传统文化精神肯定与否定参半,赞赏与批判共存的历史主义态度。

黑娃(鹿兆谦)与白嘉轩同是《白鹿原》中的悲剧人物,其命运的起伏波澜却显得更多变而丰富一些。其人生的角色也迭经变更,由长工而农协主任,而习旅警卫,而土匪二把手,而县保安团营长,最后被错杀在人民政府副县长的岗位上。大起大落升降浮沉的黑娃,不但是推动《白鹿原》故事情节变化发展的关键人物,而且其悲剧性格和命运变迁也体现了相当鲜明的时代特色,包含着相当丰富的社会内容和思想内涵。由黑娃这个刚烈不屈的灵魂,很容易使人联想到《静静的顿河》中那个一会儿在白军、一会儿投红军,而最终厌烦地把枪扔到顿河急流中去的葛里高利。

黑娃的恋人田小娥,表面看似淫荡,实际上也是一个复杂而丰富的女性形象。她真心爱黑娃,被鹿子霖霸占后人性并未泯灭,最后死于鹿三的梭镖下,仍然化为一群灰白色的飞蛾盘桓不去,真是一个美丽而痛苦的精灵。

此外,老一辈人中作为与白嘉轩相对应的人物——族长鹿子霖,"圣人"似的朱先生,神奇的老中医冷先生,长工鹿三,以及第二代年轻人中的白灵、鹿兆鹏、鹿兆海、白孝文等等,都是一些真实可信的、令人难忘的艺术形象。

在一部50万字的长篇小说中，塑造出如此多样的血肉丰满、内涵深刻的艺术形象，有力地显示了作者察人观世的冷峻深沉，和描摹人物的艺术功力，确实难能可贵。

第三，我认为《白鹿原》的魅力还来源于它比较完美地体现了雅俗共赏的艺术追求。

作为以叙事为主要表现手段的长篇小说，《白鹿原》在叙述的过程中，描摹人物注意性格化，记述事件讲究情节化，叙述情节力求故事化。而这一切都服从和服务于小说的可读性。有关的历史感、丰厚的文化意蕴和深刻的哲理性大都能融化在引人入胜的故事情节之中，再加上结构的精巧严谨、疏密有致和文学语言运用上的雅俗适度，就使作品以其高度的艺术功力而取得了雅俗共赏的审美阅读效果。

由此可见，一部优秀的文学作品应该具有娱乐消遣、审美价值、认识价值和教化作用等多种功能。一个有经验的、有责任感的编辑，在面对《白鹿原》这样杰出的现实主义巨著时，在赞美、兴奋之余，固然不会求全责备，以"白璧无瑕"的标准来要求它，但也不会对它可能存在的，或可能引起争议的问题置之不顾。我和我的同事们在审读书稿的过程中，曾经注意到以下几个可能引起争议的问题：

其一，是对小说情节涉及的中国现代革命史上几次重大事件的评价和提法。《白鹿原》曾经不明指地写到"渭华暴动"。(第16章第276页："三天后的一个夜晚，中国北方最大的一次共产党领导的军事暴动发生了。")后来又在第22章写到"红三十六军"(实为二十六军)盲动进攻西安，军政委("姜政委")叛变，还有"南有瑞金北有茂钦"(第388页)等语，而且写得相当详实在——虽然作者已有意小说化，如军长刘志丹化为"廖军长"，尽量和纪实材料拉开了一点距离。鉴于小说《刘志丹》曾一度蒙冤后来又平反的历史教训，我们对此采取了慎重的态度，除自己查阅有关历史资料外，还特地询问过作者。忠实很自信地说，小说所写事件都有史实为据。他说，他曾到茂钦等地去瞻仰调查过，那里至今还有革命前辈题词和革命文物陈列；西安也每年都有纪念渭华暴动的活动。既然作者已对查有实据的史料作了小说化的处理，如改动人物姓名，部队番号，人物关系，拉开了与生活原型的距离，这样既尊重历史，又作了适当的艺术处理，在小说创作中应该是允许的,便未作改动。

其二,我们也注意到小说中关于白嘉轩与鹿三这种地主与长工的和谐,甚至亲如家人的关系的描写。我们就此咨询过几位陕西籍的作家和学者。据说关中传统文化中,确实具有倡导鼓励这种和谐关系的成分。既然白嘉轩是关中文化身体力行的半自觉的代表(自觉的代表是朱先生),是作者某种道德理想的化身,这样来描绘他和鹿三的关系也就不足为奇了。当然,我们也考虑到,《白鹿原》所表现的地主和农民的关系也是多种多样的,鹿子霖的奸险、淫邪,岳维山、田福贤反攻倒算时的凶残,土豪劣绅对农民的横征暴敛……读来令人发指。白嘉轩对长工和乡人讲仁义,也和他的个人品质有关,是个性使然。成熟的读者,当不至于把白嘉轩与鹿三的和谐关系理解成为地主与农民普遍的阶级关系。何况,"一个阶级一种典型"的主张早已被证明是违背科学的理论了。

其三,是如何掌握小说创作中两性关系描写的尺度和分寸感的问题。

在这个问题上,作者自己表示,他"在传统的性封闭和西方性解放中间无法回避",因而定下了"用一种理性的健全心理来解释和叙述作品人物的性格形态,性文化心理和性心理结构",以及"把握住一个分寸,即不以性作为诱饵诱惑读者"这两条准则(陈忠实:《关于〈白鹿原〉的答问》,载《小说评论》1993年第3期)。

我们认为,小说中的性描写是对传统文化所压抑的生命力的张扬和展示,是人物性格刻画和命运描写所需要的。当然,考虑到我们的国情和读者层面的复杂性,掌握一定的分寸也是必要的。这样,在征得作者同意的前提下,经过适当的删节或作淡化、虚写处理之后,虽然不敢说绝无偏颇,但大体上可以说是符合作者所定的准则和艺术创作规律的,因而不但是允许的,也是必要的。例如,田小娥被郭举人强迫泡枣那一段,既揭示了传统性文化的一角,又表现了小娥的反抗性格;白嘉轩之讨七房女人,既说明传统文化中"不孝有三,无后为大"观念影响力的深远,又突出了白嘉轩为传宗接代而百折不挠的顽强个性;而白孝文和小娥之间相当奇特、曲折的两性关系的描写,既反映了白嘉轩严格的传统家教,也构成了白、鹿两家争斗中的重要情节,还揭示了鹿子霖的阴险卑劣和小娥人性未泯的一面。我想,如同《静静的顿河》中不能没有阿克西尼亚这个丰富而复杂的女性形象一样,《白鹿原》中的田小娥也是绝不可少的人物——陈忠实笔下这个人物的丰富性和复杂性,使我们实在不能简单地以"坏女人"视之。我们从《白鹿原》以田小娥为核心人物所展开的两性关系描写中,确实可以看到许多意蕴深刻的精彩篇章。

《白鹿原》自然并非白璧无瑕。正如有的论者所言,它有弱笔,却没有明显的败笔。从整体上、从根本上说,《白鹿原》是一部厚实、凝重、丰富而有魅力的力作,则是肯定的。你可以非议它局部的失误,却无法抹煞它整体的辉煌;你可以不一定承认它是宏伟的史诗式的作品,但只要不带偏见,你就不得不看到这是一部既有历史深度和新鲜感,又有可读性,既有突破旧观念的认识价值,又有雅俗共赏的审美价值的现实主义长篇巨著。

前辈评论家朱寨指出:"《白鹿原》给人突出的印象是:凝重。全书写得深沉而凝练,酣畅而严谨。就作品生活内容的厚重和思想力度来说,可谓扛鼎之作,其艺术杼轴针黹的细密,又如织锦。"(见《〈白鹿原〉评论集》第40页,人民文学出版社2000年7月第1版)

张锲说:"《白鹿原》给了我多年来未曾有过的阅读快感和享受。"有"初读《静静的顿河》《战争与和平》《红楼梦》时那种感觉"。(见1993年7月16日《白鹿原》北京讨论会纪要)

范曾读《白鹿原》后即赋七律一首:"白鹿灵辞渭水陂,荒原陌上瘗宗祠。旌旗五色凫成隼,史倒千秋智变痴。仰首青天人去后,镇身危塔蛾飞时。奇书一卷非春梦,浩叹翻为酒漏卮。"并附言:"陈忠实先生所著《白鹿原》,一代奇书也。方之欧西,虽巴尔扎克、斯坦达尔,未肯轻让。甲戌秋余于巴黎读之,感极悲生,不能自已,夜半披衣吟成七律一首,所谓天涯知己斯足证矣。"(据范曾赠《白鹿原》作者手迹)

海外评论者梁亮指出:"由作品的深度与小说的技巧来看,《白鹿原》肯定是大陆当代最好的小说之一,比之那些获得诺贝尔文学奖的小说并不逊色。"(《从〈白鹿原〉和〈废都〉看大陆文学》,载《交流》1994年第14期)

不必再征引了,仅此数例可见海内外读者对《白鹿原》评价之高和反响之热烈。

《白鹿原》一出世,评论界欢呼,新闻界惊叹,读者争相购阅,一时"洛阳纸贵"——这是我们这个民族和国家走向进步和成熟的表现。

二、为了完成《白鹿原》的创作,其作者不知经受过怎样的心灵煎熬和付出过多少心血与牺牲。"写出这本书的人不累死也得吐血……不知你是否活着还能看到我的信吗?"

《白鹿原》的诞生经历了漫长、艰难而又痛苦的过程。

陈忠实,1942年8月3日生于西安市东郊灞桥区西蒋村,1962年毕业于西安市三十四中学。此后曾担任过农村中小学教师,从事过基层文化工作。他于1965年初开始发表文学作品,1979年加入中国作家协会,1982年为陕西省作协的专业作家。1966年2月12日加入中国共产党,为中共十三大、十四大代表。现为中共陕西省委候补委员,陕西省作家协会荣誉主席,中国作家协会副主席。

陈忠实上中学的时候,在全班五十个同学中是年龄最小、个头最矮的一个,便坐在头排第一张课桌上。勉强上完初一第一学期,他便面临着暂时失学的命运。那时,父亲靠卖树(一根丈五长的椽子只能卖到一块五毛钱)供他上学已经难以为继。他必须休学一年,以便让一脸豪气的父亲实现一年后让他哥哥投考师范再腾出手来供他复学的谋略。在不得已呈上休学申请书后,这位刚交14岁的孩子在送他走出校门的女老师的眼睛里看见了晶莹透亮的泪珠。为了避免嚎啕大哭,他立刻低头咬紧了嘴唇。一股热辣辣的酸流从鼻腔倒灌进喉咙里去。同时还是有一小股酸水从眼睛里冒出。他顺手用袖头揩干净泪水,再一次虔诚地向女老师鞠躬,牢记着她"明年的今天一定来报到复

2006年6月25日,中央电视台"艺术人生"专题组为陈忠实和他的《白鹿原》做了专题节目。图为何启治(右)和节目主持人朱军对话。

学"的叮嘱,然后转身离去。

然而,这一年的休学竟意想不到地使他失去了上大学的机会。1962年,他20岁时高中毕业。"大跃进"造成的大饥荒和经济严重困难迫使高等院校大大减少了招生名额。上一年这个学校有百分之五十的学生考取了大学,今年四个班能上大学的只有一个个位数。成绩在班上排前三名的他名落孙山,他们全班剃了个光头。父亲临终时忏悔说,"我对不住你,错过一年……让你错过了几十年……"

4年后,24岁的他迎来了"文革"的大灾难。此前那几年他一边当中小学教师一边迷醉于文学,发表了《樱桃红了》《迎春曲》等几篇散文作品。"文革"风暴席卷大地的时候,他那宿、办兼一的小套间的门框上,贴着一副白纸对联,是毛泽东的诗句:借问瘟君欲何往,纸船明烛照天烧。门楣横批为:送瘟神。门框右上角吊着一只灯笼,当然也是用白纸糊成的。被大人操纵的孩子们让这些冥国鬼蜮的标志物在他这风雨够不着的小套间里整整保存了三个月之久,让他一日不下八次地接受心灵的警示和对脸皮的磨砺。这人生的第一次大尴尬,使特别要面子的他顿觉自己完了,死了——起码是文学的生命完结了。没什么文化的姐姐和上了大学的表妹劝慰他的话竟惊人的一致:"想开点,刘少奇、刘澜涛都被斗了游了,咱个平头百姓算啥?"

经历过人生大尴尬的生命体验之后,他对自己说,如果还要走创作之路,那就"得按自己的心之所思去说自己的话去做自己的事了"。

1968年,26岁的他结婚。没有念完初中的妻子王翠英后来为他生下两女一男,即陈黎力、陈勉力和陈海力。以后,在他长达17年的从事农村基层工作中,每月工资由30元增加到39元,却要养活五口之家。物质生活上真是不堪重负。最困难时,孩子的尿布、褥子都没有替换的,也没有充足的柴火烧炕——只好很节省地用一点柴火在做饭时顺带烧热一块光溜溜的小脸盆那么大的河石,然后用这烧热了的石头当暖水袋来暖孩子的被头和尿布。此时他已经是公社的副书记兼副主任。

他在政治和物质生活的双重艰难下,依然断断续续地写他谙熟于心的农村题材小说。自1979年起有《幸福》《信任》等短篇小说面世。1982年出版第一本短篇小说集《乡村》。同年调入陕西省作家协会从事专业创作。

他从这个时候结束了高中毕业以后在农村基层长达20年的生活。

如果说,1962年至1982年这20年不打一点折扣的农村生活为他的文学创作积累了丰厚的生活库存,那么,以后的整整10年(至1992年)就是他作为一个专业作家的成熟期。

他在这10年的大部分时间都躲在西安市东郊灞桥区西蒋村的老家旧屋里,一求耳根清净,二求读书弥补文学专业上的残缺,三求消化他所拥有的生活资源,创作出数量上越来越多、质量上越来越高的文学作品,直至1992年以发表长篇小说《白鹿原》而一鸣惊人。

下列作品,可视为他在1982年至1992年走向成熟这十年的主要创作成果:

1982年7月,短篇小说集《乡村》出版。

1986年6月,中篇小说集《初夏》出版。

1988年4月,中篇小说集《四妹子》出版。

1991年1月,短篇小说集《到老白杨树后去》出版。

1991年1月,《创作感受集》出版。

1992年12月,中篇小说集《夭折》出版。

1992年12月,长篇小说《白鹿原》在《当代》杂志第6期开始连载。

《白鹿原》的诞生并非偶然。那是他在完成了《初夏》等9部中篇,80多篇短篇小说和50多篇报告文学作品之后,由《蓝袍先生》的创作而触发了对我们这个民族命运的深入思考的结果。这部长篇从1986年起作了两年的构思和史料、艺术等方面的准备,至1988年4月动笔,到1989年元月完成初稿。期间在七、八两月停止写作,实际写作时间是8个月。修改从1989年4月开始,到1992年1月29日(农历腊月二十五)完成,然后再阅改一遍,到3月下旬改定。历时约3年。

《白鹿原》自1992年—1993年面世以来确实出现了好评如潮,畅销不衰,一时"洛阳纸贵"的盛况,却也一直有不同的争论、批评乃至粗暴的压制。然而,牡丹终究是牡丹。尽管它本身还存在某些不足,但那些非科学的批评、压制,却无损于牡丹的价值、华贵和富丽。它先是荣获陕西第二届"双五"文学奖最佳作品奖和第二届"炎黄杯"人民文学奖。后来,略加修订、绝无伤筋动骨之病的《白鹿原》又在1997年12月19日荣获中国长篇小说的最高荣誉——第四届茅盾文学奖。1998年4月20日,它的作者终于登上了北京人民大会堂的颁奖台。

他——这个脸上已是沟沟壑壑、满脸沧桑,却有一双炯炯有神大眼睛的56岁的汉子就是陈忠实。这个1942年诞生于南倚白鹿原北临灞河的那个叫作西蒋村的孩子,几十年前曾经穿着鞋底磨破的旧布鞋,脚后跟淌着血,从这不足百户的小村子走向灞桥,走向西安,如今堂堂正正地走向北京,走向世界,攀登上中国当代文学殿堂的高峰。《白鹿原》确如海外评论者梁亮所说,"肯定是大陆当代最好的小说之一,比之那些获得诺贝尔文学奖的小说并不逊色。"那么,我们说《白鹿原》的作者陈忠实是当代中国作家群中的大家之一,也就不算夸张了——他毕竟以自己震惊中外文坛的非同凡响的佳作,而达到了一般作家所难以企及的高度。

从生活体验到生命体验

陈忠实从一个痴爱文学的青少年,成长为国内外有巨大影响的大作家,走过了一条艰难而漫长的道路。

1959年,他在西安市十八中读初中三年级的时候,就是一个柳青迷。当时柳青的《创业史》(第一部还叫《稻季风波》),由《延河》杂志连载每期刊登两章,他就每月准时花两毛来钱到邮局去买一本《延河》——这两毛来钱当时对他来说已经算是一笔开销了。

年轻时的陈忠实对《创业史》的深爱之情超过了他当时读过的任何文学作品,原因就在于柳青对关中农村风光和农民生活的描写之真实,超过了当时他能看到的一切写农村的文学作品。对一个初中学生来说,谈不上更多文艺理论上的分析,主要是真实可信,柳青笔下的人物都能在他周围找到影子,这就够了。《创业史》在20世纪60年代初出版,到20世纪70年代初,陈忠实先后买过7本。"文革"上五七干校时,他背包里除了"毛选"就是一本《创业史》。但到现在一本都没有了,总是读一本丢一本,被别人拿走了。

因为特别喜欢柳青的长篇小说《创业史》和柳青的散文、特写,在他初期的创作中也就难免模仿、学习柳青。如20世纪70年代发表的短篇小说《接班以后》和《高家兄弟》等,也就被认为是从语言到农村氛围的营造,给人的艺术感觉都很像柳青。这在当时自然是一种肯定——虽然小说所表现的农村生活故事还离不开写阶级斗争的基调。可以说,直到20世纪80年代初,陈忠实的作品从语言习惯到艺术品位都还没有离开柳青的影响。

但是这种情况到了八十年代中期便有了明显的变化。陈忠实说,他和柳青其实并没有什么个人的交往。直到20世纪70年代初(1972年—1973年间),陕西人民出版社开过一个工农兵作者座谈会,陈忠实作为业余作者与会,才第一次亲眼见到柳青。那时柳青刚刚在政治上得到解放,但健康状况不好,一边讲话一边用个喷雾器往嗓子里喷药,然后才顺过气来说得下去。他讲话容易激动,没有讲话稿,也不讲什么套话,但整理出来就是一篇像模像样的文章。他来开会就穿一身黑褂子,像老农一样朴实。

在柳青生前,陈忠实就在这种场合见过他一面。他对于柳青在文学史上的地位,作为一代作家的形象是肯定的,陈忠实尤其尊敬柳青在"文革"这个畸形年代中表现出来的人格力量。到1996年柳青80周年诞辰时,陈忠实还以省作协主席的名义张罗重修了柳青墓,并郑重地在柳青墓前的祭词中,重申柳青对作家所从事的创造性劳动的独到见解:"文学是愚人的事业"、"作家是六十年为一个单元"。陈忠实认为,柳青的"愚人"精神和应该把创作看作终身事业的见解对作家们具有最基本的警示意义。

然而,早期的学习和对柳青永远的尊敬是一回事,而真正有作为的作家最终应该走自己的路又是另一回事。所以到了20世纪80年代中期,陈忠实已经从更广泛的学习和自己的艺术实践中愈来愈清晰地认识到,一个在艺术上亦步亦趋的人永远走不出自己的风姿,永远不能形成独立的艺术个性,永远走不出被崇拜者的巨大阴影。譬如孩子学步,一旦自己能够站起来的时候,就必须甩开大人的手走自己的路。就艺术创作而言更应如此,必须尽早甩开被崇拜者那只无形的手,才能走好自己的路。

陈忠实并不缺少对农村生活的了解,因为他一直生活、工作在农民中间。从1962年他高中毕业到1982年调陕西省作协从事专业创作,他一直在农村。先当农村的中小学教师,后当基层干部,公社副书记兼副主任一当就是10年,到1978年新时期开始才从公社调到西安郊区文化馆工作。作为农村基层干部,除了人事组织工作,其他如大田生产、养猪种菜他统统都要管。关于农村的大政策、小政策他何止是知道而已,完全可以说是直接的执行贯彻者和参与者。1977年夏他还是公社平整土地学大寨的总指挥,整整三个月坐镇在第一线,带领1000多人去实现把跑水、跑土、跑肥的三跑田改造成蓄水、蓄肥田的任务。1978年上半年他组织公社的人力在灞河修筑八华里的河堤,现在还发挥着挡水护田的作用。因此,对于20世纪60年代以来的中国农村生活,陈忠实可以说不经意间就谙熟于心,对农村的各色人物,由于经常厮混在一起,自然也如对自己的身边人乃至家里人那样熟悉。

然而,仅仅熟悉农村的生活和各色人物,对创作来说显然还是远远不够的。陈忠实虽然有没上成大学的缺憾,但新时期以来他没有放过任何可能得到的自学机会。在广泛阅读的基础上,他曾经较集中地读了莫泊桑和契诃夫的短篇,读了《世界短篇小说选集》(上、中、下三册,含上百位作家的佳作)。阅读不但使他关注小说的艺术结构,而且认识到作家不仅要熟悉生活,感受生活,而且要把感受生活的能力提高到感受生命的程度,那创作就会得到一种升华。这种体会是通过阅读作品得到的感悟。比如写十月革命的作品,他认为帕斯捷尔纳克的《日瓦戈医生》在同类作品中是进入了生命体验的有深度的作品。在拉美魔幻现实主义作家中,马尔克斯的《百年孤独》独特的感觉就来自生命的体验。包括阿连德的《妹妹》,昆德拉的《生命中不能承受之轻》也都是生命体验比较深刻的作品。总之,关注人的生存形态,争取人的合理的生存状态,这是陈忠实在广泛阅读后产生的对生命体验的深刻体会和强烈共鸣。在中国当代作家中,他认为张贤亮的《绿化树》就是这样的有深度的好作品。

正是因为有了这样的认识,陈忠实对自己的创作才有了新的思考和新的追求。因而对自己以前的作品也有了新的评判,如1984年的中篇小说《初夏》等颇得好评的作品,他认为也只是写好了感人的生活故事,只是生活体验的产物。而到了1985年写《蓝袍先生》,才有了突破,才接近了生命体验的深度。真实的生活故事可以感动读者,但只有写好了人的生存状态,表现出生命意识中深层的东西,才能在读者心灵的深处引起强烈的共鸣和真正的震撼。陈忠实认为,他到写《蓝袍先生》时已经有所感悟,但认真地去努力表现各个历史阶段各种人物的生存形态,那还是到《白鹿原》才算完成。

总之,有了这种认识和感悟,有了写作《蓝袍先生》时对我们这个民族命运的深入思考,还有生命本身发出的强大的蕴含欲望的张力,使陈忠实强烈地意识到,如果到他50岁还不能完成一本死后可以放在自己棺材里当枕头用的大书,那以后的日子将难以想象怎么过。这是在1986年,在陈忠实刚交44岁时所面对人生的重大课题。然后便有了两年的认真的思考和扎扎实实的准备,以及长达4年之久(1988年4月至1992年3月)坚韧不拔的努力。尔后才有史诗式的长篇巨制《白鹿原》的诞生,而一员功勋卓著、风采超群的大将便屹立在中国当代文坛上。

《白鹿原》,撼人心魄的艺术高峰

在1985年创作中篇小说《蓝袍先生》的时候,陈忠实便开始了关于我们这个民族命运的深入思考。为了完成一部堪称"一个民族的秘史"的、死后可以放在自己棺材里当枕头用的大书,为了完成这部曾经拟名为"古原",到1989年1月完成40万字的草稿时就定名为《白鹿原》的长篇小说,陈忠实花了两三年的时间作了几方面的准备:一是历史资料和生活素材,包括查阅县志、地方党史和文史资料,搞社会调查;二是学习和了解中国近代史,阅读《中国近代史》《兴起和衰落》《日本人》《心理学》《犯罪心理学》《梦的解释》《美的历程》《艺术创造工程》等中、外研究民族问题和心理学、美学的新著;三是艺术上的准备,认真选读了国内外各种流派的长篇小说的重要作品,以学习借鉴他人之长,包括研究长篇结构的方法。他特别重视的有中国当代作家的《活动变人形》(王蒙)、《古船》(张炜),外国作家的则有《百年孤独》、《霍乱时期的爱情》(马尔克斯),莫拉维亚的《罗马女人》以及美国谢尔顿颇为畅销的长篇和劳伦斯的《查泰莱夫人的情人》等等。

作了这些准备和思考之后,他认识到只有回到老家小屋那个远离尘嚣的环境里,才有望实现自己的创作宏愿。

陈忠实的老家在西安市东郊灞桥区西蒋村。这个南倚白鹿原北临灞河的小村落,全村不足百户人家。虽然由此到西安只有不足一小时的、约五十华里的车程,然而这里却是天然的僻静,最适合沉心静气地思索和精雕细刻地写作。村里每一家的后院都紧紧贴着白鹿原的北坡。横亘百余华里的高耸陡峭的塬坡遮挡了电视信号,电视机在这里也只好当收音机用,只能听听新闻和音乐之类。但这离西安闹市不远的地方确实没有工业污染。只要灞河不断流,河川便清澈见底;还有错落的农舍,一堆堆的柴火或麦草垛;平展宽阔的庄稼地;河边、塬坡上有树林,那里有狐狸、獾、雉鸡、呱啦鸡、猫头鹰等等,真是一派田园风光。

转过村里那座濒临倒塌的关帝庙,便是陈忠实从老太爷、爷爷和父亲接手下来的家园。在家园大门前不过十米的街路边,有忠实亲手栽下的昂然挺立的法国梧桐。这本来只有食指粗的小树,在陈忠实决心动手写《白鹿原》的1988年的早春栽下,四年后它便长到和大人的胳膊一般粗,终于可以让它的主人享受到筛子般大小的一片绿荫了。它是陈忠实为了写成《白鹿原》这几年来所付出的一切艰辛,所耗费的心血,乃至他所忍受的寂寞的活生生的见证。

这是1991年冬天一个普普通通的日子。闲不住的农民们忙碌了一天,天黑吃罢了夜饭便早早地歇息了。整个村庄沉寂下来,偶尔有几声狗吠之后便愈加死寂。陈忠实开头用一个大笔记本放在膝盖上写草稿,后来移到老家小屋里的小圆桌上已经用笔爬行了三年。这一天,他还是在这张小圆桌上铺开稿纸整整折腾了一天。他和《白鹿原》里生生死死的众多人物又作了一整天的对话和交流。写作顺畅的欢欣和文思阻塞的烦忧都难以排解。这是一种无法排遣的孤清。

他在无边的孤清中走出沉寂的村庄,走向塬坡。同样清冷的月亮把它柔媚的光华洒遍了奇形怪状的沟坡。在一条陡坡下,枯死风干的茅草诱发了他的童趣,便点燃了茅草。开始只是两三点的火苗哧溜哧溜向四周蔓延,眨眼间竟蹿起了半人高的火苗。火势瞬即蔓延,时而腾起高高的烈焰,时而化为柔弱的火苗舔着地皮缓缓地流窜。当燃烧到茅草厚实的地段,呼啸的火焰竟发出噼噼啪啪的爆响……忠实便在塬坡上席地而坐,慢慢地点燃了一支雪茄。徐徐地吸着烟,在燃烧的火焰中他一会儿仿佛看见自己眼前重重叠叠、高达盈尺的《蓝田县志》《长安县志》《咸宁县志》,看见其中一本接一本的《贞妇烈女》卷,回想起其中最多不过长达七八行文字的典型记载,以及最后只剩下张王氏李赵氏的一个个代号。然而在他的心里,这一个个代号又都化为一个个血肉丰满、有灵性的生命。于是,便在眼前火光中隐约出现了风情万种、最后死于鹿三梭镖下的田小娥,矢志不渝干革命、最后却被自己的同志活埋了的白灵,乃至白吴氏、白赵氏、白鹿氏、二姐儿等等众多生活在《白鹿原》中长达半个世纪人生故事中的多姿多彩的妇女形象。这里面有几多壮烈,有几重悲哀!正是民间流传的男女偷情的"酸黄菜"故事和《贞妇烈女》卷,现实和历史,官修史志和民间传说的糅合诞生了多情而又复杂的妇女形象田小娥。

靠着冬天一只火炉,夏天一盆凉水,他的笔在老家小屋的小圆桌上爬行了三年,《白鹿原》上三代人的生死悲欢的故事终于走向了最后的归宿。他的心,在沉重中又有一种做完了一件大事的畅美和恬静——一种从艰难的写作和压抑烦忧的心境中终于得到解脱的畅美和恬静。

回到家里,他仍然坐在那张破旧的小竹凳上。又停电了,他只好点上两支蜡烛,旋即用蓄满黑色墨水的钢笔,在洁白的稿纸上,为小娥最终的结局不再犹豫地加上了几行字:

小娥从炕根下颤悠悠羞怯怯直起身来,转过身去,抬起右腿搭上炕边儿,左腿刚刚跷起,背部就整个面对鹿三。鹿三从后腰抽出梭镖钢刃,捋掉裹缠的烂布,对准小娥后心刺去,从手感上判断刀尖已经穿透胸肋。那一瞬间,小娥猛然回过头来,双手撑住炕边,惊异而又凄婉地叫了一声:"啊……大呀……"

写到这里,忠实的眼睛忽然发黑,抓笔的手也禁不住颤抖起来。他不得不停下笔,点燃了雪茄。一边抽烟一边随手在一张白纸上写下"生的痛苦活的痛苦死的痛苦"。稍后,才继续拿起笔,写下了这样的文字:

鹿三瞧见眼前的黑暗里有两束灼亮的光,那是她的骤然闪现的眼睛;他瞪着双眼死死逼视着那两束亮光(对死人不能背过脸去,必须瞅住不放,鬼魂怯了就逃了),两束光亮渐渐细弱以至消失……鹿三这时才拔出梭镖钢刃,封堵着的血,咕嘟嘟响着从前胸后心涌出来,窑里就再听不到一丝声息。

忠实用钢笔画上了一个粗粗的句号,然后插上笔帽,长长地舒了一口气,双眼竟是湿润的潮热……

过了年即1992年的3月间,我收到了忠实的来信。他在信里说到他的第一部长篇小说《白鹿原》的创作情况,还说他很看重这部作品,也很看重《当代》杂志和人民文学出版社的态度。在我们表态之前,他不想把这部倾注了他多年心血的长篇小说交给别的杂志和出版社,希望我们尽快派人到西安去看稿。"信中唯一可能使老何会感到意外的提示性请求,是希望他能派文学观念比较新的编辑来取稿看稿……生怕被某个依旧有着'左'的教条的嘴巴一口给睡死了。"(见陈忠实《何谓益友》,引自《我与人民文学出版社》,2001年3月北京第1版)后来,《当代》杂志的洪清波和人文社当代文学一编室的负责人高贤均受命到西安去取回厚厚的一摞《白鹿原》的手稿。按照三级审稿的规定,当时《当代》杂志有洪清波、常振家、我和朱盛昌按流水作业的办法看稿,负责出书的当代文学一编室则有刘会军、高贤均参与其事。尽管对稿件有过一些具体的意见,但在总体上所有参与此事的同仁都认识到这是我们多年企盼的一部大作品。由于它那惊人的真实感,厚重的历史感,典型的人物形象塑造和雅俗共赏的艺术特色,使它在当代文学史上必然处在高峰的位置上。由此,我们一致认为应该给它以最高的待遇,即在《当代》杂志连载,并由人文社出版单行本。1992年8月上旬,主持《当代》工作的朱盛昌签署了同意何启治在《当代》1992年第6期和1993年第1期连载《白鹿原》的终审意见;1992年9月,我从《当代》调任人文社主管当代文学图书出版工作的副总编,1993年1月18日,我作为书稿的终审人又签署了这样的审读意见:"这是一部显示作者走向成熟的现实主义巨著。作品恢弘的规模,严谨的结构,深邃的思想,真实的力量和精细的人物刻画(白嘉轩等可视为典型),使它在当代长篇小说之林中成为大气(磅礴)的作品、有永久艺术魅力的作品。应作重点书处理。"

《白鹿原》在1993年6月出书。

1992年春天陈忠实在他家院子里的梨花绽放前大约一个礼拜,把《白鹿原》的手稿郑重地交给高贤均和洪清波,同时就有一句久蓄于心的话涌到唇边:我连生命一起交给你们了!

现在,他视同生命一般的皇皇巨著,虽然受到过一些有相当道理的批评,受到一些误解,也受到过某种有形、无形的压制,然而,《白鹿原》毕竟一出世便无可置疑地拥有了当代文坛多年罕见的震撼千千万万读者的轰动效应。它被誉为"一代奇书"、"方之欧西,虽巴尔扎克,斯坦达尔,未肯轻让"(范曾语)的巨著,是"比之那些获得诺贝尔文学奖的小说并不逊色"(梁亮语)的大作品。《白鹿原》在中国当代文坛上,毫无疑问是小说丛林中的一棵枝叶茂盛、葳蕤光辉的大树,确确实实是一座拔地而起的风光无限、撼人心魄的艺术高峰。

完成了《白鹿原》这件重活、大活、绝活,陈忠实不但超越了自己,也在一定意义上超越了他的老师柳青。决不是忠实的学问比老师大,而是他有了超越老师、走自己的路的觉悟之后,作了坚忍不拔的几乎耗尽心血的奋斗牺牲

(石家庄一位医生或护士在给陈忠实的信中说:"我想写出这本书的人不累死也得吐血……不知你是否活着还能看到我的信吗?");还因为时代不同了,忠实有了更多的参照,更少的束缚,有了更自由的创作条件。

陈忠实当之无愧地得到了许多荣誉并享誉海内外。现在,他那颗沉重的心可以放宽松一些了,他有理由发出欣慰的笑声了,他脸上那深深的刀刻似的皱褶似乎也该舒展一些了吧!

三、编者和作者,我和陈忠实的真挚友谊伴随着《白鹿原》奔突向前的步伐而确立、深化和发展。

让陈忠实感到一脸茫然的长篇小说约稿

时光荏苒,转眼间,我与陈忠实从初识到结下真挚、深厚的友谊,已经有将近40年了。

1973年隆冬一个严寒的日子里,我根据陈忠实发表在《陕西文艺》(即《延河》文学月刊)上约2万字的短篇小说《接班以后》,便约请他写农村题材的长篇小说。我们交谈的地点就在西安郊区区委所在地小寨的街角上。在寒风中,陈忠实推着一辆破旧的自行车,颇感惊讶而茫然地听我请他写农村题材长篇小说的建议。

关于我们的初识,陈忠实有这样的回忆:

"1973年隆冬季节,西安奇冷。我到西安郊区区委去开会,什么内容已经毫无记忆了。会议结束散场时,一位陌生人拦住了我,操着不太标准的普通话(以电台播音员为标准),声音浑厚,在他自我介绍之前,我已知觉到这是一位外来客了。在我周围工作和相交的上司同辈和工作对象中,主要是关中东部口音口语,其次是永远都令人怀疑担心患了伤风感冒而鼻塞不通说话鼻音很重的陕北人,那些从天南海北到西安来工作的外乡人久而久之也入乡随俗出一种怪腔怪调的关中话来,我已耳熟能详。这个找我的人一开口,我就嗅出了外来人的气味,他说他叫何启治,从北京来,从北京的人民文学出版社来,找我谈事。我便依我的习惯叫他老何。以后的20年里,我一直叫他老何,没有改口。"

对于我们在西安小寨街头的初识和第一次交谈,陈忠实作了这样的回顾:"他代表刚刚恢复出版工作的人民文学出版社来西安组稿,从同样是刚刚恢复工作的陕西作家协会(此时称陕西省文艺创作研究室,以示与旧文艺体制的区别)主办的《陕西文艺》(即原刊物《延河》)编辑部得到推荐才来找我的。他已读过我在《陕西文艺》发表的一篇短篇小说《接班以后》,认为这个短篇具备了一个长篇小说的架式或者说基础,可以写成一部20万字左右的长篇小说。我站在小寨的街道旁,完全是一种茫然,且不用吓了一跳这样夸张性习惯用语。我在刚复刊的原《延河》今《陕西文艺》双月刊第3期上发表的2万字的短篇小说《接班以后》,是我平生发表的第一篇小说,也是我自初中二年级起迷恋文学以来的第一次重要跨越(且不在这里反省这篇小说的时代性图解概念),鼓舞着的同时,也惶惶着是否还能写出并发表第二、三篇,根本没有动过长篇小说写作的念头,这不是伪饰的自谦而是个性的制约。我便给老何解释这几乎是老虎吃天的事。老何却耐心地给我鼓励,说这篇小说已具备扩展为长篇的基础,依我在农村长期工作的生活积累而言完全可以做成。最后不惜抬出他正在辅导的两位在延安插队的知青已写成一部长篇小说给我佐证。"

对于这次未必完全符合艺术创作规律的谈话,陈忠实的评价是:"我首先很感动,不单是老何说话的内容,还有他的口吻和神色,在我感到真诚的同时也感到了基本的信赖,即使写不成长篇小说,做一个文学朋友也挺好,他应该是我文学生涯以来认识的第一个北京人。"(以上引文见于陈忠实的《何谓益友》)

我是1959年夏从武汉大学中文系毕业后分配到人民文学出版社工作的。此前只是按照"阶级斗争"的基调组织过并编写过一些所谓"揭露资产阶级"的作品,如《天亮之前》之类。除了柳青的《铜墙铁壁》,并没有进入真正意义上的"中国当代长篇小说"这个领域。

那么,我作为人民文学出版社的编辑,怎么会在组稿活动中做出让陈忠实感到一脸茫然的事来呢?

首先,应该承认这是时代造成的。那时候往往就是根据领导意图和政治需要来组织写作的。既然我可以带着"揭露资产阶级"的任务到上海荣氏纱厂通过采访写成印行近40万册的"小说"《天亮之前》,既然我可以带着类似的政治任务到延安组织只读过初中的知青作者写反映知青生活的长篇小说,那么,为什么不可以组织高中毕业后就长期在农村底层工作、熟悉农村,且已发表了2万字短篇小说的陈忠实来写农村题材的长篇小说呢?

其次,这是我在出版社的工作岗位决定的。人民文学出版社作为一个具有优良传统和较大影响的文学专业出版社,其内部有着严密的分工。经过"文革",1973年我刚从五七干校调回出版社,被分配在组织长篇小说出版的现代文学编辑室小说北组工作,西北,特别是陕西是我的工作重点。我不是什么天才编辑,认真负责的态度和对文学专业的热情还是有的。我也没有什么超乎常规的诀窍,毋宁说用的是笨方法:陕西的柳青、杜鹏程、李若冰、魏钢焰、贺鸿钧等老作家和路遥、陈忠实等年轻作家的基本资料都在我的"作家资料"笔记里有所罗列。这一切,使我对陈忠实不至于一无所知,也决定了我向陈忠实组稿,就只能约请他写长篇小说(当时人民文学出版社还没有可以发表中短篇小说的《当代》杂志)。

第三,当然也和陕西省作协向我推荐了陈忠实有关。正如陈忠实所言,"陕西省文艺创作研究室"向我推荐了陈忠实。

由此可见,1973年在小寨街头,我在寒风中向陈忠实约写长篇小说的行为,今天看来,未必是成熟的表现,但也确实如陈忠实所说,却是真诚的,也是出于基本的信赖。以为陈忠实立即就可以写出好的长篇小说来,那是幼稚无知,但一个以文学编辑为终身职业的人,如果不想和有潜力的作家交朋友,那他除非是个傻瓜。事实证明,正是我和陈忠实始于1973年的真挚友谊,以及后续的服务工作,使他在20年后必然会把惊世之作《白鹿原》交到我的手里,一定会交给人民文学出版社和《当代》杂志。

陈忠实是在农历腊月二十五,即1992年1月29日写完《白鹿原》的最后一句话。但他还不是很有把握,他只是告诉妻子和孩子,同时嘱咐他们暂且守口,不要张扬。他怕的是,如果不是作品的艺术缺陷而是触及到某些方面不能承受,便只好将它封存起来,直到社会对文学的承受能力增加到可以接受《白鹿原》这样的作品再说。幸而,思想解放和社会的发展使陈忠实终于决定这个长篇小说稿子一旦完成,就立即投送出去,一天也没有必要延误和搁置。于是,陈忠实写道:"我终于拿定主意要给何启治写信了……一封期待了4年而终于可以落笔书写的信,我将第一次正式向他报告长篇小说《白鹿原》

写成的消息。"(见陈忠实《何谓益友》)

如上所说,当我奉调到《当代》杂志当编辑之后,一直关注着陈忠实的长篇创作,却也信守着关心而不催逼的诺言。而陈忠实是个讲究诚信的人。因此,当陈忠实完成了《白鹿原》,并决定可以把它投送出去时首先想到的,就是写信给时任《当代》杂志常务副主编的我。陈忠实说,"大约到公历(1992年)2月末,我决定给何启治写信,报告长篇完成的消息,征求由我送稿或由他派人来取稿的意见。如能派人来,时间安排到3月下旬。按我的复阅进度,3月下旬的时限是宽绰富余的……信发走之后,我才确切意识到《白鹿原》书稿要进人民文学出版社这幢高门楼了。"(见陈忠实《何谓益友》)后来陈忠实还告诉我,尽管此前(1991年夏天),已有上海文艺出版社的张女士和作家出版社的朱女士先后向他组过长篇稿子,陈忠实都以与我有约在先须守友道为由婉言谢绝了。

哦!《白鹿原》,美丽的《白鹿原》,魅力四射的《白鹿原》,等了几乎20年,盼星星盼月亮,我总算把你盼来了!

编辑生涯中的唯一:我既是《白鹿原》的组稿人、终审人,还是它的责任编辑

我把陈忠实来信交给当时主管《当代》杂志工作的人文社副总编朱盛昌等人传阅,商议后便安排当时当代文学一编室(主管长篇小说书稿)的负责人高贤均和《当代》杂志的编辑洪清波去西安等地组稿。陈忠实在1992年3月25日到车站接高、洪二位,过了两天把一大包沉甸甸的稿子交给他们:"那时忽然涌到嘴边一句话,我连生命都交给你们了,最后关头还是压到喉咙以下没有说出,却憋得几乎涌出泪来。"(见陈忠实《何谓益友》)

高、洪二位在西安开往成都的火车上便看起了这部陈忠实视为生命一部分的小说,一看便不由得拍案叫好。面对《白鹿原》,我们《当代》杂志和人文社所有参与看稿的同仁们总体认识都是一致的,一些具体的意见也在讨论沟通中得到了大致的认同。这样,从1992年4月到6月,《当代》杂志和当代文学一编室共6位编辑先后看完了这部50万字的长篇小说,并分别签署了审读意见。《白鹿原》分两期在《当代》连载(1992年第6期和1993年第1期),并在1993年6月出版单行本。

按照人文社的惯例,对作品负终审责任的人一般是不会同时担任责任编辑的,只有作品确实重要,编辑部又可能要面对上级领导和社会上的某种压力,终审人才会同时成为责任编辑以示郑重承担责任。

我正是从这个意义上成为初版《白鹿原》的三位责任编辑之一。由此,便成就了我的编辑生涯中的唯一:我既是《白鹿原》的组稿人、终审人,还是它的责任编辑。

《白鹿原》就这样在《当代》和人文社编辑们的赞赏关注之下横空出世,走向社会,走向读者。

东边日出西边雨,欢呼之外有杂音

《白鹿原》面世以来,在评论界好评如潮,新闻界热情欢呼和读者争相购阅,一时"洛阳纸贵"的情况下,还另有一种不同的声音。

例如,朱伟就在他的《〈白鹿原〉:史诗的空洞》一文中说:"这部《白鹿原》使陈忠实丧失了自己。"然后慨叹:"一部使艺术家丧失了自己的作品,被捧上了那样的高位,这难道不是中国文学的悲哀吗?"张颐武则在《〈白鹿原〉:断裂的挣扎》中表示惋惜说:"《白鹿原》却仅仅是一个在断裂处挣扎的文化产品。陈忠实的卓绝的努力和虔诚的创作态度并未结出理想的果实。"孟繁华也认为,《白鹿原》不过是引领着读者在已往的"隐秘岁月"里,作了一次"伪'历史之旅'"——即"消闲之

1993年3月23日,何启治在西安《白鹿原》研讨会上(摄影者:郑文华)

旅"而已。(上引三文均见于《文艺争鸣》杂志1993年第6期)

如果说,上述言论只是文艺圈内不同的意见,仁者见仁,智者见智,本属正常的学术性争鸣的话,另外有些现象就只能让人深深感到压抑而又无奈了。

1993年7月,在好评如潮的情况下,我理所当然地组织一些评论家写文章,并将朱寨的《评〈白鹿原〉》和蔡葵的《〈白鹿原〉:史之诗》两篇短文送首都某大报。清样都排好了,就要见报了,却最终被退了回来。原来是某领导机关有一位负责人不喜欢《白鹿原》,指示不要宣传《白鹿原》,于是批评或赞扬《白鹿原》的文章便都不让发表。(这两篇文章后来收入2000年7月人民文学出版社出版的《〈白鹿原〉评论集》,已经是在报纸禁发7年之后了。)

1993年11月,人文社奉命以《当代》杂志编辑部和当代文学一编室的名义,就《白鹿原》的组稿、审稿、编辑、发行等情况向上级领导机关写一份报告。几乎同时,中国作协创研部也受命向上级写过关于《白鹿原》的报告。这期间,新上任的某领导机关一把手还曾约人文社前总编辑屠岸,听取他对《白鹿原》的评价和意见。好在这些报告和谈话虽然反映了某些批评意见,但总体上都是肯定《白鹿原》的。屠岸还明确指出《白鹿原》是新时期人文社出版的最优秀的四部长篇小说之一。(他认为另外三部为:《芙蓉镇》《南渡记》和《活动变人形》)这件事以后并没有下文,但领导机关如此郑重其事地关注一部长篇小说,在我的工作经历里是绝无仅有的,也是十分罕见的。

1996年4月下旬,有关领导机关在福州闽江饭店召开"繁荣长篇小说出版专题研讨会",全国各文艺出版社均有代表参加,我代表人文社与会。会议的总结报告认为,"弘扬主旋律,提倡多样化"是"二为"方向和"双百"方针的具体化。而"主旋律"的含义是很丰富的,即指"一切有利于发扬爱国主义、集体主义、社会主义的思想和精神,一切有利于改革开放和现代化建设的思想和精神,一切有利于民族团结、社会进步、人民幸福的思想和精神,以及一切有利于用诚实劳动争取美好生活的思想和精神。"认为这"四个一切"为长篇小说的出版提供了广阔的天地和丰富的内涵。会议的主持人一开始就传达了中央领导提出的意识形态工作的四项任务,即著名的"以科学的理论武装人,以正确的舆论引导人,以高尚的精神塑造人,以优秀的作品鼓舞人"。整个会议对于《白鹿原》这样在市场上长盛不衰的作品不予置评,肯定了一批作品,批评了一批作品,可就是不提《白鹿原》,仿佛它不存在似的。我在讨论发言中说,我拥护"以优秀的作品鼓舞人"的提法,但决不赞成以是否鼓舞人作为判断作品是否优秀的标准。试问,《复活》《安娜·卡列尼娜》《红楼梦》等公认的中外优秀的长篇小说,难道能用是否鼓舞人来判断它们是优秀还是不优秀吗?这种似乎是另类的意见,自然在会议上得不到呼应。

这种状况到了1997年还没有好转。这年5月,在天津开会评"八五"(1991年—1995年)优秀长篇小说出版奖时,我以评委的身份联合另外两位评委(雷达、林为进)建议把《白鹿原》列入候选作品名单,却意外地受到临时主持人的粗暴干预。我也由此明白,到那时候,在某些文化官员的心目中,长篇小说《白鹿原》竟是连评奖候选的资格都没有的。

就这样,不管读者怎么喜欢,不管文艺评论界如何赞赏,《白鹿原》在长篇小说评奖中却连候选的资格都没有,在报纸上也不让宣传,真是如同被晾在无物之阵里,让人深感压抑而无奈。后来,我从一个在新闻界工作的朋友那里了解到,原来是某领导机关的一位领导人在一次什么会上说了批评《白鹿原》,不要再宣传《白鹿原》的话。这样,就真的把《白鹿原》晾起来了。不管什么正式场合和活动,《白鹿原》竟成了敏感的、可能招祸的、不能碰的话题了。

和这种暗地里的压制不同,某业务主管部门的负责人王枫倒是很直白地说出了他对《白鹿原》的不满。他说,写历史不能老是重复于揭伤疤,"《白鹿原》和《废都》一样,写作的着眼点不对。"并指出,"这两部作品揭示的主题没有积极意义,更不宜拍成影视片,变成画面展示给观众。"(见1993年12月13日《羊城晚报》转引《金陵晚报》常朝晖文)其立场鲜明,态度坚决,只是简单粗暴也一目了然。后来,又听说有位领导干部听取手下某干部汇报对《白鹿原》的看法时,有"你认为《白鹿原》这么好,那你说说它能鼓舞人吗?"的诘问。可见我的"《白鹿原》猜想"其源有自,并非空穴来风。

> 如果《白鹿原》没有获得茅盾文学奖,那就不仅仅是
> 这一奖项的悲哀,而是整个中国当代文学的悲哀了

我曾经明确地说过:"在我看来,《白鹿原》不仅是中华人民共和国建国以来,而且也是五四新文化运动以来,继承了现实主义文学传统的最优秀的长

篇小说之一,是当代中国最厚重、最有概括力、最有认识和审美价值,也最有魅力的优秀长篇小说之一。它荣获当代中国长篇小说的最高奖项——茅盾文学奖,是当之无愧的;相反,如果它没有获得茅盾文学奖,那就不仅仅是这一奖项的悲哀,而是整个中国当代文学的悲哀了。"(见《〈白鹿原〉档案》,载《出版史料》2002年第3期)

让我们回过头来,看一看《白鹿原》诞生以来在各种评奖活动中的情况吧。

1993年6月16日,《白鹿原》获陕西省作协组织的第二届"双五"最佳文学奖。

1994年12月,人民文学出版社由一批资深编辑组成的评委会通过认真讨论和无记名投票,一致同意授予《白鹿原》以"炎黄杯"人民文学奖(评奖范围为1986年—1994年人民文学出版社出版的长篇小说)。

此外,在相当长一段时间内,《白鹿原》在比较具有官方色彩的评奖(例如"国家图书奖")活动中,均告落选。如前所述,在"八五"(1991年—1995年)优秀长篇小说出版奖的评选活动中,它连候选的资格都被粗暴地勾销了。

在这种情况下,《白鹿原》要想冲击中国当代长篇小说的最高奖项,真是谈何容易啊!

第四届茅盾文学奖的评议从1995年启动,到1997年12月19日揭晓,历时两年多,其中的麻烦复杂不难想见。

《白鹿原》先在23人专家审读小组(读书班)顺利通过,却在评委会的评选中出现了不小的分歧,以致评委会副主任陈昌本在评选过程中不得不打电话给陈忠实,转达了一些评委要求作者进行修订的意见。这些意见主要是:"作品中儒家文化的体现者朱先生这个人物关于政治斗争'翻鏊子'的评论,以及与此有关的若干描写可能引出误会,应以适当的方式予以廓清。另外,一些与表现思想主题无关的较直露的性描写应加以删改。"(见《文艺报》1997年12月25日第152期"本报讯")

对上述修订意见,陈忠实表示,他本来就准备对书稿进行修订,本来就意识到这些需要修订的地方。于是,陈忠实又一次躲到西安郊区一个安静的地方,平心静气地对书稿进行了修订:一些与情节和人物性格刻画没多大关系的、较直露的性行为的描写被删去了,如删去了田小娥第一次把黑娃拉上炕的有一些性动作过程的描写,还删去了鹿子霖第二次和田小娥发生性关系的过程的描写。关于国、共两党"翻鏊子"的政治上可能引起误读的几处,或者删除,或者加上了倾向性较鲜明的文字……总共不过删改两三千字的修订稿于1997年11月底寄到人民文学出版社,修订本于12月出书。

据说,在评委会对《白鹿原》的评价出现明显分歧时,延安抗大、鲁艺出身的老评论家陈涌(杨思仲)对《白鹿原》的肯定,对它的获奖起了重要的作用。(但据说陈涌也是主张《白鹿原》要经过修订才能获得"茅奖"的评委之一)陈忠实自己也很看重陈涌的意见,因为是否评上茅盾文学奖是一回事,《白鹿原》是否存在"历史倾向性问题"又是另一回事。所以,当我打电话告诉陈忠实,说陈涌对某位评论家坦言,《白鹿原》不存在"历史倾向性问题",这个看法已经在文学圈子里流传开来以后,陈忠实坦言,"我听了有一种清风透胸的爽适之感。"(参见陈忠实《何谓益友》)

当然,陈忠实本人适当的妥协和对《白鹿原》所作的并非伤筋动骨的修订,对它的获奖也是重要的——毕竟,每个评委只有投一票的权力,哪一票都可能起关键的作用啊!

总之,陈忠实著长篇小说《白鹿原》(修订本)就这样终于榜上有名,荣获中国当代长篇小说的最高奖项——茅盾文学奖。

关于《白鹿原》经过修订才获得茅盾文学奖,当时文学圈内颇有一些对作者不理解的甚至有所贬损的话。对此,我当然不能认同。一方面,作为《白鹿原》的组稿人、终审人和责任编辑,我由衷地赞赏《白鹿原》,另一方面,作为有点阅历的文学编辑,我也深知在我国具体的政治环境下,在中国文坛的具体状况下,《白鹿原》的作者能登上茅盾文学奖的颁奖台,是多么难能可贵,值得我们珍惜!

因此,在1998年4月20日第四届茅盾文学奖的颁奖大会后,当中央电视台专题部的孙慧等人在对我的采访中也问及《白鹿原》的修订这一类问题时,我当即明确地表达了自己的看法:

第一,作为《白鹿原》的组稿人、终审人和责任编辑之一,我要负责任地说,《白鹿原》的修订并不是如有些人所顾虑的,是"伤筋动骨"而至于"面目全非"。牡丹终究还是牡丹。修订过的《白鹿原》不过是去掉了枝叶上的一点瑕疵,而牡丹的华贵、价值和富丽却丝毫无损。

第二,如果我是茅盾文学奖的评委,我会痛痛快快地给《白鹿原》投上一票,而不会要求对它进行修订。因为《白鹿原》在深刻思想内涵和丰厚审美意蕴上的出类拔萃是毋庸置疑的客观事实。至于作品的缺点,那是世界文学名著也在所难免的,是改不胜改的。

第三,如果《白鹿原》的作者只有作适当的妥协才能使它获得茅盾文学奖,那么,我是理解并且支持作者作适当妥协的。因为《白鹿原》获得中国当代长篇小说的最高荣誉,对繁荣长篇小说创作有利,对发展整个当代文学有利——《白鹿原》能够蹚过去的地方,其他文学作品也应该能够蹚过去。因此,我对《白鹿原》终于获得第四届茅盾文学奖的殊荣表示由衷的祝贺。

几乎同时,我写了一篇短文《欣喜·理解·企盼》发表在《中华读书报》上。我如实地介绍了《白鹿原》修订的实际情况,强调"理解、支持《白鹿原》的修订和获奖,就是理解、支持一种实事求是的精神"。我确实难以认同不顾中国国情的唱高调和说大话。当我在长途电话里把这篇不到2000字的短文念给陈忠实听之后,他直说"好着呢,好着呢。这一下我用不着另外写啥了"。我确实说了一些陈忠实当时不大好说、不大方便说的话。我觉得一个优秀编辑和一个优秀作家在面对某种困难时,就应该而且必然会这样互相理解和互相支持。否则,还怎么能称之为"知音"呢!

1998年7月,中央电视台"读书时间"节目组在无锡组织了一次活动,其中一个内容是由与会嘉宾举出20年来自己最看重的一部书并略述理由,作为对新时期以来优秀出版物的肯定和回顾。当主持人李潘把话筒交给我时,我毫不犹豫地说:"作为一个文学编辑,20年来我最看重的一部书就是陈忠实著长篇小说《白鹿原》,理由就在于它所具有的惊人的真实感,厚重的历史感,典型的人物塑造和雅俗共赏的艺术特色。"

我想,这也可以看作我个人参加的一次优秀图书评选活动吧。但当时有与会的朋友说,《白鹿原》毕竟还是个敏感的话题,你这样表态恐怕未必通得过,公开播出这个节目时,你的话很可能会被删掉。我对这位好心朋友的看法能够理解,而私下里却以为,也不一定会把我的话删掉,如果照放,那就说明我的认识在相当层次上还有知音呢!

果然,这个节目正式播放时,我的话并没有被删掉。为此,我真是打心眼里感到高兴。

在中国当代长篇小说里,《白鹿原》该不
该坐第一把交椅,它的重要贡献在哪里?

让我们先看看如下的一些基本事实:

《白鹿原》于1999年入选"百年百种优秀中国文学图书"(复评委、终评委的认真公正和权威性不亚于"茅奖");《白鹿原》入选1999年由谢冕教授主编的《百年中国文学经典》,其中中华人民共和国成立后入选的长篇小说只有五六部。

据陈忠实介绍,国内至今已出版了13部《白鹿原》的评论专著,单篇评论300多篇。《白鹿原》在香港出了"天地图书"版,在台湾先后有两家出版社出版,韩国出了韩义版,日本出了日义版,越南没有跟作者打招呼出了越文版,不久前正式出版了法文版,英文版正在翻译中。《白鹿原》在海内外影响之大由此可见。

我们当然还可以从小说的基本要素来考察《白鹿原》。例如说,它有精心的结构,有诸如白嘉轩、鹿三、田小娥、朱先生等独一无二的人物形象,有好看的堪称经典的故事,有个性鲜明的、有张力的语言等等。

但是,推崇、肯定《白鹿原》的最重要的依据,我认为还是要从它对中国当代文学的开拓性、突破性方面来寻找。从这个角度来看,《白鹿原》对历史的反思是具有空前深度的。《白鹿原》真实准确地描写了中国人在20世纪前半叶的生活状态和心路历程,波澜壮阔,惊心动魄。它通过对我们这个民族的"秘史"的书写,让读者陷入深深的思索:我们为什么几十年来都在腥风血雨、恩怨情仇中厮杀与折腾,中华民族如何才能走向真正的繁荣昌盛与达至现代文明社会?

社会历史在进步演变的过程中,会使人们对一些事物或一部重要作品有新的认识。关于《白鹿原》也一样有这种现象。1997年12月,茅盾文学奖的部分评委坚持要陈忠实对《白鹿原》作修订的两点意见,大约10年后都有了不同的反响。

其一,是车宝仁在《〈白鹿原〉修订版与原版删改比较研究》一文中指出,修订版删改原版2260多个文字符号,修订版比原版少了1900多个文字符号,对朱先生指国共斗争"翻鏊子"、折腾老百姓的说法的删改,"显得生硬不自然","这里的修改很难说修改得很好"。他对这种删改的合理性显然是存疑的。至于对性描写的删改,则认为"随着社会和时代向前推进,社会观念的变化,将来人们会更多地看重原版的价值。此书在20世纪90年代前期出版时一些人批评其性描写,而新世纪以来已未见此类批评,也能说明读者、评论家观念的推进。"(参见《说不尽的〈白鹿原〉》第712页—727页,陕西人民出版社2006年11月第1版)

其二,是陈忠实自己明白无误的表述。关于《白鹿原》中朱先生的"鏊子说",他指出"这里有一个常识性的界限,作品人物对某个事件的看法和表态,是这个人物以他的是非标准和价值判断做出的表述,不是作者我的是非标准和价值判断的表述……这些人物对同一事件大相径庭的判断和看法,只属于他们自己,而不属于作者……读者和批评家可以严格挑剔朱先生等人物的刻画过程里的准确性和合理性,包括他的'鏊子说',是否于他是准确的和合理的,而不应该把他的'鏊子说'误认为是作者我的观点"。而对有人认为"鏊子说"表明作者缺乏智慧的批评,陈忠实的回答是:"把智慧耗费到机巧上,且不说合算不合算,恐怕创作都难以继续了,如果还有作家的道德和良知的话。"(引自《寻找属于自己的句子——〈白鹿原〉写作手记》,载《小说评论》2008年第1期)陈忠实毫不含糊的反批评的态度再鲜明不过了。

当然,如果要从民族学、政治社会学、史学、文化学等多方面来剖析、研究《白鹿原》,我们还有许多话可以说。要不然,评论、研究《白鹿原》的专著时间不长怎么就会有13种之多呢!

我不可能就中国当代长篇小说作正式的调查,但近年来我在相熟的评论家、编辑家、作家中提出这样的问题:当代中国长篇小说中,如果要排个座次,你们认为谁该坐这第一把交椅呢?

有意思的是,他们竟不约而同地认为,《白鹿原》当之无愧地该坐这第一把交椅。如果再按二三四五排座次,那意见分歧可就大了。

我所说的"调查"结果,是2008年9月以前的事(请参看《我与陈忠实和他的〈白鹿原〉》,载《芳草》2009年第1期)。然而,颇有意思的是,我在今年5月刚刚结束的西安之行中巧遇社科院文学所的评论家白烨(他到延安来参加毛泽东《在延安文艺座谈会上的讲话》发表70周年的纪念活动),从他那里听到了几条有关《白鹿原》在中国当代长篇小说中排座次的令人高兴的最新信息：其一，据说在深圳某报举办的包括网络、电话等形式的评选活动中，在"改革开放30年对中国影响最大的30部书"的评选中，入选的长篇小说只有两部，即拉美的《百年孤独》（马尔克斯）和陈忠实的《白鹿原》；其二，是南京的某大型文学刊物邀约一批有影响的中青年评论家评选当代最佳长篇小说，陈忠实的《白鹿原》以较大的优势毫无争议地当选。

这些信息，起码没有出乎我的意料之外。

然而，我们现在恐怕还不能说，对《白鹿原》的误解和简单化干预的态度和行为从此就不会出现了。

最近几年的一些例子是：2006年9月，以濮存昕为首的北京人艺在首都剧场演出话剧《白鹿原》。9月15日夜，在陈忠实下榻的北京松鹤大酒店909室，我听到陈忠实所介绍的、有关方面审查话剧《白鹿原》时的几条批评意见：一、鹿子霖和田小娥在舞台上脱裤子的戏太露了；二、白灵面对党旗和鹿兆鹏宣誓入党后激动地拥抱了鹿兆鹏，太不严肃；三、在关中子弟兵组成的十七师当团长的鹿兆海，不是死于日寇而是死于红军的枪口下，这样处理不好。陈忠实说，第一条、第二条已考虑适当改一改，第三条意见就没有道理。我要揭露的正是蒋介石真内战假抗日（请参看《白鹿原》第29章），有什么不好呢？

争论的结果是：濮存昕他们按照原计划演出，没有禁演，但有关方面也不让公开宣传话剧《白鹿原》。

由于观众欢迎，2007年11月北京人艺重演《白鹿原》。陈忠实到北京开会，11月2日晚我在华侨大厦见到他，又说起正在演出中的话剧《白鹿原》。陈忠实说，还是可以演，但不让宣传。无奈中竟也有点无所谓的样子。

此外，还有舞剧《白鹿原》，还会有根据长篇小说《白鹿原》改编的电影和电视连续剧。它们会有怎么样的命运呢？听说电影《白鹿原》今年下半年就要公映了，真是让人高兴。但又听看过原片的人说，三个半钟头的原片公映时要删去个把钟头的胶片。删后公映的片子会成个什么样子呢？它会不会像有人所担心的成为有头无尾的令人遗憾的作品呢？

小说名著的改编肯定不容易，改编为视觉形象的艺术作品难度也会更大。而像《白鹿原》这样有突破性成就也颇有争议的大作品，改为影视作品只怕会尤其难吧。但愿有关方面多一点呵护、支持，少一点简单化的批评和粗暴的干预吧。

高大全式的人物和作品是没有的，优秀乃至伟大的作品却肯定是有的。它们的优秀和伟大不是因为没有缺点，而是因为它们突破性的客观价值和对当代文学创作的杰出贡献。

有了伟大的人物，而不知拥护、爱戴、崇仰的民族，是可悲的；有了堪称为"大书"的优秀作品，而不知呵护、赞赏和热爱的民族，也同样是可悲的。我们有的人为什么比较愿意、比较容易欢呼、赞赏外国的优秀作品，例如《静静的顿河》《百年孤独》等为皇皇巨著，却不敢或不愿意理直气壮地肯定、赞美《白鹿原》等中国当代长篇小说中堪与优秀的世界文学媲美的、厚重而有魅力的大书呢？

幸而，想非难甚至压制《白鹿原》的人毕竟很少。《白鹿原》面世以来，评论界欢呼，新闻界惊叹，读者以持续不断的热情争相购阅，而作品也正克服着各种困难走向舞台，走向荧屏。这是我们这个民族和国家走向进步和成熟的表现。

优秀、伟大作品的诞生，在其作者的心里何止经过"十月怀胎"般的甜蜜而痛苦的历程；它们来到社会上，同样可能要经历诸多磨难，才迎来一朝拨云见日出的境界！（《红楼梦》还是在曹雪芹死后才成为万众公认的民族瑰宝式的伟大作品）我们不妨说，《白鹿原》毕竟还是幸运的，陈忠实毕竟还是幸运的！

"我到西安是来朝圣的。"

2012年5月16日至18日，我和辽宁省作协主席刘兆林、江西省作协主席陈世旭，应陈忠实的邀请先后从北京、沈阳和浙江宁波来到西安。这纯粹是一次文友的聚会，当然也是老朋友的聚会。每一拨客人到达，陈忠实必到我们下榻的雍村饭店（原省委招待所）看望；每顿晚饭，他也必定和我们共餐。吃饭其实也是无拘无束聊天的时候。17日的安排是陈忠实的意思：上午参观陈忠实文学馆，然后到白鹿书院座谈聊天，再到书院的书房题字留念；下午到毗邻的西安思源学院白鹿文学讲堂讲课。18日的活动则全由客人安排。我们选择去法门寺和道教圣地楼观台。

"陈忠实文学馆"几个大字是艺术大师范曾无偿题写的。据说市场价每个字值好几万元，可见范曾对《白鹿原》、对陈忠实是如何赞赏和关爱。展馆内图片、《白鹿原》手稿、相关出版物、《白鹿原》国内外的多种版本和表现馆主成长历程的实物和文字资料相当齐备，可谓丰富多彩，琳琅满目。

下午的讲演由白鹿书院常务副院长、评论家邢小利主持。思源学院白鹿文学讲堂的300个座位座无虚席，坐满了思源学院的文学专业学生和文学爱好者。主持人宣布按年龄长幼为序，由我和白烨、兆林、世旭先后开讲，每人半小时。这样，便由我先讲《白鹿原》的诞生，它的价值和广受欢迎长盛不衰的情况，以及编者和作者之间的真挚友谊。接着由白烨对《白鹿原》的思想意义和审美价值做理论上的阐释。而由《雪国热闹镇》《啊，索伦河谷的枪声》的作者刘兆林，由《小镇上的将军》《镇长之死》的作者陈世旭来和年轻人谈创作，自然是得心应手，博得满堂喝彩和掌声。世旭讲演中笑声掌声不断，忽然间，全场就安静下来了。只听世旭从轻松的语气转为严肃的口吻说：我这次到西安是来朝圣的。朝什么圣？可以说是朝拜"三圣"。第一，西安是圣城，秦隋汉唐等十二朝的古都。汉唐是中国鼎盛的朝代，所以我上午给白鹿书院写字留念时写了"汉唐雄风"四个大字。这样的古都不是很应该来朝拜吗？第二，是来朝拜圣地。这个地方，从唐代就叫白鹿原。到北宋，成了大将军狄青屯兵之地，叫狄寨原。后来还叫白鹿原，却一直是一块荒芜之地，以致陈忠实写作过程中可以在这里烧荒解闷。可自从有了长篇小说《白鹿原》，这道古原就热闹起来了。建起了思源学院等好几座万人以上的大学，塬坡上高高地竖立起陈忠实手书的"白鹿原"碑，当地政府把白鹿原作为发展经济的品牌和抓手。辉煌的文学成果造就了现实的繁荣和巨变，真是让人高兴呵。第三，我是来朝拜圣者的。这圣者就是《白鹿原》的作者陈忠实。陈忠实是为文学献身的殉道者，牺牲者。他为真正的文学耗尽了心血，和路遥、贾平凹等等一起形成了强大的文学陕军。忠实不到60岁就煎熬得满脸沧桑、脸上沟壑纵横了。像忠实这样的圣者我做不到，但我敬重他……

全场热烈的掌声骤然响起。我这才回想起上午在白鹿书院大书房写字留念的情况：陈世旭挥毫写了"汉唐雄风"四个大字，不满意，又重写了一张；旋又写了一联"浐河灞柳原上鹿，秦月汉云唐时风"。白烨写的是："长安白鹿原,文坛制高点"。刘兆林的题联是:"白鹿谁云不还童,原下灞水尚能西"。我只写了"永远的白鹿原"几个字,那是我在1996年冬为长篇小说《白鹿原》郑重其事地写评介文章时所用的题目。

我又想,世旭的圣者说,又何尝不可以作为我行文即将结束时所引陈忠实作词《青玉案·滋水》点题的话呢!这是去年11月中国作协第八次全国代表大会开会时,陈忠实应我之请写好送给我的:

涌出西门归无路。反向西,倒着流。杨柳列岸风香透,鹿原峙左,骊山踞右,夹得一线瘦。倒着走便倒着走,独开水道也风流。自古青山遮不住,过了灞桥,昂然掉头,东去一拂袖。

在我看来,《青玉案·滋水》所描述的滋水(白鹿原下的河流)哪怕倒着流也要冲出骊山昂然东去的意象,既是《白鹿原》所写20世纪前半叶中国人生存状况的真实写照——流着泪、滴着血,苦难艰辛却还有美好希望历史的真实写照,却也是陈忠实经受心灵煎熬,付出心血牺牲的艰辛成长史的真实写照。

《白鹿原》不只是一部令人震撼的雄奇史诗,它还让我们感受到作家不泯的良知、深邃的思想,无畏的勇气和心血的奉献。今天,《白鹿原》的辉煌把陈忠实推到了当代许多优秀的中国作家都难以企及的高端的位置上,但他也已经是满脸沟壑、身心疲惫的古稀老人了。哦,忠实呀忠实,你该注意必要的休息和锻炼了,为了我们愿意罄其所有去奉献的文学,为了美丽的白鹿原,为了众多敬重你、爱你的人,请多多保重吧!

2012年5月28日夜9时,草于北京

附：忠实永生

今年5月4日，我和社长管士光、副主编周绚隆，还有现在的《白鹿原》责编刘稚赶到西安，还没住下就先到陈忠实家，在他的灵堂前向他表示沉痛的哀悼，向其夫人王翠英、女儿陈黎力、陈勉力等亲人表示诚挚的慰问。

第二天一大早，我们又赶到远在市郊的西安殡仪馆咸宁厅参加吊唁活动。大厅前的广场上，早已挤满了自发前来吊唁的读者群众，有的高举陈忠实的遗像，有的高举着不同版本的《白鹿原》。咸宁厅内，高挂着陈忠实的巨幅遗像，在鲜花的簇拥下，陈忠实的遗体上庄严地覆盖着中国共产党党旗，他的头下如他生前所愿枕着一本1993年初版《白鹿原》。吊唁大厅四周密密麻麻地摆放着习近平总书记、李克强总理等中央领导人和各界人士敬献的花

2016年5月4日，人文社社长管士光等到陈忠实家向陈忠实的逝世表示沉痛的哀悼，对其家属表示诚挚的慰问。左起：管士光、刘稚、陈勉力（陈之二女儿）、王翠英（陈妻）、何启治、陈黎力（陈之大女儿）、周绚隆。

圈。现场挽联为:"三秦文胆华夏风骨铸忠实人格笔蕴千钧担天道;终南气象灞原襟怀育白鹿精魂情含万汇传史音"。

当我们一行行礼后在哀乐声中离开大厅时,仍见厅外广场上挤满等候入场的人群;路上,仍见三五成群自发赶来的读者往吊唁大厅赶。参加悼念活动的各界人士约有上万人。亲见人民共和国诞生以来最隆重的作家葬礼,我们在为陈忠实的逝世感到悲痛的同时也略感安慰,因为我们由陈忠实的葬礼而见证了文学依然神圣。

23年前,长篇小说《白鹿原》连载于《当代》杂志1992年第6期和1993年第1期(审稿编辑依次为:洪清波、常振家、何启治、朱盛昌),其单行本于1993年6月由人民文学出版社出版(责任编辑为:刘会军、高贤均、何启治)。

回想我初识陈忠实并约请他写农村题材的长篇小说,始于1973年的冬天。

到了八十年代,陈忠实的代表作之一的中篇小说《初夏》几经修改,终于经我之手刊发于《当代》1984年第4期。陈忠实的《初夏》,可以视为他创作长篇小说之前必要的过渡。他的创作上了一个新的台阶。

终于,他可以向我谈及自己的长篇创作了。在1990年10月24日,忠实在给我的回信中谈道:"关于长篇的内容……作品未成之前,我不想泄露太多,以免松劲。……这个作品,我是倾其生活储备的全部以及艺术的全部能力而为之的。究竟怎样,尚无把握,只能等写完后交您评阅。"又说,"此书稿87年酝酿,88年拉出初稿,89年计划修改完成,不料学潮之后清查搞了几个月,搁置到今春,修改了一部分,又因登记党员再搁置。……我争取今冬再拼一下。"最后表示:"待成稿后我即与您联系。您不要惦记,我已给朱(盛昌)应诺过,不会见异变卦的。也不要催,我承受不了催迫,需要平和的心绪作此事。"

我们当然对这未披露书名但倾注全力的长篇充满期待。后来的实际情况就是:1992年2月下旬,我接到忠实的来信,询问是由他送稿到北京还是由我们派人去取稿。我们决定派当代文学一编室的负责人高贤均和《当代》杂志的洪清波到西安去取稿。忠实说,大约3月25日,"在作家协会招待所的客房里,我只是把书稿从兜里取出来交给他们,竟然连一句话也说不出来,那时突然涌到嘴边一句话,我连生命都交给你们了,最后关头还是压到喉咙以下而没有说出,却憋得几乎涌出泪来"。而"出乎意料的是,在高、洪拿着书稿离开西安之后的第二十天,我接到了高贤均的来信。(笔者按:此信写于1992年4月11日,对《白鹿原》备加赞赏,有"这是我几年来读过的最好一部长篇。犹如《太阳照在桑干河上》一样,完全是从生活出发,但比《桑干河》更丰富更博大更生动。其总体艺术价值不弱于《古船》,某些方面甚至比《古船》更高。"等语。)我匆匆读完信后噢噢叫了三声就跌倒在沙发上,把在他面前交稿时没有流出的眼泪倾溅出来了。这是一封足以使我癫狂的信。信中说了他和洪清波从西安到成都再回北京的旅程中相继读完了书稿,回到北京的当天就给我写信。他俩阅读的兴奋使我感到了期待的效果,他俩共同的评价使我颤栗"。(引自《我与人民文学出版社·何谓益友》,人民文学出版社2001年3月北京第1版)

就这样,陈忠实著长篇小说《白鹿原》经过人民文学出版社六位编辑的阅读和编发稿件的劳动,终于横空出世,与读者见面了。

《白鹿原》面世迄今,累计印数已达二百多万册(主要是人文社出版的1993年初版本、修订本、精装本、手稿本、二十周年纪念版、茅盾文学奖获奖书系、"百年百种中国优秀文学图书"书系以及北京十月文艺出版社、作家出版社和文化艺术出版社出版的"陈忠实集"、宣纸本、评点本等)。盗印本已接近三十种,其印数也与正版相近。可见,说《白鹿原》的实际总印数已达四百多万册,当不为过。

《白鹿原》一出世,评论界欢呼,新闻界惊叹,读者争相购阅,一时"洛阳纸贵"。

前辈评论家朱寨指出:"《白鹿原》给人突出的印象是:凝重。全书写得深沉而凝练,酣畅而严谨。就作品生活内容的厚重和思想力度来说,可谓扛鼎之作,其艺术杼轴针黹的细密,又如织锦。"(引自《〈白鹿原〉评论集》第40页,人民文学出版社2000年7月第1版)

张锲说:"《白鹿原》给了我多年来未曾有过的阅读快感和享受。"有"初读《静静的顿河》《战争与和平》《红楼梦》时那种感觉。"(见1993年7月16日《白鹿原》北京讨论会纪要)

范曾读《白鹿原》后即赋七律一首:"白鹿灵辞渭水陂,荒原陌上瘗宗祠。旌旗五色凫成隼,史倒千秋智变痴。仰首青天人去后,镇身危塔娥飞时。奇书一卷非春梦,浩叹化为酒漏卮。"并附言:"陈忠实先生所著《白鹿原》,一代奇书也。方之欧西,虽巴尔扎克、斯汤达尔,未肯轻让。甲戌秋,余于巴黎读

之,感极悲生,不能自已,夜半披衣吟成七绝一首,所谓天涯知己,斯足证矣。"(据范曾赠《白鹿原》作者手迹)

海外评论者梁亮指出:"由作品的深度与小说的技巧来看,《白鹿原》肯定是大陆当代最好的小说之一,比之那些获得诺贝尔文学奖的小说并不逊色。"(《从〈白鹿原〉和〈废都〉看大陆文学》,载《交流》1994年第14期)

不必再征引了。仅此数例,可见海内外读者对《白鹿原》评价之高和反响之热烈。

据陈忠实介绍,国内至今已出版了十三部《白鹿原》的评论研究专著,单篇评论三百多篇。《白鹿原》在香港出了天地图书版,在台湾先后有新锐出版社等两家出版社出版,韩国出了韩文版,日本出了日文版,越南没有跟作者打招呼出了越文版。不久前出版了法文版,英文版正在翻译中。

我们当然还可以从小说的基本要素来考察《白鹿原》。例如说,它有精心的结构,有诸如白嘉轩、鹿三、田小娥、朱先生等独一无二的艺术形象,有好看的堪称经典的故事,有个性鲜明的、有张力的语言,等等。

但是,推崇、肯定《白鹿原》的最重要的依据,我认为还是要从它对中国当代文学的开拓性、突破性来寻找。从这个角度来看,《白鹿原》对历史的反思是有空前深度的。《白鹿原》真实准确地描写了大动荡、大变革的时代生活,描写了中国人在二十世纪前半叶的生存状态和心路历程,波澜壮阔、惊心动魄。它通过对我们这个民族"秘史"的书写,让读者陷入深深的思索:我们为什么几十年来都在风风雨雨、恩怨情仇中厮杀与折腾? 中华民族如何才能走向真正的繁荣昌盛与达至现代文明社会?

社会历史在进步演变的过程中,会使人们对一些事物或一部重要作品有新的认识。关于《白鹿原》也同样有这种现象。1997年12月,茅盾文学奖的部分评委坚持要陈忠实对《白鹿原》作修订的两点意见,大约十年以后都有了不同的反响。

其一,是车宝仁在《〈白鹿原〉修订版与原版删改比较研究》一文中指出,修订版删改原版2260多个文字符号,修订版比原版少了1900多个文字符号。对朱先生指国共斗争翻鏊子折腾老百姓的说法的修改提出质疑。对性描写的删改也不以为然。(参见《说不尽的〈白鹿原〉》第712页—729页,陕西人民出版社2006年11月第1版)

其二,是陈忠实自己明白无误的表述。关于《白鹿原》中朱先生的"鳌子说",他指出这种批评把作品中人物的观点当作作者的观点,是犯了常识性的错误。(请参见《寻找属于自己的句子——〈白鹿原〉写作手记》,载《小说评论》2008年第1期)陈忠实毫不含糊的反批评的态度再鲜明不过了。

自1988年4月起笔写《白鹿原》,陈忠实几乎耗尽了他的全部心血。每周,他回城一趟,从家里带吃的馍回到白鹿原下的祖屋里,靠着冬天一盆火、夏天一盆凉水写作。屋门前十米手植的一棵梧桐树,从大拇指粗长到胳膊粗,有了可以给主人遮挡阳光的绿荫。梧桐树见证了陈忠实写《白鹿原》付出的一切艰辛。为了完成《白鹿原》的创作,陈忠实不知经受过怎样的心灵的煎熬,付出多少心血与牺牲。石家庄的一位医生或护士在给陈忠实的信里说:"我想写出这本书的人不累死也得吐血……不知你是否活着,还能看到我的信么?"

所以,作为《白鹿原》的组稿人、终审人和责任编辑之一,我和我的同事们说过,一个编辑,一生中能遇到陈忠实和他的《白鹿原》,是我的幸运。关键在于你遇到这样厚重的文学经典(在文学史上不管有多少争议都是无法回避、绕不过去的作品)时,不管有多大的压力,都要敢于为它拍胸脯、做保证,甚至立下"军令状",愿与这样优秀的作品共荣辱,与它的作者同进退。

陈忠实当然是重友情、讲信义的作家。对我,对咱们《当代》杂志和人民文学出版社,从相识、相交以来,一直如此。

2012年5月,我和辽宁省作协主席刘兆林、江西省作协主席陈世旭,应陈忠实之邀访问白鹿原。我们参观陈忠实文学馆,在思源学院白鹿讲堂讲课,在白鹿书院座谈、题辞,到原上采摘樱桃……老朋友聚在一起度过了几天愉快的时光。

其间,陈忠实和我商讨了在人民文学出版社设置"白鹿当代文学编辑奖"的事。我们在一起商量了初步的方案,如章程草案之类。我曾建议就以"陈忠实"冠名,他却以"白鹿"取代了自己的名字。

我回到社里便向当时的社长潘凯雄和总编辑管士光报告了。他们俩都表示积极支持。其后,潘凯雄调任中国出版集团副总裁,"白鹿奖"的事便由新社长管士光主持。

2013年1月7日,由社长管士光主持召开"白鹿当代文学编辑奖"评委会。评委还有付如初、赵萍、杨柳和我,参与其事的还有当时的总编辑助理——我们戏称之为"秘书长"的周绚隆。会议确定了具体的奖项、获奖者名单和有关事项的安排。

3月20日，因健康原因极少外出的陈忠实亲自来到了北京，和管士光一起向荣获"白鹿当代文学编辑奖"的编辑颁奖。颁奖会由新到任的主持当代文学编辑工作的副总编应红主持。何启治荣获"《白鹿原》出版纪念奖·特别奖"；刘会军、洪清波、常振家、朱盛昌荣获"《白鹿原》出版纪念奖·荣誉奖"；于砚章、王建国、刘会军、刘海虹、刘炜、刘稚、包兰英、王鸿谟、许显卿、杨柳、脚印、周达宝、周昌义、胡玉萍、彭沁阳、赵水金、何启治等十七人荣获"白鹿当代文学编辑奖·特殊贡献奖"；杨柳、孔令燕荣获首届"白鹿当代文学编辑奖"。前三项其实就是奖励二十年前组织、编辑、出版《白鹿原》的有功人员，以及奖励《白鹿原》面世二十年来人文社在出版当代优秀文学作品方面有突出贡献的人。"白鹿当代文学编辑奖"则从现在起两年评选一次，奖金由陈忠实提供，新闻发布会等活动经费则由人文社负责，奖励人文社在当代文学编辑工作中有突出贡献的人，借以激励当代文学编辑的工作热情，不断提高人文社当代文学原创作品的品质和社会影响力。

我最清楚，陈忠实是一位忠厚实诚的、对当代文学的繁荣发展有使命感的大作家，是对咱们人民文学出版社有真感情的大作家。新闻界、文学界对此也是认同的。"白鹿当代文学编辑奖"颁奖会后，经媒体广为报道，文坛一时传为佳话。

列夫·托尔斯泰在他的文学札记中说："人一生的幸福，是能为人类写一部书。"这里的"一"当然只是泛指的数量词。他自己的传世之作就有《安娜·卡列尼娜》《复活》和《战争与和平》等。同样，法国的伟大作家雨果，也因为他的《巴黎圣母院》《悲惨世界》和《九三年》而彪炳史册。那么，我想我们可以毫不夸张地说，陈忠实的《白鹿原》当然也属于"为人类写（的）一部书"。

去年10月23日，我和人民文学出版社的周绚隆、刘稚到西安去看望病中的陈忠实，给他带去散发着油墨清香的10卷本《陈忠实文集》（包含他的所有文学作品，共380多万字）。不久，又看到了邢小利著《陈忠实传》（陕西人民出版社2015年11月第1版）正式面世。我想，这些对病中的忠实都是一种安慰吧。

1936年10月19日鲁迅病逝于上海。10月24日郁达夫在《怀鲁迅》一文中十分沉痛地说:"没有伟大的人物出现的民族,是世界上最可怜的生物之群;有了伟大的人物而不知拥护、爱戴、崇仰的国家,是没有希望的奴隶之邦。"我们当然不会简单地把忠实与鲁迅相比,但就应该懂得拥护、爱戴、崇仰我们这个民族、国家出类拔萃的杰出、伟大的人物来说,其精神是完全一致的。好在我们已经跨过了那个不幸的时代,我们已经知道爱戴、崇仰我们的大作家陈忠实。

书比人长寿。精神的影响比物质的东西更深远。

有陈忠实的作品在,有《白鹿原》在,陈忠实就是永生的。我们真挚的朋友、我们敬爱的大作家陈忠实同志永远活在我们心里,永远活在千千万万读者之间。

是的,我们一定会记住永生的陈忠实。

啊,白鹿远行,呦呦鹿鸣。精魂犹在,长留人境。

2016年5月1日
写于寓所北窗下,其时我的视力已下降至0.1。

竹林：从球友到文友

> 我与球友之间，似有一种神秘的心灵感应，
> 甚至打过几次球，便终生相知

说起我和竹林的初识，真是有点奇特：既没有熟悉的朋友介绍，也不交谈文艺问题，甚至刚开始彼此都不知道对方的姓名，就连地点都出人意外——竟是在人民文学出版社前后楼之间一片大概有两个篮球场大的空地上。那是刚刚打倒"四人帮"不久的时候，政治上是"乍暖还寒"，经济上依然是一片萧条，这片空地上不会像上个世纪九十年代以后那样停满了公家和私人的各种品牌的汽车。那么，是什么成为我们相识的媒介呢？原来，竟是一只小小的羽毛球。是的，我们是因为休息的时候在这片空地上打羽毛球而相识的。我们是球友。

后来，竹林在《我的球友》这篇回忆文章中，对我们的相识相知有更详尽生动的记述。让我们看看她的叙说吧。

1975年岁末（笔者按，应为1978年，1975年我作为首都各部委派出的援藏教师队之一员，正在青海的西藏格尔木办事处中学和拉萨等地工作），我住在北京人民文学出版社修改我的长篇小说《生活的路》——这是我的第一部长篇小说，也是后来被公认的"文革"之后一代下乡知青的第一声呐喊。然而虽有种种殊荣，但当时我的心情十分压抑，原因是我所在的上海工作单位的领导，由于我写这部小说而召集全体群众开大会批判我。我虽然经过"文革"，也下过乡，可挨批还是头一次。从年龄上讲，批我的人大多可称作"叔叔阿姨"，甚至"爷爷奶奶"，平时我无比尊重他们，甚至在批判会那天，滋润他们焦渴咽喉的开水，也还是我去打的。

我十分不明白他们为什么要对我这样一个渺小的、无亲无故无家可归,除了这部稿子外一无所有的小姑娘如此仇恨!人究竟为何物!为什么在残杀自己的同类时比普通的动物更凶狠?这种人生的幻灭之感直至我历尽曲折来到北京,始终伴随着我。因为人民文学出版社在热情肯定了我这部书稿之后又提出一些意见让我修改。所以,我这时所面临的,不啻一场严峻考验:若书稿改好得以顺利出版,回去以后也许他们暂时还不敢拿我怎样;若改不好不能在国家的出版社出版,则完全"证明"了原单位批判的正确,等待我的也许是比批判更糟糕的结局——单位领导早早已扬言过要待我回去之后再算账的。

按照修改意见,改动并不是很大,但有一条很让我想不通,就是非让我把自杀的女主人公改得活过来不可。

我是个死脑筋,总觉得这么改不如原来的好,可不改又通不过,实在憋不出一个万全之策,就跑到楼下院子里去打羽毛球。

很长时间,我不知道跟我打球的球友叫什么名字。反正每天上午十点左右,他就从对面楼里的鲁迅著作编辑室里走出来了。他告诉我,他的工作是研究鲁迅,还打算写一本《少年鲁迅的故事》——于是我就在心里叫他"鲁迅"。

"鲁迅"戴一副深度近视眼镜,斯斯文文的有学者风度,打起球来也不慌不忙。与"鲁迅"相比,我就有些疲于奔命了,忽前忽后,忽左忽右,跑得气喘吁吁,终于忍不住大叫:"这不公平,你站着动也不动,尽让我跑!"

"鲁迅"推推鼻梁上的眼镜,"呵呵"笑起来。他笑的时候,被风吹得红扑扑的脸更红了。"我可不是故意的,可不是故意的啊!"

原来我们所打的可谓是"友谊球",以球不落地而能不断地打下去为最高原则,并非要把对方打死。看得出来,"鲁迅"其实也想给我几个"好球",但往往力不从心,又有风,不是偏了就是高了或低了。我总是喊:"你往右边打!"因为右边来的球我最顺手,可他偏偏一个劲地往左。终于让我逮着机会,抡起胳膊狠狠一抽,那球又急又凶地飞向他的左侧。我不无幸灾乐祸地想,这下"鲁迅"斯文扫地啦!

偏偏"鲁迅"敏捷地一个转身,长臂一挥,就把这只球救起来了。我乐了:"好球,鲁——"忽然想起人家并不姓"鲁",赶快噤口。

这天打得特别开心,出了一身汗回到写字台前,感到通体舒坦,头脑豁然开朗:球有各种打法,人也有各种活法。何况书里面,一个被我创造出来的人物,其实要他活也容易得很,只须"自杀未遂",加个尾声让他死而复活。如此既符合了出版社的意见,又不变我的初衷,岂不两全其美?

一切变得如此简单,简单极了!我只花半天时间写好了尾声。然后,稿子通过,我打点行装回上海。

临别时竟没来得及向"鲁迅"告辞。事实上又无法告辞,因为我既不知"鲁迅"的真姓名,也不知他家住何方。走前的两天,我来到每日打球的地方,抬起头,仰望面前的灰色高楼,期待他从那里走出来。

然而他并没有像往常那样,握着拍,嘴角含一丝笑,轻快地从楼上下来——他不见了。

起风了。这北方的风,被固态的沙染得黑黄,铺天盖地席卷而来。这样的天气,连站着都睁不开眼睛,别说打球了。也许,因为这天气的关系,"鲁迅"呆在办公室里不出来了。

我很想径自上楼,到鲁编室去,跟"鲁迅"道一声再见,可终于没去。我在昏黄的风中站了很久,觉得前几日,在蓝天丽日下跟我打羽毛球的"鲁迅"仿佛是个幻影。他的出现,好像就是为了给我一个奇迹,一道灵感,一次人生智慧的启迪。

回沪后,为生活所迫,我久居沪郊农村的一隅,再也没人跟我打羽毛球了。但偶尔也会想起那轻白的小球,想起"鲁迅"含笑的眼睛和敏捷的动作——如淡淡的云飘来,给我几许温柔。

以上,是竹林关于我们成为"球友"的回忆。可是,临别我们并没有道一声再见的机会。她也不知道我叫何启治。如果事情仅仅到此为止,那在我们人生的途程中,也就真像她说的那样,如一缕"淡淡的云",飘过来,然后融入无垠的天幕,化为乌有。

然而却不然。13年后,我们又在这幢灰色的大楼里相见了——不但相见,而且我成了竹林又一部长篇小说代表作《女巫》的终审人和直接的支持者。这是怎样的缘分呵!

陈忠实：这下好了，《女巫》可以写鬼魂，
我为什么不可以写鬼魂呢！

1980年底，我在发完鲁迅的《华盖集》《朝花夕拾》和《野草》等集子的注释本后，按照我个人的兴趣和出版社工作的需要从新版《鲁迅全集》的编辑注释工作转移到当代文学的编辑工作上来。具体地说，是从鲁编室转到了《当代》杂志编辑部。《当代》创刊于1979年，其时还属于草创时期，确实有待充实编辑力量。所以，当我到《当代》报到后，先我在刊物编辑部工作的诗人杨匡满开玩笑地说，欢迎欢迎，盼星星盼月亮呵！

我在《当代》工作这十几年，从管西北、西南片的编辑到编辑部的副主任、主任，从副主编到常务副主编。这时候，竹林又飘然来到我的面前，带着她对文学、对人生更成熟的认识，也带着她装在手提旅行袋里的沉甸甸的、40万字的长篇小说《女巫》复印稿。

13年前的1978年岁末，竹林背着装满书稿的行囊来到北京，来到人民文学出版社这座灰色的五层大楼面前，奢望缪斯的微笑治愈她心灵的创伤。然而，在迷茫的风雪中，缪斯的微笑也是迷茫而脆弱的。加在《生活的路》这部长篇小说头上的罪名是"否定上山下乡运动"。如今，13年后的1991年，加在《女巫》这部长篇小说头上的罪名则是"宣扬封建迷信"。

竹林是在《女巫》被上海某出版社退稿后，怀着忐忑的心情到北京，到《当代》和人民文学出版社来碰碰运气的。行前，深知出版行情的朋友告诫她："现在的行情是，一部书稿，一家要，别家也会抢着要；一家不要，别家也不会要。所以，你可千万别告诉人家这部书稿是上海退了的。"竹林不傻——卖东西的商人怎么会说自己的货色是别人挑选过后不要的呢？

然而，在我这个当年的"球友"，如今的《当代》常务副主编面前，竹林仿佛觉得不说出真相就会愧对纯真友谊似的。

那是在收到《女巫》书稿大约一周后，我打电话给竹林，告诉她，稿子编辑部正在看，我也很快会安排时间看，让她放心，不要着急。

"谢、谢谢——"电话里，传来竹林欣喜又略感不安的声音。

"谢什么，你不是说我们早就是配合默契的球友吗！"我顺口就提到十几年前的往事。

对方似乎一时无语,不知说什么好,稍停才说:"告诉你呀,这部稿子,是上海的一家出版社退了的。他们说我宣扬封建迷信……"

啊,原来《女巫》是别人的退稿。我何尝不知道,要肯定一部几十万字的被别人退了的稿子,要有更大的勇气和担当。但我也有独立做出正确判断的自信,便说:"等我看过便会有自己的判断,看过再谈吧。"

其实,虽然我还没有看过稿子,还没有发言权,但在心里已经被竹林这种真诚坦荡的态度所深深感动了。

这使我想起当时一位当红作家柯云路的态度。

柯云路,原名鲍国路。柯云路,是从他妻子罗雪柯,儿子鲍云和自己的名字中各取一字合成的笔名。

刚进入文坛的柯云路是以写工厂改革的《三千万》(刊于《人民文学》杂志)而引人瞩目的。以后,他在《当代》发表他的第一部长篇小说《新星》和"京都三部曲"的第一、第二部《夜与昼》和《衰与荣》。所有这些作品,包括塑造了"当代包青天"李向南这位广受读者喜爱的艺术形象的《新星》,都可以用"直面人生,贴近现实"这八个字来概括,它们都有触及尖锐复杂社会问题的严肃内容和题旨。

1989年早春,当我们得知柯云路又有长篇新作要交给《当代》和人文社时,我们自然以为也许就是"京都三部曲"的最后一部《生与灭》,起码也是直面人生的现实题材作品。在我看来,聪明、机敏、强烈关注现实政治的柯云路怎么变也不会脱离现实人生的轨道。直到捧读《大气功师》,真是大吃一惊。

由于此时柯云路在文坛和社会上已经有了一定的地位和影响,他在处理自己的稿件时已经惯于向编辑部提出一些特别的要求。这就是:事先不透露内容,连书名暂时也不说,只请有终审权的编辑进行封闭式审稿;能用就按他的条件用,不接受就权当作没看过这书稿,对外一律保密。这样,我和《当代》杂志的另一位副主编朱盛昌便被请到北京西三旗的一家乡镇企业的宾馆里住起来(其时柯云路夫妇就住在西三旗他父亲所有的一套一居室的单元房里),唯一的工作就是读柯云路的新长篇《大气功师》,《当代》杂志和人文社用不用三天后表态。我和老朱接受了柯云路三天的招待,也接受了他的探索性作品《大气功师》。1989年北京那场政治风波后,《大气功师》分三期在《当代》

连载。我为它写了肯定这种探索的"编者的话"。

对比柯云路和竹林对编辑部的态度,我固然理解柯云路算计周详的做法,但我自然更欣赏竹林的真诚坦荡。

大约又过了一个礼拜,我约请竹林到编辑部来谈稿。看得出来,竹林有点心里没底的不安情绪,我便开门见山地说:"你这部书稿,在横跨大半个世纪的历史背景中,描述了中国农民的痛苦、挣扎、反抗和希冀。我相信《女巫》这部小说不仅能感动中国人民,也能感动世界人民。这是一部有震撼力的时代纪念碑式的好作品……"

我当然也说了一些具体的修订意见,但就是不提什么"宣扬封建迷信"。在我看来,真实地描绘大半个世纪的中国农民生活不能回避民俗文化和宗教文化中的某些迷信活动。竹林的《女巫》按生活的本来面貌真实地描写了农村中的民俗文化和宗教文化,并给予符合当今科学的描述和交代,这就可以了。

我们几乎给了竹林的《女巫》以最高的待遇:在《当代》1991年第5期选载,全书由人民文学出版社出版。

作为中国当代文学的重镇,《当代》和人民文学出版社在关键时刻给予竹林这样努力创作的作家以有力的支持,不但对竹林本人是重要的,就是在文坛上的影响也是积极的。1997年底,《白鹿原》在作者做了并非伤筋动骨的修订之后,终于荣获第四届茅盾文学奖。陈忠实在获奖后到上海访问。竹林举杯向他表示诚挚的祝贺时,忠实也坦诚地向她回忆了几年前的往事:收到选发《女巫》的1991年第5期《当代》,陈忠实先是躺在沙发上看;看着看着他忍不住坐起来继续看;到后来忠实终于憋不住心里的激动,放下刊物便跑到院子里去。忠实边大步在院子里转悠,边嘀嘀咕咕地说:这下好了,这下好了,《女巫》可以写鬼魂,我为什么不可以写鬼魂呢!

其时,忠实正把他视为生命一部分的《白鹿原》手稿交给《当代》和人民文学出版社,正难免有点忐忑地等待着来自这座文学的"高门楼"的回音呢!

> 竹林并不怀疑自己和千千万万同龄人在踏上征途时那种真诚和热血沸腾的心。但生活终于使她明白:整个上山下乡运动是对一代青年的贻误,甚至是摧残

竹林,原名王祖玲。王祖玲从小跟着奶奶长大。1974年奶奶病逝之后,她就独自生活,靠自己照顾自己。

王祖玲从开始文学创作就以"竹林"为笔名,迄今已过耳顺之年仍不改初衷。为什么?这不仅仅因为"竹林"是"祖玲"的谐音,更主要的是因为经历过上山下乡知青艰苦生活磨练的竹林,亲见了竹子顽强的生命力——在山村高高低低的山旮旯里,只要有一点点土,有一点点水,就会有青翠茂盛的竹林茁壮地生长着。当然,修长翠绿的竹子也有一种高洁的美。竹林爱美,但不欣赏浓艳之美。她说,她只问耕耘不问收获,她不羡慕人家花枝招展。

如前所说,竹林的成名作,是真实讲述上山下乡知青生活故事的《生活的路》。

关于她的这部成名作,有一个奇巧而真实的人生故事是我这个七十望八的文学编辑都难以想象的:有一次,竹林从乡村采访后正要赶回县城的住所。天下着雨,路滑难行,她没有赶上郊区汽车的末班车。摸黑赶路,急慌慌地竟迷了路。屋漏偏逢连夜雨,更糟的是,竟又碰上流氓拦路抢劫。竹林的背包、钱包、雨伞都被抢走了。她只好逃离公路,往路边小道上跌跌撞撞地乱跑。远处终于出现了淡黄色的灯光。慌乱中竹林急不择路地扑了过去。敲开门,接待她的是老两口和一位十六七岁的少女。他们像对待自己的亲人一样给浇得透湿的竹林换上了干净的衣服,端上了热饭热菜;更让竹林激动不已、终生难忘的是,她与女孩同眠的时候,女孩为了安慰她,居然从书架上拿出一本书,用这本书的作者的例子来鼓励她坚强地面对生活——这本书不是别的,竟然就是竹林的成名作《生活的路》!

啊,这比虚构的小说还要离奇的情节却是百分之百的真人真事。在心里暗暗地流泪的竹林被震撼了,她真切地看到了文学的力量!

那么,如此深得年轻人青睐的长篇小说《生活的路》是怎样创作出来,又经过怎样的曲折才得以面世呢?

"文革"后期,竹林被推荐上大学,到了县里又被因家庭出身问题刷了下来。从县城回生产队,突遇暴雨。山洪淹没了竹林必经的名叫涧湾地方的桥。当时不知出于一种什么念头,也许是一种绝望情绪吧,竹林竟冲着滚滚波涛义无反顾地走下去。就在这时,一位素不相识的老农突然在背后喊住了她。他告诫竹林:这里太危险,眼下不要过去。但竹林执意要过,老农便拉着她摸索急流下的桥,一步一步朝对岸走去。桥很窄,只有两步宽。走到中间,滔滔洪水已没过膝盖,水的冲力也更大了。竹林跄跄地弯了腰,眼睛死死盯着脚下的一点点水面,头脑一阵眩晕。老农感觉到竹林的紧张,鼓励说:"不要怕,不要光盯着你脚下的一点点水面,你抬起头来往前看,只要站稳了就行。"竹林试着站直了身子,抬起头,突然视野开阔了,天地变大了。水连着天,天连着水,宽阔汹涌的河里,到处跳跃着白浪!到了对岸,竹林很想说几句感激的话,张了张嘴,却不知道说什么好。直到老农走远了,竹林才想起,该问一问他的姓名、住址呀!但风急雨大,她的喊声淹没在风声里。她只看见一顶红色的油纸伞在雨雾中晃动着,渐渐消失在她的视野里。

此后,在她生命的视野里,这顶红色的油纸伞再也没有消失过。尤其在遇到艰难困苦的时候,它总会让竹林看到生活里人与人之间的同情、爱和真善美的光亮,从而感到温暖,产生渡过难关的信心和力量。

1975年冬,当竹林办好一切手续,成为上海少年儿童出版社文艺编辑室的一名正式编辑之后,她决定再也不写那些在生活中实际上不存在的故事和人物,而要写一部真实地反映她在安徽下乡六年中所感受到的真实生活的小说。她并不怀疑自己和千千万万同龄人在踏上征途时那种真诚和热血沸腾的心。但生活终于使她明白:整个上山下乡运动是对一代青年的贻误,甚至是摧残。

1976年暮春,竹林开始动笔。前年奶奶病逝之后,她和奶奶合住的小阁楼已另有所属。她已无家可归。她只能暂住在单位办公室楼上的一间亭子间里。五月间,当出版社院里的广玉兰绿莹莹的枝叶间缀满了凝脂般晶莹的白色花朵时,她在夜深人静时铺开了稿纸。有时候写到天蒙蒙亮,她会从抽屉里取出一面小圆镜,照一照发黑的眼圈和额上过早出现的细纹,揉一揉发胀的脑门,再用凉水洗一把脸。

到炎热的夏天,她便用冷水泡着脚,用湿毛巾敷着脑袋写。冬天的上海阴冷阴冷,她便等办公室的人走完之后,匆匆套上棉裤和棉鞋,再抱上一只灌满了热水的玻璃瓶。写着写着,瓶里的水冷了,手冻僵了握不住笔,她就站起来,围着桌子跑几圈。听说酒能御寒,她偷偷买了一瓶,但又实在忍受不了那种辛辣,只好又加进糖和水,成了一种怪味的饮料。每逢节假日,她便先在食堂买几个冷馒头,好在深夜里啃着冷馒头充饥……这样直写到1977年的初夏,在她的案头终于堆积起一大摞稿子。小说写完了。

1976年金秋,粉碎"四人帮"举国欢腾的时候,直觉告诉竹林,这部本不准备公开拿出来的书稿,也许会有问世的一天了。

然而,事情并没有那么简单。在某些人看来,知青上山下乡运动依然是毛主席的号召,凡是毛主席所肯定的依然不能否定。何况,那时候要公开发表作品,还要过作者所在单位政审这一关。竹林便首先请社长审稿。还好,社长说太忙没时间看稿,但同意她往外投稿。

这就好。稿子有少数人先看过。有人支持,叫好,也有人发出善意的警告,甚至有人说她是"癞蛤蟆想吃天鹅肉"。这些,竹林都顾不上反驳解释了。她首先把稿子就近交给了上海文艺出版社。退稿。她接着将稿子寄北京的一家市级和一家中央级出版社。还是退稿。理由都一样:不能否定知青上山下乡运动。

几经辗转,稿子到了人民文学出版社现代文学编辑室副主任孟伟哉的手里。孟伟哉以他诗人的激情和敏感肯定了这部小说,并把早春解冻的信息透露给了作者。他用铅笔在书稿上写下这样一段话:"这部小说,我读了一个通宵,掉了几次眼泪。我相信,它出版以后会遭到一些人的反对,但全国一千多万知识青年会支持你,他们的家长也会支持你。努力吧,你是大有希望的!"

有人反对,有人支持,本在意料之中。

然而,还是反对的人出手快。一个批判竹林的大会在上少社召开了。规格不低,以编辑室名义召开,社领导亲自出马。罗织的罪名是:白专道路,名利思想,个人主义,政治品质问题等等。"左"的思想和"武大郎开店"的传统观念都在其中吧。

散会了。竹林独坐在空荡荡的办公室里发呆。她不禁想,数度寒暑的辛劳就要付之东流了,为那个时代、为我的知青朋友讲一些真话的愿望也将化为泡影了……这时,黄昏的天空沐着风,沐着雨,办公室窗外的广玉兰树憔悴的绿叶在深秋的寒风中瑟缩。她饿,却吃不下东西。恍惚中,竹林实在想不明白:我在这里工龄最短,工资最低,每天勤勉地做事,发稿字数在编辑室里也是相当高的。为什么?他们为什么要这样对待我呀?!

她可以忍受委屈和批判,但无法接受这部小说就这样被封杀。兔子急了还咬人呢,我豁出去了。于是,竹林把一张为自己申辩的小字报贴到了食堂里。

反抗的结果是社里宣布不准她住集体宿舍。偌大的上海没有可供她安放一张栖身的小床的地方。她只好赖在宿舍里不走,虽然今天不知明天还有没有可容她安身之处。

然而,无论怎样的晦暗中,她总会看见当年风雨中的那一顶红色的油纸伞。她在困境中没有失去信心。

果然,一些素昧平生的女同事主动找领导帮她说话了。刚复刊不久的《中国青年报》的编辑部主任郭梅尼和当时正准备出国深造的温元凯特意到上海来约见她,给了她很大的鼓励和支持。一些知青朋友也来了。他们读手稿,叹息,流泪,叫好……

然而,压制的力量似乎无远弗届。北京人文社少儿编辑室的某位头头首先发难,他直指《生活的路》是反对上山下乡运动的"大毒草"。孟伟哉无奈地告诉竹林:"脾气也发过了,乌纱帽也掼过了,结果怎样就要看上面了。"

上面?起码是指人文社的社级领导吧?竹林很想给时任人文社总编辑的韦君宜写封申诉的信,但她知道上少社已经有人给国内许多报纸杂志和出版社发了信函,其中有的是盖着单位公章的。对韦君宜来说,盖着公章的公函肯定要比一个素不相识的小作者的申诉信可信得多吧。竹林在彷徨无主中度日如年。就在万念俱灰时,竹林接到了一封来自北京的信。拆开一看,竟然是请她到北京去参加人民文学出版社召开的中长篇小说座谈会的邀请函。这真不啻是满天阴霾中突然出现的一缕让人感到温暖的阳光!

1979年2月,北京友谊宾馆温暖如春的会议大厅里,竹林第一次见到了韦君宜。已届花甲之年的韦君宜坐在高高的主席台上,短发齐耳,五官轮廓分明,一身蓝布衣裤朴素大方,一口京腔干脆利落。竹林想,人文社的驻会主持人很有几分飒爽英姿呵!

她又把敬仰的目光投向自童年时代就崇拜的茅盾先生。坐在主席台中央的茅盾跟神采奕奕的韦君宜不同,显得衰老、温和、慈祥。他那带着浓重浙江口音的普通话,别人听着费劲,竹林听起来却格外亲切。突然,听见茅公提到竹林的小说。他说:"最近,我看了《娟娟啊娟娟……》的详细提纲(按:如前所述,1978年岁末竹林在人文社改稿时曾按出版社编辑部的要求把小说《生活的路》改名为《娟娟啊娟娟……》)这部小说如果写得好的话,是会很感人的。我祝它早日面世。"

一股暖流和巨大的喜悦冲击得竹林有点晕乎了。还没等她回过神来,又听见茅盾在台上叫唤竹林。他说想和竹林见面,说几句话。性格内向、腼腆的竹林更晕了——我在这样一位大文学家面前能说什么话?我的手往哪儿放?我的眼往哪儿瞄?竹林惊慌失措,低着头,缩着手,一动不动,大气都不敢喘。主持会议的严文井社长一催再催,竹林却把头压得更低了。在尴尬中,同样受邀来开会的天津作家冯骥才(当时也有小说《铺花的歧路》引起争议)昂首阔步走上了主席台,代表与会作者向茅公致意,也为不知所措的竹林解了围。

会后进餐,韦君宜突然出现在竹林身边:"你怎么搞的,叫你上台你为什么不上去?!"那责备的口气无异于兴师问罪。"我……我只是害怕,真、真对不起……"竹林嗫嚅着。

"这有什么好怕的,"韦君宜摇摇头,一副不以为然的样子,"你就是一时想不起说什么,也该上去向茅盾同志问个好,这是礼貌嘛!"

韦君宜字字干脆,全不顾竹林的窘态。眼见竹林头都抬不起来,她才放缓了语气说:"我是替你惋惜。惋惜你失去了这么好的一次机会——也许你此生不会再有这样的机会了。"

果然,一年多以后,茅公溘然长逝。竹林在悲痛之余,更真切地体会到当年貌似严厉的韦君宜对她寄予的厚望。

竹林回到上海,单位对她的压制仍未放松,他们宣称要"秋后算账"。

就在她被压得喘不过气来的时候,却接连在《光明日报》和《中国青年报》上看到了韦君宜支持竹林这部长篇小说的长篇评论文章。竹林便想:我有救了,有希望了。

果然,1979年国庆节,一个阳光灿烂的日子,竹林终于收到了来自北京的散发着油墨清香的《生活的路》的样书。此书后来收入人文社的"当代名家长篇小说代表作"丛书,成为竹林作为当代名家的奠基之作。

《生活的路》公开出版之际,正值全国千百万知青大返城之时。书一印再印,累计达数十万册。

竹林每天都收到许多读者来信,有的表达衷心的支持,有的还在信中诉说自己在上山下乡运动中的种种苦难、委屈和不幸。

国内外许多媒体都作了报道。国内率先报道的是发表在《解放日报》上由许锦根写的《正视生活的人》;国外率先报道的是发表在英文版《亚洲周刊》上的由Richard King写的《上海升起的一颗新星》。当时许锦根是复旦大学新闻系的一名学生,而King则是复旦大学的外国进修生。他们都不辞辛劳穿越市区到上海远郊嘉定去采访竹林。

King在第二次采访后交给竹林一封封好的信,并叮嘱竹林等他离开后再看。竹林遵嘱独自打开了这封信。原来里面是一张面额为10元的美金,洁白的信笺上有用纯蓝墨水书写的中文:"竹林,知道你的曲折经历和遭遇。实在很不好意思,这一点点钱,请你吃一顿好一点的饭。"

啊,竹林,竹林,古道热肠,关心支持你的,不仅有中国的男男女女,还有外国的男子汉。你曾经是不幸的,受尽了屈辱和不公平的待遇,然而,却又是如此的幸运啊!

竹林含着热泪珍藏了这封信和这张10元的美钞,透过迷茫的泪雾,她好像又看见了那顶在风雨中晃动的红纸伞。

竹林再次见到King已是一年以后。他从美国飞到上海,告诉竹林,他在剑桥大学的博士论文已获通过,写的正是研究《生活的路》的论文,而他翻译的《生活的路》的部分章节也即将发表。竹林执意请King吃饭,但只字未提及那封让她热泪盈眶的信和10元的美钞。竹林知道这是永远不能触及的话题——直到上个世纪九十年代初King担任加拿大驻华大使馆的文化参赞,直到他从多伦多飞到上海,带来刚刚在夏威夷出版社出版的他翻译的《竹林中短篇小说集》,期间他们有过多次吃饭、交谈,可就是一次也没有谈过那封信。他问得比较多的只是:为什么自《生活的路》以后,很少再看到关于你的消息?你好像从文坛上消失了?

竹林一时无言以对。当初书已出版,竹林的所谓"政治品质"问题不攻自破。然而在那个年代,可以整人的手段还有很多。竹林求告无门,便给韦君宜写了一封倾诉心曲的长信。想不到,在不久召开的全国文代会上,韦君宜以竹林和她的《生活的路》为例,发出了支持和帮助青年作者的热切的呼吁。八十年代初,竹林到上海郊区嘉定农村生活写作时,她又不辞奔波亲自去看望竹林,并执意向在困境中给竹林在图书室的一角安置了一块栖身之地的嘉定二中的张昌荣老校长鞠躬致谢。竹林打心眼里觉得,自己的生命之杯已因这么多的垂恩而满溢,至于她个人是不是从文坛上"消失",实在已经无关紧要了。更何况,文艺界还有许多前辈,诸如茅公、冰心、萧乾、严文井、秦兆阳、江流,以及许多相熟和不相识的朋友在她面临艰难的时候,都曾毫不犹豫地伸出援手,让她终生难忘。

虽然曲折艰辛,却相当完美。《生活的路》的创作和终于面世让竹林认识到:人生的真正意义和价值,就存在于对真善美的渴望和实践,就存在于对思想自由的追求之中。这是人类最终的精神家园。

身为上海人,却坚持到沪郊农村生活,坚持农村题材的写作

竹林当然没有从文坛上消失。只是,有一段时间,她确实是从繁华热闹的上海市中心暂时消失了。

竹林自己坦言,她生在上海,长在上海,甚至也从未太久地离开过淮海路。淮海路上百盛购物中心那种光怪陆离、纸醉金迷的氛围,她不但熟悉,而且还感到有点亲切。她还说她酷爱巧克力,喜欢房间里弥漫着咖啡的香味。但竹林毕竟是赤诚的爱国者,是有使命感的中国作家。所以,她认为我们决不能沉溺其中。她确信,能够一掷千金前来消费的,毕竟只是很少数。城市繁荣的外表不能掩盖我们的沉重的、迫切需要思考和解决的难题。如果忽视和无法解决这些问题,中国的历史和文明就难以有长进。

当然,不仅仅是这些理性的认识,在比较长的时间里,竹林的实际生存环境也使她不能不把关注的目光投向农村。

1980年秋天,竹林一人背着简单的行囊,乘长途汽车来到沪郊嘉定,在嘉定二中这所农村中学的图书室里安了家。张昌荣老校长在学校图书室的书

库里给她安排了一张学生集体宿舍里用的上下单人小木床和一张小课桌。把两条小床单挂在两排书架的两头，竹林便在充满书香和灰尘味的书库里有了一块写作和生活的小天地。出了这所农村的小书库，面对的就是一片小树林和一道弯弯曲曲的小河，小河对岸便是一望无际色彩丰盈的田野。学校里的老师、工友总是投来理解和善意的目光，同学们则是表现出热情和好奇心。竹林很快和他们打成一片，参加了同学们的文学小组活动，听他们讲有趣的故事，和他们座谈。

这种生活并不是由于竹林主观上很早就有深入生活的意识，毋宁说还是出于无奈。如上所说，真实反映知青生活的长篇小说《生活的路》既给她带来荣誉和赞许，也在她的供职单位招致了责难和压力。在上海市中心实在是连一张可以栖身的铺位都安不下了，竹林这才在参加完"文革"后，中国作协举办的第一期文学讲习所的学习后，选择了重返农村，坚持创作的道路。

一年多以后，在上海市委宣传部领导的关心下，嘉定县为她提供了新的临时住所——这是在公房顶上的加层，冬冷夏热，但她毕竟有了一个固定的住所，自己的"家"。她便把这个新家戏称为"寒暑斋"。

在嘉定二中的书库里，竹林和这所农村中学的老师职工和同学们朝夕相处，沉浸在少年儿童美好纯洁的世界里，创作了两部少儿生活题材的长篇小说《夜明珠》和《晨露》。30年后，这两部长篇和后来完成的《竹林村里的孩子们》均被选入了"百年百部中国儿童文学经典书系"，获得了应有的重视和荣誉。

在"寒暑斋"，竹林潜心思考和整理了她所掌握的生活素材，陆续写出了《苦楝树》《呜咽的澜沧江》《女巫》，以及《天堂里再相会》《挚爱在人间》《灵魂有影子》《竹林村的孩子们》《今日出门昨夜归》《蜕》《渔舟唱晚》《蛇枕头花》等一系列长、中、短篇小说。它们几乎都是反映农村生活的，同时也应和着农村变革的时代脉搏。其中，《挚爱在人间》获全国"八五(1991—1995年)优秀长篇小说出版奖"，《今日出门昨夜归》获中宣部第十届"五个一工程奖"和上海市文艺创作精品奖。

竹林迄今已完成长篇和中短篇小说数百万字。最近和读者见面的是连载于《中国作家》2012年9、10期的《魂之歌》[①]。这是一部借"文革"时期外逃

---

① 《魂之歌》已由人民文学出版社出版。

1998年7月何启治在无锡参加中央电视台"读书时间"节目组开播20周年纪念活动。左起：何启治、方方、竹林、贾平凹

缅甸等地的知青生活故事，弘扬爱国主义、理想主义和科学精神的50万字的长篇小说。

从我所涉猎的竹林的长篇小说来看，其中有些突出的特点，我认为是特别值得看重和肯定的。

其一，是独创性和开拓性。艺术创作贵在创新。前人已有的经典性作品应该学习、借鉴，而不是亦步亦趋地模仿。《生活的路》就是一部体现了独创性和开拓性的作品。由于独创，读来备感新鲜；因为开拓，没有前人可借鉴，所以有特殊的震撼力，也容易招致各种质疑和批评（恶意的批判不在此列）。这是为备受苦难、遭尽不幸的上山下乡那一代知青发出的第一声呐喊，说了真话，反映了他们真实的思想和命运。所以，尽管难免有稚拙之处，其历史地位不可撼动。就是同一个作者在十几年后完成的相同题材的长篇小说《呜咽的澜沧江》，虽然有了新的历史高度和思想深度，也不可能取代《生活的路》的历史位置。

其二，是竹林对农村题材、对作品的思想内涵和理想主义的坚守。在某次作品研讨会上，有位青年批评家说，现在我国的农村正在消亡，农村题材已变得没有意义也没有人要看了，可以不必去写了。这种武断无知的发言引起竹林近乎愤怒的反应。她想质问，此刻你手中的香茗、你那胃囊里尚未消化的午餐，难道都是来自钢筋水泥的丛林吗？冷静下来后，竹林还是认为，"我们这个农业大国的城市化进程，还要经历漫长的历史时期。农民问题还是中华民族面临的重大课题。中国向何处去,最关键的就是如何处理好占我国人口绝大多数的农民问题。"(竹林:《无怨无悔三十年》)竹林说到做到。她可以说身为上海人,却坚持到沪郊农村生活,坚持农村题材的写作。生活没有辜负她。她因此体验到了大城市里根本无法体验和理解的许多社会问题和人生哲理,并完成了数百万字主要是农村题材的作品。

此外,我们还注意到了竹林在自己创作的小说中,对深刻思想内涵和理想主义的坚守。她并不欣赏那些思想苍白,只图好看和刺激的游戏人生的作品。一位有理想有担当的商人赚了钱为流浪失学儿童创办了免费提供吃住的学校。后来他破产了,身上唯一最值钱的就是他的肾脏。于是,他卖掉了一个肾,让学校支撑下去。这个感天地泣鬼神的真实人生故事触发了竹林的大爱精神而创作了把文学与科学、幻想完美地融合在一起的长篇小说《今日出门昨夜归》。其实,竹林是借这部青春探秘小说表达对大爱真情和高度文明理想社会的渴望和追求。她以自己很有品位的、张扬完美理想主义精神的大气、正气之作,从而明显区别于眼下文坛上颇成气候的讲述某些青少年所谓另类人生的小说。当然,竹林也以《今日出门昨夜归》这部小说生动、精彩的故事和鲜活的人物形象来表明,她所强调的并不是让小说去宣扬正确然而空洞的思想。深刻的思想和人生哲理当然应该通过血肉丰满的人物形象和他们的命运来体现。所以她说:"小说,要做到的不是追随'时尚'而是创造'时尚'、引领'时尚',要开风气之先,要创道德之最,还要把真正美丽的生活内核挖掘出来,高高举起,告诉大家:这是一朵金蔷薇。它现在很美,将来也会很美;它能经受时间的淘洗,永远是美丽的。"(竹林:《我的思考》)

我也很高兴,高兴一辈子做了自己最有兴趣做的事情

这篇关于竹林的长文该是结束的时候了。

昨天,和竹林通电话时的一些内容却总是在脑际盘桓不去,似乎要我说出来和读者共享。

本来通话是为了核对某些事实和时间,但竹林知道我18日要从三亚飞北

京参加首届"白鹿当代文学编辑奖"的颁奖活动,就一再热情地祝贺我获得该奖项的"特别奖"。听说除了奖励当年(1993年)组织、发表出版《白鹿原》的有功人员之外,还要一次性地表彰、奖励20年来人民文学出版社当代文学方面有突出贡献的编辑,竹林便问,奖励一批人,要好多钱吧?都由陈忠实出吗?

我说,不知道奖金要多少,重在鼓励吧。按章程规定奖金由忠实提供,新闻发布会等活动经费由出版社负责。

竹林说,那怕是少不了。老陈负担得起吗?

我说,这没问题。忠实不但有这笔钱,也真心实意愿意出这笔钱。忠实是一位忠厚实诚的、对当代文学的繁荣发展有使命感的大作家——其实,有的作家比忠实富有、年收入几千万元,可有谁既有资格、又乐善好施愿意拿钱来做这种好事呢?

竹林:对了,我就特别喜欢、赞赏像忠实这样有情有义的大作家。我可比不了他。用十年八年费力写一部长篇,稿费也就一两万,三几万。但我也很高兴,高兴一辈子做了自己最有兴趣做的事情。

我说,你也是有成就的作家,当然也是很好的人,值得交往的朋友。我想给你补充的是:人如果一辈子做自己很有兴趣、又是有价值、对社会有贡献的事情就可以说是幸福的人了。

竹林:说得对。我也有一件很高兴的事情要告诉你:今年4月13日我要在上海基督教会正式受洗参加基督教了。

我说,那好,这也是让人高兴的事。作为老朋友、好朋友,竹林哪,你这辈子活到60多岁,至今还没有组成自己温馨的家,我总觉得是件很遗憾的事。竹林:这下好了,我受洗参加了基督教,我会每天都过得高高兴兴的。我说,那好,你皈依了基督,安妥了自己的灵魂,精神上也就有一个好的归宿了。

竹林:是的,谢谢!

啊,竹林啊竹林,你是上帝的女儿,我衷心地祝愿你在基督的护佑下拥有快乐的人生。

2013年3月17日子夜零时于三亚

张炜与说不尽的《古船》

1986年,在《当代》分工管山东地区的编辑王建国通过热情细致的工作组来了张炜的第一部长篇小说《古船》。当年五六月间,张炜带着他的长篇小说处女作《古船》的修改稿到北京,就住在人文社的邻居中国语言文字改革委员会简朴的招待所里。王建国陪同我(时任《当代》副主编兼编辑部主任)去看他。只见他身穿黑汗衫,理短发,眼眶和脸庞都有点浮肿,慢声细语地说话,还常常微蹙着双眉,一脸疲惫而又难受的样子。听说他用心地写了两年《古船》,写了改,改了再改,定稿时还不满三十岁,而所写故事的时间跨度却有四十年,是从改革开放的20世纪80年代回溯40年代的胶东土改乃至"大跃进"、大饥荒和"文化大革命"。这么年轻的张炜能写好他没有经历过的这一切吗?我不由得产生这样的疑问。张炜就娓娓地向我解释。那内容,后来也成了他在《古船》作品讨论会上发言的一部分。就是说,为了完成他的第一部长篇小说,他"构思、准备前后有四年,具体写、修改用了两年时间"(见1994年10月版《古船》第411页)。谈到这几年的准备时,他说:"我走遍了(芦青)河两岸所有城镇,拜访了所有大的粉丝厂和作坊。我读过了所能找到的所有关于那片土地的县志和历史档案资料,仅关于土改部分的,就约有几百万字。我还访问过很多很多的当事人,当年巡回法庭的官员,访问过从前线下来的伤残者、战士、英雄和幸存者"(见1994年10月版《古船》第410页)。

《古船》所描述的,果然是深沉厚重悲壮动人的故事,其中关于土改,更不乏惊心动魄的画面。它所具有的悲剧美,令人荡气回肠,感慨良多。读这样的长篇小说,读者会深深感受到历史的呼唤。我们有值得自豪、骄傲的光荣历史,也有悲惨、辛酸的民族苦难史,滴着血、流着泪的历史。小说以其强烈的现实感,深厚的历史感和未来意识给人以感染和启迪,使我们在面对复杂、艰难的时势时,仍能看到希望。总之,我认为,这是一部真实感很强,塑造了一些内涵丰富、有典型意义的人物形象,具有开拓意义和史诗品格的大作品。

然而,我在读稿后也有一些疑虑。主要是:其一,小说既写了国民党还乡团的残酷报复,也直接描绘了在土改中一些农民违反党的政策,错打错杀的恐怖画面。在这个重要问题上如何掌握分寸,我还没有把握。其二,小说在艺术上似乎尚欠圆熟,有的表现在语言文字上,有的表现在塑造人物上,如多次讲隋抱朴学习《共产党宣言》寻找自己行动的理论依据,总显得有点牵强。

其时,我刚刚担任《当代》杂志的副主编兼编辑部主任,第一次受主编委托负责终审长篇小说。主编秦兆阳由于年事已高和健康等原因一般不看长篇稿只听听汇报,另一位主编孟伟哉作为人文社的新任社长正忙于社务,还有一位副主编朱盛昌刚刚在1986年6月升任人文社副社长,也无暇旁顾。为慎重起见,我一再建议孟伟哉或朱盛昌参与终审。商议的结果只好请朱盛昌抽空看《古船》直接写到土改扩大化、错打错杀的第十七、十八章。老朱看后也认为一定要改。和张炜面商的结果,是由他加了土改工作队王书记制止乱打乱杀坚决执行党的土改政策的一个片断(一千多字)。

既然《古船》关于土改中有乱打乱杀违反党的土改政策的现象被认为是真实的,现在又加上了"巡回人民法庭"和土改工作队王书记坚决制止乱打乱杀、维护党的土改政策的文字,其他问题就不必对作品和年轻的作者求全责备了。这样取得了基本的共识,便决定在《当代》1986年第5期全文发表《古船》。

我在这一期《当代》的"编者的话"中,一开头便说:"新时期的文学呼唤史诗的诞生。许多优秀的当代作家都在作这样的努力和追求——对生活作史诗式的表现和创作史诗式的作品。青年作家张炜……把他多年经营、精心创作的第一部长篇小说《古船》奉献给本刊的读者,就是这种努力和追求的体现。《古船》以胶东地区处于城乡交叉点的洼狸镇为中心展开故事,在近四十年的时代背景上,以浓重凝练的笔触对我国城乡社会面貌的变化和人民的生活情状作了全景式的描写。我们希望,作者在塑造典型和完成史诗式作品方面所作的可贵的努力,能够获得读者和文坛的欢迎和注意。"

当时,《当代》的发行量还有二十多万。《古船》在《当代》全文刊出后,立即引起读者和文坛的强烈反响。1986年11月17—19日,中共山东省委宣传部联合中国作协山东分会、山东省文学研究所、山东省文学创作室、《文学评论》

家》和《当代企业家》编辑部等五单位在济南召开了《古船》研讨会。外地赴会的,除了代表《当代》的我和王建国之外,还有《文艺报》、《上海文学》、中国作协上海分会的周介人等同仁,加上山东省的作家、评论家和文学研究工作者共五十多人。12月27日,《当代》编辑部又邀请在北京的部分评论家、作家、编辑近四十人在人文社的东中街宿舍会议室开了一整天的《古船》座谈会。

这天大雪纷飞,交通阻塞,与会者的踊跃和热情让人感动。人文社社长兼《当代》杂志主编孟伟哉也亲自到会向作者表示祝贺,向与会者表示欢迎和感谢。两次讨论会规模之大,争论之激烈和深入的程度,均可谓盛况空前,以致不久之后,在有人准备编《〈古船〉评论集》时,很快便从当时散布在全国各地的文艺报刊上收集到六十多篇文章。

在讨论中,绝大多数论者对《古船》备加赞赏。有人认为《古船》是当代文学至今最好的长篇小说之一。它给文学十年带来了特殊的光彩,显示了新时期长篇小说创作的突破性的重要实绩。

对《古船》的批评主要集中在两点:第一,作者运用了《共产党宣言》作为隋抱朴性格突破的依据,却没有把握好《宣言》的基本主题:阶级斗争。如何看待土改以来几十年的政治、阶级斗争的教训,"史诗"应对此作全面的总结,而《古船》并未达到,小说对土改这段历史的主流并没有足够的表现。第二,小说对鲁迅所说的中国脊梁式的人物没有足够的挖掘和表现。小说对赵家的描写缺乏人物系列;李家没有摆在这个重要位置上;而隋家的抱朴则是具有奥勃洛莫夫性格的人物,想的多,做的少……高大全式的人物是没有的,但高大的人物是有的,中国脊梁式的人物是有的。像《古船》这样的小说应该让这样顶天立地的人物占有一定的位置。(可参看《当代》1987年第2期"本刊记者"的报道)

然而,这毕竟不是文学评论界意见的主流。在公开的文学评论中确实是一片叫好赞扬的声音。

评论家雷达的见解有相当的代表性。他坦陈他读《古船》的感受说:"(《古船》)几乎是在人们缺乏心理准备和预感的情势下骤然出世的。就像从芦青河中捞出那条伤痕斑驳的古船一样,小说陡然撕开并不久远的历史幕布,挖掘着人们貌似熟悉其实陌生的沉埋的真实——人的真实;同时,又像那个神秘可怕的'铅桶'下落不明一样,小说揭示了隐伏在当代生活中的精神魔障;当然,小说也有自己的理想之光,它要骑上那匹象征人性和人道光辉的大红马,尝试寻求当代人和民族振兴的出路。由于它是如此奇异的作品,读者和评论者在片刻的惶惑后无不为之轻轻战栗,继而陷入绵长的深思。"随后,雷达热情地赞叹说:"环顾今日文坛,能以如此气魄雄心探究民族灵魂历程(主要是中国农民的),能以如此强烈激情拥抱现实经济改革,又能达到如此历史深度的长篇巨制,实属罕见。所以,我把它称作民族心史的一块厚重的碑石。"《古船》无论对张炜还是对当代长篇小说创作,都是一个重大的腾跃和拓展。"他把《古船》称为"心灵史诗""民族心史""人之书"。

关于争议较多的小说对土改的描写,他经过调查,肯定"在生活的真实上作者是有充分依据的"。他又对作者表示理解说:"作家并不想否定和反对阶级斗争,他看到这是不可超越的必出阶段,从他对还乡团的疯狂报复和地主的劣迹的叙述可以明显感到。作家在今天重写土改,是试图用一种新的意识,即把它作为人向自由境界漫漫长途跋涉的一个苦难阶段来看,所以重点不再像以往的作品那样,强调革命爆发的必然性根源,而是转换视点,强调即使在正义的大革命中,仍然伏藏着历史的惰性,民族的惰性和人的惰性。这样的眼光,正是宏观的现代意识的表现。我们没有理由要求千万代作家只能用一种固定的眼光来写历史。……作家的态度很容易使我们想起雨果在《九三年》中说的:'在绝对正确的革命之上有一个绝对正确的人道主义'。"雷达得出结论说:"《古船》既有民族心史的挖掘,又留出很多正在我们时代展开的难题。所以,在社会改革的舞台和文学的舞台上,它都堪称一块厚重的基石,一次长篇小说审美意识上的大幅度扩展和变迁,一首雄浑深沉的序曲!"(引自《民族心史的一块厚重碑石——论〈古船〉》,载《当代》1987年第5期)

而张炜对某些简单批评的答辩则更加直截了当。他在1986年11月济南讨论会的发言中说:"有两个同志提到了土改的描写,说是虽然写的是事实,但还是不应该写到农民对剥削阶级的过火行为。我想这种想法倒是可以理解。不过农民的过火行为党也是反对的——党都反对,你也应该表示反对。至于土改中'左'的政策,已在当时就批判了——当时批判了的,现在反而不能批判了吗?最终问一句,我仅仅是在写土改吗?

"有一个同志甚至说可不能否定土改——谁否定了?我否定的只是党和人民所一贯否定的东西,即否定极'左'和愚昧、否定流氓无产者的行径。歌颂土改及土改政策,最好就是写一写在火热斗争中党的领导者的形象。王书记是土改的负责人,他怎么样?为什么不提他在书中的态度、他的坚定性和牺牲精神呢?……

"至于抽象的人性、人道主义……我还是想说人道主义的确有真假之别。如果是抽象的,那么是你抽象了……你所认为应该运用的'阶级分析'的方法,恰恰完全被你抛弃了。……我偏偏要抛弃这种抽象的东西,要写一点有分析的、不盲目的、具体的东西。"(《古船》1994年10月版第405、406页)张炜显然是带着一种激情来反驳那些简单化的责难。他的这些话应该能帮助我们理解张炜和他的《古船》。

然而,对《古船》除了公开的批评文字,据说还有更严重的、来自当时某些领导者的口头而未见诸文字的批评,以致当时的社长、主编虽然并未看过作品,却指示我不要公开报道《古船》讨论会。我认为这种违反惯例的做法会有损于《当代》的声誉。争取的结果,是同意发表讨论会的意见,但必须突出批评性的意见,而且要把两地四天讨论会的意见压缩到一千多字的篇幅。这就是发表在《当代》1987年第2期上的报道文字和当时文坛舆论对《古船》的赞扬很不相称的原因。报道是我整理的,但确实是在主管领导干预下的违心之作。

不久,社长又以行政命令的方式指示不要出版《古船》的单行本。

真要这么做,问题可就严重了。我不得不据理力争,强调要维护党的文艺政策的严肃性和稳定性,并坚持自己对《古船》作为一部优秀长篇小说的基本评价。为此,我不得不冒着一定的风险,在1987年2月2日向社长、主编正式写了书面报告。我在报告中说:"我主张明确回答作者:《古船》按原计划和正常程序出书,哪怕先印一万册也好。前些日子出版局的会议上,刘杲同志说迄今禁书只有一种:《查特莱夫人的情人》。《古船》不在查禁之列,就不必因拖延或别的原因而刺激作者或有负于读者。"为了表明自己郑重负责的态度,我在这份写给出版社一把手的书面报告中毫不含糊地说:"如果有必要,我愿意对上述建议负责。"这样,才使《古船》一书得以在1987年8月正式由人民文学出版社出版。看来,社长本人也为《古船》单行本的出版做过解释和争取工作,所以他在2月3日给朱盛昌的信里说,"启治同志提出的建议请阅,并请去拜望兆阳同志,同他交换意见。……《古船》出书事估计问题不大,过两天我告诉你们。"

但在1987年所谓"清除资产阶级精神污染"的背景下,已改任中宣部文艺局局长的老孟在当年的涿县(河北)组稿会的发言中,在他所列举的精神污染在文艺界的八大表现的第二项中,在批评有的作品"以人道主义观照革命历史"时,还是不指名地批评了《古船》。

后来有好几年,关于《古船》的争论似乎渐渐平息。1994年底,由于一位发了财的作家提供的经济支持,人民文学出版社得以和广东炎黄文化研究会联合主办优秀长篇小说"人民文学奖"的评奖活动,其评奖范围为1986—1994年九年间人民文学出版社出版的长篇小说。

评委会由人民文学出版社当代文学的资深编辑和广东炎黄文化研究会的代表共同组成。在北京市郊集中了十七位评委进行讨论。《古船》被认为是对现实的观察和对历史的反思都相当凝重和深厚的优秀作品,被参加无记名投票的全体评委一致通过为炎黄杯"人民文学奖"的获奖作品(同时获奖的还有长篇小说《活动变人形》《长城万里图》《战争和人》《白鹿原》《南渡记》《第二个太阳》和《地球的红飘带》等十三部)。

后来,听说在第四届"茅盾文学奖"的专家工作班子也是以无记名投票方式产生的,为终评委提供的候选作品名单中也有《古船》(全票通过)。至此,

1993年夏,何启治(右)与张炜摄于何启治办公室

对《古船》的评价似乎已经有了公正的定论。然而，《古船》最终并未获得"茅盾文学奖"，而且在1996年年底，上级主管领导机关又要求人文社全面系统地汇报《古船》从组稿、发表、出书到评奖的全部情况，只是后来也再无下文。

截止到2008年上半年，《古船》在人民文学出版社以"百年百种优秀中国文学图书书系"和"中国当代名家长篇小说代表作"等名义出版的总印数累计已达十几万册。2007年1月，漓江出版社出版《古船》单行本，一次印行三万册。这本《古船》的腰封上，印有台湾学者陈晓林的话："《古船》断然是五四以来最重要的长篇小说之一。文学评论界称其是'民族心史的一块厚重碑石'，言简意赅，正是直指核心的评价。"又指该书"入围两届茅盾文学奖"，为庄重文文学奖、人民文学奖获奖作品，入选海外"华语文学百年百强"，国内"华语文学百年百优"，与《骆驼祥子》《边城》一起，入选全球著名出版集团哈珀·柯林斯"拥抱中国"计划。《古船》备受海内外文学界瞩目，已是不争的事实。

2009年2月21日，于北京

附录：关于《古船》致张炜的信等

关于《古船》的评论

一、拟同时刊出山东济南讨论会和北京的讨论会纪要。两篇都太长，每篇都可作删削，前者三千字左右，后者四五千字即可。

二、西安《小说评论》副主编李星有一封读《古船》致张炜的长信。我已看过。信中有一些精彩的且又比较独到的见解，如关于算经济账，关于从《天问》到《共产党宣言》的联想和分析等等。我意不必作为信来刊载（作者的身份似也不宜），而是摘其要改为一篇论文予以刊发。当否请老朱酌定。

何启治
1987年1月15日

关于《古船》的评论，包括座谈纪要，我同老孟商量了一下，暂不发。

朱盛昌

1987年1月17日

张炜同志：

你好！

早该给你写封信。只因为目前的环境使我们的工作增加了许多困难，眼下又正在忙于发第2期的稿子（我经手发邓刚的《白海参》，工作量比较大），就想过几天再从容地和你谈谈。但今天收到你16日的信，我便决定立即复信。实在有许多话要对你说。

首先，我想告诉你，虽然我没有看到任何文字的东西，但某人对《古船》不满大概是真的。说起来也不奇怪，特别是在眼前这样的政治背景下。

其影响如何，还要看一看。但直接的作用是：我们不得不把第2期准备上的关于《古船》的评论文字全部暂时停发。

我多次说过，在我们的工作范围内，文学想和政治抗衡是不可能的，文学的力量太小了。因此，我们这样做，可以说是讲策略，也可以说是没有办法的办法。

但这并不意味着我们对《古船》的评价有什么变化。起码可以郑重地表示，我的认识不变，而且我所熟悉的一些评论家的看法也不变。和冯立三联系后，我们决定也先把我的文章放一放（《光明日报》原来想在22日刊出），因为眼前在大报上发这种文章太招人注意了。但我在《文学自由谈》的文章不撤稿（他们已通知我发排），冯立三给《山东文学》的文章也不撤。如果这样的文章要批，那批我们好了。如果允许辩论，那就辩一辩——除非以权力取代真理。

老孟确实已经就任中宣部文艺局局长。他的新职不允许他长久地管文学出版社和《当代》。社长大概再当个把月，《当代》第3期以后，主编名单中就没有他的名字了。但我已当面力陈我捍卫《古船》的意见。我不信一代评论家的眼睛都瞎了。因此，我已告诉建国，要他摘要整理讨论会上知名评论家的意见，同时想请你把这一类同志给你的信也摘要给我寄来。必要时我要借重这些意见说话。

还有，请你就近找《山东文学》负责人给我要一份冯立三的评论文章的清样寄来。他的文章题目是《历史与人的全面突现——评〈古船〉》。据他告诉我，他的许多话都是针对可能举起的棍子说的，所以我也很看重。

鲁迅早说过，文艺是没有力量的（比起决定国家民族命运的事情，文艺也不重要）。可惜我们太爱它，总愿罄其所有去爱它。这是我们的悲剧，也是我们的骄傲。

关于《古船》，我还有一点自信。某种力量可能限制它的影响，但它最终会被这个世界承认，因为它太有分量了，不是一两脚就能踢倒的。我愿与它共荣辱。但在具体做法上，也请你理解和支持我们，而且也请你冷静些，好吗？

问小王好，并愿她给你更多的力量和爱。

启治
（1987年）1月19日夜9时

孟伟哉同志：

你好！

考虑到自信《古船》从根本上说是一部优秀的长篇小说，考虑到各种批评意见说到底还是属于争鸣的性质，考虑到《当代》的总体形象是站得住的，我认为在此微妙时期，还是以发表关于《古船》的最起码的文字为好。这样做无论对作者，还是对《当代》在读者中的印象来说都是好的，就对文艺领导者来说，也是一种民主和开放精神的体现。

现遵嘱将我在两份"纪要"基础上整理的"综述"送上，请审阅，并盼尽快退还，以便及时发表于《当代》第2期（既然发关于《古船》的评论，则似可同时发关于《老师啊，老师》《孽障们的歌》和《桃源梦》的评论，请酌）。

同时，我主张明确回答作者：《古船》按原计划和正常程序出书，哪怕先印一万册也好。前些日子出版局的会议上，刘杲同志说迄今禁书只有一种：《查特莱夫人的情人》。《古船》不在查禁之列，就不必因拖延或别的原因而刺激作者或有负读者，何况载有《古船》的《当代》已经印行了二十多万册呢！附上有关《古船》的材料两份，供参阅。

如果有必要，我愿意对上述建议负责。

当否,请批示。
　　　　　此致
敬礼!

何启治
1987年2月2日夜

盛昌同志:

启治同志提出的建议请阅,并请去拜望兆阳同志,同他交换意见。

我的意见。目前暂时冷静一下,还是必要的。就是说,在版面上,对拿不准的作品暂不进行评论,多发些作品,会更好些。相反,对于已经展开讨论的问题,如柯云路、何新文章,如有较好的文章,倒可以继续讨论。因此,我的意见,"综述"可不急发。请听听兆阳同志意见。

另,白羽同志的作品处理方式,我同他讲了一下,他不愿删,太费事,他无时间,分两次载他倒无意见。此事,也请向兆阳同志讲讲。白羽同志过去对兆阳同志不公正,近年来很感歉疚。你谈时注意一下,作品发了,对改善他们的关系更好。

兆阳同志病了,请代我问候。

《古船》出书事估计问题不大,过两天我告诉你们。又及。

孟伟哉
1987年2月3日

宋晓黎杨：黑土地的歌者，"荒原杜拉斯"

宋晓黎杨又名宋晓玲。后来我看到她的散文《也是一种纪念》（刊于上个世纪九十年代初的《中华散文》），才知道其中蕴含着某种特殊意义的故事。

在讲述宋晓玲和她在文学道路上的追求之前，让我们先来说说法国女作家杜拉斯吧。

玛格丽特·杜拉斯是法国著名的女作家。她以发表自传体小说《抵挡太平洋的堤坝》而一举成名。她的代表作《情人》被拍成电影，轰动全球。她的写作别具一格，独特奇异。她有很富于传奇色彩的经历和惊世骇俗的叛逆性格。她是一位令当代法国骄傲的作家。近年来，她的作品在中国广为流传，受到中国读者的好评。

有北大荒的文友把宋晓玲比喻成"荒原杜拉斯"。我不知道是因为宋晓玲身上的那种桀骜不驯的性格，还是她文章中透出的那种独特的创作风格，或者是因为她也喜欢喝酒，同时与杜拉斯一样有着较为传奇的身世，并把这些变成文学作品？如果把这两位女性作家放在一起比喻的话，我倒觉得这两位不同国家、不同语言、不同肤色的女作家身上都有那么一股子超群拔俗的才气和她们独一无二的创作个性。杜拉斯的一生，就是她不停创作的一部小说，而从荒原走出来的宋晓玲，也在用她的人生创作着一部属于她的小说，且独一无二。

一、与著名女作家白薇擦肩而过——她差点成了白薇的养女

初识宋晓玲是在1993年的初夏。她和来自安徽马鞍山的郭翠华及来自辽宁本溪的赵雁这两位女作家一起来到北京。我在人民文学出版社的办公

室里接待了她们。宋晓玲是三人中个子最小、年龄也最小的一个,她穿着一件火红的花裙子,一头披肩的长发,说话直来直去,机灵活泼,给我的印象深刻。我和她们一起谈文学、谈创作很投机。宋晓玲的一些观点总是让我刮目相看。她对问题的看法总是很前卫。后来我问起了她在东北的生活和工作情况。通过那一席谈,我对她的身世略知一二。

宋晓玲出生在一个革命的书香家庭。父亲是位才子,18岁就担任了吉林省某县的县委书记,据说是我国年龄最小的一位县太爷。后来被调到北京,给李立三当过秘书。她的母亲是行伍出身,17岁随大部队南征北战,后来成了一名优秀的指挥官。宋晓玲既继承了父亲的才华,又传承了母亲刚烈豪迈的性格。

中苏建交后,中央决定在苏联的帮助下在东北建设一批现代化的机械化农场生产粮食,便在北京选拔一批优秀人员奔赴一线。宋晓玲的父亲被中组部选派去东北负责和苏联人一起建造中国最大的机械化农场。由此,宋晓玲的命运也随着父亲工作的调动而改变。1958年的春天,她出生了,伴随着荒野里盛开的花儿。

文化大革命爆发前,女作家白薇响应党中央的号召去北大荒体验生活,创作讴歌那个时代的新作品。宋晓玲的父亲是友谊县委领导。白薇就成了她家的常客。每次白薇去都把幼年的宋晓玲抱在怀里,爱不释手。小女孩的乖巧博得白薇无比的疼爱,后来她干脆把只有两三岁大的宋晓玲抱回她住的外国专家楼,一住就是好几天。白薇像妈妈那样细心地照顾着幼年的宋晓玲,给她穿好看的花裙子,读诗给她听,晚上睡前还给她讲一些美丽的童话故事。外国专家楼建在农场的广场旁,是苏联专家们的住所。后来苏共领导人赫鲁晓夫撕毁了合同,撤走了专家,那座小楼就成了接待外宾的住所。

幼年的宋晓玲乖巧可爱,是个人见人爱的女孩。白薇膝下无儿女,一直单身,每次都抱着幼年的宋晓玲不撒手,几次和宋晓玲的父母提起要收宋晓玲做养女。

白薇说:"把她送我吧,我教她认字,等她长大了我教她写作,长大了让她成为一名出色的女作家。"

"这……我得和老杨商量商量。"

这里的老杨指的是宋晓玲的母亲。父亲和母亲几经商量最终还是没有答应白薇的请求。宋晓玲是兄妹中的老四，也是父母的掌上明珠，特别是父亲，每次出差都要把她带在身边。所以在宋晓玲很小的时候就跟着父亲去过很多地方。佳木斯、哈尔滨、北京等等。

白薇并没有轻易放弃她要收宋晓玲当养女的想法，一次不行说两次，这次来北大荒没答应，下次来时又提。反反复复多次。最后的一次白薇从农场走时差点带走了幼年的宋晓玲。

宋晓玲的母亲是个很重感情重义气的山东人。每次看到白薇失望的眼神心里就难过。平时白薇来家里母亲总是尽可能给白薇做些好吃的补养身体（那时白薇的身体很弱）。善良的母亲架不住白薇的苦求终于答应了，并讲好只做养女，不隔断父母和孩子的关系。白薇听后高兴地流下了热泪："谢谢，谢谢你们！"并保证一定遵守诺言。这件事到此好像有了结尾，但没想到就在白薇临走前，幼年的宋晓玲突然发起了高烧，且一连几天不退。白薇已经定好了回香港的行程，不容改变。最后只好放弃，说好等下次回来再带她走。天有不测风云。还没等白薇下次回来，文化大革命开始了，宋晓玲的父母成了"党内走资本主义道路的当权派"被揪了出来。白薇远在海外，心急却无力。

宋晓玲听她的父母说，十年动乱期间，白薇曾托人到国内接过她。可那时红色风暴席卷全国，委托人根本无法找到他们。那封捎来的让他们把幼年的宋晓玲送到边城火车站指定地点的信也是两年后才辗转落到宋晓玲父亲手里的。

就这样，白薇和宋晓玲擦肩而过，养女终没收成。

听宋晓玲说，她走上文学创作道路后，去过香港。她偶然在街头的报纸上看到白薇去世的消息。说白薇的墓碑前开满了一朵朵白色的小花。她回到荒原后说给她的父母听，她的父母告诉她白薇特别喜欢那种小白花。每次下基层采访回来，她都从野地里摘许多那种小花带回来摆在她住的房间里。

许多年后宋晓玲去法国，在巴黎塞纳河上的大桥旁边，她又一次看到了那种白色的小花。这让她想起了白薇墓前的那片小白花，想起她和白薇擦肩而过的往事……坐在巴黎的那片开满白色小花的草地上，她向女儿讲起了白薇这位中国著名的女作家,讲起了她和白薇的故事……

二、特殊的身世和特殊的名字成就了她的文学道路

有一幅画面至今清晰地留存在宋晓玲的脑海里。七岁那年的一个清晨,她背上书包去镇上小学报到。学校离她家不远,过了马路就是。吃过早饭,家里的保姆把她送到路口,她径直朝镇上小学走去。镇上小学的大门是铁铸的,拱形,上面焊着几个大字:友谊镇小学。她斜挎着书包站在学校的大门口,望着那个拱形的校门,脑子里突然冒出一句话来:"长大了我也要当个女作家。"她自己也被这没头没脑的话惊住了,以至于几十年那个场景像刀刻般印在了她的脑子里。这真是个奇怪的事件,但我想这很可能与她幼年和童年接触的白薇、丁玲有关。丁玲被打成"右派"下放到北大荒时,也经常去他们家,和她的父母结下了很深的友谊。丁玲爱吃鱼,每次她母亲都给丁玲做鱼吃。夏天太热,劳动起来汗流浃背的,她的母亲就找来布,给丁玲做了条肥肥大大的短裤子。那时丁玲总是抱着幼小的宋晓玲说些大人的话。让她快快长大,长大后教她写文章……教育心理学家曾说过,人的幼年潜意识常常会决定人一生的走向和成长。经过人生的辗转反侧,宋晓玲在而立之年最终还是走上了文学之路。这不能不说明教育心理学家的理论有其道理。

九十年代初的《中华散文》上刊发过一篇题为《也是一种纪念》(后收入散文集《往事如烟》,1998年北方妇女儿童出版社哈尔滨第1版)的文章。文章的内容是述说名字的来历和因名字而经受的打击。那篇文章的作者就是宋晓玲。没想到一个名字蕴含了那么沉重的故事。后来我才知道,宋晓玲原本不叫宋晓玲,她的原名叫宋晓黎杨,是当年白薇给起下的。而且名出有因:宋晓玲的母亲姓杨,"黎"字取自一位阿姨的姓。那阿姨是宋晓玲母亲的参谋长,在一次突围中为了掩护她的母亲牺牲了。

咿呀学语时,家人亲昵地称呼我乳名,直到我怀揣着户口本去镇上小学报名时,我才知道我还有一个奇特的名字:宋晓黎杨。妈说"黎"字取于一位烈士阿姨之姓。那阿姨是妈妈当年带兵打仗时的参谋长。"杨"字取于母亲的姓氏,将黎杨放在一起,是为了纪念她俩在战争年代结下的生死情义。那个苦雨凄风的寒夜里,母亲流着泪将这凝重的名字的来

历讲给我听时,我对着一窗子的雷电流一个七岁孩子咸咸的泪……

都这么多年了,改它还有什么意义呢?叫吧,叫一辈子,也算是一种纪念。我说。

母亲没有再提改名的事,可我知道母亲盼望着有一天我能对她说——

拎着妈的那只伤痕累累的皮箱,像三十年前妈走进荒原一样,我走出了那片黑土地。一切记忆都让人想流泪。我没有挥手告别,我觉得挥不动。我无法忘掉跟随了我三十多年的"玲"字,也渴盼有一天能还我一生的初始。两个名字都诞生于苦难,犹如一双孪生兄弟,饱浸着岁月的沧桑融进我的血脉,成为我生命不可分割的一部分。

重新拾起黎杨这名字应该感谢文学……

宋晓玲曾对我讲过她名字的故事,她刚刚上小学,文化大革命就开始了,不久她的父母被扣上了"党内走资本主义道路的当权派"的罪名被揪了出来,厄运也紧跟着袭击上童年的她。原本好好的一个很有意义的名字——宋晓黎杨也被学校工宣队给改成了宋晓玲。之后的日子可以想象,多数是在屈辱中度过的。这种生活也让童年的她养成了孤寂倔强的性格。直到1991年她走向文学,调入《北大荒文学》杂志社之后,这种苦难的经历又成为她笔下创作的题材,她拿起笔一篇篇写出来。

她以这样的文字结束她名字的故事,结束那篇《也是一种纪念》的文章:"万籁俱寂的午夜掬一盏小灯走入自己的世界。在审稿单的责任编辑这一栏庄重地写下黎杨两个字,手便有些抖动,心在隐隐的痛楚中撕裂开来,浸出几珠紫黑的血滴。"

有人说,苦难是作家最好的财富。这话对宋晓玲再合适不过了。正是由于那些苦难,宋晓玲拿起笔,走上了文学之路,成就了她今天的文学事业。有一篇评论她的文章,题目是《峭拔于苦难中的灵气——评宋晓玲的散文集〈雪地上的梦〉》。

"不论生活给予你什么,你都应该欢天喜地地接受。"许多年后,宋晓玲作为《北大荒文学》的副主编去荒原的深处给那些文学青年们讲课的时候这样说。我想她对苦难的理解已经有了升华,达到了一种艺术的境界。

她的第一篇散文,也是她的成名作——《小皮箱挽住一段岁月》写的也是她与母亲两代人的经历。

　　三十年前,妈拎着一只皮箱走进了獐狍野鹿出没的荒原;没想到三十年后,我拎着妈的这只旧皮箱走出了这片黑土地。

　　一只伤痕累累的皮箱,很难被写进历史,而它却真真实实走进了两代人的生活。

　　那天走时,妈来送我。望着妈苍老的身影我心里一阵酸楚,强咽下眼里的泪,脑子里回荡着那首令人忧伤的《乡愁》。

　　这别离,远胜于对亲情的撕扯!

　　提着妈的皮箱,我一步一回首地走了,在这个春日里,就像三十年前妈提着它走进这片荒无人烟的草甸子一样。……

这篇文章首发在《散文》杂志上,不久就被《散文选刊》选载,深受广大读者的喜爱。这篇文章由此也成为她的代表作品。北大荒作家协会和《北大荒文学》杂志社联合举办了"宋晓玲获奖作品研讨会"。

玛格丽特·杜拉斯以写她母亲的家乡堤坝《抵挡太平洋的堤坝》一举成名。宋晓玲以写她母亲一只带着战争风云的小皮箱走入中国文坛。两者之间有着不可否认的偶然和必然。

特殊的身世和特殊的名字成就了她的文学道路,那个站在镇上小学门前心里说"长大了我也要当个女作家"的小女孩,终于梦想成真。

由此,在下面的文字中,我就要以她的原名——宋晓黎杨——称呼她了。

三、固然是每个人的机遇不同,命运各异,做编辑和当作家也确实有一定的矛盾,但好编辑和好作家也不是绝对不可以兼于一身的

自1993年与宋晓黎杨认识以来,我们有过多次交谈的机会,有时在电话里,有时是她突然到北京来组稿。

她说话的风格历来比较直爽,也颇自负。有一次,谈起文坛现状,她的话语里竟有指点江山、激扬文字的气概。

比如说,谈起张炜的作品,她会坦率地说:"张炜以《你在高原》十部小说获茅盾文学奖,但在我看来,《你在高原》中的《九月寓言》《家族》《如花似玉的

原野》等等,没有哪一部能超过《古船》的——《古船》的勇气、担当和震撼力无与伦比呀。"

我说:"好。我再问你:贾平凹的《废都》,有人把他捧到天上去,有人又不屑一顾,你怎么看呢?"

"《废都》呀,不能简单否定吧。它是属于原生态的东西,反映了当代中国人某种较消极的状态吧。可惜整个基调比较灰暗,性,也写得不美呀!……"宋晓黎杨说。

我说:"别看你个子小,倒还蛮有个性和主见呢!"

黎杨笑笑说:"别看我个子小,内存大着呢!"

我心想,这个小精灵,个子小,却心气大,她精神上的力量大着呢!然而,作为《北大荒文学》的副主编,作为一名编辑,她给我的印象却是有缺陷的。这根据主要是在她提供给我看的稿子上,有一些明显的错别字和标点符号使用不当的地方。不是无知不懂,是心不在焉,是粗疏。我便不客气地说:"作家最重要的是写好作品,如果文字标点之类有问题,编辑就要认真地做好文字加工工作,这才是对读者负责的态度。"

"何老师,你不知道我有多烦做编辑,太琐碎了。"她说。

"好,让我跟你说说一个有才气的女作家没有成为《当代》的编辑,却在领导的关心下专心从事创作、成为一个作家的故事吧。"我顺着她的心思说。

"谁呀?谁这么有福气呀?"黎杨着急地问。

"张曼菱。她是云南的女知青。'文革'后恢复高考,她以云南高考状元的成绩考进北京大学中文系。在校读书时,就开始文学创作。我们《当代》杂志收到她的处女作是一部中篇小说,叫《有一个美丽的地方》。开头并没有被看好,是我们老社长韦君宜在一堆准备处理的退稿中发现了它。"

"后来呢?"

"后来就被刊发在《当代》1982年第3期上。然后,经过补充,由人民文学出版社出版了单行本《有一个美丽的地方》,又由新锐导演张暖忻执导,改编、拍摄成为电影《青春祭》在国内外公映,张曼菱还跟张暖忻他们的电影代表团到美国访问。一个文坛新秀就这样堂堂正正地出现在读者和观众的面前。"我娓娓道来,如数家珍。

"哦,《青春祭》我看过。在大多数人都在写知青的苦难生活时,她写了边疆农村少数民族农民对插队知青的关爱,确实既新鲜,又温暖,还真实感人。"黎杨呼应我说。

"是的,从创作来说,这就是创新,独树一帜。"

"后来呢?"黎杨又盯着问。

"你想,一个还没毕业的大学生有这样的成绩,当然会引起轰动了。后来,《有一个美丽的地方》还获得1982年《当代》文学奖。张曼菱毕业后的工作自然也备受关注了。"

"把她分配到哪儿了?"

"有不止一个岗位供她选择。其中一个是到我们《当代》杂志当编辑,但被我们老社长韦君宜韦老太否决了。"

"为什么?"黎杨显然很惊讶。

"就因为韦老太认为张曼菱个性太强,创作潜力大,认为她更适合当作家而不是当编辑——她后来被分配到天津,在蒋子龙麾下做了天津作协的专业作家。后来,张曼菱这第一位走上美国《时代》周刊封面的新中国女性,果然有长篇小说《涛声入梦》《天涯丽人》,散文随笔集《北大才女》《中国布衣》等颇有震撼力和影响力的作品面世。最近又在促成两岸合拍艺术纪录片《西南联大》,她还可以算半个红学家,或有个性的红学家……我们韦老太有眼光啊!"我颇感自豪地说。

"唉,我怎么就没遇到你们老社长这样慧眼识珠的领导人呢?"黎杨一脸遗憾地说。

"你也别叹气。固然是每个人的机遇不同,命运各异,做编辑和当作家也确实有一定的矛盾,但好编辑和好作家也不是绝对不可以兼于一身的。鲁迅、叶圣陶、茅盾、丁玲、孙犁都是公认的大作家,也是出色的编辑家啊!"

"所以……"黎杨调皮地说。

"是的。所以你要安心工作,争取做一个好编辑,也是个好作家。如何?"我说。

"老难哪。我们《北大荒文学》是边疆小刊物,没法和文学名刊《当代》比。不怕你说我狂,我要在你的岗位上准会玩得飞起来!"黎杨的狂劲又冒出来了。

"飞起来? 怎么叫飞起来呀? 怎么才能飞起来呀?"

"啊,开玩笑呢!何老师面前岂敢狂言乱语。不过,我们应该说是真正意义上的同志没错吧。你看,都做编辑,又要当作家,真是志同道合的同志呀。"黎杨颇认真地说。

"这当然没错。所以,你不要老想飞,还是脚踏实地地干吧。"我说。

"好,一言为定!"黎杨举起右手,与我用力地击掌,用自信的目光注视着我。

四、黑土地热情的歌者,黑土地文学的代表人物

说起北大荒文学,人们必然要说起一个人,那就是《北大荒文学》的副主编、北大荒作家协会的副主席宋晓黎杨了。不是因为她的职位,而是因为她的文学作品。玛格丽特·杜拉斯有句名言:好的作品不用评论,作家把作品拍在桌子上转身就走。近三十年黑土地上的耕耘,宋晓黎杨以出色的荒原女作家闻名于中国文坛。不论是散文还是报告文学,她的创作都形成了自己鲜明独特的风格。她的散文处女作《小皮箱挽住一段岁月》首发于《散文》杂志,后被《散文选刊》转载。之后的《给你》《也是一种纪念》《那天,我们去看黄河》《雪落荒原》《春天,我们去看萧红》等都在读者中引起很大的反响。旅居海外后,她又创作了一系列精美的域外散文。如:《蒙特利尔老街》《干杯,兰斯》《塞纳河畔的阳光》《看望贝多芬》《走进雨果故居》《相信你,梵高》《巴黎,那个远在郊外的枫丹白露宫》《仰望埃菲尔铁塔》《午后的巴黎圣母院》等等。她的文字和她的足迹拉近了世界与黑土的距离,有如一阵清新的风吹过荒原大地。

《黑龙江文学通史》(北方文艺出版社2002年,哈尔滨第1版)有专章介绍她及她的作品,对她的创作给予了很高的评价。她是中国作家协会会员,黑龙江作家协会委员,北大荒作家协会的副主席,原《北大荒文学》杂志的副主编。她先后出版了两部散文集《雪地上的梦》(1992年,香港文化出版社出版)、《往事如烟》(北方文艺出版社1999年,哈尔滨第1版)。四部报告文学集:《走进荒原》《打捞沉落的岁月》(黑龙江人民出版社2000年,哈尔滨第1版)、《高擎正义之剑》(黑龙江人民出版社2002年,哈尔滨第1版)、《中国绿色米都——一个女作家的三江之行》(黑龙江人民出版社2009年,

哈尔滨第1版)。

宋晓黎杨,这位黑土地热情的歌者,黑土地文学的代表人物,其作品都有些什么特点呢?在我看来,其值得注意的特点有四:

其一,是犀利独特的创作个性。

宋晓黎杨大学毕业时,班主任老师在她的毕业纪念册上写下了这样的一句话:"你永远是黑格尔的'这一个'。"

生活中的宋晓黎杨桀骜不驯,特立独行。创作中的她依然保持了这种风格。她的文学创作没有规范,一切皆由心生。不论是散文还是小说还是报告文学都是这样写成的。可以说完全是一种原生态的思想和意识的自然流露。她的处女作《小屋》是怎么和读者见面的呢?在上个世纪八十年代末期的一个雨天,她穿着紧身的皮夹克借出差的机会,冒雨找了好几条街道,终于推开《北大荒文学》杂志社的大门,拉开皮夹克,从怀里取出一摞文稿很自信地交给编辑部,也没说几句多余的话,小说便在《北大荒文学》上刊出。小说《小屋》的故事情节完全是在一种虚空的超现实的情况下进行的,留给读者无限的想象空间,推动读者的意识流动,不自觉地跟着她的文字走进那个怪诞的小屋,体会思想深处被禁锢的痛苦和挣扎。然后笔锋一转,雪崩、坍塌,让读者看到血迹,看到生命的不甘和挣扎的印痕……小说是在一种光怪陆离中开始,又是在另一种光怪陆离中结束的。那里的每一个文字都代表着一种最强烈的生命符号,传递着最原始的生命呼唤,让人读后震撼。她说没有人教她怎么写小说,也没有人告诉她小说是什么,但那小说在她的心里,天生就在那里,不需要去结构,自然而然就有了。

再如,在散文诗《给你》(《散文选刊》选载)中,她用诗的语言构建了一个蓝色的怪诞的情感走廊。在那里她将蓝色的情感放在风中摇曳,仿佛读者已听到那撕开胸膛的声音……"我捂着伤口站在你的面前,让你看到一个纯净的女人。我不想让自己在失败在绝望在世俗无形的镣铐中痛苦地眩晕着倒下。这不是一个求道者的归宿,也不应是我命运的结局。我将用毕生的时光去追赶太阳,直至东方破晓黎明铿锵。"

《黑龙江文学通史》中这样写道:"……她把自己撕裂成碎片抛向空中,那些文字如同飞沙走石般呼啸着划过天际,然后在空中戛然终止,让读者在猝不及防中跟着那些文字呼啸而来,飞逝而去。"评论者用一句话概括她的写作:"很少有女性敢这样撕裂开胸膛去写作!"

宋晓黎杨这样做了,而且做得很纯粹。这种独特的创作个性营造出的自然是一种非凡的意境,在这意境中人的思维会随想象空间的持续扩大而无穷尽……这是她创作的独到之处。

再看看她的另一段话:"呵呵,没有什么了不起,也没有什么值得炫耀的节。如果你想通过文字看看我的内心有多强大,那你就先读这两句吧:'……你要挺住,你得挺住,因为你是站着死的人……'一个站着死的女人你说她的内心有多大的空间呢?"

这是她散文《心灵独白》中的一句话,是她在上个世纪九十年代创作的。那时她的内心正经受着一场质的裂变。

读她的作品,总让我想起她大学班主任的那句话:"你永远是黑格尔的'这一个'。"

其二,是语言空灵生动、极富感染力。

第一次见宋晓黎杨时,她给我的印象非常深刻。不但活泼有朝气,言谈举止中还透着一种说不出的灵性来。

"你个小精灵!"我开她的玩笑。

"何老师你怎么也这么叫我?"

原来黑龙江文坛的几位老作家也喜欢这么喊她。看来我的感觉没错。

她早期的作品大多属于空灵派的,多数是超现实的思想流动。如《给你》中:"很久很久了,在没有太阳的地方我寻找太阳像一只流浪的黑天鹅。我不知我栖息的天空。在无数个躁动无数个裂帛的黎明我沿着启明星划过的轨迹飞行。狂暴的雷电撕扯天空撕扯我羸弱的羽翅我的血脉我的精髓我已飞得很累很累的躯体……我是一只充满了狂想深邃又无法逃避苦难流浪的黑天鹅啊!黄沙古道上鸣一曲滴血的歌。浸着泪水的身躯在冻土地里沉眠不醒,把无数个落日黄昏任意用朱红涂染。"

这些精美的句子勾勒出的意境是凄美空灵的,留给读者无限的想象空间。它是形而上的,很难用现实去诠释。在宋晓黎杨的散文作品里,这样充满灵气的语句比比皆是。

再如她去年旅居加拿大时写的散文《枫叶飘落皇家山》中:"枫叶落了满山,厚厚的一层,让人看着心里舒坦,享眼。身边不时有枫叶唱着歌儿飘落脚下,发出细微的响声……好静的山林。"寥寥几笔就把海外山林里秋天的景致跃然纸上,让人遐想无边。

在这些空灵艺术的语言中,有一点不容忽视,那就是文章透露出的深刻思想。"我对故乡的认同很怪异。心灵与出生地的差别让我总是陷入内心的孤独,我始终认为,故乡而非出生的地方。我更尊重精神而非肉体。寻找心灵的家园远比寻找出生地要难得多。……那一刻我突然明白一个道理,人是需要心灵归属感的,心灵的故乡远比现实中出生的地方重要得多得多。这道理其实很简单,可惜我却用了几十年去解读它。"

再如她在散文《蒙特利尔老街》中流露出的思考:"这是那种可以用心灵去体悟的夜晚,是那种喜欢在异国飘荡中寻找精神归宿的洒脱。"

一个有思想的人才能创作出个性鲜明的语言,而这语言恰恰又是传达思想的最佳元素。"思想是文章的魂,语言是文章的房子。一座建筑独特富于个性的房子里一定住着一个不俗的灵魂。这就是好文章。"宋晓黎杨这样阐述她的观点。

我很喜欢宋晓黎杨这种空灵、生动、极富感染力的语言,尤其欣赏其语言所传达的思想内涵——毕竟,没有思想内涵的语言会显得空洞、苍白。

其三,超凡脱俗,走自己想走的路。她做到了,而且走得很惬意,取舍自如,甘苦自知。

自古文人都比较清高。宋晓黎杨在这点上表现得尤为突出。甚至有人用"不食人间烟火"来形容她。她自嘲说许多年来,她都是活在云上的,是个不谙世事的小姑娘。她用"实际年龄30岁,而心理年龄只有3岁"来述说她三十岁的生日。以我对她的了解,她是一个活在自己的世界里,注重精神层面的人。

她的家族成员骨子里都有那么一股子傲气,清高是他们血脉里注定的基因。走向文学的宋晓黎杨更是一个超凡脱俗的女性。她的很多做法都是不能用世俗的眼光和价值观去看去衡量的。

在这个现实的社会里谈淡泊名利似乎是件很奢侈的事,但对宋晓黎杨来说,却是件再平常不过的事。从文几十年,她从未主动参加任何奖项的评比,除非上级作协要求。她信奉玛格丽特·杜拉斯那句话:"作家把作品拍在桌子上转身就走。"她说写作不是为了去拿奖。她对那些拉选票,走关系的人事更是不屑一顾。职称晋级时,省出版局的评委们看完她的材料对她说:"你的条件完全达到破格晋正高的标准了。你还是回去准备一下直接进正高吧。"这对一般人来说是天大的好事,但她却笑着说:"还是让我一级一级进吧。留个奔的念头也挺好的。"

她所在的农垦总局,下设九个分局,一百多个农场。她经常下基层采访,但近三十年的记者、作家生涯,她从没利用职业为自己谋一丝一毫之利。她恪守人生的座右铭:"坦坦荡荡做人,认认真真为文。"

淡泊功名利禄的她却是一个工作狂,一个典型的事业型女性。刚调入杂志社时,她带着六岁的女儿独居在租来的一间小房子里。生活的艰苦没有影响她半点对文学的追求和对工作的热爱。她一边工作,一边坚持文学创作。出差时,就把女儿托给同事照管。那段时间,生活给她出了一道道难题,但她没有半点退缩,反而更加磨炼了她的意志和面对生活的勇气。有一次她在印刷厂值班,突然肚子痛起来,她一边用手按压腹部,一边继续审稿子。痛得实在忍不住了,她就向厂里的人要了两片止痛药吃了。直到审完最后一个字,她抬起头长出一口气,在即将付梓的稿件上签上字后,才安心地去了医院。院长亲自给她做了阑尾手术,并说她要是再晚来十分钟,阑尾就穿孔了。

"一谈干工作,晓玲的两眼都放蓝光。"领导这样评价她。久而久之,许多人都知道北大荒有个特能干的办刊人。能力超强,是大家对她公认的评价。

她以事业为第一,却又是个远离政治的人。她刚调入杂志社不久,文联党委就把她列为接班人来培养,以事业为重的她却恰恰对仕途不感兴趣。童年家庭的遭遇让她讨厌政治,远离仕途。九十年代末期,组织部的一张提干表格,竟然在她的办公桌上放得落满灰尘。主编问她为什么还不填?她说:"少跟我扯这哩哏啷——"然后扬长而去,背起包跑去外地开笔会了。

2009年,《北大荒文学》并入北大荒日报社,改刊为《北大荒文化》,宋晓黎杨须重新参与报社整体的岗位竞聘。对于做了十五六年《北大荒文学》副主编的她来说是个考验也是一次选择。她简单地填写了领导发给她的竞岗表,连必备的材料都没附上就跳上了回北京的火车。一路上,她的手机快被打爆了,都是单位让她回去参加竞岗的电话。车过山海关时,她看着车窗外,平静地关掉了手机。她又一次为自己做出了人生的选择。文学和政治无关,她心里想起莫言说过的一句话。很多不知情的人不理解,可她依然淡定地走着她自己选择的路,构筑着自己想要的生活。

"我真是佩服她。她总是说,我要怎么怎么样。总是能按自己的想法去操控生活,不佩服都不行。"黑龙江省一位文坛朋友这样评价她。

她说要给自己留下几年的好时光,满世界走走,努力写点不怎么糟糕的文字。让笔下的文字能在这个世界上尽量存活的时间长些,是她一生努力的方向。

进入不惑之年的她,抛开了许多生活的烦杂,一心一意地读书,写作,行走在世界的各个角落。用她的心感悟着这个多彩的世界。走得累了的时候,她就回到大海边的小屋子。许多朋友羡慕她,佩服她,说她总是想干吗就干吗,活得洒脱自在。她现在的生活,是很多女作家也向往的,可是很少有人能做到。

走自己想走的路,她做到了,而且走得很惬意。取舍自如,甘苦自知。

其四,是凝重的荒原情结。她背负着对这片土地深重的责任感和使命感,走一个作家执笔为文的纯文学之路。

我听北方的文友常喊她"小个子兄弟",就很奇怪。她本是个外表看上去文弱的女子,怎么会有这么男性的一个绰号呢?后来才知道,是因为她的性格。宋晓黎杨说这可能是源于她母亲的血脉。她还开玩笑地调侃说要是在解放前,她不是个出色的女间谍,就是个占山为王的出色女土匪头子。说这些时她总是很认真,然后就爽朗地哈哈大笑。我常在她的笑声中找到答案。

宋晓黎杨是个性情刚烈又倔强大气的女作家。她虽然外表弱小,却长着一颗大男人的心脏。不论做事还是做人,她都让许多男人汗颜。黑龙江作家协会副主席在她的报告文学集的序中这样写道:"宋晓黎杨身材娇小,却有着北大荒一样宽广的心胸。"

许多人在读完她的散文《那天,我们去看黄河》后都赞不绝口地感叹:"她那么一个小人,竟然写出那么让人荡气回肠的大文章,真是不可思议!"在这篇文章里,她像个战场上的指挥官,调动起千军万马,把黄河壶口五千年的历史,从战火硝烟,马背嘶鸣到悬崖纤夫再到巴黎卢浮宫里的画展,全景式跃然纸上,让人跟着她那些文字奔跑、呐喊、欢呼!

巨大的轰鸣声压倒了一切。风卷着浪,浪裹着涛掀起万丈狂澜,惊涛澎湃着落下后,便一泻千里横冲直撞,朝着远方大海的方向咆哮而去……

这就是黄河,这就是几千年来孕育了中华民族炎黄子孙的黄河啊!

几回回梦里走河边,几回回泪水洒衣衫,现如今真的来到了你身边,黄河啊,你为何只是咆哮不多言?

黄河在我面前不息地奔腾着,咆哮着。五千年的流淌,一如五千年不变的誓言。它是在用滔滔的河水向我诉说时间的亘古与永恒吗?

这种大气磅礴的创作不是所有的女性作家都能做得到的。

她喜欢海蓝色,是从她妈妈那里继承下来的。心理学家认为喜欢蓝色的人心性深沉。蓝色在英语里和忧郁是同一个词。这与宋晓黎杨很是吻合。对北大荒的情感,她是深沉的,复杂的,忧郁的。

每次去荒原采访,她的内心都是动荡翻卷的,对这片土地的思考,一直是她多年来挥之不去的荒原情结。"为什么我的眼中常含泪水?因为我对这土地爱得深沉……"诗人艾青的这首诗是对她内心情感最好的诠释。许多年来,她常常一个人独自走在荒原的深处,品味着北大荒的苍茫与神奇,也关注着这片土地上坚守、拼搏、奋斗着的人们的命运。她背负着对这片土地深重的责任感和使命感,走一个作家执笔为文的纯文学之路。

她写《不老的荒原》,写《雪落荒原》,写《在故乡寻找故乡》,写《大地无边》,写《雪地上的梦》,她在乌苏里江岸边读萧红……

她在一篇文章里真诚地道出了自己的心灵独白:

> 许多年,我独自背起包在荒原上来来回回走的时候,总有一种难以割舍的情结,有时一个人躺在从荒原返城的列车上,会有一种难以言状的东西在心中涌动,常常让自己潮湿了双眼。那个时候还很年青,对荒原有一种近乎于宗教的情感。后来,一个人天南地北去组稿子时,那些曾经到过荒原和熟知荒原的朋友们见了我就戏言:"小八路来了!"他们当着我的面不加掩饰地调侃,说我身上的荒原情结太重了,这样会误了我的前程。听这些话时,我无言,然后用疑惑的目光望着他们……依旧是喝酒、赶火车、爬卧铺……晃晃荡荡二十几年就过去了。

1992年,她的第一本散文集《雪地上的梦》出版。女友在给她的序中这样写道:"北大荒是她血肉不可分割的一部分,她走不出那片荒原……"

"读那篇文章时,是秋天,我正走在荒原的深处,心像是被什么猛地一击。原来很多年,我都走在自己的心结里。"

对故乡,她始终是矛盾的。一方面,她无法拭去童年刻印在心上的伤痕,另一方面,那毕竟是养育过她的土地。两种情感痛苦地拧巴在一起,纠结着。但无论怎样,荒原总是她心底的一块旧地。因为那里埋葬着她的父母。

"荒原变了。还没进行采访,我的心中就有一种东西在翻腾。我知道这是北大荒人用五六十年的拼搏换来的,这是三代人的心血啊!北大荒,多少志士的血汗浇灌了这片荒原;大粮仓,多少父辈的尸骨肥沃了这片黑色的土地!"这些文字都是她的真情流露。

2013年的一天,她在北京家中整理着去长江的行装,突然接到从荒原深处打来的电话。

"你好!"

"你好!"

"在忙什么?"

"噢,正要去写长江呢,和几位作家朋友。"接下来,一个艰难的选择摆在了她的面前。地方政府邀请她回荒原写一本关于"米都"的报告文学。这题材太大了,而且那时她已经离开荒原很多年。要不要回去呢?她不停地在心里问自己。挂断电话的那一刹那间,她脱口而出:

"请代我问候那片承载我生命的荒原!"

北京机场,她拉着箱子看着朋友们乘坐的飞机从她的头顶飞过……

她用了两年多的时间,五次去北大荒采访,终于写出《中国绿色米都——一位女作家的荒原之行》。

她是黑土地热情的歌者。友人在赠她的匾上写道:"风雨一支笔,壮歌走天涯。"

五、永远走在文学路上的行者。不论她还要走多远,走多久,她的生命总是鲜活的,充满了朝气

宋晓黎杨说她是一个永远走在文学路上的行者。这话我相信。因为我知道文学是她骨子里的事,没有功利和目的,只是随心而动笔。她又是一个喜欢满世界走走的人,所以文学和行走对她来说是生命中不可缺少的两件事

情。老话说读万卷书,行万里路。路在她的脚下好像永远没有尽头。每一次接她的电话,我都会问:"又去哪里了?"而文学用她的话说是托住她的最后那只大手,她不会放弃。在现下这个人人都能出书的年代,宋晓黎杨的写作反而变得更纯粹,更深刻了。用她的话说:"写作是心灵的事。"近年来,她写了一大批旅居海外生活的散文,有欧洲的,有美洲的,还有拉美国家的。她在用心去做东西方文化的对比。她希望有一天能亲自把中国的文化传播到海外去……

最近一次见到宋晓黎杨是在2014年春节过后的海南,她刚刚从加拿大回国。一天,我接到她打来的电话,说是她和她的姐姐正在三亚玩,刚好我和老伴也在三亚,便邀请她们姐妹俩来家中做客。老伴为此还准备了具有海南地方特色的午餐。我按约好的时间下楼,穿过绿茵茵的椰林庭院去接她们。不远处,我看到宋晓黎杨挥动着帽子在向我喊:"何老师,我们在这儿——"

她依然是一副行者的打扮,一条棕色的皮腰带束住前后都是口袋的裤子,腰带是那种用牛皮条编成的,很少有女性用。

"您好,何老师!"

我握着她的手说:"你这个小家伙,终于跑回来了?!"

"哈哈,新买的房子盖好了,一定得回来收呀!"她乐呵呵地说着,随手扶过站在旁边的姐姐说:"这是我姐,特意从上海过来帮我的。"

"呵,怎么大出你一圈呀?"我看着比她长得高,比她长得胖的姐姐调侃道。

"哈哈哈,小时候,好的都让姐姐吃了呗……"宋晓黎杨笑着说。

老伴也是哈尔滨人,热情地聊着家常。我问起她在海外的感受,她便侃侃而谈。宋晓黎杨本就是个思维敏捷奔放的人,半年多的北美之旅给她的创作提供了不少好的素材。

"我想尝试着涉猎一下海外的题材。你看如何?"她用询问的目光看着我说。

"可以呀。谈谈你具体的想法。海外题材目前国内也比较受欢迎,要看你怎么写,写的是什么。"我说。

"女儿的移民给我的人生增加了宽度,让我能以一位作家的眼光去看世界,去进行东西方文化的比对,让我接触了那么多海外的留学生、老华侨、新移民,各式各样的人物有很多的故事,很多的思考在里面……我想把它们写下来,写得怎么样是一回事,写不写是另一回事。"她的脸上沉静中有种向往。

"好,有想法就写,先写出来再说。我的那本《中国教授闯纽约》就是这样写出来的嘛。"我鼓励她说。接着我们又谈起了那本书,谈起了我在美国的经历……还谈起了国内刚刚出版的陈希我写的那本《移民》。

我家的阳台外是一片海湾,停泊着许多大大小小的船只,有几只海鸟在空中盘旋,那海水很蓝。宋晓黎杨的目光望向海面,我知道在海南即使是内海也与太平洋相连。大洋的那一端有她的亲人,有她刚刚留下的足迹,这些不能不说是生活给予作家的最宝贵的东西。接着我们又谈起了去年获诺奖的加拿大女作家——爱丽丝·门罗(Alice Munro)。宋晓黎杨说门罗就住在渥太华,离她很近。接着宋晓黎杨又谈起了她的古巴之行,谈起了那个让她魂牵梦绕的哈瓦那,谈起了著名作家海明威和他的五分钱小酒馆,谈起了那部著名的《老人与海》……

她的思绪奔涌着,谈到兴奋处站起来手舞足蹈。我们笑着看着她,仿佛也随她去了一次北美洲。

每次和宋晓黎杨见面,聊得最多的就是文学。她会把她在世界各地的所见所闻生动地描述给我听,常常忘记了时间。对生活她是积极的,质感的;对生命,她是认真的,有准备的;对命运,她有着自己独特的理解。她说她一直走在路上,她是行者。不论她还要走多远,走多久,她的生命总是鲜活的,充满了朝气。

"我有一所房子面朝大海,春暖花开。"经历过人生拼搏磨砺的宋晓黎杨终于可以在走得累的时候回到海边的小屋里静下心来读书写作了。她说她家的门前有片外海,那海浪很激情,一浪卷过一浪,汹涌澎湃。宋晓黎杨常去海边踏浪,这片大海给了她广阔的想象,她一边构思海外题材,一边着手写她的《海岛,慢调生活》随笔集。真是一个多才的女子。

"喜欢一个人独处的日子,喜欢背起行囊上路的冲动。永远在路上,天南地北地行走。呵呵,这就是今天的我啦。"

"永远在路上。你还真够潇洒的。但毕竟是人到中年了,你还是悠着点吧。"我提醒她说。

在宋晓黎杨过五十六岁生日的时候,我给她写了一首祝贺的小诗:

北大荒原女儿花，
　给一点雨露就迎风绽放。
彩笔描画大时代风云，
　放声为黑土地歌唱。

北大荒原女儿花，
　不让须眉笔耕忙。
酒过三巡情彩飞扬，
　引万众瞩目宋晓黎杨。

　　她曾和我说过，年轻时在北大荒一个一个农场上转悠，和农场上的职工交流，不喝酒人家怎么会把心窝里的话掏给你？所以，那些年还真练就了一番喝酒的功夫。如今，人到中年，人生的阅历丰富了，不喝酒也能充满激情地写出好作品来了。

2009年夏，宋晓黎杨送女儿箫箫赴法留学，特到何府辞行时与何启治合影。

　　真的，我真心地祝福宋晓黎杨在海南这个美丽的地方完成她的大作，像玛格丽特·杜拉斯那样用她独特的人生写出自己最好的一部作品来。

　　是的，她会成功的，我相信她一定能够成功！

2014年5月1日—29日
草于海南三亚—北京

《突出重围》和柳建伟的文学梦

一

号称为"2000对抗军事演习"的拼死厮杀,在持续进行了54天以后终于收场了。一个装备精良、代表目前中国军队主体力量的满编甲种师(代号"红军",司令范英明),在对抗中一而再地败给了装备了高科技技术并改革了陈旧军事观念的乙种师(代号"蓝军",司令朱海鹏),只是在第三次较量中,才以自杀性的冒险而取得惨胜。这就是柳建伟著长篇小说《突出重围》最简要,也是最基本的故事情节。

小说共21章,其前10章(第一次演习)选发于《当代》1998年第3期,单行本于1998年11月由人民文学出版社出版。

作为编者,我们一开始就肯定这是一本甚合时宜的好书。这是因为我们认识到：

这是一本生动而有说服力地体现了中央军委科技强军、质量建军战略思想的好书；

这是一本充满爱国主义激情和阳刚之气的好书；

这是一本饱含忧患意识、能激发读者奋发图强的好书；

这也是一本以其跌宕起伏、环环相扣的故事情节和悲壮动人的艺术氛围而深深地感动读者和吸引读者的具备畅销书基本特征的好看耐读的书。

总之,这是一本既有深刻的思想内涵,又有强烈的艺术感染力的长篇佳作。因此,面对文学图书明显滑坡的市场,我们除了在《当代》杂志上选发了全书几近一半的篇幅之外,还下决心单行本第一版以两万起印。

然而,《突出重围》真的会获得读者(特别是女性读者)的欢迎吗?

还好,稿子交到图书责编刘稚的手里,她就爱不释手。

《当代》选发《突出重围》后,读者反响强烈。刊物在不长的时间内收到男女读者来信数十封。有的读者明确表示不认同"编者的话"对小说的批评("缺少令人难以忘怀的艺术形象和复杂丰富的感情"),认为这既不准确,也是苛求。

不到一年,小说两万册即已售完,目前正在赶印新版书。

1999年9月6日,由中宣部、文化部、广播电影电视总局、新闻出版署、中国文联和中国作协联合从近几年涌现出的一批优秀长篇小说中精选出十部国庆50周年献礼长篇小说,《突出重围》名列第二。

1999年9月15日,中宣部组织实施的"精神文明建设五个一工程"第七届获奖作品举行颁奖大会,在备选的214种长篇小说中,《突出重围》脱颖而出。

至此,柳建伟著《突出重围》作为深受普通读者欢迎,又深得领导者肯定的长篇佳作,便已成定论。

二

然而柳建伟的文学梦并不是从《突出重围》开始的。

柳建伟,1963年诞生于桐柏、伏牛、武当三山环绕的小盆地上一个教师的家庭里,系河南省南阳地区镇平县人。他于1979年就读于解放军信息工程学院,1983年毕业。

然而,早在这之前,一次意外的失恋便引发了柳建伟的文学梦。苏联作家帕乌斯托夫斯基在他那本关于作家劳动的札记,在这部叫做《金蔷薇》(又译"金玫瑰")的美丽而动人的散文集中告诉我们:写作源于内心的召唤。不幸的童年生活和凄婉的初恋,是作家走向文学之路的契机。(大意)柳建伟有说不清幸还是不幸的童年:父亲在北京工作,母亲在县里教书,他在爷爷奶奶的呵护下在乡下生活,身份是城里人,实际是乡下人,小伙伴们玩耍时,他要割更多的猪草,干更多的农活。但柳建伟的初恋肯定是凄婉的、刻骨铭心的故事。那是1979年9月1日,这个16岁的少年在父亲的陪伴下到省会郑州去报到上大学。同时报到的有一位亮丽柔美的江南女孩,飘动的马尾巴柔发,黄底黑花衬衣,白绸裙子构成了一道奇幻的风景。登上解放军信息工程学院接新生的卡车那一瞬间,突然飘起来的白裙子在少年柳建伟的眼前展示了少女洁白隐秘的一角。这是怎样惊心动魄的瞬间!从此他每次上课都紧盯着斜前方那双圆润的玉臂而害上了单相思。最早的寄托是改写陆游诗翁的《钗头凤》:"红酥手,咫尺有……"结束处自然也是"错,错,错"!"莫,莫,莫"!这改写的词被不知内情的同学公开朗读过,而当事人自然是莫名其妙。直到建伟以治疗青春痘的秘方示爱,才招来了毫不含混的回绝。少年建伟的烦恼从此借助文学而宣泄。

1983年,柳建伟大学毕业,旋即分配到某技术侦察部队工作。1995年参加中国作家协会。现为中校情报军官,四川巴金文学院创作员。[①]

三

初涉文学的柳建伟既搞创作又写评论。《瞄准生死结——兼谈军事文学的困境》和《伟大的夭折——硬谈〈古船〉及其他》等文所显示的才华和功力,一下子就吸引了解放军艺术学院教师朱向前的注意。他连发三封信动员邀请柳建伟到军艺学习。1991年柳建伟应招赴军艺学习,1993年到鲁迅文学院进修,1994年进入鲁院和北师大中文系合办的硕士研究生班学习,1997年毕业。从此,柳建伟与文学结下了不解之缘。

在北京六年的学习期间,柳建伟在文学创作上逐渐完成了相当充分的多方面的准备,但主观上尚未找准创作的重点。他又是个孝子。1994年他母亲患癌症,至1997年2月病故,所花费六万余元,除近万元由镇政府支付外,均由建伟和他的两个收入很低的妹妹来支付。为此,柳建伟也曾利用一些现成的材料编撰过一些如《纵横天下》之类的纪实性畅销作品,也曾和书商讨价还价以卖文为生。

我就是在1993年柳建伟到鲁迅文学院进修后与他相识的。那时我还住在人民文学出版社的东八里庄宿舍,而鲁迅文学院距此不过一二百米。地理上的方便使我们之间有过多次交往和深入的交谈。这期间,我推荐建伟的中篇小说《都市里的生产队》和报告文学《红太阳白太阳》的片断到《当代》发表,

---

[①] 柳建伟现为八一电影制片厂主管电影创作的副厂长,大校军衔。——2014年12月31日补注

又在我当时担任主编的《中华文学选刊》选发了他的中篇小说《王金栓上校的婚姻》,并鼓励他把精力集中到有价值的严肃的文学创作上来。一个初夏的夜晚,在住处近旁的水果、菜市街上,踏着满地的月色和垃圾,我郑重地劝告建伟:"建伟,为稻粱谋可以理解,但你的正业应该是写小说,特别是写好长篇小说。你不要浪费了自己的才能。你要好好写出可以流传下去的作品。不要辜负了自己和这个时代。"

建伟把这些话听到心里去并开始了认真扎实的创作实践。

后来,便有了关于长篇小说创作的长谈。柳建伟和我谈了三部长篇的构思。我建议他先写关于当下农村生活的最后定名为《北方城郭》的这一部。

1997年6月,柳建伟长达55万字的第一部长篇小说《北方城郭》由人民文学出版社出版。这部描绘当代农村生活的长篇一下子就以它揭示社会矛盾的深刻性和雅俗共赏的可读性,以及它所塑造的艺术典型赢得读者的欢迎和文学评论界的好评,被视为"一棵长疯了的大树",是近年来长篇小说创作难能可贵的新收获。此作在申报参加第五届茅盾文学奖评选的一百多部作品中,最近已被正式列为提供给终评委审议的25部备选作品之一,我想,这绝非偶然。

四

在《北方城郭》定稿付梓一年之后,柳建伟起笔写他的第二部长篇小说《突出重围》。

大约在1998年春节前的某一天,我社副总编高贤均做东请柳建伟吃饭,我和洪清波作陪。饭后,就在高贤均家里和柳建伟谈《突出重围》的审读印象和修改意见。

我们一致肯定小说充满爱国主义的激情和阳刚之气,几乎吻合了中央军委科技强军、质量建军的战略思想,是一部正合时代需要的好书。我们还特别指出敢于把部队的矛盾和社会腐败现象结合起来写,体现了作者的胆识和勇气。这样,军事演习的故事也就深刻地揭示了中国军队所面对的世界军事、政治、经济等多方面的严峻挑战,指出中国军人必须突破思想观念、军事技术与物质利诱等等"重围",才能保持人民军队的本色,才有可能打赢未来可能发生的高科技战争。但我们又一致认为：在塑造艺术典型和表现丰富复杂的感情方面，它不如《北方城郭》。这些认识后来体现在"编者的话"中，概括为"《突出重围》在题材思想方面与《北方城郭》相比，有所超越，但在艺术方面却显得逊色了"。

很具体的意见已经难以复述。概要而言是三次军事演习的层次不清，为一般读者考虑，应尽可能叙述、交代得清晰一些；加强人物的个性化，使艺术形象更丰满一些，如"蓝军"司令朱海鹏和"红军"十分精明的、知识型的参谋军官唐龙太靠近了，有点类型化了；处理朱海鹏和江月蓉的关系不要写成反封建式的婚姻，不要简单地写成活人被死人拆散了；语言粗糙了一些，等等。

应该承认，三个编辑都不懂军事。我虽然在"文革"前不久到王杰生前所在工兵部队待过两三个月，但既没轮上摔手榴弹，也没打过靶。所以，我们没有也不可能就军事技术问题提过任何意见。柳建伟呢，作为一个有近20年军龄的技术军官，他的军事实践也很可怜。他在大学是学计算机专业的，但学文、从文后没摸过计算机，现在连电脑还不会用，写作一直离不开1993年母亲送给他的那支可以吸用碳素墨水的钢笔。每次长篇完稿，厚可盈尺的手稿都由老父亲带着满脸的神圣和庄严装订成册。这使柳建伟满怀感动和感激之情。遗憾的是就军事技术而言，20年来他总共只打过三次靶，一次步枪九发子弹，一次手枪五发子弹，一次机枪一梭子子弹，成绩是步枪81环，手枪13环，机枪上靶两发。

20年来，柳建伟也没有在野战部队待过一天。然而，《突出重围》却写了一个军区，写了两个师几万人的对抗演习，还写到了让解放军现役高级指挥官佩服的程度，国防大学未来的将军中，有人还把他称为战略家。这似乎是个不解之谜。难怪1999年9月17日午夜播出的"读书时间"节目(157期)中，主持人李潘问他凭什么能把军事题材的作品写得这么好。柳建伟的回答是：一靠作者的亲历感受，二靠所见所闻，三靠作者的心历，靠作者对时代生活的感受、认知乃至想象。

我想，恐怕得承认关键在于柳建伟的聪明才智，勤奋的学习钻研精神和非同一般的想象力。文学创作这碗饭毕竟也不是随便谁想吃就吃得上的。然而，我还想说，生活的功底毕竟还是很重要的。国防大学的学员在讨论作品时指出了《突出重围》的一些硬伤，如两次演习之间必须有必要的准备和过渡,绝不可能想打就打起来;又如无论干劲多么大,也不可能靠人力把坦克推动起来,等等。这些硬伤是作者柳建伟造成的,可我们这些编辑谁也没有发现,就因为我们也没有生活,我们也不懂。

五

《突出重围》在《当代》发表,后来又在1998年11月由人文社正式出书。这以后有过两次正式的作品研讨会:1999年4月23日上午我社和《小说选刊》联合在中国作协多功能厅召开的研讨会,以及1999年6月11日下午,在国防大学文化艺术活动中心,由解放军总政宣传部文艺局、国防大学宣传部、成都军区宣传部和我们人文社联合组织的作品研讨会。这中间,又分别在北京大学和38军举行了赠书仪式。就人文社来说,是力度空前的动作;就部队而言,对一部作品和一位青年作家这样关切、支持,也是罕见的。

参加中国作协研讨会的都是文学专家,先后发言的有汪守德、何镇邦、朱向前、蔡葵、白烨、雷达、丁临一、韩瑞亭、林为进、王强、贺绍俊等。他们一致肯定《突出重围》是独特而优秀的军事题材作品,是"忧患之作"、"本色之作"、"尝试之作",是"塑造了众多军人形象的作品"、"雅俗共赏的作品",也是"近年来军旅文学突破性的作品";是"兵味十足,雄性十足的作品",也是"以生活新颖、思想尖锐见长的作品"。

朱向前、白烨等都认为论写人物,写人性的丰富性,艺术形象的丰满,《突出重围》不如《北方城郭》。但蔡葵不以为然,他认为柳建伟能在军事文学的气度上超过许多同类题材的作品,完全是一种大家气度。他写的人多也不要紧,几乎第一章就把人物都推出来,就像《子夜》那样。江月蓉留给朱海鹏的信和高军宜的遗书都写得很到位,《突出重围》的人物讨论起来很有讲头,我们不必苛求。

何镇邦、白烨、雷达都指出小说张而少弛,张弛关系的把握不够好。他们虽然未必懂军事技术,但从文学角度提出来的意见竟和军事专家的批评不谋而合。

出席在国防大学文化艺术活动中心举行的作品讨论会的,自然都是军事方面的行家,计:"虎班"(未来将军班)学员八人,研究生班学员七人。他们首先一致肯定《突出重围》的主旋律突出,忧患意识突出,说出了他们心里早就想说而不便说的话,是非常好的军旅文学长篇小说。作品在他们中间引起强烈共鸣。有人理解为:这是突破旧观念的重围,是突破人际关系的重围,是突破感情纠葛的重围,也是突破物质诱惑的重围。有人指出:军队建设决不容许失败,演习失败几次不要紧,实战失败一次就可能危及国家命运!真是一针见血,发人深思。

军事专家们虽然也肯定作品是"通俗易懂的国防教科书",肯定作品"提出了许多深层次的问题供人思索",但也指出作品的一些硬伤,供作者修订作品时参考,更有人认为作品把部队生活说得有点阴暗,认为副师长高军宜还是廉洁的好同志。

然而,军事行家们对《突出重围》的欣喜之情也是军人式的直率。吃晚饭时,他们一个个和柳建伟频频碰杯表示祝贺和感谢。酒宴阑珊,"虎班"参加讨论会的八个学员有六人主动给柳建伟留下地址电话,欢迎他将来到他们所在的部队去深入生活,保证提供一切方便。

柳建伟事后说,我原想,《突出重围》在未来将军们的眼里能打60分就不错,现在看来能打上七八十分,我可以放心了。

我想,何止是这八十分的评价重要呢,柳建伟从北京大学文学爱好者、38军指战员和国防大学学员那里得到的信赖和友谊该是尤为值得珍视的吧。

六

《突出重围》开始构思于1995年冬(即《北方城郭》完成初稿后)。这名字是电视导演舒崇福起的。成都军区电视艺术中心请作者写反映部队生活的电视连续剧,却认为实战的拍摄难度大,便建议改写成军事演习;作者接受了意见,却也明知真正意义的演习故事出不来人物形象。结果便是现在这样战争不像战争,演习不像演习的故事框架。

成都军区电视艺术中心为剧本创作替作者请了半年创作假。1997年12月,作者在把《突出重围》的小说初稿交给我们人文社的同时,也把同名20集电视连续剧剧本交给成都军区电视艺术中心。1999年4月间小说大获好评已成定论,而电视剧在云南某地开拍后,却遇到严重的剧本问题,柳建伟又奉命到云南去修改剧本达一个多月。电视剧的名字在小说《突出重围》出版并获好评后,先更名《突破重围》报给审批领导机关。电视连续剧开拍送审本又更名《世纪闪电》,后又改名《突破重围》,又有消息说拟改为《大演习》。几次改动,小说和电视剧的作者事先都不知情。又据说,1999年8月,电视剧已封镜,并被中央电视台列为新世纪第一部播出的大型电视连续剧。但剧名仍为《突破重围》。"出"与"破"显然以"出"为好。如此改名,不知何意。

《突出重围》的小说和剧本很难说谁先谁后,也可以说是在交错进行,因为从最早的构思到初稿完成可以说都是同步的。在我看来,所谓"诗无达诂,文无定法",同一个作者用两种形式写相同的作品也未尝不可以尝试。只是历来由名著改编影视作品,经过艺术家的再创作而能够超过原著的实在太少。因此,我很希望电视连续剧《突破重围》能比小说《突出重围》更上一层楼(因为它拍摄在小说之后),但我又宁可在实际上有一点保留。

七

柳建伟渴望成为专业作家,也企盼着人民文学出版社和他签约,使他成为某种有基本保障的作家。作为朋友,作为被建伟一直称之为"老师"的一个老编辑,我唯愿建伟的心愿能够实现,因为这结果对支持他的创作实在很重要,而且以他的实力和已经取得的成绩来说,他也有资格得到这样的关怀和支持——我们国家享受专业待遇而不出什么作品的专业作家难道还少了吗?!

柳建伟在《小说选刊·长篇小说增刊》(1998年12月出版)选发《突出重围》时写了一篇短文《关于一个梦想的备忘》。其中说:"1997年出版了《北方城郭》,1999年出版了这部《突出重围》,现在又每日伴着两包香烟描绘着《英雄时代》。这三部作品都是描绘当下中国社会现实的。《北方城郭》着重写了中国县城以下区域人们的生存境况。《突出重围》着重解剖了军队这个特殊的集团,在世纪之交面临的种种现实。《英雄时代》将描绘生活在省城和京都的人们,在改革事业进入深水区后的思想和行为。我的35岁的生命,近一半生活在县城和农村,近一半生活在省城和京都,16年作为老百姓,19年作为军人。

2001年春，纪念人民文学出版社建社50周年暨第三届"人民文学奖"颁奖大会上的合影。右起：柳建伟、高贤均、方方、何启治

这种独特的分割，决定了我必须一口气把这三部作品都写出来。我不能对我生活中的不同阶段厚此薄彼。更重要的是，只有把这三部作品放在一起，才能比较全面地表达出我对中国现实的整体看法。这部三部曲完成后，在从农村到京都这样广阔的舞台上，将有近四百个人物出场，上演各式各样的剧目。"

这种表述中有一种可贵的追求：对当下现实作规模宏阔的、史诗式的表现。眼下有多少六七十年代出生的作家醉心于咖啡屋、汽车、洋房，又有多少作家在复杂的现实面前畏难退却，或转而去写遥远的历史故事，或只以展示个人的隐私来招徕读者，或转而去写玄而又玄的、与读者大众无关痛痒的故事……固然，写什么，怎么写，是作家的自由，探索性的作品也可以出现有价值的、有艺术品位的好作品。但我在40年的编辑工作中确已见过不少赶时髦的作家花开花落，在璀璨和凋零中幻化，而在青年作家中像柳建伟这样有相当造诣和有崇高追求的，毕竟不是太多而是太少。但愿有关各方都更多地关怀和支持、帮助柳建伟这样的作家吧。

在同一篇短文中，柳建伟又说："十二年前的一个秋夜，我在四川大邑梁坪山腰的斗室里,第一次读到了巴尔扎克的《〈人间喜剧〉前言》,我被一个胆大妄为的梦想攫住了:要做这样的作家。"

好家伙,要追踪巴尔扎克!这又被有的人视为狂妄和不切实际。但我宁可视之为柳建伟用来激励和约束自己的豪言壮语和雄心壮志。中国人历来甘于平庸的人太多,安贫乐道、无所作为的人太多,而少有发奋图强、敢为天下先的人。因此,我宁愿相信柳建伟会时时记着自己的豪言壮语和雄心壮志而扎扎实实地奋斗不息,并愿希望和幸运之星永远照耀着他。

"不问收获,但问耕耘。"以巴尔扎克为老师和榜样,勇敢地前行吧,建伟,有那么多关切、友爱的眼睛盯着你呢!

1999年9月22日午夜12时半

惠芬,你会成为新时代的萧红吧

"惠芬,你会成为新时代的萧红吧。"写下这个题目,心头不禁一热——好殷切的期待哟。

然而且慢,还是让我从容道来吧。

一、孙惠芬由《歇马山庄》而一举成名,成为新世纪中国文学天空上一颗璀璨耀眼的星辰

不认识其人,而有缘拜读其迄今最重要的代表作,并决定高规格地采用——即在《当代》杂志选载并由人民文学出版社出书,这在我几十年的文学编辑生涯中确实是罕见的。而孙惠芬及其长篇小说处女作《歇马山庄》,就是这样的例子。

那是在1999年的夏天,我正在人民文学出版社《当代》杂志主编的位置上。有一天,突然接到我的同行朋友、辽宁"布老虎丛书"主编安波舜的电话,说他手里有年轻的女作家孙惠芬的长篇小说处女作《歇马山庄》,四十万字,是一部书写当代农村生活的小说,或者说是书写当代农民对城市生活的向往、希冀、困惑、迷惘和挣扎的小说。安波舜说,《歇马山庄》是一部好小说,是一部厚重的、有分量的小说,但"布老虎丛书"要的却是纯情的、专写男女感情的小说,而你们《当代》在文坛独树一帜的,就是讲究厚重和有分量,那么,我把《歇马山庄》推荐给你如何?有兴趣吗?

其时,我对孙惠芬几乎是一无所知,没有看过她的任何作品。但是,安波舜的电话里有两点引起了我的注意:第一,《歇马山庄》书写的是当代农民对城市生活的向往、希冀、困惑、迷惘和挣扎的小说,是一部厚重的、有分量的作品。在我看来,也就是说它是有思想的作品,这正是我所看重的。这当然不

是说,我欣赏那些标语口号式的小说,那些让文学成为政治传声筒的小说。只要它是通过小说情节的流动、人物命运的书写体现了深刻的思想内涵,有人性的深度。这样的小说,就是我们可以堂堂正正地提倡的好小说。第二,我注意到《歇马山庄》是孙惠芬的长篇小说处女作。处女作,当然可能失败,但一旦是成功之作,往往倾注了作者多年的心血,是他多年学习、生活和练笔的结晶,决不可以轻慢。何况,在新时期文学史上,已有许多例子说明,长篇小说处女作往往也就是作家的代表作,如张炜的《古船》、陈忠实的《白鹿原》、张洁的《沉重的翅膀》等等,都是既有艺术魅力,也有思想力量、有人性深度的传世之作。

基于以上的认识,我便毫不犹豫地对安波舜说,那就谢谢了,请把《歇马山庄》寄来吧。

不久,我便收到厚厚一沓子《歇马山庄》的打印稿(孙惠芬的先生张申告诉我,原稿是手写稿,由他负责打印,《歇马山庄》的手稿现存大连图书馆)。我和我的同事洪清波、脚印(刘宇)等看了都很喜欢。

这是一部怎样的小说呢?概括地说,《歇马山庄》谱写了一曲美丽凄婉的田园牧歌,给人们以美的艺术享受和由衷的惊喜。

这是一曲真实感人的田园牧歌。改革开放首先激活了农村年轻人那本不安分的心。躁动中他们各自拥有自己的希冀和追求:程买子挖窑洞,烧砖瓦,进而要当村长、镇长;林小青一门心思要脱离农村,留在城里,为此毫不顾惜地付出了贞操和青春的代价;月月以她的纯朴、善良和坚韧,矢志不渝地追求真挚的爱情。老村长林治帮也曾率领建筑包工队在城里闯天下,却为了打掉乡下人的自卑而失态,最终酿成无法在城里待下去的过错而只能回到歇马山庄,并为此而悔恨终生。两代农民有不同的操守和追求,也有不同的人生感受和轨迹。这种人格人性人生命运繁复幻化的交响,向读者展示了丰富而真实感人的当代农村景观,让人过目不忘。

这是一曲清新动听的田园牧歌。新的人物,新的人生牧歌构成了《歇马山庄》的基调。如果说,月月在对幸福爱情的追求上虽然勇敢,却更多地体现了传统的美德的话,买子和小青则可视为当代农村的"新人类"一族。买子从流浪中返回家乡,就一直不屈不挠地、与众不同地挖窑洞创新业,当了村长又要当镇长。在爱情上,他先接受了月月,后与小青结为夫妻;小青出走后,他又想去找回月月。他自私而没有责任感,但面对生活中一次次的挫折却始终乐观自信。至于小青,则为了留在城里从来都不择手段。因为背景、学识、素养等方面的缺陷,她只能以自己的身体作为进取的手段。在这方面,她十分坦然,没有丝毫的羞涩与犹疑。你不一定认同他们的人生观与价值观,但你得承认这两个新鲜的人物形象已构成了《歇马山庄》这一曲田园牧歌中亮丽清新的一道风景。

自然,这还是一曲凄婉、忧伤的田园牧歌。林治帮带着悔恨和遗憾撒手人寰。月月离开了丈夫林国军,也毅然离别了不值得她爱的程买子,最后和年迈的母亲相依为命,却一点也看不到自己梦寐以求的真爱在哪里。小青呢,不管是委身于老师、校长,还是主动和买子结合,都难圆她的留城梦,最后只身到城里饭店打工,前景依然黯淡而渺茫。就是终于当上村长的买子,面对复杂的官场,他这样的素质和能耐,还能有多大的作为呢!当代中国的农村,无论男女老少,出路在哪里?田园牧歌唱到这里,曲调凄婉而忧伤。读者掩卷而思,感到些许的沉重,亦在情理之中了。

孙惠芬,确实擅长写农村妇女的生存状态和心灵世界。这种特长体现在《歇马山庄》,就使她把田园牧歌的诗情和社会的发展变迁很好地结合起来,使作品中的人物新鲜而有内涵,使作品不但好看而且耐看,不但清新而且丰厚。

孙惠芬对生活也确实有女性的独特的感觉。她一脚站在农村,一脚站在城市来描述当代中国向城市化过渡的文明进程,清醒而有深度。作者对辽南故乡深深的眷恋和对农村的愚昧落后的深恶痛绝,又赋予了作品以诗情画意的清新沉郁忧伤的品格。

《歇马山庄》的语言由于张弛缺乏适当的把握,使人读来不那么从容,但它的内秀和个性化确实难能可贵。

这就是《歇马山庄》,孙惠芬的长篇小说处女作。还不好说它已经十全十美,无可挑剔,但它总体上的优秀无可置疑。考虑到它是出于一位还不到四十岁的年轻女作家之手,尤其难得。我和当时主持当代文学出书工作的副总编高贤均一致决定:在《当代》杂志选载《歇马山庄》,由人民文学出版社尽快出版单行本;《当代》由洪清波负责编发,由脚印担任单行本的责任编辑。

我随即写了几页纸的长信给孙惠芬。除了感谢她给了我们这么棒的长篇小说处女作之外,还说了许多鼓励的,也是由衷的话。同时,我也不客气地指出,来稿中还有不少错别字,希望她以后注意改善——我于1959年从武汉大学中文系毕业被分配到人民文学出版社工作以来,由校对而助理编辑,编辑,直到编审,由普通编辑而编辑部主任,人文社主管当代文学出书工作的副总编辑和《当代》主编,受过比较严格的编辑出版训练,养成了认真地对待编辑出版工作每一个环节的素养和习惯,因而对待作者也就比较苛求。越是寄予厚望的青年作家,往往也就越是严格要求,哪怕是技术性的问题也不放过。

孙惠芬后来说,她收读我的信后很是高兴,备受鼓舞。这是因为,她写《歇马山庄》写到二十多万字的时候,她便有了良好的感觉,一种找到了一时迷失的自我的感觉,一种真正站起来了的感觉。我的信从一定的高度证实了、确认了这种感觉,确认了她的自信,她当然很高兴,虽然也为文稿中有不少错别字而感到羞愧。

《歇马山庄》以较大的篇幅选载于《当代》1999年第5期,稍后,由人民文学出版社正式出书(2000年1月北京第1版)。

2000年1月,在中国作协十楼多功能厅,人民文学出版社和中国作家协

2000年1月参加孙惠芬著长篇小说《歇马山庄》研讨会(北京,中国作协十楼多功能厅)时合摄。右起:孙惠芬、何启治、脚印(刘宇)

会、大连市文联为还散发着油墨清香的《歇马山庄》联合召开作品研讨会。与会评论家和文学出版界人士一致为《歇马山庄》叫好,对它的艺术魅力和现实意义备加赞赏。我在发言中对孙惠芬表示由衷的祝贺,又特别强调了《歇马山庄》的"悲剧美"和蕴含的思想力量。错别字之类的具体问题自然就不提了。

我和孙惠芬就是在这种场合中第一次见面。她给我的第一印象是端庄,大方,周到,得体。她告诉我,她是辽宁庄河人,即大连郊区青堆镇人。故乡有个歇马山,有许多古老美丽的传说。"歇马山庄"这书名就由歇马山和庄河合并而成。她当然非常感谢《当代》、人文社和我们给予她的支持和鼓励。她说,《歇马山庄》的发表和出版对她是一种巨大的激励,她对小说创作更加自信了。以后,"歇马山庄"将会成为她的小说里所有故事的发生地,故事中的人物都由"歇马山庄"出发,在城乡之间往返。

果然,以后孙惠芬新创作的中篇小说《民工》《歇马山庄的两个女人》《歇马山庄的两个男人》便都是书写关于歇马山庄这个乡村的故事;长篇小说《上塘书》《吉宽的马车》《秉德女人》等作品自然也成了《歇马山庄》的延续。如《歇马山庄的两个女人》,讲的就是村里两个新媳妇的悲欢故事。李平和潘桃开头并不理解对方的行为做派。她们由遥望到注视,由握手到双手紧握,热情拥抱,以至晚上同睡,相拥而眠,真是同病相怜,惺惺相惜。小说把长时间没有男人的村庄的空旷、孤寂和荒芜演绎到了极致,让人难忘,也让人痛心。

呵,"歇马山庄",你真是孙惠芬开掘不完的富矿啊。

《歇马山庄》当年再印了三次,共两万五千册。迄今又加印了三次,收入人民文学出版社建国六十年六十部"典藏丛书"。2002年,《歇马山庄》荣获中华文学基金会第三届冯牧文学奖"文学新人奖"、第四届辽宁曹雪芹长篇小说奖和第二届中国女性文学奖等多种奖项。

在第六届茅盾文学奖的评选中,《歇马山庄》从155部候选作品中脱颖而出,和莫言的《檀香刑》、宗璞的《东藏记》、张洁的《无字》、铁凝的《大浴女》、徐贵祥的《历史的天空》、麦家的《解密》、尤凤伟的《中国1957》、李洱的《花腔》、王蒙的《活动变人形》、周大新的《第二十幕》等一起成为入围的23部作品之一。它最终没有获得中国当代长篇小说的最高奖项茅盾文学奖——文坛的评奖十分复杂,有时真是说不清、道不明。但在我看来,就像王蒙的《活动变人形》和张炜的《古船》入围而未获"茅奖"一样,孙惠芬的《歇马山庄》之最终未获"茅奖"也无损于它在当代文学史上独具的价值和意义。

孙惠芬于1982年开始文学创作,当年在《海燕》杂志发表日记体的短篇小说处女作《静坐喜床》。其后陆续有《小窗絮雨》《变调》《来来去去》《灰色空间》《四季》和《"中南海"的女人》等为她赢得声誉的中短篇小说面世。至长篇小说处女作《歇马山庄》在《当代》刊发并在人文社出书,孙惠芬这位女作家便带着辽南山区浓郁的乡土气息和清新感人的人生故事向我们自信地走过来——她不但从故乡庄河走向北方名城大连,而且从大连走向全国,显然还会走向更辽阔的世界。

《歇马山庄》,无疑是世纪之交我国长篇小说创作中的一道引人注目的亮色;孙惠芬,也显然由此而一举成名,成为新世纪中国文学天空上一颗璀璨耀眼的星辰。

二、"乡土社会向城市的转型,使乡土文学的内核发生了质的变化。""在我看来……不管世界如何变化,作为文学,有一点必须坚守,那就是对人的精神困境的探索,对人的生存奥秘、人性奥秘的探索,因为揭示人性困惑和迷茫的历史,是作家永远的职责。"

2000年1月在北京的《歇马山庄》作品研讨会上和孙惠芬第一次见面后,我们便断断续续有一些交往;2002年她到北京鲁迅文学院学习,这期间我们见过几次,有时候有别的作家如柳建伟等人参加,有时候只是在一起吃顿饭,聊聊天;2003年我受邀参加《当代作家评论》林建法组织的冰峪沟笔会,与会者有迟子建、王必胜、潘凯雄等,也有孙惠芬,旅途中便又有了交流的机会;2006年我受邀参加大连作家紫金(孙震青)写公安英雄的作品《寂寞英雄》的研讨会,与会的还有蒋子龙、雷达、邓刚、古耜等人,临离开大连的告别晚宴上,我请大连文联的朋友打电话请孙惠芬来参加晚宴,便在酒宴上相见。此外,在电话上的交谈就更多了。

我们谈得最多的话题,就是她的生存环境,她的创作体验,她对人生的思考,她为什么会写出《歇马山庄》和《歇马山庄的两个女人》这些好看、耐看又有深刻思想内涵的作品来呢……

这一切,后来在孙惠芬的一篇文学论稿和访美的讲演稿中,都有生动而又准确的表述。

孙惠芬的文学论稿写于2008年4月22日。在这篇题为《历史与文学——我经验中的历史变化》的文章中,她比较全面地谈到了自己的故乡、家庭和童年生活,谈到了她的思考和创作。

原来,孙惠芬的老家是辽宁省庄河县靠近海边一个叫作山咀的小村庄。距山咀村十里路的青堆子,是一个有着一千多年历史的古镇。因为地处黄海北岸,小镇很早就与上海、烟台乃至朝鲜等外面的世界有着贸易往来。镇子上有教堂、剧院、商会、妓院、学校、商铺、税捐局等等。有大量的粮食、土特产、日用品在这里进进出出,使这里的商业自十七世纪就开始繁荣。外来文明的注入,使她生长的乡村很早就有开放的气象。她的祖辈们只信奉外边,凡是外边来的就是好的,就是正确的,仿佛是他们心中的宗教。

1961年,孙惠芬诞生在山咀村一个上有奶奶、父母、哥嫂,下有侄子侄女的四世同堂的大家庭里。她有一个主持家政说一不二的奶奶。她有三个哥哥。三岁时大哥娶了大嫂,之后每隔两年有一个哥哥娶了嫂子。孙惠芬的幼年面对的是饥荒年代。伴随少年孙惠芬成长的是"文革"的十年浩劫。她又生活在这样的大家庭中,成天要看大人的脸色过日子。她的童年备感压抑。外面的世界虽然热闹,她的目光却只停注在自家的院子里。母亲温顺贤惠,却要看奶奶和其他人的脸色行事,从不敢大声说话。少年惠芬害怕奶奶的脸色,也害怕三个嫂子的脸色。她的心便匍匐在自家庭院的狭小空间里,深入在母亲的心情里,跟随着母亲,一会儿高山一会儿大海,没有一刻安宁。

孙惠芬的童年和少年,虽在农村度过,因为父亲经商,叔叔和大爷都在外边读书做事,家境与只是务农的人家毕竟不同,没有过度饥饿,没有过过乡下孩子穷困潦倒、很早就为父母分担生活困苦的日子。但是,由于上述家庭环境的原因,她打小就有了忧患意识,这忧患从奶奶的脸色和嫂嫂们的脸色出发,走向了无限的不确定的方向。一场雨把院墙冲倒,谁家闹分家,邻里之间为陈芝麻烂谷子般的小事争吵,都会使她陷入长久的不安和恐惧。

孙惠芬十七岁被迫辍学,二十岁之后自修大学中文系课程。她发誓为自己痛饮恶补,希望自己能成为满腹经纶的学者、作家,却沮丧地发现自己根本进不去。孙惠芬因而自谦地写道:"我这个长期营养不良的作者,就这样满怀着对大写历史的敬畏而被大写的历史长期拒弃。到后来,我已经不仅仅是沮丧和自卑,而是痛苦,就像患有先天小儿麻痹症的患者看着健康人欢快地上天入地。然而,是不是正因为先天不足,才使我对'身边的现实'格外地专注呢,是不是正因为先天不足,才使我在逃避书本里大写的历史之后,更容易陷入身边人心灵的历史呢?如果是,那么这算不算大写的历史对我的推动和恩赐呢?"

我想,也许是吧。

这些,就是影响和决定孙惠芬创作的主客观因素。但除了这些,孙惠芬告诉我们,决定一个人的命运,造成一个人的生命转机的,还有一个重要因素,那便是"冥冥之中"。她说,冥冥之中,是深藏在心灵之外、日常之外的又一个历史,是第三维度的历史。在她生长的乡村,神秘无所不在,如影随形。一个日子过得蒸蒸日上的家庭,毫无缘由便毁于一场大火,而纵火者并非蓄谋,他只是突发奇想的发泄。这就像一片落叶,一场疾雨,一阵流风都会改变它的行程和命运。可是又是谁扮演了疾雨和流风?而且,还有没有另外一种东西会改变疾雨和流风的行程呢?!

以上介绍的孙惠芬的生存环境、状况和想法,应该能帮助我们理解她创作的长篇小说处女作《歇马山庄》。

1982年,她写了题为《静坐喜床》的短篇小说处女作,写了一个乡村女子在结婚这天的心理活动,描述了这个新婚的上午一个女人复杂的心理瞬间。十七年后,1999年在《歇马山庄》,她同样写了新婚女人,只不过这一次还写了她的男人,她的公公、婆婆、小姑子,她的村庄;只不过小说由新婚之夜的一场大火开始,写了一家人以及和这一家人有关的歇马山庄人一年里的生命故事。一个女人在新婚的那个上午的心情终归是她整个人生中最光辉最快活的。当生活向一年奔去,当孙惠芬的笔要描述一大家子人和与此有关的村里人的一年的生活时,她不但要描绘出他们的苦难、困惑、迷茫等一应日常的面貌,还必然要讲述他们的坚韧和忍耐,挣扎和抗争。

孙惠芬已经清楚地认识到,写好这些人的人生悲喜剧,不断在人的精神困境中探索生存的奥秘、人性的奥秘,提示人性困惑和迷茫的历史,是她义不容辞的责任,也是她从事文学创作永远的动力所在。

她这样努力地做了。她成功了。

一年多之后,孙惠芬有机会更冷静,更从容,更系统地来讲述她的创作体验和人生感悟。

这是2009年的金秋十月,孙惠芬随铁凝率领的中国作家代表团访问美国。在斯坦福大学举办的第一届中美文学论坛上,孙惠芬发表了题为《在街与道的远方——乡土文学的发展》的演讲。

演讲的具体地点在斯坦福大学亚洲文学中心的会议室。听众有参加文学交流的中美作家共数十人。孙惠芬着朴素的正装,素面端庄,落落大方地侃侃而谈。

孙惠芬自我介绍说,她出生在中国北方一个在地图上找不到的小村庄。这个地处黄海北岸的小村庄有三十几户人家,分前街、后街,东山街,粉房街。每户都有自己的院子,耳房、泥墙和草垛,每一户都有自己的鸡窝、鸭窝、猪圈和畜棚,它们围绕着作为主体的房子,就成了所谓的家。村前有一片大田,大田中央有两道河流,后边有起伏的山谷。山谷当中有一条窄窄的通着邻村、通着海边小镇的乡道。那乡道在小镇上与国道相遇,便通向县城和县城外面更遥远的世界。乡村通向外面却依然封闭。因此,一只鸭子,一句话,一个会,就是大事;丢失一只鸭子,一句不合适的话就可能会引发一场"战争",大家在哨声的召唤下聚在一起读报,听广播,学习毛泽东思想,就可能会有故事。这是因为天高地远,日月漫长,因为人居散落,孤独寂寞,也因为物资短缺,精神匮乏。

孙惠芬说,在她能够自觉地书写故乡的乡土时,在那来自封闭世界的母亲的故事,父亲的故事,以及与他们有关的那个院子、那个街道、那个村庄、那个山谷小道在她的笔下伸展开来的时候,人跟土地的关系一直是结实的、牢固的。土地一直是乡下人不曾改变的物质家园和精神家园。

然而,到了二十世纪八十年代,中国经历了举世瞩目的改革开放,发生了翻天覆地的变化。封闭的乡村不再封闭。外面的风势不可挡地通过电视、手机和电话,通过出去念书的学生,出去打工的民工,吹拂在大街小巷每一个庭院,掀动了田间地头每一棵野草和庄稼,那古老村庄固有的民风民俗,道德伦理,宗法制度,价值观人生观便在劫难逃地受到冲击。一个强壮男人进城打工挣回了超过种粮十倍的工钱,那些一直留守土地的农民便不得不抛妻舍子背井离乡追随而去。

孙惠芬指出,"乡下人纷纷涌到城市,土地一天天荒芜下来,乡村一日日寂寞下来,千百年来坚不可摧的乡下人对土地的感情开始动摇并迅速淡漠。土地作为乡下人的精神物质家园已不复存在,这就是今天中国的社会现实。乡土社会向城市的转型,使乡土文学的精神内核发生了质的裂变。这裂变里,苦熬、挣扎和忍耐再也不是跟土地紧密相连的事情,土地,不过是人们远离它之后一丝遥远的牵挂和思念。而新的苦熬、挣扎和忍耐表现为:乡下人纷纷涌到城市,城市并没有成为他们心灵栖息的家园,城市在接纳他们廉价劳动力的同时,却排斥着他们身心占领的需求。当他们肉身在城乡之间往返,他们的心灵只在城乡之间流浪。而他们背后土地上的女人、老人和孩子,则因为长久的分离而再也找不到厮守的快乐。"

在第一届中美文学论坛此次讲演的开头,孙惠芬明确地说,在中国,乡土文学这个提法,最早始于鲁迅。在现代中国,乡村有封闭的意思,作为文明世界对立的一面,它们的基本形态是凝固不动、愚昧落后的,土地是诗意的空间。它们与星月河流草丛树木厮守,与苍茫的天际寂寥的原野呼应。它们的基调是纯朴憨拙、深沉浪漫的。现代中国乡土文学的精神内核,大多表现为对愚昧落后的乡村中麻木心灵的关照和揭示,比如鲁迅的作品,表现为对人在土地上忍耐、挣扎中乐观精神的诗意表达。中国乡土文学的精神内核,在后来者的身上有所传承,比如沈从文、张炜的作品,表现为对人在苦熬中生成的坚强意志的塑造,比如莫言的作品,表现为对人在苦熬中对外面世界向往的抒写,比如铁凝的作品,表现为人在不断的苦熬、挣扎和抗争中形成的独特的民风民俗、道德伦理、宗法制度、价值观人生观,等等。

然而,孙惠芬认识到,中国毕竟已经发生了翻天覆地的变化,在"全球化"浪潮袭击下,中国的乡土社会确实发生了深刻的变化和转型。在源源不断的民工潮改变着城乡格局的现实中,乡土文学的格局也在发生变化。如何既顺应变化,关注这变化的主体——人,又要守住独属于"本乡本土"的灵魂,是中国作家共同面临的考验。

基于这样的认识,孙惠芬在结束她的演讲时自信而庄严地宣告:"在我看来,世界发生变化,文学必须做出相应的反应。而不管世界如何变化,作为文学,有一点必须坚守,那就是对人的精神困境的探索,对人的生存奥秘、人性奥秘的探索,因为揭示人性困惑和迷茫的历史,是作家永远的职责。"

热烈的掌声和随后争先恐后的提问,说明听众对孙惠芬演讲内容的理解和认同。虽然这不是理论色彩浓郁的演讲,但它确实包含了演讲者几十年来对农村生活的细心体察,蕴含着她的智慧、热情,十几年的创作体验和深入思考而获得的真知灼见。

而孙惠芬当然会在今后的创作中继续践行自己的艺术主张,履行自己作为中国作家的"永远的职责"。

三、惠芬,你会成为新时代的萧红吧

要回答这个问题我们首先就要回顾一下萧红的基本状态,特别要认知她在文学史上的地位。

萧红,原名张乃莹,1911年6月2日出生于黑龙江省呼兰县。著名女作家,曾被誉为"三十年代文学洛神"。一位传奇人物。1930年因逃婚叛离富裕之家。后因卖文投稿认识萧军。他们由相识而相爱,共同完成散文集《商市街》。1934年到上海,结识鲁迅并深得鲁迅的赞赏。创作发表《生死场》,为最早反映东北人民在日寇铁蹄下的生活与反抗斗争的作品。萧红以此一举成名。

1936年萧红为摆脱精神苦恼东渡日本,写下散文《孤独的生活》,组诗《砂粒》等。1940年她与端木蕻良结婚并同赴香港。这期间发表中篇小说《马伯乐》与长篇小说《呼兰河传》。

《呼兰河传》通过对故乡世态民情的描述,以朴素率直、凄婉细腻的笔调,真实感人地再现了萧红童年时代东北农村黑暗、落后、愚昧的社会生活,揭示了旧的传统意识对人民的束缚和戕害,表达了她对家乡人民苦难境遇的深切同情和对旧风俗、旧习惯的无情鞭挞。小说带有浓厚的乡土气息,具有独特的艺术风格,是萧红确立文坛地位的又一部优秀的代表作,标志着她的文学创作已进入成熟期。茅盾曾赞美这本书是"一篇叙事诗,一幅多彩的风俗画,一串凄婉的歌谣"。此书在当时即被香港亚洲文坛评为二十世纪中文小说百强第九。

在日本海军袭击珍珠港、引发太平洋战争之后,萧红于1942年1月22日病逝于香港。

萧红一生在极度苦难与坎坷中,以柔弱多病之身面对世俗,历经反叛、觉醒与抗争而从未向命运低头,被称为民国时期四大才女中最悲苦的女性。

萧红仅仅三十岁的年轻生命过早地陨落了,但她以坚实的作品牢牢地确立了自己在文学史上的地位,让我们永远地记住了她。

那么,1961年出生,比萧红晚了五十年的孙惠芬人生的基本状态怎么样呢?

她虽然生于中国的饥荒年代,童年、少年在"文革"十年浩劫的背景下成长,但还不到二十岁,便迎来了改革开放的新时代。改革开放固然不可能一下子就解决许多问题,诚如孙惠芬已经指出的,"民工潮"给了农民希望,也出现了太多的问题,他们的身心都没有被城市接纳,作为廉价劳动力和背井离乡的人有着各种困惑、迷茫、挣扎和希冀。然而孙惠芬本身的处境却大有改善。她走出了庄河,落户在北方名城大连;她虽然没有上成正规的大学,但在辽宁文学院学习过两年,又曾到北京中国作协主办的鲁迅文学院作家进修班进修学习。以她的聪慧努力,岂能白读了几年书?

1987年夏天,爱情的果实成熟了。在庄河县文化馆工作的孙惠芬和在青堆镇文化站工作的张申,由相识、相知到相爱,进而决定结婚成家。那时物质条件还不大好,孙惠芬是坐一辆130面包车,一路颠簸着,由母亲等至亲陪同到张申家里按乡村规矩行礼成亲的。两家人高高兴兴地聚在一起,低调,朴实,但也热闹、温馨。孙惠芬想起自己写过的《静坐喜床》,不禁露出了甜蜜的微笑。

2001年,他们有了新居——三室一厅的150平方米的居室。客厅有40平方米,被爱开玩笑的邓刚戏称为完全可以在这里骑自行车。孙惠芬每年把年迈的母亲接到这里来住几个月。她自己白天写作,晚上很少写。隔一天就到大连游泳馆去游泳锻炼。生活、创作都很有规律了。

张申和孙惠芬有一位让他们引以为骄傲的帅哥儿子张一达。他在文化课和踢足球之外，常常冥思苦想生死善恶等哲学问题，读大学选的就是生命科学专业。张一达和他那位业余画竹子、专业搞摄像的爸爸张申一样，都是孙惠芬许多小说构思阶段的意见参与者和作品完成后坦诚的批评者。如今，大学毕业的张一达考上了美国加州大学洛杉矶分校的博士研究生，申请到了全额奖学金，今年9月就要远渡重洋到美国去念书了。孙惠芬正处在兴奋自豪和难分难舍的感情矛盾之中呢！

呵，这真是一个亲情浓浓、温馨、高雅的幸福之家啊！

让我们再看看与萧红同为东北籍的女作家孙惠芬的创作成果：

在《歇马山庄》之前，她有《小窗絮雨》《四季》等中短篇小说面世。

《歇马山庄》在1999年第5期《当代》选载后，由人民文学出版社于2000年1月出版单行本。这部长篇小说获辽宁省第四届"曹雪芹长篇小说奖"、"中国第二届女性文学奖"，收入人民文学出版社共和国建国六十年六十部"典藏丛书"，入围第六届茅盾文学奖。

长篇小说《上塘书》获"中国第三届女性文学奖"，入围第七届茅盾文学奖——中国作家两次入围"茅奖"的也比较罕见。《上塘书》已被译成保加利亚语出版。

孙惠芬新世纪以来的其他主要作品简列如下：

长篇小说：

《吉宽的马车》：获第三届女性文学奖。

中篇小说：

《歇马山庄的两个女人》：获中国作协第三届鲁迅文学奖。被《小说选刊》《小说月报》《新华文摘》选载，获《小说选刊》2002年优秀小说奖。入选2002年中国小说学会排行榜，入选新世纪获奖小说精品大系2002年卷，并有英语译本。

《燕子东南飞》：《新华文摘》选载，获2006年"梁斌文学奖"，《小说月报》原创百花奖。

《一树槐香》：被《小说选刊》《北京文学·中篇小说月报》转载，入选2004年中国小说学会排行榜，又入选2010年中国小说学会排行榜十年榜上榜。

《天窗》：被《小说月报》转载，获《十月》2007年"福星惠誉"杯优秀作品奖，入选2007年中国小说学会排行榜，入选《小说月报》2008年精品集。

《致无尽关系》：被《小说选刊》《小说月报》《中篇小说选刊》《北京文学·中篇小说月报》《新华文摘》选载，入选2008年中国小说学会排行榜。获第三届《北京文学·中篇小说月报》奖，《中篇小说选刊》2010双年奖。

《民工》：被《小说选刊》选载，获《当代》2002年拉力赛奖，入选《北京文学》排行榜，被改编成长篇电视剧在央视一套黄金时段播出。已被翻译成日语。

《播种》，已有英语译本。

短篇小说：

《小窗絮雨》：获1987年辽宁省政府优秀文艺作品奖。

《台阶》：获首届辽宁文学奖短篇小说奖，《小说选刊》1997年优秀小说奖。已翻译成希腊语。

《天河洗浴》：获《小说月报》百花奖，入选《小说月报》三十年卷第六卷。

此外，孙惠芬本人荣获辽宁省第三届优秀青年作家奖，中华文学基金会冯牧文学奖"文学新人奖"，获辽宁省首届"德艺双馨艺术家"称号，辽宁省优秀专家。现为辽宁文学院专业作家。中国作家协会全委会委员，辽宁省作家协会副主席。

迄今，孙惠芬小说创作的成果已近四百万字。

由此可见，说孙惠芬创作硕果累累，荣誉卓著，当不为过。

那么，我们可以来比较一下萧红和孙惠芬的异同了。

她们同为东北籍的女作家。

萧红生于忧患，死于危难（民族的和个人的），孙惠芬不到二十岁就迎来了中国改革开放的、伟大的新时代；萧红三十岁病逝，孙惠芬今年五十三岁，正当盛年，已经有丰硕的创作成果，显然还会有许多优秀的作品面世；萧红被称为民国时期四大才女中"最悲苦的女性"，孙惠芬有美满幸福的家庭，有良好的生存环境和创作条件。

萧红以她出众的才华和坚实的作品,赢得她在上世纪三十年代中国文坛上的声誉和文学史上的地位。

孙惠芬呢,也以她的才华横溢和数量巨大的优秀作品赢得她在中国当代文坛和文学史上的影响和地位。

那么,说孙惠芬为新时代的萧红也就恰如其分了。

2013年4月29日—5月8日草于海南琼海—三亚旅次

赵凯：从阴霾满天到阳光灿烂

想和读者讲一讲残疾人作家赵凯的人生故事，脑子里却浮现出另一位残疾人作家贺绪林的形象。

记得是在上个世纪八十年代初，我在完成1981年版《鲁迅全集》的发稿任务后，刚刚转移到《当代》杂志当编辑，分工让我管西北地区。编辑部副主任、老编辑龙世辉把他在来稿中发现的有点基础的稿件转给我，其中便有陕西杨陵示范区大寨乡杜寨村残疾人贺绪林写的日记体中篇小说。为了去看望贺绪林，和他当面交谈小说稿的修改意见，我从咸阳下车，辗转走过乡间尘土飞扬的小路，终于在一间破旧的农舍里找到瘫卧在床上的贺绪林。他有高中毕业的文化程度，如今却连日常生活都要靠兄嫂来照料。但他从小喜欢文学，《红楼梦》《三国演义》《水浒》等名著自然也读过不止一遍。看来，唯一的希望还是在文学创作上了。我的访问，不仅带来了小说的修改意见，而且显然增添了贺绪林在文学这条小路上奋斗下去的信心。1983年贺绪林在《当代》增刊"新人新作专号"上发表了歌赞善良人性和顽强奋斗精神的中篇小说《生命之树常绿———一个残疾者的住院日记》。其后，贺绪林用400元稿费买了轮椅终于走出了家门。不久，经我向陕西省作协创联部推荐，他便被省作协吸收为会员。十几年前，他有长篇小说《昨夜风雨》寄给我。那叙事的生动流畅和文笔的老到成熟让我惊喜。人民文学出版社出版了这部小说。后来，贺绪林又据此改编成30集电视连续剧《关东匪事》，公映后反响热烈。贺绪林终于登上了创作人生的又一个新台阶。

无独有偶。大约在1994年，我就陆续收到辽宁省沈阳市辽中县残疾青年赵凯的来稿和来信。他是从有关《白鹿原》和《古船》的文章中知道我的。来信备述生活的艰辛和创作的艰难。他生于1970年，9岁患类风湿病，18岁时瘫痪在床，颈椎、腰椎和双髋关节全部"锈死"，身躯僵直成了板状人。在巨大无边的厄运里仿佛看不到人生的出路。幸运的是上天赋予了他对文学的热爱和追求,艺术之光给了他坚持活下去的勇气和希望。然而,诚如我们的老社长韦君宜曾经指出的,我们这样的出版社和杂志社对文学青年的支持,只能是通过发现、发表他们的作品来体现,而不可能像老师改作文那样来帮助他。从多年通信中了解到,身残志坚的赵凯,看过有定评的《白鹿原》等当代优秀长篇小说,涉猎过《红楼梦》《水浒》等古典名著,也知道一点托尔斯泰、雨果、巴尔扎克等世界级的文学大师,对文学并不是一窍不通。然而在激烈竞争中要成为《当代》和人文社的作者又谈何容易!

2005年3月的一天,我又收到赵凯求援的信,说他父亲赵英超(曾任辽中县老观陀中学校长)过世了,他已失去了生活的依靠,要自寻生路,能做的还是文学创作。他在信里表达的痛苦和濒临绝望的情绪让我很不安。但我从人民文学出版社退休已经好几年,真是有心无力哪。在冥思苦想中,我突然想起了时任辽宁省作协主席的刘兆林。和兆林有直接交往还是最近几年的事。我知道兆林以《绿色青春期》《啊,索伦河谷的枪声》等作品知名于文坛,更知道他是热心助人、有侠义心肠的铮铮汉子。当过兵的兆林不但小说散文写得好,而且办事雷厉风行。仿佛是在茫茫黑夜中发现了一线曙光,我想:请兆林就近关照一下赵凯这个残疾人也许能有实际的助益吧。

第二天,我便分别给兆林和赵凯写了信。

果然,只过了十几天,兆林便给我来了电话。在长长的电话中,他讲述了他们去看望赵凯的经过。那是一个春暖的阳光灿烂的日子,兆林把沈阳市文联副主席黄世俊、省作协创联部主任李光幸和《芒种》杂志的主编张启智请到一起,直奔沈阳远郊的辽中县老观陀中学。他们在这里找到任历史教师的赵凯的四哥,然后便驱车来到浑河边的一处普普通通的村庄。

兆林是个细心的人。选择一个天气晴好的日子来访,是考虑到赵凯得的是风湿病。

他们看到的赵家是一个建筑在高岗上的相当整洁宽敞的农家院。那是一长排六间的砖瓦房:一边三间住的是赵凯四哥四嫂和侄子一家子,另一边三间居中的是灶房,两边分别住着赵凯母亲李玉莲和病得更重的二哥。赵凯的父亲和同样患类风湿病残的三哥已经去世。弟兄俩和母亲就靠县民政局和教育局给的每年1300元的救济金过日子。当然,四哥四嫂对他们仨也尽心地照顾着。看得出，这是一个虽然艰难也还和睦的家庭。

兆林他们看见的是一个英俊的年轻人，浓眉大眼，因为极少外出，皮肤也显得白净，穿着很一般，但收拾得还算周正，仿佛不像身患严重残疾的人，这就是赵凯。但他们很快就知道，这只是假象。实际上，赵凯由于双腿僵直不能弯曲，既不能坐也不能久站，走路要慢慢地挪步，写东西要半躺着、趴在炕上写。他二哥就更严重了，腰弯到直角以下，几乎整天躺在炕上，什么都不能做！赵凯十八岁因类风湿瘫痪，如今已是三十五岁了。

兆林他们注意到，赵凯的简易书架上有自订的《中华文学选刊》以及过期的《当代》杂志和《芒种》杂志（他参加过该刊的函授学习班），还有《红楼梦》《复活》《苔丝》之类的文学书籍；另一面墙边衣柜玻璃里醒目地镶着一排六位女模特笑模笑样还算端庄的彩色挂历图片。

他们在交谈中得知，只有初中文化程度的赵凯写过历史题材的故事，也曾受现代派的影响尝试用猫的视角来观察和反映人生，只是辛辛苦苦写了几十万字都没有发表的机会。兆林指导赵凯说：你为什么不写自己的生命体验呢？像史铁生的《我与地坛》《病隙碎笔》，多么独特又多么感人啊。你就写自己的生活和生命体验，把这些写出来就是有人性深度的作品呀！

兆林的一席话，让赵凯的眼泪一串串地往下流。这慢慢流淌的热泪里有着多少感激和希冀啊！

临走，兆林和《芒种》主编张启智带走了赵凯的几十万字手稿，并鼓励赵凯千万不要动摇和泄气。兆林明确表示：一定要把赵凯有真情实感的作品变成铅字。

听到兆林在长途电话里告诉我的这一切，真是让人高兴和欣慰。我终于长长地舒了一口气：这一下好了，赵凯再不是一个人孤军奋战了。兆林和他的同事们真诚有力的帮助，不啻是阴霾日子里的一束阳光，在赵凯苦苦挣扎的关键时刻，给他带来了几多温暖和希望啊！

果然，其后不久，赵凯的一些作品就经过兆林与辽宁省作协的指导和推荐，在各地的报刊上发表了。他的第一篇正式发表的散文恰恰就是刊登在辽宁省一级期刊《海燕》上；稍后，《海燕》第二次刊发他的散文《母亲的手》，很快又被发行量很大的《读者》转载。赵凯正一步步地实现他多年追寻的梦想。我想，由于主客观条件的差异，赵凯当然无法和享誉海内外的张海迪、史铁生比肩,甚至也未必能达到贺绪林那样的水平,但在今后漫长的人生旅途上,赵凯不再孤立无援了,他一定会努力而有尊严地开拓他的人生之路。赵凯后来在回顾的文章中写道:"在那么多年的黑暗摸索中,我躺在乡村的小屋里,从1994年到2005年十余年间,何老师与我不间断地通信,给我寄赠书刊,那是我唯一来自外界的支持与关怀,像暗夜长路中远方希望的灯火召唤我默默前行,呵护我坚守文学的理想没有放弃。"

此后不久,兆林和辽宁省作协又联络沈阳市委市政府,于2006年5月在沈阳市骨科医院给赵凯做人工双髋关节置换救助治疗,让他在瘫痪近二十年后又重新获得了行走的能力。在这治疗的四个多月里,赵凯后来回顾说,他就像是一步步从备受煎熬的地狱往外面爬。当医生搀扶他站起来时,他感觉世界晃动了一下,然后蓝天绿树都向他微笑了。他开始像婴儿似的学走路,慢慢终于恢复了行走的能力。"能够自由自在地走是多么幸福,只有重新站起来的我最清楚。"赵凯后来常常这样说。

好事接二连三。兆林到北京开会,向艾克拜尔·米吉提热情地推荐了赵凯和他的小说集《想骑大鱼的孩子》。此时,中国作协全委会委员、中国作家出版集团管委会副主任艾克拜尔正负责主持由中国作协等六部委举办的"情系农家,共创文明:百位农民作家百部农民作品"文学工程,请各省市作协推荐农民作者。赵凯和他的《想骑大鱼的孩子》荣幸入选,并被邀赴北京参加农民作家会议,和来自全国的八位农民作家代表坐上了主席台。艾克拜尔自豪地向媒体介绍说:"这在新中国文学出版史上是第一次。"

2009年1月,老母亲陪伴着赵凯到北京。母子俩都是第一次来北京,这是从前做梦都不敢想的事情。如今,朋友引带这母子俩瞻仰天安门城楼,又登上了雄伟的万里长城,那激动的心情真是难以言表。仰望母亲那飘动的白发和幸福的微笑,赵凯欣慰文学帮助他实现了对如海母爱的点滴回报;回望过去岁月,赵凯仿佛觉得自己是沿着书籍铺就的阶梯攀爬上了长城之巅。

在荣获冰心儿童文学新作奖(2008年12月)之后,赵凯又相继在《中国作家》、《人民文学》(增刊)、《文艺报》等文学报刊发表小说、散文、诗歌、电影剧本。有的作品入选各种文集,并获得《北京日报》散文奖等奖项,还有文章被翻译成日文,先后出版的作品集有《想骑大鱼的孩子》《我的乡园》和长篇小说《马说》。《我的乡园》选入全国百部农民作家大地丛书,送达全国城镇社区图书室及各地农家书屋,并在(2009)年度图书评选中被评为辽宁作家十大好书之一。2009年和2011年,赵凯先后两次参加辽宁省作协辽宁文学院中青年作家高级研讨班和首届影视编剧班学习。赵凯还被评为辽宁省作协第七届见习签约作家,是各省签约作家中的唯一生活在农村的重度残疾人。2010年,赵凯以农民残疾人作家的身份参加了辽宁省作家协会第九届代表大会。其后又光荣当选为沈阳市作家协会理事,并得以参加各种文学会议,乘船出海,朝拜大自然,游历祖国壮丽山河。

艾克拜尔·米吉提对赵凯的关怀帮助是多方面的。在赵凯的作品出版后,他推介上海《文学报》对赵凯作电话采访;赵凯到北京治病时,他帮助赵凯联系及早入院⋯⋯

赵凯在心里叮嘱自己:一定要认真学习,精心创作,才是他对各方面关心支持所能够做的微薄回报。

赵凯创作的长篇小说《马说》全文刊发于《中国作家》2012年5月号,《中华文学选刊》同年7月号在"本刊特稿"栏予以选载,全书单行本即将由沈阳出版社出版。《马说》以农业生产机械化后,村庄里最后一匹老马的视角来回顾马类与人类共同走过去的文明史,为当代中国文学画廊描绘了一匹独特的、有思想深度的马的形象。同时以生动流畅的笔触表现了一个普通农民家庭在改革开放年代的生活变迁,围绕一位高位截瘫的残疾女主人公的温暖的爱情故事,讴歌了新农村新时代的精神风貌,表达了对更美好未来的希冀。此作已列入中国作协2011年度重点作品扶持项目,近日又由沈阳出版社报送中宣部"五个一工程"评奖。

去年4月,世界读书日期间,东北大学和辽宁大学邀请赵凯去和大学生们讲述他的理想和追求。今年他又接到沈阳外事服务学校和本溪市小学的邀请,用自己的人生奇迹和奋斗精神来激励年轻的学子们积极进取乐观向上。

去年8月,在党和政府的关怀下,赵凯担任了沈阳残联通讯杂志社的特约记者、编辑,每月有了固定的工作和工资收入。这个曾经因瘫痪而生活都不能自理的人,在照料他四十年的老母亲仙逝后,竟然能够独自生活在沈阳的出租屋里,成为自食其力、从事文化打工的农民工。赵凯在电话里告诉我这个好消息时,兴奋地说他为自己终于成为标准的农民工感到骄傲。而我在惊喜之余,不禁慨叹:这真是凤凰涅槃呵,赵凯在浴火中重生。是文学给予了赵凯再生的生命,是文学帮助赵凯实现了人生的奇迹!

如今,十八岁时被类风湿病击倒瘫痪在床的赵凯已经是四十二岁的中年人。回顾二十多年来从阴霾满天、病苦难熬的日日夜夜走向阳光灿烂幸福美好新生活的过程,赵凯由衷地说:"三位恩师像接力赛一样关怀培植,把坐井观天的我,从暗无天日的地狱拉回到阳光普照的人间。在我苦苦爬行时,何启治老师是远方的灯火在召唤我;刘兆林老师在困境中把我搀扶起来;而艾克拜尔老师则引领我走向广阔的文学天地。"在接受中央电视台《子午书简》记者的采访时,他坦诚地说:"读书缓解了我的病痛,而写作改变了我的命运!"我相信,这些都是赵凯的肺腑之言。

从1994年赵凯给我写信投稿以来,不觉已过去十七八年了。自从他手术成功可以出行以来,两次来到北京,我却都在外地,终未一晤。直到今年8月14日,这种"历史性的会面"才终于实现了。

赵凯是由他在网上认识的、热心助人的朋友千岛开车陪同来访的。果然是一位白白净净、浓眉大眼的东北汉子!左手为安全而拄了单拐,入座时要慢慢地、手扶沙发扶手才能坐好。但在平坦的地面上可以弃拐大步行走,稳坐在沙发上时也和常人无异。由于多年的交往和渴望已久的晤面,赵凯谈兴很浓,简直可以说是滔滔不绝。其中的主要内容已体现在上述的文字记录中。我惊叹于赵凯不但残疾治好了,而且精神状态也很健旺,很阳光。他便自信地说:"和自己的过去比,我时刻都感觉幸福浓浓,快快乐乐。见到我的人都说我阳光。一位女诗人还笑说我是阳光制造厂厂长。其实,我只是折射了阳光的碎镜片。我能展现出来阳光的精神面貌,是因为人世间有大爱的光辉照耀到我的心灵里。现在,我每天走在人群中,时时刻刻能感受到一双双无形的慈爱的大手在搀扶着我,让我不再摔倒,让我好好向前走!"

谈话间,还播放了北京电视台为我录制的专访节目:《名著背后的无名英雄何启治》。我在这次专访中主要介绍了陈忠实和他的《白鹿原》,兼及张炜的《古船》和柳建伟的《英雄时代》,这是我几十年文学编辑生涯中最重要的机遇和业绩。于是谈话中,又涉及到陈忠实。我对赵凯说,我祝你成为"准陈忠实"吧——那意思就是你不可能成为陈忠实,但你可以学习陈忠实的奋斗精神,成就自己的事业!

2012年8月14日何启治与赵凯(右)合摄于北京何宅

到中午,我请赵凯和千岛去吃自助餐,然后又接着聊。整个过程中,千岛都很少说话,除了偶然插说一两句,就是处处留意、照顾赵凯的安全。尤其是出去吃饭和在自助餐馆自取饭菜的时候,他更是步步紧跟着,处处细心地照料着赵凯,就怕他万一有什么闪失。赵凯每到北京,就住在他已是一家三口的家里。所以我相信,千岛这个自由撰稿人不但才能出众,而且一定有一颗金子一样的心。

回顾赵凯极不平凡的、奇迹一般的成长道路,我深深地感受到:在社会上的弱势群体中,残疾人是特别渴望、特别需要别人的关爱和温暖的。我们健康的人,特别是掌握着一定实权的人在关键的时候伸出援手,他也许就能挺过来,有尊严地、有信心地生活下去。否则,在冰冷孤寂的漫漫长夜中备受煎熬,那痛苦和绝望真是不堪设想呢!

转眼已是下午三点多钟了,大概是看我有点疲劳了,赵凯和千岛终于告辞。赵凯拿起了他的拐,千岛捧起了一尺多高的书刊,其中有我送给赵凯的《当代》和《中华文学选刊》的合订本,还有我的《文学编辑四十年》和《美丽的选择》(可视为我的"文学编辑五十年")等等。我要送他们下楼。赵凯和千岛都一再劝我不要送,说你都这把年纪了,没有必要。我便看着他们慢慢地下楼。突然,赵凯就在门边上转过身来,左手扶着他的拐,右手一把把我搂过去,头靠在我的肩上便眼泪哗哗地痛哭失声。我想,我是理解赵凯此时此刻悲欣交集的复杂心情的,便一边拍着他的背一边说,赵凯你是好样的,不哭,不哭……一切都会好起来的,你要坚强啊!①

人生没有坦途。只有踏踏实实奋力前行的人,才会迎来阳光灿烂的美好明天!

2012年8月28日草于北戴河

---

① 后来赵凯通过网恋结识了广东女子谢利霞,组成了幸福的家庭。——2016年3月20日补注

第二辑

领导·同事·同窗

第三章

说同·论同·同向

严文井:教我们玩七巧板的智者

如果说,严文井同志是从他的"冰心大姐"那里得到启迪,学会了玩七巧板的话,那么,我就是从文井同志那里学着玩七巧板了——虽然我不是他的好学生。

1991年春节,文井同志从冰心那里得到她抄录的三首录龚自珍的诗句集成的绝句,"在再三玩味之后,引起不少震动"。于是他写信给冰心,请她"把所有同类'少作'都抄给我"。他又认定:"谢集实乃谢作,自珍原句变成了冰心风味……后学者势必要下一番功夫,才能真正领会其中味也。"还说,"这不仅是为了研究谢,同时也是为了研究那个'五四'"。

后来,我和《当代》编辑部的同仁加上古典部的林东海,在1991年3月16日去访问了冰心老人。我们不但得到了八首冰心在贝满中学上学期间(1914年—1918年)集龚自珍诗而成的绝句,而且还有三副集龚诗而成的对联。此时已是91岁高龄的冰心老人同意我们把这些绝句和对联全部由《当代》刊发,以飨读者。我们虽然对冰心老人的这些"少作"也体会不深,但已经和文井同志一样感到分外高兴,于是便请文井同志撰写引导读者学习冰心集句的文章,又请林东海帮助查明八首绝句和三副对联的出处,并作简要的注释,连同文井、冰心的通信一并刊发于《当代》1991年第4期。文井同志就是在这样的背景下于4月3日撰成《一直在玩七巧板的女寿星——记冰心》一文,并在成稿后的1991年4月5日,给我和老朱(盛昌)写了一封信。此信具有鲜明的严文井风格,而且实际上也是帮助我们认识冰心,并教我们如何玩七巧板的,故不揣冒昧全信照引如下:

朱、何二总:

"记冰心"一文终于写出。此老读书多,熟悉敝国历史,尤其是百年来的英雄豪杰,贱民百姓,特别是她脑瓜至今仍然好使,下笔不凡。要我来写她,而且还必须扯上"集句"的事,时值1991年大喜之年,真是对我进行一场考试。硬着头皮,起了三个稿子,终于交卷。及格与否,二位裁决。如尚能用,请复制两份给我留底。

此文颇难写。老子有曰:"道可道,非常道;名可名,非常名。""道"这东西,可释为"规律"乎?十分难说,玄乎哉?所以后面就有"玄而又玄"之说了。小子愚钝,此文中有漏洞,请二位不必追根刨底,高抬贵手。

此颂

编安

文井
(1991年)四月五日晨三时

其时,老朱作为人民文学出版社副总编兼任《当代》的副主编,我则以常务副主编的名义主持《当代》的日常编务。文井同志在1983年才卸去人民文学出版社社长职务,1993年才离休。我们一直在他麾下工作,他却以"二总"相称,调侃之意一目了然。而二三百字的短信,知人论世都有独到之处,又借老子的话以自辩,引人遐想。一封短信,幽默、诙谐、风趣,挥洒自如,其中蕴含的学识功力,我辈岂能望其项背。我们哪儿还有资格和能力对文井同志三易其稿的文章说三道四、追根刨底呵。此文当然是一字不改,全文照发了。

我们当然也不会为文井同志在凌晨三时来写这封信而感到惊讶。因为下午会客,夜晚读书写作,凌晨和上午睡觉,早已成了他异于常人的作息习惯了。

这是我做编辑工作以来,第一次比较直接地和文井同志打交道的一件事。正是这件事,让我意识到,这是一位睿智长者教我们在面对复杂事物的时候,怎么玩七巧板咧;也正是这件事,让我开始认真地思考,文井同志究竟是如有一些人所说的油滑的人呢,还是久经风雨的洗练,大彻大悟的聪明睿智的人呢?

我知道,文井同志23岁时,作为北京知名的青年作家,于1938年民族危机深重的时候奔赴延安,曾是延安鲁艺文学系的教师,是亲自听过毛泽东《在延安文艺座谈会上的讲话》的人,也是直接和他老人家交谈过的人。据说,为了准备座谈会的报告,毛泽东曾经把在延安的一些文艺界人士请去谈话。那天在毛泽东的窑洞里,文井他们和毛泽东谈了整整一天,这让文井十分感动

1994年冬何启治与严文井合摄于严宅

并永远记在心里。解放后,他主要在中共中央宣传部文艺处和中国作协担任领导职务,1961年才以中国作协书记处书记身份兼任人民文学出版社社长、总编辑。"文革"期间在中国作协机关参加运动。总之,半个多世纪以来,从延安整风、审干、"抢救失足者"运动到十年浩劫,文井同志在主要以"左"为特征的历次政治运动中经受了考验。那么,他是如有的人所说,是油滑世故的老运动员呢,还是经过时代风雨的洗礼而成为一个睿智正直的聪明人呢?我了解太少,只能根据自己的经历和见闻说一点直观的印象。

还是从头说起吧。

1973年夏天,我从湖北咸宁文化部"五七干校"调回人文社工作。我受命担任柳青著长篇小说《铜墙铁壁》再版的责任编辑。由于政治上的不正常的干扰,直到1974年7月我作为中央出版系统派出的唯一的援藏教师,到青海格尔木和拉萨等地工作,此书仍然无法再版。为了处理相关的问题,出版社组织了专门领导小组。文井同志是其中成员——但似乎不是主持人,当时也没有任命正式的社长。到1974年3月,"批林批孔"运动日趋热闹起来,并对《铜墙铁壁》的再版产生了直接的影响。由于各方面的反映乃至干预,以致出版社领导小组研究这部小说的再版问题时,又提出了两个问题:一、书中有没有宣扬"孔孟之道"的文字？二、再查一查有没有为彭德怀"招魂"的问题。

关于第一个问题，作为列席会议的《铜墙铁壁》(再版)的责任编辑，我汇报说经过全面检查，只发现第五章开头讲到会计陈绍清老汉的时候，说他"是个穷念书人，早年在私学堂教'子曰学而时习之'糊口……"我说，现在把引用《论语》的这句话删去，也就不成问题了。

关于第二个问题，我认为"彭德怀"的名字早已删去，而且柳青本人主张，为了保险一点，牵涉到一些真人的地方可把实写改为虚写。如果这样还不行，那就只有把1947年陕北沙家店战役的整个历史背景改了——可这一改，也就不成其为《铜墙铁壁》这部书了。说话间，我对这样折腾一部小说的不满也已表现出来。这时文井同志便出来说话，认为既然没有把握就不要贸然做结论，并建议请李季同志来把关。"因为沙家店战役进行时，他正在陕北赶着毛驴办小报"云云。

我不知道李季同志作何回应。实际上修订后的《铜墙铁壁》拖到1976年2月才再版。我在初夏时节收到这本书，已经行将结束我的援藏教师的工作，就要回出版社重操旧业了。但文井同志建议中的幽默成分，今天看来再清楚不过了。

我在西藏格尔木中学任教时，在1975年2月间，还很意外地收到文井同志的一封航空信。信封是用出版社报废的《西游记》封面翻过来做成，印有"人民文学出版社"几个字以及地址、电话。信纸是草黄色的土纸，没有任何印刷体的字。四页信纸中，文井同志写了一多半当时流行的标语口号式的文字，诸如从我的"行动和经验中得到许多启发，受到不少教育"之类，还祝愿我"在新的一年中取得更大的成就，成为我们文教战线斗批改中的一名先进战士"云云。但让我怦然心动的却是这样一些话语：

我个人有一件私事想麻烦你一下，不知可否办到？

我爱人李淑华得了一种恶性肿瘤，四个月前开刀切除；但为了防止癌细胞的转移和扩散，从西药上说，是没有什么有效的药的。现在有不少同志告诉我，射(麝)香是防止和治疗癌症的一种很有效的药，但北京很难弄到。我凭着想当然的态度，想从西藏来碰一碰运气。你可否乘去拉萨之便帮我打听一下，有无可能买到一个真的射(麝)香，有四、五钱重即可。如有而又能买到，需要多少钱，请即来信告我，即当汇款给你。如没有或买起来很困难,也就算了,千万请不要在意。

知道你的事情多,日程紧,这类事只能顺便问问,如果特意为我去打听,我将会感到很不安……

可以说,这封信里没有任何严井式的幽默、风趣和智慧。这在当时的环境下自然是情理之中的事。但大概当时已有假货骗人的事,故他特意在"真的射(麝)香"的"真的"二字下画了两个圈。以我当时对癌症很肤浅的一点知识,也知道找麝香是"救人一命胜造七级浮屠"的好事,起码是会减轻病人的痛苦的好事。我当然会尽力去办。而当时当地(青海)确实不像解放初,已经很难找到麝香了。好在那时格尔木有个西藏第四地质普查大队,我们从北京去的援藏教师和那些地质学院毕业的年轻的地质队员很快就成了有许多共同语言的朋友。其中有一位来自上海的女地质队员叫杨胜秋,比较喜欢文学,也比较热心助人。我当即请她帮忙。过了一些日子,她还果然搞到了一个麝香,不大,也就四五钱的样子。但总算是可以帮上文井同志一点忙了。印象中她没有要钱,说是另托朋友搞来的,我只好送她一些文学书籍表达感谢之忱。

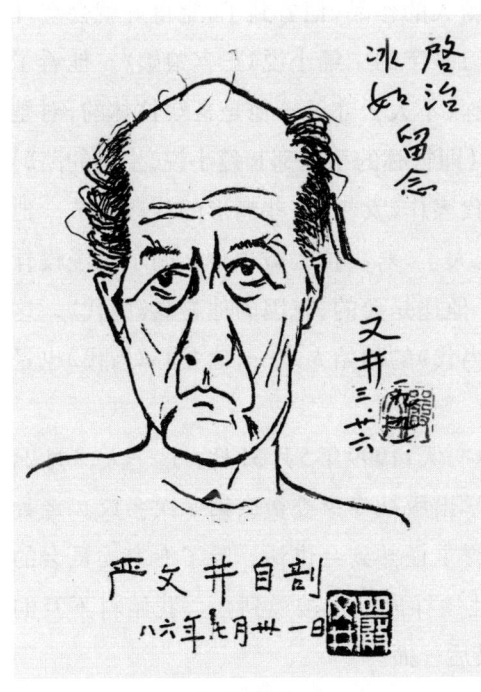

严文井漫画

对于文井同志的家事,我所知甚少。前些时在《严文井选集》中读到《我相信……》等篇章,才知道李淑华同志在"文革"浩劫中,是始终和文井同志相依为命的忠实伴侣。正是她,煞费苦心地为文井同志在书柜的显眼位置上贴上"我们应该相信群众,我们应该相信党……"的语录,在文井同志被挂黑牌、罚跪,被抄家的时候,刻意地提醒他:不要自杀!那时候,他们在一起生活已经30年。那么,在李淑华同志病重要为她寻找麝香的时候,他们已经共同生活近40

年了！我现在当然知道,在癌症面前往往是药石无灵的。但正如鲁迅所说的,医生能治好病人的病就应该好好去治,如果治不好,就要尽量减轻病人的痛苦。(大意)我真是庆幸,起码为减轻李淑华同志的病苦略尽了一点心意。

我后来在文学出版社的每一步"升迁",都是被动的,至今也不知道是哪一位领导人(包括文井同志)为我说了什么举荐的好话。只记得到1986年夏天,我已经是《当代》的副主编兼编辑部主任,一次在地安门明珠海鲜酒楼请顾问和"《当代》文学奖"的评委们吃饭,文井同志见到我就笑着说,"何启治呵,你也总算混到了这一天啦!"我记得这件事,是因为文井同志第一次和我当面开这样的玩笑,而自己不善应对,大概也只是报以无言的微笑吧。

1992年9月,我同样在事先不知情的情况下进入人文社的领导班子。那时已经有了一个规矩,即每到过年的时候,社领导成员都分别和老干处的同志一起到离退休的老领导家里拜年。我主动要求去看望严文井同志,就因为每次到他位于红庙北里文化部宿舍的家里,都不但能享受到美味的咖啡,还能听到他睿智风趣的谈话——虽然他家里那只近10斤重的黄毛公猫散发的腥臊气味实在难闻。谈话的内容已不大记得了,无非是文坛掌故和对流行的作家作品的看法。比如《当代》常发新人的作品,他看到了,觉得好就会夸几句。上海的王晓玉在《当代》发了七万多字的中篇小说《正宫娘娘》。他看了很高兴,说这作品很独特,文化蕴含深,不人云亦云。他是喜欢竹林的,对她的创作多有鼓励,认为《娟娟啊娟娟》(即竹林的第一部长篇小说《生活的路》)写出了自己的风格。但竹林的长篇代表作《女巫》有些畸形的片段情节。他不喜欢,也就直说。他还说过他年纪大了,对头顶上戴顶什么帽子已经没什么兴趣了,但"《当代》顾问"这顶帽子他还是要的,就因为他喜欢《当代》。这话当然也有点玩笑的成分,但作为《当代》的创始人之一,他关心《当代》也是真心实意的。

我们社的一些老人可能会记住这一天:1999年5月31日。这一天,3月24日到任的新社长聂震宁召开人民文学出版社专家委员会第一次会议。老聂请严文井老社长当专家委员会的名誉主任并到会讲话。除了专家委员会的委员,像我这样刚退休又返聘的原社领导成员也被邀到会。我始料不及的是,对我来说,这竟是与文井同志的最后一面。

那天上午9时在后三楼会议室开会。约十时半,文井同志才步履艰难地由老干处的谢施基和另一人从两边搀扶着进入会场。全场当即掌声欢迎。

文井同志穿深蓝色中山装，两眼闪烁着深邃的目光。坐定开始讲话，他语速稍慢，但思维还很清晰。他还是习惯地面带微笑说：聂社长，请我来开会，我，就来了。聂震宁同志来当我们的新社长，我表示欢迎。

我略感意外的是，说着说着，文井同志竟讲到重读鲁迅《聪明人和傻子和奴才》（见《鲁迅全集》卷2《野草》）的感受。

他说，我们都很熟悉鲁迅先生讲的聪明人和傻子和奴才的故事。这些年，我常常想，要我做奴才，我是不做的，我不愿意。但做傻瓜呢，要有很大的勇气，我怕还没达到这种境界。那就做所谓的聪明人吧。但还是不甘心。所以，做人真难哪……

讲到这里，有人就插话，说韦君宜晚年大彻大悟，写出《思痛录》，影响很大。文井同志没有正面回应。只是说，韦君宜那时候在绥德，不在延安，对延安了解不多。

那你来写回忆录吧。人们期待着。

……文井同志王顾左右而言他，还是没有正面回答。

后来，我听一位我很尊敬的老诗人牛汉说，文井同志晚年写了不少寓言、童话，真是大彻大悟，想象奇特，气韵不凡。我想，写《思痛录》的韦君宜和写寓言、童话的严文井，难道不是以不同的形式表达了自己的心声吗？他们都以自己的大智大勇达到了敢于反抗，敢于把黑屋子砸出个窗户来的"傻子"的境界。这就好。

我企盼能早日看到文井同志生前未发表的寓言、童话。

在经历过几十年的风霜雨雪之后，我固然敬重那些敢于反抗极左势力迫害的"傻子"，也同样尊敬以另一种方式抵制极左势力迫害的智者——而且认为这样的智者绝不是鲁迅先生所讲故事中的伪善的"聪明人"。

2005年7月20日凌晨4时30分，在协和医院，文井同志终于平静地离开了这个给过他烦恼，引起过他思索的世界，也令人遗憾地带走了一些人们期待他留下来的文学和思想上的宝贵的遗产。文井同志也许曾在做聪明人和做傻子之间挣扎过，但他最终已修炼成像他的冰心大姐那样会玩七巧板的智者。他问心无愧。好人一生心安。愿他的在天之灵安息吧。

2006年6月15日草成

夕阳风采话君宜

写下这个题目,心里腾地便涌现出二十几年前在渤海海洋钻井平台上观望夕阳时,所见充满着悲壮色彩的落日情景和那种难以名状的心境——

除了海船,四顾是无边无际的茫茫海水,在你的脚下拍击着船帮,发出一声声使人心旌摇荡的叹息。这时,奔跑了一天的太阳仿佛真是疲惫不堪,再也没有多少热力了。夕阳通体燃烧着的橘红色已逐渐由浓变淡,同时以肉眼能感觉到的速度慢慢地往下沉,终于完全消失在海平线下。但这夕阳又像是并不情愿就此离去,于是便以它的余晖在水天相接的地方抹下壮丽动人的一笔:西天好像突然筑起一堵绛紫色的"墙",晚霞把这墙涂染成红色的一片,愈往上这红色便由赭红而粉红而至于更淡,终于和灰蓝色的天幕融为一体。极目远眺,西边靠近晚霞的海水呈深浓的蓝黑色,而船边上的海水却不停地泛着浪花;在那起伏的海浪上,晚霞给染上了一片紫红,于是眼前便好像飘动着宽广无边的锦缎。

我想,这一切都是太阳给留下的呀。噢,它一定是不情愿、不甘心消失哪,这火热的、坚强的、美好的太阳,这仍然执拗地爱恋着人世,这仍在竭尽全力要继续给大地以热能和绚丽色彩的夕阳!

这夕阳所展现的风采和情怀,如今却自然使我联想到我的老上级韦君宜。我想,我们人民文学出版社的老社长,认真执著地追求着救国救民的真理、做了几十年编辑工作的老作家,只要一息尚存就还惦念着文坛和创作的韦君宜同志,不是很像这执拗地爱恋着人世,仍在竭尽全力继续燃烧的夕阳吗!

"崇拜朝阳的人总是比崇拜夕阳的人多。"(培根)我却很乐意为我所敬佩的君宜老人抒写我的夕阳礼赞!

一

我自1959年离开学校被分配到人民文学出版社,先当校对,然后才开始做当代文学的编辑工作。从此,可以说一直是在被同志们亲切地称之为韦老太的君宜同志领导下工作的。记不得是在什么情况下第一次和她见面的,大概是因为我上面还有组长、主任,我不会有多少机会直接和她打交道。留下的最初印象是:这位社级领导平时衣着朴素,决不像是从富有的大家庭出来的人。她平时不苟言笑,讲起话来快如放机关枪,办起事来爽快利索,却没有另一些老延安、老解放区来的同志(如何文)那样对年轻下属问寒问暖好接近。一次在公共汽车站候车,见韦老太戴着深度近视镜昂首阔步地过来了,便点头招呼,岂料她却视若无睹地不予理睬,只顾自己挤上车走了,也不知是太专注于挤车没看见我,还是真不知道我是谁。

她这种比较内向的、认真到有点迂的性格,在平常的接触中也时有所见。1964年—1965年间,我受命先到北京郊区南口农场组织参加农业建设的知识青年自己动手编写的报告文学、书信和日记的结集《我们的青春》,其后又到上海和两位工人业余作者一起完成了所谓"揭露资产阶级剥削罪行"的小说《天亮之前》。两部书稿都由韦老太终审通过,书名也都是由她选定的。作为从大学毕业不久的青年编辑,我能从无到有组织、编写出这两本小册子来,自以为已经尽心尽力,又由于适应了当时的政治需要,两本书各印了二十多万和近四十万册,便有点沾沾自喜起来。但自始至终就没有听韦老太说过什么表扬鼓励的话。至今尚记得的,是她不止一次地提醒说,在知识青年写的文章中可绝对不要出现什么"油票""粮票""糖票"这一类字眼。言下之意是,无论我们国家如何困难,都是暂时的,都不该公之于众,颇有点家丑不可外扬的味道。

1982年,我申请参加中国作家协会,问她愿不愿意做我的入会介绍人。她只是说,我看你是可以参加作协了,便提笔签署了意见,此外再没有什么多余的话。

1984年,龙世辉同志调离《当代》杂志,到作家出版社担任领导职务。她和另外几位领导循惯例设宴欢送。我是老龙的同事,便也参与张罗其事。这次是在前门全聚德烤鸭店临时订的席。按韦老太他们的规矩,除了被请的人,还要每人凑钱交粮票。使我感到意外的是,在这种场合也听不到韦老太说什么通常要说的客气话。只见她举起杯来就说,老龙,今天我们欢送你,你要知道,不论在"五七干校"还是从干校回来之后,我可没有什么对不起你的地方呵!这使大家都觉得突兀费解,但在她看来,大概要紧的是说出自己要说的话,照顾什么场合、环境之类倒在其次了。

其实,韦君宜的认真和执著,当然首先体现在她的专业工作上。

拨乱反正历史新时期的春风,使文坛和出版界逐渐繁荣起来。但美妙的乐曲中也有一些不和谐音,她对此深感忧虑。

1981年初冬,韦老太冒着寒风出现在北京一些新华书店的门市部。从王府井到东单、东四,都留下了她来去匆匆的足迹。她和读者、售书人员交谈,探询,请教。不久,她就在社会调查的基础上写成《关于文学与文化的经济体制》一文(载《新观察》1981年第22期),探讨了出版、印刷、发行三方面存在的种种问题,提出了打破新华书店独家发行的"大一统"局面,乃至按不同服务对象把发行机构分成好几家,同时允许出版社自办发行等建议。文章在作家、读者和出版发行工作者中间引起了意想不到的热烈反响,其中有的建议后来已在实际工作中被采纳而成为事实。

1981年除夕,我按约定的时间去探访韦老太。谈到是当出版家还是当出版商这个话题,韦老太很有感慨地说:"按理谁都不难找到正确的答案,但真做起来却相当复杂,不好办。有的出版社用某某书社之类的名称代替省出版社,版权页上连印数也没有,谁也不知道就出些乱七八糟的东西,只顾赚他的钱。"接着,她还列举了另外一些不良现象,大不以为然地说:"有的作家被捧来捧去,都捧坏了。大家都奔着那个热门货来,这绝不是办法。一个作品选来选去,什么女作家作品选,什么佳作选,什么优秀中篇或短篇小说选,选来选去还就是那么几篇。说实在的,我觉得出版界一直存在着一些不正之风,包括几千几百块大手大脚地花钱请作家,这个'侠'那个'义'地滥印东西,以及十几次重印某一种作品,等等。"

她很严肃地批评说:"这样做编辑工作算什么?什么加工都不用做,剪下来贴上去就行。"她语重心长地指出:"一个好的编辑,实在不应该推波助澜地去支持这样的事。这样做,对作家、对创作有什么好处呀!"

韦老太认为,要当出版家,不当出版商,就得下功夫出一些有意义的书,哪怕赔点钱也干。她说:"在有些人只顾赚大钱出什么'侠'什么'义'的时候,我们古典文学编辑室倒是出了一些要的人很少,只供研究者参考的书,比一般诗话、词话的印数还少。文艺理论方面也有一些。有的地方出版社为了扶植中青年作家,只销两三千册甚至几百册的小说集也出。这都是应该的,就得这么干。"

韦老太这么坚决、执拗地执行上级指示,这么严肃、执著地对待编辑出版工作,实在是出于她对社会主义文学事业的热爱,出于她对人民的一片赤诚呵!

二

在她手下工作的时间长了,就会知道貌似木讷寡言、不苟言笑的韦老太对工作、对作家其实充满了热情。为了支持未成名的年轻作家,她还常常表现出难能可贵的胆识和勇气。

文学出版社的一些老编辑都知道,我们出版社不允许,也没有经济条件为作家写作租用高级宾馆的房间来炮制"宾馆文学",但韦老太却不止一次地为了让黄秋耘、竹林等作家有个安静的写作环境而腾出了自己的办公室,还从自己家里拿来了刚拆洗过的棉被。

还是这个似乎不大善于交际的韦君宜,却曾在1980年挤公共汽车跑到上海郊区南翔镇去看望写长篇小说《生活的路》的青年女作家竹林(王祖玲)。当她看到嘉定县二中张校长在学校图书馆的书库里为竹林提供了极简易的住所时,竟感动得情不自禁地推开校长给她端来的椅子,毕恭毕敬地朝校长、教导主任深深地鞠了一躬,很真诚地说:"谢谢你们,我代表文艺界谢谢你们。虽然条件不太好,但你们支持了一个青年作者,我们文艺界有些同志应该对此感到脸红。"

还在党的十一届三中全会召开以前,她风尘仆仆地赶到湖南去组稿。原不相识的莫应丰找上门来,讲自己的生平,讲他"文化大革命"中在部队见到的一些十分可怕、十分可气的事。后来他躲在文家市把这些真实的故事写成小说,在箱子里压了两年,现在才拿出来,这就是后来定名为《将军吟》的长篇小说。这在全国还是头一部正面写"文化大革命"的长篇,问韦老太敢不敢要?韦老太当即表示:"你给我带回去看看吧。"后来龙世辉和另外几位同志先看了,也说小说写得好,就是全盘否定"文化大革命",又牵涉到毛主席他老人家,真不知道究竟能不能出。韦老太在亲自看过稿子后被小说真切的细节、活生生的人物和作者的勇气深深地感动了。她明确表示:"既然确是好作品,咱们就出。牵涉到毛主席他老人家的某些不恰当的描写,咱们把它稍稍去掉一点,改一改,别的照样出好了。"于是就把莫应丰请来,改成现在的长篇小说《将军吟》,并一举获得了首届"茅盾文学奖"。

此外,当正在写长篇历史小说《义和拳》的冯骥才还默默无闻的时候,她曾经在他那拥挤狭窄的居室里和他作过长久的恳谈。

当对《生活的路》(竹林)、《冬》(孙颙)和《铺花的歧路》(冯骥才)等中长篇小说众说纷纭、争论不休的时候,她知道光凭自己的威望还不足以说服大家,便组织编写了故事梗概,亲自送请茅公看。这些小说由于得到茅盾的肯定、支持而终于得以出版了。作为总编辑的韦老太这才满意地笑了。

1981年,她从来稿中发现了北大中文系学生张曼菱写的中篇小说《有一个美丽的地方》,热情地向《当代》推荐(后刊于《当代》1982年第3期,又由张暖昕改编为电影《青春祭》),于是张曼菱脱颖而出。

还有那部写来自上海十里洋场的两个女大学生参加长征,以及革命队伍上层生活故事的长篇小说《爱与仇》(珠珊),那部写爱国画家张玉良的《画魂》(石楠),她在为作者修改稿件和为小说的出版排除障碍上,都倾注过许多心血。这一切,没有韦老太这样的胆识、勇气和认真执著,没有这位年近古稀老人的热情和亲力亲为的奔走,都是难以做到的。而韦老太为张洁出主意,帮助她修改提高长篇小说《沉重的翅膀》的事例,对我们做文学编辑工作的人,更具有示范和启迪的意义。

那还得从1980年说起。那一天,张洁到出版社拜访了韦君宜。韦老太了解到她在工业部门工作了二十年,熟悉这方面的生活,具有创作热情,就鼓励她写改革题材的长篇小说。

1981年5月,韦老太接到《沉重的翅膀》的初稿,马上审读,认为这是优缺点都很明显的好作品,便立即请张洁来研究修改方案。

随后,《沉重的翅膀》在《十月》1981年第4、5期连载,反响强烈。绝大多数评论者认为这是一部体现了作者的胆识和才华,能近距离又比较准确地反映工业战线改革的好作品,只是行文匆忙,艺术上仍嫌粗糙,政治性议论有偏激、不准确之处。但也有人认为这是一部在思想上背离了四项基本原则,迎合了社会上一些人的资产阶级自由化思想的坏作品,有人甚至认为它比《苦恋》更坏,应该予以批判。有关领导部门也严肃地指出这部作品"有值得肯定的地方,也有某些明显的政治性错误",要求在出书前帮助作者修改。

面对这许多意见,韦老太和该书责任编辑周达宝等同志与作者一起作了冷静的分析,并逐章、逐段甚至逐字逐句地推敲,对原稿作了近百处修改。

在此前后,韦君宜还到有关领导机关,甚至直接找了邓力群、胡乔木,为张洁及其书稿做了解释、疏通工作,给了张洁切切实实的支持和帮助。

1981年12月,单行本由人民文学出版社正式出版后,听到各方面意见,张洁决定再一次修改《沉重的翅膀》。

1983年9月,张洁在编辑部的帮助下第三次修改《沉重的翅膀》。为此,并再到曙光汽车厂等单位体验生活。其后,经过深思熟虑,作者对小说作了成书以来最大规模的第四次修改。年底竣工,全书近三分之一的篇幅重写过,并增加了一些新的情节,而总篇幅竟有所削减。

在作者反复修改的过程中,韦君宜始终给予热情的关注。1983年11月,她写了长达四页纸的审读意见,对修改稿作了充分的肯定,并逐项提出作者和初、复审遗留的问题,请作者最后改定。

这样,《沉重的翅膀》的第四修订本比之原作在政治思想上和艺术上都有显著提高。1984年7月,修订本正式出版,在国内外引起强烈的反响和好评,并荣获第二届"茅盾文学奖"。

张洁说,(她是)"一个施大恩于我的人"。为了作家们的健康成长,为了百花盛开的社会主义文苑更加璀璨夺目,韦老太就这样无怨无悔地倾注着自己的热力和心血,一如那执拗地爱恋着人世,不甘心、不愿意消失,而竭尽全力继续给大地以热能和绚丽色彩的、满怀悲壮激情的夕阳!

三

纵观韦老太的人生道路,我们不难发现,她从人生的初春到晚秋,可以说是一刻不停地执著地追求着真理和崇高的境界。

韦君宜,原名魏蓁一,湖北建始人,1917年农历十月二十六日生于北京,1936年在清华大学哲学系读书时参加中国共产党。当日寇的铁蹄蹂躏祖国大地、我们的民族灾难日益深重的时候,这个"一二·九"运动中十分活跃的女战士便告别了清华大学的师友,由武汉而重庆、成都,终于在1939年初辗转来到延安。刚到延安不久她就当了《中国青年》的编辑。此后做了三四年教员等工作。全国解放前夕,她被动员去参加《中国青年》的复刊筹备工作,此后就再没有离开过编辑工作岗位,先后担任过《文艺学习》主编,《人民文学》副主编,作家出版社、人民文学出版社的副总编、副社长等职务,1981年2月任人民文学出版社总编辑。1983年,她以65岁的高龄担负了人民文学出版社社长的重任,直至1986年1月离休,但仍担任着中国作家协会期刊工作委员会的主任委员。

韦君宜诞生在一个从知识分子变为旧官僚的家庭。父亲是清末出国、民初归国的在日本学铁路的留学生。他从技术人员升为铁路局长,解职后就在租界里当了寓公。母亲是清末举人的女儿,略通文墨。在这样的家庭里,她从小接受比较严格的家庭教育。旧社会富裕人家大小姐能够享受到的一切,只要她愿意当然也都能得到。但是,打从上天津南开中学的时候起,她就受到丁玲、周扬乃至郭沫若、鲁迅等左翼文学家的影响,到1935年考上清华大学哲学系的头一年,她就成为"一二·九"爱国救亡学生运动的活跃分子。可以说,从大学时代开始,革命就代替读书成了她的主要生涯,她从此就义无反顾地走上了革命的道路。和那个时代许多革命知识分子一样,她是先接触革命文学后参加革命实践,由一个纯真的爱国者进而成长为一个赤诚、坚定的革命者的。她当时是在受到家庭软禁的情况下,坚决地放弃了旧官僚家庭给她安排的优裕舒适的生活,以及一切令当时许多年轻人艳羡的、诸如出国留学之类的出路,而十分自觉地、百折不回地奔向抗日圣地延安。这正如她自己所说的,是因为当时"正热恋着革命,热恋着我的祖国"啊!(见韦君宜《海上繁华梦·我的文学道路》)

如果说,她之投身革命还有什么独特之处的话,那就是她对革命事业爱得真纯,爱得执著,爱得实在,可以说没有掺杂什么个人名利的私心。所以经过几十年的折腾磨练,她的革命信念依然坚定不移,而作为真诚的革命者,却显得更加成熟了。

1939年她刚到延安时,和许多奔向延安的知识青年一样,她想不是到"陕公"(陕北公学),就是"抗大"(中国人民抗日军事政治大学)。没想到,当时的中央青委第二书记胡乔木亲自到招待所的窑洞来找她,说她是老民先队员,青年工作做久了,笔杆子也可以,而现在《中国青年》又很需要人,希望她去当编辑。她便不加计较就服从了组织的安排。

1953年她在《中国青年》总编辑的岗位上,虽然只有35岁,按照中组部提出的团中央应更新换代的要求,她却成了当年的输送对象。输送到哪里去呢?原来是要送她到一个工学院当党的领导干部。她有点慌了,赶快给胡乔木写了封恳切的信。大意是说,自己比较喜欢文学,希望乔木同志从中为力,另外安排合适一些的工作。结果是分配到中国作协。从此就再也没有离开过编辑工作。显然,这不是为了追求个人的什么,而是为了更好地完成党的委托,是为了党的事业。从我认识韦老太以来,就不止一次听她讲要当个好编辑就不要去谋官位,不能成官迷。她曾坦然地对我说:"比如我,假如想当官,我是要后悔的;因为我的很多同学早已做了官,我要想做个像点样子的官大概也不会太困难。可是我觉得,编辑工作既然是很有意义的革命工作之一,就要安心去做。"

韦君宜这一代革命者,是经历过中国革命的许多坎坷的。党的工作的一些严重失误,她自己和最亲近的人,还有一些早年参加革命的老同学都曾深受其害,有的还为此付出了生命的代价。她深感痛惜。但这些挫折并没有使她消沉,而是促使她进行严肃的思索,从而使她觉醒,成为更清醒、更成熟的革命者。试看她在"文革"之后写的文章,如《编辑的忏悔》《那几年的经历——我看见的"文革"后半截》,等等,以及那些回忆蒋南翔、冯雪峰、胡耀邦等老同学、老同事、老上级的文章(见韦君宜《海上繁华梦》),即可见一斑。而更能体现她的清醒和冷峻的,我以为当推她的悼亡文章《当代人的悲剧——悼杨述》(载《当代》1980年第4期)。

此文夹叙夹议,历数杨述这个党的老干部、这个迂夫子似的老实人如何被打成"三家村的伙计",以及他所受的种种冤屈和终于觉醒的过程。最后韦老太沉重地写道:"在稍稍静下来之后我才来回想这个老实人的一生——一个真正的悲剧,完全符合于理论上'悲剧'两字定义的悲剧。我哭,比年轻人失去爱人哭得更厉害,因为这不只是我失去一个亲人的悲痛,更可伤痛的是他这一生的经历。为什么我们这时代要发生这种事情,而且发生得这么多?……我要哭着说:年轻人啊,请你们了解一下老年人的悲痛、老年人所付出的牺牲吧。这些人实际是以他们的生命作为代价,换来了今天思想解放的局面的。实际上我们是踩着他们的血迹向前走啊!"悲愤之情溢于言表,冷峻的批判入木三分。文章发表时她坚持用《当代人的悲剧》这个题目,显然也颇有深意。冰心说韦君宜"是一位极好的作家,她的作品非常质朴真挚"。此文就是一例,确实可以说是以其特有的"质朴真挚"而扣人心弦、发人深思的优秀的反思散文。

韦老太沉痛抨击党的历史上的种种失误,决不意味着她的革命信念有所动摇。毋宁说,惟其爱之深,才期之切吧!

有一件小事是我终生难忘的。我在1989年2月申请去美国探亲,4月获得入境签证,只买到了6月14日的离境机票。那些日子里北京的纷乱尽人皆知。我每天依然上班工作。因为离出国的日子尚远,还没有向韦老太正式辞行。不知她听谁说知道了这件事,有一天《当代》编辑部的同事告诉我:老太太两次打电话找你,让你回个电话。其时她正有《记周扬》等稿子在我手里,我还以为她急于想知道稿件的处理意见。我知道她那时只能靠轻便助行器慢慢地移步才能挪到电话机旁(为免干扰,电话并不是装在她的卧室里),挂通电话后便静静地等着,终于隐隐能听到脚步的挪动声了,感觉到她拿起了话筒,我便急忙问她是不是关于稿子的事。她却说,不是的。听说你就要去美国探亲是吗?我说,是的,还有一个多月才走呢!她便很严肃地说,何启治,你听着,不管现在怎么乱,不管我们国家怎么样,我告诉你,你可一定要回来!你明白吗?你一定要回来!那种关心,那种急切,就像叮嘱自己的亲人无论如何不要忘了母亲似的。我忙一迭声地答应,我明白,我知道,我无论如何一定会回来的!心里像平添了一团火似的,眼眶立刻发热潮润了。老太太她这是为了什么?她这流露出来的,全是一片对祖国的挚爱和对我们党的伟大事业的深情啊!

四

1986年4月21日,在北京沙滩北街2号一间简朴的会议室里,全国文学期刊编辑座谈会的筹备会正在进行。席上一位头发灰黄的老太太心口有点闷,她端起茶杯刚刚呷了一口茶水,突然咯噔一下,便感到恶心、头晕,周围熟悉的人立即变得模糊不清,天花板仿佛也摇晃起来。但她心里还明白,知道其时葛洛正在发言,她嘱咐自己一定要坚持住,等发言告一段落再让作协派车送自己回家去休息。但她的手终于不听大脑的指挥,茶杯啪的一声砸在桌子上,她身不由己地倒了下来。一片混乱中有人捡起了她的眼镜,汽车飞驰着把她送到协和医院。是脑溢血——高血压、脑血栓加上过度疲劳的结果。现代医学从死亡的危险中把她抢救过来。她就是当时会议的主持人、中国作协文学期刊工作委员会主任韦君宜同志。

她从人民文学出版社社长的岗位上退下来才不过几个月。此前的几十年里,这个被冰心老人称作"极好的作家"的人把自己大半生的主要精力都奉献给了革命斗争和文学编辑出版工作。作为编辑家和出版家,她有自己杰出的贡献。然而,从学生时代开始,她就喜欢文学创作。她有10年老解放区的生活积累,她有学运和革命斗争的亲身经历。她熟悉许多革命知识分子和他们所出身的那种大家庭。她有好多东西可写,有好多东西想写。然而,就在她刚刚可以把主要精力转到文学创作上来的时候,却不幸病倒了。生活对她开了个多么残酷的玩笑!

不过韦老太毕竟是个久经考验的老共产党员。记得那年作协开代表大会,我陪她到代表们的住处去看望与会代表时,她就曾对因脚伤半卧在床上的黄宗英说,我们可不能把自己当作寡妇悲伤得抬不起头来,我们还有许多事情要做啊!她自己确实是这样做的。杨述病逝时她好悲痛,却很快就从悲伤中振作起来,一边坚持工作,一边坚持名副其实的业余写作。如今,她成了病残人,在病情稳定后,又一边作康复治疗锻炼,一边尽力多少写一点东西。

"文革"之前,她只出版了一本谈青年修养的短文和随笔的结集《前进的脚迹》(1954年,中国青年出版社)。短篇小说集《女人集》刚刚排出清样,未及付样,"文革"的浩劫就开始了。待拨乱反正历史新时期的曙光普照大地,她的作品也像迎春的鲜花一样在社会主义文学的百花园里一朵接一朵地绽放了。先是搁浅十多年的《女人集》(1979年，四川人民出版社)，继而依次是散文集《似水流年》(1981年，湖南人民出版社)，中篇小说集《老干部别传》(1984年，人民文学出版社)，散文集《故国情》(1985年，百花文艺出版社)，编辑札记《老编辑手记》(1986年，四川人民出版社)，长篇小说《母与子》(1986年，上海文艺出版社)，中短篇小说集《旧梦难温》(1991年，人民文学出版社)和散文、杂文集《海上繁华梦》(1991年，人民文学出版社)，等等。

她的散文和杂文比较接近现实生活，及时地反映了人们所思所想，常能体现一个老新闻记者的职业敏感，而文字朴实无华，感情真挚，发自肺腑，常能引起读者的强烈共鸣。如《我们都发横财了吗？》《应该敢提"俭"字》(均见《海上繁华梦》)等等，都有很强的现实针对性，在读者中颇受瞩目。《海上繁华梦》和《婚礼谈往》(见《故国情》)就是完全由青年读者投票而获《青年一代》的年度优秀作品奖。而刊载于《人民文学》的《病室众生相》熔叙事、议论、抒情于一炉，真可谓天衣无缝的散文佳作。

她的小说，也多有散文化的特点，常能在白描中见出写人状物的文学功底，又能在塑造形象、铺排故事中见出思想的深度。这些特点在最早的小说集《女人集》中就已显露出来，而到了荣获中国作协优秀中篇小说奖的《洗礼》，就更加炉火纯青了。前辈作家丁玲在见到《洗礼》时，喜不自禁地读了一遍又一遍，并忍不住要放下别的工作写文章向读者推荐说："韦君宜同志从事写作四十余年了。早在1941年，延安《解放日报》文艺版就发表了她的《龙》，当时就很受人注意。……我读她的《洗礼》感到她的文字功力很深。作者的思想深度和处理故事的能力，都不是一般作家所能轻易达到的。她的文字朴素无华，清湛如一湾静水，却又深深埋藏着无尽的汹涌波涛，引人深思，令人心神激荡……"(《我读〈洗礼〉》，载《当代》1982年第3期)其小说创作的成就，由此可见一斑。

但如果你问韦老太自己有什么得意之作，她却会很平淡地说，没有，没有哪篇满意的。这话自然有谦虚的一面，但也有一点道理，因为她实在也是写得太匆忙。写作也像她平时说话、做事那样，总是急急忙忙地赶着写，赶着做。我想，如果给她更多一点时间，让她有更充裕的时间去生活、思索、提炼，让她写得更从容一些，理当会写得更多，也写得更好一些吧。

1990年3月，人民文学出版社在北京饭店举行庆祝建社40周年座谈会，许多来致贺的作家都希望她能出席大会，以便能在会上见见她。但她说除了行动不便，医生也禁止她出去活动，她在人多的场合就头晕。谈到这些令人遗憾的情况，一位诗人、多年在她手下工作的老编辑王笠耘很有感触地说："韦老太还是退晚了，如果早两年从第一线上退下来，身体大概不至于垮得这么快。"

其实，韦老太就是特别认真执著的人，无论在工作岗位上还是写作，她都是一丝不苟、全力以赴。她自己在文章中也对这类问题作过坦诚的回答："我为什么抛弃了学业和舒适的生活来革命呢？是为了在革命队伍里可以做官发财吗？当然不是。是认为这里有真理，有可以救中国的真理！值得为此抛掉个人的一切。那么又为什么搞文学呢？自然也不是为了挣稿费或出名，是觉得文学可以反映我们这队伍里一切动人的、可歌可泣的生活，叫人不要忘记。"(《海上繁华梦·编辑的忏悔》)正是这种赤诚和纯真，使她总是认真执著，全力以赴呵！

如今，康复不大见效，又加上脊骨疏松，韦老太卧床已经两个多月，她的

1994年摄于病榻旁的韦君宜

生活都要保姆照料,已经不大能用手写作了。我知道,除了已经发表、出版的作品,她还有一部叫作《思痛录》①的手稿不知什么时候才能和读者见面;而她心里想写却尚未成文的东西又该有多少呵。她还能把它们写出来或通过口授笔录成文吗?啊,我不知道,我没有把握,唯有在心里存着最美好的祝愿。

在人生的长途上,韦老太已经坚毅执著地度过了74个春秋。虽然她如今仍然头脑清楚思维敏捷,但留给她的时间大概不会太多了。她把毕生的精力,最美好的年华都奉献给了自己所挚爱的祖国和理想的事业。不管生活怎样委屈了她,不管道路如何艰难曲折,她总是一往无前,无怨无悔,一丝不苟,全力以赴!

在曙色熹微中,我却仿佛看见,夕阳的坚韧、热情、绚丽和悲壮,已在她的身上铺染上一片庄严而又动人的光芒。

1990年岁秒草成
1991年春改定

附记:

2002年2月16日中午,与病魔搏斗了16个年头的君宜同志终于永远停止了呼吸。她在《五月的鲜花》的音乐声中远行。

1993年,她在病床上以超人的毅力,用左手(她是左脑出血造成右半身偏瘫)写成反映延安"抢救失足者运动"的长篇小说《露沙的路》,稿件按工作的分工由我终审。我在被小说的思想力量所震撼的同时,向韦老太提出了两点意见:其一,是主人公随革命队伍辗转到达晋察冀边区时,见到一大片绚丽夺目的罂粟地,露沙不知道这就是鸦片,大呼小叫后才听说这是边区为了换钱给解放区买武器、药品而种的鸦片(约一千多字)。公开说我们共产党种鸦片好不好?其二,是一些生活化的描写涉及个人隐私,作为纪实色彩很浓的小说好不好?我说,你是我们的老领导,这两个问题如何处置全由你决定。老

---

① 《思痛录》1998年5月由北京十月文艺出版社以"百年人生丛书"之一种正式出版发行,后由大众文艺出版社、文化艺术出版社以及香港的出版机构先后补充、订正再版,在社会上引起强烈反响,被称为"韦君宜现象"。

太太的答复是：共产党种罂粟这一大段全部删去，其他则全部保留，一字不动。

  我们当然是照办了。这就是1994年6月第1版的《露沙的路》。若干年后，一次笔会上和蒋子龙谈到这件事。他半开玩笑地说，老何呀，你可干了件坏事啦。调侃中，颇有点惋惜的意味。现在想来，我的意见也许真是多余的话。君宜同志，你泉下有知，会原谅我吗？听说我们人文社正要出版你的五卷本全集，能否找到原稿把这一段补上呢？

  此例说明，韦老太的思想比我辈还要解放，我们向她学习，首先就要学习作为一个真诚的革命者的思想解放。

2012年6月3日于北京

可敬可爱的牛大哥

经历了大喜大悲命运的"大汉"

1946年4月24日临近中午的时候，驻陕西汉中的国民党青年军的一个师把城固县城包围起来。参加反美、反内战学生运动的西北大学的一些学生被围堵在校外民房的院子里。其中，学俄语的一位全校最高(1.91米)、被同学们称为"大汉"的、正要从院墙爬墙逃跑的学生，被一伙青年军用枪托先砸脚，后砸头，当即血流满面，因右额、胸膛受伤而昏了过去。他被捕了，随即又被判了两年徒刑缓期执行。在国民党的陕西省第二监狱(汉中)阴湿的牢房里，他高唱《囚徒歌》，还创作了《在牢狱》《控诉上帝》《我憎恶的声音》等诗作。但他从此留下了颅内淤血压迫神经的后遗症，以致会在半夜里梦游或在惊叫中醒来。

三年后，1949年9月22日，这个已成为华北大学(即中国人民大学前身)教务部干部的"大汉"带着二三十个青年学生和北京市公安局以及工兵部队的一些人负责打扫天安门城楼，为新中国开国大典作准备。当他们从西边的马道走上来，在拐角处见有当年绞死李大钊的绞架，出于对前辈革命领袖由衷的敬意，他当即带领学生们默哀三分钟。随后来到重门紧锁的天安门城楼，用他有力的大手拧开了早已锈蚀了的大锁。从各个旮旯里腾地飞起一些麻雀、野鸽子。他们用刺刀撬，用手拔天安门城楼上面的杂草。自然顾不得脏，也顾不得手上流血，点上带来的汽灯直干到第二天天亮，竟清理出十几大箩筐的杂草尘土和垃圾。

又过了几年，1955年5月14日星期六，中午吃过饭后，还是这个已是人民文学出版社编辑的"大汉"和一些同事打过排球，洗了手还没穿好衣服，便被手持罗瑞卿亲笔签字的拘捕证的公安部来人宣布他作为"胡风集团"①的重要成员,被拘捕(胡风本人两天后才被捕),隔离审查。一年后的1956年5月才被释放,交出版社管制,继续交代问题,写全面的自传。1957年5月,公安部通知可以回家了,以后由派出所管。从正式拘捕到可以让他回家,整整两年。

  从1946年到1957年,大约10年间经历了大喜大悲、大起大落命运的"大汉"不是别人,就是同事和朋友们平时习惯地叫他"老牛"或"牛大哥"的诗人牛汉。他是蒙古族人,1923年10月23日生于山西定襄县四关一个清贫而有文化传统的农民家庭。他本名史承汉,又叫史成汉;笔名有牧童、谷风、牧淳等;牛汀是1948年8月离开北平到解放区时为工作需要取的新名字,一直沿用到现在,身份证上用的就是牛汀;牛汉则是1948年7月在《泥土》第五期发表长诗《彩色的生活》时所用的笔名,也是最常用的笔名,比牛汀更广为人知。牛,是他母亲的姓。

为了抒写"快乐的诗,温柔甜蜜的诗"

  2005年6月26日,我在和李晋西完成江苏少儿出版社的一部写航天英雄的约稿后,除了一些零星杂务,可以有相对完整的时间集中使用了。

  做了一辈子文学编辑,身心尚健,不想过早地"养老",虚度时光。做些什么好呢?一些阅历丰富的文学前辈,或者由于各种原因不想回忆往事,或者年老病重,不便打扰。有没有自己相熟,又值得为之立传、传道的人物呢?

  一个个熟悉的身影在眼前闪过。其中很突出、很独特的一位渐渐清晰起来——

  作为老诗人,他一生有两个创作高峰期,在海内外享有崇高的声誉。

  作为老编辑,他同时实际主编过《新文学史料》和《中国》这两份重要的文学刊物。

---

  ① "胡风反革命集团"案是上世纪50年代在中国大陆发生的一场从文艺争论到政治审判的事件,是新中国诞生后的第一桩大冤案,因主要人物胡风而得名。胡风等人因此遭到审判。政治定性后的整个批判运动波及甚广,共清查了2100多人,逮捕92人,隔离62人,停职反省73人,到1956年,共正式认定78人为"胡风分子",其中骨干23人。1980年9月29日,中共中央发布76号文件为此案平反。1986年1月中共中央再次公开撤销强加给胡风的政治历史方面的不实之词。1988年6月18日,中共中央办公厅发文,撤销胡风的各项罪名,为此案彻底平反。

解放前,他被国民党青年军砸伤,成了阶下囚;解放后,竟又鬼使神差地成了共产党的阶下囚,被拘捕、整整被隔离审查了两年。

在几十年来以"左"为特征的政治运动中,他历经磨难,备受伤害,却坚忍不拔,一身正气,且愈老弥坚,总是忧国忧民,心连祖国命运,胸怀天下苍生,是我非常尊敬的老大哥。

他秉性刚正不阿,是非分明,直言不讳,毫不含糊。

"文革"中,在湖北咸宁五七干校,他在政治上备受歧视,劳动却从不含糊。忘不了,他领着我们扛着沉沉的麻袋登上高高的粮囤。他健硕的胳膊比我们这些文弱书生的小腿还要粗壮。

他又是极富个性的人。不但是富有个性的诗人,日常生活也往往如此。到老爱吃甜食,如糖醋松鼠鱼之类;看电视,总是对激烈的体育竞技情有独钟;作为同事或朋友只要彼此熟悉了,你尽可以和他没大没小……

他,就是老诗人牛汉,老编辑牛汀,我十分敬重的老牛、牛大哥。

对,就是他。不找牛汉大哥还找谁呢?

果然,牛大哥在电话里答应得很痛快。他说,除了小册子《童年牧歌》写到故乡和童年生活,自己并没有写过公开发表的自传。眼看82岁了,老了,但还不糊涂,你要觉得有意思,就认真系统地谈一次吧。

可是要好好回顾他不同寻常的82年的人生,谈一两天显然是不够的。而且,我的住处比较狭小,牛大哥的住室也只是伯仲之间,他毕竟已是八十老人,我怎么好忍心连日打扰?

无奈,只好求助于中国作协的领导。所幸建功兄和有关人士都鼎力相助。这样,我和李晋西便陪同牛大哥,从2005年9月23日至10月3日,来到河北兴隆中国作协的雾灵山(又叫花果山)创作基地。在这"山高雾有灵,沟深育诗魂"(牛汉语)的好地方,在不愁吃不愁喝的环境和秋高气爽的好天气里,便有了近十天的倾谈。

整理出来的文字稿在2006年2月1日(大年初四)交到牛汉兄手里,到2007年8月5日由他最后改定,2008年7月由三联书店正式出版。由访谈到出版的过程竟然长达两年多,其中颇有一些一言难尽的缘由。简言之,一是牛汉兄在这两年多里先有丧妻之痛,后有新婚之喜,大悲大喜的人生处境,其中的艰辛复杂和耗神费事不难想象;二是初稿比较简单,我们接受编辑部充实内容、丰满血肉的意见,对牛汉做了补充采访,并参照有关文章对全稿重新进行补充、整理和编撰;三是由于书稿涉及某些"敏感内容"而不得不两次报请相关机构审批,因而需一再根据批复的意见对书稿进行必要的修订。

总之,《我仍在苦苦跋涉——牛汉自述》这部书总算印出来了,这部讲述者、编撰者、出版者和众多读者共同期盼的书终于公开出版发行了。

牛汉在本书的"尾声"(《从热血青年到热血老年,我仍在苦苦跋涉》)中说:"我没有写过一首欢快的诗,包括情诗。""(我)一辈子没有写过一首快乐的诗,温柔甜蜜的诗。不是不喜欢。我活着本来就是为了写一首快乐的诗,幸福的诗。但没有,没有这样的人生,哪来这样的诗?!"(引自《我仍在苦苦跋涉——牛汉自述》第278页,三联书店2008年7月第一版)

这些话说得很沉重,也很真实——起码就牛汉的人生来说,是很真实的。无怪乎有的读者说,她(他)是流着泪读完这部书的;也无怪乎有更多的读者认同:这写的就是一部当代中国知识分子的"苦难历程"。

呵,今天能够出版这样的书无疑是历史的进步。我们多么热切地期盼,在吸取了历史的教训之后,在奋力建成小康社会的过程中,我们一定会迎来一个富足的中国,美丽的中国,幸福的中国。那时候,许多诗人一定会像牛汉所憧憬的那样,迸发出心中的激情,写出一首又一首"快乐的诗,温柔甜蜜的诗"。我因而庆幸,自己为编撰、出版这部沉重而真实的《牛汉自述》总算是略尽了绵薄之力。

诗创作的第一个高峰:"不能抛头颅洒热血去抗战,我就抛头颅洒热血般地写诗"

1939年底,牛汉从甘谷国立五中初中毕业,获甘肃省初中毕业会考第一名。1940年1月,他从甘谷步行到甘肃天水,直接升入天水国立五中高中部,读文科班。自1940年至1942年天水国立五中上高中这三年,从16岁到19岁,是他诗创作的第一个高峰期。

这三年,中国的抗日战争从1937年7月开始的全面抗战到进入相持阶段。此前,上海、南京、武汉等相继沦陷。1941年1月,国民党军八万多人包围北移的新四军九千多人。结果新四军伤亡、被俘七千多人。叶挺被俘,项英被叛变的警卫杀害。同年底,日本海军偷袭珍珠港,重创美国太平洋舰队。

美国正式对日宣战,太平洋战争全面爆发。

正是在民族灾难深重的日子里,在由于种种原因既不能上前线打日本,又不能到延安参加革命的情况下,成就了诗人牛汉和他的第一个诗创作高峰。

国立五中就设在天水玉泉观被国民党军改造过的军营里。这里的礼堂成了学生的集体宿舍。牛汉嫌太吵,便搬到玉泉观西边的万寿庵去住。白天在玉泉观上课,晚上在万寿庵住宿。但实际上是厌学,不专心上课,经常处在精神昂扬、热血沸腾的状态,有时白天就登上北山,在汉飞将军李广故里的一片森林里潜心写诗,晚上就在万寿庵大殿长明灯下写到黎明。

1939年7月7日,习作第一首诗歌,近100行,歌赞抗日战争,刊于甘谷国立五中的墙报上,首次用"谷风"为笔名。可惜,这首登在墙报上的诗后来找不到了。

1940年至1942年,牛汉主要以谷风为笔名,先后在兰州、西安、成都、桂林等地的报刊发表诗作,形成牛汉诗创作的第一个高潮。

如1941年冬,写了500行的诗剧《智慧的悲哀》,刊于成都海星诗社社刊《诗星》。牛汉后来回忆说,这首长诗写的是他受到亲友的阻挠没有去成陕北的失望与悲愤。诗剧结尾处有"作于天水北山万寿庵,1941年12月中旬中国最冷最黑的一个深夜"等文字。

1942年2月下旬,他从万寿庵左边的小道梦游似的独自登上北山,跑到汉将军李广故里。山顶上就他一个人。只有一片小树林、荒坟、石桌子和蓝天白云陪伴着他。大约半天时间内,他跑马似的写了近400行的诗《鄂尔多斯草原》。第二天就投寄给了桂林的《诗创作》,几个月后在他灼热的期盼中发表出来。这首诗的情调沉缓,有点像黄昏或深夜里从远处传来的驼铃声。他并没有去过草原,只能一边写一边想象。收笔之后,他的灵魂好像许久都飘荡在那片草地上。这首诗仿佛从他生命内部爆发出一束火光,带走了他的灵魂,而诗里的情景,都萌发于他的故乡和童年与少年时期的生活。

  草原
  被太阳摈弃在
  寒冷的北回归线上,
  悲哀压在草原上,

生活的激流
在冰冷的日子里冻结了。

滚滚的黄河
在北中国
寂寞地湍流着
　　琥珀色的泪浪,
像古骑士扔下的一张长弓
静静地
躺在草原上。

但,草原的绿色
也曾哺乳过
人类饥饿的生命。
草原上
生活的歌
也曾像黄河的长流
激荡过……

这首诗通常被看作是牛汉的第一首诗,也被认为是他的成名作。

但在不久前人民文学出版社出版的《牛汉诗文集》(共五卷)中,在《鄂尔多斯草原》之前,还收有《沙漠散歌》《山城和鹰》等诗作,其中标明"1941年,天水,皖南事变后"作的《野花和弦琴》有这样的诗句:

野花会醉人呀
弦琴也会醉人呀

野花怀了孕
就枯落了
弦琴跃响着最高时
　　诉说最美丽的哀歌时
也是沙哑的呀

我说:
最香的花是枯落了的
最响的歌是无声的啊

那时候,诗人的赞美和忧愤只能通过隐晦而富含哲理的诗句表达出来啊!

到1942年,诞生于万寿庵大殿长明灯下和北山汉将军李广故里山林间的牛汉诗作,已经像井喷一样迸发出来。择要而言,计有:在桂林《诗创作》(胡危舟、阳太阳主编)第14期发表长诗《鄂尔多斯草原》,后又在该刊发表《九月的歌弦》和《生活的花朵》(诗辑);重庆《诗垦地》(邹荻帆、姚奔主编)刊出诗辑《高原的音息》;绥远陕坝《文艺》(肖离、肖凤编)发表修改过的《九月的歌弦》;桂林《诗》杂志刊出《走向山野》;重庆《国民公报·诗垦地》刊出《眸子,我的手杖》。又分别在西安《青年日报》和重庆《火之源》《诗丛》等报刊发表《果树园》等诗作。

牛汉的性格是顽强而不驯服的。压力越大,形势越严峻越能写诗,写出有血性有个性的诗。1940年到1942年,国难当头,民族危机深重,而整个大后方却笼罩在白色恐怖中。牛汉后来回忆说:"生活境遇的危难和心灵的抑郁,更激发了我对命运抗争的力量,这样的力量也就萌生出了诗。不能抛头颅洒热血去抗战,我就抛头颅洒热血般地去写诗。而我身体,这三年也发生了巨大的变化,从甘谷到天水,身子从1.60米猛长到1.90米以上,仿佛不是粮食而是诗激发了我,塑造了我。"(见《我仍在苦苦跋涉——牛汉自述》第55页)

是时代环境和个性禀赋造就了诗人牛汉——一位不但长得高大而且精神上也是勇毅高大的中国诗人。

诗创作的第二个高峰:大彻大悟后的生命感悟,有一种再生的感觉

1972年到1975年,经历过所谓"胡风反革命集团"一案和"文革"洗礼的牛汉,有了大彻大悟的生命感悟,有一种再生的感觉。对诗创作,他既有一种爆发的、压抑不住的狂喜,又经历了一次从形式、内容到语言的突破的过程。

"文革"中,他随人民文学出版社的职工来到湖北咸宁文化部五七干校

（十四连）。昔日引人瞩目的"分子"，杂处在各色人等之中，已不大被人注意。到后期，他甚至拥有一间独处的陋室，自己联想到汗血马——汗血鹰——汗血人，便取名"汗血斋"。有了汗血斋，也便慢慢有了写诗的境况和心绪。那时，干校的绝大多数人都回了北京。在看不到前途和希望的时候，是诗拯救了他。

他手里有戴望舒译、施蛰存编的《洛尔迦诗钞》和借来的《全唐诗》。李贺的诗，李贺的奇思令他痴迷。杜牧给李贺写序说他的诗中有"牛鬼蛇神"。牛汉想，我这些年来不正被视为"牛鬼蛇神"吗！但在诗的语言，尤其在节奏上，对他影响最大的却是洛尔迦。

除了读诗，他还爱在干校的山野里乱转，他还爱到山里去采摘美丽的花朵。秋天，一个星期日的早晨，他爬上了一个荒寂的山丘，在开始显出败象的灌木丛中，他看见了蓝的、黄的、绿的、紫的菊花，繁星似的菊花。他惊喜，奔跑在几个山丘的丛莽中，不顾手掌被荆棘划破冒出了血珠，采摘了几种蓝色的野菊，有深蓝如海水的，有淡蓝如晴空的。还采摘了几株金黄色的黄菊。在他看来，花和人一样，都有各自的风姿和性格。

何止是花，天上飞过一大片的云雀，一声不吭只顾奋飞的白颈鹤，死也要死在高处的蝉，还有老鹰、蚯蚓、蛇……还有野玫瑰、桂花树，咸宁山野里天然的温泉……所有这一切都让他深深地感动，不管写成了诗，还是想写而终未写成诗。他解脱了，每写一首诗都有一种再生的感觉。

真的，好多年不写了。要想找回自己失落多年的个性语言，谈何容易！牛汉后来回忆说，"1970年夏天写《鹰的诞生》，写得十分艰难，也十分幼稚。写一个词，写一行诗，比鹰下一颗蛋还难。但是，每写下一个字、词，也有鹰下蛋时那种预示着生命即将飞翔的喜悦，鹰与诗一起诞生。"（《我仍在苦苦跋涉——牛汉自述》第183页）

在咸宁五七干校一片没有路的丛林中，在一座小山丘的顶端，有一棵高大的枫树。它那宽阔的掌形的叶片在初冬的阳光下，好像燃烧的火焰，它的伟岸令牛汉敬仰与感念。

1973年秋的一天清晨，他突然听到一阵阵"嗞啦嗞啦"的声音，接着一声訇然倒下的震响，使附近山野都抖动起来。牛汉仿佛闻到了一股浓重的枫香味，凭直觉感到那棵与他相依为命的枫树被伐倒了。他立即飞奔到那片丛林。枫树直挺挺地躺着。他颓然地坐在深深的树坑旁边,伤心地失声痛哭。那几天,他几乎失魂落魄,生命就像被伐倒的枫树被连根拔起。在沉痛中,他写下了《悼念一棵枫树》的诗行:

> 枫树直挺挺地
> 躺在草丛和荆棘上
> 那么庞大,那么青翠
> 看上去比它站立的时候
> 还要雄伟和美丽
>
> 伐倒三天之后
> 树叶还在微风中
> 簌簌地摇动
> 叶片上还挂着明亮的露水
> 仿佛亿万只含泪的眼睛
> 向大自然告别
>
> 哦,湖边的白鹤
> 哦,远方来的老鹰
> 还朝着枫树这边飞翔呢
> ……

相似的情景,发生在第二年、1974年的夏天。在湖北咸宁文化部五七干校十四连劳动的牛汉,突然看到了远处有三四只棕红色的麂子在奔跑。第二天,这几只麂子变成了当地农民的猎获物,他们到连队来卖麂子肉,还有很漂亮的麂子皮。牛汉的悲愤化为一行行诗句:

> ……
> 麂子
> 远方来的麂子
> 你为什么生得这么灵巧美丽
> 你为什么这么天真无邪
> 你为什么莽撞地离开高高的山林

五六个猎人
　　正伏在丛草里
　　正伏在山丘上
　　枪口全盯着你
　　哦,麂子
　　不要朝这里奔跑

　　最后这两行诗,是写着写着自然地突然间冒出来的,如一声惊天动地的呼叫。写下这两行诗句,牛汉像初生的婴儿啼泣了许久。是的,这两行神来之笔,救了麂子,也救了牛汉,让他今生今世都感激这两行诗。

　　此外,还有诗界熟悉的名篇:《半棵树》《华南虎》《温泉》《伤疤》《蚯蚓的血》《一圈带血的年轮》……

　　实际上,在咸宁五七干校这5年间,在似乎一切都在下沉的日子里,牛汉一开始就对深扎在大地之中的根发生了特殊的感情。他把艰难地扎入地下的根,看作是默默地为永恒的大自然献身的崇高形象。看见那些裸露在地面变成了坚硬木质的扭曲的树根支撑着参天的大树,他的心就禁不住紧缩与战栗起来。他相信,这些枯干的近乎化石的根里,仍然默默地流着生命的液汁。平凡的根给予他的感动和力量,远胜过叶片和花朵。他当时的屈辱的处境和自恃高洁的人生理想境界使他自然地被这些潜隐于地下的树根所吸引,甚至情不自禁地以树根自比:

　　我是根。

　　一生一世在地下
　　默默地生长,
　　向下,向下……
　　我相信地心还有一个太阳

　　听不见枝头鸟鸣,
　　感觉不到柔软的微风,
　　但是我坦然

并不觉得委屈烦闷。

> 开花的季节，
> 我跟枝叶同样幸福
> 沉甸甸的果实，
> 注满了我的全部心血。

　　这首诗写于1973年，初刊于《北方文学》1980年第7期。"我相信地心还有一个太阳"有政治的含义，在"文革"年代写出来就要有不同寻常的勇气，只能是自己写自己读，怎么敢展示于他人？2012年10月8日，我去拜访牛汉大哥的时候，曾问他自己以为哪首诗最好，最重要？他沉吟片刻才回答我：很难说哪首诗最好，但《根》这首诗里有"我相信地心还有一个太阳"的话，如果是放在1955年反"胡风集团"的时候，那还不肯定可以拿来作为把我打成"反革命"的根据呀！看来，在牛汉诗创作的第二个高峰期，也有点跟第一个高峰期相似的生存状况和心情：孤独、郁闷、期待，生命的四周出现了非常空旷的地带，活得很单纯、自在。但两个时期的单纯其实有本质的差别。四十年代的单纯有点接近于简单，是近似于原生态的那种充满梦幻的生存状态。而七十年代的单纯，则是经历了三十年的历练和洗礼，对人生、历史、世界以及诗，有了比较透彻的理解和感悟，获得净化之后的透明般的单纯。

　　所以，天水时期的牛汉诗，纯净得像天上掉下来的水，一眼可以看到底。而咸宁五七干校时期的牛汉诗，则是大彻大悟后的生命感悟，深沉，奇特，有力——每一首诗仿佛都灌注着诗人重生的全部的生命力。

从筹备到主编《新文学史料》，用心把它办成广受海内外学者和读者瞩目的名刊

　　1975年1月初，牛汉从咸宁经武汉短暂停留后回到北京人民文学出版社，被安排到资料室抄卡片，还不算是正式职工。但主持出版社工作的严文井、韦君宜实际上都是信任他，要用他的。1977年筹备恢复了鲁迅著作编辑室，便调牛汉到虎坊桥鲁编室去上班。1978年牛汉还没有完全平反，韦君宜就调他去参加《新文学史料》的筹备。"史料"编辑组组长是从《文艺报》调来的学历史的黄沫，副组长是人民文学出版社原校对科科长李启伦，顾问是楼适夷和

萧乾。牛汉是筹备组成员,但业务上却是最熟悉的一位。

在资料室抄卡片时,没有人叫他"牛汉同志"、"牛汀同志",就是喊一声"喂!",最多叫"老牛",很少的老同事叫他"老牛"。牛汉心里明白造成这种状态是政治环境使然,便释然,坦然,照样读书写诗。

但严文井、韦君宜也是在摸索"文革"后如何掌权、用权,心里再急也得一件一件来办。1979年,韦君宜和牛汉具体谈,让他写申请平反报告,争取作为个案提前解决。估计韦君宜通过胡乔木报胡耀邦批。1979年9月,牛汉、王元化、曾卓、刘雪苇四个老党员一块儿被批准恢复党籍。韦君宜又让他参加了第四次全国作家代表大会。牛汉心存感激,决心以努力工作相报。所以他努力参与《新文学史料》的筹备,同时还在人文社工农兵学员的培训班上讲课,又兼顾着现代文学编辑室的编辑工作。很忙,很累,但他精力充沛,乐此不疲。

1979年,牛汉平反恢复党籍后即任现代文学编辑室主任、《新文学史料》主编。

迎着改革开放的春风,人民文学出版社创办的第一家重要期刊就是《新文学史料》。

当初周扬等人要办这个刊物,是为了抢救老作家掌握的活资料——许多知名作家都已是垂暮之年的老人,抢救他们所拥有的活资料自然成了当务之急。

牛汉按韦君宜面授的意见写了申办《新文学史料》的报告。发刊词《致读者》由黄沫起草,牛汉改定,严文井看过。发刊词确定"本丛刊以1919—1949年这个时期为中心","以发表'五四'以来我国作家的回忆录、传记为主,也刊登这个时期有关文学论争、文艺思潮、文艺团体、流派、刊物、作家、作品等专题资料,刊登有关的调查、访问、研究、考证,还选登一些过去发表过的比较重要但现在不易看到的材料和文物图片,以及当前有关文学史工作的动态、报道和对已出版的中国现代文学史的介绍、意见等。为了更好地了解'五四'以来的新文学是怎样在斗争中发展起来的,本丛刊也将适当刊登一些有关的反面材料。"可谓考虑周全,相当全面。

创刊号上有茅盾、老舍、冯乃超、赵景深、赵家璧、吴祖光、杨沫等人的回忆录;对巴金、任白戈、艾芜、郑育之、段可情等人的访问记;《闻一多传》;"怀念老舍"专栏;鲁迅研究专栏;阿英的《第一次文代会日记》;"作家资料"(冯雪峰、郁达夫遗稿、遗作);"中国戏剧运动"专栏;"关于《活的中国》"专栏;《申报〈自由谈〉源流》考证;郭沫若、老舍赠答诗("文物"专栏);《"两个口号"论争资料选编》将于明年出版的消息;以及悼念郭沫若、老舍、柳青等老作家的新闻报道等等,可谓上述发刊词宣言的有力佐证。丰富多彩的《新文学史料》创刊号(1978年)在海内外文学界引起巨大的轰动,大受欢迎,十万册迅即售罄,香港很快出现影印本。

为了落实办刊的宗旨,不能只在办公室里坐等,必须走出去探访老作家,主动组稿。牛汉不辞辛劳地走遍祖国的天南海北,不仅仅是北京、上海,还有南京、广州、天津、成都等城市。于是,他亲眼看到了萧军在颠沛流离的艰难环境下完好地保护下来的萧红信件,而感到十分佩服;他有机会感受了赵清阁的清雅细腻,看到了她所展示的、老舍1948年从美国发给她的信(原件)——我在马尼拉买好房子,为了重逢,我们到那儿定居吧;牛汉还从沈从文手里拿到了他解放后写的第一部文学作品《从文自传》(修改稿);他眼见叶圣陶跪在地上找相册资料而十分感动;他登门拜访《中国新文学大系》主编赵家璧,终于组到了多篇很有史料价值的回忆文章;他向周扬、夏衍、茅盾等人组稿,但认为不能只看重"左联",应该反映文学史全貌,应该包括各流派的作家作品,所以也主动向端木蕻良、骆宾基、陈残云、黄秋耘等人组稿;他在胡风回忆录里,见到茅盾与秦德君在日本同居,胡风到日本时茅盾与秦德君来接船的文字,决定照发,不能回避;他见到孙犁时,眼见孙犁把一本本《新文学史料》用牛皮纸包好,就放在床头,而且说明是他保留的唯一一份刊物,不外借,而深受鼓舞;他在卞之琳最后的日子里去看望他,夸他笑得很美,引来了他真正发自心底的笑声……

就这样,牛汉自觉地、愉快地为办好《新文学史料》而奔波在祖国广袤的土地上。粉碎"四人帮",结束"文革"十年浩劫,极大地解放了生产力,包括文学的生产力。自从1955年陷入所谓"胡风集团"的冤案而备受伤害、磨难的牛汉,以极大的热情投入《新文学史料》的编刊工作,他真的干得很投入,很忘我。他那井喷一样爆发出来的激情,也深深地感染了和他一起工作的团队:沉稳苦干的李启伦、认真细心的白崇义、热情好学的黄汶……他们对"史料"忠心耿耿。

牛汉于1988年65岁时离休,由新闻出版署下达正式文件继续担任主编。经他一再坚辞,10年后到1998年才以顾问名义继续参与其事。

如今,34年之后,《新文学史料》这份文学季刊已编到第137期,主编已由现任社长管士光担任,已接手编刊多年、博学多才的郭娟则担任了执行主编。而刚过了90岁生日、因行走不便已坐上轮椅的牛汉老人,仍然担任着刊物的顾问,发挥着余热。

2012年第四期《新文学史料》的要目有:《文联旧档案:老舍、张恨水、沈从文访问纪要》《悔——爸爸曹禺被烧毁的百余封信》《回忆"文革"中的父亲何其芳》《追怀王实味:从师生到夫妻(下)》《孙犁一生的三次选择》《"〈红楼梦〉研究批判运动"发生的偶然与必然(上)》《施蛰存所认识和理解的丁玲》,还有施蛰存、梁启超的未刊信,韦君宜1938年日记(节选)和徐志摩、冰心、王力的散佚诗文等等。中心内容可以说和创刊号一脉相承,只是时间的界定已经推移到上个世纪的九十年代,刊物也设计、印制得更加精美了。

《新文学史料》早已成为备受海内外学者和读者瞩目的名刊。

呵,牛汉,牛汉,功德无量的牛大哥呀。

《中国》:从轰轰烈烈地绽放到问心无愧地凋谢

改革开放以来,牛汉实际主编的另一份文学刊物就是《中国》。

关于《中国》创刊的盛况以及不到两年就面临停刊命运的概略情况,《唐达成文坛风雨五十年》(陈为人著,香港溪流出版社2005年出版)有这样的评介(见该书第291、292页):

> 《中国》文学月刊是丁玲于1985年初创办的。主编丁玲、舒群;副主编魏巍、雷加、牛汉、刘绍棠;编委中,除王朝闻、邓友梅、西虹、陈涌、秦兆阳、姚雪垠、草明、曾克等老作家外,还有在新一代中青年作家中颇有代表性的贾平凹。这一刊物由文坛诸多精英组成。试问中华大地各刊物,谁有如此超豪华阵容?
>
> 1984年11月28日,《中国》在新侨饭店举行了隆重盛大的创刊招待会。有300多位文坛的头面人物参加了这一招待会。有二十年代、三十年代、四十年代的老作家;有五十年代的中年作家;也有近几年在文坛上

初露头角的青年作家；五代作家欢聚一堂。当年文艺界的各级领导，都亲自赴会给予捧场。

在招待会上，全国政协副主席、《中国》的顾问叶圣陶因当天出院无法与会，嘱托儿子叶至善代表他到会并致以祝贺；中顾委委员、《红旗》杂志总编辑熊复到会作了热情洋溢的发言；当时还是中国作协党组书记的张光年，对于《中国》的创刊也给予了极高的评价和赞扬；另外，发言给予祝贺的是曹禺、冯牧、萧军、冯至、玛拉沁夫等一长串名震遐迩的名单。

然而，仅仅不到两年的时间，创刊招待会的盛况记忆犹新，人们的盛赞之声余音在耳，强烈的"轰动效应"方兴未艾，《中国》就面临了停刊的命运。

丁玲1986年3月4日去世，中国作家协会党组于1986年10月16日做出《关于调整〈中国〉文学月刊的决定》。对上述评介可以略作补充的是：胡风也到会祝贺，作了简单的发言。

不管《中国》主编、副主编、编委的阵容如何强大，实际主其事者还是执行副主编牛汉，一切可能出现的问题和压力也就降临到他的头上。

牛汉深知其中的艰难险阻，加上个人对《中国》充满热情，一度真想辞去《新文学史料》的主编而协助丁玲专门去办好《中国》。但丁玲、艾青都不赞成，便只好兼顾着每周两天去编"史料"。

然而，办《中国》之难，牛汉也未必事先都能料到。刊发刘恒的成名作《狗日的粮食》，残雪的《苍老的浮云》，报告文学《中国：一九六七年的七十八天》，以及北岛等人的诗作等等，反响巨大，却受到各种各样的责难批评。如果说，作品上的是是非非，牛汉还有辩解的余地的话，其他经费、人员编制以及办公室等基本办公条件，他可就无能为力了。

办刊之初，丁玲提出"民办公助"，是强调作家自己办刊，不想受中国作协操纵。但经费、编制、办公处所等等离开作协又不行。办刊不到两年就搬了三次家，可见困难重重。

丁玲去世七个月后，1986年10月13日，中国作协党组唐达成、鲍昌等把牛汉请去，向他当面宣布《中国》停刊的决定和"理由"。10月18日，中国作协党组和书记处负责人唐达成、鲍昌、束沛德、从维熙、韶华一行，来到位于一排红砖简易平房里的《中国》文学月刊编辑部，由作协党组书记唐达成向编辑部全体工作人员宣读了作协党组的决定。

《中国》无可挽回地被迫停刊。

牛汉和他的同志们只能用文字,用"批判的武器"来反击,来表达自己的义愤,便在《中国》的终刊号上发表了注明是"牛汉与《中国》编辑部同仁共同撰写"的停刊词:《〈中国〉备忘录——终刊致读者》。约四五千字的停刊词把《中国》筹备、创刊,改双月刊为月刊后的发展,以及发现新人,扶持"新生代"作家,在诗歌、小说、文学评论等方面的成就都梳理了一遍,把为什么停刊,编辑们的努力等等都说清楚之后充满自信和义愤地宣告:

还要我们说什么! 我们还能说什么!

我们感谢两年来所有和我们一起,为繁荣中国文学共同努力的朋友们!

对那些把热切的目光投向《中国》的读者们、对那些把咸涩的汗水洒在这片园地的辛勤作者们,我们要说,一切都不会过去!

为我国文学事业的改革努力进行探索的《中国》,得到今天这样的结局,我们感到十分痛心,但我们问心无愧!

在这里,我们借用一位被冤屈而死的诗人的诗句说:我要这样宣告,我们无罪,然后我们凋谢。

最后一句,是借用了阿垅的诗句来表达牛汉和他在《中国》的同事们悲愤难抑的心情。

唐达成去世前一年多,在《小说选刊》召集的一个座谈会上,牛汉和唐达成都在场,林希在发言中谈到了《中国》的停刊。唐达成隔老远说,牛汉哪,《中国》停刊你还耿耿于怀啊。牛汉大声回应:你知道《中国》是被迫停刊的,我永远不会原谅你,绝不会原谅你。

其实,了解文坛内幕的人都知道,让丁玲主办、牛汉实际主编的《中国》停办这样的大事,哪儿是唐达成个人能够决定的,他也不过是人在江湖身不由己罢了。好人唐达成也很无奈呀!

《中国》,确实轰轰烈烈地绽放过,虽然短暂,却无损于它的辉煌!

回顾自己实际主编的两份重要刊物,牛汉很自信地说:"我这一辈子,特别是建国后编的两个刊物都不执行为政治服务的方针,只登作家的好作品。"

(《我仍在苦苦跋涉——牛汉自述》第219页)

"默默地享受,默默地爱"

牛汉不但渴望写"快乐的诗,温柔甜蜜的诗",当然也渴望甜蜜的爱情和幸福的家庭生活。

1946年4月24日牛汉被国民党青年军砸伤、抓捕的时候,有一位美丽文静的姑娘一直用充满爱意的眼光关注着他,追随着他。这就是在西北大学外文系学英语的吴海华(即吴平)。她出身于安徽桐城一个有书香传统的大地主家庭,已经开始和牛汉谈恋爱,但只亲过嘴,并没有发生更亲密的关系。牛汉被捕,吴平表示会一直等着他,判多少年等多少年。牛汉因病保释出狱一星期后,他们俩决定去开封找党组织,然后奔赴华北解放区。牛汉、吴平在城固江湾村小学住了一夜,这就是他们的第一夜。两个月后到了郑州才在《郑州日报》登了史成汉、吴海华(吴平)新婚启事。6月,他们辗转到达开封。7月中旬,在国民党《正义报》的房间里,牛汉和吴平宣誓参加中国共产党(牛汉是重新入党,没有候补期)。

1955年5月14日牛汉因胡风案被捕时,吴平并不知道,但她把痛苦强忍在心里,抄家时也很配合。吴平的党支部书记职务被撤掉了,还被审查了一年。牛汉被审查两年期间,她不知道丈夫被关在哪里,只是换季时准备好换洗衣服交公安部的人带走。牛汉、吴平的女儿史佳生于1947年,儿子史果生于1950年。牛汉被审查时没有工资,吴平以一人之力带着两个孩子,生活困难时她一天只吃两顿饭。到"文革"年代,吴平还因"胡风集团"冤案的牵连遭受毒打。如今,史佳已在人民文学出版社外文资料室的工作岗位上退休,史果则在中国文联出版社总编室主任的位置上退休。可以说,牛汉全家都受到"胡风集团"冤案的伤害,而吴平尤甚。她很坚强,但毕竟因此受了一辈子的苦。《我仍在苦苦跋涉——牛汉自述》一书有牛汉一家的两张"全家福"照片:一帧摄于1954年(第130页),另一帧摄于2001年(第134页),40多年过去后,吴平何止是从一个美丽端庄的少妇变成一位憔悴苍老、走了形的老太婆!2008年7月5日我在"牛汉自述"一书刚刚出版时访问牛汉,他翻着这本散发着油墨香的新书仿佛是自言自语地说:共产党以为平反了冤假错案,你就要感激它——它可从来不会为此向你道歉!

牛汉大哥的话说得沉重，可也是尽人皆知的事实。尤其令人伤感并感到遗憾的是，吴平并没有看到这部在她心里早就盼望看到的书——她因衰老和病痛在2005年11月29日永远离开了人间。据说弥留之际还叮嘱儿女：你们父亲活得不容易，人也老了，我走了以后，你们要支持他好好找一个新老伴。

吴平呀吴平，你不是也一辈子过得不容易吗！可你在最后的日子里还这么周全地为亲人着想，呵，为人妻，为人母，你都堪为楷模呀。

2005年12月3日，我到武警医院参加吴平的遗体告别仪式。整个场面可谓简朴甚至简陋，但寒风吹打下高挂在吴平遗体两侧的挽联却很醒目：

献身工作几多秋不畏风雨不计名利克己奉公人赞颂

钻石伉俪六十载如藤缠树如牝舐犊母仪妇德称楷模

这是家人为她撰写的挽联。吴平当之无愧。

不止一次听牛大哥说，歌德81岁还写诗，还恋爱呢！我后来想，他这样说，多少道出了他自己的心境，也可以看作是他的自况吧。

果然，吴平去世后一年多，传来牛汉和陈小曼结婚的喜讯。小曼，1931年生，广东东莞人。曾就读于北京外国语学校俄文部，我社外国文学编辑室编辑。同事们都知道她原是茅公的儿媳妇，因离婚而成为单身。小曼人长得漂亮，性格也活泼，单纯，可爱。

对我来说，牛大哥和小曼都可以说既是同事，又是朋友，小曼还是我的广东老乡呢。他俩能结为伉俪，我当然为他们的结合高兴。这时，2006年8月25日发生在从北京市郊碧海山庄返城大巴上的一幕便浮现在眼前：

大巴上的乘客，都是人民文学出版社刚刚结束几天轻松度假生活的离退休老干部。别看绝大多数都是老人，照样是叽叽喳喳地抢着说话。老小孩嘛！

忽听小曼说，昨天晚上张柏年（原出版部副主任）、小谢（老干部处主任）到我们房间来。我们都已洗漱完毕，我摘了假牙瘪着嘴，像个80多岁的老太婆，所以总是捂着嘴和他们说话，问明天什么时候集合开车。孙晓云（人文社原副总编、外文编辑部主任孙绳武的哑巴女儿）看我这样挺好笑，又不能表达什么，便开怀哈哈大笑。

我就坐在他们旁边，刚才还见到这个聪明能干而又善良的哑女细心地帮大家整理车架上的行李，不让掉东西砸着人，便脱口而出说：小曼你不要偷懒,你就写写她嘛,题目就用《和我同居的哑巴女友》如何?

挨着坐的牛汉大哥立即提醒说,不,不要这样的题目,不要一开头就说她是哑巴,而要在讲完她的种种聪明善良之后,在文章最后才说"她是个哑巴",或者说,"她听不见,也不会说话"。

我感叹说,到底是出手老辣呀!

大家便笑。可牛汉不笑。他还是那么认真地说,小曼,你刚才说没戴假牙像80多岁老太婆那么难看也不对。人老了也有老年人的美。老人的皱纹,那满脸沟壑其实是丰富复杂的沧桑经历的印记。少女的脸固然美丽,但也稚嫩。老太婆满脸皱纹,可在这些皱褶中记录着历史的风云。

小曼似乎不乐意这样严肃的交谈,忽然说,我们临走在果园里摘桃时,你为什么不好好摘桃子,却在田边去捡那破石头呢?

牛汉立刻不客气地说,你懂什么?那石头在地上经历过千万年人的践踏还不变形,那才叫坚强,才叫坚贞不屈!

小曼却不服气地反驳:那你为什么不到厕所去捡一个?

牛汉不温不火,依然耐心地说,你呀,别看70多岁了,看来经过的事还太少。

小曼可憋不住了,急忙说,对不起,我故意跟你开玩笑的,跟你没大没小嘛。

……

由此只过了几个月,他们俩就成为新婚夫妻了,可见我还是迟钝,没有想到其时他们俩已是恋爱中人了。但既然有这么值得高兴的喜事,就该好好祝贺他们吧。于是便张罗着搞了一次活动。

2007年1月13日,东四西北角娃哈哈大酒店一个宽敞的包间。上午近11时,屠岸、罗君策、李启伦、黄汶、周惠珍还有我与李晋西先后到达,分别和牛汉大哥、小曼或握手,或拥抱,向他们俩表达老朋友的真挚的祝贺。气氛热烈而又弥漫着脉脉的温情。牛汉、小曼好像特意穿得整洁而又美观。小曼穿深色大格子裤,又在黑底白花衣裳外面套了件浅红色薄毛衣,更显得好看又喜庆。

屠岸郑重其事地奉上他和夫人章妙英(署名用了笔名)合译的《一个孩子的诗园》和他的贺诗——

　　　　日月照耀金银台
　　　　　　——赠牛汉、小曼

潘彼得①是永远长不大的孩子/夸父是永远不会变老的铁汉

追逐太阳的男子渴倒又爬起/从手杖化成的邓林中再度跃出

十万次雷轰,十万次闪电的鞭笞/促夸父冲出天火,再扑向太阳

虬龙般的胳臂以柔腕挽住落日/旭日在原野般的阔胸前蜕变为圆月

是阿波罗?是他的孪生妹妹狄安娜②?/夸父低头看,怀里拥抱的是姮娥③

沐五千年风浴,沐五千年云浴/五千岁姮娥出落为少女赫柏④

她永不寂寞,广袖里伸出手来——/这时候许门⑤的歌声在曙光中扬起

潘彼得把红线系住月桂和邓林/许门的歌声在天顶和地心洋溢

阿拉伯沙漠的烈焰里跃出神鸟/凤凰和斑鸠⑥飞到鄂尔多斯草原⑦

世纪落幕了,另一个时代的幕帷/在日月照耀的金银台⑧上徐徐升起

诗人、学者、翻译家屠岸的贺诗天马行空,汪洋恣肆,却也是热情洋溢,深挚感人的祝福。

我接着把我和李晋西合作编撰的新书《火箭总指挥黄春平》(江苏少儿社出版,讲述神舟五号火箭总指挥黄春平的奋斗人生故事)作为祝贺的小礼物送给新婚的牛汉和小曼,同时当众朗读我的贺联:

牛汉小曼珠联璧合新婚志庆

温柔美丽陈小曼清纯如涓涓流水

钢筋铁骨史成汉坚贞似巍巍高山

话说得很直白,表达的却是真挚的心里话。老牛只是轻声说好,好,谢谢。小曼不知道是不是想说明自己也曾有过并不简单的经历,便娓娓而谈:1937年"七七"事变,日本发动全面侵华战争时,我还在南京,只是一个16岁的

---

① 潘彼得(Peter Pan):英国作家巴里的童话中的人物,一个永远长不大的男孩。
② 阿波罗(Apolloo):太阳神;狄安娜(Diana):月神,阿波罗的孪生妹妹。
③ 姮娥:即嫦娥,传说中的月中女神。
④ 赫柏(Hebe):青春女神。
⑤ 许门(Hymen):婚姻之神,一个美少年。
⑥ 引自莎士比亚的诗《凤凰与斑鸠》。
⑦ 指牛汉成名诗作《鄂尔多斯草原》。
⑧ 引自李白的诗《梦游天姥吟留别》。

高中生。淞沪失守,我随逃难的人流到了武汉,然后又流落到四川,一度就靠给人擦皮鞋为生。抗战胜利后,我才有机会继续上学学俄语,1959年到了出版社外文部也就一边做编辑工作一边在实践中学习……

正聊着天,君策招呼大家入席,说还是边吃边聊吧。交杯换盏、觥筹交错中屠岸突然向小曼说,小曼哪,以后你可得天天给老牛做好吃的了,你会做饭吗?小曼想都不想立即回答说,我能做什么好吃的,我就会做猪食——以前女儿等开饭的时候就会问:妈,你的猪食做好了吗?于是,引来了哄堂大笑。

整个热闹的过程中,牛汉大哥也跟着大家笑——是那种不张嘴,不出声的笑。他也不说长篇大论的话,几次重复说的话就是:"默默地享受,默默地爱。"一边说,一边用他的大手往下压。这让我想起为编撰"牛汉自述"访问他,他讲到施蛰存时说,施蛰存是"左联"时期受批判的人。他对鲁迅很尊重,对鲁迅的批评从不反驳,一生一世,令人感动。还说,前几年我写过文章,提到他,说他是"默默者存"。我们不要忘记他——他的诗,他编的杂志,他对中国现代诗的历史贡献。看得出,牛汉大哥很尊敬施蛰存这样"默默者存"的人,而他自己在生活上也是比较低调的。

除了一再说"默默地享受,默默地爱",牛汉大哥还时不时地叹气。曾经担任过《新文学史料》副主编的罗君策说,老牛的叹息,就是他的长啸。牛汉立即纠正说,不是叹息,是叹气。我是爱叹气,不是悲伤,是生命中有不吐不快的东西,是活的伤疤的呼吸。我从不喝酒,从不抽烟,几十年来,只叹气,叹气真舒服!我年轻时爱唱歌,后来不唱了。叹气就算是我的歌唱吧。

怎么又说到沉重的话题了呢,我便打岔说,阿君,不说这些了。我们七个人请他俩吃饭庆贺新婚,你总不会打算一个人掏腰包吧。

哪里,哪里,我早算好了,除了老牛、小曼,你们每个人交105元。阿君在五七干校当过司务长,处理这种小事对他来说是小菜一碟……

从此,在离退休干部的休假活动中,我们就常常看到小曼和牛汉手牵着手在林荫道上漫步。那时候,我就会很自然地想起牛大哥爱说的话:歌德81岁还写诗,还谈恋爱,这对我影响大,对我有启发。

然而,仅仅只过了3年多,小曼和牛大哥这温馨和顺的日子就结束了——小曼不慎在卫生间滑倒摔了一跤,脑颅受伤出血。于是,开颅,割气管,做气管修复术……生命是挽回了,却也从此失去了生活自理的能力,坐上了轮椅,请了专职保姆。几乎同时,牛大哥自己也拄上了拐杖。老两口彼此不能照料,只能还是各自回到子女的身边过日子。

呵,老天爷,你怎么这样狠心哪。

"我是一块站立的石头"

牛汉在他认为属于大是大非的原则问题上是不妥协的,是毫不含糊的。例如鲁煤,牛汉说1955年"胡风集团"一案,他是当局信赖的人,是最受优待的人。对他的处理最轻,他没有被捕,只是调换了工作,还可以用自己的名字发表作品。他写的假材料,说我参加过写"三十万言书",还胡说吴平抄过"三十万言书"。他后来否认诬陷过吴平,但吴平生前就是这么说的,现在已是死无对证了。我怀疑他,不信任他。

关于舒芜,牛汉在2009年9月17日的电话里对我说,舒芜去世后,他儿子来过电话,我表示心情沉重,毕竟是多年共事过的人。至于对他的评价,我认为也不能片面,不能简单化。一方面,他配合反"胡风集团"所做的交代,写文章等等,是原则性的问题,是大节问题,不能含糊,不能原谅;另一方面,他确实有学问,学术上有成果,不应该否定。我没有送花圈,也没有参加告别仪式。

《新文学史料》2010年第2期有"绿原专辑",其末篇是《绿原追思会发言纪要》。我收到刊物后见追思会纪要发言人中没有牛汉,5月20日上午便打电话问他。牛汉大哥说,"史料"第二期我还没有看到。我很尊敬绿原,但他去世后我没有参加追思会,也没有写文章,就因为后来他在政治上的倾向性和我不一样。他来自中宣部,和林默涵、贺敬之有友好来往,更不要说和胡乔木了。而我有我的个性,你知道我对他们的态度。1985年,中国作协为优秀新诗集奖颁奖时,胡乔木给我授奖后我都没有和他握手。我和北岛、舒婷、江河、顾城、杨炼等"新生代"诗人都有交往,我理解他们。朦胧派、新生代诗人对中国诗歌的贡献不可磨灭。但绿原不理解他们,否定、排斥北岛等年轻诗人。在"七月派"诗人中,他成名更早,那时他在重庆,而我在大西北。后来虽然各走各的路,我仍然尊敬他为老大哥(他比我大一岁)。我编的《白色花》请他作序,是出自真心,是真诚的。——牛汉的这段话,使我想起后来听别人说,有的新生代诗人不仅把牛汉视为诗界值得尊敬的前辈,而且说和他交往有一种亲人似的,温暖亲切的感觉。

通话快结束的时候,牛汉大哥还是强调说,我有自己的个性,对一些重要问题自然有自己的看法,这些看法在追思会上都不便公开说,那就不如不去参加绿原的追思会,也不写纪念文章——但我以前写过关于绿原及其诗创作的文章。绿原在诗歌方面的成就我承认而且尊敬他。

牛汉在重大问题上讲原则,不含糊。在自然界,他赞赏经千万年踩踏还不变形、有棱有角的石头也就是很自然的事情。因为知道他的态度,在他狭小的书房兼卧室的房间里,看到摆满图书的书架上插放着几块天然状态的小石头,在2005年9月底到中国作协雾灵山创作基地做"牛汉自述"访谈和他合影时,见他举起在山巅上捡到的小石块,也就不觉得惊奇了。后来,我又读到他关于石头的两首诗。

其一,是《我的石头》:

我的书架上/摆放着许多大大小小粗砺的石头。/多少人久久望着石头问我:/为什么如此敬爱石头?/我默默不语。/我是一块站立的石头。/我听见每块石头都跳动着大山的心灵,/我日夜听着它们卜卜地跳动着……我与失落在人间的石头们相依为命。

这首作于2001年的诗以"粗砺的石头"自况的意味很浓。

其二,是《死亡的岩石》:

一块粗砺的岩石/怎么会变成/光滑的鹅卵石?

千万年激流的冲击,/千万次细沙的洗磨,/千万代鱼群的亲吻,/千万个漩涡的润蚀加工,/使一块粗砺的岩石/渐渐地变得晶莹而圆润,现出了美妙的花纹。

卵石光光滑滑,/像一枚蛋,却孵不出雏鸟,/像胚胎,却没有一点生机,/像头颅,却不会思考

它们安详地躺在明净的水底细沙上/有时被春雨或秋汛冲得滚动起来/但是激不起一朵浪花/发不出一点声音

卵石/是死亡的岩石

牛汉显然鄙视这死亡的、没有一点生机的岩石。

2005年9月,何启治(右)与牛汉合摄于河北兴隆县雾灵山创作基地。这是访谈期间休息时他们登山一游,牛汉手持在山头上捡来的一块小石头。

但是,他却对幼小柔弱的生命充满了怜爱。还是2005年9月底在中国作协雾灵山创作基地做"牛汉自述"访谈时,每次上下二楼经过一级台阶,牛汉大哥都会停下来,俯身摸摸从水泥缝隙中挤出来的小草,说上一两句话。我们刚去的时候,草顶有个花骨朵,临走时,这只有一粒黄豆大小的黄色小花已开得很灿烂了。我们经过时,牛大哥还是弯下腰来轻轻地碰了碰那朵小黄花,小声地说,你真可爱,好好地活着吧。再见了!后来他说"一草一木的生命都启发了我,就像门前阶梯缝隙里的小花小草,那生命的智慧很不简单。人也一样,是地球上的生命。我从它们的姿态吸取了生命的营养。"(《牛汉自述》第283页)

对于自己满意的事情,他也坦然表露兴奋、快乐的心情。如某年文科高考语文题有一题是对他的散文《绵绵土》的分析,占28分。事后听当年参加高考的侄孙等人说到,就很快活,好像比八十年代末在《人民日报》发表后,听文艺部编辑刘虔告诉他此文获得《大地》副刊二等奖还要高兴。

又如2011年2月23日,我偕老伴刘秀文拜访牛汉大哥,因坐公交车比约定时间到晚了,他却不急,很有耐心地和我们合影,聊天。还特别拿出人民文学出版社刚出版的精装五卷本《牛汉诗文集》题签赠我们"存正"。他抚摸着黛色布面精装本笑眯眯地说,有了这套书我的作品就能完整地留下来。我不随便改自己的作品,原来怎么样就还是怎么样,因为我说话不含糊。还说真感谢你和李晋西帮我做成了《我仍在苦苦跋涉——牛汉自述》,了却了一桩心事。虽然三联版送审后不得不做了一些删改处理,但完整的原稿还可以在境外出版。(2011年9月《我仍在苦苦跋涉——牛汉自述》的中文繁体字本由台北人间出版社出版)

　　这天本想请牛大哥到外面餐馆去吃他爱吃的糖醋鱼,但他已坐上轮椅行走不便。秀文便立即到街上去买水果和从餐馆订了冬笋鱼片等几个菜。那天他儿媳小曾在家里也临时做了几个菜。大家边吃边聊天,倒也挺开心。

　　有一天,听说牛大哥住院了,我便在2011年10月11日下午赶到朝阳医院七楼泌尿科709室去探望他。这是个三人间。牛大哥住在靠房门这边,有一布帘与另两床隔开。

　　牛大哥好像瘦了一点,但精神很好,两个眼睛很亮。他紧握着我的手说,我住院是因为尿血,其实没什么大碍,检查内脏没问题,昨天做了膀胱镜也没事。就是尿道炎。我今年89岁了,再活两三年没问题。

　　我说,长命百岁没问题。

　　他笑笑,又说,我没什么好后悔的,我没有背叛,没有背叛真理,没有背叛诗,没有背叛读者。

　　接着又说,一辈子影响我最大的是成仿吾和我父亲。我父亲是北大旁听生,为革命做过事,但劝我不要去延安。在华北大学时,成仿吾劝我不要去参加保卫毛泽东的组织;我要去参加志愿军赴朝作战了,他提醒我要注意自己的安全,要提防有人从你背后打黑枪。他们都比我成熟。……

　　临走,他问我现在的老伴叫什么?

　　我说,叫刘秀文呀,她不懂文学。我们还一起到东八里庄去看望过你,一起吃饭,照相,你还签名把你新出的《牛汉诗文集》送给我们。

　　哦,是的。牛大哥说,懂不懂文学不要紧。我印象她挺有人情味的。

　　还有人说她挺有女人味呢!我说。

　　女人味说的只是女人,人情味对男女都适用。男人也该有人情味。牛大哥说。那神情是不容置疑的。

关于人情味的谈话让我久久沉思。"男人也该有人情味。"谁说不是呢!以鲁迅先生的爱憎分明,"横眉冷对千夫指",接着可就是"俯首甘为孺子牛"呀。还有他的《答客诮》:"无情未必真豪杰,怜子如何不丈夫。知否兴风狂啸者,回眸时看小於菟。"老虎都怜爱小老虎呢,况人乎?

这样一想,我就想对读者说,你可千万不要误解了我们可敬可爱的牛大哥呀。

能说明问题的、比较近的一个例子是:从采访牛汉到编撰《我仍在苦苦跋涉——牛汉自述》的过程中,不止一次听他谈到,作为作家,严文井的语言是比较美,比较有文学味的,而韦君宜的语言就不是好的文学语言了。实事求是地说,这种评价是对的,是符合实际情况的。但牛大哥斟酌再三还是删掉了。他说,1978年我还没有平反,没有恢复党籍,韦老太就让我参与《新文学史料》的筹备,就让我主持工农兵学员补习班。她对我这样好,我真不忍心说这些话。为贤者讳吧。

我想,我们可敬可爱的牛大哥,既有是非分明,铮铮铁骨的一面,也有柔软、温情的另一面。是的,这就是真实完整的牛汉,我们可敬可爱的牛大哥。

2012年12月2日夜11时
草于东中街寓所北窗下

附:天堂已传来迎宾的歌声
——敬悼诗人牛汉

9月29日上午,人文社的周绚隆告诉我,牛汉兄已于早上七点半病逝。我不禁黯然长叹!

后来与史果通话,知道是吃早饭的时候,好像被什么东西呛着了,立即变了脸色,头一歪,经努力抢救无效,便永远地走了。牛汉兄曾经长久地受委屈,历经磨难,如今,总算走得没有痛苦。

此前就知道他双腿无力,必须由儿子史果、儿媳小曾和保姆的合力搀扶,才能从二楼下来,坐上放好的轮椅。其实他有一段时间不出门了,只是困守在家里,也就是在他宿办兼一的小房间里——从卧床移坐到办公桌旁也已经很费劲了。

牛汉大哥自1955年5月14日因所谓"胡风集团"冤案被拘捕以后,受了多年的伤害,却始终高昂着他不屈的头颅,直到改革开放新时期,才有机会实际主编《新文学史料》和《中国》(主编丁玲和舒群)这两份重要的刊物。他担任《史料》的主编到1988年,才改任顾问继续参与其事。

关于牛汉大哥的革命生涯、诗歌创作成就和近年的生活行状,我曾撰写过《可敬可爱牛大哥》一文,刊发在2013年4月号的《海燕》文学月刊上。收到刊物后,我当即以其中一册寄给牛大哥,并在附信中自然提出请他阅览并订正的意思。果然,6月23日,我接到了牛大哥的电话。

他的声音苍老,但表达清晰,显然心里早就想好了要说的话。只听他说:"谢谢你的文章,这篇文章写得很好,文笔放得开,但确实有需要补正的地方。首先,要讲我差一点被国民党枪毙了,死囚饭已吃了一半;第二,天安门城楼是我第一个打开的;第三,1949年10月1日开国大典我是纠察队长;第四,我是解放后最早代表政府去访问鲁迅故居的。"他又补充说:"我不是1923年生的。我生于1922年,属狗,不属猪。"我没有细想,只是不明白为什么别人历来都把他出生的时间说成是1923年,说小了一岁。也许是某次说错了,便将错就错了?

谁能想到,这竟是我和牛大哥的最后一次通话!

其实,牛大哥说的这几点,《我仍在苦苦跋涉——牛汉自述》(牛汉口述,何启治、李晋西编撰,三联书店2008年7月北京第1版)一书都有所记述,我只是在撰写《可敬可爱牛大哥》时忽略了,或觉得行文不便而有意省略了。

现在,让我们看看这几件事,"自述"是怎么说的:

> 1946年9月至12月,我由党组织派到嵩县伏牛山区从事秘密工作,险遭杀害。……当局终于知道我们是共产党派来的人,我和吴海华(吴平)只好雇了头驴了出逃。
>
> 我和吴平走出二十多里,就被国民党部队抓住,捆了。他们要在嵩县下一个镇枪毙我(潭头镇离嵩县七十里)。有人告诉了柴化周①,他立即骑马赶来救我。一彪人马卷起一股烟尘直扑到我们跟前。只见柴化周翻身下马,半跪在我跟前,大声说:我总算在死神之前赶到了。国民党军队见柴化周来解救,便放了我。后来柴化周对我说,晚到二十分钟我便没命了。死里逃生。我们随即到他家大吃了一顿,然后由他派人送我们到嵩县。(1947年洛阳解放后,柴化周为首位副市长)
>
> ——引自《牛汉自述》第79、80页

天安门城楼门是我和一个工兵干部第一个打开的。

> ……1949年9月22日,组织上让我带二三十个青年学生打扫天安门城楼。同时参加的还有北京市公安局和工兵部队的人。我们从西边马道上来,拐角有绞死李大钊的绞架。我们对前辈革命领袖肃然起敬,情不自禁地带领学生们默哀了三分钟。
>
> 来到天安门城楼,我和北京市公安局的一个人见重门紧锁。大锁其实早就锈蚀了。我上去用手就把锁扭开了。里边黑黢黢的,感觉也没有现在高。从各个旮旯里噼里啪啦地飞起一些麻雀、鸽子。天安门上面的

---

① 柴化周,北大学生出身,进步青年,其父是伏牛山有权有势的土匪头子柴老六。柴化周时任潭头镇"七七中学"校长,牛汉潜伏在这里教语文,吴平教英语。牛汉通过柴化周向组织送情报。

2007年9月13日，牛汉（中）、何启治（左）与三联书店总编辑李昕签订《我仍在苦苦跋涉——牛汉自述》的出版合同后，合摄于李昕办公室。

草很难清理。我们用刺刀撬，用手拔，手都流血了。我们带着汽灯干到第二天天亮，清理出十几大箩筐的杂草、尘土和垃圾。

——引自《牛汉自述》第86页

1949年10月1日，开国大典那天，一早我就奉命到北京市公安局去，还带了几个学生。市公安局临时组成几个纠察队。我任其中一个纠察队的队长。后来有远处来的工人、农民陆续到达。我就站在天安门前中间的位置，负责维护秩序。大约中午过后，开国大典才开始，有受检阅的海陆空部队和几十万群众参加。

开国大典进行了一个多小时，结束后我们负责清理会场。丢的鞋有好几百双，柳条筐装了四五篓子。还有布帽子、烟袋等等。郊区来的群众很热情，又渴又饿，打着赤脚回家。

——引自《牛汉自述》第86、87页

1949年2月初进城不久,那时住沙滩附近一座四合院,原是国民党特务机关的宿舍(平房)。我到南池子北京市军管会文教组找负责人尹达。尹达让我和罗歌(原北大学生)去看望鲁迅故居。我们从南池子一个小胡同步行到阜成门"周宅"。敲了一阵子门,一位五六十岁的瘦高老头开门,操东北口音。他见我们穿的制服,晓得是北京市军管会派来的人,说:你们早该来了!让我俩进了院内,先到南房看看,还保留着原样。记得是一架一架古代出土的文物与其他收藏品。看房子的老头,说房子需要修理。到正房看鲁老太太住的东边房子,有老太太的大照片,藤躺椅等,很朴素。又看西边鲁迅妻子朱安的房子,有陪嫁的两个红漆衣箱,朱安的大照片,还有陪嫁的旧式家具。仔细看了"老虎尾巴",很窄,但干干净净。后院有两棵枣树。老头已有几个月没有生活来源。回去向尹达汇报,肯定派人去帮助解决了实际困难。

——引自《牛汉自述》第89页

　　为什么牛大哥提出要在文章中补上以上几方面的内容?特别是最后还强调他一向认可的诞生年份1923年比实际诞生年头晚了一年,他属狗不属猪呢?我当时真没有细想。只是觉得这些内容确实重要,以后有机会时补上就是。然而,在他病逝后,通过和史果的交流、探讨,我知道其中有另一些特殊的意思。

　　在交谈中,史果补充说,父亲在解放后曾经是极受重用的人。在开国大典的天安门广场其实有三个纠察队,他是中心纠察队的队长。在1950年6、7月间,他被多次动员参加"保卫毛主席"的秘密组织,一再强调这是对他的信任,他应该感到光荣。但他最终以"个性强,浮躁,冲动"为由婉转地拒绝了。(见《牛汉自述》第93页)他在1950年9、10月间报名参加志愿军,离开了中国人民大学。

　　史果说,在志愿军空军,父亲同样很受信任和重视,他又学过俄语,组织便准备选派他到苏联去学习——不是培养他当飞行员,他那么高大,不适合当飞行员,而是培养他当管理人员。但一查年龄偏大一点儿。组织上说,那好办,就把年龄少报一岁好了。于是便把生于1922年改为1923年。父亲虽然没有去成苏联学习空军管理,但从此出生年份也被改小了一岁。父亲还对我说,解放初他和刘仁一起被上级领导派去审查缴获的关于中共地下党的敌伪档案。确实是很受信任和重用。这些他过去都不说，但去世前陆陆续续都说了，他放开了。

哦，原来如此……

10月2日傍晚，我和老伴刘秀文如约来到朝阳区八里庄北里牛汉大哥的家里。在他宿办兼一的狭小房间里，设置了十分简朴的灵堂。面对他的遗像（就是面带微笑，有着饱经沧桑的面容那幅《牛汉诗文集》的作者像），在史果和他爱人曾令申的陪同下，我们深深地三鞠躬，献上三炷香，并在心里说：牛汉大哥，你历经磨难，贡献卓著，请好好安息吧。

牛汉遗像前，摆放着花篮和花圈。

光明日报原总编辑杜导正同志在女儿的陪同下也来看望。他先以《炎黄春秋》杂志社全体员工的名义献了花圈，又亲笔留下了这样的文字：成汉同学（他们是小学同学，也是同乡），我今天看你来了。在最严峻时刻，你坚持理想。你做到了威武不屈，贫贱不移。是家乡的骄傲，是文人中的模范。一路走好。——杜导正、续志先率五子女敬挽。

铁凝是在中国作协组联部主任孙德全和秘书的陪同下来看望的。她在花圈上写着："牛汉前辈，文坛大树，永远怀念您——铁凝敬挽。"史果告诉我，铁凝还对他说，青年作家都会在和牛先生的交往中受到鼓舞，感到振奋。

诗人韩作荣和大卫的悼词是：汗血马泣，九州不见闪电；华南虎啸，啸声长留人间。

诗人、翻译家屠岸挽联：牛汉诗兄千古，绝代诗豪挥洒辞章不朽，骚坛翘楚轩昂风范长存。

这副挽联真可以说道出了大家的心意。史果说，悼念仪式上，准备把它挂在大厅正中的中堂上。

告别之前，我也留下自己心里想说的话：

牛汉大哥，你是同辈人的镜子，你是后来人的楷模。我们永远怀念你，敬重你。

此时，我自然会想起牛汉大哥善意的提醒和批评，他不止一次含着微笑对我说，你是个好人，就是有时有点软弱。又说，在干校，你在那里坦白交代自己参加"五一六"的"罪行"，我们这些老家伙一听就知道是假的，瞎编的。

是的,在牛汉大哥这面明亮的镜子面前,我的软弱一下子就原形毕露了。我想,像牛汉那样倔强勇毅,坚贞不屈,我怕是做不到了。然而,虽不能至,心向往之,我会努力的。

我又想起冯骥才在看过《我仍在苦苦跋涉——牛汉自述》后在电话里对我说,他最欣赏的牛汉诗就是印在作者像背面扉页上那首《一生的困惑》。

牛汉大哥这首诗还有个副标题"一首难以定稿的诗"。

诗的正文是:

> 有人断言:面孔朝向天堂,脚步总走进地狱。
>
> 我始终不相信。
>
> 让我不解的是:我的面孔一直朝向地狱,而脚步为什么迈不进天堂?
>
> ——初稿于上世纪七十年代

牛汉大哥还为此诗写了"后记":

> 回顾一生,有不少诗一直存活在心里,不能定稿;确切地说,是不愿意定稿,这是其中的一首。我总觉得人生不该如此地荒诞,如此地严酷。假若真有美好的来世,不再折磨我和我的诗,我一定将这首诗删去大半,只改写成两行:只要面孔背着地狱,脚步总能走进天堂。诗的标题改为《信心》。
>
> ——2003年4月4日清晨

我想,像牛汉大哥这样具有伟大人格魅力的人,是最有资格走进天堂的。此刻,耳畔仿佛已传来天堂迎宾的歌声。你请走好呵,牛汉大哥。

2013年10月7日

屠岸是"独一无二"的

我为什么说,在领导过我的几位社领导中,屠岸的"品德和贡献"是"独一无二"的呢?要回答这个问题,还得从头说起。

和李晋西合作完成《牛汉自述——我仍在苦苦跋涉》书稿的整理编撰之后,第二个访问对象就是诗人、翻译家、戏剧评论家、编辑家屠岸,他当然也是我的老领导。

记得我在电话中提出希望的时候,并不敢奢望他会立即答应,所以主动建议他考虑一下再答复,我说一周之后再和他联系。然而,不到一个礼拜,也不待我打电话给他,屠岸同志就主动打电话给我,说他有写自传或回忆录的想法,但由于活动太多和其他文学工作太忙,一直没法着手,现在就由他讲述并提供相关的作品、日记和其他材料,由李晋西和我做记录、整理和编撰成书的工作吧。至于采访的方式,他说不必采用"牛汉模式",不用到中国作协的创作基地去,因为他有慢性肾功能衰竭这种病,不能吃富含蛋白质的食品,正餐必须吃一盘糨糊状的"维思多主食粉"(俗称"麦淀粉",去掉面筋,不含蛋白质的面粉),所以采访只能到他家里来。至于我和李晋西中午吃饭的问题,他说不要到外面餐馆去吃——他请了会做南方口味菜肴的保姆,午饭桌上加两双筷子就是了。

事情就这样确定下来。从2007年11月起,我和李晋西每周以周末为主,大约有两三天到他家去采访他。其他几天,则让彼此处理一些紧急的事务或做一些必要的准备,当然也是为了顾及张弛有度,毕竟他和我都是老人了。

这样,到了2008年的春天,由李晋西整理成初稿,经我通读、校改过的"屠岸自述"初稿,便交由屠岸做或补充,或删节,或订正的工作。就在这个时候,2008年3月24日的晚上,我给屠岸同志写了一封信,其中说:"从去年11月我和李晋西为做你的'自述'而专访你以来,……我们不断增进、深化了对你的了解。我原来就知道,在领导过我的几位社领导中,你是谦谦君子,以儒雅著称。而现在,我从你自述的几十年的历史中,很具体地知道,你的学识、修养以及在诗创作和翻译等方面的成就都是不同凡响的。你的品德和贡献,起码在我认识的领导人中,是独一无二的,因而也是特别令人感动和敬佩的。"

2008年5月10日,屠岸同志在把我给他的信的复印件应我之请寄给我的同时,回信给我说:"我又看了一遍您给我的这封信。越看越觉得惭愧。您信中对我的评价,我也觉得是担当不起的。说'品德和贡献''独一无二',这'独一无二'如何理解,我想了一下,如果说有个人特色,这无可非议——但这样理解,任何人都是'独一无二'的。如果理解为任何别人都不如我,不如我的'品德和贡献',那我绝对承受不起!这绝不是谦虚……"

其实我在信里写下那几句话时,只是凭个人的印象和感觉,并没有像屠岸同志在回信时那么认真、严谨地推敲过。但经他这么一分析,我倒真的要好好想一想,我为什么会说,屠岸同志在领导过我的几位社领导中,其"品德和贡献",是"独一无二的,因而也是特别令人感动和敬佩"的呢?

人民文学出版社的同事知道,领导过我的几位社领导,即社长、总编辑和《当代》杂志主编,先后有严文井、韦君宜、秦兆阳、屠岸、孟伟哉、陈早春、聂震宁、刘玉山等人。正像大家所了解的,他们参加革命有先后,在文学创作和理论修养,在编辑工作乃至行政领导和组织工作等方面都可以说各有建树。那么,屠岸的"品德和贡献"哪些地方比起他们会显得是"独一无二"呢?

首先,我想应该是指他文学艺术上的造诣和在著译作品方面的成就。屠岸是当之无愧的诗人、作家、戏剧评论家、翻译家和学者型的编辑家。他还爱好话剧、电影、绘画和书法。他有包括《屠岸十四行诗》和《济慈诗选》在内的洋洋数百万言的著译作品,可谓著作等身,其涵盖面之广,学问之深,确实是独一无二的;就其交游而言,在诗歌界、戏剧界、翻译界和其他各界朋友之多,其亲和力之大,恐怕也是独一无二的。

其次,在看重亲情、创造和谐、亲密的家人关系,以及在继承、发扬传统伦理道德的优长方面,他也堪称楷模。其中突出的事例,是他们家从2003年元旦开始坚持多年定期举行的"晨笛家庭诗会"。"晨笛"是屠岸外孙的名字,屠岸用来命名他们家的诗会。在周末或节假日举办家庭诗会由屠岸提出,家人一致赞同。开始只是朗读、分析中国古典诗歌,渐及古今中外的诗歌名作,后

2001年春庆祝人民文学出版社建社五十周年时的合影。左起：何启治、刘玉山、王业康、屠岸、潘凯雄、李曙光

来由女婿提出，是不是系统一点，便从中国新诗开始，以诗人为单元来谈。这就从胡适开始，而后是鲁迅、徐志摩、郁达夫、朱湘、戴望舒、李金发，抗战时的艾青、田间、臧克家、鲁藜、陈辉等等，一个人主讲，然后朗诵诗人的代表作。到2005年的五一晚上，是第40次家庭诗会，主题是鲁迅与诗。儿子宇平读鲁迅小传，屠岸讲鲁迅的旧体诗、新诗、散文诗、新打油诗，外孙女张宜露朗读了《我的失恋》。2008年1月的一次，讲的是济慈的《夜莺颂》。真是亲情浓浓，其乐融融，与会者无论男女长幼，都各有收获。这样的家庭聚会，何止是在我认识的社领导人中，就是在我知道的同事、亲友之中，也是绝无仅有、"独一无二"的呀！

第三，是在对待爱情、友情方面。董申生，是屠岸的初恋女友，后来她去了台湾，最后去美国，而屠岸对她的爱情可谓终生不渝。与妻子章妙英，他们之间的爱情和夫妻之情，是"春蚕到死丝难尽，蜡炬成灰泪不干"。屠岸和成幼殊、陈鲁直、卢世光等在40年代成立野火诗歌会，以诗会友，他们的友谊持续了六十多年，至今仍有虽不定期却还比较经常的聚会，谈诗论艺，热情不减当年。这就是屠岸在对待爱情、友情方面的几个突出的事例。他在回顾自己一生的爱情生活时坦然地说:"我一生只爱过两个女子。一个是申生,虽然没有结合,但她永远是我心中的圣女。一个是妙英,做了一辈子夫妻,她是我的孟光。我们的婚姻生活是幸福的,婚姻关系是牢固的。我们是一辈子白头偕老的夫妻。"在文艺、文化界,有几个人可以像屠岸这样心地坦荡地说话呢?!

当然,屠岸并不是无可挑剔的完人。(世上哪里有完人?)就工作而言,他自己说:"我可以跳单人舞,但如果是满台灯光,我就晕了。"……好了,不再罗列了,还是让有兴趣的读者自己去阅读《生正逢时——屠岸自述》吧,请读者自己去感受、去领悟吧。读屠岸,你会读到真实的、波澜壮阔或者波谲云诡的时代,会读到一个比较纯粹、真实坦荡、百折不挠的文化人的人生故事。你肯定会受益匪浅,从中获得启迪和心灵的净化。

啊,屠岸,我视为亦师亦友的老领导,你值得我好好学习的,何止是上面提到的这一些呢! 你虽非完人,却确实相当完美,完美得我不得不掏出心里话来对你说,我"不敢说能像你那样待人处世,或者说'虽不能至,心向往之',也许能更准确地表达我的一种心情"吧。(2008年3月24日夜致屠岸信)

2009年3月24日夜

苍茫冬日忆林辰

时序进入万木萧疏的冬日,林辰同志离开我们也有一些日子了。小鼎和早春都先后对我说,出版社准备为纪念林辰同志编一本书,你还是为他写点什么吧。

这时候,我首先想起的倒是我和林辰同志最后一面的情景。记得是一个深秋的日子,古典室的绛云告诉我,说林老病了,你有空去看看他吧。我知道,那时老人已经是孤身一人住在人文社东中街的宿舍里,儿子为稻粱谋而整日在外奔波,他平时的饮食就由住在楼上同一位置的儿媳妇来照料。那天吃过晚饭后,我便去登门拜访了。

敲门,过了一会儿才有动静,随即听到轻轻的移动脚步的声音。终于,门开了,林老拉着我的手,带着颇重的贵州口音连说,难得一见,难得一见。在并不明亮的灯光下,我透过一千多度的近视眼镜,看他那也是戴着眼镜的苍老疲惫的面容,心里真有点不是滋味。满屋都是书籍报刊,贴墙的书柜、书架上,窗台以至茶几椅凳上,都不大整齐地堆放着各色图书。房子没有好好装修过。本来就不宽大的客厅这一来就显得更老旧拥挤了。终于,我们各自找了张旧椅子坐下。林老说,感冒而已,躺几天就算好了,没得事,没得事。接下来,就不再说与病有关的事,而是关心文坛、社会信息,关心出版社的事情:人事上有什么变动,出版市场有什么变化,出版社的收益好不好……一如老农探询农作物的收成。其间,我怕影响老人休息,几次告辞,他都一再挽留说,再坐一下,再坐一下。最后临走,还一定要送我,吃力地从座椅上起来,还是挪动着细碎的步子,送我到房门口,殷殷地叮嘱:下次再来,下次一定再来!

唉,谁能想到,这就是我们的最后一面呢!

我和林辰同志相识较晚,1976—1980年间,我奉调参加新版《鲁迅全集》

的编辑、注释工作，担任《野草》《朝花夕拾》《华盖集》等集子的责任编辑，而他是定稿小组的成员，这才有了朝夕相处、随时向他请教的机会。

说起来，林辰可是咱们人民文学出版社当之无愧的元老了。解放初，冯雪峰接受了设在上海的鲁迅编刊社社长兼总编辑的任命，在一个月内就配备好了包括林辰、王士菁、孙用、杨霁云等四个编辑和杨立平、殷维汉两个工作人员的工作班子。林辰还在年轻时就是鲁迅伟大精神的崇拜者和积极的研究者。1948年，在资料收集相当困难的情况下，他撰写、出版了《鲁迅事迹考》，在鲁迅研究领域里成绩斐然。还不到四十岁，他就是重庆西南师范学院的教授和中文系主任了。到1951年，当接到冯雪峰请他参加《鲁迅全集》编注工作的通知时，他立即高高兴兴地赴上海；1952年7月，又随鲁迅著作编刊社搬到了北京，从此便完全献身于鲁迅著作的研究和普及工作达三十多年，直到1984年退休。

在咱们社鲁迅著作编辑室，林辰常常以年轻人的热情和劲头投入工作，把自己的知识、研究成果毫无保留地贡献出来。为了在1981年鲁迅百年诞辰把收集比较完备、注释更加详尽、准确，校勘比较严肃、认真、细致的新版16卷本《鲁迅全集》奉献给读者，他和大家一样，全力以赴。关于《准风月谈》，他就曾以蝇头小字抄录、整理过数百页资料。他对鲁迅著作十分熟悉，我们有什么难题找到他，大都能迎刃而解：30年代的文坛掌故，他了如指掌；有关的文章、资料，他可以马上说出出处或提供查找的线索；提到当时的一个什么人，他也可以立刻说出这个人的事略和著作出版情况，甚至什么样的封面和版本，都说得一清二楚。大家半开玩笑地说，"林老真是个书库！"其实，他为了帮大家释疑解难，不光动口也动手。不大好借的书，如《天演论》最早的中译本，他也不怕麻烦地找出来，包扎得方方正正地交到责任编辑的手里。

作为定稿小组的成员，他总是以鲁迅先生那种严谨的治学精神来对待新版《鲁迅全集》的编注工作。讨论注释稿时，他常常告诫年轻人："编注语言与写文章不一样，要用最简练、准确的文字，以求最清楚地表达一个意思。因此，一个字，一个标点都不能马虎。"他自己总是为此而绞尽脑汁，字斟句酌，绝不马虎。往往在会议主持人说"这一条可以通过了吧"的时候，他会习惯地把右手往前一伸，肃然正色地说："不行！"然后再分析、推敲，直到从内容到文字都满意时，他那苍老而带有倦容的脸上才有轻松的微笑。

这种严格要求、精益求精的精神也体现在他自己经手的注释工作上。鲁迅在《而已集·略谈香港》一文中,提到"蒙古人'入主中夏'时",一个和尚受翻译之骗而葬身火海的故事。林辰在1958年的《鲁迅全集》注释中引用了明代冯梦龙的《古今谭概·谬误部》的有关记载。多年来,他一直感到遗憾,希望能从史料而不是笔记小说中引证材料,而且觉得明代在时间上也未免太晚了一点。这样,他平日翻阅杂书时,也就特别用了点心思。终于有一天,他在南宋李心传的《建炎以来系年要录》卷18中,找到了更理想的注释材料。这是史料,在时间上又早了许多。他这才满意地改写了这条注文,觉得只有这样才算尽了力。

崇仰鲁迅,博学敬业,严谨认真,这就是作为学者和编辑的林辰的特点和作风。人生易老天难老。生老病死是谁都躲不过的规律。林老永远地走了,但有一代接一代的编辑在继承着他毕生钟情的未了事业。令人高兴的是,听说最新修订版的《鲁迅全集》明年即将出齐。我想,林老在泉下有知,也当露出欣慰的微笑吧。

2003年12月20日夜

思忆王仰

王仰的全名叫王仰晨①,但人民文学出版社熟悉他的老同事都这么有意省略地叫他,就像把王笠耘叫作王笠,把杨立平叫作杨立。我想,这是带着一点亲切意味的称呼吧。

2005年2月8日,我有点意外地收到他写于2月6日的一封信。其中说:"十分抱歉,承寄下的贺卡收到已久,迟未奉复,是很失礼的,乞谅。"关于自己的健康情况,他说:"这一两年来,常为病痛所扰,一度住过几个月医院;现在的情况仍欠佳,除频频咯血(但量不多)外,又得了晚期青光眼。如今左目已失明,因而看书写字,行走做事都十分不便,还需慢慢适应。三四月前的一天,摔了两次跤,后来经检查是脑血栓(轻度)所致;自那时起,左侧上下肢都不灵了,如今走路已离不了拐杖,胳臂倒好多了。总之,恢复得还可以,只是慢了些。"

我每年岁末都会给曾经领导过我的老同志寄个贺年卡,表达一点敬意和关切(当然也未必都很周到)。好多年不见面了,王仰也就80出头吧,想不到健康情况已经这么糟。而尤感意外的是,在这封信里,他最后还很郑重其事地说:"几年前我们间曾有过一次不愉快,虽然我不想再提及,但我的歉疚之情至今仍时感耿耿,我也感谢你的大度。这里重提一下,算是彻底埋葬了吧。"

自1981年做完《鲁迅全集》的编注工作,我转做当代文学的编辑,印象中

---

① 王仰晨(1921—2005)原名王树基,上海人,中共党员。1935年起在上海、昆明、重庆做排字工人。1949年后历任北京三联书店行政处办公室主任、人民文学出版社现代文学编辑部鲁迅著作编辑室主任等职。编审。1979年加入中国作协。曾获首届韬奋出版奖及新闻出版署授予的优秀编辑奖。参与主持《青春之歌》《瞿秋白文集》《鲁迅全集》《茅盾全集》《巴金全集》《巴金散文集》等图书的编辑出版工作。

就没有再和王仰打什么交道了，会有什么样的不愉快以致让他"时感耿耿"呢？我也是快七十的人了，记忆力已大不如前，虽苦思冥想仍不得要领。只好赶紧打电话表示慰问，当然也想知道那造成彼此不愉快的究竟是什么事。然而，在电话里王仰竟然只字不再提及"不愉快"的事，只是说，你都不记得，那就更不必说了。他连一点暗示都没有。无奈，我只好劝他一定要好好保重身体，争取早日康复。我还按自己的人生感悟强调说："健康而不长寿太可惜，长寿而不健康太痛苦呵！"王仰只是唯唯。

而更意想不到的是，只过了三四个月，在2005年6月就看到了他已不幸病逝的讣告，还说遵照本人遗愿和家属意见，"丧事从简，不举行遗体告别仪式"。我只有黯然长叹！

遥想1962年我刚从人民文学出版社校对科调到编辑部工作，被指定为范本学习的扎拉嘎胡的长篇小说《红路》的发排稿，就是王仰经手的。那上面用红笔批改勾画得密密麻麻的笔迹就是王仰作为责任编辑劳动的印记。（后来我亲自听老扎感慨地说人民文学出版社的编辑真是"内蒙作家的保姆"，那时脑子里就出现了王仰一笔一画地在《红路》原稿上用红笔写下的像蝌蚪一样的文字。）

我在人民文学出版社编辑的第一本书是配合社会主义教育运动的家史集《仇恨的火花》。从此书的组稿、编选、文字加工，到代表编辑部写的"编辑说明"，以至为此书写的第一篇书评《一部苦难和斗争的"画卷"》（载1964年3月《北京日报》），都是在王仰的指导下完成的。

可以说，王仰就是我编辑生涯中的第一个老师。

1974年夏，我作为首都出版系统派出的唯一一名援藏教师，到青海格尔木和拉萨等地工作，1976年夏完成任务回到出版社。我走的时候是小说北组的编辑，回来不久，在经历唐山大地震之后奉调到鲁迅著作编辑室，参加新版《鲁迅全集》（1981年版）的编辑、注释工作。此时，王仰是鲁迅著作编辑室主任，是我的直接领导。

那时，参加《鲁迅全集》编注工作的除了本社的同事，还有从广州来的秦牧、上海华东师大的郭豫适，还有苏州的徐斯年，山东的包子衍，湖南的朱正，以及周振甫、陈涌、蒋锡金、陈琼芝、王锡荣等等，都先后从山南海北、四面八方为了一个共同的目标汇聚到人民文学出版社鲁编室来了。我们就像鲁迅所说,真是成了"拼命地作,忘记吃饭,减少睡眠,吃了药来编辑"的人。而作为鲁编室主任的王仰就是这样像负重的牛一样带头忘我地劳作的人。

当时,只有五十多岁的王仰,白发已过早地爬上了他的头;他身个偏矮,平时又微弯着腰走路,就更显得瘦小了。由于长期劳累而且从来不见他参加任何健身活动,而致诸病缠身:严重的关节炎,高血压,慢性支气管扩张……每到冬春,咯血频仍——他身边的痰盂里常漂着淡淡的血丝。他办公桌旁的窗台上,常常堆放着高高矮矮、大大小小形状各异的许多药瓶。可这位"吃了药来编辑"的人,却几乎总是第一个跑来上班——稍稍佝偻着腰,缓缓地穿过大院,颇吃力地沿着狭窄的楼梯,登上后楼三楼他那间不见阳光的小办公室。晚上,往往又加班两三个钟头,到八九点钟才回家吃饭。这是因为压在他身上的担子实在太沉重了:29种单行本,16卷《全集》的全部注释(包括索引)240万字,发稿前和付型前,他都要先后两次认真地审读;此外,还要完成编辑部庞杂的组织工作。他的时间实在不够用,便只好早来晚走,往往把星期日当成了第七个工作日!

王仰与冯雪峰共事多年,也和雪峰同志一样十分尊崇鲁迅先生。他最担心的就是没有完成新版《全集》的编注自己就病倒了爬不起来。他常对我们说:"只要能在这个岗位上完成党的嘱托,我心里就踏实一些;我身体不行,干完这件工作就差不多了,得分秒必争!"

他确实是在分秒必争。每当诸病同时发作,走路都很困难时,我们劝他:"你在家歇两天吧,有急事再找你就是了。"可他却说:"不,现在还不是歇的时候,拼命也要把《全集》搞出来,不然我们就无法交代!"有一回,他连续拔了三颗牙,不能说话,不能吃饭,却仍然到办公室来伏案看稿。我们有事找他,他只好打着手势,像聋哑人似的;内容复杂一点的,便只好改用笔谈。大夫不止一次为他开了假条,他却一天也没有休息。

与王仰交往的时间长了,我也知道王仰的父亲在大革命时期担任过上海总工会的委员长,他母亲也是为革命受过苦、出过力的老人。父亲早已去世,王仰把所有的孝心敬奉给母亲。母亲病重时,已近花甲之年的他每天中午还赶回去给老人喂饭、洗涤。王仰的心里明白,母亲和他同在这个世界上的日子不多了,趁老母亲的脑子还清醒,他多想和老妈妈多待几天,和她多说几句心里话呀——要不然,真会后悔一辈子呵!

但是，这正是大干1980年，新版《鲁迅全集》一卷接一卷发稿的关键时刻，"真是忠孝不能两全哪"！我知道王仰心里的难受。他只能在公与私、理智与感情的冲突中，选择了公，选择了理智。

就是在王仰母亲住进协和医院那几天，他也没能陪侍在母亲的病榻旁。一个星期六的下午，终于把母亲从设在走廊的临时"急诊室"转到了病房，王仰稍感安心，便又回到出版社来上班。岂料，母亲竟然就在这个夜晚溘然长逝！王仰终究没能在母亲撒手人寰的时候握住她那双操劳了一辈子的手！让大家感到意外的是，第二天，星期日一早，王仰臂戴黑纱，竟然又到办公室来加班了——也许只有这样才能稍减他心头的悲痛吧！

后来，因为长期不在一个部门工作，加上性格方面的差异，我和王仰并没有作过深入的长谈。但今天回想起来，还是有两件事情让我至今铭记在心头。

其一，是说他早在三四十年代就开始喜欢写作，发表过小说《海年先生》，散文《寻觅》《保人》等。后来没有机会出版，自己还利用做排字工人的方便偷偷地自印过一本小册子。王仰是不苟言笑的人，但说到这件事时却少见地露出了谦和的微笑。写到这里，我禁不住想起王仰在给我的信里还有这样的话："这些年来，你做了不少，也写了不少，令我十分钦羡，你还年轻，当仍能大有作为……"那么，当年他似乎有点不好意思地对我说他偷偷地自印过散文小册子的话，是不是也包含着一个深爱文学而没有得到发挥机会的人的失落情绪呢？

其二，是说40年代初，他在重庆南方印书馆做工务主任，却意外地接触到了由陶希圣"搜集资料及整理文稿"后，经蒋介石"20次的修订"而成的《中国之命运》。该书宣扬"一个主义，一个政党，一个领袖"，强调中国之命运寄托于国民党，"唯有中国国民党，他是领导革命创造民国的总枢纽，他是中华民族复兴和国家建设的大动脉"。王仰自然知道这部文稿的重要性，立即多印了一份校样，通过曾家岩八路军驻重庆办事处转送到了延安。这是发生在1943年的事，因为该书在印制的过程中就已将校样送到中共中央，所以，中央就能及时指定由刘少奇召集延安的理论干部会议，部署了批驳和反击。打头的是1943年7月刊于中共中央机关报《解放日报》头版头条的陈伯达的文章《评〈中国之命运〉》，其后又陆续发表了范文澜、艾思奇、齐燕铭等人的文章。而陈伯达的长文是经由毛泽东亲自修改过的。它激烈地斥责蒋介石"抹煞了各种主要的历史事实",对于忠勇为国的中国共产党做了极其"忍心害理"的诬蔑。

闻此,我不禁肃然起敬。

我至今不知道做这件事情的时候,王仰是不是我党的地下党员,但我永远记得他在讲这件事时两眼是灼灼闪亮的。他显然把这作为终生可以引为豪壮的一件事情。

他曾经是勇敢热情的革命者,是敬业、勤奋、严谨细致得一丝不苟的老编辑人,当然也是对自己的人生多少感到有点遗憾的人。我想,这就是本色本真的王仰。

王仰晨同志病逝于2005年6月12日,在他逝世将近一周年的时候,谨以此文表达我的敬意和真诚的思念。

2006年3月28日

附记:

关于让王仰"时感耿耿"的"不愉快"的事,后来听当时与我同在一个办公室工作的张伯海(后来曾先后任人文社副总编和新闻出版署期刊司司长)回忆,才知道究竟。原来是,工休时我到院里和别人打羽毛球,王仰便打开窗户盯着看,掐着表看是不是超过了十分钟;天气不好时,我不能打球,便在办公室翻阅《人民日报》或《参考消息》。当然往往都会超过十分钟。王仰便不高兴了。有一次批评我,我不服,便吵了起来。"你还拍了桌子呢!"张伯海说。哦,原来如此!那是我失态了。对不起了,王仰。

——2014年12月29日补记于海南三亚旅次

王笠在我心中

王笠即王笠耘。熟悉的同事都这样称呼他,就像把王仰晨叫作王仰,含有一点亲切的意味吧。

王笠在我心中,首先是个非常敬业的人,是对人民文学出版社、对中国当代文学出版工作有卓越贡献的编辑家。在人文社草创时期,他是最早参加工作的有功人员之一。1951年建社之初,当时在生活·读书·新知三联书店总管理处工作的王笠耘、袁榴庄等人,就成为人文社最初的基本干部队伍中的编校人员。当时一切因陋就简,因地制宜,他们就在三联总管理处大院里一个西晒的大屋子里集体办公。以后凭借他的专业功底深厚和勤奋努力,渐渐成为当代文学编辑的行家里手。《风云初记》《大波》《死不着》《冬天里的春天》《新儿女英雄传》《蒲柳人家》《一代风流》《桥隆飙》《六十年的变迁》《骑兵之歌》《草原的早晨》《嘎达梅林传奇》《茫茫的草原》等共有二百多部作品经他编发面世。其中突破性的成果,是王火荣获第四届茅盾文学奖的长篇小说《战争和人》三部曲。王笠为这部一百六十多万字的长篇先后写于1985年、1988年、1991年的"未想发表的三篇读稿意见",今天读来,仍然是有分析、有创见,对作者和读者都有帮助的好文章。他分管内蒙古地区时,工作之细致深入,使有的作品起死回生,有的青年作家脱颖而出,以致90年代中期,我到呼和浩特参加一次文学研讨活动时,内蒙古作协主席老扎(扎拉嘎胡)还直对我夸说王笠的劳绩,并再次表达对王笠这位被他们称之为"内蒙作家的保姆"的编辑家的感激之情。

王笠在我心中,是非常严谨,甚至严谨得有点拘谨、刻板的人。我刚到他当组长的小说北组工作时,他的指导可谓事无巨细、大事小情一一提及。最难忘的是用复写纸复写了若干份由他草拟的"致作者的信"发给小组成员(不知是否人手一份),要求在处理稿件、和作者联系时,务必参照这份"样板信"

20世纪90年代的合影。右起：王笠耘、王火、何启治

来写信。至于平时的待人处世,他也可以说是比较严谨、比较中规中矩的人,在政治上当然也是比较听党的话的人。比如在"文革"中,他不会做如严文井在阎纲于半夜挨斗之后悄悄地给他一块桃酥、一块狗肉骨头这样的事,但你要他大张挞伐,借机泄私愤打人骂人,那也绝不可能。1970年军宣队在咸宁"五七干校"大搞揭批查"五一六现行反革命分子"运动。我是被揪出来的,王笠是排长。当我被分配在他的排里监督劳动时,他的态度就是照章办事,既无特殊的同情关照,当然也绝没有歧视和虐待,在沼泽地里一身水一身泥地开辟水稻田的时候,他付出的艰辛决不会比我少。

王笠在我心中,还是比较热心助人,比较重友情,也是知恩图报、具有真挚的感恩之情的人。"文革"后期,我受命组织写知青生活的长篇小说。作者马慧、沈小兰是韦老太在延安插队知青中挑选出来的。这部最后定名为《延河在召唤》的长篇小说被强加上阶级斗争的内容,折腾了两三年终于出版时,我已经奉派到青海的西藏格尔木中学当语文教师。这种违反艺术创作规律的做法,最终被证明是错误的,但王笠和我一样,当时只能按领导意图来做,对马慧、沈小兰从写作初步常识到结构故事、编写提纲以至具体的编撰文字,都尽量按上级的指示来贯彻和辅导。马慧对小说创作只着力于政治分析,尤其欠缺艺术细胞,但她却对学英语有兴趣。早年在西南联大电机系和清华大学外国文学系学习、毕业的王笠,便很热心地去辅导马慧学英语,以致马慧慨叹:想不到你们社搞当代文学的编辑老师英语也这么棒呵!

最让我体察到王笠知恩图报之情的,是他对老社长韦君宜的感念之情。2008年4月10日,韦老太的故乡人——中共湖北建始县委、建始县人民政府在全国政协第五会议室举行"韦君宜纪念馆筹建工作座谈会暨文物捐赠仪式"。我受韦老太女儿杨团的委托给张洁、王笠等人打邀请电话。王笠接到电话,当即表示他很想参加,但眼下有困难。他说他的两个肾都坏了,按西医说必须动手术换肾,他幸亏没有听西医的话,否则必死无疑;现在按中医的办法治疗,只是还不便走动,所以怕是无法赴会。听声音,说话真是有气无力。稍后,他又主动给我打电话,还是气喘吁吁的说话很费力,表示韦老太这个会他还是想克服困难去参加;万一真走不动就请我代为转达他对韦老太的感激和怀念之情,转达他对韦老太故乡人的敬意。同事中有一种说法,说王笠是韦老太的"爱将"。我从他在能否参加"韦君宜纪念馆筹建工作座谈会暨文物捐赠仪式"的反复犹豫中,完全能体察他那时因病重无法赴会而产生的痛苦烦恼的心情。王笠最终没有参加这次活动,却在4月27日,在举行这个仪式的十七天之后永远停止了呼吸,真是让人痛惜!

王笠在我心中,是一位十分勤奋努力的人。他几十年来在把主要精力投入编辑工作的同时,一直坚持业余写作,1989年11月退休后更是全身心地投入到创作中去。他的创作理论研究《小说创作十戒》,诗集《心花飘向远方》,中篇小说《春儿姑娘》,长篇小说《她爬上河岸》等等精心之作,就这样一部部呈现在读者眼前,也令人信服地展现了他多方面的文学才能。而为了完成这些作品,他昼夜运思,反复推敲修改,直到他自己尽心尽力为止。他就住在我楼上,往往夜深人静时会发出一声脆响,我在睡梦中醒来,就知道王笠还在写作,大概是不小心把笔或镇纸之类的东西掉地上了(他不愿意折腾,所以不搞装修,原有的水泥地板至今依旧)。为了写作,他已经养成了不同于常人的作息习惯,总是晚上写到凌晨两三点,而上午却要睡到十点、十一点才起床。我们知道他习惯的人,自然不会在上午去打扰他。

王笠在我心中,也是有主意、有个性的人。他一般比较谦和,喜怒不形于色。但真惹恼了他，忍无可忍时，也会有激昂慷慨，甚至金刚怒目的神态。记得他的《小说创作十戒》由人文社在2001年再版时，责任编辑是刚到编辑部不久的一位博士生。他不理解王笠的苦心，说他采用的例子都太老太陈旧了；又不知道人文社尊重作者的好传统，不经商量就在一些地方下笔作了改动，甚至还想抽掉个别章节，并以他个人名义写篇"编后记"。王笠知道后真是生气了。其时我虽已退休，但还返聘在社里工作，算是这本书的终审人吧。他便找到我，一反平时的温良恭俭让，说他（指责编）懂什么创作呵，读了几本别车杜（指19世纪俄罗斯著名文学批评家别林斯基、车尔尼雪夫斯基和杜勃罗留波夫）就以为有资格指导别人写作啦？！又说，我这可是一辈子做编辑工作的经验总结，他怎么可以乱改？！你告诉他，都给我恢复原来的样子。我只好安慰他，说这位博士生刚做编辑，凭书本知识，缺少实践经验，我去做他的工作好了。想不到，王笠在气头上竟冒出一句更具杀伤力的话：博士怎么啦？我和你如果在大学教书，早就是博导了！我只好劝他息怒。大概因为有这一段故事，所以他在赠我样书时，特意写上"启治再指正　谢谢你！"这样的话。

还有一件事，本来与王笠没有直接关系，但也把他惹火了。是在一次离退休老干部的支部会上吧，一位曾经给老社长王任叔（巴人）同志当过助手的人发言。他左一个"王巴人"，右一个"王巴人"，确实听得有点扎耳朵。王笠显然听得很不舒服，终于憋不住他的反感，对我说，叫巴人就巴人，王任叔就王任叔，什么"王巴人"，他怎么这样没礼貌、没教养呵！说话时一脸的严肃和气愤。

这就是我心中的王笠、王笠耘同志。在中国当代文坛，他可以说是有德、有才、有功之人；作为一个文学编辑，一个真实的人，他又是严谨得有点刻板的、有主意有个性有脾气的人。

呵，王笠、王笠耘同志。你的脾性也许与当今这个世界的喧嚣热闹不太合拍。如今，我们送你远行，愿你的灵魂在另一个比较安静的世界里安息吧。

2009年4月5日

孟伟哉印象

老孟,孟伟哉生于1933年,属鸡,比我大三岁。他是山西洪洞人,中共党员,1958年毕业于南开大学中文系。他于1948年参加革命,历任太岳第八纵队军政干校学员,连队宣传员,一八〇师文工队副分队长,师政治部宣传科见习干事,师政治部秘书。老孟与他所在部队于1951年3月22日宣誓出征赴朝作战。1953年5月30日负伤,6月辗转回国治伤,至1953年7月27日朝鲜战争停止时,他仍未痊愈。

老孟于1973年7月从中宣部"五七干校"调人民文学出版社,历任编辑,现代文学编辑部副主任,《当代》杂志主编,人民文学出版社副总编、编审。1984年6月调任中共青海省委宣传部副部长,省文化厅厅长,《现代人》杂志主编。1985年12月至1987年1月,又调回人民文学出版社任社长,《当代》杂志主编。他在人民文学出版社《当代》杂志任职期间,是我的直接领导,同事。

1987年1月,老孟调任中宣部文艺局局长,后又转任人民美术出版社社长,中国文联党组副书记兼秘书长,直到1998年在中国文联文艺学校校长任上离休。老孟离休前,我们少有交往。可以说,我的"孟伟哉印象",主要来自他在《当代》当领导和离休之后我们不多的交往中。

一、面对时代的发展变化,反应敏锐的孟伟哉无疑
　　就是《当代》创刊的主要功臣

1975年秋至1977年春,孟伟哉参与筹备《诗刊》复刊工作,任编辑部主任。1977年4月末,领导突然宣布老孟"停止工作",被给予"创作假",他便到军事学院(现国防大学)去写长篇小说《昨天的战争》第二部。1977年11月完成《昨天的战争》第二部后,他重回人文社报到(复刊中的《诗刊》挂靠在人文

社),任人民文学出版社现代文学编辑部副主任。孟伟哉,眼见广大读者从"四人帮"文化专制主义的禁锢下解放出来之后,对文学读物的渴望空前高涨,又见《诗刊》《人民文学》和《解放军文艺》等文学刊物纷纷复刊极受欢迎,深感作为国家专业文学出版单位的人文社,极有必要,也有能力创办一份新的大型文学刊物。

老孟觉得事不宜迟,在面见主管当代文学的副总编韦君宜和现代文学编辑部(即后来的当代文学编辑室)主任屠岸时,正式提出人文社应创办一个大型文学刊物。当时他设想的刊名叫作《作家与作品》,或者《作品与评论》,目的是吸引作家,活跃编辑手段,繁荣创作,类似五十年代巴金、靳以创办的《收获》(1957年创刊)那种意图。

当时,韦君宜、屠岸均未表态支持,事情便拖延下来。

1978年夏天某日,老孟在人民文学出版社正门的砖墙上,见有人张贴一份名叫《今天》的油印刊物,据说是北岛等人的同仁刊物。他知道当时的北京还出现了《四五·论坛》等等。这期间,《十月》在1978年8月创刊,《收获》在1979年1月复刊。所有这些信息都触动着老孟对时代变化反应敏锐的神经。他深深地感到人文社太应该创办一份大型的文学刊物,而且气魄应该更大一些,比方就叫作《当代》。心心念念地这么想着,他便锲而不舍,一而再,再而三地去找韦君宜和社长严文井反映,并提出具体的建议:只要保留他现代文学编辑部副主任的职权(这个当过兵的人按自己的习惯使用的是"指挥权"这个词),只给他一两个助手,不要钱不要办公室,依靠现代部大家的力量,这刊物就一定能办起来。

终于,韦君宜表态了:"你跟文井谈谈,看看他的意思。"

严文井(1978年9月任社长兼总编辑)很谨慎。先是不摇头,也不点头。大约到第三次,他反复问老孟:"你真有决心?你真有信心?"得到明确而肯定的答复,才表态说:"那好,我同意。"

于是,社党委会开会正式讨论此事。孟伟哉列席会议,在口头陈述后,当即按要求写出书面报告存档。社党委会便正式做出决议:办。

党委会还决定以出版社名义报出版局。此报告由孟伟哉起草交韦君宜改定以手抄稿报送。办刊报告对新刊刊名报了两个:一为《当代》,一为《当代文学》。当时出版局的领导是陈翰伯、王子野。还好,第三天他们便以电话通知韦君宜:同意办新刊,刊名就叫《当代》。还说,翰伯、子野要这个刊物突出一个杂字,要学吉林省新出的很厚的杂志《社会科学战线》。(以上参见孟伟哉《〈当代〉,一个美好的记忆》,载《当代》1999年第4期)

《当代》就这样办起来了。一切因陋就简。

最早的筹备小组成立了:从小说北组调来李景峰,从少儿组调来叶冰如。三人小组在孟伟哉率领下积极策划《当代》创刊的编辑出版事宜。

开头果然没有独立的办公室。工作方式机动灵活,颇讲效率。比如赵梓雄的话剧《未来在召唤》当时在北京公演反响强烈,剧本由戏剧编辑室资深编辑曲六乙推荐,就临时找个办公室,由老孟把相关的编辑找来,集中读稿子。大家没有不同意见,就算通过。最后由孟伟哉编定创刊号目录,打印出来,分送每位社领导和现代部主任屠岸、副主任李曙光审阅、提意见。倒也没什么异议,便由叶冰如立即送出版科发排了。

有些重要文章,也是特事特办,多人合作赶出来的。例如必须有一篇社论式的文章,当然是请社长严文井来写。但他太忙,无法迅速成文。老孟一着急,便在走廊上抓了理论组罗君策的公差,让他参考严文井在全国部分中长篇小说作家座谈会上的讲话整理成文,交屠岸修改补充,最后由严文井过目认可。这就是《当代》创刊号上宣示主旨的严文井署名文章《文学,应当像生活那样丰富多彩》。

老孟请韦君宜写发刊词。韦君宜便以给出版局的报告为基础稍加修改成文。这就是载于刊首的《发刊的几句话》,但未署名。

老孟为了加强刊物的号召力,又到现代部理论组找胡德培,要他去找权威人士、时任社科院文学所常务副所长的陈荒煤写一篇谈谈作家应该写自己所熟悉的生活和人物的文章,以排除"四人帮"的影响,解除捆绑作家手脚的谬论,促进创作繁荣。但当时陈荒煤、冯牧这些人会议、活动很多,实在很难静下来写作。无奈,只好约定由胡德培根据陈荒煤的谈话整理出初稿,再请他改定。这便是刊发在《当代》第2期陈荒煤的署名文章《漫谈"写作家熟悉的"和百花齐放》。

《当代》创刊之初果然办成名副其实的"杂"志。创刊号上就有长篇小说选载《破城记》(马识途)、《山湾屯人物记》(刘亚舟)、《伞》(杨纤如)、《猛士》(盛农),短篇小说《残雪》(秦牧)、《路》(周自生),报告文学《她有多少孩子》

(理由)，台湾省作品选载《永远的尹雪艳》(白先勇)，剧本《未来在召唤》(赵梓雄)等等，不但有长长短短的小说，有报告文学、诗歌、散文、杂文、随笔、小品、回忆录、评论，而且还有剧本和翻译的外国文学作品。第1期第2期都有"台湾省文学作品选载"专栏，到第3期栏目改为"港台文学作品选"。出现在刊物上的作者，也是老中青都有，老人新人，内地和海外作家同时亮相。

据老孟回忆，第1期《当代》刊发国民党高级将领白崇禧之子白先勇的《永远的尹雪艳》之后，好像是美联社或法新社从北京发出一则电讯，把它当作中国共产党在文艺方面的新动向加以报道。全文千余字，载于大参考。老孟回忆说，"它特别指出内地刊物发表了在台湾的作家白先勇的小说《永远的尹雪艳》，猜测有什么内幕背景。"老孟接着颇为得意地说，"背景嘛，就是中国的大气候，内幕嘛，就是几个普通编辑的操作，连社长严文井、总编辑韦君宜都不曾干预的。"(孟伟哉:《〈当代〉，一个美好的记忆》)

《当代》创刊号(1979年7月)经请示严文井、韦君宜，印制七万份，一销而

1986年8月摄于北京朝内大街166号人民文学出版社《当代》杂志办公室。右起：孟伟哉、秦兆阳、何启治、朱盛昌。此四人为《当代》1979年创刊至1999年底先后实际主持工作的主编。

空；第2期仍由严、韦拍板印了十一万份，仍然供不应求；第3期印了十三万；每期递增，最高峰达到五十五万（1981年第1期）。后来回落，渐渐在二三十万份上稳定了一段时间；然后到新世纪文学边缘化后，逐渐降到现在的七八万份。

如今，随着时代的变化，《当代》本身也有了一些变化。然而，不管怎么变，《当代》直面人生、贴近现实的特色没有变。它已有三十四年的历史，出刊213期（2013年9月）。它以刊发的丰富多彩、洋洋大观的优秀作品使自己成为广受读者欢迎的全国文学名刊，成为人民文学出版社的重要品牌和窗口。面对时代的发展变化，反应敏锐的孟伟哉无疑就是《当代》创刊的主要功臣。

二、孟伟哉为竹林等人的优秀作品动情落泪，对《一个冬天的童话》的作者遇罗锦却只能写"原来说给你奖，经研究决定不给你奖了"

1986年，出版系统刚刚完成第一批专业职称的评定，新闻出版署发出通知，刊物主持人的名字可以印在刊物上了。按此精神，1986年第4期《当代》杂志上公开署名的主编是秦兆阳、孟伟哉。而事实上，从1979年7月创刊以来，孟伟哉就是《当代》杂志的实际主持人。老孟自1981年1月被任命为人文社的副总编辑，1985年12月被任命为社长，他还有精力去做耗时费力的审阅稿件的工作吗？

据我所知，老孟不管怎么忙碌，在看稿方面，不但认真，而且投入，动情之处也禁不住一洒热泪。

1978年9月，他刚从东北大兴安岭地区出差回到北京。不久便接到竹林（王祖玲）的长篇小说处女作《生活的道路》。某日中午下班时把稿子带回家去。下午开始读，一读就放不下，晚饭之后接着读，一直到第二天凌晨三时读完。他不禁长长地嘘了一口气，然后抓起铅笔，抑制不住地在稿末写下这样几句话："这部小说，我读了一个通宵，掉了几次眼泪。我相信，它出版以后会遭到一些人的反对，但全国一千多万知识青年会支持你，他们的家长也会支持你。努力吧，你是大有希望的！"其时，老孟和竹林还没有见过面。

1999年3月4日纪念《当代》创刊二十周年。这是《当代》同仁的合影（包括已调离到外单位或其他部门工作的同志）。前排右起：杨匡满、李景峰、朱盛昌、屠岸、孟伟哉、何启治、陈冠卿；后排左起：何乃芬、姚淑芝、谢欣、白舒荣、王建国、胡德培、周昌义、刘茵、贺嘉、洪清波、初燕玲、常振家、杨新岚、孔令燕

果然，不但竹林在她当编辑的出版社挨批，人文社少儿室也有人反对。后来，老孟无奈地告诉竹林："脾气也发过了，乌纱帽也掼过了，结果怎样就要看上面的了。"

还好，德高望重的茅公（茅盾）支持她，敢作敢为有担当的韦君宜支持她。1979年国庆节，一个阳光灿烂的日子，竹林终于收到了来自北京的散发着油墨清香的《生活的路》（书名又删去一字）的样书。

如果说，《当代》在创刊之初，编辑工作还难免粗糙的话，后来老孟在坚持三审制，培养编辑的优良作风和审稿能力方面，却是下了功夫的。而他自己在审阅稿件时依然动情投入，对待文学新人依然热心支持。

为了使编辑部的工作从开头的简捷粗糙、不规范逐渐向细致和制度化改进，老孟要求责任编辑一定要写好审稿意见并建立《当代》编辑室的情况交流制度。在他的推动下，从1983年6月的第2期"情况交流"上有我关于中篇小

说《有意无意之间》(作者:曾德厚、木杉)的审稿意见(1982年11月3日):

此稿写当前在科技界知识分子评职称中的矛盾斗争:某研究所六五届大学毕业生张清林是个尖子人才,在评职称考核中名列第二,但由于论资排辈思想和其他私心杂念的影响,他虽然成绩优异仍然"金榜"无名。此时科研所接到重要科研任务,老院长主持"张榜求贤",公开宣布成功后破格提拔。张说服了家人,报名主持组织实验,志在为国效劳,面对职称则置于"有意无意之间"。

故事组织得相当集中,文字流畅可读,有几处迸发的爱国热情相当感人,主人公形象鲜明而有性格,另外几个人物也有一定个性,是一部敢于正视现实的好作品……

老孟在读过《有意无意之间》以后颇受感动,在11月13日便以书信的形式写了热情洋溢的终审意见:

启治:

你推荐了一篇好稿子。明年第一期的头条就是它——《有意无意之间》。

我读时流了几次泪。请你将我的祝贺转告两位作者:谢谢他们!……

向你敬礼!

又是几次流泪,又是致谢又是敬礼。老孟发现好作品和文学新人时的兴奋和动情溢于言表。

可惜,遇到遇罗锦和她的《一个冬天的童话》时,他就没有这样幸运,就高兴不起来了。

遇罗锦,是"文革"中以言论罪被错杀的遇罗克烈士的妹妹。关于遇罗锦的《一个冬天的童话》及其后的《春天的童话》在当时文坛引起的不大不小的波澜,《当代》1999年第3期曾刊有"本刊记者"(孔令燕)的文章做了较全面的介绍。现在我们把与老孟直接相关的内容摘编如下:

大约在1980年初,人文社现代文学编辑室副主任孟伟哉收读到一本油印刊物,叫《四五·论坛》,上面有文章,介绍以"现行反革命罪"被错判并立即执行死刑的遇罗克烈士的事迹,并附有其妹遇罗锦的文章,文章中留有电话。孟伟哉拨通电话,接电话的正是遇罗锦。孟向遇约稿,遇罗锦立即答应,这就是《一个冬天的童话》的童话般的开始。

……

在《一个冬天的童话》之前或同时,以小说张扬婚外恋的作家不是没有,但以报告文学描写并歌颂自己的婚外恋和第三者,遇罗锦堪称当代中国第一人。作为离经叛道的女权先锋,以后的刘晓庆也不能出其右……

遇罗锦其人,因遭受迫害,性格被扭曲,积压了强烈的反抗欲望。一旦外部压力解除,失去了反抗目标,反抗对象就蔓延成了"人",就很容易爆炸。所到之处,总要引发情感骚乱。《一个冬天的童话》刊出前,遇罗锦已经成了著名的"祸水"。孟伟哉虽然是编辑,也是作家,其敢说敢为敢作敢当的性格却颇富江湖色彩。一旦接到遇罗锦电话,也要叫来别的同事旁听。要是遇罗锦真身到达,更是赶紧叫人作陪;实在无人可陪,就大敞房门以正视听。其"如临大敌"之状,由此可见。……

《一个冬天的童话》发表于《当代》1980年第3期。……通常,发表于《当代》的长篇作品都由人民文学出版社出版单行本,但《一个冬天的童话》却没有。据孟伟哉回忆,遇罗锦认为其单行本如同《毛主席语录》全国各地都可以出版。人文社实在担心同别的出版社撞车,所以放弃。

《一个冬天的童话》曾参加中国作协1981年报告文学评奖,结果落选。在获奖者座谈会上,获奖者黄宗英要将自己的笔转送遇罗锦,以示声援。黄宗英说:"三十年代,人们尚且能够支持上官云珠,到了八十年代,我们为什么还容不下一个遇罗锦呢?"

同年,《当代》也评奖。当时遇罗锦已遭到舆论的道德批判,新华社的内参甚至以《一个堕落的女人》为题,谴责遇罗锦的私人生活。但人文社的评委会依然决定将作品和作者分开,给了《一个冬天的童话》以"当代文学奖",并正式通知了遇罗锦,要她将获奖感言和照片寄给《当代》杂志。

改变获奖决定的是上级领导机关的一个电话。电话质问说:《花城》要发表《春天的童话》,《当代》要给奖,这是不是一个有组织的行动?!

电话之后,出版社党委紧急开会,决定取消给《一个冬天的童话》的奖。如何通知遇罗锦,却成了避不开的难题。以电话通知作者固然省事,却都开不了口。决定写信通知。当时,韦君宜、严文井和孟伟哉,三个作家,三个社领导聚集一起,商讨对策,却半天下不了笔,三天写不出一封信来。最后孟伟哉自告奋勇地说,还是我来(写)吧,不讲理就不讲理啦。他只在信上勉强写成一句话:原来说给你奖,经研究决定不给你奖了。

《一个冬天的童话》衍生了《春天的童话》;《一个冬天的童话》引发了一场婚姻问题的道德论战。《新观察》杂志曾经组织文章争鸣,约遇罗锦参加。遇罗锦在给《当代》编辑刘茵的信中说,她准备用一部中篇来回答舆论的谴责。不久,《童话中的童话》送到了《当代》。一番传看之后,都认为不能发表。孟伟哉让姚淑芝通知遇罗锦来取稿。遇罗锦来到出版社传达室,却要小姚将稿子送到传达室,说她不想上楼了。

孟伟哉说,还是请她上楼来吧。遇罗锦便上楼。她上楼前,编辑们纷纷躲避,怕的是她发难闹事。但这一回遇罗锦却让大家感到意外,很平静地接受了退稿的事实。

此稿后来刊发于《花城》,改名《春天的童话》。呵,老孟不是黄宗英。作为编辑,作为主编,他不可能像黄宗英那样超脱,就只能写这样一句话的不讲理的信了。

三、创编"《当代》编辑室情况交流",拍板买房改善职工居住条件,适应市场竞争抢出《日瓦戈医生》,作为《当代》主编和人文社社长,孟伟哉行事果断,用心费力付出不少

除了创办并实际主编《当代》,孟伟哉在1981年1月被任命为人民文学出版社的副总编辑,1985年12月至1987年1月任社长。不难想象,他的工作是繁重而又忙碌的,何况他还有自己创作上的追求,写诗,写小说。上个世纪八十年代初,我听到过孟伟哉"不务正业"的议论,但所知不多,无从判断。

一天,他把我和相关的几个《当代》编辑找去,就在打乒乓球的大房子里,把我们送审的几篇稿子和他开列的作品及处理意见的单子摊开在乒乓球球桌上。然后,就逐一对我们说,这篇稿子很好,下一期打头的就是它,请秦龙同志插图;这篇稿子触及的社会问题很重要,但艺术上还粗糙一点,可与作者商量,再打磨一下;这篇问题较多,就不用了……

这件事给我留下较深的印象。一是觉得他工作量较大,他在集中时间处理审稿问题;二是觉得他作为终审人处理意见不含糊……但在我心里也有一

点特殊的感觉——他是不是也用此种做法来反驳对他的"不务正业"的批评呢?

不久,就看到他创编的"《当代》编辑室情况交流"。他在开篇的文字中说:"我选了同志们几篇小说稿的审稿意见,打印出来,供大家互相交流。如果我们大家(包括我,我也往往做得不好)都更留心此事,我想工作效率和工作质量,肯定会有所增进……我们需要大的改革,也需要一点一滴地改进,想来同志们该无异议吧。请盛昌、世辉同志(按:当时的《当代》杂志编辑室负责人)斟酌,是否可把这份材料作为《当代》的内部通讯?像这样的审稿意见汇编,我认为每隔一段时间(如一个月左右)就应该编一辑,由盛昌和世辉同志负责。"

又说,"我还建议,每隔一段时间(也是一个月左右),在审稿意见的汇编后面,把筛选出来的稿件名称、作者姓名、字数和我们筛选编辑的姓名,作为附录,开列出来,一并打印。这也可以作为一种考核资料和工作档案,逐渐积累起来"(见"《当代》编辑室情况交流"第一期,1983年3月)。

这份"《当代》编辑室情况交流"后来由于人事变动等原因,并没有继续办下去。但从中无疑可以看出老孟在办好《当代》和培养编辑力量方面的良苦用心。

老孟当人文社的社长主要在1986年,而我则在《当代》做我的编辑,对社务了解很少。但有一件事印象较深,就是听老孟说,在八十年代中期,出版社职工的住房问题还没有解决好,还比较紧张。他说,虽然当时出版社的经济并不宽裕,他还是下了决心,做出决断,在朝阳区八里庄北里买了几十套房子,使全社职工的居住条件有了较大的改善。但到1987年,许多人(包括我)纷纷搬家的时候,他已经调离,他一平方米都没要,他自己并没有享受到他克服困难为大家买来的新房。

还有一件说明他面对市场竞争处事果断的例子,是关于帕斯捷尔纳克的名著《日瓦戈医生》的出版。1986年12月某日,《人民日报》报道说《上海文学》在连载《日瓦戈医生》。社长孟伟哉看到消息后问有关编辑,本社对此作翻译的进展情况如何?回答是:社科院文学所的译者译了五年还没有译完,最后的第十七章"尤里·日瓦戈的诗作"还有两千多行诗没有译出来。老孟立即果断地说,你让他们一个星期译完。我们再拖三五个月才出书就没有市场了。我们要出就必须在1987年1月15日上市,一个星期译完,我们还有三十多天完成印制工作。

结果是真做成了。在市场竞争激烈的情况下,老孟的果断使我们抢占了先机,实现了出版一部名著的双效益。

创编"《当代》编辑室情况交流",拍板买房改善职工居住条件,适应市场竞争抢出《日瓦戈医生》,作为《当代》主编和人文社社长,孟伟哉行事果断,用心费力付出不少。

四、孟伟哉不仅是一位有实绩的编辑、出版家,也是一位勤奋的、创作成果丰硕的、卓有成就的作家

孟伟哉不仅是一位有实绩的编辑、出版家,而且也是一位勤奋的、创作成果丰硕的、卓有成就的作家——是名实相副的作家,决不是那种由于担任了某种职务而被称之为"作家"的人。

他首先是一位小说家。几十年来,他创作了约300万字的小说。其代表作有120多万字的长篇小说《昨天的战争》,还有中短篇小说《一座雕像的诞生》《夫妇》《战俘》《望耶》等等。此外,他还有相当数量的诗歌、散文和评论、理论作品,甚至科幻作品。总数约五百万字。目前,他的十卷本文集正在编辑中,即将由人民文学出版社出版①。

作为朝鲜战争的亲历者,他是带着对祖国和战友(已牺牲的和幸存的)的深情投入《昨天的战争》的写作的。由于这场战争的规模、残酷、惨烈和重要性,被某些军事史家认为无异于是中国、朝鲜和美国为首的"联合国军"在狭窄的朝鲜半岛上打了一场"第三次世界大战"。在这场战争于1953年7月27日结束之后的21年后,即1974年,作者开始提笔创作这部长篇小说。动笔前,作者已上过大学(南开大学中文系),当了编辑(人民文学出版社),但这只是一项巨大的文学工程的开始。这部艰巨的文学工程的完成历时35年,比它的作者离开战场到起笔书写这场战争的时间更长。具体地说,老孟在1974年至1978年完成这部长篇的第一、第二部,在2000年的最后两个月完成小说的第三部,在2008年完成了毫不轻松的、认真的修订。从1974年写到2008年,作者从41岁写到75岁。多么耗神费力的浩大的工程啊!

---

① 《孟伟哉文集》10卷本已正式出版。人民文学出版社2014年12月北京第1版。

下面,让我用尽可能简洁的文字来介绍《昨天的战争》和孟伟哉其他代表作的内容和相关情况吧。

《昨天的战争》第一章,开头前有三行文字。"时间:1952年底至1953年夏;地点:北京、平壤、华盛顿、东京、汉城、朝鲜战场……;背景:艾森豪威尔当选美国第三十四届总统之后……"

这部长篇小说的"内容简介"说:

> 第二次世界大战名将艾森豪威尔以"光荣地结束朝鲜战争"的允诺赢得选票,当选美国第三十四届总统。他结束朝鲜战争的"伟大方程式"原来就是扩大战争,妄图以二战中诺曼底式和朝战中仁川式的战术,歼灭中朝两国百万大军于鸭绿江与三八线之间。于是,从北京到华盛顿,从平壤到东京以至汉城,从两军统帅部到前线各部队,都展开了激烈紧张、曲折复杂的较量和斗争。本书作者亲身参加了抗美援朝战争,在真实的历史背景下,史诗般鲜明生动地再现了生死攸关的战争情景,令人惊心动魄,浮想联翩。

实际上,本书书写的对战争双方都极其惨烈,人力物力牺牲巨大的战争,对中美两国乃至世界历史都具有重大意义的战争,以交代性的文字结束于1953年7月27日双方签署停战协定之时(见该书"尾声二十一")。深入敌后、出生入死、屡建奇功的周天雷小部队奉命后撤,但回撤通道"有些问题"。兵团司令和政委正要商议"必要时打一仗。打一仗,强行突破。打开一条路,接他们回来"(见该书"尾声十九")。结果如何,没有下文。

从小说虚构艺术的角度来看,从艺术典型的塑造等方面来要求,这部长篇未必很出色、很精彩,自然还有可议之处。毋宁说,它有较浓的纪实色彩。例如"尾声十六"通过军政委和诗人与新华社记者的谈话讲到部队中的一些问题,其中有一个排长带四个战士因怯懦而让跳伞的美国飞行员被救走,必须接受军法处置一事,就可以在本书的《后记:感受战争》中找到真实的记录。作者以八万多字的"后记"和读者见面,我曾略感惊讶地问过:为什么写得这么长? 老孟说,其时(2000年)他已67岁,身体状况不好,所以想在有生之年对自己的历史、家世,特别是亲历的抗美援朝战争有一个准确、真实的记录。"对读者、对自己,都应该算个交代。"(见《后记》)也正因为《昨天的战争》是根据作者亲历、亲见、亲闻和多年广泛的阅读和认真的思考写成的,所以我相信,尽管每个人由于经历、素养的不同,对这场战争会有不尽相同的认识,但这部长篇小说的真实性、感人的力量和认识价值是毋庸置疑的。

此外,孟伟哉还有几部(篇)中短篇小说可视为他的小说代表作,值得注意。

《一座雕像的诞生》:朝鲜战争最终停火前夕,志愿军女医生李坚成了最后的牺牲者。她临终托孤,把在国内兵团留守处的两个孩子托付给未婚的战友欧阳兰。欧阳兰一见渭渭和川川这两个错把她认作亲妈的孩子,就下定决心要和未婚夫一起抚养他们长大成人,而自己不再生育。欧阳兰在未婚夫不认同的情况下与之解除婚约,从此以志同道合为谈对象的前提条件。在几经失败后,最终与愿意与她一起抚养烈士遗孤的、曾在朝鲜并肩战斗的张森相爱定情,结为伉俪。1980年6月,在某市美术中心展出的并未命名的伟大母亲的雕像,就是欧阳渭、欧阳川这两位三十来岁的医生的业余创作。它充满感情,饱含着动人的生命力,蕴含着高尚的东方精神,焕发着东方的美。它属于全人类的艺术瑰宝。伟大母亲的形象永远活在中外观众的心里。

《一座雕像的诞生》收笔于1981年3月2日凌晨。它在《芒种》杂志和《工人日报》同时发表后,先后由广东、天津和北京人民广播电台播出,又分别被改编为电影、电视剧、话剧、歌剧、戏曲,绘制成电影连环画、油画等等,在不同的地方播出、演出、出版和展出。1982年获首届解放军文艺奖。此外,还由外文出版社将其译成德文和西班牙文在国外发行。

《夫妇》:某省委宣传部第一副部长兼省报总编辑宋愚,在经历了"火烧""炮轰""打倒""示众"并被赶出小洋楼驱逐到职工宿舍之后,复被妻子石萍在家里实行"革命专政"——只能单独睡在厨房里吃咸菜窝窝头,于是在1966年10月9日留下遗书在厕所上吊自杀。几乎在14年后,石萍在女儿秋秋的婚礼之后,回想"文革"和丈夫自杀的生活,特别是14年前她真心倾慕过的那位外科医生的话:"任何人在困难中都需要帮助,而亲属的友爱和信任尤其重要。处在困难中的人需求并不多,往往是最低限度的——最低限度的关切、温暖和爱护——这能使他产生希望。"她觉悟到自己只是个"幼稚、简单、自私、软弱、狂热而又傲慢的人……"她毁了宋愚,也毁了自己的生活,她痛悔地扑倒在床上哭泣、抽搐。

作者注明:这部刊发在《十月》的中篇小说作于1980年1月至7月,并曾得到老作家萧乾的关注和鼓励。

《战俘》:我(肖箭)在打倒"四人帮"后巧遇1952年年初在朝鲜被俘的某团二营营长万马兴。原来的了解加上突然相遇的交流,这才知道:朝鲜战争中被俘的我方人员,最差劲、反动的去了台湾;比较软弱的被强制在手上、身上刻了反动标语如"反共抗俄"之类,然后到了巴西、日本或瑞典,通过手术把那些字样做掉;而坚贞不屈如老营长万马兴者,则审查一年后被控制使用(保留党籍),然后在1957年被划为"右派",在"文革"中成为"叛徒""右派""走资兵",被打成瘸子。

作者在《孟伟哉小说选》(人民文学出版社2003年8月北京第1版)的《编后琐记》中说:"短篇《战俘》最早发表于河南驻马店地区文联内部刊物《沃土》。该刊编辑告诉我,那一期印了五千册,有26个省市的读者去购买,脱销。1980年下半年,《小说月报》转载。它之受到读者重视,是因为它第一次触及一个曾是禁忌的敏感的问题。"

《望郢》:孙子被公认为人类史上第一个伟大的军事家和战略家。当今世界各大国如美国、日本、苏联(俄罗斯)、德国、法国、英国的将帅、政治家乃至战略家们,都把《孙子兵法》作为必读之书。公元前512年,吴王阖闾的谋臣伍子胥受吴王之托把孙子及其一家从罗浮山请到吴国的王都姑苏城,好吃好住地款待着,却仨月不见一面。终于召见了。先是盛宴招待,以天下形势和应对之道求教于孙子;继而探讨攻破楚国国都郢城之计,并提出由孙子来指挥演练军队——甚至拿妇人来试验,孙子惊愕之余也答应了;等第二天见了面,吴王却说昨夜梦中射杀一虎,故请孙子与他赴灵岩山狩猎,孙子又只能应命;狩猎中,孙子料到射虎之梦是鬼话,商讨用人之事才是真;探讨中,孙子力挺伍子胥,并说他不赞成愚忠愚孝,"贤明的国君正在于知人善任,明察秋毫";然后吴王才在狩猎中考察孙子的箭法,并联系孙子兵法中的"将有五危"来加以论证,结论是:"好的将帅在于清醒地知道自己的弱点,并能够经常防备它爆发出来,贻误大事";狩猎后的野餐中,阖闾坦承他明知大鸟死于孙子箭下,却偏说是自己射杀的,问孙子为何不争,孙子大笑而不答。最后,胸怀百姓安居乐业、天下统一太平理想的孙子,毅然接受吴王的挑战,以在大校场上当众斩杀吴王最宠爱的两位妃子的果敢行动震慑住了吴王交他操练的一百八十位妃子。吴王无奈地决定重用孙子,以辅他共图大计。

六年后，吴王以孙子为主将，终于在周敬王十四年十一月二十九日，攻下楚国国都郢城(今湖北江陵北)……在此役发动前某日某时，吴王阖闾对儿子夫差叮嘱过："我如果死了，你继位，不可再用孙武。"就是司马迁，对孙子的后事也语焉不详。只有他的名著13篇《兵法》流传后世。

中篇小说《望郢》1983年在《解放军文艺》刊发后，先后有人把它改编成电影、话剧和电视剧并引起诉讼(有人涉嫌抄袭本篇)。1989年被日本人译成日文在东京童牛社出版。1985年被浙大中文系吴秀明选编的历史小说集《芳魂归何处》收入。

还有，苏联解体是二十世纪最重大的事件之一。也许我见闻有限，迄今，我只看到孟伟哉以此为背景的两部中篇，一为《逃兵戈尔巴托夫》，一为《库尔斯克号上的三名乌克兰军官》。这也是值得注意的。

有了以上我对孟伟哉小说代表作的简要介绍，我想，我可以说说我以一个编辑眼光所看到的孟伟哉的创作印象了。

首先，我认为他是一个勤奋的、创作成果丰硕的作家。从他的经历看，他的精力主要放在编辑工作和行政领导工作上。他只是个业余作者。不熬夜，不抓紧时间，他不可能完成几百万字的以小说为主的创作。

第二，他是看重创作的生活基础的。现实生活和历史人物的生活是他创作的主要源泉。《昨天的战争》《一座雕像的诞生》《夫妇》《战俘》等有他在朝鲜两年多出生入死战场生活的亲历、亲见、亲闻和直接的感悟。就是《望郢》也有对历史人物的深入研究和体悟，是他对历史题材小说创作的开拓。而以苏联解体为背景写成的两部中篇《逃兵戈尔巴托夫》和《库尔斯克号上的三名乌克兰军官》，则说明他对时代变化的敏感。

第三，他在艺术创作中是努力追求披露真相，反映真实的。他知道真实才有感人的力量。为此，有时甚至不惜把真人真事稍做艺术处理便融入虚构作品的创作之中。

第四，他在创作中解放思想，追求开掘人性的深度，力图以作品的思想力量来震撼和征服读者。《一座雕像的诞生》中母爱的力量，《战俘》的震撼力和《夫妇》的思想深度——了解"文革"的读者都知道一些大师级的人物就是被家庭的"革命专政"逼入死境的——都是恰当的例子。就是《望郢》，也以它的开拓性和现实意义而引人深思(作家往往都是为现实而利用历史题材进行创作的)。

第五,孟伟哉在艺术创作中是敢于打破成规灵活运用艺术手段的。如《昨天的战争》中长长短短的21篇"尾声",长达八万多字的《后记:感受战争——从四川到朝鲜……》,都是不受成规束缚的例子。"诗无达诂,文无定法"。也许,在他看来,形式并不重要,把要表达的表达出来,把要说的话说出来才是更重要的。

五、孟伟哉曾经以他的创作才能和巨大的热情帮助过某些成长中的作家,尤其是文学新人。这些作家成名之后,当然有感念旧谊的,但也有遗憾

孟伟哉在主持《当代》杂志和人文社的出版事业上,曾经以他的创作才能和巨大的热情帮助过某些成长中的作家。这些作家成名之后,当然有感念旧谊的,但也有遗憾。

以下,是近两三年交谈或通电话听他谈到的一些例子。

老孟说:路遥的中篇小说《惊心动魄的一幕》,是秦兆阳把稿子交给我看的。读稿的时候我动了感情,就把末尾改成像恩格斯在马克思墓前的演说那样,营造了一种有震撼力的氛围,充满了庄严感,悲壮感。大约有一千多字吧。此作刊发在《当代》1980年第3期,荣获"《当代》文学奖"和1977—1980年全国优秀中篇小说奖。此作一面世便引起轰动,说路遥写了史诗式的题材。其实,当代文学的优秀作品后面,往往也有编辑的劳动。

老孟说:史铁生的《之死》先发在北京市崇文区的一个内部刊物上。我读后润色了个别句子,把题目改为《法学教授及其夫人》,发在《当代》1979年第2期。虽为短篇小说,却轰动一时,成为史铁生的成名作。

老孟说:古华荣获茅盾文学奖的长篇小说《芙蓉镇》,原题为《遥远的山村》。我打电话与秦兆阳同志商量,建议改名为《芙蓉镇》,兆阳同意。因为胡月伟、杨鑫基的长篇小说《疯狂的节日》和古华的《芙蓉镇》都想在《当代》1981年第1期上刊发,所以只好把《疯狂的节日》分两期发表。

老孟说:遇罗锦的报告文学《一个冬天的童话》(载《当代》1980年第3期)排出校样时,涨出一千九百多字。我不能简单拿掉一页,只好一字一字地抠

出一个页面,做到不露痕迹。作品发表后,《文艺报》的刘锡诚到《当代》编辑部来了解情况,质疑遇罗锦的文字真有这么好吗?岂不知是编辑给它锦上添花了。……

首先应该肯定:编辑这样做是应该的、正常的。通过这些交往,编辑和作家之间,往往会建立一种真挚美好的朋友关系。老孟自己对这种关系特别看重的是诚信。但令人遗憾的例子当然有。

有一位作家,其成名过程的确与孟伟哉有关。他头几部作品都是由老孟直接提议,创造条件,认真帮助,直接决定(终审)发表出版的,甚至也是经老孟推荐而选载于首都某大报而声名鹊起。此前,他自己都承认他是没有作品的"座谈会作家"。而且,老孟对他的帮助和支持,除文学作品之外,更有政治担保,如入党。总之,如果他不能获得必要的前提条件,个人再聪明机灵,也不可能享有今天之地位和爵禄。他曾到处炫耀他跟孟伟哉是朋友,但后来则不再展示他和孟合影的小照片。可是到了某个关键时刻,他又忽然屈尊要"看望"老孟,表现得真诚至极。他甚至表示,如果老孟缺钱花他都可以给,令老孟很吃惊。老孟想,即便有缘,如此的恳切也总该有几分真意吧。老孟想,君子不言利。我堂堂孟伟哉还不至于向人乞讨吧,便提了个不损公不肥私,合情合理的要求,这要求也真正是这位爵爷职权范围之内的正常业务(安排参加作家访问团出国访问)。这位大人当即慷慨挥拳表示——"没问题"!可是,过了三个月,又过了半年,"没问题"竟变成了根本不可能。这样的欺骗,令老孟感受到人格的污辱。又过了一年,老孟才悟出,这位作家选择那个时间节点拜访他,乃因中国作家团体换届在即,而这位作家要争取爵位晋升,面临人事考查,怕老孟说他坏话。某种程度上,老孟对他的了解是重要的,即使不怀恶意,客观地道出实情,对这位先生也不会添彩。但老孟并无心思讲他的坏话。老孟只是为自己受到的人格污辱感到气愤。老孟的弱点是轻信。

老孟写过一篇文章叫《一杖之诺》。讲的是诗人袁鹰在主持人民日报文艺部时在文艺副刊上多次发过他的作品。为表示感谢,他在到大兴安岭出差之前表示,到林区要弄一根手杖回来送给袁鹰。然而事情不像想象的那么顺利。总之,反复一年多之后,老孟才得以把一支"水曲柳"手杖送到袁鹰的手里并附信致歉。他在这篇文章中写道:"我一直记得一年多以前我对他说过的话,抱歉的是过了这么长时间我才完成许诺,但我毕竟没有诓他。"又说,

"(这件事)总让我想到做人待友之诚信。"

孟伟哉写这篇文章,正是因为受了那位爵爷欺骗性承诺而引起的思考。

老孟还在多年前的一篇小说《握手三景》中描述过这样的情景:作家在成名前和编辑见面,必双手紧紧地相握,大声热情地呼叫"老师";有了一定的名气后,见面便是一只手相握,轻声地问:还好吧?到名声大噪,见面时便伸出两个指头碰一碰编辑的手,打个哈哈了事。

这固然有点文学的夸张,但无疑也是道出了某种真实。

六、孟伟哉在2004年底突然遭到说他退党的谣言中伤,让他十分愤怒

信仰坚定,对党对革命事业忠心耿耿的孟伟哉在2004年底突然遭到说他退党的谣言中伤,让他十分愤怒。

原来,2004年12月6日有人在网上看到令人震惊的消息,大意谓中国共产党在中国大陆的统治不得人心,许多中共老党员都纷纷退党,如著名作家孟伟哉云云。

此人把消息告诉我这个从不上网的孟伟哉的熟人而不置可否。但在我看来,就算老孟有再多的缺点,他的基本信仰是坚定的,没有问题的。对老孟这个有五十多年党龄的老党员应该有个基本的信任呀。

总之,我不信。第二天,2004年12月7日,我便打电话问老孟,当然也表示我不信网上的谣言。

老孟说,他此前一点也不知情,我是第一个告诉他的人。他对我说,他对造谣者很愤怒,要起诉,要法律解决。

后来,老孟告诉我:对这件事,安全部查了。2005年春季有一天,安全部一个处长带了两个人来,对孟伟哉说:"查了,不是没有结果,不能对你说。"老孟表示:不能说就不说吧。反正我是清白的。造谣诬陷者可耻!

2012年12月7日,老孟来电话问我是否收到他过八十岁生日聚会的请柬?能不能去?

我都给了肯定的答复。同时,又顺便重提到2004年底有人造谣说他退党的事。

老孟说,2005年7月,中组部副部长李景田公开宣布:有人在网上说中共有多少万党员退党,纯属恶意造谣。如说著名作家孟伟哉退党就是造谣之一例。

我说,这就好,由组织上替你辟谣了。

我又提醒说,老孟你知道吗,今天是2012年12月7日,正好是我们在电话里谈论关于网上有人造谣说你退党的八周年啊!

老孟:哦,还真是的,八周年纪念啊!

七、老孟自然也有自己的苦衷。他很有感慨地对我说,当代中国发生过多次政治运动造成多种不良后果

老孟并非完人。对于他在某种情况下的所作所为,我也听到过一些不好听的传闻,如说他跟"左"是为了要官之类。这里,谨就与我直接有关的一件事谈一谈,但愿能尽可能做到客观而准确。

1986年五六月间,张炜把他精心创作、反复修改完成的长篇小说处女作《古船》交给我们。其时,我刚刚担任《当代》杂志的副主编兼编辑部主任,第一次受主编委托负责终审长篇小说。作为人文社新任社长兼《当代》主编的老孟正忙于社务无暇旁顾。另一位副主编老朱(盛昌)刚在1986年6月升任人文社副社长,也很忙碌。《古船》由于直接写到土改斗争中错打错杀的问题而备受瞩目。为慎重起见,我一再建议老孟、老朱参与终审。商议的结果,是由朱盛昌抽空看《古船》直接写到土改扩大化、错打错杀的第十七、十八两章。老朱看后也认为一定要改。和张炜商量的结果,是由他补写了土改工作队王书记制止乱打乱杀坚决执行党的土改政策的一个片断(一千多字)。

既然《古船》关于土改中有乱打乱杀违反党的土改政策的现象被认为是真实的,现在又加上了"巡回人民法庭"和土改工作队王书记坚决制止乱打乱杀、维护党的土改政策的文字,其他问题就不必对作品和年轻的作家求全责备了。这样取得了共识,便决定在《当代》1986年第5期全文刊发《古船》。我在这一期《当代》的"编者的话"中指出,"新时期文学呼唤史诗的诞生。许多优秀的当代作家都在做这样的努力和追求——对生活作史诗式的表现和创作史诗式的作品。青年作家张炜……把他多年经营、精心创作的第一部长篇

小说《古船》奉献给本刊的读者,就是这种努力和追求的体现。"

当时,《当代》每期的发行量还有二十多万份。《古船》的发表立即引起读者和文坛的强烈反响。1986年11月17—19日,先在山东济南开了三天《古船》的作品研讨会。12月27日,《当代》编辑部邀请在北京的部分评论家、作家和编辑记者近四十人又在东中街宿舍会议室召开了一整天的《古船》座谈会。

这天大雪纷飞,交通阻塞,与会者的踊跃和热情让人感动。老孟作为社长和主编也亲自到会向作者表示祝贺,向与会者表示欢迎和感谢。因为太忙他还没有看过这部小说。

虽然讨论中有一些批评的意见,但在公开的报刊文学评论中确实是一片叫好赞扬的声音。

然而,对《古船》据说还有更严重的、来自当时某些领导者的口头而未见诸文字的批评,以致当时作为社长和《当代》主编的老孟虽然并未看过作品,却指示我不要公开报道《古船》讨论会。我认为这种违反惯例的做法会有碍于《当代》的声誉。争取的结果,是同意发表讨论会的意见,但必须突出批评性的意见,而且要把两地四天讨论会的意见压缩到一千多字的篇幅。这就是发表在《当代》1987年第2期上的报道文字和当时文坛舆论对《古船》的赞扬很不相称的原因。

不久,老孟又指示不要出版《古船》的单行本了。真要这么做,问题可就严重了。我不得不据理力争,强调要维护党的文艺政策的严肃性和稳定性,并坚持自己对《古船》作为一部优秀的长篇小说的基本评价。为此,我又冒着一定的风险,在1987年2月2日向社长、主编正式写了书面报告。我在报告中说:"我主张明确回答作者:《古船》按原计划和正常程序出书,哪怕先印一万册也好。前些日子出版局的会议上,刘杲同志说迄今禁书只有一种:《查特莱夫人的情人》。《古船》不在查禁之列,就不必因拖延或别的原因而刺激作者或有负于读者。"为了表明自己郑重负责的态度,我在这份写给出版社一把手的报告中明确地说:"如果有必要,我愿意对上述建议负责。"看来老孟本人也为《古船》单行本的出版做过解释和争取的工作,所以他在2月3日给朱盛昌的信里说:"启治同志提出的建议请阅,并请去拜望兆阳同志,同他交换意见。……《古船》出书事估计问题不大,过两天我告诉你们。"这样,《古船》一书终于得以在1987年8月正式由人民文学出版社出版。

但在1987年所谓"清除资产阶级精神污染"的背景下,已改任中宣部文艺局局长的老孟在当年涿县(河北)组稿会的讲话中,在他所列举的精神污染在文艺界的八大表现的第二项中,在批评有的作品"以人道主义观照革命斗争历史"时,还是不指名地批评了《古船》。

《古船》先后被列入"百年百种优秀中国文学图书书系"和人文社的"中国当代名家长篇小说代表作"丛书,又入选海外"华语文学百年百强",国内"华语文学百年百优",与《骆驼祥子》《边城》一起,入选全球著名出版集团哈珀·柯林斯"拥抱中国"计划。它还先后获庄重文文学奖和人民文学奖,两次入围"茅盾文学奖"。《古船》备受海内外文学界瞩目,已是不争的事实。

关于张炜著长篇小说《古船》先刊发于《当代》并开过两地(济南、北京)四天作品研讨会,却一度由领导发话不让出书一事,老孟对我所介绍的经过情况不持异议,他只是想说明自己的一个观点:新民主主义革命最大的成就是土地改革,这也是中国革命胜利的最大原因。因此,涉及土改负面的问题,我很慎重。

也许是为了给他的观点提供更有力的论据,他举了自己家庭的例子。他说,我没有犹豫就退过竹林写土改的长篇小说。我父亲是1941年牺牲的革命烈士。我们家在山西洪洞于1947年土改中,本来已被评为中农成分。我自己在1948年参加革命,可是到1949年我们家还被作为"地主"对待过。土改太复杂了。如何看待文学作品中关于土改斗争的负面描写,我们真的要很慎重。

老孟还强调说,批评《古船》就他而言,不是"清除资产阶级精神污染"这样的政治背景,而确确实实是反映了他自己对民主革命阶段的历史该如何写的一种顾虑。

关于长篇小说《古船》中所涉及的人道主义问题,上个世纪八十年代曾经有过一场不大不小的争论。有人曾概括地借雨果在《九三年》中的话说:"在王权之上,在革命之上,在人世一切问题之上,还有人性的无限仁慈……";在"绝对正确的革命"之上,还有一个"绝对正确的人道主义"(引自艾珉:《九三年·前言》)。本文不可能就此做更多的介绍,只是把我作为《古船》终审人和责任编辑之一所遇到的问题和老孟所强调的观点作忠实的记录,以供读者作判断时的参考。

八、我是真诚地来参加老孟的八十华诞的生日聚会的。我由衷地祝福他，祝他健康长寿，快乐幸福。……我给老孟的贺联："忠心赤胆震寰宇，美文巨著传后人"

2012年12月7日，老孟来电，说《笔下千骑》（徐悲鸿传）的作者郑理及其夫人张罗要给他过八十大寿，问我收到请柬没有。我说，收到了，我一定会去参加。同时告诉他，《小说选刊》原总编冯立三在我这里知道有此聚会后，要求参加，应该欢迎吧？另外，在上海的竹林委托我送生日蛋糕，我自然会照办。

老孟说，主要邀请的是人民文学出版社的老同事，所以没有通知立三，他能来当然欢迎……

通话后我重新看了看请柬。果然是老孟诚邀参加生日聚会，时间是2012年12月9日下午4点半，地点是方庄环岛东侧美食街渔公码头三楼鲤鱼门包间。请柬开头有几句话，略谓：《笔下千骑》（徐悲鸿传）作者郑理同志及夫人胡秀清，盛情为我做八十岁生日，令我深为感动。故诚邀老友新朋兴会小聚，敬请拨冗光临，云云。再看所附"聚会者名录"，果然以人民文学出版社的老人为主，计有：朱盛昌、聂震宁、谢明清、刘会军、杨柳、李吉庆、何启治等，尽管老聂当过人文社社长，中国出版集团总裁，但如今都已是离退休干部了。现仍在位的嘉宾，则有中国出版集团副总裁潘凯雄，人文社社长管士光和《当代》主编洪清波。其他还有周奕良、何勇、黄建党、王金全、王焕新、陈建华等，都是寿星老孟在文化艺术界的朋友。

郑理是曾获"全国优秀新闻工作者"称号的老记者，著有徐悲鸿、李苦禅、李平凡等传记十多部。《笔下千骑——绘画大师徐悲鸿》1985年5月由人民文学出版社出版。其第一部《傲骨》曾选载于《当代》1983年第5期。

我是人民文学出版社受邀客人中第一个到达聚会地点的人。"鲤鱼门"是个大包间，大约有五六十平方米吧。靠里是一张能供二十个客人用餐的大圆桌，自然还有一些桌椅之类的陈设。其时，郑理、胡秀清夫妇正在分装赠给来宾的《郑氏父子捐赠书画集》（北京出版社、北京美术摄影出版社2012年3月第1版）。老孟先把我介绍给他在文化艺术界的朋友如周奕良、何勇等人。其后,我先把替竹林买的蛋糕交给服务员,又把老伴让我带来的红底金色大"寿"字在大厅正面墙上挂好。"寿"字两旁先已放好两个贺寿花篮,一为人民文学出版社所赠,一为聂震宁所赠。

客人陆续到齐后,先由孟伟哉生日聚会筹备人、老记者郑理致辞。老郑先讲了《笔下千骑》挽救了一位轻生女士生命的小故事:当年出书后不久,他收到一位不相识的女读者的来信。这位女士坦言生活中受到挫折,一度曾想自杀了结自己的生命。但看了《笔下千骑》,知道了徐悲鸿是在十分艰困的条件下努力奋斗成就了一番事业,我在人生的路上碰到一些困难,怎能寻死觅活呢?!

郑理又说,我为老孟过八十寿辰筹备这次庆生活动,是为了真诚地表达一个作家对出版社的感恩。我当然先要和老孟商量,老孟说你先让我考虑一个礼拜吧。一周后老孟告诉我,那就做吧。但坚持两条:一为纯属民间性质,没有官方色彩,没有压力;一为简朴的原则,不奢华浪费。于是,便把大家请来参加生日聚会了。

老孟讲话感谢大家光临,说主要邀请的是人民文学出版社的老同事、朋友。生日聚会就是民间性质,简朴行事。

聂震宁表示,老社长八十华诞,我们应该来祝贺。

我接着提到2004年12月6日网上有人造谣说孟伟哉退党这件事。我说,我相信志愿军老战士孟伟哉对党、对革命事业的忠诚。不管现在人们对震惊世界的抗美援朝战争有什么不同的认识,上百万参加这场战争的志愿军战士浴血奋战,保家卫国,保卫和平的壮举应该受到我们的敬重。当年老孟从1951年3月参战到1953年5月30日负伤,6月回国,在朝鲜度过了两年多。运动战、阵地战、反击战他都参加了,他也经历了被包围和突围,真可谓出生入死,九死一生,死里逃生。回国21年后,他提笔写这场战争始于1974年,到2008年完成认真的修订,创作120万字的《昨天的战争》历时35年,从41岁写到75周岁。无论是他参战的经历还是三十多年写作《昨天的战争》的经历,都是令人敬重的。所以,我是真诚地来参加老孟八十华诞的生日聚会的,我由衷地祝福他,祝他健康长寿,快乐幸福。这时,我展示了请冯立三写在红纸上的我给老孟的贺联:"忠心赤胆震寰宇,美文巨著传后人。"

冯立三紧接着表示他是以老朋友的身份主动来参加老孟八十华诞的生

日聚会的,同时向大家展示他用笔写在红纸上的贺诗:

一笔风烟三千里/几束丹青非写实/征衣未解重发奋/经典可数常存疑/披沙拣金无遗珠/名标金榜赖编辑/当年相约青海湖/今日渔公念当时

立三的诗概括了老孟作为志愿军战士,以及在创作和编辑工作中的贡献和成就,也感念了多年的友谊。"相约青海湖"当指老孟于1984年6月调任中共青海省委宣传部副部长兼省文化厅厅长时的事。而"几束丹青非写实",则应指老孟任人民美术出版社社长后开始学绘画并有所成就。我应邀参观过他的个人画展,其中画青藏高原雪坡上那些顶风冒雪的牦牛,尾巴都像旗杆似的高扬着。我想,其中多寄寓着老孟的人生体验,自然不会是写实的画作了。

聚会期间,贝奇、竹林都给老孟发了祝贺八十岁生日的手机短信。

饭后纷纷照相。然后,灯光突然熄灭,两位服务员推出一辆小餐车,上面放着插了十几支蜡烛的蛋糕,用中英文写成的"生日快乐"字样在烛光下闪烁。音乐声起,大家和着"祝你生日快乐"的歌声拍掌歌唱。

放着蛋糕的小餐车绕场一周后,"鲤鱼门"包间里复又大放光明。大家分吃生日蛋糕后,老孟站起来说:谢谢大家。今天的生日聚会很高兴。气氛很好,心情愉悦,而愉悦才是长寿之关键啊! ……

以上所写,就是我心目中的孟伟哉,我在交往中获得的孟伟哉印象。我感悟到,老孟是一位相当丰富,也是相当复杂的人物。在文艺界,肯定他甚至佩服他的人不少,但不喜欢他的也大有人在。其中原因,似与这几十年复杂的政治有关,也与仕途(他所追求的"指挥权")有关,我这个当了一辈子编辑的人至今不甚了了。有一位学贯中西,对中国传统文化中的儒、释、道都颇有研究的学者说过,判断一个人的尺子不应该是对错、好坏,应该用真与假做尺子来判断。因为对错好坏均会因为背景的变化而变化,而真与假,发于本心,适合做尺子来度量。而我就是想努力写出一个真实的孟伟哉来。如果读者和老孟看过以后,都认为我写的是比较接近真实的孟伟哉,那我就该感到满足了。

2013年10月17日—11月7日
初稿于北京寓所北窗下
11月17日改定

胸中海岳君心知

——为赵克勤学长祝寿记

平生没有正经八百地为自己做过生日，也没有正经八百地参加过别人的祝寿活动，但今年终于破了例。供职于商务印书馆著述颇丰德高望重的老学长赵克勤兄今年正好满七十岁。有些同学就说，我们再过三几年也到古稀之年了，不如借着给赵兄搞个平民化的祝寿活动，咱们在北京的老同学也聚在一块儿热闹一番吧。

于是开始筹备。分给我的任务是草拟贺联。

贺联当然要说好话，要反映当事人的主要贡献和特点，但也不妨开开玩笑，老同学嘛。这时，我首先想到了十几年前在冰心老人的客厅里，曾经见过她集自龚定庵《己亥杂诗》的两句诗并由梁启超于1925年手书而成的一副对联："世事沧桑心事定，胸中海岳梦中飞。"此联那种对世事沧桑变幻所持的恬淡从容的态度，颇得我心。因此，就想把这种境界体现在给老大哥赵克勤兄的贺联上。老赵何许人也？当年，他是我们武汉大学中文系55级（1955年入学）一百多个新生中仅有的三个中学生党员之一，后来是系党支部的青年委员，论专业，讲政治，都是有点名气的好学生。岂料，在1958年，因为不赞成学校只搞土高炉"大办钢铁"，半年都只劳动，不上课，贴出《引玉之砖》的小字报，质疑：以劳动为专业何必来上大学？！这就被批成了全系的所谓"坚持走白专道路的大白旗"。从此，老赵似乎变得更沉稳，更睿智，也更平安了。1959年大学毕业后，他被分配到北京大学，先在中文系教古汉语，后又去教过外国留学生的中文，"文革"后才转到出版辞书的"商务"，潜心著述，收获颇丰。但是，专心从事古代汉语研究和辞书编撰的老大哥，其实还是很关心时事的。根据之一，是他一直向我要《当代》杂志看。根据之二，是每次同学聚会聊天，他总爱打听社会新闻，文坛动向。我们随便说出来的信息，他都像深居简出的人听到新鲜事那样专注、投入、好奇，那种反应常常使我们哈哈大笑之后,立刻判定他是错把旧闻当"新闻"。

于是,贺联草稿便出来了。那就是:"白旗红旗世事沧桑谁论定;旧闻新闻胸中海岳君心知。"贺联右上题云"借龚自珍半句诗凑得一联贺赵克勤兄七秩之庆"。所借半句诗,即"世事沧桑"和"胸中海岳"八个字也。

岂料,草稿出炉,便受到质疑。有同学说贺联怎好讲什么"白旗"、"红旗"?老大哥学术成就应该肯定,上联就要用"著书立说"打头。

那么用什么作对偶呢,真对得上的倒是"游山玩水"——可是老大哥会同意吗?

还真想不到,老赵在电话里一口就应承了:"游山玩水"好呀,我都活到七十了,还不能优哉游哉、怡然自得吗! 告诉你,冲着天坛公园那十万棵树,我几乎天天都按时到那天然氧吧去吸氧,做自编的健身操哩!

贺联就这么定了:"著书立说世事沧桑谁论定;游山玩水胸中海岳君心知。"

就这样,我便带着写好的对联和"赵克勤学术成就展"的横幅,在北京冬日灿烂的阳光下跑到"会场"上去为赵君祝寿去了。

"会场"就设在老缪家的客厅里。缪君是知名评论家,退休前在人民日报文艺部担任负责人达18年之久,自然也是著作等身而且在文艺评论界颇受瞩目的人物。座谈之前,缪君先发布新闻说,武汉大学的同窗、一对博导夫妇宗福邦、陈美兰二君会通过E-mail发来贺电和虚拟礼物。这样,大家便先到缪君的书房分享电脑荧屏上的大蛋糕。

回到客厅后,赵、房夫妇坐在主要的大沙发上,大家随意地围坐吃起了货真价实的生日蛋糕。我想该请老学长说几句关于七十大寿的感想之类的话了。岂料,老赵却真的倚老卖老,既不谈国家大事,也不讲发挥余热成就事业这类话题,而是故作严肃地说,我们都老了,几十年来活到今天都不容易,过去靠两口子互相扶持走过来,今后更要靠老两口相濡以沫走下去。我们虽然也讲男女平等,其实不说别的,养儿育女,操持家务,更多是女同志在辛苦。所以,今天大家尊我为老大哥,我就行使一次兄长的权利吧。说到这里,老赵有意停顿了一下,然后说:我宣布,现在开始请在座的女士们"控诉",你们不要害怕,有苦诉苦,有冤申冤,我会为你们做主!

男男女女,笑倒一片!

2003年冬同学聚会时摄于何宅。前排左起：赵克勤、文自成、缪俊杰、李晋西，后排左起：邓兴器、何启治

各式各样的"揭发"倒也算琳琅满目，千姿百态。老赵至此才发话："控诉会"至此结束。然后，老赵说，现在请大家来看看我的书吧。一边往对面靠墙大桌上"赵克勤学术成就展"的展台走过去，一边用平缓的语气介绍说："文革"期间，我是北大（笔者按：老赵从武汉大学毕业后被分配到北京大学工作）真正的逍遥派，"新北大公社"、"井冈山"我哪一派都不参加，这才有时间把《资治通鉴》、"二十四史"等典籍都通读了一遍，还做了摘录的卡片。有了这种积累，等1979年我转到"商务"，有了出版社里的好条件和这二十多年的努力，才有了这些东西。

眼前，就是在蜡染深色桌布上展示的赵氏著作：计有专著《古汉语词汇问题》《古汉语修辞简论》《古汉语修辞常识》《古汉语词汇概要》《古代汉语词汇学》和《错别字例释》等六种；另有老赵参与编撰或担任副主编、主持编撰的教材和工具书，计有《辞源》（四册）《应用汉语词典》《中华成语熟语辞海》《古代汉语词典》《新华成语词典》《中国成语大辞典》和《古代汉语》教材四册。总计13种19册。

大家正在惊叹时,只听老赵说,这里的全部展品,除了《新华成语词典》是孤本我要带回去之外,其余就请大家各取所需吧。

在笑声中,"赵克勤学术成就展"的展品转瞬间一扫而光。

这时,老大哥接了个电话。原来是他的大儿子已开车来接老爸老妈了。

于是,便在皆大欢喜的氛围中一一握别。一次别开生面的祝寿活动至此结束。

2004年岁杪

缪俊杰：老骥望八犹奋蹄

俊杰兄是我在武汉大学中文系读书时的同窗。但我们并不是一般意义上的同学关系，不妨说，其中还有一些奇巧的缘分：我们是同龄人（1936年生），他比我大不到一个月；我比他早一年入学（1954年9月），他1955年入学时很郑重其事地把一张油印的证明团组织关系的小纸条交到我的手里；到了1958年，我这个中文系团总支书记被扣上了反对"大跃进"、"大办钢铁"的帽子（中文系有半年没上一堂课），又有"难道大学生是廉价劳动力吗？"的高论，当然被免了职，而接替我担任团总支书记的，就是缪俊杰兄；新时期我在《人民日报》发表的第一篇评论文章（评刘宾雁报告文学《人妖之间》），就是俊杰兄催促我开夜车赶出来的；1984年俊杰兄又主动邀我和他合编了文艺评论集《美的探索》（湖南文艺出版社），此前我从未出版过评论集，而他已经有《鉴赏集》等好几部文艺评论集面世了；1986年我们50岁的时候，我和老缪做了多次深入的交谈，撰写了包括介绍他的家世、童年和在文艺理论战线主要建树的万字长文《五十非梦亦非烟》。如今，我们都是七十望八的老人了，一晃26年过去，我又来提笔撰写《缪俊杰：老骥望八犹奋蹄》，真是感慨良多啊！

《五十非梦亦非烟》发表后，时任社科院文学研究所副所长的何西来兄著文评论说："《五十非梦亦非烟》是启治为他的武汉大学老同窗、评论家缪俊杰留下的一个侧影。缪俊杰也是我做研究生时的同窗，彼此保持了几十年的友谊，因而算是相知较深。据我所知，启治的这篇文章，是较早研究和评论缪俊杰的文章中最有见解也是最好的一篇，不仅评价到位，而且情文并茂，不仅写出了这位评论家的特点与风格，而且写出了他的潜力。这应该算是一篇关于评论的评论。"西来的欣赏和鼓励让我和俊杰都很感动。

倏忽26年过去，真是"弹指一挥间"。如今，俊杰兄早已从新闻岗位上退下。他从新闻圈内淡出的身影却在文学圈子里越来越清晰。评论家、原《小说选刊》总编辑冯立三在祝贺俊杰75岁华诞之庆时,特撰《俊杰之歌》以歌赞之:"赣南山村小溪寒,牧童敢指珞珈山。苍茫大地连天碧,中央党校作讲坛。谁人不知缪公笔,如江如河如波澜。文心雕龙有新解,忧愁风雨度流年。"非常精致的诗句精辟地道出了俊杰几十年的人生经历、贡献和状态。

我和俊杰相识相交相知半个多世纪,如今都已进入了"望八"的年轮。但"人老心不老",我们还可以做一些力所能及的事情。尤其是俊杰兄,我看他的心理年龄比他的生理年龄要年轻得多,真是名副其实的"老骥望八犹奋蹄"啊!

"潜力",在新的机遇里发挥得淋漓尽致

我很注意西来在文章中说到俊杰的"潜力"这两个字。我和俊杰兄虽然都是搞文字的编辑,但由于岗位的不同,行业的差异,各人的作为也是不一样的。他的岗位在新闻战线,他的"潜力"自然是在新闻战线得到发挥。

"文革"十年,万马齐喑。当拨乱反正的历史新时期到来的时候,俊杰兄立即把握好这新的机遇,以他的胆识和智慧,把他的"潜力"发挥得有声有色,淋漓尽致。

1978年1月,缪俊杰被正式任命为人民日报文艺部的副主任,协助主任袁鹰主持人民日报的文艺宣传工作。俊杰的"潜力"是怎样在新的机遇里得到发挥的呢?我和俊杰兄做了一些交流,又读了一些有关的回忆文章,并访问了一些知情的朋友,这才发现平时为人低调不事张扬的老缪,在新时期曙光初露的时候,在中国政治思想文化战线"拨乱反正"方面,着着实实干了几件意义深远的大事。

其一,是和诗人柯岩一道秘密组织并刊发了陶斯亮的《一封终于发出的信》。在1978年12月十一届三中全会召开之前,在"中国最大的走资派刘邓陶"的冤案尚未得到中央平反之前,这篇为中国最大的"保皇派"陶铸"鸣冤叫屈",呼喊正义与良知的文章是怎样公开刊发出来的呢?后来报章上有种种传说,有些无聊文人和小报记者甚至编出一些"秘密传闻",令人哭笑不得。其实真正了解事情真相亲历其事的只有柯岩、缪俊杰和陶斯亮三个人。当陶斯亮从青海军垦农场回到北京以后,便按捺不住急切的心情,找到"小柯阿

姨"(即柯岩,诗人贺敬之的夫人),向她倾诉自己一家在"文革"中蒙冤的遭遇。陶斯亮还把自己回到北京后找过陈云、胡耀邦的事也说了。陶斯亮既是一个医生,又很有文才。她把父母亲的遭遇以及为父亲平反昭雪的呼喊写成了文章的未定稿,可找谁去商量呢?陶斯亮想到了柯岩。陶铸当广东省委书记时接见过贺敬之和柯岩,算是相识了。作为诗人和报告文学作家的柯岩,对亮亮很欣赏,也很热情,热心地为她的文章进行加工润色,并注入了诗意般的思念之情,由陶斯亮录了音(当时他们已经有了一个小录音机)。这文章到哪里去发表呢?柯岩想到了人民日报文艺部的缪俊杰,便秘密地将老缪请到她在南沙沟的新寓所(以前柯岩住人民日报的家属宿舍,老缪与柯岩很熟悉)。她让陶斯亮把文章读给缪俊杰听。读完,柯岩很直白地问老缪:"你敢不敢在人民日报上公开发表这篇文章?"涉及中央高层的、如此重大的事情,老缪怎敢拍板?但他心里其实很认同,便明确地说:"这得请示报社领导,但我一定会尽力。"当天,老缪便把陶斯亮的文章和录音带秘密带回了报社。老缪当即去请示主持人民日报工作的胡绩伟和李庄(其时,原先主持报社工作的迟浩田已调任总参副总参谋长)。胡、李批示由密件车间排出送中央领导审阅的大字清样,胡绩伟并打电话问当时主管宣传工作的胡耀邦。当时胡耀邦正准备十一届三中全会的文件,忙得不可开交。胡耀邦回答胡绩伟说:"我很忙,文章就不看了,由你们自己决定。"于是,胡绩伟便"胆大包天"决定将《一封终于发出的信》在人民日报上分两天公开发表。如今,老缪回忆说:"这篇文章当时为推动全国平反冤假错案确实起了很大的作用。如果要谈有什么功劳的话,耀邦、绩伟同志是决定者,柯岩当然是功臣。"其实,穿梭其中做具体落实工作的缪俊杰又何尝不是当之无愧的有功之臣呢!

其二,是在《人民日报》连续发出五篇批判文艺战线极左思潮、拨乱反正的评论文章。此事在袁鹰的回忆录《风云侧记》的《砸碎"文艺黑线专政"论的枷锁》一文中有明确的记述:"党中央领导同志指示我们……对极左路线和'文艺黑线专政'论进行深入的批判……于是我们文艺部由负责评论的缪俊杰等几位同志集体动手,分工合作,以'本报评论员'名义,连续发表了五篇批判极左路线和极左思潮的文章。在当时分管评论的副主任缪俊杰亲自撰写并组织在《人民日报》连续刊出了《批透极左路线,贯彻双百方针》《"放"和"争"——再谈批透极左路线》《放开手脚,大胆去写——三谈批透极左路线》

《敢于突破,勇于创新——四谈批透极左路线》《让文艺工作者如坐春风——五谈批透极左路线》。"这五篇评论员文章像排炮一样从当时发行七百多万份的《人民日报》上发出,产生了很大的影响,有力地推动了文艺界的思想解放。如果我们考虑到当时的文艺界还刚刚开始解冻,冰雪不可能在一朝一夕中消融,那我们对这些文章的写作者和组织者缪俊杰的胆识和智慧,自然就会刮目相看,肃然起敬了。

其三,是到广州组织座谈会,开启拨乱反正的"破冰之旅"。1978年7月,缪俊杰受人民日报社领导委派,带领一位编辑到广州召开座谈会,这是广东文艺战线的"破冰之旅"。会议得到时任广东省委第一书记习仲勋的关心和有力支持。广东省委当时"要杀出一条血路来"(习仲勋语),指定时任省委书记处书记吴南生主持这次座谈会。会议邀集了广东文艺界新闻界知名人士欧阳山、陈残云、杜埃、肖殷、梁信、于逢、韦丘、丁希凌、关山月、罗品超、黄新波、伊琳、李门、叶明、曾炜、罗源文、唐瑜、欧阳翎等二十余人参加并踊跃发言。习仲勋、杨尚昆(时任广州市委书记)等接见代表,招待吃饭看电影,让广东省文艺界从"心有余悸"的状态中摆脱出来。缪俊杰为这次"破冰之旅"与广东省委一道进行了细致的组织工作,并把成果带回北京,发了消息组织了文章,对全国文艺界的"拨乱反正"起到了启迪和推动的作用,功不可没。

其四,是配合中国文联和江西省文化厅等单位召开了一次"民间的庐山会议",在"文艺与政治关系"的理论问题上进行拨乱反正。当时,中国文联的陈荒煤、江西省委的马继孔(书记)、李定坤和上海的徐中玉教授等牵头组织了一次大型的学术讨论会,史称"民间的庐山会议"。缪俊杰是大会领导成员之一。他同这次会议的具体组织者、江西文学研究所所长陈仰民一起进行细致周全的准备工作,由缪俊杰负责邀请了时任人民日报副总编辑的理论家王若水在会上做报告。王若水和缪俊杰一起又去邀请正在庐山的老作家丁玲到会上讲话。参加这次会议的有北京的丁玲、陈荒煤、王若水、吴介民、缪俊杰、陈丹晨、王春元、顾骧、江晓天、程代熙等,上海的徐中玉、钱谷融、吴强、王西彦、王元化、白桦、陈恭敏等,武汉的王文生、周勃、郭贤敏等,广州的楼栖、梁信等,江西的马继孔、俞林、李定坤等,共二百多人。这次"民间的庐山会议"就"文艺与政治关系"等十个有争议的问题进行了研讨,畅所欲言,发扬民主,成了文艺理论界的一次很有影响的会议。

回顾拨乱反正历史新时期曙光初露的时候,我们可以说,缪俊杰的"潜力"得到了很好的发挥,他积极有效地参与了几次重要的活动,确实没有辜负时代赋予他的机遇和使命。

新时期文艺批评的骁将和中坚

缪俊杰被称为新闻和文艺这两个行当的"两栖人"。作为报人,他发挥了应有的作用。1986年中宣部直接主持的新闻界高级职称评审中,缪俊杰第一批被评为高级编辑(正高),在《新闻出版报》上公开发布了消息和名单。几乎同时,又被评为"有突出贡献的中青年专家"(每个省部只有三人),出席了在人民大会堂召开的座谈会。

作为"两栖人"的另一栖,文艺评论家缪俊杰在文坛上的表现也许更有声有色、多姿多彩一些。他被人称为"新时期文艺评论的中坚"。新时期以来,他对活跃在文坛上的老中青作家,如王蒙、周而复、张洁、刘心武、从维熙、李国文、蒋子龙、李瑛、邵燕祥、谌容、张贤亮、苏叔阳、刘绍棠、李準、鲁彦周、陈忠实、铁凝、李存葆、周克芹、白桦、叶楠、黄宗英、柯岩、程树榛、葛翠琳、凌力、霍达、刘恒、古华、李贯通、吴因易、杨书案、程贤章、柯云路、陈建功、何建明、李玲修、刘兆林、邓刚、陆文夫、高晓声、赵本夫、李延国、陈祖芬、乔迈、鲁光、王润滋、陈国凯、何申等几百位作家及其作品写过评论。对王蒙、周而复、吴因易等更是一而再、再而三地推介评论,或综合评论过他们的作品,对新时期文学创作的繁荣发展,起过良好的助力作用。为此,他读过多少作品,思考过多少问题,又如何为谋篇布局耗神费力,也只有局内人才能想象了。

作为一个精力旺盛的评论家,缪俊杰在上个世纪八九十年代的评论写作获得了空前的丰收。除了1984年前出版的《鉴赏集》《文学艺术与新人塑造》《缪俊杰文学评论选》《美的探索》(合著)之外,1986年至1997年,他竟一发而不可收地出版了近十部评论专著。据我所知,就有《文心雕龙美学》(1987,文化艺术出版社)、《新潮启示录》(1987,陕西人民出版社)、《文学艺术鉴赏》(合著,1988,求是出版社)、《小说大趋势》(1990,漓江出版社)、《审美的感悟与追求》(1995,人民文学出版社),以及《缪俊杰文论选》(1997,花山出版社)等。

他的评论对象,以小说为主,兼及戏剧和影视。因为他也是中国戏剧家协会会员和中国影视艺术家协会会员，他在这两个领域也很活跃。当时有位作家在《且看今日文坛，谁为中流砥柱——谈缪俊杰的文艺批评并及其他》一文中，就曾评论说："缪俊杰的论著以评论小说或从小说创作中探讨问题的篇章居多。……他的志向和功力，他的实践成果，都使他超出那些为小说写说明书或广告的'评论'……他的视野要广阔得多，态度要严肃得多，神思要深沉得多……他明显地属于马克思主义的'社会批评'派，亦即'历史——美学批评'派；他是这一派的一员骁将。"（见《小说选刊》1989年第1期）还有一篇文章评论说："在我国新时期中年一辈文艺批评家的行列中，缪俊杰是其中用力甚多，建树颇丰，影响日著的一个，就论文和论著的数量和质量而言，缪俊杰是其中的佼佼者。"（见《创作评谭》1992年第4期《思维的活跃和理论的升华——缪俊杰和他的〈小说大趋势〉》）

俊杰兄为了完成上述一部又一部质量上乘的文艺评论专著，熬夜起早在所不计。要知道，他还有自己本职的工作，他只是个业余评论者，只能把别人用来睡懒觉、娱乐游玩的时间挤出来写这些耗神费力的评论。所以，我想他在看到这些知音式的评论时，一定会深感欣慰；而我认为这些评论已经道出了我的心声，自然也就不必饶舌了。

龙学大家——从"美学"专著出版到副会长

我在《五十非梦亦非烟》一文的开头，就简略地描绘了俊杰兄出席1984年在上海举行的中日文心雕龙学术研讨会的情景，他同日本学者互相切磋交流的场面，至今还留在我的记忆里。

缪俊杰是一位有真才实学的文心雕龙研究专家。早在大学时期，他就追随武汉大学中文系的刘永济、黄焯、刘绶松诸名师潜心研习刘勰的《文心雕龙》。1959年，他进入周扬组织的人民大学文学研究生班学习以后，便选定《文心雕龙美学》为其毕业论文的题目。他在北京进一步接受名师的指导，龙学研究大有长进。1983年8月，在青岛召开的"中国文心雕龙学会"的成立大会上，缪俊杰被周扬、张光年（会长）推荐，成为当时两名最年轻的（其他都是老专家）理事之一。二三十年过去了，学问与年岁俱长，缪俊杰由龙学的研习者逐渐成长为其中的大家，他在中国文心雕龙学会的职务，也相应地从理事而常务理事,而副会长,直到第一副会长。

缪俊杰在文心雕龙研究界的影响和地位,是由他对龙学颇多建树的专著《文心雕龙美学》的出版而奠定的。

1987年6月,文化部文化艺术出版社出版了缪俊杰的《文心雕龙美学》。一部学术性很强的专著印刷了一万册,这是让老缪感到颇为自得的事;出版社又将此书作为优秀社科书目向海内外推荐,这也让他感到高兴;但出版社还将此书作为"礼品"送去慰问西南前线部队,这就真是让人哭笑不得了。

《文心雕龙》的研究著作并不是一部可以在群众(包括文学爱好者)中普及的书。当老缪告诉我,某地区文化局长曾向他提出"刘勰是谁?""文心雕龙是什么?"这些问题时,我并不感到特别惊讶。而且我相信,这位不知道刘勰是谁,不知道《文心雕龙》是什么的文化局长未必就是一位不称职的局长。说实话,俊杰兄当时把他新出版的《文心雕龙美学》赠送给我时,我也只是略略翻阅,知道它论及面广,探讨比较深入,认识到《文心雕龙》的美学思想对我们研究文艺思想和文学创作是有帮助的而已。直到最近有机会拜读了北京大学张少康教授等四人合著的《中国文心雕龙研究史》一书,才知道俊杰兄这部研究专著的特点和不同凡响的意义。张教授在书中说:"从文艺美学的角度对《文心雕龙》的美学观,重要美学范畴和具体的文艺美学内容进行全面研究……这方面出版最早,影响最大的是缪俊杰的《文心雕龙美学》……作者是著名的当代文学理论批评家,对西方的文学和美学,当代的文学理论批评现状都非常熟悉,并有相当深入的研究。同时作者又有比较深厚的古典文学基础,六十年代初期,作者在中国人民大学的毕业论文就是研究《文心雕龙》的。因此,他能融汇中西,贯通古今,对《文心雕龙》在美学上的成就,做出较有深度的分析。"(《中国文心雕龙研究史》第430页)本书的四位作者都是北大教授,张少康先生是北京大学博士生导师,又担任过中国文心雕龙学会会长。我相信,他们对缪著《文心雕龙美学》的评价是比较准确,比较靠谱的。

从1954年起,缪俊杰参加过多次文心雕龙国际学术研讨会,他也多次在会上做了学术报告或发言,由此而结识了更多的日本学者和苏联、瑞典、意大利、美国、韩国以及港、澳、台地区的文心雕龙研究学者,其学术研究水平大有长进。有些龙学研究专家为自己的著作请缪俊杰为之作序,其源盖非偶然。

编书，游历，写作，五洲游踪结集为《西游漫记》

俊杰兄是个勤奋的人，也是个有心人。自1997年1月退休以来，卸下了作为"新闻人"的担子之后，编书，游览五大洲，写散文游记，便成为他退休生活的主要内容。

从1993年起，他和冯牧合作为花山文艺出版社主编了《共和国长篇小说经典丛书》，并写了长篇序言。冯牧辞世后，他又单独为花山文艺出版社主编了《共和国经典中短篇小说丛书》和《共和国经典散文丛书》等。这些要经得起历史检验的工作须下力气去做，决非以一日之功便可一蹴而就那么简单。

从1995年起，缪俊杰又与编辑家王维玲合作（以王维玲为主）主编了《著名民主人士传记丛书》，出版了王昆仑、邵力子、黄炎培、马寅初、蔡廷锴、萨空了、孙越崎、胡厥文、程思远、吴贻芳诸先生的传记。同时，还是与王维玲合作（以缪俊杰为主），又主编了《著名海外华人传记丛书》，出版了陈嘉庚、刘廷芳、陈香梅、赵无极、郑明如、郑嘉乐、牛满江、张曼新等人的传记。这些传记在海内外产生了广泛的影响，有的如陈香梅已被改编为电视连续剧。

缪俊杰还很重视文化积累方面的建设。上世纪九十年代初，冯牧、谢永旺、缪俊杰三人合作编了中国散文方面的选本《今文观止》，于1997年由漓江出版社出版。缪俊杰还担任了中国作协"二十一世纪文学之星丛书"的评委和编委十余年，在提携和扶持青年作家方面做出了贡献。

除了编书和评奖，缪俊杰退休后最大的乐趣就是旅游了。他携夫人宗连坚自费周游世界，走遍了欧、美、亚、非、澳五大洲的二十多个国家，回国后便写了大量游记散文。

退休前，他作为"新闻人"参加中国新闻代表团，公务访问了一些国家。如1979年他们受日本《读卖新闻》社的邀请访问了日本，回国后便写了总题为《千里扶桑一叶舟》的一组散文；1985年他们受德国新闻情报局的邀请访问了德国，回来写了《废墟上的新崛起》一组散文；1993年受泰国报业协会邀请访问了泰国，写了《黄袍佛国金三角》一组散文；1997年受美国国务院新闻总署邀请访问了美国，写了《梦里明月是他乡》一组散文。这几次公访出国，确实大开眼界，收获良多，加上他的勤勉笔耕，所写散文除了作为交差在他供职的人民日报发表之外,便汇集在《域外风情录》和《废墟上的梦》两个集子里,分别由贵州人民出版社和花山文艺出版社出版。

退休之后,时间和经济问题都不存在,缪俊杰便像个旅行家似的放手五洲潇洒走一回。1999年夏天,他和夫人宗连坚到欧洲畅游了意大利、法国、瑞士、德国、荷兰、比利时、奥地利、西班牙、卢森堡等十二个国家。回来后静心思索,写下了《壮丽辉煌古罗马》《浪漫国度法兰西》《世界公园满眼春》《何处不见郁金香》《回望小童归来时》《金色乐都踏歌声》《巴塞罗那夜明珠》《袖珍国里有珍闻》等多组散文,对他欧洲之旅的见闻,特别是对这些国家在文化方面的观察感受作了艺术的记录。2000年,缪俊杰又到澳洲作了一次旅行。他在澳大利亚观赏了被马克·吐温形容为"真实的诺言"的南半球风光,写了《魅力无穷大洋洲》一组散文;到新西兰以后,他甚至设法深入到当地土著毛利人的家园,写下了《田园牧歌南半球》等一组散文。

"人生七十古来稀"。过了七十,老缪就不想出国去旅游了。然而,不是还有"老夫聊发少年狂"的话吗?国外的许多诱惑使他实在难以遏止自己的漫游激情。让我们看一下这些简要的记录吧:2005年,他到了青年时期梦寐以求的俄罗斯,参观了莫斯科和圣彼得堡,了却了青年时期形成的"苏联情结",却也禁不住慨叹苏联"帝国"的解体,写下了《红色俄乡今何在》的一组散文;同年10月还应"英明领导者"名义发出的邀请访问了朝鲜,使他在这特殊的游历里,重温了当年"文革"岁月在中华大地发生的往事,写下了《晚秋又见金达莱》一组散文;2006年春天,应邀到马来西亚做文化交流,以七十高龄却不听劝阻硬是在马六甲海峡的大海中游泳,过了一把瘾,也发了一次"少年狂";2009年春,他踏上了非洲大地,在文明古国埃及游览了尼罗河风光,观赏了金字塔、卢克索神庙等古迹,写下了《文明古国探奇观》等一组散文。到2010年,老缪还以探亲名义游览了加拿大,在北美加东五省的观光旅游中,到了北大西洋接近泰坦尼克号沉没的纽芬兰海域,在北部海军基地哈利法克斯听到了一些闻所未闻的故事,写下了《枫叶之国万里行》等一组散文。

老缪好想和友人、和读者分享自己的游览收获呵,便将旅游散文结集为《西游漫记》,在去年由作家出版社出版,以了却自己的心愿。不敢说字字珠玑,真诚的、有思想的表达,却是可以为老同学向读者保证的。

报效桑梓:奉献一座图书馆和一部长篇小说

我在《五十非梦亦非烟》中,曾简略地描述了缪俊杰的家乡和他的身世。老缪出身贫寒,父母务农,过去家里的日子可真是充满了穷苦和艰辛。

如今,从大学毕业说起也已过去了五十多年。半个世纪过去,缪俊杰成就了一番事业,也积累了一些"财富"。他的财富主要是丰富的藏书和相当可观的名人字画。"我该如何报效乡梓?"这是老缪进入花甲之年后常常抚心自问的一个问题。他首先想到的就是把自己的藏书和字画捐献给家乡。从1995年开始,缪俊杰陆续捐献给家乡2.7万多册图书和30多幅字画,在江西定南县图书馆内建立了一个"俊杰书院"。我迄今还没有机会去参观这个书院,却从中国作协主席团委员陈世旭的文章中对此有了具体的了解。他在《定南九咏》中说:"定南图书馆二层有'俊杰书院'。作为定南人民的骄子,著名文艺评论家、古典文学学者缪俊杰,从1995年开始,先后向定南图书馆捐赠政治、经济、文化、科技、教育、文艺各类图书2.755万册。国内外政要文化名人赠送的字画,以及他本人的著作的各种版本和手稿。中国学人向重道德文章兼备。缪俊杰是《文心雕龙》研究专家,深知'文之为德也,大矣!'而一个少小离家的赤子回报桑梓的拳拳之心,同样可以'与天地并生'。因而赋诗《俊杰书院》:筚路蓝缕出深山,赢得衣冠锦绣还。俊杰从来报桑梓,书院心灯正灿然。"(见作家出版社《中国名家看定南》第7、8页)今年9月,应俊杰兄母校定南一中之邀,我即将有访问定南的机会,届时,就可以亲自领略被许多作家赞赏的"俊杰书院"的美丽风景了。

在缪俊杰心里,家乡虽然有穷困的一面,但也有许多激起他热爱之情的美。2010年12月13日的《人民日报》发表了老缪的《定南赋》,赞美家乡的"钟灵毓秀,霞彩斐然,物华天宝,梦里家园……日出山花胜火,姹紫嫣红腾飞。人间天堂何处,如诗如画定南。"家乡人民珍惜他的这篇赋,把全文刻石竖立在京九高速公路定南入口处的公园里,以飨定南百姓和八方游客。俊杰兄自豪地说:"能得到家乡人民的肯定,人生之愿足矣!"

俊杰兄的"故乡情结",除了"俊杰书院"和《定南赋》,还突出地寄托在曾拟名《东江源》,如今定名为《烟雨东江》的长篇小说上面。

早在他还没有退休的时候,俊杰兄就琢磨着一件大事:如何把自己对故乡的了解和认知,把对故乡的记忆和热爱用长篇小说的形式表现出来。他这样朝思暮想地琢磨着,老同学聚会时也就憋不住说出来。这着实把我们、起码是把我吓了一跳。须知写好一部长篇小说可不是一年两年就能办到的事,何况正像鲁迅先生所说,创作要热情,理论要冷静(大意),他这个几乎搞了一辈子理论研究和文艺批评的评论家,到老了还来写长篇,有必要吗?能做好吗?

俊杰兄以他成功的实践回答了我的问题。他从1993年起,开始构思,开始积累资料,开始采访故乡故人。然后,从2000年起,开始动笔写这三卷本的长篇小说。缪俊杰的家乡就是东江的源头,就在闽、赣、粤的结合部,一个鸡鸣三省的大山区。小说以中国从上世纪二十年代到八十年代的时代变迁为经,以三个家族三、四代人的命运浮沉为纬,真实生动地描写了南天一角的社会巨变,时代的演进,历史的沧桑和各色人物的命运。当俊杰兄把这部定名为《烟雨东江》,包括《天龙镇》《风雨桥》《九曲水》三卷共六十多万字的长篇小说清样交到我手里的时候,我又是吃了一惊。俊杰兄要我为他这部长篇小说写个《跋》。我先是推辞,看过小说清样之后,却是欣然命笔写下六千言的《跋》。试想:八年准备,十年写作,这十年磨一剑的成功之作即将由作家出版社出版①了!这是何等可喜可贺的事!所以,我由衷地祝贺《烟雨东江》的出版,真诚地向读者推荐这部优秀的长篇小说。对于俊杰兄坚忍不拔的奋斗精神和十年如一日成就《烟雨东江》的创作实践,我真诚地、实事求是地说:我做不到,但我由衷地敬重他!

老当益壮谋新篇,动笔抒写《刘勰传》

今年过了76,就进入"望八"的年轮了。该休息了吧?老缪却说:"我还有些事没有做完,还要加把劲呢!"

还有什么紧迫的事要加把劲去做呢?他指的是接受了作家出版社的一项写作任务:以文艺的笔法写一本《刘勰传》②。

---

① 《烟雨东江》,作家出版社2013年1月北京第1版。
② 缪俊杰著《梦摘彩云——刘勰传》已于2015年2月由作家出版社出版,首版印行三万册。

今年春天，作家出版社启动了一项名为"中国百位文化名人传记"丛书的工程。众所周知，中华民族五千年来，涌现了一批影响民族文化，推动社会发展和人类文明进步的杰出的文化大家。他们在思想文化方面的贡献是中华民族的宝贵财富。作家出版社这个"传记"丛书列入了国家级重大文化创作工程，力图囊括从春秋战国到1900年前出生的，在中国文化发展史上产生过重要影响的文化名人，如孔子、庄子、老子、墨子、孙子、屈原、贾谊、司马迁、班固、曹植、陶渊明、王羲之、刘勰、王维、李白、杜甫、韩愈、柳宗元、欧阳修、王安石、苏轼、黄庭坚……直到曹雪芹、王国维、蔡元培、鲁迅、胡适等等。

作家出版社为这次出版工程的顺利进行吸纳了全国文学界、学术界人士参与创作，许多著名报告文学作家、纪实文学作家、从事历史文化人物研究的专家都被囊括在作者的行列之中。作为《文心雕龙》研究的大家，又具有散文和纪实文学创作实力的缪俊杰被邀请为《刘勰传》的作者，当然是实至名归、情理之中的事。实际上，老缪在出版了他的《文心雕龙美学》之后，早就有为刘勰立传的创作欲望。这一来，可谓"正中下怀"，他愉快地接受了这项并不轻松的任务，正在焚膏继晷夜以继日地着手进行呢！

我和老缪探讨的时候，他坦然承认，写作《刘勰传》确实有相当的难度。据说，这其中最大的难度可以概括为"一少一多"。所谓"少"，是指原始资料少。刘勰是齐梁时代的文艺理论家。他除了留下一本近五万字的《文心雕龙》之外，有据可查的就是那一千多字的《梁书·刘勰传》了。关于刘勰的生卒年月就有很大争议，有17本著作就有17种不同的说法。谁是谁非，如何抉择就是个大问题。至于说到"多"也真是有些多。自《文心雕龙》问世以来，中外学界已有了二百多部研究专著，近两千篇学术论文论及刘勰和他的《文心雕龙》。试想，光阅读这几千万字的资料，就该耗费多少时间精力啊！

难归难，这回我可不敢像对《烟雨东江》那样，质疑老缪的创作计划了。我只是想劝劝老缪，悠着点干吧，毕竟是76岁的人了，可不要去挑战"极限"啊！

北戴河咏叹调

由老缪发起，2012年8月21日至24日我们七个人有了一次难得的北戴河聚会。这七个人是：宗福邦、陈美兰夫妇，缪俊杰、宗连坚夫妇，邓兴器，还有我和老伴刘秀文。宗、陈是来北京开会，会后参加这多年难得一遇的同学聚会。福邦、连坚是亲兄妹，除了宗连坚和刘秀文，其余五人都是武汉大学中文系先后毕业的同学。

老缪为聚会定的基调是：住好，吃好，玩好，交流好。除了邓兴器住在我和秀文的家里，其余四人均住宾馆。活动安排很宽松：上午去步行街、海边、碣石园、鲁迅公园等处漫游闲逛；午饭在餐馆吃，晚饭在我们家吃，主要由秀文操持。肥蟹、大虾等海鲜都吃过了，晚饭后就在我们家的大客厅里品大红袍茶、喝俄罗斯咖啡、神聊。福邦因颈椎病动过手术行走不便，故只好在23日雇车直驱老龙头和山海关。第一次来北戴河的福邦兄登临老龙头遥望浩瀚无边的大海，眼见老龙头给整修得这么好，不禁慨叹：不虚此行，真是不虚此行啊！

武汉大学中文系五位同学交流中的话题可以说是漫无边际无所不谈，但我想都是在一些重要岗位上工作了一辈子的七十岁以上的老人了，便出了个题目：你在几十年工作中最重要的感受和希望是什么？而为了理解我们的言说，对其中几位做最简略的介绍还是必要的吧。

宗福邦：1936年生，武汉大学博士生导师，终身教授，享受中国社科院院士待遇。《故训汇纂》主编，《中华大典·语言文字典》执行主编兼《音韵分典》主编。《故训汇纂》（商务印书馆）2007年以来先后荣获第一届中国政府出版奖，第五届吴玉章人文社会科学一等奖，湖北省第五届社会科学优秀成果一等奖。

陈美兰：1940年生，武汉大学中文系教授，博士生导师。1958年首届全国划船比赛女子皮划艇亚军；1985年获全国三八红旗手称号。《中国当代文学史初稿》（人民文学出版社）主编之一。所著《中国长篇小说创作论》（上海文艺出版社）于1992年荣获首届全国高等院校人文社会科学优秀成果奖二等奖。《这个时代会写出什么样的长篇小说》一文获中国文联全国优秀文艺论文奖一等奖。

邓兴器：1937年生。曾任中国戏剧家协会书记处书记，《戏剧报》主编；中国文联书记处书记兼文联副秘书长；还曾先后任中国文联出版社社长兼总编，中国电影出版社社长。纪录片《我们的国歌》编剧之一，制片赞助单位田汉基金会代表。

下面,就请看看这五位事业上各有建树的古稀老人在北戴河海滨各自唱出怎样的人生咏叹调吧。

就我所提"几十年工作中最重要的感受和希望"这个问题,宗福邦说,《中华大典·语言文字典》是音韵学方面的专著,八百多万字。《故训汇纂》是自先秦到清末两千多年汉字字义训释迄今最系统、最完备的总汇,共一千三百多万字。它们都是国家最大的文化工程之一。《故训汇纂》由我领着十几个人的团队,从1985年动手到2003年由商务印书馆出版,一年内销行八千套(主要读者是博士生和学术界人士),又连续获奖,真是感到欣慰啊!但我们十几人的团队为此整整奋斗了十八年。《中华大典·语言文字典》从1994年启动,到今年即将出版,又是一个十八年。这中间,不仅要解决许多学术上的问题,还要适应市场的变化,洽谈出版合同。处理其中的难题,非我辈所长,因此往往事倍功半,甚至懊恼失眠,憋出毛病来。好在我们的团队比较团结,也比较淡泊名利,总算坚持到了最后。然而,人的一生有几个十八年呢!我们都从精力旺盛的中年熬到白发苍苍行走都不利索了。所以,我想说的感受最深的话就是:希望有更多志趣高远的年轻人投身到我国基本的文化建设工程中来,那些看不破名利、不甘寂寞的人可千万别来啊!

一辈子搞当代文学教学研究的陈美兰说:我相信人的成功是靠勤奋和机遇。每个人都应该珍惜生命,而生命在于创造。这是人有别于动物的重要标志。人活着干啥?活是一种创造。我只要有一点点创造能力的时候都决不轻言放弃!当代文学是流动的文学巨流,是变动的科学。要把握好就特别需要独立的思考和清醒的、理性的眼光,决不能随波逐流,决不能受炒作的影响,什么热就搞什么。这也就是我在《我的思考》一书"代前言"中所说的,"当我成为这个学科的一名研究者时,我感到更需要培养自己一种坚持学理性的素质"。评论家和作家应该是朋友,但在评论上应该若即若离,拉开一点距离才能理性地审视。所以,我不认同陕西文学评论界许多人对贾平凹的吹捧,简直是把他宠坏了。对比研究过王安忆的《纪实与虚构》和《长恨歌》之后,我也不能认同有些评论者对《长恨歌》的赞美,尽管它获得了茅盾文学奖。我坦白地质疑说:"究竟是一种什么样的'精神'真正代表了上海?真正创造了上海的历史的是那种敢于'争雄'的进取抑是王琦瑶这种平庸的无奈？王安忆在前后两部作品中精神取向上的'移动'，恐怕只能说明作家精神性思考尚未找到他自己的基点。"(《我的思考》"代前言")总之，搞当代文学研究要想取得有意义的科研成果，必须要有勇气、智慧，坚持独立思考，坚持客观公正的学理性。

我接上陈美兰的话茬说：我做了一辈子文学编辑，主要是当代文学编辑。由于众所周知的当代文学和政治的难以分割的关系，或更直白地说主要是由于"左"的政治对文学的干预，在当代文学创作中要做到邓小平同志代表党中央向第四次中国作家全国代表大会致祝辞时所说的"写什么，怎么写是作家的自由"真是谈何容易！所以，我认为做当代文学的编辑是一定要面对风险的，因此必须有胆识，有勇气，有担当。我曾多次表示，我读《白鹿原》时还有一种职业的"兴奋感"和"幸福感"。有朋友告诉我说"幸福感"有点那个。那个意思我懂，无非是不含蓄，有点太下蹲状了。但我还是想这么说。这种感觉是一个文学编辑在阅读显然会在当代文学史上占据重要地位的鸿篇巨著时的心情，就像一个作家写出了自己一生中为数不多的重要作品时的感觉一样。不管是作家还是编辑，这种职业状态一生中不会太多。我终审过的长篇小说总有一两百部，只有在读《白鹿原》和《古船》时，出现了这种状态。一旦这种状态出现了，它就可以驱使一个把编辑当作终身事业的人，有使命感的人，把个人的得失利害彻底忘却，坦然面对一切可能的意外，与这样的作品共荣辱，与写出这种作品的作者同进退。一个编辑，如果对这样的作品在基本评价或判断上有失误，那就意味着人生的大失败。我感到欣慰的是，我没有辜负我服务了一辈子的人民文学出版社和《当代》杂志，我没有辜负陈忠实的《白鹿原》和张炜的《古船》。

邓兴器接着说，我对当代文艺工作还是比较乐观的，总比过去有进步吧。比如我编写和筹拍的《我们的国歌》，本意当然想把词作者田汉和谱曲的聂耳描绘得鲜活灵动一些，也把《义勇军进行曲》在上个世纪三十年代诞生的时代精神表现得更充分一些。但两次审查，多次删改，公映的片子已经没有原来的味道，已经平淡了许多——然而，还是公映了，就挺好嘛。听说电影《白鹿原》在小说面世20年后终于要公映了，这就是进步呀！至于说电影被

"腰斩"，小说写到1949年中华人民共和国成立前夕，电影据说被砍去差不多一个小时，到1938年抗战开始便戛然而止。这当然是个遗憾，但我们还是可以寄希望于未来。将来总会有重拍《我们的国歌》和《白鹿原》的一天，而且可能拍得更好！如今，我辈已经都是七十望八的年纪，像福邦兄腿脚走路都困难了，该奉献的都奉献过了，纵有再多有意义的活计要做，还是留给后来人吧。我的建议还是：量力而行，适可而止。各位师兄师妹，少生气，少发火，健康第一，安享晚年吧。

1965年缪俊杰与何启治（右）分别由所在单位派赴上海出差，这是当时的合影。

对老邓善意的建议，俊杰兄来了个"王顾左右而言他"。老缪说，我之所以不服老，想在"望八"之年多做点可以流传后世的事情，多少也和几十年来政治上的折腾太多，浪费掉好多精力和时间有关。如今就想做些学术上有流传价值的事情，不能辜负了我们所学的专业和早已逝去的刘永济、黄焯和刘绥松等师长啊！

最后，俊杰兄又说，在座各位同窗中，我是最接近政治的人。都说人民日报，中央喉舌嘛。实话实说，我是可以有机会接近中央领导人的人。这几十年来，中央总书记就换了好几个人，有的还是在很特殊的情况下换人的。在这些重大的政治变动中，如果不能抛弃个人的名利之心，就不能保持政治良心的清白。我在1978年1月被任命为人民日报文艺部副主任，到1997年1月办理退休手续时，还是这个职务。我当了整整19年的副主任。如果我想升官，就要跟着变动的潮流走，就要去钻营，可那也就意味着背叛，一辈子会受到良心的谴责。我没有那样做，没有背叛自己的政治良心，现在就感到很安心。我问心无愧。我们回望自己的一生，没有做政治上有愧的事情就好，问心无愧就好。

2012年8月22日,武汉大学中文系五位老同学合摄于北戴河海滨。左起:陈美兰、何启治、宗福邦、缪俊杰、邓兴器

　　想一想俊杰兄自1978年1月担任人民日报文艺部副主任以来,在中国政治思想文化战线"拨乱反正"方面所做的几件意义深远的大事,我要说,俊杰兄何止是问心无愧呢,他实实在在是对中国的改革开放伟业有功的人啊!
　　问心无愧,而又有功;居功而不自满、自傲,且又"老骥望八犹奋蹄"。这是多么高尚的境界啊!俊杰兄确实是值得我敬重和学习的人。

2012年9月6日晨草成于北戴河

赤子丹心无冕王

——悼朝垠

朝垠,你就这样走了。带着你那一头丰茂乌黑的美发,带着你那颗毕生为文学而搏动的热心,带着人到中年的成熟,也带着我辈共有的信念与憧憬,就这样悄无声息地、急匆匆地走了。

1993年国庆刚过,我们曾约集在京的同窗偕夫人孩子到一位乔迁新居的同学家里聚会。当电话通知你时,你高兴作答:"好,我一定来,不过明天我就要到湖南去参加毛主席百年诞辰纪念征文的评选工作,我们把聚会的时间定在10月底如何?"我们几乎毫不犹豫地接受了你的建议,因为像这样的聚会是不能没有你的。谁料,几天后却传来你一病不起的噩耗,那么突然,那么令人痛感人生的无奈。

于是,一页页旧时的日记,裹挟着无限惆怅的思绪,在我们眼前闪动、翻飞……

暮春,珞珈山武汉大学学生宿舍门前路边有一片粉色的云霞,那是两行夹道的樱花,也是我们课余经常结伴流连的所在。但你却说,我更爱一个人漫步,在东湖畔,在半山坡,无拘无束地走,漫无边际地想。真是颇有屈原的遗风。

盛夏,在东湖之滨的游泳场,我们都恨不得整天泡在水里。唯独你,浸湿身子就回到岸边,仰卧沙滩领受日光的照射。你解释道,我爱水,也爱太阳,沐浴之道,正在兼而得之。这又俨然是哲学家的口吻了。

你一直身体不好,在学校时就享受吃病号饭的待遇,但却始终骨瘦如柴。对此你似乎不以为然,每每笑答:"我并不指望长命百岁,能活过五十知天命之年,就该感谢'上帝'的恩赐了。"

然而,我们谁都知道,你虽然酷爱自由却绝不孤芳自赏;你有哲人的深沉,却更具有诗人的豁达与澄明,乐天知命,与悲观无缘,并不乞求上帝的施舍。毕业后,我们一起分配到北京的不同单位就职。记得我们到北京的第一个聚会就是由你提议的到天安门前留影。也记得在单身汉中,你是第一个购置锅碗瓢盆,举火自炊,最先"识"人间烟火的。于是,你所在的"人民文学"宿舍也就成了我们同学聚会的据点,几乎每个星期日都有一会,会必有餐,百吃不厌的便是你主炊的肉末拌面条。某日,我和冰如偶然缺席同学聚会,为了表示"警告",你建议给我寄张明信片去。大家签名之后,你大笔一挥在上面画了两个醒目的标点符号"?!"。这封不著一字而尽得风流的来信,早已经不知哪里去了,但"王朝垠"式的幽默却从此留存在我的心中,至今难以忘怀。

"文革"中,我们都先后遭到了一些磨难。"清查"、"隔离"使我们聚会的时候少了,攀谈的机会就更难得,即便是下放在同一个"五七干校",在一起劳动,为了避嫌,也只能相对无言,视如不见。那时最让我们担心的还是你病弱的身体。有一次,我居然在搬运水泥电线杆的重劳动队伍中发现了你。我简直不敢相信自己的眼睛——弱不禁风,又瘦又高的你怎么能承受那又粗又长的水泥杆的重压!惊诧、痛惜与不平使我怒火中烧,但彼时彼地又能怎么样呢?你显然意会了我无言的愤懑,主动上前搭话,以你特有的潇洒,故作轻松地说:"不管劳动是不是创造一切,起码说明我比原来更壮实了,我可以对付得了的。"说罢回身毅然朝水泥杆走去。那神情大有走向祭坛的悲壮气概。

你是在"文革"后期才仓促成家的,匆匆地迎来了新婚之喜,匆匆地有了第一个女儿,不幸,又在唐山地震的余波中匆匆地经受了丧妻之痛。真不明白,命运何以对你如此苛刻!难怪你从那时开始嗜酒。我不止一次地见你或陪你豪饮之后,便醉卧床榻,随即引吭高歌:"一条小路,弯弯曲曲细又长……"或者"我亲爱的朋友,你不要……"我知道,这些都是你和你专修俄语的亡妻赵延明爱唱的歌。那声音凄楚而深沉,边唱边以双手捏拳捶床伴奏,其情其景,真是撕心裂肺,催人泪下!

后来,有一天在你的和平里简易楼寓所中,我偶然见到你正在用一堆不同币值的硬币教女儿丹妮运算加减法。取暖做饭两用炉上坐着一只变了形的小钢精锅,里面有一些宽面条在热汤里上下翻腾着。我惊讶于平时烟酒不断的你怎么把日子过得这么清苦,你却说不要紧,只要把丹妮哺育成人,我就了却一桩心事了。令人难忘的、好沉重的话题哟!

面对新时期文学的繁荣,我们总算活得有滋有味了。你从"五七干校"回到原来工作的《人民文学》杂志编辑部以后,相继担任了这个具有全国性影响的大刊物的各级职务,直到副主编,并加入了中国共产党。而且,你终于又有了一个新的家,一位敬你爱你的新夫人苏巧勤,一套有室有厅的新居室。真可谓柳暗花明,豁然开朗。恰恰如你的自称:开始了你生命史上的再次起步。你也确实像变了一个人。在同学们惯常的聚会上逐渐看不到你的身影,甚至一连几个月也听不见你的声音(哪怕是跟我们通一次电话)。有人据此议论你是新婚沉醉,忘了朋友。但很快事实便为你澄清了误会。好几次,我因办事路过你家,顺便做了不速之客去看你,都发现你那里不是高朋满座,就是文稿盈室,书桌上、沙发上、茶几上都铺满了那种我们非常熟悉的小稿纸贴在大稿纸上的原稿。客人,则都是不曾相识的陌生人,经过介绍才知道大多是经你发现并通过《人民文学》推出的,已在文坛颇有名气的青年作家。为了他们,你可是费尽了心力,不仅忘了朋友,也忘了老婆孩子,甚至忘了自己。据巧勤告诉我们,为了加工修改一篇稿子,或给青年作者们复函,你常常伏案到深夜,有时熬得太晚就在座椅或沙发上睡着,醒来已经天亮。在那段时间里,你的面容日渐消瘦与憔悴,而烟量酒量却天天见长。我们清楚这固然是

1991年11月14日,武汉大学中文系871班老同学合摄于北京东八里庄何宅。
左起:王朝垠、张仁杏、何启治

以酒代茶用以待客的需要，更主要的还是为给你自己改稿、熬夜时提神。但烟酒过量毕竟不是好事，为此我们曾轮番地劝你要有所节制，为了自己的健康，也为了我们所珍重的一切，特别是当我们说起在同班同学中间，近年来已有不少才华横溢的教授、诗人因病早逝的不幸。然而，你自有你无可奈何的苦涩。在一阵黯然之后你说："我感谢你们的关心，但我必须喝，我不得不喝，也正是为了我们所珍重的一切。我只有四分之一个胃，为了坚持工作，啤酒已成为支撑我身体必不可少的需要。再说，人生一世我就剩下这点乐趣，如果也要去掉，活着还有什么意思呢？"说罢只见你举杯在手，建议为那些英年早逝的同窗干杯。旋即把话头一转，又谈起你湖南老家所涌现出来的一批文学新人，滔滔不绝，如数家珍，激情洋溢，精神焕发。看着听着你这种忘乎所以的言谈神情，我们心里真说不出是一股什么滋味。

　　1991年11月14日，是我们都难以忘记的日子。这天晚上，在广东汕头一中任特级教师的张仁杏带着他刚从国际关系学院中文系毕业的儿子张晓舟来看望我们。大家集聚在我位于东八里庄的宿舍。缪俊杰兄自动进厨房掌勺，变戏法似的摆出一桌子菜肴。这是我们和张仁杏君33年后的重逢——我们和仁杏于1954年入学的那个班在1958年毕业离校，我和你却因奉调临时参加工作而推迟一年才毕业。你历来不大会做家务，便脱去大衣，穿一套黑西装坐下来和张君父子神侃。你和他们讲文坛上的趣闻笑话，一只手随意地扶着沙发背，一只手几乎一刻不停地夹着一支香烟。你还向分别了33年的同窗介绍自己的新居："高高在上"地在20层的楼顶上，晚上过了11点停了电梯便只好自己爬上去。你很体谅地说，这没什么，开电梯的工人也要休息嘛！张君提醒说，心脏不好可要注意哟。你便劝他放心，说自己常备药不离身；还说也不会蛮干，不会逞能一口气爬到顶，半中间多休息几次就是。那天你似乎一直很开心，吃饭时也真是一杯接一杯地开怀畅饮。只是谈到那个被划了十几个"右派"的"871"班(8指1958年毕业，7是系的序列，1是班级序列)时，大家都不禁有点黯然。我便站起来说，过去的就让它过去吧，愿今后一切顺利。我接着招呼说："仁杏、朝垠，来，让我们三个为自己所在的、才华横溢而又多灾多难的'871'干杯！"这时，你的脸上竟是少有的庄严肃穆啊！真的，这个班真有一些才华出众、百折不挠的人才呢，像才华横溢、敢作敢当，却被扣上"右派司令"帽子的吴开斌，像博学多才的卢斯飞、颜雄、黄瑞云教授，像聪颖灵秀的诗人刘业超……

当然,你也是颇有才气的一个。大家都还记得你在《人民日报》评论版上连续发表两篇长篇评论文章。你用那么幽默、精彩的语言来谈作家、编辑和出版发行者的三角关系,就是不完全赞成你的人也很可能为你的机智、幽默所倾倒。还有你不同寻常的口才也是令人叹服的。一次,你即席用纯正的湖南腔模仿伟人谈创作灵感和啤酒的关系,就让举座倾倒。

记不起是哪一次聚会,席间有一位女作家因感佩你潇洒的性格和脱俗的气质,曾开玩笑地对你说:"我会算命,我看你将来一定会静静地死在一个山青水秀的地方。"岂料戏言成真,你真的在10月15日晨,远离我们,远离妻子和女儿,因心肌梗塞猝然去世,地点恰恰在举世闻名,集天下奇山秀水之胜的湘西张家界。

是的,以你为人为艺为业的才华与成就,息声于故乡张家界内、金鞭溪侧实在是当之无愧的。只是行色匆匆,走得特急了些。秀水青山你何曾看够!你的爱妻苏巧勤嘱我为你写一副挽联送别。我遵嘱拟定了如下的概括了你一生的语句:上联是"湘水长江京都月",下联是"赤子丹心无冕王"。你生长在湖南,学成于武汉,在北京没日没夜地当了30多年编辑。作为优秀的编辑家,你一辈子为人作嫁,忠诚于文学事业。你全身心地为国为民,执著于崇高的理想,清清白白地作人,光明磊落地做事,痛痛快快地爱过恨过,说你是无忧无虑、无私无畏、潇洒旷达的无冕之王是不会过分的吧。谨以此奉献于你的灵前,愿你在山青水秀、生你养你的故乡的土地上安息吧!

1993年岁杪

贤均,如果人真的还有来生……

世上有许多让人敬重的人。其中有的人,活着的时候只是静静地做事,甚至默默无闻,直到去世之后,才让人感到他沉甸甸的存在;而高贤均,不但在世的时候干得生龙活虎,有声有色,等他不幸病倒了,远行了,我们就更会深深地感到他缺席的沉重和悲伤。在贤均最后的日子里,已不便讲话。错失了和他对话的机会,我只好把想要倾诉的话语记录在这里,以了心愿,并寄托哀思。

2000年9月的最后一天,中午吃饭的时候,你捧着连饭带菜的盒饭到我的办公室来。我以为你会像往日那样边吃边闲聊。却不料,你说的竟然是,老何,我由咳血而查出肺癌,很可能是晚期。参加会诊的医生都这么判断。当然,要最后确诊还要等国庆长假过了,到医院做全面的检查才能定下来。

我的天,肺癌,还很可能是晚期,叫我说什么好!我只好劝你国庆假日好好休息,眼前的工作也尽可能分给别人来做。

岂料你接着就说,下午就找×××谈话吧。你是老领导,我们一块儿和他谈。今年正编审的名额有限没通过,我们再给他鼓鼓劲,让他明年再争取。你一边说一边还带着微笑。

贤均,这就是你,一心扑在工作上,哪怕面对着绝症也依然镇定从容。

这使我想起,你在评职称上一贯的谦让。按你的条件,你早就该评上编审了,但你总是说不急不急,名额有限,先让给别的同志吧。于是,到1997年你都当上咱们社的副总编了,你还不申报;1998年你还是把名额让给了别人;直到1999年你当了副总编的第三年,当代文学这一片够条件申报的人几乎都通过了,你才一笔不苟地写好了你的申报材料,成了除了你这个评委之外全票通过的新编审。自有评定专业职称的制度以来,人民文学出版社哪里会有不是编审的副总编呢。而你,就是这样优秀而又谦逊的唯一呀!

你在入党问题上的态度同样让我感动。

老实说,自从国际共产主义运动发生剧变和我国逐步进入市场经济以来,申请参加中国共产党的人中,动机不纯者恐怕只增加不会减少吧。批判"入党做官论"只是从一个侧面反映了这个问题。而贤均,你在这个问题上严格要求自己、慎之又慎的态度同样堪为许多新党员学习的榜样。

我自己入党几十年来,从未动员过别人入党,就因为我认为一个中国人是否申请参加中国共产党涉及当事人的基本觉悟。参加这样一个任重道远、情况复杂的大国的执政党,确实无须别人来动员。但高贤均例外。贤均,你又成了我所知道的唯一——你是唯一被我破例动员入党的人。

在劝说你的过程中,我才知道原来你那解放前曾任大学教授又担任过省政府会计处科长的父亲,以及1958年被打成"右派"的大哥,那位解放军的雷达站站长、中共预备党员因悲愤而开枪自杀这件事,在以"阶级斗争为纲"的年代里成了你追求进步的难以逾越的障碍。而怕被别人指责入党是为了做官的清高思想,就使你在上述家庭背景已经不再成为障碍的历史新时期,仍然迟疑着没有提出入党的申请。当编辑部副主任、主任的时候没有申请,当《中华文学选刊》副主编、主编的时候还是没有申请。直到1997年6月你担任副总编辑,成了出版社领导成员之后,才接受我的劝说,递交了入党志愿书。这样你便一度成为人文社历史上唯一的非党领导成员。贤均,如果我党多有一些像你这样纯洁而又有坚定共产主义信仰的党员就好了。正是出于这样的考虑,我在介绍人意见的末尾写道:"希望出版社的党组织以吸收高贤均这样优秀的知识分子为例,加强宣传教育工作,以提高我党在知识分子中的感召力。"贤均,我打心眼里为你成为党内的同志感到高兴呵!

作为1978年高考的四川文科状元、北大才子,你的专业水平早就得到同事和作家们的公认。但我后来知道你还是音乐和无线电的发烧友。你可以阅读俄语读物,更可以翻译英语和用英语演讲,这在八十年代初的大学中文系本科毕业生中并不多见。尽管有人曾善意地笑话你的英语为"中国式英语",我以为也无损于你的博学多识。你后来在校核罗琳的《哈利·波特》系列小说时发现和纠正的差错和原文的硬伤就是很好的证明。而你对自己的同事却很宽厚,总是善于发现和肯定他们的进步和成绩。你曾多次讲过,当代文学的编辑同仁中,我和另外两位同事已经做到了"超水平发挥"了。这话在我听来,主要还是肯定我们不敢太偷懒罢了。有幸在人民文学出版社这样重要的文学编辑岗位上工作,只要你有正常的智商而又勤奋努力,都是应该能够取得相当可观的成绩的。

由此,我又想到,你自1982年从北大中文系毕业即到我社工作,二十年来,在繁重的工作之外,你参与担任责编、复审和终审的各类书稿近三百部,约八千万字。你先后荣获新闻出版署直属出版社的优秀编辑奖、优秀选题奖和优秀校对奖。在《白鹿原》《尘埃落定》《历史的天空》《活动变人形》《大国之魂》等荣获大奖的作品的编辑出版工作中,你倾注了多少智慧、心血和可贵的劳动呵!贤均,你何止是"超水平发挥"呢,你为社会主义文学事业的繁荣,实实在在地是在超负荷地透支着你的生命呢!

1996年岁末,《漓江》杂志的友人约我写一篇回顾三十多年编辑生涯的文章,这就是后来刊发于《漓江》1997年第1期的《从〈古船〉到〈白鹿原〉》。考虑到当时对这些重要作品不但有学术性的争议,而且还有带政治性的批评。为慎重起见,稿件寄出前我请你和另外两位朋友看过。一位朋友说,文章是好文章,有些敏感的话,如周扬在中国作协第四次全国代表大会上讲,文学干预政治似乎很痛快,等政治反过来干预文学可就难受了之类,还是删去为好。另一位朋友一方面建议在谈到《古船》《白鹿原》的评价分歧时,要承认这争论是和对现实主义真实性在认识上的歧义有关,因而要旗帜鲜明地主张现实主义的真实性应该体现在作品写出人物和主题的丰富性和多义性上——但这位朋友又好心地提醒说,文章谈到的敏感话题可能惹麻烦,你老何犯得着发表这种文章吗?在这种情况下,真不能说我就没有一点疑虑了。而贤均,你鲜明的态度真是给了我有力的支持。你毫不犹豫地说,说真话的好文章,当然要发!这样,我在接受那两位朋友的具体修改意见后,便把《从〈古船〉到〈白鹿原〉》寄出去发表了。反响果然很好。贤均,在这件事情上,你坚守真理的勇气和胆识真给我留下了难忘的印象。

现在回想起来,你固然是一贯谦虚,在名利方面也是一贯谦让,但在维护集体声誉和坚持真理这些方面,却也是心胸坦荡,非常自信的。

记得在1992年,我刚从《当代》杂志调出进入出版社领导班子,从编文学期刊到成为主管当代文学图书编辑出版工作的副总编,从后楼搬到前楼三楼办公。其实,我和你、和李昕并不熟悉,和前楼做当代文学编辑工作的同仁也不熟悉。当代文学编辑有二三十人，分好几个编辑室，你和李昕作为其中两个编辑室的负责人是最主动配合、支持我工作的中层干部。每天一上班，你和李昕就会自自然然地聚集到我向北的办公室来，或交流文坛信息，或谈某部书稿，当然有时也会谈到某位同事有什么问题要帮助解决，等等。于是，过了一些时候，便有何、李、高形成当代文学"铁三角"之传言。某日我们说起这件事，你坦然一笑说，"铁三角"有什么不好呀？！就算是每天开个碰头会，及时解决处理工作中的问题，又不是搞什么小圈子，谁爱说就让他说去吧。贤均，你真是胸怀坦荡、无私无畏呀。

阿来的成名作《尘埃落定》曾经由脚印向《当代》杂志的周昌义和洪清波推荐。1997年4月我由管当代图书出版的副总编调任《当代》主编，而你在同年7月被提为副总编，可以说是接替了我原来的工作。周、洪以"《收获》好美文，《当代》重分量"为由，认为《尘埃落定》不合《当代》读者的口味而将稿子给了脚印。脚印和你先后看了阿来的稿子，一致叫好。你说，"四川又出了一个写小说的人"。我是在参加了《小说选刊·长篇小说增刊》的座谈会才知道并读到《尘埃落定》的。在我看来，它远胜于徐怀中的《我们播种爱情》这一类汉族作家写藏区少数民族生活的作品。于是立即在《当代》选载并写了备加赞赏的"编者按"，认为《尘埃落定》在艺术上是美的，魅力四射、细节精彩的作品，思想上是引人深思、有人性深度的作品，总之，它"无疑是中国长篇小说中迄今为止写少数民族题材的最佳作，它显然也是可以走向世界的好作品"。有一天，和你说起这件事，我问你对《当代》匆忙选载（《当代》1998年第2期，几乎和同年3月出版的《尘埃落定》单行本同时）和"编者按"的提法怎么看？你毫不犹豫地说，当然应该让《当代》的读者知道《尘埃落定》呀，它不仅仅是迄今最好的写少数民族题材的长篇小说，就是横向来比较，也是一流的好小说呀！果然，不久《尘埃落定》就荣获第五届茅盾文学奖。它也深受读者的欢迎，迄今已发行一百多万册。贤均哪，你的自信真让人羡慕呵！

1998年4月20日，第四届茅盾文学奖在人民大会堂举行颁奖仪式。回到出版社，大家都有点兴奋，因为除了陶斯奋的《白门柳》，另外三部获奖作品（陈忠实的《白鹿原》、王火的《战争和人》、刘玉民的《骚动之秋》）都是咱们社的，占了四分之三。你也高兴地说，咱们总算没有白忙活，咱们对得起人民文学出版社,没有给它丢脸。我知道,这几部获奖作品都是在我们主持当代文学图书编辑工作期间出版的,其中尤其体现了你的智慧、眼光和魄力。贤均,你在捍卫集体荣誉方面是当仁不让的。

2001年4月,你已经住院治疗。我为了参加柳建伟的《英雄时代》的研讨会到了成都。其时,成都的媒体正在宣传四川文坛的"三驾马车"即《尘埃落定》的作者阿来,《大国之魂》和《中国知青梦》的作者邓贤,以及《北方城郭》《突出重围》和《英雄时代》的作者柳建伟。他们三位的主要作品可都是经由咱们人文社推向文坛的。当然,还有王火、马识途……这样,在有人建议之下,四川省作协就借着《英雄时代》的研讨会向你、我颁赠纪念杯,称我们是"作家的良师益友"。对此,我更多的是视之为对我们工作的鞭策和鼓励,但你是当之无愧的,而且对正在和病魔搏斗中的你,这显然也是很及时的安慰。

除了纪念杯,我同时带回来的两份蜀锦纪念品中,其一绣的是"松鹤延年",另一幅则绣的是国宝大熊猫。当我问你想要哪一种时,你毫不犹豫地选择了松鹤延年。呵,贤均,我知道你是多么想创造奇迹,抓紧时间来完成你未了的心愿,尽可能为你念念不忘的文学出版事业多作贡献呵!

这又让我想起你还在朝阳医院住院治疗的时候,有一次我给你打电话问好,你却突然对我说,老何,我们这辈子恐怕是选错了职业——我们应该选择当作家呀!……我当时就表示,你做编辑做作家都会很出色,而我,恐怕还是当个编辑比较合适吧。我说的是真心话,因为我知道你有相当丰富的生活经历,你也有当作家的才气、激情,对生活的敏感和深刻的思考。我还知道,你在上北大之前就已开始了文学创作,其后又连续发表了中篇小说《成熟的夏天》《七个大学生》《回头不是岸》和独幕剧《不速之客》等作品。你后来中断了创作,是为了做好你所热爱的文学编辑工作而做出的牺牲呀!

有了这样的想法,我后来听说你多次劝告我们的同事"与其当个三流作家,不如当个一流的编辑家"也就不感到奇怪了。你是殷切地希望我们为更多一流作家的成长做好服务工作呵!

到上个世纪的九十年代,尤其是后期,我们已经常常有机会在外出开会时同住一室。我们不但聊天融洽,而且我也能目睹你如何天天坚持自我按

2000年人民文学出版社社庆50周年时合影。左起：何启治、高贤均、邓贤、岳建一、章德宁

摩、做气功，坚持散步锻炼。我知道你是多么热爱生活，珍惜生命。常常是刚住下来，你拨通电话就爽朗地呼叫：宝贝，想爸爸了吧？功课做好了吗？再就是叮嘱她的饮食起居，注意安全。对聪明可爱的女儿高然如此，对年轻美丽又才能出众的妻子蒋京宁可想而知。

但我知道，你不仅是个很重亲情的人，你也是一个重友情，有广博爱心的人。今年进入8月以来，几次电话联系小蒋，都说你病情加重不便说话，我只好请她转达我和陈忠实、王火他们的问候。却不料你在8月16日早上就突然昏迷过去，从此再没有醒来。那天九点多我赶到医院去看望过昏迷中的你之后，到过道上的沙发旁劝慰小蒋。只听见她一边流着泪一边向社长聂震宁转达你清醒时对改进出版社工作的关注，说你如何惦着健全出版社领导班子，如何关心年轻干部的培养和使用。小蒋说，你惦着那么多事，那么多人，可就是顾不上说她和高然以后怎么办……

呵，贤均，还叫我说什么好呢！你那颗博大的爱心，就不说装着整个天下吧，起码也是满满地装着咱们人民文学出版社和文学出版事业呵！

唉，贤均，你真是太追求完美了。其实，人世间哪儿有绝对的完美呢！这样，加上你略嫌内向的性格，你的一生就真是活得太累了。

在你最后的日子里没和你说上话,现在只好写一些在纸上。贤均,你请走好。我会永远记住你的,直到自己生命终结的那一天;如果人真的还有来生,那么,我想说的就是:让我们还在一起共事,做知心的好朋友吧。

2002年8月25日下午7时草成
2013年6月29日晨10时补正

附 录

索引

何谓益友

陈忠实

一

我终于拿定主意要给何启治写信了。

那时候的电话没有现在这样便当，通讯的习惯性手段依赖书信。我之所以把给何启治写信的事作为文章的开头，确是因为这封信在我所有的信件往来中太富于记忆的分量了，一封期待了四年而终于可以落笔书写的信，我将第一次正式向他报告长篇小说《白鹿原》写成的消息。

这部书稿是农历一九九一年腊月二十五日写完最后一句话的。我只告诉给我的夫人和孩子，同时嘱咐她们暂且守口，不宜张扬。我不想公开这个消息不是出于神秘感，仅仅只是一时还不能确定该不该把这部书稿拿出来投出去。这部小说的正式稿接近完成的一九九一年的冬天，我对社会关于文学的要求和对文学作品的探索中所触及的某些方面的承受力没有肯定的把握。如果不是作品的艺术缺陷而是触及的某些方面不能承受，我便决定把它封存起来，待社会对文学的承受力增强到可以接受这个作品时再投出书稿也不迟；我甚至把这个时间设想得较长，在我之后由孩子去做这件事；如果仅仅只是因为艺术能力所造成的缺陷而不能出版，我毫不犹豫地对夫人说，我就去养鸡。道理很简单，都五十岁了，长篇小说写出来还不够出版资格，我宁愿舍弃专业作家这个名分而只把文学作为一种业余爱好。无论会是哪一种结局，都不会影响我继续写完这部作品的情绪和进程，作为一部历时四年写作的长篇，必须画上最后一个标点符号才算了结，心情依旧是沉静如初的。

一九九二年初，我在清晨的广播新闻中听到了邓小平南巡的讲话摘录。思想要再解放一点，胆子要再大一点……等等等等①。

---

① 据邢小利考证，陈忠实听到邓小平讲话时间应在1992年3月31日。他说："正确的应该是这样：1992年1月29日写完《白鹿原》，'二月下旬'给何启治写信，等何回复期间慢慢修改《白鹿原》，何'三月间'收到陈信，'3月25日'把手稿交给高、洪二编辑，三月底准确应是3月31日在广播听到'南方谈话'新闻，距高、洪二位编辑拿走稿子'大约二十天之后'也就是4月15日以后收到高贤均来信，4月18日洪清波给《当代》杂志写出初审意见。一切的时间都很顺。"（引自邢小利著《陈忠实传》，陕西人民出版社2015年11月第1版）可见，陈忠实是在听到邓小平南巡讲话之前，就把《白鹿原》手稿交给高、洪二编辑。

我在怦然心动的同时，就决定这个长篇小说稿子一旦完成，便立即投出去，一天也没有必要延误和搁置。道理太简单了，社会对于具体到一部小说的承受力必然会随着两个"一点"迅速强大起来。关键只是自己这部小说的艺术能力的问题了，这是需要检验的，首先是编辑的检验。我便想到何启治，自然想到他供职的人民文学出版社。人民文学出版社是文艺类书籍出版系统的高门楼，想着这一层还真有点心怯，"店大欺客"且不说，无论如何还是充不起要进大店的雄壮之气来。然而想到一直关注着这部书稿的老朋友何启治，让他先看看，听他的第一印象和意见，都是令人最放心的事。

春节过后，我便坐下来复阅刚刚写完的《白鹿原》书稿，做最后的文字审定，这个过程比写作过程轻松得多了。大约到公历二月末，我决定给何启治写信，报告长篇完成的消息，征求由我送稿或由他派人来取稿的意见。如果能派人来，时间安排到三月下旬。按照我的复阅进度，三月下旬的时限是宽绰富余的。信中惟一可能使老何会感到意外的提示性请求，是希望他能派文学观念比较新的编辑来取稿看稿，这是我对自己在这部小说中的全部投入的一种护佑心理，生怕某个依旧着"左"的教条的嘴巴一口给唾死了。

信发走之后，我才确切意识到《白鹿原》书稿要进人民文学出版社这幢高门楼了。

二

几乎在爱好文学并盲目阅读文学作品的同时，就知道了北京有一家专门出版文艺书籍的出版社叫人民文学出版社，这是从我阅读过的中外文学书籍的书脊上和扉页上反复加深印象的，高门楼的感觉就是从少年时代形成的。随着人生阅历和文学生活的丰富，这种感觉愈来愈深刻，对于一个业余作者来说，这个高门楼无异于文学天宇的圣殿，几乎连在那里出书的梦都不敢做。就在这种没有奢望反而平静切实的心境下，某一日，何启治走到我的面前来了，标着人民文学出版社的牌子。

这件事的记忆是深刻的，因为太出乎意料而显得强烈。一九七三年隆冬季节，西安奇冷。我到西安郊区区委去开会，什么内容已经毫无记忆了。会议结束散场时，一位陌生人拦住了我，操着不大标准的普通话(以电台播音员为标准)，声音浑厚，在他自我介绍之前，我已知觉到这是一位外来客了。在我周围工作和相交的上司同辈和工作对象之中，主要是关中东部口音口语，其次是永远都令人怀疑担心患了伤风感冒而鼻塞不通说话鼻音很重的陕北人，那些从天南海北到西安来工作的外乡人久而久之也入乡随俗出一种怪腔怪调的关中话来，我已耳熟能详。这个找我的人一开口，我就嗅出了外来人的气味，他说他叫何启治，从北京来，从北京的人民文学出版社来，找我谈事。我便依我的习惯叫他老何。以后的二十多年里，我一直叫他老何，没有改口。

我和老何的谈话地点，就在郊区区委所在地小寨的街角。他代表刚刚恢复出版工作的人民文学出版社来西安组稿，从同样是刚刚恢复工作的陕西作家协会（此时称陕西省文艺创作研究室，以示与旧文艺体制的区别）主办的《陕西文艺》（即原刊物《延河》）编辑部得到推荐才来找我的。他已读过我在《陕西文艺》发表的一篇短篇小说《接班以后》，认为这个短篇具备了一个长篇小说的架式或者说基础，可以写成一部二十万字左右的长篇小说。我站在小寨的街道旁，完全是一种茫然，且不用吓了一跳这样的夸张性习惯用语。我在刚刚复刊的原《延河》今《陕西文艺》双月刊第三期上发表的二万字的短篇小说《接班以后》，是我平生发表的第一篇小说，也是我自初中二年级起迷恋文学以来的第一次重要跨越（且不在这里反省这篇小说的时代性图解概念），鼓舞着的同时，也惶惶着是否还能写出并发表第二、三篇，根本没有动过长篇小说写作的念头。这不是伪饰的自谦而是个性的制约。我便给老何解释这几乎是老虎吃天的事。老何却耐心地给我鼓励，说这篇小说已具备扩展为长篇的基础，依我在农村长期工作的生活积累而言完全可以做成。最后不惜抬出他正在辅导的两位在延安插队的知青已写成一部长篇小说的先例给我佐证。我首先很感动，不单是老何说话的内容，还有他的口吻和神色，在我感到真诚的同时也感到了基本的信赖，即使写不成长篇小说，做一个文学朋友也挺好，他应该是我文学生涯以来认识的第一个北京人。二十多年过去，我们已经相聚相见过许多回合，世事已经翻天覆地，文学也已地覆天翻，每一次见面，或北京或西安或此外的城市，都继续着在小寨街头的那种坦诚和真挚，延续着也加深着那份信赖。

我违心地答应"可以考虑一下"，然后就分手回我工作的西安东郊的乡村去了。老何回到北京不久就来了信，信写得很长，仍然是鼓励长篇小说写作的内容，把在小寨街头的谈话以更富于条理化的文字表述出来，从立意、构架和生活素材等方面对我的思路进行开启。我几乎再也搜寻不出推辞的理由，然而却丝毫也动不了要写长篇小说的心思。我把长篇小说的写作看得太艰难了，肯定是我长期阅读长篇小说所造成的心理感受，我常常在那些优秀的长篇小说的阅读中一回又一回感叹，这个作家长着一颗什么样的脑袋，怎么会写出让人意料不到的故事和几乎可以触摸的人物！好在这时候上级突然通知我去南泥湾"五七干校"劳动锻炼改造，我便以此为由而推卸了这个不可胜负的压力。我去陕北的南泥湾干校之后，老何来信说他也被抽调到西藏去工作，时限为两年，然而仍然继续着动员鼓励我写长篇小说的工作。随着他在西藏新的工作的投入,来信中关于西藏的生活和工作占据了主要内容,长篇小说写作的话题也还在说,却仅仅只是提及一下而已。这是一九七四年的春天和夏天,批林批孔运动又卷起新的阶级斗争的漩流……这次长篇小说写作的事就这样化解了,我因此而结识了一位朋友老何。

三

老何再一次到西安来组稿,大约是刚刚交上八十年代的夏天,我从文化馆所在的灞桥古镇赶到西安,在西安饭庄——"双十二事变"中招待过周恩来的百年老店——招待老何吃一顿饭。那时候尚不兴公款请客吃饭。我刚刚开始收入稿费(千字十元),大有陈奂生进城的那份高涨的心情,况且是从小寨街头一别七八年之后的第一次共餐。我要了"西安饭庄"看家菜葫芦鸡,老何直说好吃。多年以来的几次相见相聚中,老何总会突然歪过头问我:"那年你在西安请我吃的那个鸡真不错,叫什么鸡?"

他是为创刊不久的《当代》来组稿的。我仍然畏怯这个高门楼里跃出的为文坛瞩目的《当代》,不敢轻易投寄稿件。直到我从短篇小说转入中篇小说的第一部《初夏》写成,才斗胆寄给老何。这个中篇小说是我的写作生涯中最艰难的一部,历经三年多时间,修改重写四次,才得以在一九八四年的《当代》刊出。我曾在一篇短文中回味过这个至为重要的过程:"在这个过程中,令人感佩的是《当代》的编辑,尤其是老朋友何启治,所显示出来的巨大耐心和令人难以叙说的热诚。他和他们的工作的意义不单是为《当代》组织了一部稿子,而是促使一个作者完成了习作过程中的一次跨越,得到了属于自己的一次至为重要的艺术体验,拯救了一个苦苦探索的业余作者的艺术生命。"我说以上这些话是真诚的,更是真实的。《初夏》历经三年时间的四次修改和重写,始得以发表,不仅是鼓舞,最基本的收益是锻炼了我驾驭较大规模较多人物和多重线索的能力,完成了从较为单纯的短篇小说的结构到中篇小说结构形式的过渡。此后我连续写作的几部或大或小的中篇小说,不论得失如何,仅就各自的结构的驾驭而言,感到自如得多了,写作过程也顺利得多了。正是从自身写作的这个意义上,我是十分钦敬老何这位良师益友的。

《初夏》之后,我正热心热衷于中篇小说各种结构形式的探索,老何在一次见面中问我,有长篇写作的考虑没有。我很直率地回答,没有。这是实话实说。由他的突然发问,我立即想起十多年前第一次见面在小寨街头的那一幕,心里竟有一种负压感,天哪!他还没有忘记长篇小说的事。他却轻松地说,你什么时候打算要写长篇的话,记住给我就是了。

再后来的一次聚面,他又问到长篇小

说写作的事。我觉得对他若要保密，是一种有违良知的事，尽管按着我的性情是很难为的事情。我便告诉他，有想法，仅仅只是个想法，正在想着准备着，离实际操作尚远。我那时候确实正在做着《白鹿原》的先期准备，查阅县志党史文史资料，在西安郊县做社会调查，研读有关关中历史的书籍，同时酝酿构思着《白鹿原》。我随即叮嘱他两点：不要告诉别人，不要催问。我知道我的这部长篇小说不会在"短促突击"中完成，初步计划实际写作时间为三年。我希望在这三年里沉心静气地做这件大活，而不要在人们的议论哪怕是好朋友的关心中写作，更不要说编辑的催逼了。过多的议论过分关心的问询以及进度的催问，都会给我心理造成紊乱造成压力，影响写作的心境。按着我的性情，畏怯张扬，如同农家妇女蒸馍馍，未熟透之前是切忌揭开锅盖的。

然而还是有压力产生。我已经透露给老何了，况且是在构思阶段，便觉得很不踏实，如果最终写不成呢，如果最终下出一个"软蛋"又怎样面对期待已久的老朋友呢！甚至产生过这样的疑问，按照我当时的写作的状况，中短篇小说虽已出版过几本书，然而没有一篇作品产生过轰动性效应，我清醒地知道自己的分量和位置，而老何为什么要盯着我的尚在构思中的长篇小说呢？如他这样资深的职业编辑，难道不知面对名家之外的作者所难以避免的约稿易而退稿尴尬的情景么！因为我在构思中的《白鹿原》没有向他提及任何一句具体的东西，我自己尚在极大的不自信无把握之中。直到今天，我仍然不得其解，老何约稿的依据是什么？

后来的几年里，证明着老何守约如禁，每有一位人民文学出版社的编辑到西安组稿，都要带来老何的问候，进门握手时先申明，老何让我来看看你，只是问个好，没有催稿的意思，老何再三叮嘱我不要催促陈忠实。我常常握着他们的手说不出一句话。直到一九九一年的初春时节，老何和人文社的一班人马到西安来，以分片的形式庆祝人民文学出版社建社四十周年，在西安与新老作家朋友聚会。这个时候，《白鹿原》书稿已经完成三分之二，计划年底写完。见面时老何仍然恪守约律，淡淡地说，我没有催的意思，你按你的计划写，写完给我打个招呼就行了，我让人来取稿。我也仍然紧关口舌，没有道及年底可以完稿的计划，只应诺着写完就报告。

这一年的夏天，先后有两家大出版社向我邀约长篇小说稿，一位是在艰难的情况下给我出过中篇小说集子《初夏》的上海文艺出版社的老张，我忍着心向她坦诚地解释与老何有约在先，无论作品成色如何，我得守信。另一位是作家出版社老朱，她到西安来组稿，听人说我正在写一部长篇，我同样以与老何有约在先需守友道为由辞谢了。我坚守着与老何的约会，发端自十七八年前小寨街头的初识，那次使我着实吓住了的长篇小说写作的提议，现在才得以实施了，时间虽然长了点，却切合我的实际。

直到一九九一年末写完全部书稿,直到春节过后的一九九二年早春的某天晚上,可以确定《白鹿原》手稿复阅修饰完成的时间以后,我终于决定给老何写信报告《白鹿原》完全脱手的消息了,忐忑不安地要奔文学书业出版界的高门楼了。

四

老何很快复过信来,他们将安排两位同志于三月二十五日左右到西安。果然,三月二十四日下午,作协机关办公室把电话打到我所在地区的灞陵乡政府,由一位顺道回家的干部传话给我,让我于二十五日早八时许到火车站接北京来客。

给我捎信传话的乡上干部刚出门,村子里的保健医生搀着我母亲走进门来,说我母亲的血压已经高过二百以上,必须躺下,母亲躺下后就站不起来了,半边身子麻木僵硬了,就发生在我的注视着的眼皮底下。医生很快为她挂上了用以降血压的输液瓶儿。我的头都木了,北京来客此时可能刚刚乘着火车开出京城。真是凑巧了,傍晚时分还有夕阳霞光,天黑以后却骤然一场大雪。我几乎一夜未曾合眼,守护着母亲,看着院子里的雪逐渐加厚到足可盈尺。离天明大约还有一个多小时,我请来一位村人照看母亲,就踏着积雪上路了。大雪真好,从我家大门口起始,走过两个村庄和村庄之间的原野,我给处女的雪原和村巷踩出第一溜脚印。我赶上了第一班远郊公共汽车,进入作协大院时尚未到上班的钟点。我要了一辆公车,赶到西安火车站时,等候许久,高门楼里来的尊贵的高贤均、洪清波终于走出车站来,时间大约八时许。

高贤均和悦随意,甫一见面就不存在陌生和隔膜,笑起来很迷人的。洪清波更年轻,却戴着一副厚厚的眼镜,不大多说话,笑起来有一缕拘谨的羞色,显得更加迷人。我当时想,从高门楼里出来的人怎么到了地方省份还会有拘谨的羞怯!我把他们安排到招待所,由他们自己去找饭吃找风景玩,就匆匆赶回乡下去了,只说还有两章没有"通"完,没有告诉他们还有突然躺倒吊着药瓶的母亲。我当时家分两地,夫人和孩子住在城里,我住在乡下老屋写我的书稿,母亲是过春节时从城里回到乡下尚未回城却病倒了。这样,我一边守护着母亲监视着吊在空中的药液的降速,一边在隔壁书房审阅最后两三章手稿的文字,想到高、洪两位朋友正住在西安等着拿稿子,我第一次感到了心里紧促和压迫,这是《白鹿原》从起头到完成四年以来从未有过的催逼感。

过了两天,我一早赶进西安,包里装着这部书稿。在远郊公共汽车上,我一直抱着这摞书稿,一种紧张中的平静和平静里的紧张。我一路上都在斟酌着把这摞书稿交给高、洪时该怎么说话才合适,既希望他们能认真审读,又不想给他们造成压力,所以以不提任何写作的构想和写作的艰难为好。这样,在作家协会招待所的客房里，我只是把书稿从兜里取出来交给他们，竟然连一句话也说不出来，那时突然涌到嘴边一句话，我连生命都交给你们了，最后关头还是压到喉咙以下而没有说出，却憋得几乎涌出泪来。其实基于一种自己对文学的理解，只需让编辑去看书稿而无须阐释。下午，我又匆匆赶回乡下老家照看母亲，连请高、洪两位新结识的朋友品尝一下葫芦鸡的机缘也没有，至今尚以为憾事。

我由此时开始进入一种完全的闲适状态。我不读任何小说，平生里从未发生过的拒绝以至逆反阅读现代文学书籍的奇怪的心理状态。却突然想读古典诗词，我把塞在书架里多年未动过的《词综》抽出来，品尝那些古色古香的墨痕之中的韵味而惊叹不已。按常规我把《白鹿原》书稿的审阅过程设想得较长，初审、复审和终审，一部近五十万字的书稿，走完这个轮番审阅的过程，少说也得两月以上，因为编辑们不可能只看这部书稿，他们要开会要接待四面八方的来访者还要处理家务事。在他们统一结论之前，估计很难给我一个具体的说法。所以，我就在少有的闲静中等待，品尝一个个诗词大家的妙句。绝然出乎意料的是，在高、洪拿着书稿离开西安之后的第二十天，我接到了高贤均的来信。我匆匆读完信后噢噢噢叫了三声就跌倒在沙发上，把在他面前交稿时没有流出的眼泪倾溅出来了。

这是一封足以使我癫狂的信。信中说了他和洪清波从西安到成都再回北京的旅程中相继读完了书稿，回到北京的当天就给我写信。他俩阅读的兴奋使我感到了期待的效果，他俩共同的评价使我颤栗。我由此而又一次检验了自己的个性，很快便沉静下来，进入一种前所未有的舒缓静谧之中。我也才发现此前二十多天的闲适之表象下隐藏着等待判决的紧张和恐惧，只是明知那个结果尚遥远而已。这个超出预料的判决辞式的信件的提前到来，就把深层心理的恐惧和紧张彻底化释了。我的全部用心都被高、洪理解了，六年以来的所有努力都是合理的，还有什么事情能使人感到创作这种劳动之后的幸福呢！随后对唐诗宋词的品尝才真正进入一种轻松自悦的心理状态。

老何随后来信了，可以想象的兴奋和喜悦，为此他等待了几近二十年，从一九七三年冬天小寨街头的鼓励鼓动到一九九二年他在北京给我写《白鹿原》的审阅意见，对于他来说是太长了点，对于我来说，起码没有使这位益友失望，我们的友谊便不言而喻。随后便是如何处理书稿的种种琐细的事，我都由他去处理，我完全信赖高门楼里的这一帮编辑了。

五

《白鹿原》先在《当代》分两期连载，之后由人民文学出版社出书，中央人民广播电台和西安人民广播电台差不多同时连播，在读者和文学界迅即引起反响，在我几乎是猝不及防的。书稿写完时，我当然也有一种自我估计，如若能够面世，肯定不会是悄无声息的，会有反应的。然而反应如此之迅速如此之强烈，我是始料不及的；尤其是社会各个阶层非文学圈子的读者的强烈反响，让我第一次如此深刻地感受到，读者才是文学作品存活的土壤。

一九九三年八月，《白鹿原》书在京召开的研讨会，也是我平生所经历的最感动的一次会议。会后某天晚上，老何和高贤均找到我住的宾馆，主动与我商议修改原先的出书合同的事。按原先的出书合同，千字三十元，是九十年代初人民文学出版社执行的最高稿酬标准了。按这个标准算下来，近五十万字的书稿可得稿酬约一万五千元，这是从签订合同时便一目了然的计算，我也很兴奋一次可以拿到万元以上的大宗稿酬而夸耀进入万元户的行列了。现在，何与高给我在算另一笔账，如若用版税计酬，我将可以多得三四千元。《白鹿原》按计划经济的征订数目近一万五千册，在一九九三年的新华书店发行征订已是令人鼓舞的大数了。按百分之十的版税和近十三元的书价算下来，比原合同的稿酬可以多得三千多元吧。他们已经对比核算过了，考虑到我花六年时间写这一本书，能多得就争取多得一点吧。我尚未用版税方式拿过稿酬，问了半天才弄明白其中的好处，自然是乐意的。然而更令我感动的是他们替我所作的谋算，以至于如此细心。作为一本书的作者，面对这样体贴入微的编辑，说什么感谢之类的话都显得多余而俗套。

在《白鹿原》行世之后的几年里，有一些认真的或不甚认真的批评文字，无论我无论老何老高或人文社的编辑，尚都能持一种平和的心态，这是文坛上再正常不过的事。然而有一种批评却涉及作品的存活，即"历史倾向性"问题，我从听到时就把这种意见看成是误读。在被误读误解的几年里，涉及到《白鹿原》的评论和几种评奖，都发生过一些不大不小的麻烦。在这些过程中，老何老高们坚守着自己对《白鹿原》的观点，当我事后了解某些情况时，真是感慨而又感佩，甚至因为《白》书给他们添麻烦而负疚，反倒劝慰他们。他们均表示，此种事已经不属和我的友谊或照顾关系的庸俗做法，而是涉及关于文学本身的重大话题。

大约是一九九八年酷暑时月，某天晚上老何打来电话，告诉我一个消息，说陈涌对某位理论家坦言，《白鹿原》不存在"历史倾向问题"，这个看法已经在文学圈子里流传开来。我听了有一种清风透胸的爽适之感，关于"历史倾向性问题"的释疑解误，最终还是有陈涌这样德高望重的文学理论家坦率直言。老何便由此预测，茅盾文学奖的评奖可能因此而有了希望可寄。约在此前半年，我和他在京见面时，老何还在为我做宽慰性的工作，说茅盾文学奖评奖的可能性不大，对《白鹿原》而言评不评此奖意义不大，有读者和文学界的认可就足够了。我也基本是这样心态，评奖是一码事，而"历史倾向性问题"是另一码事。我和他在评奖这件事上仍然保持着一种平淡心理。现在，陈涌的话对《白鹿原》评茅盾奖可能出现的转机仅只是一种猜估,对我来说解除"历史倾向性问题"的疑虑和误读才是最切实际的。我也忍不住激动起来,评奖与否且不管,有陈涌这句话就行了。有人说过程不必计较,关键是看结果。在《白鹿原》终于评上茅盾文学奖这个结果出来以后,我恰恰感动的是那个过程。尤其在误读持续的几年时间里,人民文学出版社的老何老高小洪等一伙坚守着文学意义的编辑,才构成了那个使我难以磨灭的动人的过程。至此,这个高门楼在我的感觉里融入了亲切温暖的感觉。

高门楼的人民文学出版社,凭着一帮如老何老高小洪这样的文学圣徒撑着,才撑起一个国家的文学出版大业的门面,看似对一个如我的作者的一部长篇小说的过程,透见的却是一种文学圣徒的精神。作为一个自以为文学神圣的作者,我结识老何老高小洪们,是自以为荣幸也以为骄傲的。

2001.2.20.于蒋村
(选自《我与人民文学出版社》
2001年3月,北京第1版)

何谓良师

柳建伟

人生是漫长的,长到有几十年光景。人生是短暂的,短到只有几十年光景。在这漫长或者短暂的几十年里,一个人能遇到的成功机会看似多如牛毛,实际上很可能一个都抓不住。这些成功的机会,多半都是伴着某个人存在的。抓住机会的人多了,于是就有了贵人相助的说法。人到中年后,我特别看重那些在我人生道路上曾给我提供过重要机会和重大帮助的良师和贵人们。

大编辑家何启治先生,是我的大贵人,是我文学上的授业恩师。在为何先生写点文字之前,必须为他和我的关系做出准确的定位。

一九九三年初秋,为了延续文学梦,我从解放军艺术学院转入鲁迅文学院继续读书,和两个男同学住在三一一房。那时,因为经济的拮据加上食堂饭菜的单调呆板,同学们便三五一伙在三楼宿舍相继开了小灶。我参加的那个小灶灶长是来自四川绵阳的母碧芳同学。所谓小灶就是一只电炉一口锅,能炖一锅菜或者煮一锅面而已。因为母碧芳同学具有扎实的川菜川饭烹饪技术,她和两个女同学住的三〇七房很快就成了饭口上同学们最向往的地方。在鲁院求学的整整两年里,我在那个温馨的小屋里至少吃过三百顿早餐和五百顿晚餐。

十月中旬的一天下午,我正在宿舍咬牙切齿写着一部名叫《虚城》的长篇小说,母碧芳跑过来说:"人民文学出版社的副总编、《当代》的副主编、《中华文学选刊》的主编何启治老师来了,你快去见见。"

我是一个极不善于和陌生人打交道的人,更不善于和刊物的编辑们打交道。这时,我真正认识的北京文学刊物的编辑,只有《人民文学》的王青风、《昆仑》的海波和程步涛等几个人。《虚城》是我应书商之邀为年初刚刚洛阳纸贵过的《废都》写的续书,几天前我已经得到了《废都》遭禁的消息,我郁闷得很。《废都》一禁,意味着《虚城》难见天日,意味着我在做无用功,意味着家里急需的钱没有着落,我不郁闷才怪。所以,我根本意识不到认识何启治会是改变我人生航向的一个机会。

六点来钟,我见到了何老师。三〇七房内已经坐了五六个同学,七嘴八舌跟何老师说着话。不到六点半，何老师起身告辞。短短的二十几分钟，我跟何老师没说上几句话，谈了什么已经早记不得了，我只记得他戴着度数很高的近视镜，只记得他的面部皮肤有着很明显的高原红，只记得他握手时很认真、很用力。经母碧芳提醒，我把半年前发表我中篇小说《王金栓上校的婚姻》的《昆仑》送给了何老师一本。这就是我和恩师何启治先生的第一次见面。

尽管这时我已经知道何老师是《古船》和《白鹿原》的责任编辑，但因为这时我从未跟出版社的编辑打过交道，也不知图书编辑在一本书的出版过程中会扮演什么样的角色，所以我并没太在意这次见面。在军艺文学系读书的两年，经同学引见，我和京城文学刊物的许多名编都有类似这样的一面之交，这些交往均由于我不善主动创造和寻找机会都不见下文了。何启治，皇家出版社——人民文学出版社的长篇小说终审者，一个早凭编辑实绩确立了在文学出版界至高无上地位的大编辑家，跟当时主要在为稻粱而写作的我，有可能在一起坐而论道吗？我还有这点自知之明。这时，我只在军内的刊物上发表过六个中篇小说，确实没有资格跟何老师这样的人物建立密切关系。

大约过了一个月，何老师又来了，这回他要跟我们一起吃面条。吃饭的过程中，他讲出了让我目瞪口呆的几句话："《王金栓上校的婚姻》我看了，我们《中华文学选刊》应该选载。选刊有它的时效性，明年第二期选发大半年以前发表的作品，应该有个说法。你找个人写个短评，一起发。这个王金栓很鲜活，我看能站得住。不过，你的行文有些啰嗦，我看可以删个四五千字。你要同意这么做，十天后我来取稿子。"这真是天上掉了馅饼的好事！这一夜，我彻底未眠。一九九四年，《中华文学选刊》第二期选载了配发有评论的《王金栓上校的婚姻》。这是我的作品第一次走出军队，走进国家一流文学选刊。如果不是有贵人相助，一个无名小卒发表快一年的作品，能享受这种待遇吗？十多年后，何老师跟我聊起这件事，说过这样的话："过去了十几年，王金栓依然鲜活，看来当年我没看走眼，这部作品算是站住了。"

此后，我跟何老师慢慢熟悉了。大约在一九九四年初夏，何老师对我说："听母碧芳说你为《废都》写了个续书，能不能让我看看？"我诚惶诚恐地把三十二万字的《虚城》书稿呈给了他。秋天里的一天晚上，何老师在我们的小灶吃了一碗面后，第一次提出来让我陪他走一走。头顶月亮和路灯的光亮，脚踩满大街的烂菜叶子，我陪着何老师从鲁迅文学院朝他在《农民日报》大楼后面的家里走。几百米路，我们俩走走停停，竟走了一个小时。他跟我谈了张炜，又谈了柯云路，谈了当年出版《古船》的幕后故事，又讲了对柯云路写完《大气功师》后迷恋上所谓生命科学的惋惜。最后，他讲了几句让我刻骨铭心的话："我是看了你的《虚城》后，才看的《废都》。你的准备挺全面，我看你完全有能力写出不错的长篇小说。"

这一晚,我没有向何老师讲我的任何有价值的长篇小说构想,甚至没有说一句写一部让他看一看这样的话。他很失望地看看我,轻叹一声,推着破旧的自行车进了楼群。没有说句像样的表决心的话,是因为我有难言之隐。自一九九二年开始,我运交华盖,家里连遭不幸,先是祖父去世,再是小保姆在我家犯脑溢血不治身亡,接着,一九九四年七月,母亲又患了乳腺癌。为避免家里债台高筑,我在一九九三年春天,便中断了严肃文学作品的写作,专门写可以一手交书稿一手取稿酬的纪实类畅销书贴补家用。我二十五岁时已开始尝试写长篇小说,深知写一部像样的长篇小说需要耗费多少精力和时间。我不能把延续母亲生命所需的大量金钱寄托在我的第一部长篇小说的稿费上。作为家里的长子和独儿,我必须挣钱延续母亲的生命。

自母亲病倒开始,我进入了一个疯狂的畅销书写作期,一本接一本地写,拿到稿费后便去买治癌的特效药往家里寄。在这期间,我见何老师的次数很少,后来我已经很怕见到他了。

一九九五年"五一"节,我把母亲接到了北京,我希望北京的大医院的专家,能解除我随时都会失去母亲的恐惧。何老师听说我母亲来北京治病,便抽时间专程到鲁迅文学院看望她。详细问了我母亲的病情,知道我母亲对自己的病情十分清楚后,何老师让我和家人们都回避了,他跟母亲单独谈了半个小时。何老师临走时对我说:"晚上我再来,我想跟你谈谈。"

母亲一言不发数个小时后对我说:"能遇到何老师这种好人、高人,是你的福分,也是咱们家的福分。如果我这病是能治好的病,你用什么方法挣钱,都行。可是,我得的是癌症,多少钱都买不到我的命了。要是因为我把你们都毁了,我死不瞑目。何老师说你能写长篇小说,你肯定行。我希望能活着看到你在人民文学出版社出一本长篇小说。你要是不听劝,继续写畅销书,我就不治了。"当晚,我再次和何老师走向白天做自由菜市场的那段街道。何老师对我说:"你妈是个明白人。我看呢,孝有大孝小孝之分。你现在做的,也叫孝,但这是小孝。你需要做的,是尽大孝,这大孝就是如何让你母亲为有你这么个儿子感到骄傲。我正式向你约个长篇吧,想想你有什么好选题,想好了咱们再详细谈谈。"

一周后,我用三个小时时间,向何老师讲了三个长篇小说构思。听完后何老师用他一贯简捷的话语说:"都不错。先写县城这个吧,你更熟悉,又写过初稿。"写县城的这个长篇小说便是我在人民文学出版社出版的长篇小说处女作《北方城郭》。

这些年我一直把一九九五年"五一"节与母亲和何老师的谈话当成我人生道路上的遵义会议。我不愿意矫情地说出这样绝对的话:"没有何启治先生,就没有我的今天。"我愿意说这样客观一些的话:"如果我没有遇到何启治这一位良师,我的文学之路绝对不会走成今天这样顺利,我肯定会在泥沼遍布、荆棘丛生的路段挣扎很久。"

一九九五年秋天，我正在创作《北方城郭》的时候，何老师得知我写的中篇小说《都市里的生产队》已经在一家杂志社排了近两年队还没发表后对我说："把它拿回来，《当代》发，算是给你加加油。"《都市里的生产队》刊发在一九九六年《当代》第一期，旋即被《小说选刊》《中篇小说选刊》和《作品与争鸣》转载。这件事给我很大鼓舞。

一九九八年元月，《北方城郭》讨论会在北京召开的时候，我给何老师带来了新作《突出重围》，这时，他已经兼任《当代》杂志主编。在这匆匆过去的几年里，我又认识了人民文学出版社的大编辑家高贤均先生。讨论会结束后，我在北京滞留了一段时间。因母亲去世等原因，我有严重的财政赤字，只能住在东中街四十二号人文社宿舍楼地下室改作的招待所里。一天晚上，何启治老师和高贤均老师一起敲开了我的房门。何老师进门就说："新稿子小高和清波他们看了，都说不错，《当代》第三期发，书由我们出。小高有个想法，我认为不错，想跟你谈谈。"高老师开门见山地说："我们都认为你还能写出好作品。我们想跟你签个约，出版你今后十年所有的长篇小说。也不是只签你一个人，也准备跟阿来签。你看行吗？"我这时候的心情，完全可以作为受宠若惊的标准注解。一个三十五岁不到的年轻人，不过是写了两本小书，突然间得到皇家出版社两位长篇小说大编辑家这样高的礼遇，不惊得心跳每分钟超两百，才叫怪呢！签约的事后来因为种种原因搁置了，但它对我的鼓舞是无与伦比的。我至今仍时常在灯下闭目枯坐，仔细回忆那个夜晚。

我也是个不经夸的俗人。两位大师级的编辑家一夸，我就不知柳二哥贵姓了。一九九九年五月，我又把第三部长篇小说《英雄时代》的初稿交给了何老师和高老师。因为心浮气躁，这部作品的初稿在社里收到的评价不高。何老师认为这个题材没毛病，关键是没写好。高老师拿出两个方案让我选：一是换个书名在人文社按一般稿子出版，一是放弃这一稿，再做积累后重写。我选择了第二方案。何老师鼓励我说："重大现实题材很难写，但写好了功德无量。作家安身立命靠质不靠量。你要相信自己。"回成都后，我全身心地投入到重写《英雄时代》的准备工作中。

二〇〇〇年十月中旬，我碰巧在杭州遇到了何老师，他在灵隐寺附近疗养。这次见面恰逢第五届茅盾文学奖揭晓，《北方城郭》名落孙山了。据说落选的原因是因为有的评委认为此书调子有点灰，性描写比《金瓶梅》还多。说句心里话，我对《北方城郭》参加评奖还是有所期待的。何老师得知我在杭州后，马上约我到他的住处一聚。品着正宗的龙井，何老师对我说："不要太在意奖项。实力到了，一切都水到渠成了。好好写你的《英雄时代》吧。"

二〇〇〇年十月十八日，我在成都家里开始重写《英雄时代》。二〇〇一年春天的一个晚上，我接到了何老师从北京打来的电话。何老师说："脱胎换骨了。《英雄时代》至少不弱于《突出重围》。我虽然退休了,说话他们还听。社里决定把你的三部作品以《时代三部曲》的名义出齐。我在社里甚至说了这样的过头话:《英雄时代》不但该出,说不定还会得个茅盾文学奖呢!"我听得鼻尖发酸,禁不住泪流满面。拿到《时代三部曲》的样书后,我在第一本的扉页上写下了这样的话:"恩师何启治先生存念。经您培育的《时代三部曲》出齐,愿与您共享这一阶段性成果。您的学生柳建伟敬呈。"

《英雄时代》出版三个月,便入选了"向建党八十周年献礼四十个重点文艺项目"。借何老师的吉言,二〇〇五年五月,《英雄时代》果真得了第六届茅盾文学奖。

中国作协副主席、第四届茅盾文学奖得主、《白鹿原》的作者陈忠实先生在《何谓益友》的文章中,饱含深情地写了他和何启治老师长达三十年的友谊,详细披露了他的创作历程和何老师的关系,郑重地把大编辑家何启治先生奉为益友的楷模。受陈先生的启示,我学样写下了《何谓良师》这篇短文。

大先生何启治已年过古稀,他依然思维敏捷、见识独到、精神矍铄,他依然对我的文学未来关注多多、要求多多。调京工作后,我常去拜访他,每次拜访,我都能从他那里受到很多教益。能遇到何启治先生这样的良师,是我文学人生的大幸。春风化雨,惠我良多,先生之风,山高水长。我衷心地祝愿先生身体健康、长命百岁。

(选自《江南》杂志2011年第5期)

世纪书话

——我和当代优秀长篇小说的遇合机缘

我的文学编辑生涯简单到可以用一句话来概括:1959年夏毕业于武汉大学中文系,旋即分配到人民文学出版社;1999年退休,返聘到2003年;迄今仍在业余做一些无法推辞的文学编辑工作。

几十年来,我经手编辑的,特别是负终审责任的长篇小说大约有近百部,我对其中一些重要作品或文学新人有艺术个性的作品的发表或出版(再版)发挥了重要作用的,主要有:《铜墙铁壁》(柳青)、《古船》(张炜)、《衰与荣》(柯云路)、《大国之魂》(邓贤)、《大上海沉没》(俞天白)、《女巫》(竹林)、《南京的陷落》(周而复)、《商界》(钱石昌、欧伟雄)、《白鹿原》(陈忠实)、《赤彤丹珠》(张抗抗)、《惑之年》(母碧芳)、《趟过男人河的女人》(张雅文)、《人间正道》、《天下财富》(周梅森)、《北方城郭》、《突出重围》、《英雄时代》(柳建伟)、《霹雳三年》(王火)、《牵手》(王海鸰)、《歇马山庄》(孙惠芬)、《狂欢的季节》(王蒙)、《似水流年》(姚蜀平),等等。其中突破性的成果,当属《古船》和《白鹿原》。

1997年8月17日,我在和青年作家柳建伟作关于编辑、出版者与长篇小说创作关系的对话中,曾经坦然地说:"我曾多次表示,我读《白鹿原》时还有一种职业的'兴奋感'和'幸福感'。有朋友告诉我说'幸福感'有点那个。那个的意思我懂,无非是不含蓄,有点太下蹲状了。今天我仍愿这么说。这种感觉是一个文学编辑在阅读显然会在当代文学史上占据重要地位的鸿篇巨著手稿时的心情。就像一个作家写出了自己一生中为数不多的重要作品时的感觉一样。不管是作家还是编辑,这种职业状态一生中不会太多。我……只有在读《白鹿原》和《古船》时,出现了这种状态。一旦这种状态出现了,它就可以驱使一个把编辑当终身事业的人,把个人的利害得失彻底忘却,坦然面对一切可能的意外,与这样的作品共荣辱,与写出这种作品的作者同进退。一个编辑,如果对这样的作品在基本的评价或判断上有失误,那就意味着人生道路的大失败。"(见《五十年光荣与梦想》,载《当代作家评论》1998年第1期)

评论家何西来在《何启治和他的〈文学编辑四十年〉》一文中特意引用了我的这一

段话,并说:"我之所以不嫌其长地引用这段自白,是因为它写得很直白、很真诚,能够反映一个职业编辑的独立品格和敬业操守,反映了他对编辑职业的敬畏之心,以及他的自信心、自豪感和神圣的守土意识。这段话的要害是'共荣辱'、'同进退'六个字。只有到了如我们这个年龄的过来人,才能真正懂得在近几十年来我国具体的政治环境下,这六个字是多么不容易做到,要做到又意味着什么。"(转引自《何启治作品自选集》,广东教育出版社,2005年6月第1版)

何西来的这段话可谓深得我心。我之所以要在我的《世纪书话》之前先引述这些话,就是为了让读者先注意到我这几十年来的编辑工作所处的政治文化背景。

一切都不是偶然发生的。

一、《铜墙铁壁》:再版时,要查一查有没有为彭德怀"招魂"的问题

1973年7月,我从咸宁"五七"干校回到北京,仍在人民文学出版社现代文学编辑室小说北组做编辑工作。组里分配给我的主要工作之一,就是柳青著长篇小说《铜墙铁壁》的再版。

《铜墙铁壁》,完稿于50年代初,1951年9月由人民文学出版社出版,以后又译成外文对外发行,在国内外都有较大的影响,是柳青的代表作之一。1962年重印这本书时,在当时的历史背景下,已由出版社提出,经柳青同意,把书中出现的彭德怀、刘景范两同志的名字删去。

1971年,刚刚恢复部分业务工作,人文社就将《铜墙铁壁》列入第一批再版书的名单中;同年召开的全国出版工作座谈会,在"书籍审查意见"中,也认为此书"基本是好的","修改后可再版"。

为此,人民文学出版社从1971年3月起首先就柳青本人的政治情况,多次向陕西省革命委员会原省级机关斗批改领导小组进行调查。直到1972年5月21日,才从陕西省革命委员会杨梧"五七"干校的复函中得知柳青"已审查清楚,属人民内部矛盾",从而通过了《铜墙铁壁》再版的第一道门槛。

1973年3月,人民文学出版社为配合纪念《在延安文艺座谈会上的讲话》发表31周年的活动,想力争在5月23日以前再版《铜墙铁壁》。但由于文字改动不少,改版已不能解决问题,出版社只好决定将书稿发厂重排。此书在5月出版已不可能。

柳青自己,对于《铜墙铁壁》的再版自然是寄予希望的。他在1973年8月1日的来信中高兴地说:"费了三个星期,总算赶出来了。……没有想到我活着做了这件事。多少年不敢再看一遍的东西,这回终于把它改成一本书的样子。……这大约是我最后一次修改,费点周折是值得的。为了我国文学的利益和广大读者,你们会安排好的。"

然而,令人料想不到的是,又过了两年多,直到1976年2月,《铜墙铁壁》的再版才

算终于完成。为什么一本书的再版过程会如此曲折而漫长呢？

《铜墙铁壁》必须经过修订才能再版的意见，最初是由1971年的全国出版工作座谈会和出版社方面提出来的。概括起来，主要的意见是：主要英雄形象石得富还不够高大，光有朴素阶级感情，缺乏阶级斗争、路线斗争觉悟；贬低群众的作用，把群众写得太落后；毛主席"人民战争"的伟大战略思想体现不足，写得不深刻；书末直接描述毛主席的革命实践，要慎重；第二章通过区委书记金树旺的口，三次提到刘少奇同志在中共七大《修改党章的报告》里的话，须删去；以及作品的语言有点艰涩难读，等等。

这些意见在当时那个历史背景下，是不难理解的。有些具体的删改意见也比较容易处理。但全书的实际修改工作还是在直接和柳青同志接触后由他自己来完成的。

当初，人文社曾经想抢在纪念《在延安文艺座谈会上的讲话》发表31周年时再版《铜墙铁壁》，这当然只能用简单处理的办法来对待了。此时已经是1973年的春天。由于时间匆促，1973年4月初这部小说发再版重印书稿的时候，只是在旧版上做一些很简略的删改工作。诸如删去刘少奇的三句话；把某些战争场景的具体实写（驴"肠子突出肚皮"）改为虚写（"有的驴炸伤了"）；把实写"点着了用《解放日报》卷成的火纸"改为虚写"点着了用旧报纸卷成的火纸"；删去石得富和银凤"先奸后娶"的谣传，以及一些文字上的润色、修饰等等。

如此改动，靠简单的改版已不能解决问题，争取在1973年5月出书已无可能。这样，柳青才有机会在同年夏天系统地对全书校样做一次认真的校读修改。

他对此是十分看重的，在1973年7月16日来信中说："校样（按，指4月初发排的《铜墙铁壁》校样）……不看则已，一看就感到不安。二十二年前出的这本书本来是平庸的，如果不印也就算了，可以给人考察一个作家的发展过程。也就是说仅仅供少数人翻一翻它。现在要重排再印，肯定流传颇广。能够改动的不加改动，这就是对人民的态度问题了。鉴于此由，我决定进行必要的修改。"可见，他的态度是严肃认真的，也是十分诚恳的。

那么，根据什么原则进行修改呢？他在同一封信中表示："仅仅是文字上和细节上动一动，不动情节。"也就是说，基本故事情节不动，人物没有增删，只是做了一些文字上的修饰和细节上的修改。

为了完成这样的修改，他要求用"大约一个月的时间"，而实际上，只用了三个星期就"赶出来了"（见上引1973年8月1日给编辑部的信）。考虑到他病弱，又正当酷暑，这样快赶出来已很不容易了。

从他寄回来的校样看，他在编辑部做了初步改动的校样上，确实又对全书做了较大的，但也仅仅是"文字上和细节上"的修改，不牵涉基本情节的改动。

这些文字上和细节上的改动，主要是：

一、文字上的修饰、连缀、润色，避免艰

涩的语言而使文气更加顺畅明达。

二、骂人的粗话如"狗日的"都予以删除，实在不得不用时则改为通行的"他妈的"。

三、删去有损金树旺形象的一些文字。如原第七章通过区长曹本安的思想活动的描写，说金树旺"动不动引经据典，说话拐弯抹角的作风……是近几年学来的卖弄和狡猾"，等等。

四、删去石永公害怕敌人的心理活动描写。如原第八章写石永公回忆"1936年红军从葭、吴两县撤退后，国民党和当地豪绅地主疯狂屠杀人民留下的阴影"，使他听到"险恶的风声，曾经每一根汗毛都在颤凛"。

五、删去石得富被敌俘获受到严刑拷打后想一死了之的一些所谓"消极"的描写，增加对他住家环境的带有亮色的描写（通过金树旺的观察），增加对他英雄行为的赞颂等等。

六、在文字上注意表现石得富和银凤正确对待爱情生活，处理好革命利益和私情的关系。

七、在文字上注意表现以石得富为代表的人民群众积极备战，坚决支持我野战军反对胡宗南军队入侵边区的战争。

八、删去一些啰嗦、多余的话。如删去关于筹备粮站人员配置的第一、第二种意见，直接把第三种意见作为区上的意见说出来。又如第十二章开头删去兰英、银凤向石得富、金树旺请示撤退路线（牵涉陕北许多怪地名）的一大段交代性文字。还删去一些关于战争形势的近乎概念的分析文字，等等。

九、删去了每一章的标题。

收到柳青寄回来的、经过修改的校样之后，我们编辑部在1973年8月7日回信说："看到你在上面做了认真细致的修改，我们感到这表现了你对党的文学事业和工农兵读者的高度责任感。我们完全理解你的心情，支持你的修改。"信上还说"清样出来后，再寄给你一份。如我们在校对过程中还有不同意见，再告诉你，请你斟酌"。

这"不同意见"在8月18日编辑部给柳青同志的信里果然提出来了。信上说："仅有若干字句，我们感到还可改进……我们在退厂改版之前已做了一些改动。现将这些改动过的部分另纸列上，请你酌定。"

柳青8月20日在收信的当天就立即作复，表示基本上同意编辑部所做的改动，指出"所改的地方大多数都比原来的概念更清楚"。但还是有三处改动，是他不赞成的。他在回信中说：

……只有三处，我看不当。

（一）139页（按，在第十章末尾，新版书第121页）："他们还牵着敌人的鼻子走，为野战军创造了良好的歼敌战机哩！"（按，这是编辑部的修改意见）是书本语言，不是生活语言（口语），出于区委书记金树旺之口，不合适，显得生硬。原文"（毛主席和党中央……）配合行动"与上下文联系起来理解，概念并不含糊，所以还是不改好。所改的意思在小说的后边作者的叙述部分有准确说明,读者会有完整的印象。文学作品不是技术书,不能要求每句话都量尺寸,这样有损于生动性。

(二)189页(按,在第十四章,新版书第162页):"……大自然的暴风雨顿时阻止了人类的暴风雨。"大自然和人类是对称的名词,合起来是一句柔和的文学语言。把"人类"改成"阶级搏斗"(按,这是编辑部的改动),和上边那条一样,虽然概念更准确一些,但语言却生硬起来。还是不改好。原来的意思是清楚的,不会给读者模糊的印象。

(三)231页(按,在第十六章,新版书第199页):"……解放军从来都不占县城"是概念不清楚,应改为"不争县城",就清楚了。如果改成"一城一地的得失"(按,这也是编辑部的修改意见),不合乎石得富语气,显得不调和。我写小说描写部分尽量不用政论语言。

上述三条,请在校样改过为感。

历史地看,编辑部的三条修改意见在当时是不难理解的。但柳青却在收信当天毫不犹豫地立即作复,明确地指出"不当",逐条驳回,要求"在校样改过"来。在第一条意见中,他还在(读者会有)"完整印象"这四个字下画了圆圈,加以强调。在个人迷信甚嚣尘上的当时,敢于坚持通过小说中人金树旺说:"我们时常喊叫保卫毛主席,保卫党中央。毛主席和党中央留在咱陕北,除不要野战军保卫他们,他们还配合行动哩!"这看来真有点太"出格"了。这是因为,不管通过上下文读者会得到什么"完整印象",应该说,孤立地看这句话,在那个时候是谁也不敢说通得过的。而柳青却敢于断然地坚持这样做,而且还认为这才是生活语言,这样才不至于损害文学作品的生动性。由此以及另外两条意见,我们不难看出,作为一个文学艺术大师,他对于文学要从生活出发,要坚持个性化的语言和文学的生动性是多么珍视,而在这样执著的坚持中,又包含着多么难能可贵的勇气和胆识!

然而,当时人文社的编辑部和当时的社会是息息相通的,我们不能不考虑各种各样的具体意见乃至压力。因此,柳青的意见自然也就不可能痛痛快快地被编辑部所接受。

在这种情况下,我于1973年9月奉派赴西安,受命直接和柳青同志面商《铜墙铁壁》的文字修改方案。

柳青,作为一个有深刻思想和艺术才华的作家,他除了史诗式的《创业史》(可惜由于大家都知道的原因只完成了第一、二部),还有优秀长篇小说《铜墙铁壁》和《种谷记》等作品,都在我国当代文学史上占有光荣的一席。所以,我是带着敬仰之情去造访的。

记得就在莲湖路他的住处,我第一次见到这位心仪已久的作家。他留着两撇胡子,穿着深色对襟布衫,戴一副圆镜框老式眼镜,头顶瓜皮帽,脚穿粗布鞋。虽然眼镜后面那双眼睛还常常闪耀着敏锐、机智的光彩,但身子枯瘦,手上青筋暴突,说话中间还常常不得不停下来往嗓子眼里喷药水……"文革"期间给这位杰出的作家所造成的伤害,是一目了然的。

因此,在我们连续几次交谈中,柳青对运动中"左"的表现常有一些愤激之言。但在谈及《铜墙铁壁》的修订时,却总是用商量的口气,既坚持了他认为应该坚持的原则,又对我们采取支持的、合作的态度。我们关于一些文字的具体修改意见,他都是比较痛快地接受了的。

其中有一处修订颇能说明问题。这就是石永公当着坏种说"上面几次三番不让区乡随便押人"(见新版书91页)这句话,当时有人认为有敌我不分之嫌。对此,柳青认为可以不改。他耐心地分析说,第一,这样写有其特殊性。这是战争环境,县机关当时早就转移了。第二,这样写在情节上有连贯性。正因为是这样的环境,下面写到让坏种逃跑了。第三,这样写也有针对性。这是写小说。他特别强调说:"这不是写政治经济学。要写出石永公胆小怕事的性格来。"他在这里强调"不是写政治经济学"和他在8月20日复信中强调"文学作品不是技术书"是一个道理,是一样的意思。正是受了他"要写出石永公胆小怕事的性格"这话的启发,我建议他在"说"字之前加上副词"嗫嗫嚅嚅地",即改为:"石永公在旁边嗫嗫嚅嚅地说:'上面几次三番不让区乡随便押人。'"他当即同意了。而且还说:"如果还有困难,就将整句话删去,也是可以的。"

但关于8月20日复信提出的三条,他还是坚持自己的意见,而且进一步说服了我。这样,我们最后就把"解放军从来不占县城"改为"……不争县城"(见新版书第199页),把"大自然的暴风雨顿时阻止了人类的暴风雨"改为"……阻止了人间的暴风雨"。都只是一字的改动。

然而,第十章末尾,"毛主席和党中央留在陕北,除不要野战军保卫他们,他们还配合行动哩! 咱们这回要不顾一切困难,帮助野战军把三十六师消灭了!"这句话,不管后面有多少准确的说明,不改动在当时也是无法通过的。最后,只好采用柳青自己主张的"删而不改"的办法,把文句中"除不要野战军保卫他们,他们还配合行动哩!"删去(见新版书第121页)。

涉及本书再版的,还有一个重要问题,就是该如何处理小说中关于毛主席形象的描写(见新版书第238—242页)。一方面,当时有人提出这种描写要慎重,同时,小说中写到毛主席说的几句话又找不到出处。(当然不可能找到出处)

怎么办呢? 我是主张保留不动的。理由是:

一、《铜墙铁壁》是小说,不像某些回忆录那样,不存在作者可以借此为自己树碑立传的问题;

二、上述片断已成为全书的有机组成部分,作者所正面描写的毛主席形象是光辉感人的;

三、本书初版于1951年，至今已经过二十多年的考验，国内外的反应都是好的。

自然，因为查无实据，毛主席的话只好保留内容而去掉引号。

但是，根据当时有关文件的规定，"涉及毛主席的革命实践活动，涉及党的历史……等书稿、画稿，……中央一级出版社必须经主管部门审查"。这样，我们只好正式向出版口领导小组做书面的请示报告，并得到他们的同意。而柳青同志在这个问题上，是完全支持我们的。

前面已经提到，柳青对此书的再版，是严肃认真的。我们曾提请他考虑写篇《后记》。对此，他在1973年8月1日的信里表示，"是不是要借此机会向读者交代几句，正在考虑。"但稍后，在8月11日的信中又说，"经考虑，《后记》一类文字不写了。一写就啰嗦，难免夹杂些感慨。这样做，不符合我写长东西以来的作风。还是让读者自己去看吧。我建议你们'出版说明'上只提一句做了不少修改（主要在文字上和表现手法上，这使得作品面貌有不小改变，虽然内容基本未动）就行了。"我们自然是照他的意思办了。从信中这些话也不难看出，他之所以这样决定，和当时复杂的政治情况也是有直接关系的。

至此，《铜墙铁壁》颇费周折的文字修改工作总算完成了。我想，它的再版当是毫无疑问的了。正是从这样的认识出发，1973年12月28日我从西安给出版社写的汇报信中，认为再版前要做的修改工作已经全部完成，而柳青却说，"这本书不急，暂时不再版，再放一放也是可以的"；我觉得他的话中有潜台词，意思是"如有其他考虑就暂时不出吧"，因而在信里说，"我觉得他可能是有点误会，已略加解释"。

实际上，后来的事实说明柳青同志对形势的估计是比较冷静、比较清醒的，而我自己倒是过于天真了。

果然，回到机关后，"批林批孔"运动就日趋热闹，断断续续以"四大"的形式开展起来。这运动又果然对《铜墙铁壁》的再版发生了直接的影响。由于各方面的反应乃至干预，以致出版社领导小组在研究这部小说的再版问题时，又提出了两个问题：一、书中有没有宣扬"孔孟之道"的文字？二、再查一查有没有为彭德怀"招魂"的问题。我以《铜墙铁壁》责任编辑的身份列席会议。

关于第一个问题，我汇报说经过全面检查，只发现第五章开头讲到会计陈绍清老汉的时候，说他"是个穷念书人，早年在私学堂教'子曰学而时习之'糊口……"我说，现在把引用《论语》的这句话删去，也就不成问题了。

关于第二个问题，我认为"彭德怀"的名字早已删去，而且柳青本人主张，为了保险一点，牵涉一些真人的地方可把实写改为虚写，如"西北野战军后勤司令员"，可把"司令员"改为"负责人"（按，实际上最后改为"西北野战军后勤司令部的同志"，见新版书第239页），这样就不是专指某一个人了。经过这样的改动，应该说不会有什么问题了吧。如果这样还不行,那就只有把1947年陕北沙家店战役的整个历史背景改了——可这一改,也就不成其为《铜墙铁壁》这部书了。

其时,到1978年9月才被正式任命为社长兼总编辑的严文井同志只是社领导小组的成员而不是主持人。面对这样荒诞的问题,文井以他一贯的幽默站出来说,既然没有把握就不要贸然做结论,并建议请李季同志来把关,(按,当时《人民文学》杂志还没有复刊,李季带领一批《人民文学》杂志的编辑做复刊的筹备工作,其建制暂时挂靠在人民文学出版社)"因为沙家店战役进行时,他正在陕北赶着毛驴办小报。"

我不知道李季同志作何回应。事情就这样拖了下来,直到1974年夏我作为援藏教师赴西藏、青海工作,社里决定将修订过的《铜墙铁壁》付型,并将打好纸型后先放着的意见告诉了柳青同志。柳青对此不持异议,并对我说,"你可以告诉出版社,我不着急。如果没有把握就这样先放着吧。"

这部书稿一放就放到1975年11月17日,才以"落实毛主席关于调整文艺政策的指示"为理由作为急件付印,并于1976年2月再版发行。我在青海西藏驻格尔木办事处中学收到这本样书的时候,已是初夏时节,我就要结束援藏教师的工作回出版社重操旧业了。

这就是荒唐年月发生在人民文学出版社的比较典型的荒唐事。

二、《古船》:第一部用新的历史观写土改和反思当代历史的长篇小说险些遭到禁止出版的厄运(存目)

三、《大国之魂》:对文学新人不必求全责备,一个文学编辑,永远应该把发现、支持文学新人作为自己的基本职责之一

1990年6月,我从美国探亲回来。7月,当时的人民文学出版社副总编、《当代》杂志主持日常工作的副主编朱盛昌因病全休,我接替了老朱来主持刊物的日常编务(后由出版社领导给予"常务副主编"名义)。这时候,我面对的第一部比较复杂的书稿便是四川青年作家邓贤的长篇纪实文学作品《大国之魂》。

邓贤,1953年6月生于成都一个高级知识分子家庭,原籍武汉。1971年初中尚未毕业即响应号召上山下乡,到云南生产建设兵团(后改为国营农场)种甘蔗七年,经受艰难生活的磨炼。1978年考入云南大学中文系,毕业后留校任教,1988年调四川教育学院中文系任教至今。

从1982年开始,邓贤一边教书一边写《昆明虎案》之类的通俗作品,未成大器。但邓贤并不甘心。早在1972年,即松山大

1994年12月17日何启治与邓贤、周小蔚夫妇合摄于北京世界公园

血战28年之后,这个中国远征军(青年军)的后代就徒步来到松山凭吊旧战场,然后去腾冲,去畹町,去密支那,去父辈远征鏖战过的滇缅战区遗址,去寻找关于他的命运,他的家庭乃至民族命运的谜底。

1988年春,《当代》编辑洪清波去云南组稿巧遇邓贤,得悉邓贤矢志不渝地要把1941—1944年中国远征军入缅作战的这段战史写成百万字的长篇小说。清波热情地向邓贤组稿,但他和周昌义等在冷静地权衡了邓贤的主客观条件后,就实事求是地劝他扬长避短,下决心把写百万字长篇小说的打算改为浓缩到30万字的写真人真事的纪实文学作品。

邓贤从善如流,果然在翌年年底交出初稿。1990年春,在有关领导原则上肯定这部稿件的前提下,又由《当代》编辑周昌义和人文社当代文学综合编辑室负责人高贤均去成都和作者面谈修改意见。此时,作者数易其稿,已经使尽浑身解数且又精疲力竭,而编辑部内部又有不同意见,有的领导者对稿件的把握还有一些保留和疑虑,以致作品甚至有可能在迁延不决中搁浅的危险。

我所面对的主要疑难问题是什么呢?

其一,是否存在题材重复的问题。

在1990年间,已有解放军文艺出版社出版的《缅甸,中日大角逐》等作品问世。乍一看来,似乎真是有题材重复即所谓题材撞车的问题。这可是编辑之大忌。后来面世的同类作品往往半途夭折;勉强推出来,也成明日黄花,很难引人瞩目了。那

附录 423

么,《大国之魂》是否存在这一危险呢？我不得不做一点调查比较。于是,找到《昆仑》杂志,看它刊发的《缅甸,中日大角逐》的重要片断《兵败野人山》,发现此作比较侧重文学描写,在表现角度上却略嫌线条单一。而《大国之魂》则不然。它从中国远征军在滇缅印战区的溃败写到胜利大反攻,向读者展示了二战中的重要战史,资料翔实,丰富多彩。它还成功地刻画了史迪威、蒋介石、宋美龄、孙立人、杜聿明等众多人物。恢弘博大,绰约多姿。就作品的立意而言,它着意于通过战争的现象透视中日英美等大国的民族之魂,无论对中国军队,中华民族的优劣,或西方盟友和日寇侵略者的长短,都做了严肃冷峻的剖析和充满激情而又真实准确的表现,角度独特,发人深省——这是特别值得肯定的,是作品深度和力度的体现。它还超越个人的好恶之上,超越我们通常对人事的道德评判准则,严格地尊重客观历史,从而揭示了种种鲜为人知的历史事实：诸如1944年元旦刚过,美国白宫竟下达了除掉蒋介石的指令；第一次在我国战争历史文学中披露了日本军队中的随军慰安妇问题,揭示了日本侵略者强征慰安妇的暴行；又据实告诉读者,日本侵略军中最残暴、战斗力最强的第56师团官兵,竟全是由日本本州造船厂的工人所组成,号称"本州兵团"……凡此,都使《大国之魂》在同类题材作品中成为新颖独特、独树一帜的,有分量、有魅力的具有独立存在价值的优秀作品。

其二,有没有刻意美化美国的问题。

在我看来,这主要是个有没有科学的历史观的问题。罗斯福当总统时的美国在二次世界大战的反法西斯战争中的重大贡献是不容怀疑的历史事实。《大国之魂》在这一点上是忠实于历史的,对罗斯福总统和史迪威将军等人的刻画描绘,也比较公允全面,并无以偏概全、一叶蔽目之病。我们在1990年中美关系处于紧张状态的时候,只有抛弃短视的功利之心,才能真正冷静地、理智地正视历史,从而以应有的胆识和勇气,为真正维护和发展中美两国和人民之间的伟大友谊做出应有的贡献。

其三,也有人提出,《大国之魂》有没有美化蒋介石、忽略我党在抗日战争中的伟大贡献或有悖于我党对有关历史和人物（如戴安澜将军）的评价之嫌？

我想,如果我们不带偏见地、冷静地面对这一段历史,就会明白滇缅印战场既是二次世界大战的局部,也是整个中国抗日战争的局部,就中方而言,在这个战场上与敌人周旋较量的确实是蒋介石、国民党及其军队；何况,当时作为"委员长"的蒋介石也是国共两党认可的、名义上的全国抗日的统帅。因而,只要我们像历史的原貌那样描述这一段历史和有关的历史人物,既不溢美伪饰,也不人为地丑化贬抑,就不存在上述问题。《大国之魂》实际上就是这样做的,它既肯定了蒋介石抗日的历史作用,又揭示了他的民族利己主义、自私和刚愎自用、指挥失误等等,就是对为国捐躯的戴安澜将军的描绘，从根本上看也没有歪曲他作为民族英雄的本色，只是使他作为活生生的人显得更本真、更可信罢了。

然而，作品几经修改，确实仍然存在枝蔓过多，文字芜杂之类的缺陷。在排除了上述几个问题的疑虑之后，这也是一个编辑不能马虎放过的问题，何况要先在《当代》杂志刊发，也必须适应刊物篇幅实在紧张这个实际问题。

针对作品的现状，我提出，可由发稿责任编辑动手，除了对原稿文字做必要的规范性加工之外，还要去掉一些枝蔓，特别是全部删去作者家世（其父是当年中国远征军的运输兵，其母是蒋纬国的妻侄女）的有关部分，从而可以在31万字中选用最精彩、最重要的部分在《当代》刊发。此事由洪清波等具体执行，其结果是以近二十万字的篇幅在《当代》1990年第6期上发表了《大国之魂》最精粹，也是相对完整的部分。其中关于慰安妇问题近两万字，应是我国当代文学作品中首次披露。后来香港、台湾出版《大国之魂》时，所用的便是更加紧凑凝练的"《当代》版"。

《大国之魂》在《当代》1990年第6期刊发并由人民文学出版社出版单行本（1991年10月）后，在海内外读者中引起强烈反响，可谓一鸣惊人。文坛公认《大国之魂》是当时三部同类题材作品中的佼佼者。该书先后获得新闻出版署颁发的首届直属出版社优秀编辑一等奖，团中央、文化部、广电总局、新闻出版署等主办的首届中国青年优秀图书奖和人民文学出版社与广东炎黄文化研究会联合颁发的炎黄杯"人民文学奖"（1986—1994年）。

邓贤随后又有《中国知青梦》《流浪金三角》等纪实长篇力作问世，他本人由此从地区性的作者一跃成为四川最有影响的、备受海内外瞩目的青年作家之一。

由此可见，一个编辑对一部书稿做出取舍的正确判断固然很重要（此事难易的程度也往往视具体情况而有很大差别），但对一个作家的创作路子提出正确的建议，对一部复杂的，还不是很成熟的作品进行具体的删改加工，使之更上一层楼，应该说就体现了更高档次的编辑水平。一家有影响的刊物和出版社的编辑，应该为达到这种高水平而努力。这样，在发现和推出佳作，特别是在发现并推出文学新人的佳作时，才不至于求全责备，而能实事求是并有效地使一部作品、一个青年作家一鸣惊人，一举成功。

一个尚未进入文坛的新作者，除了靠自己的努力，是特别需要有眼光、有胆识的编辑的发现和扶持的。在关键的时刻，你及时地给他以支持，他就可能迈入文坛并日臻成熟，否则，也许文坛上就再也没有这个人了。就这个意义上说，称编辑为"伯乐"并不为过。而在这方面，一家有影响的刊物和出版社的编辑，理所当然地有更大的责任，也有更优越的条件。

在我多年的编辑生涯中发现和支持过的新人新作固然不少，也不可能一一列举，但下面有选择地略举数例，似也可以说明一些问题：

陕西省农村作者贺绪林的中篇小说《生命之树常绿》和广西作者石山浩的短篇小说《路边轶事》均从来稿中发现并刊载于《当代》1983年增刊第2期（"新人新作专号"）。贺是双腿致残的残疾青年，由此而进入当地的文学圈子，成为陕西省作协的会员。后有电视连续剧《关东匪事》和长篇小说《昨夜风雨》等作品面世。石原在广西一个山区小县城的邮局里当电报员，其小说在《当代》刊发后引起注意，作者不但成为广西作协会员，还调至北海市实际享受了专业作家的待遇，完全改变了人生的道路和命运。

乔瑜自《孽障们的歌》和《少将》先后在《当代》发表后（1986第6期和1987年第5期）便成为四川较有影响的作家。《少将》获"《当代》文学奖"（1985—1993年）。

王海鸰的中篇小说《孤独》和《星期天的寻觅》先后刊发于《当代》1986年第3期和1988年第2期，短篇小说《循环》刊发于《当代》1987年第6期，广受文坛的注意。作者此后又有多集电视连续剧《爱你没商量》《牵手》《中国式离婚》和长篇小说《牵手》《不嫁则已》等作品问世。

张曼菱，其处女作《有一个美丽的地方》先由人文社老社长韦君宜的推荐而刊发于《当代》1982年第3期并由人文社于1984年10月出书。小说获1982年"《当代》文学奖"，并由张暖昕改编为电影《青春祭》，作者因此而有美国好莱坞之行。此后，作者由我编发的中篇小说即有《北国之春》《唱着来唱着去》和《为什么流浪》等先后刊载于《当代》1985年第3期、1987年第1期和1988年第4期，其中《唱着来唱着去》获"《当代》文学奖"（1986—1993年）。作者1983年即成为天津作协的专业作家，1987年到海南省深入生活，现在云南省委宣传部工作。后有长篇小说《涛声入梦》和《北大才女》《中国布衣》《西南联大启示录》等作品问世。

王刚，新疆生产建设兵团子弟，一个从新疆乌鲁木齐跑到北京来的文学青年。他先后毕业于西北大学中文系和北京师范大学研究生院，由于在《当代》杂志发表中篇小说《冰凉的阳光》（1987年第5期）和《遥远的阳光》（1989年第3期）而引人注目。《冰凉的阳光》的初稿题名为《困兽》，主编秦兆阳不喜欢这个名字，我便根据小说的意境在征得作者同意后将其更名为《冰凉的阳光》，并为适应这个篇名而亲自改写了其中的一个片断，这才获得通过。由此便产生了王刚的"阳光系列"。其后作者又有《红手》《太阳的儿女》和《带血的忠诚》等作品问世。1996年2月，作者的第一部长篇小说《月亮背面》经我终审并参与文字加工后由人文社出版，即以其对现实生活做原生态的逼真表现而令人刮目相看。后又据此改编为电视连续剧。近年除为电影《甲方乙方》《天下无贼》编剧外，又有长篇小说《英格力士》和《福布斯咒语（Ⅰ）》先后刊发于《当代》并由人文社出书。沉寂了几年的王刚仿佛突然跳上了一个崭新的台阶。实际上他已凭借文学的力量而由地处边疆的外省人变成了堂堂正正的北京人。

母碧芳，曾就读于北京鲁迅文学院和北师大中文系联合主办的硕士研究生班，中国作家协会会员。此前有《母碧芳散文报告文学选》面世，但也只是在她工作的四川绵阳地区小有影响。在鲁院学习期间她精心创作了表现都市男女事业追求和感情纠葛的长篇小说，作品对当代都市生活做了较为真切生动的描绘，塑造了一批颇具现代意识的鲜明的当代人形象。但由于书名的新潮和角度的独特而引起争议。我和我的同仁实事求是地支持了作者，使该书改名《惑之年》由人文社出版，又以《试婚》为名刊载于《特区文学》杂志，原版则仍以《今夜我们试婚》为名在香港出版。1997年，作者的第二部描写城市文人生活的长篇小说新作《无雨的日子》又由春风文艺出版社出版。2004年4月，其长篇小说新作《荆冠》由作家出版社出版。雷达认为此作"既不乏女性的婉转，又平添了一些男子的潇洒与豪气，让人耳目为之一新"。汶川大地震后有长篇纪实文学《北川殇》问世。

柳建伟，河南镇平人，1963年10月生。先后毕业于解放军信息工程学院、解放军艺术学院、鲁迅文学院和北师大中文系，系文学硕士、中国作家协会会员。在北京六年的学习期间，他在文学创作上逐渐完成了相当充分的生活积累以及理论素养、思想艺术等多方面的准备，但主观上未找准创作的重点，客观上家庭经济负担较重（母亲病重），以致把主要的时间精力和才能错用在为稻粱谋上，如花小钱买资料，化名与人合作编写《纵横天下》《末日的祭礼》等书卖钱。至1993年柳建伟转到鲁迅文学院和北师大合办的硕士研究生班学习，认识了我。我在多次直接的交往中发现了柳的才能，推荐他的中篇小说《都市生产队》和报告文学《红太阳 白太阳》的片断到《当代》发表，又在我主编的《中华文学选刊》选发他的中篇小说《王金栓上校的婚姻》，增强了柳建伟写好作品的信心。我在多次谈话中鼓励他"走正道，应该写出能流传下去的作品，不要辜负了自己和这个时代"。不止一次听柳谈他三部小说的构思后，鼓励他先把直面现实的《北方北方》（出书时定名《北方城郭》，其前身是1992年前草成的《大炼狱》）写出来。1995年初秋，我又邀柳到文采阁参加张宇著长篇小说《疼痛与抚摸》的研讨会。柳深受鼓舞，次年11月便交出小说初稿。《北方城郭》在1997年出书后被文学评论界认为是近年来长篇小说难能可贵的新收获，曾入围茅盾文学奖；1998年11月又在人文社出版表现部队现代化建设的艰难和希望的长篇小说新作《突出重围》（其重要部分在《当代》1998年第3期选载），其后，又改编为同名电影，并荣获"五个一工程奖"。青年作家柳建伟已经成为文坛瞩目的新星。

不必再一一征引了。文学，在有的人看来非常神圣，所谓"文章乃经国之大业，不朽之盛事"（曹丕：《典论·论文》）便是。但文学其实也可以是谋生的一种手段。文学当然还有很脆弱的一面。作为一个文学编辑，永远应该把发现、支持文学新人作为自己的基本职责之一，却不必，也不可以要

2001年4月,何启治在成都柳建伟长篇小说"时代三部曲"研讨会上讲话。右起第二人为柳建伟

求在文坛上崭露头角的新人永远把文学当作神圣的事业——选择走什么样的人生道路本是每个人的基本权利,不但不能勉强,由于多种因素的影响,甚至连当事人自己都始料不及呢!

四、备受瞩目的《九月寓言》终于和《当代》失之交臂

备受瞩目的《九月寓言》

《九月寓言》,是张炜继获得广泛好评的长篇小说处女作《古船》之后的第二部长篇小说。此作从1987年11月起笔,到1992年1月改定,历时五个年头。五年里,为完成这部重要的作品,张炜绝大部分时间是躲在山东龙口市郊区一个朋友待拆的小平房里。那是远离城市尘嚣的地方。小房子里不但没有电视,连一部收音机也常常成了没用的摆设。在这里和他朝夕相守的是已届七十六岁的老母亲。每天,在无雨的黄昏还会有四五个追随他学习写作的年轻人伴他做十里路的散步——走出小平房往西,不远就是无边的田野和林子。

在抱朴守静中,张炜一笔一画地在格子纸里,写成了32万字的一稿,又压缩到29万字的二稿,第三稿已压缩到26万字,正式发表之前,又下决心在8章30节的稿子中抽掉"忆苦(二)"这一章,最终成为包括"夜色茫茫""黑煎饼""少白头""忆苦""心智""首领之家"和"恋村"共7章25节只有23万字的定稿。对此,张炜还是说,

"有机会再版,我可能还要压缩"(《九月寓言》附录:《关于〈九月寓言〉答记者问》,上海文艺出版社,1993年6月第1版)。可见,为了使《九月寓言》成为精致的可以传世的佳作,张炜下了多大的功夫。

在1992年9月2日这篇《答记者问》中,张炜断言《九月寓言》"在相当长的时间里都会是我最好的一部书"。当记者问"大家普遍认为《九月寓言》在艺术上比《古船》好,哲学含蕴也深,您自己怎么看"时,张炜回答说:"我自己默认了最好。……写《古船》时我更年轻,起手之初刚刚二十七八岁。那时写出的东西当然比现在纯洁。我是指纯洁的感情。也许纯洁要影响'哲学';可是纯洁本身就深不见底。……纯洁就容易落下可挑剔之处,留下外部的残缺。而成熟却可以留下内部的残缺。"又说:"一部书大概不能分出'艺术'的部分或其他的部分。'艺术'来自综合。有人说《九月寓言》的社会负载量较《古船》减少了,但'艺术'却因之而更好。何等奇怪的评论。不过这样讲就通俗了,好接受了。"尽管对同一个作者的这两部重要作品的评价可以说是仁者见仁,智者见智,但从这些话中不难看出张炜对《九月寓言》是多么执着,多么自信。

《九月寓言》首先刊发于《收获》1992年第2期,单行本于1993年6月由上海文艺出版社出版、发行。果然,作品一经面世,便在文坛引起强烈反响,获得崇高的声誉。

1994年6月,在上海文艺出版社、《收获》、《小说界》、《上海文学》等16家期刊、报社、出版社向评奖办公室选送的18部长篇小说中,《九月寓言》历经四个多月的初审、终评,最后经评委会无记名投票表决而荣获第二届上海中长篇小说优秀作品大奖的一等奖,这是此项大奖设立以来唯一的一等奖(第一届空缺)。

《九月寓言》发表、出版并荣获文学大奖以后,海外有论者认为,它"大幅提升了中国文学的品质,被誉为'真正与世界一流作品和作家对话的杰作','是中国乡村小说的当代经典性作品'"。又介绍说,"一些著名评论家甚至著文指出:'读了《九月寓言》,使以前读过的所有中国小说变得俗不堪读',许多人还认为'就作品所达到的艺术和思想的高度,它的圆熟的技艺、奇特的个性而言,也许很难想象会有作品将其超越'。"(请参看曾巩著文《二十世纪中华民族文学艺术大师系列回顾展之二·张炜:跨世纪的伟大作家》,载美国华文杂志《美国文摘》1996年第3期)

在第五届"茅盾文学奖"(1995—1999年)的评议过程中,负责初评的专家审读小组从约二百部推荐作品中,经认真筛选和无记名投票评选出20部长篇小说供终评委审议,张炜的《古船》和《九月寓言》同时列入这批备选名单。一个作家有两部作品同时入围茅盾文学奖,这在茅盾文学奖评选历史上是绝无仅有的例子。

1999年由上海社科院《文学报》及全国百名评论家评出的九十年代最具影响力十作家十作品,张炜和《九月寓言》双双入选。

1999年北京大学反复筛选编订、由谢冕教授主编的《百年中国文学经典》，中华人民共和国建国后入选的长篇小说只有五六部，《古船》和《九月寓言》都入选了。

然而，迄今只有很少人知道，堪称为中国当代文学经典性作品的《九月寓言》，在《收获》杂志刊发之前，曾经几乎就要和《当代》杂志的读者见面。是什么原因使它和《当代》擦肩而过，失之交臂呢？

即将亮相《当代》

1990年6月，我在美国探亲一年后回到北京。当时主持《当代》杂志日常工作的《当代》副主编朱盛昌因病须全休一段时间。老主编秦兆阳也因视力不好，基本上不能看稿，他要求我这个副主编尽快了结与"六四"风波有关的事情，"全力以赴"投入编刊工作。也就是说，我要接替老朱主持《当代》的日常工作。到1991年春天，出版社领导决定给我"常务副主编"的名义，以方便工作。此后，我确实按老秦和出版社领导的要求尽心尽力地投身于工作。其间，本想请假25天到中国作协深圳"创作之家"去，以完成记述我在纽约华人餐馆和华人衣厂打工生活的纪实文学作品，也因请不准假而作罢。

1991年6月，我和《当代》分管山东的编辑洪清波到龙口去看望了张炜。张炜于1986年在《当代》第5期发表了他的第一部长篇小说《古船》(1987年由人民文学出版社出版单行本)。张炜由此而一举成名。

我们刊物和作者已经建立的友谊从此更加牢固。因此，当我从美国探亲回来以《当代》常务副主编的身份第一次到山东向张炜组稿时，他婉谢了其他有影响的刊物的约稿，毫不犹豫地便将他花费五年心血的第二部长篇小说《九月寓言》交给我们。

这期间，刊物的工作方式是：由分管各地区的编辑同仁提出拟采用的各种稿件(重点作品需经三审)，在编前会上讨论并大体上确定某期刊物的基本内容，随后由我(或加上相关的编辑)向老主编秦兆阳做口头汇报，最后按主编的决定或调整，或补充某些内容，并按分工安排、布置发稿工作。

从山东回到北京，我想，下一期的主打作品当然就是张炜的《九月寓言》。为此，我和洪清波几乎是在同一天写好了自己的读稿意见。

《长篇小说〈九月寓言〉印象》

(1991年6月25日)

洪清波

作品描写了一个由流浪者组成的小村子，在煤矿发展影响下逐渐消亡的过程。

这样粗略地概括作品的内容只是为了便于说明而远不能囊括作品的丰富内容。作为一部难以言尽的小说，作品的题旨大致有两个层次上的意义。第一层次：作品生动、真实地展示了农民的日常生活，借以热情歌颂了中国农民勤劳勇敢、坚忍不拔的本质，同时也不回避由于中国农村长期落后，导致农民不可能有更高更广阔的精神境界这一事实。所以在他们的乐天知命、随遇而安之中又带有浓厚的愚昧麻木色彩。

在中国当代农村题材小说创作中，还没有谁像张炜这样饱含着激情和同情心去表现下层农民的喜怒哀乐，生老病死；也没有谁能像张炜这样既投入又超脱地反映从现象到本质都十分真实的农村生活。

有一点必须明确，作者尽管把时空尽可能地淡化了，但我们仍能感到作品所写的是"文革"和"文革"以前的历史，是发生在胶东平原上的故事。因此，作品所表现的贫困苦难是针对极左路线的。即使这样，作者还是对农村作了这样的基本估计：解放后，农民的生活已得到根本改善并且发展趋势是好的。

第二层：作品通过具象的生活，表现了中国农民的生存方式和生活状态。我们从那些艰难甚至是卑微的农民日常生活中，感受到农民身上潜在的那种旺盛的生命力。这种生命力被描绘得活灵活现，似乎是一种生生不息的生命的河流。它们奔腾不息，不畏艰难险阻，大有奔腾到海不复还的气势。

在这个形而上的层次中，我们会有许多惊心动魄的感觉。从某种意义上讲，《九月寓言》是一首生活的颂歌。

除此之外，我们在这一层次还可以感觉到作者关于农村、农民、人类的许多哲学思考，艺术感悟。作者可能是第一个把中国农民的本质上升到文化学、人类学高度来认识的当代作家。

因此，这部作品的思想内涵超越了以往的一切农村题材小说所涉及的社会、历史、政治、经济、文化诸领域，达到了空前的深度和广度，甚至超越了作者自己的力作《古船》。

作为一部乡土小说，《九月寓言》的艺术风格也很有特色。作品的情节、人物、环境都是外在的因素，都成了作者表达某种人生思考，某种情绪氛围，某种艺术见解，某种哲学认识的手段，当然这种手段自身也绝对有独立的审美价值。

作品的艺术氛围深沉、神秘、怪诞，但显而易见这些都是来源于作者对生活的感情而不是图解某种理念，所以让人们感到扎实、真实、内在。这一切就决定了这部作品是介于传统和现代之间，也可以说是将二者统一起来的成功尝试。

小说的人物一般说来还是成功的。塑造了一批可以给人留下深刻印象的艺术形象。尽管同《古船》，同一些传统经典作品相比，它们还没达到令人叫绝的程度，但是这与作品的类型和作者的独特追求有关。

作品的结构也有特色。全文分八章，章与章之间外在的联系比较松散，有些像系列小说。实际上，作品的衔接十分紧凑，只不过连接的材料不是传统情节线索和人物命运罢了。

作品的第一章是全篇的总纲，后七章都是对第一章的说明、丰富、完善。

作品语言很有功力，表面上看是俚俗的乡音土语，可是语言内在的情感、力量是异乎寻常的。这已接近了"不著一字，尽得风流"的境界。

对作品的基本估计：这是一篇大气的

纯文学作品。它经得住文学中人反复品味、咀嚼。作品的局限性是现实针对性、功利性较差，阅读的娱乐性也相对差，不能指望在广大读者中引起轰动。

《关于张炜的〈九月寓言〉和我的读后印象》
（1991年6月25日凌晨）

何启治

《九月寓言》是张炜的第二部长篇小说，起稿于1987年11月，基本完稿于1989年"六四"风波前后，修改定稿于1991年4月。作者撰稿的主要环境在山东龙口市。此作是在一种准独身生活的清静、幽寂的心境中苦心孤诣创作出来的艺术精品。小说包括"夜色茫茫"、"黑煎饼"、"少白头"、"忆苦（一）"、"心智"、"首领之家"、"忆苦（二）"、"恋村"等8章30节，共297700字。

我总的印象是，这是一部严肃而独特的、富有艺术个性的佳作，是一部深沉厚重的大作品。它是张炜这个有才华而又有思想的青年作家在生活、哲学、艺术和功力这几方面实力的综合体现。

小说写胶东小平原一个主要由流浪者组成的村庄里的农民生活，兼及正在开发的煤矿和更穷困的山村生活，从而表现了土地之子的道德价值观念和文明进化所形成的矛盾冲突，表现了他们的苦难和幸福，爱情和仇恨，生生死死，恩恩怨怨，并讴歌了神圣的劳动和坚忍顽强的甚至是原始的生命力。

小说深深植根于生活的土壤，它的细节、情节、人物甚至某种神秘色彩都直接来源于张炜所熟悉的胶东农村生活。如金祥进山买鳌子，露筋夫妇的野人似的生活，他们的苦中作乐，肥的妈妈为了吃一块地瓜给噎死了，大脚肥肩的凄苦出身和她对三兰子的折磨，独眼义士几十年的苦苦追求，龙眼妈喝乐果自杀反而治好了病，穷光蛋占了财主的小老婆实际上却靠母猴搬运致富，小村庄人们身上的鱼纹和"鲅鲅"这样的恶谥，等等，都有生活原型做依据，却又能透出作者的智慧和深沉。

小说在创作方法上离传统的现实主义越来越远，而在更大的程度上属于现代主义，既不靠情节的推进来反映生活，也不着力于艺术形象的塑造，而是在幽默、机智的调侃中创造一种庄严、沉重以至怪诞神秘的艺术氛围，从而对现实生活作出更深层次的反映并寄托作者的精神理想。这种既立足于生活，又超越时空的特色，也是《九月寓言》长久的艺术生命力之所在。它既有形散而神不散的散文文体的凝聚力，又具有西方现代主义手法的跳跃和变幻莫测，而且自始至终流淌着、燃烧着火焰一样的激情。这样，尽管具体的时代乃至人物情节都淡化了，特别是具体的政治斗争都尽量回避了，但传统文化的积淀和活力却在这里交融，传统文化与现代文明的矛盾冲突却在这里奔突涌动，读者由此而见识了具有传统积淀的生活本身的原生态，并由此而冷静地审视我们民族的历史、现实和未来。也许，这正是作者的立意所在和艺术追求。

总之，《九月寓言》可归类于《小鲍庄》

《红高粱》一类所谓"纯艺术"的作品,却比它们更博大、更厚重、更深沉,也更容易为一般读者所理解。它既执着于时代,又超越了时代,从而获得了永恒的艺术价值。这是很扎实、很讲究艺术的作品。

小说最有震撼力或者说最能体现张炜艺术特色的章节是"黑煎饼"、"首领之家"和"忆苦(二)"等。

把《九月寓言》和《古船》做简要的比较是很自然的。

就超越时空的艺术生命力和现实的政治保险系数来说,"九月"优于《古船》。

就艺术形象的塑造来说,《古船》优于"九月"。赵炳、抱扑兄弟、含章、张王氏、赵多多这些艺术形象都丰满而令人难忘,而"九月"少有这样内涵深广、栩栩如生的艺术形象,其中着墨不少的赶鹦、红小兵和秃头工程师,毋宁说是苍白的道具式人物(作者说有意写成起粘连作用的人物)。

就艺术震撼力和接受美学的角度来看,《古船》的力量像原子弹爆炸和火山爆发,让一般人能更直接地看得见感受得到,因而激动和拥有更多的读者。而"九月"却太雅了,更艺术了,更富有浪漫主义的想象力也更形而上了,它需要智力和文化素养更高的读者更冷静地去思索,更理智地去分析,才能感受到它那像深层地震或地下核试验那样的震撼力。

鉴于这是当前难得且有长久艺术生命力的佳作,也考虑到《当代》对直面人生、贴近现实的作品一贯的重视(这是应该的),而对艺术上比较内向的作品则由于多种原因关注不足,我意应全文在今年《当代》第5期刊发《九月寓言》,并组织引导一般读者理解作品的文章。

我之所以不惮其烦地全文引录两份读稿意见,就因为这是我向老秦主编汇报的主要依据,其中既有对"九月"的全面分析,也有结合《当代》实际情况提出来的要适当关注艺术上内向的作品,以及政治上比《古船》更安全等等考虑,以争取主编的理解和支持。

就这样,我按《当代》的工作程序向老秦做了汇报,获得了他的理解和同意;又为了使编辑部同仁都来关心、了解张炜这部重要作品,我特意安排《当代》当时除了专管报告文学的编辑之外的八位同仁来做"九月"的发稿工作(一人发一章)。

看来,《九月寓言》在《当代》的亮相应该是毫无问题了。

终于失之交臂

然而,出人意料的是,事情很快发生了逆转。

就在编辑部几乎全体人马投入《九月寓言》的发稿工作的时候,老秦表示他光听汇报不看稿子还是不放心。这样,我便挑了"九月"中比较精彩的"黑煎饼"、"首领之家"和"忆苦"给他看。

老秦很快就把稿子看了,并做出了否定《九月寓言》的决定。

但这决定的落实是有一个过程的。

1991年7月11日,老秦到《当代》编辑部向大家谈他读过"黑煎饼"等部分以后的意见。他首先强调寓言的立足点是现实，寓言的假托性应该以现实的合理性为依据。他说张炜没有学到《红高粱》。电影《红高粱》为避免原作某些不合理性把环境放到荒原上。而《九月寓言》的故事环境是在一个村子里，怎么会一年到头只吃红薯面，既有土地就要种五谷杂粮，合作化以后怎么也会这样？煎饼的制作过程也不合理，不真实，神秘化。这样在穷的基础上张扬人性就是用抽象人性来歪曲现实。讨饭女人和金祥好，金祥又想偷金友的老婆，这就是原始的性？露筋夫妇在野地里生活了二十多年才回到村里来，这在解放后怎么可能？说到底还是表现原始生命力，表现抽象的人性。现实性和寓言性老闹矛盾，完全是叙述，没有真实动人的细节，就变成了随意性的胡扯。

总之，《九月寓言》失去了合理虚构的现实基础，表现原始生命力和抽象人性，也没有说服力。据此三点，老秦的结论是："不能发表，发表出去很荒唐。"(以上据会议记录)

我在会上只能表示：请大家抓紧看小说原稿，下周(7月19日)再讨论一次，最后由老秦决定怎么办。

我已经感觉到问题的严重性。在老秦看稿并到编辑部开会谈了他对《九月寓言》的意见的次日(7月12日)，我把洪清波和我的读稿意见交给另一位副主编(人文社副总编)朱盛昌，并在附信中说："对《九月寓言》的处理应该很慎重。这不仅涉及一个作家、一个作品，而且对我刊以及本刊同仁今后如何较和谐地工作都至关重要。我至今坚持我对'九月'的基本判断。"我希望老朱能帮我说服老秦，对老秦也许会回心转意仍然抱着一丝儿幻想。

据说，这期间老秦在电话里也委婉地对张炜讲了他的意见，并建议张炜抽掉"黑煎饼"和"忆苦"，增写五谷杂粮。这也许含有让张炜知难而退、自动撤稿的意思。但张炜没有接受。

7月19日，老秦再次到编辑部来参加会议。他在会上的讲话，对《九月寓言》的批评态度就更明确，也更严厉了。

他首先指出，"最近《当代》碰到的问题是外界矛盾的反映，很复杂，说不清，但又怕出问题。一出问题，悔之晚矣！"

关于处理稿件，他说，"选稿、审稿的心态(很重要)……不能单纯从我敢不敢冒风险这个角度看。而要问：怕不怕自己为迎合某种思潮、社会情绪而不知不觉地陷入盲目的状态中以致发生问题；怕不怕有不好的社会影响；怕不怕有负读者的厚望。"又说，"我首先盼国家安定，我很怕在矛盾尖锐的情况下助长了某种东西激化了社会矛盾。"

接着，他列举他处理古华著长篇小说《芙蓉镇》，以及某些报告文学、诗稿等例子，提出了是"怕得罪作者，还是怕在读者中影响不好，怕哪一头重要"的问题。他认为，"不能因冒失而冒风险。我们还是要珍惜《当代》……假如农村失控，那就全国遭殃。"同时提出，"(假如)整个社会信念破灭怎么办？民族生机何时恢复？(如果)消极泛滥，如何收拾？国家十年、十五年都恢复不了元气。"

他由此想到了柯云路的中篇小说《陌生的小城》(载《当代》1991年第2期)。他批评说,"为什么把那儿叫历史的宫殿,权力的宫殿,金钱的宫殿?——宫殿是离人民很远的。……为什么在还没有发现权力的宫殿的问题之前就说'仇恨一切人',连老百姓都仇恨?这就给读者传导一种错误的情绪。作者要求发头条,究竟我们是爱刊物还是怕作者?"

然后,他谈到寓言,说"寓言一般是借荒诞的故事来概括社会心理,社会思想和社会意识形态。……寓言的说服力靠情节、细节。不能因为是寓言就可以对情节马虎。……而《九月寓言》写露筋夫妇在平原,在既不偷,也不抢,也不讨饭的情况下在野地里生活了二十多年,这怎么可能?金友为什么无缘无故打老婆?还有只吃红薯、红薯面?解放后为什么还这么苦?农民一年四季就种红薯?不种瓜菜和五谷杂粮?为了吃好红薯,还让人到山里买鳖子,累得要死。这怎么能说服人?这只能得出结论:人民愚昧,本能就是食色。人怎么可以不靠社会过活而靠原始生命力?这一来,人和动物有什么区别——它也有原始生命力呵!马克思说'人的本质是社会各种关系的总和'。这就包括历史关系、经济关系、阶级关系、文化关系、家庭关系,等等。……人有了智慧、文化,对吃、婚姻都离开了动物性。"

他接着问:"什么是社会前进的动力?是人的社会实践(包括阶级斗争),而不是原始生命力。这是人的灵智性、创造性,这是人之所以为人的条件。把人变成动物是愚蠢的。离开智慧讲人的原始生命力是不对的。提倡这种脱离社会性、文化性的作品鼓吹人的原始生命力,就是鼓吹人可以为所欲为。说到底,(《九月寓言》)不是纯艺术的问题,没有真正的纯艺术。"

说到这里,老秦明确表态:"所以,我坚决反对发表这部作品。"(以上据会议记录)

显然,这是老主编做出的不可动摇的决定,已经没有讨论的余地了。剩下的,只是如何尽可能善后的问题。

准备做的事情中,最重要的还是老秦自己来完成了。7月24日,在上述会议开过一周之后,经过深思熟虑,他对《九月寓言》写了十条批评意见,并为此给《当代》两位副主编写了封短信:

> 朱盛昌、何启志(治)同志:
> 我对《九月寓言》一稿的意见造成了编辑工作的困难,而且未能说服大家,心里很不安。几天来又作了一些思考,写下了思考的结果,供同志们再作参考。
>
> 秦兆阳
> 1991年7月24日

不难看出,兆阳同志也颇受困扰,颇感不安。他对《九月寓言》的十条意见,是郑重其事的,也是严肃认真的。为了准确地理解他对《九月寓言》的批评,特全文照录如下。

对《九月寓言》的基本看法

①作品第二章就多次出现"队长"、"红卫兵"(按,应为"红小兵")、"忆苦"等词句,

说明作者既想淡化具体时空，又不得不点明具体时空，于是作者所写的解放后的农村就成为无组织、无领导、无理性（社会理性和个人理性）、无社会性功能的，极端贫困、极端愚昧、极端盲目的、动物式的生存状态。这种"寓言"中的生活状态跟解放后实际的现实情况是绝对矛盾的。于是失去了寓言的真实性的基础，超过了合理虚构的限度，形成了作品根本性的问题。

②作者这样做的目的当然是要表现农民的"原始生命力"。于是不能不提出疑问：为什么作者不干脆把时空放在解放以前呢？那样不是更好处理吗？这是不是有意无意之间透露了作者对解放后农村历史的片面认识，并想用这种认识（即极穷、极愚、极盲目、极无理性）去强调农民的原始生命力？如果作者不是这样的思路，又是什么样的思路？总之，作者害怕明确的针砭，却又不能"超越"，形成了对时空的"淡"而不"化"、"超"而不"越"的窘境。

③不错，作者强调了农民的"苦中乐"精神。但是，第一，在生活中，"愁"与"苦"是连在一起的，极苦而不知愁，完全真实吗？第二，这种"苦中乐"是原始动物式盲目性的。所以，这种描写看似歌颂了农民的乐观精神，其实是抹煞了农民要求出路的阶级本性；更重要的是抹煞了有组织有领导的理性作用的必要性，以及由此而来的生活的真实性。所以，这种"乐天"的描写，反倒加重了问题的严重性。

④最后村子沉陷，寓言何在？——对"九月寓言"作何结论？（凡寓言必有训诫作用或启示作用）有何教训？（作品所"寓"何"言"？）我没有看全部原作，只能猜想：也许是对盲目的原始生命力的批判？若然，则首先是对作者想象中（歪曲了的）无组织、无领导、无社会理性的谴责——是无的放矢的谴责。如果是这样，它不是更加重了问题的严重性？

⑤总之，作品的问题在于：寓言的虚构与生活真实的矛盾；从哲学上讲则是"抽象人性论"、"人命意识论"与历史唯物主义的矛盾；从政治思想上讲则是偏颇的思想认识的表现。

⑥凡是寓言，所寓之意皆是来自生活（受到生活的启示）并且针对生活，否则就不需要写作寓言。至于所寓之意是否正确，则是另一回事。"原始生命力"的观念本身就是一种对于生活、生命、人性的看法，它是一种片面的历史观和人生观及哲学观点。为了表现这种观念，就不能不触及现实生活。纯艺术的寓言是没有的，不涉及现实生活而要表现原始生命力是不可能的。

⑦读作品必须分析其内在的逻辑性——包括生活内容的逻辑性、作者思想的逻辑性、艺术结构和情节处理的逻辑性。因为作品既是感情的形象思维产物，也是理智的逻辑思维的产物。而且感情和形象本身就隐含着这样那样的逻辑性，只有自觉或不自觉，正确或不正确之分——而生活则是衡量的最起码的尺度，另外还有历史观、人生观、美学观等尺度。

⑧与《红高粱》比较。一、"红"中的生存状态不是极度穷苦、愚昧、盲目。这是最基本的不同点。二、"红"是写解放以前的

事,在读者心里产生一种距离感,减弱了与生活本身相印证的心理,而产生了"接受心理"。三、作品并未过分脱离个人理性和社会理性。女主角被迫嫁给(实为卖给)一麻风病人,因此她的大胆解脱(满足人性要求)成为可能。并能唤起谅解和同情。因此帮她得到解脱的男主角的大胆勇敢的行为也成为可能并引人赞许。四、以酒作坊为主要场所,以高粱地为实地的和象征性的背景,便于刻画人物的粗豪之气,并形成作品的慷慨激昂的格调。五、全篇的基调是向不合理的生存状态的大胆豪放的冲击,有一种激发热情的效果。六、所有这些,巧妙地掩盖了作品的某些根本弱点……(对此未能详述)。七、《红高粱》不是寓言,是浪漫主义意味的小说,没有"寓言何在"及"影射"的问题。

⑨寓言——这种艺术的特点也值得研究。其假托性的虚构是不能无边自由的。比如,解放后的农村实情,人们印象犹新,就不宜虚构成为荒唐无稽的故事。"红卫兵"(按,应为"红小兵")、"队长"、"忆苦"等名词不但立即会勾起人们的回忆,而且都具有政治性的内容,也不能随意超越和淡化。寓言的寓意必须有真理性、共识性,否则必会影响假托性的说服力。荒诞也要以人们共识的道理为基础,否则就会成为谬误的、荒唐的……所有这些,细说起来话太长。总之,"九月"在假托性和寓意性两方面经不起审视和思索。

⑩解放以后的农村情况,是很复杂的,需要慎重研究的问题。一、土改和合作化初期曾大大提高了生产力,给新中国的经济建设及抗美援朝打下了根基。二、大跃进和以后,一方面水利建设、良种推广、集体苦干使生产保持一定水平;另一方面又由于日益严重的极"左"政策(公社化以后),例如"一大二公"之类,妨碍了生产力的进一步发展,束缚了农民的积极性。还要看到,依靠这种体制积累了资金,使得工业建设、城市建设、大的水利建设等事业成为可能。而且农民(除三年困难外)也并不是穷到只有红薯充饥的程度。三、这种政策上的失误的确带有盲目性,但它是理性要求(主观愿望)与经验不足(客观实际)的矛盾,既不是盲目的原始生命力的表现,也不能靠原始生命力去克服,也不是由于原始生命力的原始性使得农民能够承受,更不能由此得出结论,认为几十年的农民农村完全处于毫无理性的原始动物式的盲目状态之中。当然,也不能用"像动物一样生活"去"寓言"这种生存状态。四、因此,对历史,尤其是革命历史,决不能持轻率的态度。在革命的历史转折时期——在纠正历史偏差的时候,许多知识分子就易于轻率地对过去的历史下结论,并且以"高明"或"精英"自居,从而造成混乱。近年来这种混乱思想的极端就是"全盘西化"。多么深刻的历史教训啊!五、作为刊物(而且是有影响的大刊物)的编辑,不可不头脑清醒地对待这一切事态,在看稿时不可不多用脑筋。

老秦

1991年7月22—24日

由上述十条意见不难看出，秦兆阳同志对《九月寓言》的批评是针对作品和两份读稿意见来说话的，也是态度鲜明、全盘否定的。他对"（大刊物）的编辑不可不头脑清醒"的提醒，当然主要也是针对我说的。

我略感意外的一点是，老秦指示我可以将他的"十条意见"复印给张炜，以便他能原原本本地了解老秦的意见。虽然我对退稿的决定有保留，但我别无选择地只能按主编的决定处理。而老秦这种光明磊落的态度就使我在感到十分遗憾的同时依然对他保持着我的尊敬。

经商议，决定派《当代》编委汪兆骞同志带着《九月寓言》的原稿、不多的一点退稿费以及老秦的"十条意见"的复印件到济南去面交给张炜。

这期间，我给张炜打过电话，表示了我的歉意和无奈。而张炜的意见，据现存的记录，他本人认为作品不存在问题，作品写农村最困难时期（1958年）的农民和农村生活，表现了农民不屈不挠坚韧向上的精神，比较客观。

据说"十条意见"中有些部分，让他看了有些发凉。

《九月寓言》就这样和《当代》失之交臂了。

余波未息

我曾经以为，事情就这样过去了，然而却不然。传到我耳朵里的话是，老秦认为，他和我在评价、处理长篇小说《九月寓言》上的分歧，不是"认识上的分歧"，而是"文学观念上的分歧"。看来，在"文学观念"前

1986年10月28日，何启治（左）、杨新岚（右）就如何做好编辑工作的话题采访秦兆阳（中）

面再加上一点什么，也是轻而易举的事。由此带来的压力可想而知。

如果只是这样说说，倒也罢了。此后遇到的种种情况，使我感到自己能否在《当代》工作下去都成了问题。

1992年3月10日夜，我不得不给秦兆阳同志写了一封信。信中说："……能不能像我所希望的那样留在《当代》杂志做我原来所做的工作呢？据说也不好，因为有的领导觉得你还没有原谅我在对待柯云路的《陌生的小城》和张炜的《九月寓言》这两部作品上的失误。果真如此，我想我只好郑重地表明如下的态度：一、我已经当面向你表示过，承认自己在上述稿件的处理上有失误，我愿意吸取教训，并按你的意见采取一定办法，以避免今后再出现这一类失误。几十年来党国大事上都允许有失误，为什么就不能原谅一个编辑工作上的失误呢？二、我热爱《当代》杂志，已在此工作10年（赴美探亲一年除外）。我从美国回来，就是想为办好这个杂志出力。一年多来基本上停笔没写什么，就是为了集中精力编刊物。如果领导上同意，我主观上愿意继续为编好刊物略尽绵薄之力，当个好编辑，直到退休。三、如果你认为我目前留在《当代》当编辑不合适，那么，我将服从组织上的安排去从事我力所能及的其他编辑工作。本着实事求是的精神，我就自己的工作安排问题向你和其他领导同志坦率地说明自己的想法，以求得理解和支持。如有不当之处，亦盼批评指正。"

这封信没有得到正式的书面答复，但老秦口头上告诉我：你还是按平常那样看稿工作吧，你看过的稿件交给老朱（盛昌），老朱点头就算，他摇头就不算。语气还是平和的，但无疑也是决绝的，"常务副主编"已是有名无实，我的终审权被取消了。

到了1992年盛夏，正是老朱随出版代表团到马来西亚访问的时候，老秦又对我说，你还是安心地看稿吧，不要去找陈早春（社长）；如果到春节（1993年春节）他还不找你分配新的工作，那时你再去找他好了。我知道，这就意味着，只要老秦当着《当代》的主编，我便不可能留在刊物编辑部工作了。

使我感到意外的是，只过了一个多月，在1992年9月，人民文学出版社调整领导班子，我被任命为副总编辑，分管当代文学的图书出版工作，从此不再过问《当代》编辑部的工作，直到1997年4月，我才接替离休的朱盛昌同志担任《当代》主编。1999年，我在《当代》主编的位置上退休。我主编的最后一期是《当代》2000年第2期，负责终审的最后一部重要作品是王蒙的长篇小说《狂欢的季节》。

近年来，研究当代文学出版史、编辑史的大学文科专业和有关人士逐渐多了起来。如北大中文系的邵燕君和山东大学中文系的黄发有教授，都先后对我做过专访。后者的访谈录，已刊发在《文艺研究》2004年第2期上。我这篇文章也是在这种背景下写成的。我曾经写过《从〈古船〉到〈白鹿原〉》《〈白鹿原〉档案》等文，那是一些比较成功的例子。但是,只讲过五关斩六将,不讲败走麦城是不全面的。在《九月寓言》的问题上,我未能说服老主编秦兆阳同志是我的编辑人生中的一大遗憾。

本文在研究中国当代文学,特别是在研究当代中国较有影响的大型文学刊物《当代》杂志的编辑史时,或可为研究者提供一个比较典型的例证。

五、《白鹿原》:拔地而起的艺术高峰。它在1997年底终于荣获"茅盾文学奖",但同年5月,在"八五(1991—1995年)优秀长篇小说出版奖"评奖时,却连候选的资格都被粗暴地勾销了(存目)

六、《尘埃落定》《英雄时代》《狂欢的季节》:三部由人民文学出版社正式出书之前内部有不同看法的优秀长篇小说

《尘埃落定》先由人民文学出版社于1998年3月印行第一版,紧接着选载于《当代》1998年第2期。这种不合常规的现象事出有因。

《尘埃落定》的组稿人和责任编辑脚印(刘宇)是人文社很有眼光的青年编辑。她和这部长篇的作者阿来早就是相熟的朋友,并且一直关注、欣赏他的诗歌和小说。脚印知道阿来的长篇小说处女作《尘埃落定》在1994年冬就已定稿,已经在各家出版社漂泊了三年,便向《当代》杂志的周昌义、洪清波做了推荐,说四川有一个叫阿来的藏族作家,小说写得挺好,有一部长篇想给《当代》看看。据周昌义回忆,直到1997年夏天,周、洪参加一个笔会,和《青年作家》《湖南文学》的编辑同行一起去九寨沟,先绕道马尔康,邀阿来同游,这才互相认识了。路上清波问起稿子,但阿来并没有往外拿。直到他们回到北京以后,周昌义说,"稿子终于寄来了。清波先看了,再给我看。还真跟清波以前的印象一样,诗人写小说,有感觉,有灵气,还有神经。根据以往的经验,这类稿子千好万好,就一点不好:读着费劲。(我)硬着头皮看下去。这一看,看到半夜,而且是一口气。挠头一想,奇怪了,怎么挺好读的呢?我和清波一商量,说要是在《收获》发,读者会叫好,要在《当代》发,读者会怎么样,吃不准。(因为)《收获》好美文,《当代》重分量。……犹豫之中,干脆给了脚印。给脚印看去吧"。(以上引述见《〈尘埃落定〉误会》,载《西湖》文学月刊2008年第4期)

脚印拿到稿子后,很快和人文社当时管长篇小说的副总编高贤均先后看过,一致叫好。高贤均说,"四川又出了一个写小说的人"。这时,管《小说选刊·长篇小说增刊》的关正文找到脚印。脚印兴奋地向他推荐了《尘埃落定》。几天后关正文就明确地对脚印说,这部小说好,不错,《长篇小说

增刊》要用20万字。刊物出来后,关又有新点子,要为它开个别开生面的讨论会,而且不要老面孔,不要老生常谈,邀请通知还加了句话:有话说的再来,没什么话说的不必勉强来。结果计划四十人左右规模的研讨会来了六十多人。媒体在人文社新成立的宣传策划室主任张福海的推动下也快速出现了关于《尘埃落定》的各种报道、评论文字。……(请参看脚印:《〈尘埃落定〉之路》)

我就是在《小说选刊·长篇小说增刊》上看到《尘埃落定》,并在开过研讨会后决定在《当代》选载《尘埃落定》的,因为在我看来,它远胜于《我们播种爱情》这一类汉族作家写藏区少数民族生活的作品。在选载此作的《当代》1998年第2期,我还为它撰写了备加赞赏的"编者按",其内容构成了我后来发表的一篇短文《用心和智慧阅读〈尘埃落定〉》的主体:

《尘埃落定》是藏族封建土司制度走向溃败毁灭的凄婉美丽的挽歌。当神秘浪漫的康巴土司制度在中国人民解放军的隆隆炮声中最终消失在历史的深处时,读者除了由于欣赏了真正动人的艺术品而带来的阅读快感之外,还不由得会伴随着对人类的昨天、今天和明天产生深沉、凝重的思索。这是因为小说借独特、新鲜的藏族社会生活题材,表现了具有普遍意义的人性主题。

小说以麦其土司一家人的命运变迁为主线来展开故事情节:麦其老土司让他的未来的继承人大少爷在南方和汪波土司争斗,他的"傻子"二少爷在北方颇有预见地建立了新型市镇(夏宫),而他则企图通过二少爷的婚姻去接管茸贡女土司的整个领地。爱欲与文明的冲突,土司头人之间的争斗,鸦片、梅毒的传播,土地财富、奴隶美女的掠夺……老少土司(甚至父子)之间,男女土司(甚至夫妻)之间的阴谋算计,巧取豪夺,敷衍出一幕幕悲欢离合、生生死死的人间活剧。这一切争斗的目的似乎是攫取更大的权力。而权力又意味着什么?更多的银子?女人?更广阔的土地?更众多的仆从?可结果呢,麦其老土司和另一些顽抗的土司头人死于解放军进军的炮火;麦其大少爷死于仇人的报复;麦其"傻子"二少爷糊里糊涂当了俘虏,却终究还是平静地死在仇人的刀下,连解放军都保护不了他;二少爷的母亲吞食鸦片自杀;他的美丽绝伦的妻子塔娜必将死于梅毒……所以,哑巴书记官用眼睛说的话是:"戏要散场了。"真个是大地一片白茫茫好干净。

亲爱的读者,让我们用健康的心灵,用智慧的头脑,用人性的眼光来读这部小说吧。当你掩卷静思,在硝烟过后,在擦干血迹,历史的烟尘终于落定之后,你是否有当初阅读《红楼梦》的感觉?时代的大潮渐趋平静,历史终于翻过了重要的一页,就此而论,是"尘埃落定"了;但人类的历史多么漫长,人生的活剧似乎永远不会有落幕完结的时候,如此说来,尘埃又确实没有"落定"的时候。

难能可贵的是,这一切在作者笔下娓娓道来,从容不迫,举重若轻。无论是艺术细节的刻画还是社会场景、藏区风光的描绘，都常有叫人赞叹不已、拍案叫绝之处。例如，麦其老土司看上了查查头人的老婆，便杀夫夺妻，然后又诬陷查查的管家多吉次仁想夺头人的职位而杀了主人，因而对他"绳之以法"；但在多吉次仁的老婆和两个儿子夜半暗藏杀机，特意来告别时，麦其土司却让奴仆高举灯笼照亮自己的脸，还提醒想长大以后再报杀父之仇的孩子："你是害怕将来杀错人吗？好，好好看一看吧！"可是，后来先来报仇的多吉罗布却有意放过了麦其老土司而选择了他的继承人大少爷；到末了，多吉罗布的哥哥又终于为"一了百了"而替弟弟出手杀了麦其家的"傻子"二少爷——因为多吉罗布已经参加了"红色汉人"解放军，按藏族规矩复仇杀人的事也就只能由他的哥哥来完成了。这真是十分地道的藏族故事。一个独特、精彩的细节竟有着如此丰富的内涵。

所以，我们读《尘埃落定》，除了好好体会它深刻的思想内涵和普遍的人性主题之外，尤须细细地品味它的艺术意蕴和特点，才不会停留在猎奇寻异的表层，而能深入到艺术宝藏的深处去领略阿来小说艺术的无限风光。

阿来本是智慧而散淡的诗人，故小说的语言简洁、幽默、纯正，如行云流水般好读，又极富诗意、极富质感和表现力。

小说塑造的人物形象，包括其主人公麦其土司的"傻子"二少爷，被割了舌头的书记官翁波意西，二少爷的随从索朗泽朗、尔依，以及男男女女，老老少少的土司们，一些奴仆和自由民，往往都是独特的"这一个"。

作者的叙述有局外人的冷静、超然和无奈，更有局内人的真切、生动和准确。这是因为阿来虽然年轻，但毕竟是藏族作家，他熟知藏族土司制度的盛衰过程和相关的历史、宗教、文化知识以及人文、自然景观，绝非其他民族的作家可比——哪怕他们深入藏区生活，也写出过一些有价值的作品；又正因为阿来年轻又善于学习借鉴中外一切有益的文学遗产和文学的新观念、新经验，这就使他的叙述既充满热切之情、十分投入，又不乏客观的理性和冷静。

总之，小说在个性化的艺术追求和大众审美情趣的结合上，虽然未必完全成功、到位，但无疑已迈出了独特而重要的一步。

正因为《尘埃落定》在人文社的出版和在《当代》的亮相有这样的过程，所以周昌义才会在《〈尘埃落定〉误会》的对话中说："当时任《当代》主编的老何也是慧眼，问我们，这么好的作品，怎么《当代》不发呢？我这才想起是个问题：当初给脚印的同时，怎么没送《当代》领导审呢？"（见《西湖》文学月刊2008年第4期）

第二部要说一说的内部有不同看法的书稿，是柳建伟著长篇小说《英雄时代》。如前所述，由于我的推荐和支持而在《当代》和人文社连续发表出版作品的柳建伟，于1998年至2001年2月终于又完成了一部规模宏大，以西部某省会为中心舞台，在经济建设的矛盾纠葛中抒写人物命运的长

约于1998年早春,阿来(左)与何启治摄于人文社招待所

篇小说《英雄时代》。这部长篇由于高唱主旋律又被某些同事所不认同。但我认为只要坚守文学的本分,唱响主旋律不一定就不好,何况此作歌颂了各种各样的时代英雄,而且又是柳建伟心血之作"时代三部曲"的最后一部(前两部是写当代农村生活的《北方城郭》和我军现代化建设的《突出重围》,都获得较高的评价),我们应该将柳建伟的"时代三部曲"完整地推出。虽然当时我已退休,但我的意见还是说服了其他同仁。《英雄时代》于2001年3月出版后,我应约撰写了《谱写时代的英雄乐章》,发表在《人民日报》(海外版)上。而柳建伟则在送给我的样书上热情地题写了这样的话:"恩师何启治先生存念,经您培育的《时代三部曲》出齐,愿与您共享这一阶段性成果……"下署:"学生柳建伟敬呈　2001年4月成都。"

2005年4月11日,第六届茅盾文学奖终于评出,《英雄时代》榜上有名。这时候,一位同事回忆说,当年何老师就说过,《英雄时代》不但该出,说不定还会得个茅盾文学奖呢!可见,一个有眼光,有主见的编辑,该坚持时就得坚持,可不能人云亦云啊!

其实,公正地说,在柳建伟著"时代三部曲"中,论人性揭示的深度,反映时代生活的概括力,艺术形象塑造的成功和艺术魅力的长久,《北方城郭》都在《突出重围》和《英雄时代》之上。然而偏偏是《英雄时代》获得了长篇小说的最高荣誉"茅盾文学奖",《突出重围》也得了"五个一工程奖",还拍了电影,印了几十万册,而《北方城郭》却只是"茅奖"入围,终未出线,市场销售也

附录　443

不见好。不久前，我问及柳建伟：为什么会这样？最好的作品为什么得不到应有的荣誉和经济效益？柳建伟略加思忖，便说："何老师，我想只能说，人有人的命，书也有书的命吧！"脸上，却写满了无奈和遗憾。

其三，是关于王蒙的长篇小说《狂欢的季节》：当时，已经宣布我退休，但按工作需要和惯例仍担任《当代》主编直到1999年底。《狂欢的季节》便成为我在《当代》的主编位置上终审的最后一部重要的长篇小说。此前，王蒙已在人文社出版了《恋爱的季节》和《失态的季节》《踌躇的季节》。《狂欢的季节》是他的"季节系列"长篇小说的最后一部。因为作品涉及"文革"，不同的意见便凸显出来。争论的结果，是由新社长聂震宁于10月18日召开一个小型的协调会。与会者除社长、总编辑、主编、副主编、责任编辑以外，还有已离退休的屠岸、王笠耘。相关的情况体现在我写于1999年10月25日的"终审意见"中：

这是纪实色彩比较浓的长篇小说。它以主人翁钱文的生活轨迹为线索，对钱文夫妇离京到边疆锻炼，在边疆经历了整个"文革"，直到"文革"结束返回北京的全过程都做了生动真实的描写，夹叙夹议，也多有王蒙式的调侃。

熟悉文坛人物的读者不难从主人公钱文和张银波、黎原、赵青山的身上找到现实生活中真实人物的影子。

尽管没有正面描绘"文革"中心地带和高层的情状，但由边疆地区的"文革"生活

2000年6月17日，在王蒙"季节"系列长篇小说研讨会上与王蒙合摄。左起：何西来、汪兆骞、王蒙、何启治

也可以感受到整个中华大地的震动,而一个有较高思想层次的错划右派主人公的心灵震颤和思考就使作品具有了一定的思想深度。因此,我认为这种写法体现了王蒙的聪明和机智,并使作品在安全的前提下成为一部忠实记录那个畸形年代的、严肃而有价值的好小说。

自然,这又是那个年代的相当主观的记录。从主人公生活的经历(包括被视为"死老虎"没有戴高帽子游街),到心理活动乃至心灵深处的震动都是王蒙式的。这样不必着意去描写上层人物的活动(只是写了一小段江青的仅涉及一般人的日常生活情状)。却由于真实地表现了主人公在"文革"中的狂喜、困惑、痛苦和觉醒过程,对有一定阅历的读者当会引起强烈的共鸣,而对不知"文革"为何事的年轻读者,也会有一定的认识、启迪的意义——但想从作品中猎奇的读者大概会望而却步。

因而,我认为这是一部写得机智、真实、严肃,有一定深度和认识价值的好作品。当然,受时代的局限,关于"文革"的生活目前大概只能写到这种程度——思想比较传统保守的人和思想很激进、很解放的人大概都不会满意这部作品。然而,我想强调的是:"文革"不能回避,要推出一部写"文革"生活而又在政治上没有多大风险的作品实在很难,而王蒙的《狂欢的季节》却正是这样的作品。因此,我们不但应该支持,而且应该感谢王蒙同志把这部长篇交给《当代》刊发并交由我社出版。

作品存在的问题是:……对"文革"的发动者、主持者毛泽东有一定理解、谅解,也多有讥讽、调侃、挖苦一类的语言。对此,通过10月18日的讨论已决定由责编摘出疑问较大者请作者考虑做一定的删改订正。我赞成这样做,但要从严挑选,避免过宽过滥。

之所以要在10月18日由新社长聂震宁召开协调会来解决《狂欢的季节》中的问题,是因为出版社和《当代》内部有的负责人认为小说这样讥刺、挖苦、调侃伟大领袖是不允许的,要公开发表、出版就必须先予以删除或向上级送审。简单的删除和正式送审都是不可行的。这样,才由社长根据大多数人的意见做了决断。王蒙的"季节系列"的最后一部《狂欢的季节》最终只由作者做了小小的修订,便刊发于《当代》2000年第2期并由人民文学出版社出版了单行本。

对刊发王蒙的《狂欢的季节》还有一种不同的声音,是担心读者不接受。周昌义说:"《当代》发过王老的前两部即《恋爱的季节》和《失态的季节》,读者反映不好,我们怕把读者得罪了。"(见《〈尘埃落定〉误会》,载《西湖》文学月刊2008年第4期)我想,对王蒙的"季节系列"长篇小说,如我在审稿意见中已提到的,肯定会有人不喜欢(太保守或太激进的,当然还有嫌王蒙过于絮叨的,等等)但也一定会有人赞赏。一个编辑,如果站在历史的高度,对于涉及人民共和国几十年风云变幻的历史沧桑,特别是比较真切地表现了我国当代知识分子的人生感悟和心路历程的"季节系列",自当有足够的重视和评价。

和《狂欢的季节》有关的一件有趣的事是:王蒙交稿之前,我和高贤均、李昕等人去看望他。在他位于北小街住处那相当狭小的客厅里,他很自信地说:你们猜一猜,我这一部小说的书名该叫作什么季节呢?不开玩笑,猜中了我可以拿稿费一定的百分比提成作为奖励。这当然是玩笑,但也不妨一猜。对"文革",对十年浩劫,一般人认为太疯狂,有的哲学家称之为"荒谬的时代"。我想,还是从俗吧,便991也许该取"疯狂的季节"做书名吧。王蒙得意地笑着说,《狂欢的季节》,你呀,差了一个字,还是没法给你提成啊!大家跟着发出一片笑声。事后想想,我对王蒙式的幽默还是体会不深。大概也只有他能把大灾难、大痛苦、大悲剧视为"狂欢"吧。

这就是我退休后,在《当代》主编的位置上经手处理的最后一部书稿——《狂欢的季节》。

以上所述,是我亲历亲闻,知道相关情况的八部重要长篇作品的真相。我牢记并认同严文井老社长的话:"我仅存一个愿望,我要在到达我的终点前多懂得一些真相,多听见一些真诚的声音。"(见《严文井纪念集·我仍在路上》,人民文学出版社,2006年10月第1版)因而,我力求做到言必有据,同时也就比较看重审稿意见、相关书信之类的原始资料。

我和这八部作品也未必都有缘。张炜备受赞赏的长篇小说《九月寓言》已经到了我的手里,最后还是失之交臂。这真像唐代诗人刘禹锡拟作的《竹枝词》里的一句诗所说的:"东边日出西边雨,道是无晴却有晴。"这里的"晴"谐"情"。虽然有过遗憾,但能和《白鹿原》《古船》这些优秀的长篇小说相遇,为它们的发表、出版并得到应有的荣誉而尽力,作为一个文学编辑,还是感到很幸运啊!

读者对我谈到的作品当然可以有自己的审美判断和未必完全一致的看法,我只是尽我所能提供真情和真相。这样,不但对读者有参考的价值,就是对当代文学史的教学和研究也应该有一定的裨益。能如此,吾愿足矣。

《世纪书话》也许还可以写一些,但还是适可而止吧,不再絮叨了,就此打住。

2009年2月21日,北京

后记(一)

自2012年7月起,我在《海燕》杂志开辟了"文坛师友录"专栏,首篇便是《陈忠实与永远的〈白鹿原〉》。其后,陆续有关于冰心、严文井、韦君宜、秦牧、牛汉等名家的回忆文章刊出,而以《圣者王火》作为压轴的一篇,结束我在《海燕》开的这一专栏。

还有一些我所熟悉并有相当交往的作家没有出现在这个专栏里,如张炜、柳建伟、苏叔阳、俞天白等,那是因为我早已写过他们,将来编集子出书时补上就是。

我在"文坛师友录"的回忆文章里所追求的,无非是披露真相,表达真情和探求真理。

先说披露真相。风风雨雨几十年,文坛并不平静。一部重要作品的诞生及面世后的种种争论,一个作家的成长和成长过程的千锤百炼,都应该把真相告诉读者。我将尽力而为。一件事如果有不止一种说法,我无法判定的,便保留不同的说法,容许由后人去探寻、研究。有些事,现在还不能说透的,我个人能力有限,也就只能有待将来了。

再说表达真情。既然是关于文坛师友的回忆录,则所写均为我的师长辈,领导,同事,同学或朋友。他们有的已经仙逝,我怀着真挚之情纪念他们;对于还健在的师友,我在表达真挚的师友情,忠实记录他们的文学业绩之余,也力求述及(起码是点到)他们的缺陷和不足。然而,我们今天并不是,而且以后也不可能生活在至善至美、完美无憾的时代。再过一千年的人类在审视今天人类生活的时候,一定会发现我们有太多的愚昧和落后。那么,我们又何必苛求别人和自己短暂的一生完美无缺呢?所以,如果涉及某些文坛上有争议的人和事,请读者不必苛求我,最好还是以宽容之心去理解吧。

三说探求真理。有人说,文学就是文学,文学和政治无关。作为一家之言,无可厚非。然而,就我所经历的几十年的文坛风雨来说,我可不敢把文学说得那么纯粹。君不闻,当年的文坛"沙皇"周扬,就曾在第四次作代会上,从反思的角度公开说过,作家以为文学干预生活、干预政治的时候很痛快,到政治干预文学的时候可就难受了。(大意)今天时代进步了,作家们的日子好过多了。但就我的经验而言,我不想说周扬的话就是绝对真理,但我可以肯定他的话在相当长的当代中国文坛上曾经是事实。所以,我只能说我会尽我所能去探求真理;但如果今天还做不到,那就请相信时间——许多历史上的大事或文坛上的重大争论,如果今天说不清楚,那就要相信将来总会随着材料的解密和时代的进步而是非分明,真相大白。

开这个专栏的时候,《海燕》的编者在按语中引用了我给他的信中的一句话:"相信真爱文学的人会有兴趣看下去的。"并表示"我们坚信"。这话所表达的,是我对这些纪实散文的艺术魅力和思想力量的期待。现在,是检验的时候了,愿神灵保佑我,愿读者和作家们体谅我。

感谢李皓主编,感谢王玉琴、董晓奎这些编辑同行,感谢为把我的手稿转换成电子版出力的朋友,没有你们的信赖和支持,我这个七十望八的老人是

2011年11月6日,《海燕》主编李皓和《大连日报》的王玉琴到京邀约文友餐叙。这是当时的合影。前排左起:李小雨、张伯海、何启治;后排左起:王玉琴、韩小蕙、李皓、杜卫东

不可能完成这件有意义的工作的。

哦,终于做成这件事真好。真的感激不尽。

何启治

2014年4月6日下午6时

草于北京东中街寓所北窗下

后记(二)

收在这个集子里的正文共27篇,分两辑。第一辑为"作家·评论家·编辑出版家",写了冰心、秦牧、王火、范若丁、冯立三、陈忠实、张炜等15人;第二辑为"领导·同事·同窗",写了严文井、韦君宜、牛汉、屠岸、孟伟哉、缪俊杰等12人。此外还有附录涉及若干篇、若干人。在目录和正文上的排列以年龄的长幼为序。当然,严韦牛屠等都是文坛上备受瞩目的作家、诗人、评论家,这正说明人民文学出版社编辑阵容之强大(尚未涉及古典和外文),而且也因为我此类文章的特点是侧重写自己和当事人的交往,是一个剪影,一幅速写,并非为他们立传,为了分类的方便,就这么做了。

计划中还想写的一些人,由于各种原因未能如愿,只好留下遗憾——人生本来就难免遗憾啊!

这部书,原想以"林花谢了春红,太匆匆"为名。这是李煜《相见欢》的头一句。之所以想以此为书名,一则有文学味,感叹人生太匆促的意味也与全书主旨相符,可惜太长了点。责编小杨建议用"朝内166:我亲历的当代文学"作书名。我同意了。

为什么这么定名?

"朝内166"指北京朝内大街166号,是从1958年启用的人民文学出版社所在的一幢五层灰色办公大楼。人文社诞生于1951年,至今已出版涵盖古今中外的文学作品一万多种,十亿多册。六十多年来,在这幢灰色大楼进进出出,生生死死的编辑出版人员和诗人、作家又何止成千上万!作为中华人民共和国诞生以来的文学重镇,这座灰色的出版大楼里确实有许多人物和故事值得书写。岁月无穷,人生有限。在历史的长河中,人生不过百年。作为来去匆匆的过客,我用笔留下他们中一些人的身影和精神还是有意义的吧。

"朝内166"作为一个文学的品牌,是我的朋友和同事王培元兄首创的。

他用他的妙笔写下了一篇篇美文华章,我只是步他的后尘做一些补充和呐喊助威的工作罢了。

集子中的文章,本意在于披露真相,表达真情。众所周知,这几十年来,中国的知识分子经历了许多磨难。我在有的篇章中写到了这些痛苦和磨难,其基调自然是喜悦和忧伤参半,而意在抨击极左的危害,吸取教训,祈盼悲剧不再发生。《当代》杂志在创刊35周年的纪念活动中,提出以文学忠实记录中国的旨意。我在本集所写,也算是为此略尽绵薄吧。

有了人文社和《当代》这个舞台,才会有我的文学人生和这个集子中的文章。我愿借此对我终身服务的人文社和《当代》杂志表达我由衷的感恩之情。

个人的力量是有限的,一个有战斗力的团队才能创造优异的业绩。我愿借此向人文社和《当代》的领导、同仁表达由衷的谢忱。

构成当代文学史基石的,是优秀作家及其作品。他们的支持和关照,谱写、成就了我编辑生涯中的华彩乐章。我要借此对支持我做好编辑工作的作家们表达由衷的敬意和感谢。

我还要借此感谢《海燕》的主编李皓和王玉琴、董晓奎女士,在他们的支持下,本集的大部分文章以"文坛师友录"专栏的名义刊发于2013年至2015年的《海燕》杂志。

我当然还要真诚地感谢人文社的现任社长管士光,以及本书的责编杨新岚、美编和责任印制。他们使这部书得以相当完美地和读者见面。

2015年1月17日草于三亚,

其时我的眼睛已经因为黄斑变性和视网膜劈裂而几乎失去阅读和写作的能力。